Anne Bishop vit dans l'État de New York. Elle aime jardiner, écouter de la musique et écrire des histoires sombres et romantiques. Elle a été récompensée par le William L. Crawford Memorial Fantasy Award pour sa série la plus acclamée : *La Trilogie des Joyaux noirs*.

Du même auteur, aux éditions Bragelonne,
en grand format :

LES JOYAUX NOIRS :

La Trilogie des Joyaux noirs :
1. *Fille du sang*
2. *Héritière des ombres*
3. *Reine des ténèbres*

L'Anneau invisible

MEG CORBYN :
1. *Lettres écarlates*
2. *Volée noire*

Chez Milady, en poche :

MEG CORBYN :
1. *Lettres écarlates*
2. *Volée noire*

CE LIVRE EST ÉGALEMENT DISPONIBLE
AU FORMAT NUMÉRIQUE

www.milady.fr

Anne Bishop

Volée noire

Meg Corbyn – 2

Traduit de l'anglais (États-Unis) par Sophie Barthélémy

Bragelonne

Milady est un label des éditions Bragelonne

Cet ouvrage a été originellement publié en France par Bragelonne

Titre original : *Murder of Crows*

Originellement publié par Roc,
une maison d'édition de New American Library,
une division de Penguin Group (U.S.A.) Inc.

Cartes :
D'après les cartes originales d'Anne Bishop

ISBN : 978-2-8112-1583-5

Bragelonne-Milady
60-62, rue d'Hauteville – 75010 Paris

E-mail : info@milady.fr
Site Internet : www.milady.fr

À Pat.

Remerciements

[illegible]

[illegible] personnes suivantes qui ont [illegible] sachant que ce [illegible] Elizabeth [illegible] Bill Bacon, Douglas [illegible] Jennifer [illegible] Donald [illegible] Ellen [illegible] Nadine [illegible] Julie [illegible] Robert [illegible] Lorne Kates [illegible] Jane [illegible] Margaret Sedy, Ruth [illegible] Walt.

Remerciements

Je remercie Blair Boone, qui est toujours mon premier lecteur et ma source d'informations sur les animaux et bien d'autres choses que j'ai assimilées et transformées afin qu'elles correspondent à l'univers de Meg Corbyn. Je remercie également Debra Dixon, ma deuxième lectrice, Doranna Durgin, qui s'occupe de mon site Web, Adrienne Roehrich, qui s'occupe de ma page Facebook officielle, Catherine Garcia, qui m'a parlé des biscuits pour chiens fraîchement préparés, Charles de Lint, qui m'a donné l'inspiration musicale à la World Fantasy Convention (Toronto 2012), Nadine Fallacaro, qui me fournit des informations sur tout ce qui est médical, Douglas Burke, qui répond à mes questions sur la police (sans demander ce que je vais faire de ses réponses), Anne Sowards et Jennifer Jackson, qui m'ont fait un retour très complet sur l'histoire et sont très enthousiastes au sujet de cette série, et Pat Feidner, qui m'a toujours encouragée et soutenue.

Et je remercie tout spécialement les personnes suivantes qui ont prêté leur nom aux personnages, en sachant que ce nom serait le seul point commun entre fiction et réalité : Bobbie Barber, Elizabeth Bennefeld, Blair Boone, Douglas Burke, Starr Corcoran, Jennifer Crow, Lorna MacDonald Czarnota, Julie Czerneda, Roger Czerneda, Merri Lee Debany, Michael Debany, Skip Denby, Marie Claire Eamer, Sarah Jane Elliott, Chris Fallacaro, Dan Fallacaro, Mike Fallacaro, Nadine Fallacaro, James Alan Gardner, Mantovani « Monty » Gay, Julie Green, Lois Gresh, Ann Hergott, Lara Herrera, Robert Herrera, Danielle Hilborn, Heather Houghton, Lorne Kates, Allison King, Jana Paniccia, Jennifer Margaret Seely, Ruth Stuart et John Wulf.

Géographie

Namid – le monde

Continents / terres émergées
Afrik
Australe
Brittanie / Brittanie sauvage
Cel-Romano / Alliance des Nations Cel-Romano
Felidae
Îles de la Phalange
Îles Tempête
Thaisia
Tokhar-Chin
Zélandie

Grands Lacs : Supérieur, Tala, Honon, Etu, Tahki
Autres lacs : lacs des Plumes / lacs des Doigts
Fleuve : Talulah / Talulah Falls
Montagnes : Addirondak
Villes ou villages : Bouseville, Hubb NE (également appelée Hubbney), Jerzy, Lakeside, Port-Batelier, Strassville, Talulah Falls, Toland, Walnut Grove, Wheatfield

Jours de la semaine

Terredi
Lunedi
Soldi
Ventdi
Thaisdi
Feudi
Eaudi

Lakeside

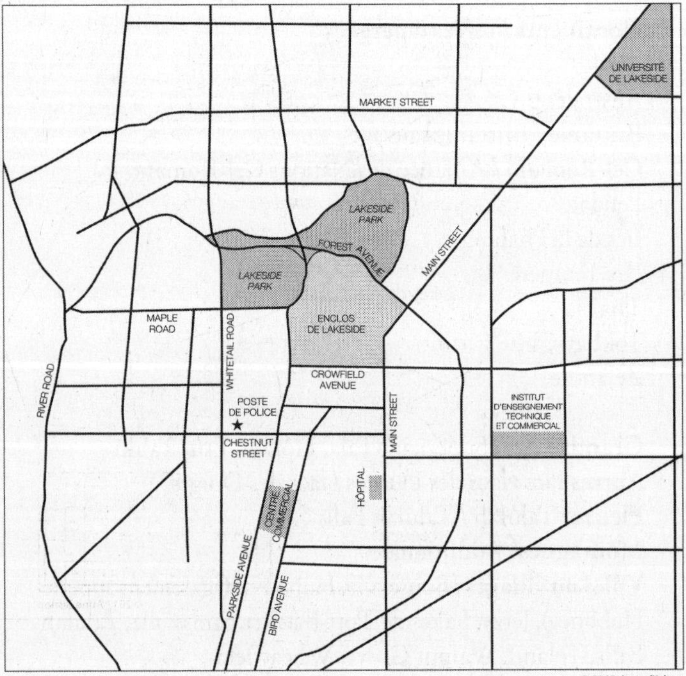

Cette carte est l'œuvre d'une auteure disposant de compétences limitées en représentation spatiale ; seuls y figurent les éléments dont elle avait besoin pour son histoire. (*NdA*)

Enclos de Lakeside

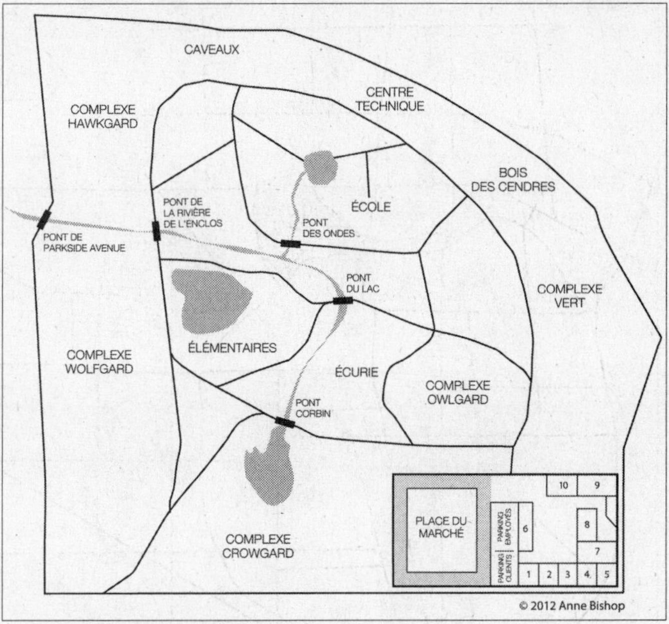

1. Atelier de couture et studios
2. *Bon à Croquer*
3. Librairie *Aux Bouquins Hurlants*
4. Traq Attaq
5. Centre social
6. Garages
7. Boutique *Indigène* et atelier d'Henry
8. Bureau de liaison
9. Consulat
10. *Trois P*

Brève histoire du monde

Il y a de cela très longtemps, Namid donna naissance à de nombreuses formes de vie, parmi lesquelles les créatures appelées humains. Elle leur transmit une part de sa fertilité et leur donna de l'eau de qualité. Comprenant leur nature et celle des autres êtres qu'elle avait créés, elle les isola de manière à leur laisser une chance de survivre et de prospérer. Ce qu'ils firent.

Ils apprirent à faire du feu et à construire des abris. Ils apprirent à cultiver la terre et à fonder des cités. Ils fabriquèrent des bateaux et pêchèrent dans la mer Méditerranée et la mer Noire. Ils se multiplièrent dans les parties du monde qu'ils occupaient et s'étendirent bientôt jusqu'en lisière des espaces sauvages. C'est alors qu'ils découvrirent que les autres créatures de Namid s'étaient déjà approprié le reste du monde.

Les Autres regardèrent les humains et ne virent pas des conquérants. Ils virent une viande d'un genre nouveau.

La possession des espaces sauvages donna lieu à des guerres. Les humains en sortaient parfois victorieux et colonisaient de nouvelles terres. Le plus souvent, des pans entiers de la civilisation disparaissaient, laissant quelques survivants craintifs qui réprimaient des frissons quand un hurlement déchirait la nuit ou qu'un homme, après s'être aventuré trop loin de la sécurité des portes massives et de la lumière, était retrouvé au matin, vidé de son sang.

Plusieurs siècles s'écoulèrent, et les humains construisirent de plus grands navires, avec lesquels ils traversèrent l'océan Atlantik. Lorsqu'ils rencontrèrent la terre vierge, ils établirent un campement sur le rivage. Ils ne tardèrent pas à découvrir que ce territoire-là aussi était déjà habité par les *terra indigene*, les indigènes. Les Autres.

Les *terra indigene* qui régnaient sur le continent dénommé Thaisia devinrent fous de rage quand les humains se mirent à abattre des arbres pour ensemencer des terres qui ne leur appartenaient pas. Alors, les Autres dévorèrent les colons et goûtèrent la saveur de cette viande particulière, tout comme ils l'avaient fait maintes fois par le passé.

La deuxième vague d'explorateurs trouva le campement abandonné et, une fois de plus, tenta d'accaparer le territoire.

Les Autres les mangèrent, eux aussi.

La troisième vague fut menée par un homme plus intelligent que ses prédécesseurs. Il offrit aux Autres des couvertures chaudes, de l'étoffe destinée à la fabrication de vêtements ainsi que d'intéressants objets brillants, en échange de quoi il demanda l'autorisation de s'établir dans l'ancienne colonie et de disposer d'une surface de terres suffisante pour produire de la nourriture. Les Autres, trouvant le marché équitable, quittèrent le territoire octroyé aux humains. D'autres présents furent échangés pour négocier des droits de chasse et de pêche. Cet accord satisfaisait les deux parties, même si les uns toléraient leurs nouveaux voisins en étouffant des grondements pendant que les autres, dissimulant leur peur, faisaient en sorte de retrouver la sécurité des murs de la colonie avant le crépuscule.

Les années passèrent et de nouveaux explorateurs arrivèrent. Nombre d'entre eux moururent, mais il en resta assez pour que les humains prospèrent. Les colonies se transformèrent en villages, qui grossirent pour former des villes de plus en plus grandes. Peu à peu, les humains gagnèrent l'intérieur du continent et s'étendirent jusqu'aux confins du territoire qu'ils avaient l'autorisation d'occuper.

Les siècles passèrent. Les humains étaient intelligents. Les Autres aussi. Les humains inventèrent l'électricité et les réseaux hydrauliques. Les Autres gardèrent le contrôle de toutes les rivières susceptibles d'alimenter les centrales et de tous les lacs représentant une réserve d'eau potable. Les humains inventèrent le moteur à combustion et le chauffage central. Les Autres gardèrent le contrôle de tous les carburants nécessaires aux machines et aux systèmes de chauffage. Les humains inventèrent et manufacturèrent des produits. Les Autres gardèrent le contrôle de toutes les ressources naturelles, déterminant ce qui pourrait et ne pourrait pas être fabriqué sur leur territoire.

Il y eut des conflits, bien sûr, et certains endroits se muèrent en de sinistres lieux de mémoire en l'honneur des morts. Les défaites successives firent comprendre au gouvernement humain que les *terra indigene* dominaient Thaisia, et qu'il ne faudrait rien de moins qu'une apocalypse pour changer cet état de fait.

Arrive l'époque présente. De petits villages humains subsistent au milieu de vastes territoires appartenant aux Autres. Et dans les villes humaines importantes, des parcs fermés appelés Enclos sont occupés par des *terra indigene* qui ont pour tâche de surveiller les résidents de la cité et de faire respecter les accords conclus entre les humains et les Autres.

Il existe toujours une fragile tolérance prédatrice d'un côté, la crainte de ce qui rôde dans le noir de l'autre. Mais les humains, s'ils font preuve de prudence, survivent.

La plupart du temps, ils survivent.

Chapitre premier

Réveillé par les mouvements incessants de celle qui partageait son lit, Simon Wolfgard bâilla, roula sur le ventre et étudia Meg Corbyn. Elle s'agitait tellement que les draps ne la couvraient plus qu'à peine, ce qui n'était pas bon pour elle. Ne possédant pas de fourrure, elle risquait d'attraper un rhume. Un Loup *terra indigene* n'attrapait que ce qu'il désirait. Simon ne voyait pas vraiment pourquoi un humain voudrait d'un rhume, mais, apparemment, les humains en voulaient et pouvaient en attraper un par temps froid. Et il faisait très froid dans la région Nord-Est de Thaisia, même à la fin du mois de febros. Cela dit, si elle souhaitait se réchauffer, elle se blottirait contre lui ; une réaction sensée, étant donné qu'il était pourvu d'un bon manteau et que, comme tous les Loups, il aimait le contact.

Si quelqu'un lui avait dit quelques semaines auparavant qu'il deviendrait l'ami d'une humaine et se soucierait d'elle au point de veiller sur elle pendant son sommeil, il aurait hurlé de rire. Et pourtant il se trouvait à cet instant dans l'appartement de Meg, au complexe Vert, tandis que son neveu Sam dormait chez Elliot, le géniteur de Simon, dans la résidence Wolfgard. Avant l'attaque contre l'Enclos de Lakeside qui s'était produite en début de mois, Sam et Simon avaient déjà fait la sieste, et même dormi une nuit entière, serrés contre Meg. Mais il s'était passé plusieurs choses la nuit où des hommes avaient tenté d'enlever Meg et Sam. D'une part, Meg avait failli mourir en sauvant Sam. D'autre part, pendant que Simon emmenait Meg à l'hôpital, il avait brusquement éprouvé une rage incontrôlée.

Il nourrissait quelques soupçons sur ce qui lui était arrivé, ce qui expliquait pourquoi Sam, qui était encore un louveteau et ne se maîtrisait pas très bien, ne se blottissait plus contre Meg avec lui.

Celle-ci disait mesurer un mètre soixante car, d'après elle, les gens la voyaient ainsi plus grande que si elle affirmait mesurer un mètre cinquante et des poussières. Elle avait vingt-quatre ans, des cheveux d'une curieuse teinte orange dont les racines laissaient paraître leur couleur noire naturelle, des yeux gris pâle comme ceux de certains Loups et une peau claire. Une peau étrange et fragile qui se marquait de cicatrices très facilement.

C'était une *cassandra sangue*, ou prophétesse du sang, une femme qui avait des visions et énonçait des prophéties chaque fois qu'elle se coupait. Qu'elle s'incise intentionnellement la peau avec le rasoir qu'elle employait à cet effet ou qu'elle s'écorche sur un rocher, elle entrevoyait l'avenir.

Les Sanguinati appelaient les humaines comme Meg des « sang doux » car, même à l'âge adulte, leur cœur conservait la douceur de celui d'un enfant. Et cette candeur, associée aux visions qui baignaient dans leur sang, interdisait de les considérer comme des proies. C'étaient des créatures de Namid, à la fois terribles et merveilleuses. Peut-être plus terribles encore que ce qu'imaginaient les *terra indigene*, songea Simon.

Il s'occuperait de ce dernier aspect au moment voulu, s'il le devait. Pour l'instant, Meg était Meg, l'agent de liaison de l'Enclos et son amie. Elle se mit à haleter et à agiter les jambes, comme si elle courait.

— *Meg?*

Elle avait beau ne pas comprendre le langage *terra indigene*, il essaya tout de même, car elle ne semblait pas faire l'un de ces rêves agréables où l'on pourchasse un chevreuil. Sans compter qu'elle exhalait soudain des effluves de peur.

— *Meg ?*

Dans l'intention de la réveiller, il pressa la truffe sous son oreille.

Dans son rêve, Meg entendait le monstre se rapprocher. Un son familier, d'autant plus effroyable qu'elle le savait synonyme de destruction. Elle tenta de donner l'alerte, d'appeler à l'aide, de fuir les images qui assaillaient son esprit.

Quand quelque chose entra en contact avec sa peau, sous son oreille, elle hurla et se débattit avec toute l'énergie dont elle était capable. En lançant un coup de pied, elle rencontra un obstacle. Terrifiée, elle s'agita de plus belle.

Un glapissement retentit, suivi par un bruit sourd. Meg s'empressa d'allumer la lumière. Le souffle court, le sang tambourinant à ses tempes, elle remarqua tout d'abord que la table de chevet correspondait à l'image qu'elle avait enregistrée juste avant de s'endormir, sauf que le petit réveil posé à côté de la lampe indiquait à présent 3 heures. Rassurée par l'aspect familier des lieux, elle regarda autour d'elle.

Elle ne se trouvait pas dans une cellule stérile au sein d'une institution dirigée par un homme qui lui entaillait la peau pour gagner de l'argent. Elle était dans sa chambre, dans son appartement de l'Enclos de Lakeside. Et elle était seule.

Pourtant, elle n'était pas seule lorsqu'elle avait éteint la lumière quelques heures plus tôt. Quand elle avait sombré dans le sommeil, un gros Loup velu était couché à côté d'elle.

Agrippant autant de draps et de couvertures qu'elle put, elle les remonta sous son menton et se rallongea.

— Simon ? chuchota-t-elle.

Un grognement lui parvint, semblant provenir du sol, de l'autre côté du lit. Puis une tête humaine apparut, et les yeux d'ambre de Simon Wolfgard se posèrent sur elle, traversés de reflets rouges. Signe incontestable qu'il était furieux.

— Tu es réveillée, maintenant ? gronda-t-il.

— Oui, répondit-elle timidement.

— Bien.

Elle eut juste le temps d'apercevoir des muscles fins et de la peau nue – nue ! – avant qu'il se glisse sous les draps. Elle se détourna, le cœur battant sous l'effet d'un tout autre genre de peur.

Il ne dormait jamais avec elle sous forme humaine. Jamais. Pourquoi le faisait-il à présent ? Voulait-il… coucher avec elle ? Elle n'était pas… Elle n'avait pas… Elle n'était même pas sûre de pouvoir, avec… Mais s'il s'attendait à ce que… ?

— S… Simon ? lança-t-elle, un tremblement dans la voix.

— Meg ?

Dans sa voix à lui perçait un grondement.

— Tu n'es pas un Loup.

— Je suis toujours un Loup.

— Mais tu n'es pas un Loup avec de la fourrure.

— Non. Et tu prends toutes les couvertures.

Sur ces mots, il attrapa les draps auxquels elle s'accrochait et tira dessus d'un coup sec, de sorte qu'elle roula jusqu'à lui. Avant qu'elle ait eu le temps de décider comment réagir, Simon avait rabattu les couvertures sur eux, la plaquant contre lui.

— Arrête de gigoter, lui ordonna-t-il d'un ton bourru. Si tu me donnes un autre bleu que celui que j'aurai à la hanche, je te mords.

Elle se figea, mais pas en raison de la menace. Dans son sang nageaient des prophéties et des visions qui se libéraient lorsque sa peau était entaillée. Simon le savait et ne lui causerait pas la moindre égratignure. Cela étant, durant les deux semaines qui venaient de s'écouler, il avait appris à la pincer à travers ses vêtements en serrant les mâchoires assez fort pour lui faire mal sans la blesser. Discipline de Loup adaptée à sa nature particulière de *cassandra sangue*.

Elle était arrivée par hasard dans l'Enclos de Lakeside sept semaines auparavant, transie de froid et à la recherche d'un travail. Simon avait régulièrement menacé de la dévorer les premiers jours, ce qu'il évitait de faire avec ses autres employés, ces derniers ayant tendance à réagir en s'enfuyant après avoir rédigé leur démission. Mais, quand les *terra indigene* avaient découvert qu'elle était une prophétesse du sang et qu'elle tâchait d'échapper à son propriétaire, ils avaient choisi de la traiter comme l'une des leurs. Et de la protéger comme l'une des leurs, surtout depuis qu'elle était tombée dans la rivière glacée et avait manqué de se noyer en tentant d'éloigner ceux qui cherchaient à s'emparer de Sam. Raison pour laquelle Simon veillait sur elle toutes les nuits, roulé en boule à côté d'elle, depuis qu'elle était sortie de l'hôpital.

Si elle n'avait pas autant apprécié la chaleur fournie par le corps velu du Loup, cette intrusion dans sa vie privée l'aurait davantage dérangée.

Était-ce pour cela qu'il faisait toujours si froid dans son appartement ? Pour éviter qu'elle se plaigne de la compagnie de Simon ? Il ne lui était même pas venu à l'idée de protester, car Simon était un Loup. Sauf qu'à présent il ne ressemblait pas à un animal et qu'avoir Simon sous forme humaine à côté d'elle sous les draps lui paraissait… différent. Déroutant. Menaçant, dans un sens qu'elle n'avait aucune envie d'expliquer.

Quoi qu'il en soit, velu ou non, il lui tenait toujours chaud, ne faisait rien de spécial, et il était encore trop tôt pour songer à se lever, alors il faudrait qu'elle… réfléchisse… demain.

Le sommeil commençait à la gagner quand Simon la secoua légèrement et demanda :

— Qu'est-ce qui t'a fait peur ?

Elle aurait dû savoir qu'il ne renoncerait pas si facilement. Et peut-être avait-il raison. Son don de prophétie avait évolué depuis qu'elle s'était échappée de l'institution et vivait avec les Autres. Elle était devenue plus sensible, au point qu'elle n'avait pas toujours besoin de se couper pour avoir des visions, surtout si celles-ci la concernaient.

Les images s'estompaient. Elle avait déjà oublié certaines parties du rêve qu'elle avait fait, elle le savait. En garderait-elle un quelconque souvenir au réveil ? La simple perspective de se remémorer ce cauchemar suffit à la faire frissonner.

— Ce n'était rien, affirma-t-elle en tâchant de s'en convaincre elle-même. Juste un rêve.

Même les prophétesses du sang faisaient des rêves ordinaires, non ?

— Ça t'a fait assez peur pour que tu m'éjectes du lit. Ce n'est pas rien, Meg. (Les bras de Simon se resserrèrent autour d'elle.) Et pour ton information, malgré ta petite taille, tu rues comme un orignal. Ce que je dirai aux autres Loups.

Super. Tout à fait ce qu'il lui fallait. *Oui, c'est notre agent de liaison. Meg l'orignal.*

Mais le Loup dominant et chef de l'Enclos qui se trouvait à côté d'elle attendait une réponse.

— J'ai entendu un bruit, murmura-t-elle. Un bruit que je connaissais, mais que je n'ai pas réussi à identifier.

— Un bruit que tu avais entendu en cours ? demanda-t-il d'une voix aussi basse qu'elle, faisant allusion aux leçons qui lui avaient été dispensées à l'institution dans le dessein de l'amener à reconnaître ce qu'elle voyait ou entendait dans les prophéties.

— En cours, mais ici aussi. Et ce n'est pas un son isolé, mais une multitude de sons qui, ensemble, ont une signification propre.

Simon observa un silence songeur.

— D'accord. Quoi d'autre ?

Elle frissonna. Il se serra aussitôt contre elle, et elle se sentit mieux. En sécurité.

— Du sang, souffla-t-elle. C'est l'hiver. De la neige recouvre le sol, et elle est tachée de sang. J'ai aussi vu des plumes. (Elle tourna la tête vers Simon.) C'est pourquoi j'ai essayé de crier, d'attirer l'attention de quelqu'un. J'ai vu des plumes noires brisées dans la neige écarlate.

Simon la dévisageait.

— Tu les as vues ? Il ne faisait donc pas nuit ?

Elle réfléchit un moment, puis secoua la tête.

— Non. Il n'y avait pas beaucoup de soleil, mais il faisait jour.

— As-tu reconnu l'endroit ?

— Non. Je ne me souviens d'aucun détail susceptible de préciser le lieu, à part qu'il y avait de la neige.

Simon tendit le bras au-dessus d'elle pour éteindre la lumière.

— Dans ce cas, rendors-toi, Meg. Nous traquerons cette proie demain matin.

Il se coucha à côté d'elle et sombra instantanément dans le sommeil, exactement comme lorsqu'il se trouvait sous forme de Loup. Sauf qu'il ne se trouvait pas sous forme de Loup et qu'elle ne savait pas comment lui dire que le fait qu'il dorme dans son lit sous l'aspect d'un homme avait changé quelque chose entre eux.

Chapitre 2

Garé devant la maison de son meilleur ami Grizzly Man, Chacal, assis dans le pick-up de son père avec son autre super copain, L'Hyène, attendait que le spectacle commence. Ventdi était le jour de collecte des ordures dans ce quartier de Walnut Grove, et ces saletés de Corbeaux de l'Enclos arriveraient juste avant les camions poubelles pour fouiller parmi les déchets jetés par les humains. Toutes les semaines, ils venaient fourrer leurs becs dans les conteneurs métalliques placés sur le trottoir. Ils fouinaient, picoraient et repartaient avec toutes sortes de saloperies, parce que c'était ça, les Corbeaux : des ramasseurs de merde.

Personne n'y pouvait rien. C'était ce qu'avait affirmé Politic Man. On ne pouvait même pas tirer sur ces voleurs à plumes : les peines de prison et les amendes auxquelles on s'exposait étaient capables de ruiner une famille entière. Mais Grizzly Man, qui savait dégotter sur Internet des trucs qu'il valait mieux cacher aux parents, avait entendu parler d'un jeu d'enfer appelé « Paf, les Corbeaux ». Les femmelettes avaient la possibilité de s'inscrire sur le site pour jouer en ligne, mais, si on voulait de l'action, de la vraie, il fallait deux drogues très spéciales : « au-delà du loup » et « septième ciel ».

Il n'était pas facile de s'en procurer, et elles coûtaient cher. Grizzly Man, L'Hyène et lui avaient dû débourser presque deux mois d'argent de poche pour acheter les flacons que L'Hyène avait trouvés auprès d'un ami d'ami qui connaissait quelqu'un qui connaissait quelqu'un. Ils n'allaient pas tarder à découvrir si les drogues et le jeu en valaient la peine.

— Allez, marmonna Chacal. Je dois ramener le pick-up avant que mon paternel parte au boulot.

L'Hyène baissa la vitre passager.

— J'entends les camions poubelles. Ils doivent être dans la rue d'à côté. G-Man est prêt ?

Chacal sortit son portable de sa poche et composa un numéro.

— T'es prêt ? demanda-t-il quand Grizzly Man décrocha.

— Je leur ai donné la viande, répondit ce dernier. T'es sûr du dosage ?

Par les dieux d'en bas, non, il n'était pas sûr du dosage. La semaine précédente, ses deux copains et lui s'étaient partagé la moitié du flacon d'« au-delà du loup », pour essayer, et il ne gardait qu'un vague souvenir de ce qui s'était passé après leur rencontre avec Priscilla Keys, qui n'aurait jamais dû se promener toute seule dans les rues la nuit. Tout ce qu'il se rappelait, c'était que ce qu'il avait éprouvé allait bien au-delà de l'excitation sexuelle. Il s'était senti bestial, puissant, et brûlait d'envie de connaître de nouveau ces sensations.

Mais pas tout de suite. Il fallait d'abord attendre que les choses se tassent. Priscilla n'était pas revenue à l'école, et il avait entendu sa mère dire à sa grand-mère que l'agression qu'elle avait subie avait endommagé ses « parties intimes » et peut-être plus encore. Sa mère avait ajouté qu'elle ne laisserait pas sa propre fille sortir seule, même si c'était pour se rendre chez une amie qui vivait à six maisons de là. Pas tant que les sauvages qui avaient fait ça à Priscilla n'auraient pas été arrêtés.

Ça lui avait fait bizarre d'entendre sa mère parler comme ça. Elle semblait vraiment en rogne. Ça lui avait fait un peu peur, raison pour laquelle il avait été soulagé quand ils avaient tous voté pour garder le reste d'« au-delà du loup » pour le jeu. Le temps qu'ils réunissent assez d'argent pour un nouveau flacon, tout serait redevenu normal.

— Hé, Chacal, l'interpella G-Man. T'es encore là ? Les clébards se comportent bizarrement, et j'aime pas leur façon de me regarder. Ça me fout les jetons.

— Les voilà, annonça L'Hyène alors qu'arrivaient les Corbeaux.

Il se pencha en avant, une main appuyée sur le tableau de bord.

— Venez, bande de crétins, chuchota Chacal. Mangez un peu de spaghettis au « septième ciel ». Vous vous sentirez si bien que vous ne sentirez plus rien.

L'Hyène jurait que la drogue était assez puissante pour rendre un Loup adulte aussi inoffensif qu'un chiot nouveau-né. Ou pour clouer au sol tous ces maudits Corbeaux. La veille, ses copains et lui avaient acheté une grosse portion de spaghettis à emporter. Le matin même, ils y avaient mélangé du « septième ciel » et avaient ensuite laissé des poignées de pâtes à côté de six des poubelles disposées dans la rue.

Les Corbeaux volèrent vers celles dont les couvercles n'étaient pas solidement fermés ou à côté desquelles se trouvaient des objets. Dès que le premier volatile eut repéré les spaghettis, des oiseaux affluèrent de partout. Chacal n'aurait su dire s'il s'agissait de Corbeaux ou de corbeaux. Toujours est-il que tous engloutissaient les pâtes.

— Faites-vous plaisir, abrutis, murmura Chacal. Mangez. G-Man, c'est bientôt le moment, ajouta-t-il dans son portable.

— Hé, lança L'Hyène. Qui c'est, celle-là ?

Une fille toute menue aux cheveux noirs allait de maison en maison, regardant dans les poubelles.

— Super ! s'exclama Chacal. On a une Autre sous forme humaine.

— Le camion poubelle sera là d'une minute à l'autre, intervint L'Hyène. Il faut qu'on décampe avant de se faire repérer.

— Ouais, ouais, grommela Chacal.

Il observa les oiseaux encore un moment. Une voiture qui passait dans la rue dut faire un écart pour en éviter un qui n'essaya même pas de prendre son envol. Parfait.

— G-Man, lâche les chiens.

Les deux chiens de chasse du père de G-Man sortirent du jardin en courant. Dès qu'ils repérèrent les corbeaux, ils foncèrent dessus avec une brutalité qui excita Chacal tout en le rendant un peu nauséeux. Quelques-uns des volatiles tentèrent de s'échapper en battant faiblement des ailes, ce qui ne fit qu'attirer sur eux l'attention des chiens. Mais ceux-ci s'intéressaient aussi à la fille qui s'était pétrifiée à côté de l'une des poubelles.

— Oh merde ! lâcha L'Hyène. Je sais qui c'est. C'est la nouvelle à l'école. Sa famille vient d'arriver de Tokhar-Chin. Il faut arrêter les chiens !

— On ne peut pas les arrêter ! rétorqua Chacal.

Il agrippa L'Hyène par le manteau, mais ce dernier descendait déjà du pick-up en criant :

— G-Man ! va chercher ton père ! Va chercher ton père !

Il ne restait plus à Chacal qu'à le suivre. Il ne fallait pas qu'on le voie assis là les bras croisés alors que L'Hyène braillait, que la fille hurlait et que les gens sortaient de chez eux, certains habillés pour partir au travail, d'autres encore en peignoir en dépit du froid et de la neige.

Soudain, quelqu'un le poussa en criant à tout le monde de s'écarter et…

« Bang. Bang. »

Ce quelqu'un criait à présent qu'il fallait prévenir la police et appeler une ambulance. C'est à cet instant que Chacal le reconnut. Il ignorait son nom, mais savait qu'il s'agissait d'un flic, un ami du père de G-Man.

L'homme se trouvait à présent à côté de la fille et pressait la main contre la plaie qui pissait le sang à son cou.

— Je suis désolé, Stan, mais je n'ai pas pu faire autrement que les abattre, déclara-t-il, les yeux levés sur le père de G-Man.

— Est-ce qu'elle va s'en sortir ? s'enquit ce dernier.

Le policier marqua une pause, puis retira sa main et secoua la tête. Après s'être essuyé dans la neige fraîche, il se redressa et toisa L'Hyène et Chacal d'un regard sévère.

— Qu'est-ce que vous faites là, les garçons ?

Les yeux de Stan passaient de ses chiens à la fille.

— Par les dieux d'en haut et d'en bas ! qu'est-ce qui leur a pris ? Et comment ont-ils fait pour sortir du jardin ?

— Nous allons les emmener pour analyses. Nous verrons bien s'il existe une raison à leur accès de folie.

Le flic parlait des chiens, et pourtant son regard était fixé sur Chacal. Puis il se détourna vers les oiseaux morts.

— Oui, il nous faudra des analyses.

Chacal essaya d'improviser une histoire, de prétendre qu'il était venu dans l'intention de passer voir G-Man, mais soudain toutes sortes de véhicules officiels bloquaient la rue, et un tas de policiers semblaient s'intéresser à ce qu'il avait à raconter et voulaient l'écouter au poste, en présence de son père. Voilà pourquoi il rentra chez lui à l'arrière d'une voiture de police.

Et voilà pourquoi les flics l'accompagnaient quand il pénétra dans la cuisine et découvrit que Priscilla se souvenait bien mieux que lui de cette fameuse nuit, ce qui expliquait qu'elle soit entrée chez lui armée du fusil de chasse de son père.

Chapitre 3

Ventdi en fin de matinée, le lieutenant Crispin James Montgomery gara la voiture de patrouille sur le parking clients de l'Enclos. Il sortit du véhicule et inspira une bouffée d'air qui avait encore le mordant du plus profond de l'hiver. Cela n'avait rien de surprenant, compte tenu de la tempête qui avait ravagé la ville de Lakeside au début du mois. Tempête qui avait prouvé que les métamorphes et les vampires qui représentaient le visage officiel de l'Enclos n'en étaient pas les habitants les plus dangereux. Révoltées par l'attaque de leur territoire et la mort de l'un de leurs étalons, les Élémentaires, menées par Hiver, avaient déchaîné leur colère sur la ville et ses résidents dans ce que les journalistes avaient appelé la « tempête du siècle ».

Des bâtiments avaient été endommagés, d'autres détruits. Des personnes avaient été blessées, et quelques-unes étaient décédées. Des quartiers entiers de Lakeside avaient été privés d'électricité pendant des jours, et les gens avaient lutté pour se réchauffer et se nourrir pendant que Lakeside était isolée du reste du monde par une chute de neige record et des blocs de glace qui coupaient tous les accès routiers.

Pour avoir passé tout le temps libre dont il avait disposé ces deux dernières semaines à lire des documents sur les villes qui avaient été détruites à la suite d'un conflit avec les Autres, Monty savait que la tempête aurait pu avoir des conséquences bien plus graves. Il ignorait à qui Meg Corbyn avait parlé et ce qu'elle avait dit au juste, mais il était prêt à parier un mois de salaire que c'était grâce à elle que les blocs de glace avaient subitement fondu une nuit, permettant l'approvisionnement de Lakeside. Elle avait prévenu les *terra indigene* que quelqu'un avait l'intention d'empoisonner les étalons des Élémentaires. Elle avait sauvé Sam, le neveu de Simon Wolfgard, lors de l'attaque de l'Enclos. Elle avait gagné la confiance de créatures qui ne se fiaient jamais, ou très rarement, aux humains.

D'un autre côté, étant la cible que visaient les assaillants, elle était indirectement responsable de la tempête qui avait paralysé la ville ainsi que de la mort du maire de Lakeside et de celle du gouverneur de la région Nord-Est. Mais cela, seules quelques personnes le savaient. La version officielle prétendait qu'un groupe d'étrangers était venu à Lakeside dans l'intention d'y semer le trouble et avait provoqué les Autres en faisant exploser une partie du centre technique, causant la mort de plusieurs *terra indigene.* Comme tous les médias affirmaient que c'étaient les humains qui avaient lancé les hostilités, les citoyens de Lakeside avaient observé ces deux dernières semaines une prudente réserve à l'égard des Autres.

Peut-être les gens étaient-ils trop occupés à réparer leurs maisons ou leurs commerces et qu'ils voulaient simplement reprendre le cours de leur vie. Ou alors ils préféraient éviter de se frotter aux créatures qui régnaient sur le continent de Thaisia. Et pas seulement Thaisia. Les *terra indigene* contrôlaient la majeure partie de la planète. Les humains n'étaient que de la viande d'un autre genre à leurs yeux, et la seule chose qui différenciait les hommes des cerfs, c'était qu'ils fabriquaient des biens intéressants. C'était uniquement pour cette raison que les Autres leur permettaient de louer des terres pour y vivre et y produire de la nourriture et qu'ils leur fournissaient les ressources nécessaires à l'élaboration de marchandises. Cela étant, les gens redevenaient de la viande dès l'instant où ils se comportaient d'une manière qui déplaisait aux *terra indigene.*

Cette vérité n'était déjà pas facile à avaler dans les moments les plus paisibles et, compte tenu de l'information que Monty était sur le point de divulguer à Simon Wolfgard, ce jour-là n'aurait rien de paisible.

Monty dépassa l'atelier de couture et *Bon à Croquer*, le café qui faisait partie des quelques magasins de l'Enclos ouverts aux humains. Quand il atteignit *Aux Bouquins Hurlants*, la librairie dirigée par Simon Wolfgard et Vladimir Sanguinati, il frappa à la porte sans tenir compte de l'écriteau « RÉSERVÉ AUX RÉSIDENTS ».

Simon s'approcha derrière la vitre et dévisagea Monty un peu trop longtemps, ce qui permit à ce dernier d'apprécier le contraste qui existait entre eux. Simon Wolfgard présentait l'apparence d'un homme svelte d'une trentaine d'années aux traits séduisants et au visage encadré de cheveux noirs dont la coupe correspondait à son rôle de chef d'entreprise. La plupart du temps, il n'avait aucune peine à se faire passer pour un humain. À l'exception de ses yeux. Les iris d'ambre ne vous laissaient jamais oublier que vous étiez en face d'un Loup *terra indigene*, d'un prédateur. Surtout depuis que Wolfgard avait renoncé aux lunettes à monture métallique qu'il portait afin de paraître moins effrayant. Monty, pour sa part, était un humain de taille moyenne et à la peau foncée qui ne restait mince qu'au prix de gros efforts. Alors qu'il n'avait pas encore quarante ans, ses cheveux bouclés coupés court étaient déjà striés de gris et son visage était marqué de rides qui ne se trouvaient pas là quelques mois auparavant.

Simon finit par déverrouiller la porte, et Monty se glissa à l'intérieur.

— Ce n'est pas ouvert aux clients humains, aujourd'hui ? demanda-t-il tandis que Simon refermait derrière lui.

— Non, répliqua sèchement Simon.

Il se dirigea en boitant vers un chariot garni de livres et entreprit de remplir le présentoir disposé à l'entrée de la boutique.

Monty adressa un hochement de tête à la jeune femme qui se tenait derrière la caisse, l'une des humaines employées par l'Enclos.

— Mademoiselle Houghton.

— Lieutenant, le salua Heather.

Elle paraissait effrayée et, quand elle désigna Simon d'un mouvement du menton qui semblait vouloir dire « attention, il est de mauvaise humeur », Monty se demanda si les résidents de l'Enclos avaient déjà appris la nouvelle ou s'il existait une autre raison à la peur d'Heather.

Après avoir longuement observé Simon, il lança :

— Vous vous êtes fait mal à la jambe ?

Le Loup abattit un livre sur la table et gronda :

— Elle m'a fait tomber du lit ! Elle faisait un cauchemar, alors j'ai essayé de la réveiller, et elle m'a donné un coup de pied !

Monty n'avait pas besoin de demander qui était ce « elle ». Il remarqua d'ailleurs qu'Heather, qui fixait à présent de grands yeux sur le Loup, ne posa pas non plus la question.

— Et en me voyant sous forme humaine, elle a pris son petit air de lapin apeuré.

Simon fit tomber d'autres livres sur la table. L'un d'eux glissa avant d'atterrir au sol. Le Loup ne s'en rendit même pas compte.

— Quelle différence cela peut-il faire, que j'aie de la fourrure ou pas ?

Il pointa le doigt en direction d'Heather, et son regard indiquait clairement qu'il attendait une réponse.

— Aaaaahhhh ! lâcha-t-elle en jetant un coup d'œil à Monty. Eh bien… quand ma mère fait la sieste, notre chat se blottit contre elle, et mon père s'en moque. Mais je ne crois pas qu'il apprécierait que le chat se transforme tout à coup en homme.

— Et pourquoi ? rétorqua Simon. Ce ne serait qu'un chat sous une forme différente.

Heather laissa échapper un son étrange sans répondre.

Monty se racla doucement la gorge avant d'intervenir :

— Une forme sous laquelle il pourrait avoir des relations sexuelles avec une humaine.

— Je ne voulais pas de relations sexuelles ! cria Simon. Je voulais juste ma part de couvertures ! (Il décocha un regard hostile à Heather.) Les femmes sont bizarres.

Monty retint un soupir en voyant les yeux d'Heather s'embuer de larmes.

— Je dois aller dans la réserve pour compléter cette commande, prétexta-t-elle avant de renifler et de partir en hâte vers l'arrière-boutique.

— Si tu essaies de démissionner, je te mange ! cria Simon.

Seul lui répondit le claquement d'une porte.

Simon considéra le présentoir, réduit à un amas désordonné de livres, puis reporta son attention sur Monty et gronda :

— Qu'est-ce que vous voulez ?

Non, ce n'était pas le meilleur moment pour aborder le sujet qu'il devait évoquer, mais il avait besoin de toutes les informations que Wolfgard était susceptible de lui donner, et, en lui révélant ce qu'il savait, Monty espérait épargner à Lakeside un nouveau déchaînement de rage *terra indigene*.

— Est-ce que vous avez écouté la radio ou regardé la télévision, aujourd'hui ? interrogea Monty. Avez-vous appris ce qui s'est passé tôt ce matin à Walnut Grove ?

Simon ne bougeait pas et ne semblait même pas respirer.

— Est-ce que des Corbeaux ont été tués ?

— Des oiseaux, répondit prudemment Monty. Le contact du capitaine Burke au sein de la police locale ne lui a fourni que peu de détails, de sorte que je ne peux pas vous dire s'il s'agissait de Corbeaux *terra indigene* ou de corbeaux ordinaires. (Il hésita.) Mlle Corbyn en aurait-elle rêvé ?

Ou avait-elle fait plus que rêver ? S'était-elle entaillé la peau à l'aide de son rasoir pour énoncer une prophétie ?

— Elle a rêvé de sang et de plumes noires brisées dans la neige. (Simon gronda et toisa Monty d'un regard méfiant.) Elle ne s'est pas coupée. J'aurais senti l'odeur du sang, si elle l'avait fait.

Les rêves prémonitoires étaient-ils normaux pour une *cassandra sangue*, ou était-ce le signe que la santé mentale de Meg commençait à vaciller ? Il ne pouvait en discuter aujourd'hui. Du moins pas avec Simon Wolfgard.

— Votre capitaine a-t-il entendu autre chose ? s'enquit Simon.

Avez-vous une idée précise en tête ? songea Monty.

— Il semblerait que deux chiens de chasse aient attaqué les oiseaux. Il est possible qu'ils se soient échappés de leur enclos par accident et qu'ils aient obéi à leurs pulsions, sauf qu'ils ont aussi tué une adolescente.

La mère, le père et la petite sœur de l'un des garçons qui avaient assisté à l'agression étaient morts également. Mais Monty doutait que l'histoire de la jeune fille qui avait abattu une famille intéresse Wolfgard, à moins qu'elle soit liée d'une manière ou d'une autre à ce qui était arrivé aux oiseaux.

Simon regarda dehors.

— Je n'ai pas vu de Corbeau ce matin. Pas entendu de Corbeau non plus.

Il passa derrière le comptoir, s'empara du téléphone et composa un numéro.

— Occupé, quelle surprise, maugréa-t-il au bout de quelques secondes avant de procéder à un nouvel appel. Jenni ? C'est Simon. Je veux te parler. Tout de suite.

Monty entendit les protestations de Jenni depuis l'endroit où il se trouvait, elles n'avaient donc pas pu échapper à Simon Wolfgard. Le Loup raccrocha néanmoins.

Elliot Wolfgard dirigeait le consulat. En tant que représentant officiel de l'Enclos, il fréquentait le maire et gérait les relations avec le gouvernement de Lakeside. Cependant, c'était Simon Wolfgard le véritable chef de l'Enclos, et personne ne défiait le chef. À part peut-être le Grizzly. Ainsi que les Élémentaires, qui n'obéissaient à personne.

— N'en parlez pas à Meg, intima Simon. Pas encore.

Monty aurait aimé interroger Meg au sujet du rêve qu'elle avait fait avant que celui-ci soit brouillé par ce qu'elle entendrait ou verrait dans les médias. Malgré tout, il acquiesça sans broncher, et il sut qu'il avait fait le bon choix quand Simon se détendit un peu.

— Si l'un des Crowgard sait quelque chose sur ces morts, je vous appelle, assura Simon.

— Merci, répliqua Monty. La police de Walnut Grove fait effectuer des analyses sur les chiens et les oiseaux. Il est probable que les résultats soient communiqués à toutes les forces de l'ordre du nord-est de Thaisia. Je vous avertirai dès que j'en aurai appris davantage. Pour être franc, monsieur Wolfgard, nous espérons tous que les chiens étaient simplement excités et que les oiseaux n'ont pas été assez rapides pour s'enfuir. (En tout cas, la fille, elle, n'avait pas été assez rapide, songea Monty.) Si ce n'est pas le cas…

Il n'osa pas terminer sa phrase. Simon n'hésita pas à le faire à sa place.

— … ça pourrait être le signe que l'infection a atteint le nord-est de Thaisia. Ça pourrait être la même maladie que celle qui a sévi dans le Midwest et a provoqué la bagarre de Jerzy le mois dernier.

Pas une maladie, mais une drogue, corrigea intérieurement Monty. Et « bagarre » était un euphémisme, compte tenu du fait qu'un tiers de la population de ce village avait été massacrée. Il attendrait toutefois le résultat des tests menés à Walnut Grove pour affirmer que c'était une drogue qui était en cause, bien qu'il fût persuadé que la même substance avait altéré le comportement de Simon la nuit de la tempête. C'était la seule façon d'expliquer l'agressivité excessive dont le Loup avait fait preuve lorsqu'il avait emmené Meg à l'hôpital.

— L'agent Kowalski s'est rendu à *Traq Attaq* dans la journée pour courir sur le tapis et soulever des poids, mais je crois qu'il est monté dans les appartements, déclara Simon.

Pour remercier Monty et son équipe d'avoir assuré la protection de Meg durant son séjour à l'hôpital, les Autres avaient mis à leur disposition l'un des studios qui se trouvaient au-dessus de l'atelier de couture. La taxe sur l'eau étant ce qu'elle était, pour quelqu'un comme Karl Kowalski, prendre une douche hors de chez soi de temps à autre constituait un bénéfice non négligeable.

— Il est rare qu'il utilise notre salle de musculation le matin, ajouta Simon en décochant un regard interrogateur à Monty, confirmant que le Loup connaissait l'emploi du temps de ses coéquipiers au moins aussi bien que lui.

Cela confirmait également que les Autres prêtaient attention au moindre changement dans la routine de ceux qui traitaient avec eux.

— Il a pris quelques heures pour lui, aujourd'hui, expliqua Monty.

Wolfgard n'avait pas besoin de savoir que le capitaine Burke considérait que le temps passé dans l'Enclos, même à titre personnel, faisait partie intégrante du service, vu que les *terra indigene* représentaient un danger en toutes circonstances.

— Le docteur Lorenzo renifle autour du cabinet médical de la place du Marché, ajouta Simon.

— Dans ce cas, je passerai lui dire bonjour avant d'aller chercher l'agent Kowalski.

Simon se tourna vers le présentoir, comme si Monty ne se trouvait plus là.

— Sortez par-derrière, conseilla-t-il toutefois. Ce sera plus rapide.

Encore une chose que Simon Wolfgard ne lui aurait jamais proposée quelques semaines auparavant, songea Monty en traversant la réserve en direction de la porte des *Bouquins Hurlants.* Il ne se faisait aucune illusion : les Autres ne considéraient pas les humains comme des alliés, encore moins comme des égaux. Pour eux, ce n'était rien de plus que de la viande intelligente. Cela dit, jamais aucun Enclos n'avait été si accessible aux humains depuis… eh bien, depuis que ces derniers avaient traversé l'Atlantik il y avait de cela des siècles et négocié les premiers accords avec les *terra indigene* du continent.

Il espérait juste que cela resterait ainsi quand Simon Wolfgard apprendrait qu'il avait été drogué avec une substance appelée « au-delà du loup ».

Jenni Crowgard pénétra dans la librairie vêtue en tout et pour tout d'un manteau imprégné de l'odeur d'Heather et qui couvrait ses jambes nues jusqu'à mi-cuisses. Simon l'étudia. D'ordinaire enjouée et curieuse, elle avait ce matin-là l'air préoccupée.

— Tu as entendu quelque chose, conclut-il.

Ce n'était pas une question. Chaque espèce de *terra indigene* possédait un talent propre. Si on traitait parfois les Crowgard de colporteurs de ragots, personne ne répandait les nouvelles aussi vite qu'eux. Même à l'heure actuelle, seul le téléphone inventé par les humains quelques décennies plus tôt se révélait plus rapide que les Corbeaux. Et les ordinateurs, puisque Vlad prétendait qu'il était possible d'envoyer un message identique à de nombreuses personnes en même temps.

— Walnut Grove, déclara-t-il sans la quitter des yeux.

Jenni s'entoura de ses bras.

— Quelque chose de mauvais. Je ne sais pas vraiment pourquoi ni comment.

Elle savait des choses sur le pourquoi et le comment. Des choses que les humains ignoraient encore, Simon en était persuadé. Il la poussa à tout lui révéler, peu à peu. De la nourriture fraîche dans la neige, une tentation à cette époque de l'année. De jeunes corbeaux et des Corbeaux se précipitant pour prendre une bouchée. Puis les chiens, et la mort de nombreux humains.

— Meg a rêvé de Corbeaux ce matin, confia-t-il à Jenni lorsqu'elle eut terminé son récit. Ça lui a fait très peur.

Jenni fronça les sourcils.

— Pourquoi notre Meg rêverait-elle de Walnut Grove ?

— Je ne vois aucune raison, à moins qu'il s'agisse d'un avertissement. (Il dévisagea Jenni jusqu'à ce qu'elle se tortille sous son regard.) Toi, tes sœurs et les autres Crowgard de Lakeside devez rester vigilants. Walnut Grove se trouve à environ deux cent cinquante kilomètres au sud. Si la maladie qui a affecté les humains et les *terra indigene* dans le Midwest et à Jerzy, sur la côte ouest, a atteint cette partie de Thaisia, nous devons tous rester vigilants. Il est facile de se rendre à Walnut Grove en train. Quelqu'un peut tout aussi aisément rapporter la maladie à Lakeside.

— Nous serons prudents.

— Si tu vois Meg se frotter les bras comme quand les visions commencent à la démanger, préviens-moi. Et prête attention à tout ce qu'elle dit.

— Je ferai attention, assura Jenni. Même si notre Meg ne parle pas de Corbeaux.

Décidant de se satisfaire de ces promesses, Simon la congédia et reprit le rangement du présentoir de nouveautés. La fréquentation de la librairie avait remarquablement baissé depuis la tempête, en dépit de l'aide sans précédent que les Autres avaient apportée aux humains qui n'avaient pas pu rejoindre leur domicile.

Peut-être qu'ils reviendront, peut-être pas, songea Simon en lisant la quatrième de couverture de quelques romans qu'il se mit de côté. *Et, aujourd'hui, nous ne voulons pas de singes inconnus dans l'Enclos, de toute façon.*

Il pivota en entendant un bruit de roues et découvrit Heather qui poussait un chariot en direction du comptoir. L'Enclos de Lakeside fournissait tous les *terra indigene* de la région. Le nombre de livres commandés par les Autres compensait largement le manque de clients humains.

— Tu vas préparer les commandes ? s'enquit Simon.

C'était ce qu'elle avait dit avant de se rendre dans la réserve. Il essayait juste de se montrer poli pour se faire pardonner de lui avoir grondé après un peu plus tôt.

Heather ne lui répondit pas. Elle se contenta de lui décocher un regard glacial.

Simon se remit à ranger ses livres en grommelant. Un lapin qui tentait d'intimider un Loup ? Ridicule !

Tandis que cette idée s'implantait en lui, il se tourna de manière à observer Heather pendant qu'il arrangeait le présentoir. Pourquoi la jeune femme lui faisait-elle tant penser à un lapin, ces derniers temps ? Cette comparaison avait toujours été présente dans son esprit, tant en raison de la personnalité d'Heather que de la manière dont elle réagissait en présence des Autres. Il se rendit compte toutefois que c'était la tempête qui avait renforcé cette impression.

De nombreux humains parmi ceux qui travaillaient dans l'Enclos avaient changé de comportement. Certains, à l'instar de Lorne, qui gérait les *Trois P* – pour presse, papeterie et poste – restaient fidèles à eux-mêmes. D'autres, comme Merri Lee, laissaient transparaître un peu de Loup dans leur personnalité et, tout en conservant une raisonnable prudence, s'investissaient auprès des *terra indigene* avec une détermination encore plus grande. Et quelques-uns, comme

Heather, avaient pris conscience qu'ils ne deviendraient jamais les prédateurs.

Il ne pouvait pas la licencier au motif qu'elle se comportait comme un lapin. Enfin, si, mais il n'en avait pas envie. D'une part, il perdrait une bonne employée. D'autre part, ce serait une rude épreuve pour elle si elle ne retrouvait pas tout de suite un travail, et cela rendrait Meg et sa meute humaine malheureuses. Il ne voulait pas que Meg soit malheureuse.

Étouffant un soupir, Simon tâcha de se concentrer sur le présentoir.

Peu importait qu'il ait des clients humains ou non. Tant que Meg et sa meute seraient dans l'Enclos, il aurait tout loisir d'étudier et de s'interroger sur les bizarreries du comportement humain.

Monty trouva Dominick Lorenzo dans un bureau de rez-de-chaussée de la place du Marché.

— Docteur Lorenzo.

— Lieutenant Montgomery.

— Alors, vous envisagez sérieusement d'ouvrir un cabinet dans l'Enclos ? J'avais l'impression que vous n'aviez pas une très bonne opinion des Autres.

— Je ne suis pas sûr que ça ait changé, répliqua Lorenzo. Mais aucun autre médecin du continent n'a l'occasion d'interagir si étroitement avec les *terra indigene*. J'ai vérifié.

— Et avec une prophétesse du sang ? ajouta doucement Monty.

Lorenzo le regarda droit dans les yeux.

— C'est la principale raison pour laquelle j'ai proposé d'ouvrir un cabinet ici et de devenir pour ainsi dire le médecin attitré de l'Enclos.

— Vous comptez abandonner votre poste à l'hôpital ?

— Non. J'ai parlé aux administrateurs de l'établissement après que les Autres ont levé la taxe sur l'eau pour nous remercier d'avoir soigné Meg Corbyn. Ça représente des économies substantielles.

Monty hocha la tête.

— Ils ont également levé la taxe du poste de police de Chestnut Street.

— Même si la proximité des Autres avec des personnes malades ou blessées n'est pas sans poser un problème, il est indéniable que disposer d'un hôpital prêt à soigner tous les résidents de l'Enclos sans distinction pourrait faire une grosse différence pour tout le monde à l'avenir. Comme vous me l'avez fait remarquer pendant la tempête. Pour l'instant, je prévois de tenir une permanence ici deux matinées par semaine.

Hiver avait posé le rétablissement de Meg comme condition pour faire cesser la tempête, et Lorenzo, en dépit de ses réserves à l'égard des Autres, avait prodigué à l'agent de liaison les meilleurs soins possibles. Le médecin avait véritablement sauvé la ville.

— J'y pratiquerai de la médecine de base, précisa Lorenzo en embrassant la pièce d'un geste. L'association commerciale de l'Enclos est prête à acheter tous les équipements nécessaires, mais les soins que j'envisage n'exigent pas beaucoup de matériel. En revanche, les Autres refusent obstinément de m'accorder une infirmière ou une secrétaire. (Il glissa à Monty un regard inquisiteur.) Vous ne pourriez pas y faire quelque chose ?

Monty commença à secouer la tête, puis réfléchit à la question.

— Des soigneurs exercent déjà dans l'Enclos, non ? Peut-être que l'un d'eux pourrait devenir votre assistant, ce qui lui permettrait ainsi d'apprendre les rudiments de la médecine humaine. Et n'y a-t-il pas une masseuse dans ce bâtiment ?

Il avait vu l'écriteau *Entre de Bonnes Mains* à côté de la porte.

— Oui, elle utilise l'une des pièces. Je ne crois pas qu'elle ait beaucoup de clients ici. Elle ne travaille dans l'Enclos que quelques heures par semaine.

— Vous pourriez lui demander comment elle gère la prise de rendez-vous. Il est possible que l'association commerciale accepte d'engager un ou une secrétaire qui se chargerait du planning et des documents administratifs pour vous deux.

— Ce serait une solution, admit Lorenzo. Je vais ajouter cette proposition à ma liste. Je dois présenter un projet devant l'association commerciale et le consul demain.

Monty aborda enfin le sujet qui l'avait conduit à venir saluer le médecin :

— Vous aviez déjà rencontré des *cassandra sangue*. Dès que vous avez vu les cicatrices de Meg Corbyn, vous avez su ce qu'elle était.

— J'avais déjà vu des filles comme elle, confirma Lorenzo avant d'adresser à Monty un regard pénétrant. Meg Corbyn se porte mieux que les personnes que j'ai traitées durant mon internat. J'ignore où elle se trouvait avant d'arriver ici, mais elle était entre les mains de gens qui savent prendre soin des filles comme elle.

— D'après ce que j'ai entendu, ces « soins » incluaient un apprentissage forcé, des coupures infligées de force et l'absence de possibilité d'expérimenter la vie. Les filles étaient en sécurité, certes, mais quelqu'un les utilisait à son profit.

— C'est sensiblement ce que Mlle Corbyn m'a dit quand le Loup m'a autorisé à lui poser quelques questions pendant son séjour à l'hôpital. Mais les filles que j'avais eu l'occasion de voir se trouvaient elles aussi dans un environnement contrôlé, au sein d'un établissement privé annexé à une école. Je ne suis pas sûr que les *cassandra sangue* puissent survivre seules. Même sous supervision, elles sont nombreuses à se couper au point d'en mourir ou de sombrer dans la folie. (Il garda le silence quelques instants.) Il existe un groupe d'humains qui représentent un danger pour eux-mêmes, et je veux les aider. Avec les soins appropriés, il doit être possible de maîtriser leur addiction aux entailles. Mais il y a trop peu d'informations disponibles.

— Ce manque d'informations décourage sans doute les initiatives destinées à protéger et s'occuper de ces filles, avança Monty. J'imagine que plusieurs établissements bien intentionnés ont dû fermer au fil des ans à la suite de décès consécutifs à des coupures.

Il devrait le vérifier en rentrant au poste de police.

Lorenzo approuva d'un signe de tête.

— Interagir avec Meg Corbyn pourrait nous permettre à terme de découvrir le moyen d'aider ces filles à vivre plus longtemps et en meilleure santé.

Après avoir souhaité bonne chance au médecin pour sa présentation du lendemain, Monty prit congé. Une fois dehors, il s'empara de son téléphone portable et appela Kowalski. Son collègue ayant convenu de le retrouver, il prit la direction de *Bon à Croquer*.

Il entra par la porte de service et salua Tess, la *terra indigene* qui gérait le café. Tandis qu'il la regardait disposer des plats garnis de cookies et de pâtisseries dans la vitrine, il se demanda si des clients viendraient les acheter.

— Que faites-vous de la nourriture qui n'est pas vendue à la fin de la journée ? s'enquit-il.

— En général, on donne ce qui ne peut pas se garder jusqu'au lendemain, répondit Tess. *Viande & Verdure* en intègre une partie à ses menus du soir. Le reste est partagé entre les *gards* et distribué à ceux qui le veulent dans les différents complexes.

Un bruit de pas se fit entendre dans l'arrière-boutique.

Tess baissa la voix :

— Et un jour comme aujourd'hui, où l'entrée est réservée aux résidents, les *terra indigene* qui se sont toujours demandé ce que ça faisait d'être dans un café tentent l'aventure.

Combien parmi les Autres qui vivaient dans l'Enclos évitaient *Bon à Croquer* à cause des humains qui fréquentaient l'établissement ? Répugnaient-ils à côtoyer les non-*terra indigene* qui travaillaient dans l'Enclos et étaient autorisés à y faire leurs achats ? ou s'agissait-il d'une question de nombre ? Un petit groupe d'humains ne représentant pas de danger apparent serait toléré, mais pas un magasin rempli d'humains ?

Les Autres vivant dans l'Enclos ressentaient-ils la présence quotidienne de leur ennemi comme une pression ? ou l'assurance de leur suprématie leur procurait-elle un certain soulagement, leur rappelant qu'une partie au moins de leur espèce survivrait toujours à un conflit ?

Et *quid* de la décision sans précédent de Simon Wolfgard de permettre à d'autres humains que l'agent de liaison d'interagir avec les *terra indigene* de l'Enclos ?

Six hommes et deux femmes pénétrèrent dans la salle principale du café. Trois hommes avaient les yeux d'ambre des Loups, un homme et une femme avaient les cheveux et les yeux noirs des Corbeaux, quant au reste, il ne sut dire s'il s'agissait de Faucons, de Chouettes ou d'une autre espèce indigène qu'il n'avait encore jamais rencontrée.

— Je ne veux pas déranger vos clients, déclara Monty à voix basse. J'attendrai l'agent Kowalski dehors.

— Restez, répliqua Tess.

Il s'agissait plus d'un ordre que d'une invitation.

Monty hésita un instant puis, avec un hochement de tête en direction du groupe toujours blotti au fond de la salle, il alla prendre place à une table située à proximité du passage voûté menant aux *Bouquins Hurlants*.

Tess pointa les autres tables du doigt.

— Asseyez-vous.

Tout en observant Monty d'un air méfiant, les *terra indigene* se séparèrent et s'installèrent le plus loin possible de lui. Tous choisirent des chaises qui leur permettaient de le tenir à l'œil.

Kowalski ouvrit la porte et entra. Il afficha une expression de surprise en avisant les Autres attablés dans la salle, confirmant ce que soupçonnait Monty, à savoir que ces *terra indigene* ne se montraient pas d'ordinaire aux humains autorisés à fréquenter l'Enclos. Après les avoir salués d'un signe de tête, Kowalski le rejoignit.

Tess leur apporta un plateau. Elle déposa devant eux deux tasses de café, un sucrier ainsi qu'un petit pichet de crème. Elle leur donna également des couverts et des serviettes en papier, puis leur tendit à chacun un menu imprimé sur une feuille épaisse.

Sans doute dans l'intention d'émettre un commentaire sur le fait qu'elle lui ait donné un menu, Kowalski ouvrit la bouche. Un regard aux cheveux de Tess, qui s'étaient subitement striés de mèches vertes et s'étaient mis à boucler, le convainquit de se taire.

— Nos sandwichs du jour sont garnis de poulet ou de tranches de bœuf, déclara Tess. Nous avons aussi en plus du menu de la quiche suivie d'une salade de fruits.

Nous servons de démonstration, comprit Monty. *Un exemple grandeur nature de ce qu'il faut faire dans ce genre de situation. Voilà pourquoi Tess voulait que nous restions.*

— Je prendrai la quiche et la salade de fruits, dit-il.

— Pour moi, ce sera un sandwich au bœuf, déclara Karl quand Tess reporta son attention sur lui.

— Aimeriez-vous une salade de fruits en dessert ? demanda-t-elle.

— Oui, merci.

Merri Lee sortit de l'arrière-salle et se faufila derrière le comptoir. Des cernes bleuâtres entouraient ses yeux. Peut-être était-elle fatiguée. Comme Heather Houghton, Merri Lee étudiait à l'université de Lakeside, et Monty se rappelait fort bien les nuits blanches passées à réviser pour un examen ou à rédiger un devoir qui était à rendre pour le lendemain.

Peut-être était-ce donc tout simplement le manque de sommeil. Ou autre chose. Puisque Karl faisait mine de ne rien avoir remarqué, Monty lui demanderait plus tard s'il avait eu vent de rumeurs.

Tess prit les commandes des *terra indigene*, puis aida Merri Lee à servir.

Les Loups, les Corbeaux et les autres l'observèrent tandis qu'il étalait une serviette sur ses genoux et, après une hésitation, firent de même. Ils regardèrent quel couvert il utilisait et ce qui pouvait être mangé avec les mains, à l'exemple du sandwich de Karl. Ils suivirent des yeux Merri Lee, qui passait d'une table à l'autre pour remplir les tasses et les verres d'eau.

Alors qu'il écoutait Karl parler des appareils de musculation de *Traq Attaq* et du nouveau livre que Ruth, sa fiancée, avait commandé, Monty comprit que ces *terra indigene* ne venaient pas de l'Enclos. Du moins pas de cet Enclos. Peut-être avaient-ils effectué une livraison et pris la décision de s'arrêter au café avant de repartir. Ou alors ils avaient rendez-vous avec Simon Wolfgard. À moins qu'ils soient venus d'une région reculée où les Autres n'entretenaient aucun contact avec les humains, ou très peu.

Quoi qu'il en soit, se faire servir ne constituait pas l'unique expérience nouvelle pour eux. Ils n'avaient visiblement jamais côtoyé un humain. En tout cas pas un humain qu'ils n'envisageaient pas de tuer et de dévorer. Ils buvaient leur café et mangeaient leurs pâtisseries en répondant aux commentaires amicaux de Merri Lee par des mots brefs et précis, comme des touristes étrangers utilisant les phrases toutes prêtes d'un guide de conversation.

Iraient-ils ensuite acheter des livres aux *Bouquins Hurlants* pour apprendre à se servir de l'argent humain ? se demanda Monty.

Pour la première fois depuis qu'ils fréquentaient *Bon à Croquer*, Tess leur apporta une facture. Se sentant de plus en plus comme un acteur jouant un rôle, Monty sortit son portefeuille, déclinant l'offre de Kowalski de diviser la note en deux. Quand Tess leur rendit la monnaie, il discuta avec Karl de la somme à laisser pour le pourboire, sans hausser la voix. De fait, Monty parlait moins fort que d'habitude. Pour autant, il était certain que les *terra indigene* entendaient et enregistraient chacune de ses paroles.

Ce fut avec soulagement qu'il sortit et monta dans la voiture. Kowalski mit le contact, mais n'enclencha pas de vitesse.

— Voilà une expérience bizarre, déclara le jeune policier. Je me souviens que mon père m'avait emmené avec d'autres enfants chez un glacier et avait fait sensiblement la même chose. Il nous avait parlé des pourboires et nous avait rappelé la bonne façon de se comporter qu'il nous avait expliquée pendant le trajet. Sauf que les gamins qui l'écoutaient ne lui auraient pas arraché le bras s'ils n'avaient pas aimé ce qu'il disait.

— Vous ne vous êtes jamais demandé comment les Autres choisissaient ceux qui leur apprenaient à être humains ? s'enquit Monty.

Karl lui lança un regard circonspect.

— Ils ne sont jamais humains, lieutenant. Ils se contentent de nous imiter pour obtenir ce qu'ils veulent.

— Exact, approuva Monty avec un hochement de tête. Ils nous imitent. Et vous avez raison, ils ne seront jamais humains. Mais je viens de penser que ceux que les Autres choisissent comme modèles déterminent ce qu'ils apprennent de nous, le pire ou le meilleur.

Karl poussa un soupir.

— Je suppose que nous sommes des modèles.

— Oui, affirma Monty. Ce qui me donne de l'espoir pour nous tous.

Tandis qu'ils quittaient le parking et prenaient la direction du poste de police de Chestnut Street, Monty se demanda si les visiteurs de l'Enclos étaient d'une manière ou d'une autre connectés aux événements de Walnut Grove.

Meg rassembla les chiffons, la pelle, le balai et le spray dépoussiérant dont elle avait besoin pour nettoyer le bureau de liaison. L'attrait de la nouveauté s'était émoussé après les premières fois où elle avait fait le ménage elle-même, mais elle n'en aimait pas moins le résultat final. Et puis un bureau propre était synonyme de bureau sans souris.

Le bureau de liaison formait un rectangle divisé en trois pièces spacieuses. Celle du fond comportait des toilettes ainsi qu'un espace de stockage encombré de caisses de vêtements que les Autres utilisaient lorsqu'ils abandonnaient poils et plumes pour adopter une forme humaine. S'y trouvait également un coin-cuisine meublé d'une petite table ronde et de deux chaises. La salle voisine était dédiée au tri du courrier. Elle abritait l'imposante table rectangulaire où Meg classait les lettres et les colis destinés aux commerçants et aux résidents de l'Enclos de Lakeside. La dernière pièce, l'accueil, était pourvue d'un comptoir à trois côtés. C'était là qu'elle recevait les livreurs et réceptionnait leur chargement. Deux chariots à bras étaient stationnés près du portail de livraison qui séparait la salle de tri de la partie ouverte aux visiteurs. Et c'était là qu'était posté Nathan Wolfgard, étalé sur le grand panier de chien – rebaptisé panier de Loup – qu'elle avait acheté pour faire plaisir à celui qui avait reçu l'ordre de veiller sur elle quand elle travaillait.

Meg poussa la porte marquée d'un écriteau « PRIVÉ » par laquelle elle accédait au comptoir depuis la salle de tri.

— Vu que je n'attends aucune livraison ce matin, c'est le moment idéal pour faire le ménage, lança-t-elle d'un ton enjoué en posant le balai et la pelle à côté de la porte. Ce serait bien que tu ailles secouer ton panier dehors.

Nathan leva juste assez la tête pour lui décocher un regard de Loup. Puis il bâilla et se laissa retomber sur son panier.

Il finirait par le faire, se dit Meg. Et si elle ne lui cassait pas trop les pieds, il enfilerait peut-être un pantalon avant de sortir et de secouer son panier à la vue de tous les passants. Elle ne pensait pas que l'on distinguait grand-chose depuis la rue – en tout cas, le lieutenant Montgomery n'avait jamais appelé pour rapporter des plaintes relatives à un homme nu – mais, l'accueil étant équipé de deux grandes fenêtres et d'une porte vitrée, elle avait déjà eu plus d'une fois l'occasion de voir le corps humain de Nathan de dos.

D'après les images qui lui servaient de référence à l'institution pour décrire le monde extérieur, Nathan avait un corps très bien fait.

Et même si elle n'avait fait que l'entrevoir avant qu'il plonge sous les couvertures, le corps de Simon aussi semblait très bien fait.

Fais le ménage, s'exhorta Meg. *Pendant que les mains s'activent, l'esprit travaille. C'est ce qu'a dit Merri Lee.*

Elle vaporisa un peu de spray sur le comptoir puis donna un coup de chiffon.

Peut-être avait-elle eu tort de raconter que Simon avait pris forme humaine ce matin-là. Bon, elle n'avait pas à proprement parler raconté quoi que ce soit. Elle avait plutôt bredouillé pendant une minute lorsqu'elle était passée prendre un café et un muffin à *Bon à Croquer*. Elle n'était même pas sûre d'avoir tenu des propos très cohérents, mais Merri Lee avait saisi l'essentiel. Après quoi, elle lui avait suggéré de s'atteler à des tâches ménagères afin de laisser ses pensées et ses sentiments se trier d'eux-mêmes.

Elle espérait que ses sentiments se trieraient d'eux-mêmes. Et elle espérait aussi qu'après Simon resterait son ami, même si elle décidait qu'elle ne voulait pas d'un amant.

Car elle ne voulait pas d'amant pour l'instant, si ?

Elle se frotta l'aile du nez et prit une brusque inspiration en ressentant une douleur inattendue. Se ruant dans les toilettes, elle examina son visage dans le miroir… et l'écorchure à l'extérieur de sa narine gauche.

Une heure plus tard, appuyée à la table de tri, Meg feuilletait un magazine. Elle le referma lorsqu'elle se rendit compte qu'elle ne cessait de se gratter les bras.

C'était trop d'images. Trop d'éléments nouveaux à considérer et à classer. Et elle avait peur que l'égratignure qui était apparue sur sa peau soit un très mauvais signe. Après tout, rien ne lui permettait d'affirmer que les *cassandra sangue* étaient capables de survivre hors des instituts comme celui où elle était restée enfermée la majeure partie de sa vie. Peut-être que les filles comme elle ne pouvaient pas survivre bien longtemps.

N'y pense pas, se morigéna-t-elle en jetant un coup d'œil à la porte privée. Nathan était demeuré étrangement silencieux depuis qu'elle était revenue dans la salle de tri après avoir désinfecté son égratignure. S'il avait capté l'odeur du médicament, n'aurait-il pas hurlé ? Ne se serait-il pas précipité dans la salle de tri pour la renifler afin de découvrir ce qui n'allait pas ? ou avait-il choisi de mener cette chasse avec subtilité ?

De nombreux animaux avaient parfait l'art de dissimuler la maladie ou les blessures afin d'éviter de se faire repérer par les prédateurs. Les Loups *terra indigene*, eux, avaient parfait l'art de détecter ce que les proies essayaient de cacher. Aussi Meg ne fut-elle pas vraiment surprise quand Henry Beargard apparut dans l'encadrement de la porte séparant le vestiaire de la salle de tri.

Selon toute évidence, Nathan avait préféré parler de l'odeur de médicament au Grizzly plutôt que de lui hurler après lui-même.

— Comment vas-tu, Meg ? demanda Henry de sa voix grondante.

— Bien, mentit-elle.

Les Loups étaient capables de détecter la peur grâce à leur flair. Les Grizzlys aussi.

En traversant la salle jusqu'à la table de tri, il passa une main dans ses cheveux bruns hirsutes qui lui arrivaient aux épaules. Les yeux marron avec lesquels il l'étudia rappelèrent à Meg qu'Henry était, entre autres, le guide spirituel de l'Enclos.

Il huma l'air sans émettre aucun commentaire. Après quoi il déclara :

— J'ai entendu dire que tu avais éjecté Simon du lit d'un coup de pied.

Elle poussa un soupir. Puisqu'elle avait plus ou moins confié cet épisode à Merri Lee, elle ne pouvait pas reprocher à Simon d'en avoir parlé de son côté. Mais ce qui ressemblait à une amitié des plus naturelle deux jours plus tôt semblait à présent bien compliqué.

— J'ai fait un cauchemar. Simon te l'a dit ? (Elle attendit le hochement de tête d'Henry.) Dans mon rêve, je donnais un coup de pied. C'est Simon qui l'a reçu, et il est tombé du lit. Mais je ne l'ai pas volontairement chassé. Éjecté. Bref. (Elle marqua une pause.) Il est en colère ?

— Il boite, et tout le monde lui demande pourquoi. C'est gênant pour lui, parce que tous les autres trouvent ça amusant.

— Oui, eh bien, il n'a qu'à pas me toucher avec sa truffe quand je fais un cauchemar !

Henry éclata d'un rire tonitruant.

— Je crois qu'il a retenu la leçon.

Au moins, Simon ne m'appelle pas Meg l'orignal, songea-t-elle. *Du moins pas encore.*

— Bon, poursuivit Henry. Si tu me disais pourquoi tu sens le médicament ?

Elle tourna la tête et lui montra son nez.

— Je me suis fait une égratignure. Je ne sais pas comment. Je ne me suis pas coupée.

— C'est pour ça que tu as fait un rêve ?

— Je ne sais pas. Peut-être. Tout est différent, en dehors de l'institution. Il y a tant d'images… Je ne peux pas toutes les cataloguer, alors elles se mélangent sans que je sache à quoi elles correspondent, et parfois je travaille, et soudain je ne travaille plus, et je me rends compte que je suis restée debout cinq ou dix minutes sans rien voir.

Les mots lui avaient échappé. Elle n'avait pas l'intention de révéler à qui que ce soit qu'il lui arrivait d'avoir des absences. Les Autres, en particulier Simon, ne l'autoriseraient plus à conduire une BAR ou à faire quoi que ce soit seule s'ils l'apprenaient. Et voilà qu'elle avait tout avoué à Henry, qui la dévisageait comme si elle était une créature étrange.

— Est-ce que Simon est au courant ? finit-il par demander.

Elle secoua la tête.

— Il faut forcément lui en parler maintenant ?

Il la regarda longuement.

— Nous avons beaucoup de choses auxquelles réfléchir. Nous pouvons laisser ça de côté. Pour l'instant.

— Merci. (La discussion était reportée, mais pas pour autant oubliée, se dit-elle.) Tu es venu rien que pour parler de Simon ?

Elle était sûre qu'Henry s'était servi de ce prétexte pour lui rendre visite et découvrir pourquoi elle sentait le médicament.

— Le marchecorps humain est passé dans le bureau de la place du Marché, déclara Henry. Nous devrions peut-être le rappeler pour lui demander de t'examiner.

— Un médecin, le corrigea doucement Meg. On l'appelle un médecin. (Elle frissonna, incapable de maîtriser la peur que lui inspiraient les souvenirs de son ancienne vie.) Je n'ai pas besoin de le voir pour une égratignure.

— Sa présence te dérange.

La voix d'Henry évoquait le tonnerre annonciateur de l'orage.

Fais attention à ce que tu dis, s'intima-t-elle.

— Non, le docteur Lorenzo ne me dérange pas. Il a l'air gentil, et il m'a bien soignée quand j'étais à l'hôpital.

Henry attendit. Il était capable de patienter des heures et ne s'en priverait pas s'il le fallait, Meg en était persuadée.

— Vous permettez à un autre humain de pénétrer dans l'Enclos à cause de moi. C'est pour ça que Simon autorise le docteur Lorenzo à ouvrir un cabinet ici, non ? Pour prendre soin de moi ? Mais il aura accès à la place du Marché. Il pourra tous vous observer.

Henry esquissa un sourire.

— Même quand les humains croient en apprendre beaucoup sur nous, nous en apprenons toujours davantage sur eux, Meg.

— S'occuperait-il aussi des autres employés ?

— C'est à discuter. (Il garda quelques instants le silence.) Pourquoi ne veux-tu pas de lui dans l'Enclos ?

— Sa blouse, lâcha-t-elle en essayant de se gratter à travers ses vêtements. Sa blouse blanche. Les Noms-qui-marchent, ceux qui s'occupaient des filles à l'institution, portaient les mêmes, ou des uniformes blancs qui y ressemblaient.

— Alors, il ne portera pas ce symbole de peur et de souffrance à l'intérieur de l'Enclos. Meg !

Entendre le Grizzly rugir son nom la surprit au point de la faire tituber. Nathan, lui, bondit sur le comptoir de l'accueil, prêt à s'élancer dans la salle de tri si elle avait besoin de lui.

— Il ne portera pas le symbole de ton ennemi, affirma Henry.

— Ahouuuu !

Nathan exprimait son assentiment. Peu importait qu'il ait écouté la conversation ou non. Aucun Loup ne s'opposerait à un Grizzly, encore moins un Grizzly qu'il avait lui-même appelé pour venir en aide à un humain.

— Ça va, assura-t-elle.

Elle se détendit. Peut-être était-ce parce qu'elle s'efforçait à présent de dire les mots qu'il fallait pour que Nathan descende du comptoir avant de glisser et de se faire mal. Elle regarda Henry, puis le Loup.

— Ça va.

La crise résolue, Nathan quitta son perchoir et repartit se coucher dans son panier. Henry sortit après lui avoir promis que les blouses blanches seraient interdites.

Debout dans la salle de tri, Meg tenta de refouler les souvenirs de l'institution, tâchant de se convaincre qu'elle n'aurait jamais à y retourner. Pendant sa pause de midi, elle irait chercher aux *Bouquins Hurlants* l'un des livres d'horreur écrits par des *terra indigene*. Si ces histoires l'effrayaient au point qu'elle dormait ensuite avec la lumière allumée, cela la rassurait également de savoir avec quelle férocité les Loups pouvaient massacrer un humain qu'ils considéraient comme un ennemi.

Henry poussa la porte de *Bon à Croquer*, empoigna Merri Lee et la traîna dans l'arrière-boutique sans tenir compte des protestations de Tess.

Il fallut une minute aux deux femmes pour retrouver leur calme, mais, quand elles l'écoutèrent enfin et que Merri Lee comprit ce qu'il demandait, il se sentit mieux et moins bien à la fois. Cette égratignure posait un problème non pas parce que Meg était une prophétesse du sang, mais parce qu'elle était humaine. Les Autres n'avaient encore jamais essayé de prendre soin d'un humain, et même les humains avaient des difficultés à s'occuper de quelqu'un comme Meg.

Comment les *terra indigene* auraient-ils pu deviner que les humains avaient perdu leur instinct de conservation au point de ne plus savoir prendre soin d'eux-mêmes ?

Même si, à sa décharge, Meg n'avait jamais eu l'occasion de prendre soin d'elle-même.

Lèvres gercées. Peau fragile susceptible de se craqueler à cause du froid, de la sécheresse de l'air, de la déshydratation. Cuticules qui pouvaient se déchirer et saigner. L'hiver était rude pour la peau humaine, mais il existait des crèmes et des laits hydratants pour le visage, les mains et le corps. La marque que les Autres imposaient à leurs employés humains était disponible dans quelques magasins de Lakeside, mais à un prix très élevé, et les boutiques de la place du Marché, d'ordinaire moins chères, ne vendaient pas ce genre de produits.

S'il avait eu le choix, Henry aurait préféré embrasser un porc-épic plutôt que de subir un exposé aussi enthousiaste sur les laits et les crèmes pour les mains. Cependant, vu qu'il n'avait pas le choix et qu'il avait lui-même posé la question, il endura stoïquement le monologue de Merri Lee jusqu'à ce que Tess y mette un terme.

— J'en commanderai assez pour tout le monde si toi et les autres filles promettez d'expliquer à Meg comment prendre soin de sa peau, dit Tess à Merri Lee.

— D'accord. Nous pourrons en discuter après le cours Esprit serein de ce soir, déclara Merri Lee. Ruthie et Heather y assistent aussi.

— Il y a autre chose, ajouta Henry en regardant Tess. Notre Meg m'a confié qu'elle était parfois submergée par les images au point d'avoir des absences. Ça lui fait peur.

— Surcharge d'informations, affirma aussitôt Merri Lee. Quand le cerveau reçoit trop de stimuli, il déconnecte pour se reposer. Ça arrive à tout le monde.

— *Pas à nous*, objecta Tess.

— *Nous sommes plus intelligents que les humains par bien des aspects*, commenta Henry. Tu pourras le répéter à Meg, ajouta-t-il à l'intention de Merri Lee. Elle n'en sait rien et l'expérience l'a effrayée.

Quand Merri Lee lui eut promis de dire à Meg qu'il était fréquent que les humains souffrent d'une surcharge d'informations, Henry s'échappa du café pour gagner la tranquillité de son atelier. En chemin, il jeta un coup d'œil par-dessus le mur de briques qui séparait son jardin du bureau de liaison. Il s'immobilisa. La discussion sur les crèmes et laits hydratants avait constitué une étonnante distraction, mais il repensa à cet instant à tout ce qu'il avait appris dans la journée.

Aucun camion de livraison n'était garé sur le parking. Ce n'était pas inhabituel. Ce qui l'était, en revanche, c'était l'absence de Corbeaux sur le mur. Il en rôdait toujours autour du bureau depuis que Meg travaillait dans l'Enclos. Ils observaient ce qui se passait, annonçaient l'arrivée des livreurs et avertissaient de la présence d'étrangers. Henry ne prêtait pas forcément attention à eux, car ils avaient tendance à avoir la langue aussi bien pendue que les humaines, mais il ressentait à présent leur absence.

Trop agité pour sculpter le bois et façonner ses totems, il se prépara une tasse de thé puis appela Vladimir Sanguinati, le cogérant des *Bouquins Hurlants*.

— Vlad ? Non, Meg va bien. Mais quand Simon se sera un peu calmé, dis-lui que parler de médecins et de blouses blanches la perturbe. C'est quelque chose que nous devrions tous garder à l'esprit.

Et, plus tard, il aborderait avec Simon et Vlad ce problème de peau capable de se fendre assez pour révéler une prophétie sans pour autant laisser couler la moindre goutte de sang.

Chapitre 4

Le Contrôleur traversa les couloirs de l'établissement en direction de l'une des salles de prophétie, saluant son personnel d'un hochement de tête sur son passage. Avec son costume trois-pièces taillé sur mesure, sa chemise immaculée et sa cravate au motif discret, il ressemblait au P.-D.G. de l'une des plus grandes entreprises du continent.

Ce qu'il était, dans un sens. Son arrière-grand-père avait fondé l'institution dans le dessein de préserver un groupe particulier d'humains capables de prédire l'avenir lorsqu'ils se blessaient. Plus précisément d'humaines. Les individus de sexe masculin transmettaient cette faculté sans l'exprimer eux-mêmes. Au fil du temps, l'institution était devenue un refuge pour ces filles, qui auraient autrement été mises au ban de la société, au mieux, ou, au pire, lapidées ou brûlées par ceux qui redoutaient ce qu'elles savaient et ce qu'elles étaient susceptibles de révéler.

Certains avaient loué son arrière-grand-père pour son humanisme, d'autres l'avaient accusé d'être un profiteur. Mais s'occuper de ces filles coûtait cher, alors quel mal y avait-il à utiliser les prophéties qu'elles énonçaient lorsqu'elles s'infligeaient volontairement des blessures dans l'espoir d'expérimenter une sensation d'euphorie ? D'autant plus quand ces prédictions ne nuisaient à personne ?

Certes, il était arrivé que des entreprises prospèrent ou fassent faillite à la suite de la vente ou de l'achat d'actions par son arrière-grand-père. Et pourtant, dans l'ensemble, les régions du monde sur lesquelles les humains exerçaient un tant soit peu de contrôle n'avaient guère changé. Il y avait bien eu des inventions, des innovations, des progrès techniques. Mais dans toutes les villes, même les plus grandes et les plus chic, les humains fermaient toujours l'équivalent d'un pont-levis le soir et frissonnaient de peur à l'idée de ce qui les épiait depuis les bois et les champs.

Son arrière-grand-père avait été un humaniste. Son grand-père, lui, avait été un entrepreneur attiré par le profit, et il avait découvert que certaines des familles qui assumaient la charge de ces personnes dépendantes étaient prêtes, elles aussi, à renoncer à leur altruisme par appât du gain. Le genre de gain qui pouvait avoir un impact sur le monde.

Des lois en faveur de la « propriété tutélaire » avaient été adoptées dans les régions où résidaient ces barons des prophéties. Du personnel avait été engagé pour instruire les filles, s'occuper d'elles, les élever et sélectionner leurs descendants. La « tutelle » s'était muée en un commerce très rentable. Les institutions étaient devenues un secret de polichinelle parmi les clients fortunés et discrets en même temps que les incisions infligées aux filles se transformaient en une procédure de routine au protocole maîtrisé.

Cependant, l'élimination des caractères indésirables s'accompagnait toujours de la perte de certaines qualités. Il s'était malheureusement avéré que l'intelligence et une certaine tendance à la rébellion étaient liées à la sensibilité à produire d'excellentes prophéties, et aucune des mesures prises dans le cadre du programme de sélection n'avait pu changer cet état de fait. Par ailleurs, il était nécessaire d'introduire régulièrement du sang neuf dans le cheptel, raison pour laquelle il arrivait que de jeunes filles soient achetées à des familles effrayées par leur inquiétante addiction aux coupures. Certains parents renonçaient à leur progéniture de leur plein gré, d'autres non. Cela dit, même ceux qui ne voulaient pas abandonner leur enfant ne rapportaient que rarement un enlèvement. Après tout, si le gouvernement local découvrait pourquoi quelqu'un s'était emparé de la fille, toute la famille risquait d'être placée sous tutelle. Dans son intérêt, bien sûr, puisque cette addiction aux coupures se transmettait de façon héréditaire.

Le Contrôleur avait des charges et des frais généraux, comme dans toute entreprise. Mais il n'avait plus à euthanasier les filles difficiles ou celles qui ne possédaient plus assez de peau intacte pour compenser les coûts qu'elles engendraient. Celles-là étaient devenues la source d'un produit d'un genre différent.

« *Ne vends pas toujours les meilleures pour ne garder que les rebuts pour toi*, lui disait son grand-père. *Ton avenir est aussi important que celui de tes clients.* »

Sage conseil. Aussi bien à titre professionnel que personnel. Voilà pourquoi, deux fois par mois, il sélectionnait deux filles destinées à lui fournir des prophéties relatives à ses intérêts propres. Un an auparavant, il avait commencé à entendre les lettres HAT dans ces prédictions. Il n'en avait saisi le sens qu'au cours des mois précédents, quand ses clients les plus influents s'étaient mis à mentionner le mouvement Les Humains Avant Tout dans les conversations qu'il échangeait parfois avec eux.

En même temps que l'existence de ce courant politique, il avait découvert que le sang des *cassandra sangue* ne contenait pas que des prophéties. Pour un homme possédant des filles capables de prédire l'avenir, une telle coïncidence ne devait rien au hasard.

Le Contrôleur pénétra dans la salle de prophétie et s'assit tandis que le personnel attachait la première fille dans le fauteuil.

Tout en ouvrant un carnet, il sortit un stylo de la poche de sa veste et prit la parole :

— Mon nouveau secteur d'activité. Quelle est la prochaine étape ?

Il répéta inlassablement ces mots pendant que le coupeur sélectionnait une zone de la cuisse gauche de la fille et lui incisait la peau, apposant la lame du rasoir dédié à cet effet à cinq millimètres exactement de la dernière cicatrice.

Le visage de la fille se tordit sous l'effet de la douleur précédant l'énonciation de la prophétie. Puis elle commença à parler, et la souffrance laissa place à l'euphorie addictive qui s'apparentait à un orgasme.

— Un homme qui tient un stylo. Une feuille est posée devant lui. Un chat à poils longs qui fait ses griffes sur le coussin d'un fauteuil. Les lettres HAT.

Elle gémit et leva les hanches en un mouvement sensuel en dépit des sangles qui la retenaient à son siège.

C'est bien maigre pour une coupure à la cuisse, ragea le Contrôleur en son for intérieur.

— Ramenez-la dans sa cellule et préparez la deuxième fille. Je reviens dans quelques minutes.

Il se rendit dans son bureau et alluma son ordinateur. En attendant que l'écran s'anime, il établit une liste de mots associés aux images décrites par la fille. « Écrire, noter, marquer » pour la première. « Griffer », « égratigner » et « labourer » pour la deuxième. Quand il put lancer Internet, il entra différentes combinaisons contenant ces termes dans un moteur de recherche. Rien, rien et rien. Il tapa ensuite « marquer, griffer, HAT ».

Et voilà. Mark Griff. Récemment arrivé de l'Alliance des Nations Cel-Romano. En ce moment à Toland pour donner plusieurs conférences sur le mouvement HAT.

Le Contrôleur sourit. Même si la tâche ne s'avérerait sans doute pas facile, il finirait par entrer en contact avec cet homme. Derrière le discours politique officiel, HAT était le fer de lance de la lutte contre la domination des *terra indigene*, et le Contrôleur savait être le seul capable de fournir aux membres de cette formation politique des armes assez ingénieuses pour atteindre leurs objectifs.

Pour les tests, « au-delà du loup » et « septième ciel » avaient été présentées comme des drogues de rue. Mais il ne vendrait pas de drogue aux militants du mouvement HAT. Non, il mettrait à leur disposition des préparations pharmaceutiques qui affaibliraient l'ennemi d'un côté et, de l'autre, créeraient une armée déchaînée qui n'hésiterait pas à affronter les *terra indigene* pour la gloire de l'espèce humaine.

Oui, contacter Mark Griff était la prochaine étape de sa nouvelle entreprise.

Satisfait, le Contrôleur regagna la salle pour la seconde prophétie. La question qu'il avait à poser avait beau concerner ses affaires, il en faisait également un problème personnel, car cs759, la garce qui se faisait appeler Meg Corbyn, courait toujours. Et même si chaque coupure rapprochait les *cassandra sangue* de la mort, en liberté, elles pouvaient devenir des ennemies redoutables. Le fait qu'elle énonce des prophéties pour les Autres les rendait, elle comme eux, bien trop dangereux. Surtout à l'heure actuelle. Il devait donc la récupérer – ou la tuer – avant qu'elle ait une vision sur sa nouvelle activité et l'association qu'il envisageait avec le mouvement HAT.

— Parle-moi du Loup de Lakeside, intima-t-il. Que va-t-il arriver au chef de l'Enclos ?

Le sang coula, et avec lui jaillit la prophétie. Mais cette fois, au lieu de parler, la fille essaya de se libérer de ses sangles et de sortir du fauteuil.

— Qu'arrive-t-il au Loup ? répéta le Contrôleur d'une voix autoritaire. Parle-moi du Loup !

La fille posa les yeux sur lui et se mit à crier.

— Ça suffit pour cette fois. Raccommode-la.

— Pourquoi collecter les saignements de nez ? Il y a de la morve, dedans.

Un rire fusa, aigu et désagréable.

— Et alors ? Ceux qui vont l'acheter et l'avaler n'en sauront rien. Il veut tout ce qu'il est possible d'extraire de celle-là. C'est la meilleure qu'on ait. À croire que le fait d'être cinglée rend le produit encore plus puissant.

Elle les écouta parler d'elle, mais les mots ne l'affectèrent pas plus que les quelques coups de reins qu'il leur fallut pour éjaculer en elle. Parfois, ils la giflaient, la provoquaient, essayaient de la mettre en colère. D'autres fois, en plus des entailles, ils utilisaient leurs poings pour faire couler son sang. Souvent, ils pratiquaient les incisions trop près des précédentes coupures ou sur d'anciennes cicatrices. Quoi qu'il en soit, cela ne faisait aucune différence pour personne qu'elle crie ou non.

Sauf pour elle.

Elle ne se débattit pas lorsqu'ils mirent des pansements sur ses plaies et soignèrent son nez. Elle se laissait faire à présent, totalement passive, vidée de ses forces et de ses prophéties.

— À bientôt, cs747, lança l'un des Noms-qui-marchent en la lorgnant d'un regard concupiscent. Tu vaux encore quelques billets, ne meurs pas tout de suite.

Ce n'est pas moi qui vais mourir, songea-t-elle en entendant la porte se refermer et la clé tourner dans la serrure. *J'ai vu… tant de choses. Un homme en blouse blanche qui est plus qu'un Nom-qui-marche, avec des cheveux poivre et sel. Un homme à la peau sombre dans une voiture de police. Et le Loup. J'ai vu le Loup de Meg.*

Tant de choses allaient se produire à cause de Meg et de son Loup.

— Je ne suis pas cs747, chuchota-t-elle d'un ton de défi en se redressant sur son lit de camp pour s'adosser au mur. Je m'appelle Jean.

Chapitre 5

Feudi en fin de matinée, levant les yeux des factures entassées sur son bureau, Vlad aperçut Heather et Merri Lee sur le seuil. Il maudit intérieurement Simon, qui s'était absenté pour bouder, ruminer ou il ne savait quoi, lui laissant sur les bras toute la paperasse de la librairie et le problème que ces femelles n'allaient pas tarder à lui jeter à la figure. Car il était évident d'après le regard de Merri Lee et la façon dont elle agrippa le poignet d'Heather pour l'entraîner à l'intérieur du bureau qu'au moins l'une d'entre elles avait une idée derrière la tête.

C'étaient de bonnes employées. Par conséquent, elles n'étaient pas mangeables.

Et, de toute façon, Vlad était prêt à parier que même un vampire affamé aurait trouvé leur sang un peu trop aigre ce matin-là.

— Quoi ? lança-t-il, tâchant de masquer son anxiété.

Deux mois auparavant, il ne se serait pas inquiété. C'étaient des humaines. Si elles commençaient à causer des ennuis, il suffisait de les remplacer. Mais ensuite Merri Lee, Heather et quelques autres s'étaient liées d'amitié avec Meg Corbyn, formant ainsi une meute humaine au sein de l'Enclos, et l'association commerciale tentait encore de comprendre ce qui s'était passé, ce que cela signifiait, et se demandait comment l'expliquer aux autres *terra indigene* de l'Enclos, sans parler des autres *terra indigene* tout court.

L'Enclos de Lakeside commençait à attirer des visiteurs qui venaient uniquement pour voir cette étrange meute humaine non mangeable. Il espérait ne pas se trouver dans le bureau le jour où l'une des filles apprendrait que ces curieux les considéraient comme une attraction touristique, moins impressionnante que Talulah Falls, peut-être, mais plus mystérieuse.

— Quoi ? répéta-t-il comme elles continuaient de le dévisager.

— Nathan doit quitter le bureau de Meg pendant la pause de midi, déclara Merri Lee.

— C'est ce qu'il fait d'habitude, répliqua Vlad.

— Mais pas quand Meg reste là-bas. Et nous avons prévu de déjeuner avec elle. Au bureau.

— Et pourquoi devrait-il partir ?

— Il s'agit d'une intervention, répondit Merri Lee.

— D'une discussion de filles, marmonna Heather en même temps.

— À propos de… ? insista-t-il, constatant qu'elles gardaient le silence.

— De sexe, déclara Merri Lee.

— Peut-être de sexe, ajouta Heather, qui s'écarta du bureau en lui décochant ce que Simon appelait son regard de lapin. J'ai entendu M. Wolfgard dire qu'il ne s'agissait pas de sexe.

— Mais Meg pense que si, protesta Merri Lee. Ou que c'est possible. Quoi qu'il en soit, Simon et Meg se comportent bizarrement, et ils doivent résoudre leur problème avant que ça perturbe les autres.

Celle-ci n'a rien d'un lapin, songea Vlad en contemplant le feu qui brillait dans les yeux de Merri Lee. *Il y a du Loup dans son attitude. Peut-être même une touche d'Ours.*

— S'ils doivent résoudre leur problème, pourquoi Meg doit-elle en discuter avec vous ? objecta-t-il. Et quels autres risquent-ils de perturber au juste ?

Et pourquoi n'avait-il pas entendu parler de cette histoire ?

— Pour savoir comment elle doit réagir ! s'exclama Merri Lee, visiblement exaspérée par son incapacité à saisir un concept d'une telle simplicité. Quant aux autres, une certaine Air est venue au café ce matin avec l'un des poneys pour dire à Tess que Printemps trouvait que Meg paraissait malheureuse, et toutes les filles du lac veulent savoir pourquoi. J'ai eu l'impression que le fait qu'elles s'intéressent à ce sujet, et aussi qu'Air fasse entrer un poney à l'intérieur de *Bon à Croquer*, inquiétait Tess, alors j'ai pensé qu'il était temps que nous (elle agita le doigt entre Heather et elle) aidions Meg à se sortir de cette situation.

— Quel poney ? s'enquit Vlad.

— Je ne sais pas. Un brun.

Séisme, Tornade ou Tourbillon, songea Vlad. Hiver était venue une fois dans le bureau de la librairie, il comprenait donc très bien que Tess ait pu s'inquiéter de l'irruption de l'une des filles du lac dans son café pour une raison n'ayant rien à voir avec le café.

Il ressentit soudain le besoin de parler à Nyx, de retrouver la simplicité d'une discussion avec quelqu'un de son espèce, avec une redoutable prédatrice, car ces deux furies non mangeables commençaient à le rendre nerveux, en particulier celle qui paraissait sur le point d'exploser.

Tous les habitants du complexe Vert savaient que Meg n'avait pas vu son voisin Loup la veille au soir, ce qui était inhabituel, et qu'elle était allée seule au bureau ce matin-là. Ce qui était également inhabituel. Même Jester Coyotegard avait dit ne pas avoir envie de fourrer son nez dans ce porc-épic émotionnel. Tous les autres résidents avaient décidé de suivre son exemple, et Vlad aurait été ravi de faire de même.

D'un autre côté, Grand-père Erebus avait appris que l'agent de liaison ne parlait plus au Wolfgard, et si la mauvaise humeur de Meg mettait Grand-père de mauvaise humeur, l'ambiance dans l'Enclos risquait de devenir pesante. Et si les Élémentaires commençaient à s'en mêler, la situation, de pesante, pourrait devenir dangereuse pour tout le monde.

Finalement, les furies avaient peut-être raison de vouloir aider à résoudre ce… problème, quel qu'il soit au juste.

— Puisque Nathan garde Meg et non le bâtiment, je peux l'éloigner, mais pas le faire sortir, déclara Vlad. Pourquoi ne pourrait-il pas rester à l'accueil, si vous discutez dans la pièce du fond ?

— Parce que les Loups ont l'ouïe fine, rétorqua Merri Lee.

Comme les Sanguinati, songea-t-il avant d'appeler Nyx.

— *Nyx ? J'ai besoin de te voir à la librairie.*

Les Sanguinati se changeaient en brume, et la brume pouvait se faufiler sous une porte ou à travers le trou d'une serrure. La brume pouvait se fondre dans l'ombre. La brume pouvait écouter sans que personne ne s'en rende compte.

— Très bien, céda-t-il. Nathan restera dehors.

Il s'arrangerait avec Blair Wolfgard, la première sentinelle de l'Enclos. Et si Blair refusait de l'aider, il ferait appel à Henry.

Il espérait simplement qu'aucun d'eux ne lui demanderait en quoi consistait au juste une discussion de filles.

— Allez-vous-en, lança-t-il. J'ai du travail.

Elles sortirent avec un empressement qui lui fit prendre conscience qu'il s'était montré beaucoup plus conciliant qu'il n'en avait l'intention.

Heather apporta une pizza pour le déjeuner. Merri Lee, elle, arriva avec du chocolat et un livre intitulé *La Drague pour les nuls*.

— Merci, dit Meg en contemplant l'ouvrage avant de le mettre de côté, à un endroit où il ne risquait pas d'être taché par de la sauce tomate. Tu l'as trouvé aux *Bouquins Hurlants* ?

Merri Lee pouffa.

— Grands dieux non ! Hier, je suis allée dans une librairie près de l'université de Lakeside. Ne t'inquiète pas, je ne te prends pas pour une nulle. C'est simplement le nom d'une collection traitant de toutes sortes de sujets. Mais je me suis dit que, puisque c'était totalement nouveau pour toi, même des informations de base pouvaient s'avérer utiles.

— Si nous avions eu ce titre en réserve aux *Bouquins Hurlants*, ce qui n'est pas le cas, nous n'aurions pas pu l'acheter sans que M. Wolfgard l'apprenne, renchérit Heather.

Les bras de Meg commencèrent à la démanger. Elle éprouvait le sentiment qu'une autre conversation se déroulait simultanément, et c'était celle qu'elle n'entendait pas qui recélait un danger.

— Tess m'a dit que les crèmes et laits hydratants devaient arriver demain, annonça Merri Lee pendant qu'Heather distribuait des parts de pizza. Et pour la première commande, nous pouvons tout essayer gratuitement.

— Gratuitement ? s'exclama Heather. Quand j'ai acheté de la crème hydratante pour faire un cadeau l'an dernier, ça m'a coûté une demi-semaine de salaire ! Et là, c'est gratuit ?

— Pour la première commande, répéta Merri Lee. À titre de test.

Meg sentit sa peau vibrer à la mention du mot « test ». Puis cette sensation s'estompa.

— Pourquoi est-ce si cher ? interrogea-t-elle.

— La loi de l'offre et de la demande, répondit Merri Lee. Les *terra indigene* fabriquent ce genre de produits surtout pour eux-mêmes et n'en vendent qu'une petite partie aux magasins humains. Ce qui est rare est cher. Il existe des tas de produits similaires sur le marché, mais la plupart sont parfumés. Ça ne dérange pas les humains, mais les Autres, si.

Meg se rappela soudain une vidéo de l'institution dans laquelle quelqu'un posait une question à une personne qui se mettait ensuite à parler d'un sujet totalement différent sans plus s'arrêter. Comme Merri Lee, qui discutait de crèmes et de laits hydratants alors que ce n'était pas du tout le motif pour lequel Heather et elle étaient venues déjeuner au bureau.

— Tu tournes autour du pot, déclara Meg, se remémorant le terme identifiant le comportement de la vidéo.

— Tu as raison, avoua Merri Lee, qui attendit qu'Heather ait distribué une seconde portion de pizza à chacune avant de reprendre la parole. Bon, que s'est-il passé entre Simon et toi ?

— Je ne sais pas ce qui s'est passé, répondit Meg. Je ne sais même pas s'il s'est passé quelque chose.

Merri Lee lui adressa un sourire.

— Dans ce cas, essayons de le savoir.

Elles discutèrent pendant plus d'une heure en mangeant de la pizza, puis du chocolat.

— Les *terra indigene* se transforment sans y penser, commenta Merri Lee. C'est du moins l'impression que j'ai. Changer de forme n'a pas plus de signification pour eux que n'en a pour nous le fait d'échanger sa tenue de travail pour des vêtements plus confortables. Il est possible que Simon ne se soit même pas rendu compte qu'il s'était transformé, hormis qu'il avait froid. Tu dis qu'il dort avec toi depuis que tu es rentrée de l'hôpital.

— Oui, mais sous forme de Loup, précisa Meg. Un Loup avec de la fourrure, c'est chaud et doux. Un Loup avec de la peau humaine, c'est… un homme.

Ce matin-là, Meg avait senti son corps réagir comme s'il existait une raison pour elle d'être effrayée.

— Et les hommes aiment le sexe, ajouta Merri Lee en jaugeant Meg du regard. C'est à toi de voir si tu en as envie ou pas, comme c'est le cas pour chacune d'entre nous. C'est ton choix.

Son choix. Oui. Quelque chose en elle se détendit.

— C'est tout de même romantique, fit remarquer Heather. Simon qui tient compagnie à Meg et veille sur elle. On croirait l'une de ces histoires, quand un Loup ou un vampire tombe amoureux d'une humaine.

— Ce n'est que de la fiction, objecta Merri Lee. Des fantasmes.

— Des tas de *terra indigene* ont essayé de coucher avec des humains, insista Heather. Ou au moins d'en tripoter. Si les Autres ne s'intéressaient pas du tout à nous sur le plan sexuel, pourquoi Mme Je-sais-tout donnerait-elle des conseils sur la drague et les interactions intimes entre les *terra indigene* et les humains dans le journal de l'Enclos ?

— Ce n'est pas parce qu'un humain a envie de sexe qu'il est prêt à s'engager dans une relation avec toutes les filles qui lui disent oui, protesta Merri Lee. Et qui sait ce qu'en pensent vraiment les Autres ? Prennent-ils le même plaisir que nous lorsqu'ils font l'amour sous forme humaine, ou considèrent-ils cela comme une expérience, comme quand on embrasse son animal domestique pour voir l'effet que ça fait ?

— C'est dégoûtant ! s'exclama Heather.

— Et peut-être totalement à côté de la plaque, admit Merri Lee en décochant à Meg un nouveau regard pénétrant. Je crois que notre discussion de filles ne t'avance pas beaucoup.

— Non, reconnut Meg. Mais le fait que Simon dorme dans mon lit sous forme humaine a changé notre relation. J'ignore pourquoi, mais c'est comme ça. C'est juste que je ne sais pas comment réagir.

Assis sur un banc dans l'atelier d'Henry, Simon regardait le Grizzly toucher les totems et les autres sculptures à différents stades d'élaboration. Oui, le Beargard caressait le bois, mais n'utilisait aucun outil. Signe qu'il était trop perturbé pour travailler.

— D'après ce qu'a compris Nyx de ce qu'elle a entendu, Meg pense que je voulais coucher avec elle parce que c'est ce qu'un humain aurait attendu d'elle, expliqua Simon.

— Et c'était le cas ? demanda Henry. (Il éteignit la bouilloire, disposa des sachets de thé dans deux tasses et versa l'eau chaude par-dessus.) Est-ce que tu voulais coucher avec elle ce matin-là ?

— Non ! Il faisait froid. J'avais juste envie de me mettre sous les couvertures. Je pensais que ça perturberait Meg si je gardais ma fourrure sous forme humaine. J'essayais de me montrer prévenant, même si elle m'avait fait tomber du lit alors que je n'avais rien fait ! (En réalité, il avait perdu l'équilibre en tentant d'éviter le deuxième coup de pied de Meg, mais ça, personne n'avait besoin de le savoir.) Et pourquoi Meg croit-elle que je voulais coucher avec elle ? Elle n'avait pas l'odeur des humaines qui ont envie de sexe.

En fait, à ce moment-là, il avait senti sur elle de la nervosité, et même de la peur. Mais il avait pensé que c'était à cause de son cauchemar. Il ne lui avait même pas traversé l'esprit que c'était peut-être à cause de lui. Il poussa un soupir.

— Je suis perdu.

— Avec Meg, tu es perdu depuis le jour où tu l'as rencontrée, commenta Henry avant de tendre une tasse à Simon et de s'asseoir à côté de lui. Et maintenant, mon ami, tu es comme un prédateur qui a bondi dans une jolie prairie pour découvrir qu'elle regorge de serpents et de pièges à loup. (Simon trouvait cette description de Meg peu flatteuse, mais réprima le réflexe qui l'exhortait à la défendre.) Elle n'est pas une *terra indigene*, Simon, ajouta doucement Henry. Elle n'est pas comme nous. Elle est humaine.

— Elle n'est pas comme nous, mais elle n'est pas non plus comme eux, rétorqua-t-il. C'est Meg.

— Une créature nouvelle pour nous que nous ne comprenons pas tout à fait, acquiesça Henry. Elle est arrivée seule et effrayée, sans aucune expérience du monde. Tu lui as donné un travail, un endroit où vivre. Tu es devenu son ami.

— Il n'y a rien de mal à être son ami.

— Non, il n'y a rien de mal à cela. Tu as juste oublié qu'elle n'était pas un Loup.

Simon but une gorgée de thé sans émettre de commentaire. Il n'avait pas exactement oublié, mais, au fil des jours, ça lui avait paru de moins en moins important. Jusqu'à ce que Meg réagisse bizarrement en le voyant dans son lit sous forme humaine.

— Tu t'es isolé des tiens, reprit Henry.

— C'est mon choix de ne pas vivre dans le complexe Wolfgard.

— Il est bon que le chef de l'Enclos vive dans la résidence multiespèce, mais cela ne signifie pas que c'est bon pour toi. La solitude prolongée ne convient pas aux Loups.

— Je cours avec des membres de la meute plusieurs fois par semaine, et Sam vit avec moi.

Ou du moins avait vécu avec lui jusqu'à ce que l'idée de laisser Sam et Meg seuls ensemble le mette mal à l'aise. Le moindre accident pourrait avoir de graves conséquences tant pour elle que pour le louveteau. Mais ça, il ne pouvait l'expliquer à personne. Pas encore.

— C'est vrai, tu as Sam, approuva Henry. Tu as utilisé la curiosité qu'il éprouvait à l'égard de Meg pour neutraliser la peur qui le figeait sous forme de Loup et l'empêchait de communiquer avec nous. Tu t'es servi de Meg.

Simon détourna la tête en entendant cette désagréable vérité. Quelqu'un s'était servi de Meg toute sa vie pour faire du profit. Il n'avait aucune envie d'agir comme ces humains et redoutait parfois d'y être contraint.

— Elle aussi, ça l'a aidée.

— C'est vrai. Mais si tu avais fait avec une Louve tout ce que tu as fait avec Meg, ton comportement aurait été considéré comme une parade nuptiale. Tu te serais présenté comme un partenaire potentiel.

— Ce n'était pas… Elle ne…

Il n'avait jamais pensé à elle de cette façon. Mais elle, avait-elle pensé à lui ainsi ?

— Elle n'est pas l'une des nôtres, si bien que tu ne t'es jamais dit que les jeux, la toilette ou le fait de partager le même lit pouvait paraître ambigu, d'autant plus qu'elle joue aussi avec les autres Loups. Mais maintenant que Sam vit avec les autres Wolfgard, elle ne dort plus qu'avec toi, et tu as toujours fait attention à rester sous forme de Loup. Jusqu'à hier.

— Je voulais juste lui parler de son cauchemar, protesta Simon. Elle ne peut pas communiquer comme nous. Comment aurais-je pu lui parler sinon ? (Comme Henry se contentait de le regarder, il se mit à gronder.) C'est à cause de toutes ces histoires qu'écrivent les humains sur des Loups qui s'accouplent avec eux.

— Nous aussi, nous avons ce genre d'histoires, objecta Henry. Mais elles servent d'avertissement, car en général ça ne se termine pas bien pour les amants. Est-ce que tu as déjà songé à avoir une descendance ?

— Je ne pensais pas prendre une compagne ni avoir des louveteaux tant que j'étais chef de cet Enclos.

Il était encore jeune lorsqu'il avait envisagé de diriger un Enclos, mais, même à cette époque, il était lucide. Un chef devait constamment rester vigilant et surveiller l'ennemi qui cernait les siens, faire respecter des règles, des accords. Décider s'il fallait exterminer les humains. Et un chef courait le risque d'absorber trop de caractères humains, de finir par trop ressembler à l'ennemi.

Il avait prévu de passer l'été dans une colonie *terra indigene* d'une autre région de Thaisia où il pourrait courir et vagabonder sous forme de Loup pendant des jours et des jours sans aucune responsabilité. Mais il ne partirait pas. Pas alors que cette maladie qui touchait les Autres et les humains s'était déclarée tout près de Lakeside.

— Que devrais-je faire ? demanda-t-il.

Henry but son thé sans rien dire pendant une minute.

— Tu ne peux pas reprendre l'amitié que tu as donnée à Meg sans lui briser le cœur. Mais tu peux, et tu devrais, choisir de ne pas dépasser le stade de la simple amitié. Meg ne connaît la liberté que depuis deux mois. Elle commence seulement à apprendre qui elle est. De ce point de vue, c'est une enfant, comme Sam, malgré son corps d'adulte. (Il poussa un soupir.) Fais attention, Simon. Nous avons avec les humains des contacts qui n'existent dans aucun autre Enclos ; ton attitude envers Meg aura un impact sur tout le monde, les humains comme les *terra indigene*.

— Est-ce qu'une amitié peut porter un tel poids et survivre malgré tout ?

— Je ne sais pas, avoua Henry en prenant la tasse des mains de Simon. Mais il est temps pour toi de le découvrir.

À 16 heures précises, Nathan lança à Meg un regard accusateur puis se glissa hors du bureau par la porte principale, abandonnant son poste de vigile. Lors de la pause de midi, il avait fallu qu'Henry le prenne par la peau du cou pour le faire sortir. Et à présent… Bon, il n'avait pas tout à fait la queue entre les jambes, mais pas loin.

Et ça, songea Meg, *ça signifie que Simon est en chemin.* En l'attendant, elle nettoya la salle de tri déjà étincelante et tailla quelques crayons en prévision du travail du lendemain.

Si la discussion avec Merri Lee et Heather lui avait fait du bien, elle ne lui avait pas apporté de réponses. La seule personne capable de lui en fournir, c'était le Loup qui venait d'entrer et se tenait à présent de l'autre côté de la table de tri. Mais après avoir passé l'après-midi à penser aux hommes, au sexe et à la vie dans l'Enclos – et à se remémorer certaines expériences désagréables qu'elle avait vécues à l'institution –, elle croyait détenir une réponse. Restait à savoir comment Simon allait réagir.

— Je t'aime beaucoup, murmura-t-elle. Et je veux être ton amie.

Il pencha la tête et l'étudia. Elle espérait qu'il n'allait pas se mettre à remuer les oreilles. Ça la désarçonnait toujours quand Jester Coyotegard le faisait, car il était difficile de se rappeler ce que l'on voulait dire en voyant des oreilles velues s'agiter sur une tête humaine.

— Mais tu ne veux pas de relations sexuelles, compléta Simon.

Aucune des images qu'elle avait étudiées ne correspondait à l'expression du Loup. S'agissait-il de déception ? de résignation ? de soulagement ?

— Ce n'est pas grave, déclara-t-il doucement.

Il a renoncé affreusement vite, pensa Meg. *Est-ce donc si insignifiant pour lui ? Suis-je la seule à me poser des questions ?*

— Tu as déjà couché avec des humaines, non ?

Simon haussa les épaules avec une désinvolture qui lui serra le cœur. Apparemment, l'hypothèse de Merri Lee quant à la façon dont les Autres considéraient les relations sexuelles avec les humains était plus proche de la vérité que celle d'Heather. Mais, de toute façon, elle ne voulait pas coucher avec Simon ; ce qu'il pensait ne devait donc pas lui importer.

— Les femelles *terra indigene* ne sont en chaleur que deux ou trois fois dans l'année, expliqua-t-il. Il est agréable d'avoir des relations sexuelles en dehors de ces périodes. Mais ces humaines ne travaillaient pas dans l'Enclos et ne vivaient pas parmi nous. Ça se résumait à quelques heures de divertissement permettant de satisfaire une curiosité mutuelle. Rien de plus.

Il marqua une pause, puis ajouta :

— T'avoir comme amie est plus agréable.

Elle n'était pas certaine de le croire, mais sentait que ce n'était pas le moment d'approfondir la question. Pas encore.

— Bon, eh bien, je suppose que ça clarifie la situation, conclut Meg, impatiente de le voir partir. Si tu veux bien m'excuser, j'ai des livraisons à faire. Je vais fermer le bureau.

— Très bien. Tu veux que je t'aide à charger la BAR ?

La Boîte À Roues était le petit véhicule électrique qui était utilisé dans l'Enclos.

— Non, merci. Les colis ne pèsent pas lourd.

Il hocha la tête, puis sortit par la porte de service.

Meg resta dans la salle de tri jusqu'à avoir la certitude qu'il était bel et bien parti, et se demanda depuis combien de temps elle pleurait.

Simon s'adossa au mur du bureau de liaison.

C'était fait. La tâche s'était révélée assez facile, vu que Meg avait accompli l'essentiel du travail en établissant des frontières à une amitié qui n'en possédait pas jusqu'à présent. Il aurait dû se sentir soulagé, et pourtant il n'avait qu'une envie : lever la tête et hurler le Chant de la Solitude.

Mais il ne pouvait pas. Pas ici. Pas aujourd'hui.

Il s'agissait d'un simple malentendu. Rien d'assez important pour perturber l'Enclos ou ses plus redoutables résidents. Dorénavant, il s'en tiendrait aux limites respectées par les hommes et les femmes qui se montraient aimables, sans plus.

Malgré tout, se blottir dans le lit de Meg la nuit lui manquerait. Cette intimité lui manquerait. Jouerait-elle encore avec lui, ou devrait-il se cantonner à sa forme humaine dans le cadre de leur nouvelle relation ? Si tel était le cas, l'autoriserait-elle à lécher sur ses doigts le beurre et le sel du pop-corn qu'elle mangeait pendant qu'ils regardaient des films ?

Probablement pas. Cette pensée le rendit triste, car Meg avait vraiment bon goût.

Chapitre 6

— C'est le jour des poubelles, marmonna Meg lundi matin alors qu'elle venait de fermer la porte de son appartement.

Elle retourna à l'intérieur pour prendre le sac en papier qu'elle avait laissé dans la cuisine.

Au sein de l'institution où elle avait passé presque toute son existence, les ordures étaient collectées par les employés du Contrôleur, et ce que les filles connaissaient de la gestion des déchets se limitait aux engins et aux activités illustrés par les photographies, schémas ou vidéos qu'on leur avait montrés. Même à présent, elle n'avait qu'une vague idée de ce que les humains faisaient des débris qu'ils produisaient chaque jour. Ils en recyclaient une partie par nécessité, elle le savait, mais elle doutait qu'ils trient le reste.

Les Autres, eux, ne gaspillaient presque rien, ce qui signifiait que l'on ne pouvait pas se contenter d'un unique sac-poubelle. Les déchets végétaux allaient dans un conteneur, les résidus carnés dans un autre. Une poubelle était réservée aux bouteilles en verre, une autre aux boîtes de conserve et aux divers emballages métalliques. Les anciens catalogues qu'il fallait rendre pour recevoir les nouveaux retournaient au bureau de liaison, tandis que les autres papiers étaient jetés dans une poubelle différente pour être recyclés.

S'ils n'étaient pas abîmés, les trognons et autres restes de fruits étaient disposés dans des mangeoires disséminées dans tout l'Enclos à l'intention des oiseaux. Ce qui commençait à pourrir était mis au compost. Les résidus végétaux encore comestibles étaient déposés au sol à proximité des mangeoires pour les écureuils, les lièvres et les autres animaux susceptibles de les apprécier. Les restes carnés étaient distribués dans le quartier Hawkgard pour alimenter les rats qui, à leur tour, fournissaient aux Faucons une viande saine, les rongeurs ne s'aventurant pas dans les zones occupées par les humains, où la nourriture pouvait être empoisonnée.

À l'issue de ce processus de tri et de recyclage, les déchets hebdomadaires d'une résidence entière tenaient dans un seul conteneur, qui était transporté jusqu'au centre technique pour y être traité.

Lorsqu'elle était arrivée au complexe Vert, elle séparait ses poubelles en trois catégories : compost, recyclage et autre. Ce n'était que deux semaines auparavant que Simon lui avait montré les bacs à ordures qui se trouvaient en bas et lui avait fourni tous les récipients domestiques qu'elle était désormais censée utiliser pour le tri. Sur le moment, cette exigence lui était apparue comme un signe d'acceptation. À présent...

Comment répare-t-on une amitié? se demanda-t-elle tandis qu'elle verrouillait la porte de son appartement et descendait l'escalier que quelqu'un avait déblayé pour lui éviter de glisser sur la neige.

Elle jeta sa poubelle dans le grand conteneur placé à côté de la route avant de revenir sur ses pas pour se diriger vers le garage situé derrière la résidence. Là, elle monta dans sa BAR et prit le chemin du bureau.

Passer du temps avec Simon lui avait paru tout naturel. À présent, le simple fait de le voir la mettait mal à l'aise. Et la veille, terredi, avait été un jour particulièrement inconfortable, car Simon ne lui avait pas proposé de les accompagner, Sam et lui, pour jouer dehors. Et quand il l'avait invitée à regarder un film avec eux le soir, il était resté assis à l'autre bout du canapé sous forme humaine au lieu de se transformer en Loup et de se rouler en boule à côté d'elle comme il l'avait toujours fait depuis la première fois où elle était allée chez lui.

Simon se comportait plus en chef et en patron poli avec une employée que comme un ami.

Et ça faisait mal. Elle était surprise que des sentiments puissent se traduire par une telle souffrance physique.

— C'est toi qui as commencé, marmonna-t-elle en conduisant. C'est toi qui as monté… ça… en épingle.

Cela étant, Simon n'avait pas vraiment essayé – pas du tout, à vrai dire – de la convaincre qu'il n'avait aucune arrière-pensée lorsqu'il s'était glissé dans son lit sous forme humaine. En fait, il avait paru soulagé d'avoir une excuse pour cesser d'être son ami.

— Pense à autre chose.

Elle entra dans le garage situé derrière le bureau et vérifia le taux de charge de la batterie de la BAR avant d'éteindre le moteur. Elle n'avait pas besoin de brancher la voiture. C'était toujours ça de moins à faire ; elle pourrait ouvrir à temps pour réceptionner les premières livraisons de la matinée.

C'était très calme depuis la tempête du début du mois. De nombreux magasins se disaient en rupture de stock quand un résident de l'Enclos passait une commande. Voir les articles concernés dans les publicités du *Lakeside News* ne contribuait pas à apaiser la tension entre humains et *terra indigene*. Si les humains mentaient pour éviter de fournir les Autres, dans combien de temps ces derniers leur interdiraient l'accès aux ressources nécessaires à la production de ces biens et transformeraient cette prétendue rupture de stock en réalité ?

Si ce jour arrivait, tout le monde fouillerait dans les poubelles en quête d'objets réutilisables.

Ses bras se mirent à la démanger si subitement que Meg lâcha son sac à main pour se gratter frénétiquement à travers ses vêtements. Avant, ces fourmillements survenaient quand approchait le moment de l'inciser pour une prophétie. Depuis qu'elle vivait dans l'Enclos, cela lui arrivait très souvent. Parfois, il s'agissait d'un léger picotement qui disparaissait au bout d'une minute. D'autres fois, la sensation se renforçait ou s'atténuait à la manière d'une alarme lorsqu'elle se déplaçait d'une pièce à l'autre ou qu'elle s'éloignait d'une personne en particulier.

Il arrivait aussi que la démangeaison se transforme en une douloureuse vibration annonçant que quelque chose allait se produire. Et le seul moyen qu'elle avait d'en savoir davantage, c'était de s'entailler la peau pour provoquer une vision.

Elle resta dehors et attendit de voir si le picotement allait faiblir ou s'intensifier.

Puis elle entendit des Corbeaux croasser à proximité. C'était Jenni et ses sœurs, qui s'envolaient en direction de…

Elle laissa échapper un cri lorsque la démangeaison se mua en une désagréable vibration.

— Meg ?

Elle leva la tête et découvrit Vlad qui l'observait, penché à la fenêtre du premier étage des *Bouquins Hurlants*. Du coin de l'œil, elle aperçut Nathan qui franchissait l'angle du bureau de liaison à toute allure.

— Meg ?

De la brume glissa le long de la façade de la librairie. Vlad, sous son autre forme.

Meg ferma les yeux, s'efforçant d'oublier Vlad, qui flottait à présent dans sa direction, ainsi que le Loup qui s'agitait à côté d'elle.

D'un moment à l'autre, tous deux reprendraient une apparence humaine et exigeraient de savoir ce qui n'allait pas. Et avant de pouvoir le leur dire, il lui fallait le découvrir.

Elle pensait aux poubelles quand le picotement avait commencé. Elle tâcha donc de se remémorer toutes les images relatives à la collecte des déchets, aux conteneurs et au recyclage qu'elle avait vues. De vieilles boîtes de conserve enterrées dans la neige ou brillant au soleil ? Non. Les grands bacs noirs à roulettes de l'Enclos ? Non, mais… Un camion poubelle. Le bruit métallique des boîtes de conserve qui s'entrechoquent, le crissement des freins hydrauliques ou elle ne savait quoi qui produisait ce grincement caractéristique audible à plus de cent mètres de distance. Des plumes, du sang dans la neige et…

— Jenni ! hurla Meg.

Quand Vlad, sous forme humaine, referma les mains sur ses bras, elle l'empoigna par son pull noir à col roulé.

— C'était ça, le bruit. Dans mon rêve. Les camions poubelles. C'était ça. Les Corbeaux ne doivent pas s'approcher des poubelles, des camions, des ordures. Sinon, ils vont mourir, Vlad. Ils vont mourir !

Elle sursauta quand Nathan se mit soudain à hurler. L'instant d'après, d'autres hurlements s'élevèrent du complexe Vert, du complexe Wolfgard, de tous les endroits de l'Enclos abritant des Loups.

— Je m'en occupe, assura Vlad. Est-ce que tu arriveras à entrer seule dans le bureau ?

— Oui, je…

— Pas de coupure, Meg. Promets-moi que tu n'utiliseras pas ton rasoir. Promets-le-moi.

— Je te le promets. Pas tout de suite.

Sa réponse ne le satisfaisait pas. Elle le lut dans ses yeux noirs avant même qu'il pointe son doigt sur Nathan et ordonne :

— Ne la quitte pas d'une semelle.

Puis Vlad courut vers l'entrée de service de *Bon à Croquer*. Quelques instants plus tard, un Faucon traversa le ciel, s'éloignant de l'Enclos. Meg en déduisit que Vlad avait envoyé Julia Hawkgard à la recherche de Jenni.

Nathan lui donna un petit coup de tête sur la hanche. Comme elle ne bougeait pas, il referma la mâchoire sur la manche de son manteau et entreprit de la tirer vers le bureau.

— D'accord, d'accord, laisse-moi ramasser mon sac à main, soupira Meg. On ne peut pas entrer sans clés.

Il la libéra, mais ne cessa de la bousculer que lorsqu'elle eut déverrouillé la porte et pénétré à l'intérieur du bureau. Même alors, il resta assez près d'elle pour l'attraper par le bras ou par la jambe au premier geste suspect.

La sensation de démangeaison la tourmentait toujours lorsqu'elle tourna la clé pour ouvrir la porte de l'accueil et qu'elle prépara son porte-bloc dans l'intention de noter les livraisons du jour.

Elle avait lancé l'alerte. Le picotement aurait dû commencer à s'estomper. Sa persistance conduisit Meg à se demander si le cauchemar qu'elle avait fait quelques nuits auparavant avait été une réelle prophétie. Après tout, la peau qui s'était fendillée sur le côté de sa narine n'avait pas saigné, et les prophéties jaillissaient avec le sang.

Et si, parce qu'elle avait promis à Vlad de ne pas utiliser son rasoir, le second avertissement arrivait trop tard ?

Après avoir déposé Sam et quelques autres louveteaux à l'école, Simon poursuivit sa route en direction des *Bouquins Hurlants*. Lorsqu'il entendit un hurlement, il arrêta la BAR, baissa sa vitre et écouta tandis que d'autres Loups répondaient. Le premier avertissement avait été lancé depuis la zone commerciale. Il était peu probable qu'il s'agisse de John, ce qui laissait le Loup de garde au bureau de liaison.

— *Nathan ?* appela-t-il.

— *Alerte de Meg !* cria Nathan. *Alerte de Meg ! Corbeaux en danger !*

Simon ouvrit la portière à la volée et bondit dehors. Il était plus malin de rester dans le véhicule, au cas où il devrait partir en hâte, mais il ne supportait pas de se sentir enfermé tant qu'il n'avait pas déterminé ce qu'ils avaient à affronter, d'autant plus que, aux quatre coins de l'Enclos, des Loups continuaient à répondre au hurlement de Nathan.

— *Une attaque?* s'enquit-il.

Avant que Nathan ait eu le temps de dire quoi que ce soit, Vlad intervint :

— *Meg affirme que les Corbeaux sont en danger et qu'ils doivent immédiatement revenir dans l'Enclos. Mais c'est le jour de ramassage des ordures, et les Corbeaux n'écoutent rien ! J'ai envoyé Julia à la recherche de Jenni et ses sœurs.*

— *Quel est le danger?*

— *Quelque chose en lien avec les camions poubelles.*

Un frisson parcourut Simon. Les Corbeaux qui avaient été tués à Walnut Grove picoraient autour des poubelles quand les chiens avaient attaqué.

— *Jenni ! Reviens tout de suite dans l'Enclos !*

— *C'est le jour de ramassage des ordures*, répliqua-t-elle d'un ton avide indiquant qu'elle ferait la sourde oreille aussi longtemps que possible. *Les humains de cette rue jettent un tas de bonnes choses. Et Starr a repéré quelque chose qui brille dans une boîte de conserve sur le trottoir.*

Non, songea-t-il. *Non.* Chaque semaine, les Corbeaux parcouraient les alentours de l'Enclos pour voir ce que les humains avaient pu jeter d'intéressant. Si quelqu'un voulait planifier une attaque, il savait où les trouver. Et comment les appâter.

Tout comme quelqu'un, à Walnut Grove, avait su attirer les oiseaux.

— *Jenni...*

— *Crystal a repéré un cadre qu'elle peut transporter, et Jake dit qu'il a aperçu une boîte susceptible de contenir des pièces pour le jeu de construction que nous...*

— *Jenni !* cria Simon. *Meg affirme que vous êtes en danger ! Tous les Corbeaux sont en danger ! Tu as promis d'écouter, Jenni. Tu as promis !*

Elle avait promis de rester vigilante, ce qui n'était pas tout à fait pareil. Il espérait que Jenni ne s'en souviendrait pas.

—*Notre Meg? Mais ça brille, Simon!*

—*C'est un appât.* (Et il comptait bien découvrir qui avait mis des leurres dans ces boîtes de conserve.) *Tu comprends, Jenni? C'est un piège!*

Il proféra intérieurement un chapelet de jurons. S'il ne réussissait pas à se faire obéir de Jenni, il était inutile d'essayer de raisonner les autres Corbeaux. Il changea donc de stratégie.

—*Je suis le chef de cet Enclos*, gronda-t-il à l'intention de tous les *terra indigene* susceptibles de l'entendre. *Tous les Corbeaux qui ne seront pas rentrés dans l'Enclos dans quinze minutes seront exclus de Lakeside. Définitivement.*

—*Simon!*

Une multitude de cris lui parvenaient, à présent. Les Corbeaux savaient qu'il ne plaisantait pas. Soit ils abandonnaient les objets brillants et les autres trésors du jour, soit on les envoyait dans des colonies *terra indigene* reculées, où les possibilités de faire des découvertes intéressantes étaient minces. Et ils connaissaient assez bien Simon pour savoir qu'il ne se contenterait pas de les bannir de Lakeside. S'ils lui désobéissaient, il ferait pression sur les chefs de tous les Enclos de la région Nord-Est pour qu'ils interdisent aux Corbeaux de Lakeside l'accès à toutes les villes humaines de cette partie de Thaisia.

Indifférent aux plaintes et aux protestations des Corbeaux, il remonta dans la BAR et roula aussi vite qu'il put en direction des *Bouquins Hurlants*. C'était là que les Crowgard s'attendraient à le trouver.

—*Julia?* appela-t-il.

—*La plupart des Corbeaux regagnent l'Enclos*, répondit-elle. *Ils ne sont pas contents, mais ils font demi-tour. Je survole le quartier. Je ne vois aucun danger.*

—*Tu vois Jenni? Est-ce qu'elle rentre avec les autres?*

Des objets brillants et des jouets posés en évidence, songea Simon. Combien de jeux de construction les Corbeaux avaient-ils commandés aux magasins des alentours au cours des semaines précédentes ? Assez, sans doute, pour que les humains devinent qu'une boîte bien visible attirerait immanquablement leur attention.

Julia lui indiqua le nom de la rue où avait afflué un nombre de Corbeaux plus élevé que d'habitude et ajouta :

— *Jake picorait quelque chose à côté des poubelles juste avant que tu donnes tes ordres, et maintenant il n'arrive plus à voler normalement. Crystal l'aide à rentrer. Jenni et Starr veulent rester pour observer. Ils ont promis de se percher dans les arbres et de ne pas bouger. Tu es d'accord ?*

Simon hésita. S'agissait-il d'un acte de défi, d'un prétexte pour récupérer un objet convoité, ou l'expression du besoin des Corbeaux d'obtenir un rapport de la part de l'un des leurs ?

— *Tant qu'ils ne quittent pas les arbres – et je compte sur toi pour le vérifier –, ils peuvent rester.*

Et il serait présent, lui aussi.

Il atteignit la zone commerciale de l'Enclos et garait sa BAR au moment où Vlad sortit de la librairie. Levant un doigt pour indiquer au vampire d'attendre un peu, il lança :

— *Blair ? J'ai besoin de la camionnette.*

— *Tu veux que quelqu'un t'accompagne ?*

— *Toi, c'est tout. Vlad viendra avec nous.* (Soulagé de savoir la première sentinelle de l'Enclos en chemin, Simon s'adressa à l'autre Loup.) *Nathan, comment va Meg ?*

— *Elle est nerveuse*, répondit Nathan. *Agitée. Elle a essayé de me marcher sur la patte. Exprès !*

— Tu as dit à Nathan de rester près de Meg ? demanda Simon à Vlad.

— Oui.

Se doutant que Vlad n'avait pas eu dans l'idée que le Loup colle aux jambes de Meg, il précisa à Nathan :

— *Garde tes distances.*

Il adressa un hochement de tête à Tess, qui sortait de *Bon à Croquer* en enfilant son manteau. L'instant d'après, Henry ouvrit le portail en bois du jardin situé derrière son atelier et les rejoignit.

Simon leur rapporta la réticence des Corbeaux à abandonner leur collecte et répéta l'ultimatum qu'il avait lancé, même s'ils l'avaient sans doute entendu.

— De quoi as-tu besoin ? s'enquit Henry.

— J'aimerais que tu nous accompagnes, Blair et moi, déclara Simon à l'intention de Vlad. En tant que Sanguinati, tu remarqueras peut-être un détail susceptible de nous échapper.

— Très bien, acquiesça Vlad. Et Meg ?

— Je vais fermer *Bon à Croquer* et surveiller Meg avec Nathan, proposa Tess.

Simon secoua la tête :

— Je préférerais que le café reste ouvert. Si les humains nous espionnent, mieux vaut leur faire croire que nous ne savons rien de la rue piégée et des appâts.

Il réfléchit quelques instants. Nathan avait-il vraiment besoin d'aide pour veiller sur Meg ? ou la proximité de Tess et d'Henry suffirait-elle ?

— Henry, je voudrais que tu t'occupes des Corbeaux et que tu t'assures qu'ils sont tous rentrés, déclara Simon. J'ai autorisé Jenni et Starr à rester dans la rue pour observer. Jake a un problème. Crystal l'aide à regagner la résidence Crowgard. Parle avec leur marchecorps. Renseigne-toi pour savoir si quelqu'un peut découvrir ce qui ne va pas.

Jetant un coup d'œil par-dessus son épaule, il aperçut Blair qui arrivait au volant de la camionnette qu'ils utilisaient pour circuler sur les routes humaines.

Blair sortit du véhicule et entra dans le bureau de liaison. Il reparut une minute plus tard, les bras chargés de vêtements qu'il entassa à l'intérieur du fourgon.

Bonne idée, songea Simon. Ainsi, Jenni, Starr et Julia pourraient s'habiller si jamais elles voulaient se transformer pour discuter avec des humains.

Avec le lieutenant Crispin James Montgomery, par exemple ? L'espace d'un instant, Simon se demanda s'il devait appeler le policier pour lui parler de la rue piégée.

Non, décida-t-il. Contrairement à tant d'autres humains, le lieutenant n'était pas un singe glabre qui ne cessait de baragouiner, et il avait contribué à protéger Meg durant son séjour à l'hôpital, mais cela ne faisait pas pour autant de lui un membre de l'Enclos. De plus, les Corbeaux avaient fini par obéir aux ordres ; rien ne justifiait de prévenir la police.

Il se rendrait d'abord dans la rue piégée. S'il découvrait quelque chose d'intéressant, alors il appellerait Montgomery.

— Nyx va rester avec Meg au bureau, annonça Vlad, interrompant le cours des pensées de Simon. Grand-père Erebus se fait du souci pour notre agent de liaison. Si quelque chose ne va pas, Meg parlera sans doute plus facilement à une autre femme qu'à Nathan.

Une évidence que personne ne pouvait nier, pas même le chef de l'Enclos. Simon remarqua cependant que les cheveux de Tess avaient viré au vert vif et qu'ils bouclaient, signe qu'elle était agitée ou mal à l'aise.

Seul Henry savait ce qu'était Tess, mais Simon avait sa petite idée, et il était certain que, si Tess était gênée par la présence du Sanguinati, cela pouvait s'avérer dangereux pour tout le monde. Un métamorphe n'avait que peu de chances de sortir vivant d'un combat contre un Sanguinati. Est-ce qu'un vampire survivrait à un combat contre une indigène telle que Tess ?

Il espérait ne jamais connaître la réponse à cette question.

— Nous devons y aller, lança-t-il.

Au moment où il montait dans la camionnette, il entendit les croassements contrariés des Corbeaux qui rentraient.

L'instant d'après, Julia Hawkgard cria :
— Simon ! viens vite !

Monty frappa au chambranle de la porte avant de pénétrer dans le bureau de Douglas Burke.

Le capitaine du poste de police de Chestnut Street était un homme de forte carrure au crâne dégarni entouré d'une couronne de cheveux noirs impeccablement coiffés. Ses yeux bleus, tout comme son sourire, trahissaient d'habitude une bienveillance teintée de férocité. Ce jour-là, il ne souriait pas, et dans son regard ne transparaissait que de la tristesse lorsqu'il tendit un bout de papier à Monty et déclara :

— Nous avons une réponse.

Monty lut le paragraphe une première fois, puis une seconde.

— C'est arrivé la nuit des Farces ?

— Oui, reprit Burke. Des mois avant que nos amis de l'Enclos nous donnent cet avertissement codé.

Pas à proprement parler codé, songea Monty. Il y avait de cela quelques semaines, Meg Corbyn s'était entaillé la peau car elle avait eu un étrange pressentiment en entrant dans le vestiaire du bureau de liaison et n'avait pu déterminer la cause de son malaise. Les visions qui en avaient résulté lui avaient montré que le sucre qu'elle avait l'habitude d'offrir aux poneys le lunedi avait été empoisonné. Parmi les images qui lui étaient apparues figurait un squelette à capuche distribuant des friandises à des enfants qui agonisaient ensuite de la même façon que les poneys. Simon Wolfgard avait révélé à Monty ce que Meg avait vu dans l'espoir que la police découvre l'endroit et le tueur à temps pour sauver les enfants.

Mais c'était déjà arrivé. Des mois auparavant, dans une autre ville.

Si la police, là-bas, avait eu accès à une *cassandra sangue* telle que Meg Corbyn, cette tragédie aurait-elle pu être évitée ? ou un prophète du sang différent aurait-il énoncé une prophétie différente, de sorte que ces enfants seraient morts tout de même ?

Était-ce pour justifier l'utilisation d'un groupe d'humains au bénéfice de tous les autres qu'une loi en faveur de la propriété tutélaire avait été votée ? L'argument selon lequel ces filles se couperaient de toute façon et continueraient à le faire jusqu'à en mourir suffisait-il à légitimer le fait qu'on les enferme et qu'on se serve de leur addiction pour satisfaire des intérêts publics ou privés ?

Peut-être était-il préférable pour tout le monde que l'unique prophète du sang de Lakeside se trouve entouré de *terra indigene*.

— Lieutenant ? l'appela Burke.

— Désolé, capitaine. J'étais perdu dans mes pensées.

Monty reposa le papier sur le bureau de son supérieur.

Avec un soupir, ce dernier se laissa aller contre le dossier de son siège et joignit les mains sur son ventre.

— Mes ancêtres ont émigré de Brittanie il y a de cela plusieurs générations, et j'ai encore de la famille là-bas. J'y ai effectué quelques séjours dans ma jeunesse et suis resté en contact avec quelques-uns de mes cousins éloignés, notamment ceux qui travaillent dans les forces de l'ordre. La Brittanie fait à peu près le quart de la taille de la Brittanie Sauvage, si bien que les habitants ne se font guère d'illusions sur ce qui les guette derrière les frontières convenues avec les Autres. Ceux qui vivent dans les villes comme Lakeside ont cette particularité en commun avec eux. (Ne sachant pas vraiment où voulait en venir son supérieur, Monty se contenta de hocher la tête.) D'après mon cousin Loubard Burke… (Un sourire éclaira fugitivement le visage du capitaine.) Louis Bartimeus Burke, agent des forces de l'ordre en Brittanie. D'habitude, tout le monde l'appelle Lou, mais il y en avait déjà un à l'endroit de sa première affectation, si bien que les autres le surnommaient Lou Bart, ce qui s'est vite transformé en Loubard.

— Un nom inhabituel, pour un policier, commenta Monty.

— Il est vif de parole comme d'esprit. Bien obligé, avec l'autre. (Le sourire de Burke s'évanouit.) Bref, Loubard est très doué pour se mêler aux discussions qui lui semblent susceptibles de laisser filtrer des informations intéressantes. Récemment, il a entendu des rumeurs selon lesquelles une usine située quelque part dans l'Alliance des Nations Cel-Romano fabriquerait des avions. Des machines volantes.

Ne voyant toujours pas très bien dans quelle direction allait cette conversation, Monty demanda :

— C'est un problème ?

Là, Burke décocha à Monty le sourire qui lui était propre, affable et féroce à la fois.

— C'en est un pour les habitants, à mon avis, si une nouvelle industrie réclame une part du métal et du carburant alloués aux nations. Les pénuries et le rationnement ne constitueraient que le début des ennuis.

Pendant un moment, Monty considéra le miracle que représentait le fait de voyager dans les airs, loin au-dessus du sol. Ce qui se rapprochait le plus des avions à Thaisia, c'étaient les ballons à air chaud. La plupart du temps, ils restaient attachés pour qu'ils ne soient pas emportés vers les terres appartenant aux Autres. Parfois, des photographes ou des cinéastes obtenaient l'autorisation de traverser les étendues sauvages pour prendre des photos, filmer des troupeaux d'animaux ou des endroits que les humains n'avaient pas la possibilité de voir autrement. Ces excursions étaient étroitement encadrées, bien entendu ; les Autres ne permettraient jamais qu'une éventuelle menace survole leur territoire.

— Pourquoi les *terra indigene* n'ont-ils pas interdit la fabrication d'une telle machine ?

— Cel-Romano est le plus vaste espace au monde possédé par les hommes. Ses frontières n'ont pas changé depuis les premières traces de présence humaine. Par les dieux d'en bas, elles ont été fixées avant même que les humains s'étendent jusqu'à ce que nous appelons les territoires sauvages. Les Autres ont compris avant nous quelle surface de la planète pouvaient revendiquer les humains, et ils n'ont pas cédé un are depuis lors. Un tiers de la population humaine de Namid vit là-bas. Les *terra indigene* se moquent de ce que font les humains chez eux, mais dès que l'activité humaine touche leurs terres à eux… (Burke adressa à Monty un autre de ses sourires teintés d'amabilité féroce.) Peut-être que les Autres ne savent encore rien de ces avions. Peut-être qu'ils le savent mais que ça leur est égal tant que ces machines volantes restent à l'intérieur des frontières de Cel-Romano. Cela dit, étant donné que les bateaux qui naviguent sur la mer Méditerranée et la mer Noire sont capables d'assurer le transport des marchandises entre toutes les nations, on peut se demander si la fabrication d'avions peut d'une façon ou d'une autre être liée au mouvement Les Humains Avant Tout. Vous vous souvenez de ce slogan, lieutenant ?

Monty sentit un frisson le parcourir.

— Oui, je m'en souviens. Notre ancien maire l'a utilisé pendant sa campagne.

Son Honneur était mort pendant la tempête qui avait failli ensevelir Lakeside, mais dans son lit. Hiver et d'autres Élémentaires lui avaient rendu une petite visite. Ainsi que les Sanguinati.

— « Les humains avant tout » est devenu un cri de ralliement aux quatre coins de l'Alliance des Nations Cel-Romano, poursuivit Burke. Des orateurs galvanisent les foules en les persuadant qu'ils méritent davantage. Et compte tenu du fait que les nations de l'Alliance ont toujours eu l'habitude de développer leurs villes au détriment des terres agricoles, même les habitants les plus riches ont parfois des difficultés à s'approvisionner en nourriture. (Le sourire de Burke disparut, mais pas la férocité qui l'accompagnait.) Ce n'est pas un mauvais argument, quand on cherche à déclencher une guerre.

— Une guerre ? (Monty agrippa à tâtons les bras du fauteuil réservé aux visiteurs et se laissa tomber dedans.) Vous pensez qu'une guerre va éclater ?

— Loubard et certains de ses contacts croient que c'est la direction prise par l'Alliance Cel-Romano, ne serait-ce qu'afin de réduire la population. Seulement, je doute que les instigateurs de ce mouvement se rendent bien compte du potentiel dévastateur des Autres. (Burke marqua une pause.) Rien n'indique que les habitants de Tokhar-Chin ou les peuplades humaines d'Afrik aient conscience de ce qui se trame à Cel-Romano, ni qu'ils soient prêts à risquer leurs vies. Et les humains qui vivent en Felidae ou en Zélandie sont trop éloignés pour prendre part à un conflit se déroulant au-delà des mers Noire et Méditerranée.

— Et nous ? s'enquit Monty.

La drogue nommée « au-delà du loup » stimulait l'agressivité au point d'étouffer tout instinct de conservation. Une substance non dénuée d'intérêt pour quelqu'un qui souhaiterait déclencher une guerre. Son apparition dans certaines villes du continent au moment où des troubles éclataient ailleurs dans le monde était-elle une coïncidence, ou le signe que quelqu'un utilisait Thaisia comme territoire expérimental ?

— À l'heure actuelle, la guerre, ainsi que les avions, ne sont que des rumeurs venues de l'autre côté de l'Atlantik. Espérons que ça ne devienne rien de plus. (Burke se massa la nuque.) Lakeside a l'extraordinaire privilège de dialoguer avec les *terra indigene* de l'Enclos. Tant que ce sera le cas, nous aurons une chance de protéger notre ville. Peut-être même davantage.

Monty sentit un poids s'installer sur ses épaules. Son équipe et lui servaient de contacts entre la police et les dirigeants de l'Enclos. Si Elliot Wolfgard, le géniteur de Simon, traitait avec le gouvernement de Lakeside au titre de consul, c'était Simon qui prenait les décisions susceptibles d'avoir des conséquences sur les humains et les Autres.

— Je..., commença Monty.

Kowalski apparut soudain sur le pas de la porte, le visage livide.

— Lieutenant, on a des ennuis.

Du sang et des plumes noires dans la neige. Des corps brisés.

Encadré par Blair et Vlad, Simon marchait au milieu de la route, contemplant les oiseaux morts.

Sans l'avertissement de Meg, de nombreux Corbeaux se seraient trouvés parmi eux.

— *Jenni et Starr sont perchées dans l'arbre, là-bas*, annonça Vlad. *Je ne vois pas Julia.*

— *Elle est dans les airs*, précisa Blair. *Avec quelques autres Hawkgard.*

Elle montait la garde, guettant l'arrivée d'ennemis potentiels.

— *Il y a un homme à terre près du camion poubelle*, déclara Vlad. *Je vais voir ce qui se passe.*

Tandis qu'il s'éloignait vers l'attroupement d'humains, Simon et Blair avancèrent jusqu'au bout du pâté de maisons, écoutant les sirènes qui s'approchaient en provenance de différentes directions.

— Ça s'arrête là, constata Simon.

Blair regarda vers le bout de la rue.

— Ce n'est pas parce qu'il n'y a pas eu de victimes plus loin que le reste du quartier n'était pas piégé.

— Comment le savoir ?

— Peu importe que les singes aient piégé une rue ou deux. L'intention est la même.

Blair agrippa Simon par le bras et le tira sur le côté au moment où une ambulance franchissait l'angle de la rue. Le chauffeur pila en découvrant les cadavres qui jonchaient la route.

Ils ne peuvent pas atteindre l'humain blessé sans rouler sur les corbeaux, songea Simon. *Et ils ont peur de notre réaction s'ils le font.*

— C'est le lieutenant Montgomery et l'agent Kowalski, annonça-t-il à Blair en voyant sortir les deux policiers de l'une des voitures qui venaient de se garer à l'autre bout de la rue. Dis au lieutenant que j'arrive dans une minute.

Pendant que Blair courait avertir Montgomery, Simon leva la main devant l'ambulance afin de signifier à l'homme assis sur le siège passager d'abaisser sa vitre.

— Je vais enlever les cadavres pour que vous puissiez atteindre le blessé, proposa-t-il.

— Merci.

Simon hocha la tête puis entreprit de déplacer les oiseaux morts, suivi de près par l'ambulance.

En temps normal, Faucons et rapaces ordinaires auraient sans doute emporté les carcasses pour en consommer la viande, ce qui lui aurait évité d'avoir à nettoyer la chaussée. Mais les humains, ne sachant pas s'il s'agissait de corbeaux ou de Corbeaux, s'étaient arrêtés pour ne pas écraser les dépouilles. Le moins qu'il pouvait faire en tant que chef de l'Enclos était de montrer du respect envers les créatures de Namid, ce qui encouragerait les humains à adopter le même comportement. Après tout, ça aurait pu être des Corbeaux.

Blair et Kowalski revinrent en courant pour l'aider pendant que Montgomery se dirigeait vers le groupe qui se pressait autour de l'homme blessé. Au moment de dépasser l'attroupement, Blair hésita, attiré par l'odeur du sang.

Lorsque le chemin lui parut suffisamment dégagé pour l'ambulance, Simon gronda :

— Assez.

Kowalski leva les yeux, surpris. Puis il se redressa et s'écarta des Loups d'un pas prudent.

— C'est assez, concéda le policier.

— *Nous devons partir*, déclara Blair. *Je ne pourrai pas rester bien plus longtemps à proximité d'une proie blessée.*

Simon examina ses propres mains. Pendant qu'il manipulait les cadavres de corbeaux, elles s'étaient couvertes de fourrure et ses ongles s'étaient changés en griffes, mais il était parvenu à leur redonner un aspect humain, et rien d'autre chez lui ne s'était transformé, semblait-il. Cependant, il doutait que Blair ou lui puissent passer pour des humains à cet instant.

— *Va chercher Jenni et Starr. Retrouve-moi à la camionnette.* (Il regarda alentour, mais son autre compagnon n'était nulle part en vue.) *Vlad ?*

— *Cette voiture accidentée,* répondit le Sanguinati, *elle appartient à l'un des agresseurs. Retiens l'attention de la police encore une minute.*

Simon n'était pas sûr d'avoir une minute devant lui. Et cela ne les aiderait pas vraiment s'il perdait le contrôle et égorgeait Montgomery.

Il s'avança néanmoins vers le policier, qui s'écarta du blessé.

— Lieutenant.

— Monsieur Wolfgard, le salua Montgomery avec sa courtoisie habituelle. Certains des vôtres ont-ils été blessés ?

— Non. Ils sont rentrés dans l'Enclos avant.

— Mlle Corbyn va bien ?

Il n'était pas difficile de saisir la question. Si les Crowgard avaient échappé à une attaque similaire à celle de Walnut Grove, c'était qu'ils avaient été prévenus. Et une seule personne était capable de donner ce genre d'avertissement.

— Elle va bien.

Simon était impatient de retourner dans l'Enclos pour s'en assurer.

— L'un des véhicules a percuté des poubelles et, comme vous le voyez, a terminé sa course dans une congère. Les passagers se sont enfuis, mais nous les retrouverons, ainsi que ceux de la seconde voiture. Nous les retrouverons, monsieur Wolfgard.

— Ils n'ont blessé aucun *terra indigene*. C'est donc un problème strictement humain.

Il savait pertinemment que ce n'était pas vrai. Et Montgomery aussi.

— Si des Corbeaux ont vu ce qui s'est passé, j'aimerais leur parler.

— Venez à la librairie dans une heure, suggéra Simon.

De la fourrure lui couvrait la poitrine. Il la sentait frotter contre le tee-shirt qu'il portait sous sa chemise de flanelle.

Une proie blessée. Du sang frais. Il ne voulait pas rester une minute de plus dans cette peau de singe, mais s'il se transformait en Loup…

— Je dois y aller. (Il s'éloigna de Montgomery et monta dans la camionnette.) *Vlad?*

Le Sanguinati ne répondit pas. Et il n'était nulle part en vue.

Quand Meg entendit les Corbeaux croasser, elle sentit l'affreuse sensation de picotement commencer à s'estomper. Elle poussa un soupir de soulagement, puis lança à Nathan un sourire timide.

— Je suis désolée d'avoir essayé de te marcher sur la patte. Tu ne faisais que veiller sur moi, et je n'ai pas été très gentille.

Comme il se contentait de fixer sur elle ses yeux d'ambre de Loup, elle ajouta :

— Est-ce que tu aimerais un biscuit ?

Certains Loups raffolaient de ces friandises pour chiens. Ils prétendaient que ceux qu'ils achetaient eux-mêmes n'étaient pas aussi bons que ceux qu'elle leur donnait. Selon Meg, le goût ne changeait pas mais, ce qui leur plaisait beaucoup, c'était de la harceler jusqu'à ce qu'elle sorte tous les parfums et qu'elle tente de les convaincre de ne choisir que deux gâteaux de chaque.

Nathan la dévisageait toujours.

— Deux biscuits ? (Pas de réaction.) Trois, et c'est ma dernière proposition.

— Ahouuuu !

Elle prit un biscuit de chaque boîte. Non. Trop facile. Ils poursuivirent donc leurs échanges jusqu'à ce qu'elle parvienne à déchiffrer les sons qu'il émettait ainsi que sa façon de tapoter de la patte les différents paquets. Elle finit par lui donner trois biscuits au bœuf. Qu'il n'alla pas grignoter sur son panier de Loup comme il le faisait d'habitude. Non. Il se coucha à l'endroit le plus inadapté de la salle de tri de manière qu'elle passe la matinée à l'enjamber ou à le contourner. Et, bien entendu, il hurlait à la mort si jamais elle avait le malheur de lui marcher dessus par accident.

Les Loups, elle commençait à l'apprendre, étaient de nature rancunière.

Elle se prépara une tasse d'infusion à la menthe et se détendit enfin. Ses bras ne la démangeaient plus du tout.

C'est alors que Nyx entra dans la salle de tri.

Vlad flottait juste au-dessus de la neige, en quête des passagers de la voiture accidentée. Sous forme de brume, les Sanguinati étaient des prédateurs d'une redoutable rapidité. Mais uniquement lorsqu'ils avaient une idée de l'endroit où trouver leur proie.

S'arrêtant près d'un arbre, il reprit forme humaine et inspecta les alentours. Si des passants le remarquaient, ils verraient un homme séduisant au teint hâlé, aux yeux et aux cheveux noirs, vêtu d'un pull à col roulé noir, d'un jean noir et de grosses chaussures faisant office de bottes. Quant à ce qu'il voyait, lui…

Des rues qui lui étaient étrangères. Lakeside était une ville de taille moyenne, et Vlad se rendait compte à présent que les Autres n'en connaissaient qu'une infime partie. La carte grise qu'il avait dénichée dans la boîte à gants du véhicule abandonné mentionnait une adresse, et il était parti dans la direction des traces de pneus toutes fraîches, supposant qu'elles avaient été laissées par la seconde voiture impliquée dans le massacre des corbeaux. Mais cette traque l'avait mené dans une rue qui ne se trouvait ni dans les quartiers entourant l'Enclos ni sur l'un des itinéraires empruntés par les *terra indigene* pour accéder aux endroits dignes d'intérêt, comme le centre commercial ou la gare ferroviaire.

Il était stupide de poursuivre ainsi à l'aveugle les individus qui avaient tenté de tuer les Corbeaux.

Il rentrerait aux *Bouquins Hurlants*, étudierait une carte, et ensuite seulement il reprendrait la chasse, de nuit.

— *Vladimir.*

Vlad se tendit en entendant la voix d'Erebus Sanguinati.

— *Grand-père ?*

— *Reviens. Immédiatement.*

— *Il s'est passé autre chose ?*

— *Notre Meg est nerveuse. Tu dois rentrer.*

— *Meg était déjà nerveuse quand je suis parti avec Blair et Simon. Pourquoi…*

— *Tous les autres sont rentrés, c'est donc toi la raison pour laquelle le sang doux implore d'utiliser son rasoir alors qu'elle a déjà saigné.*

Elle m'avait promis de ne pas se couper, songea Vlad avec amertume avant de se transformer en brume et de reprendre le chemin de l'Enclos. Meg avait promis de ne pas se couper, et elle se trouvait sous la surveillance de Nathan. Ainsi que de…

— *Nyx ?*

Après un silence, elle répondit :

— *Rentre aussi vite que possible. Il y a un problème dont doivent discuter les Sanguinati. Henry a convoqué le Wolfgard. Il doit venir aussi.*

Une sensation glacée étreignit Vlad. Quel genre de danger Meg avait-elle entrevu pour estimer qu'une menace pesait sur les Sanguinati ? ou sur plusieurs espèces de *terra indigene*, puisque Simon avait lui aussi été appelé à rentrer.

La réponse se trouvant dans l'Enclos, il adopta la vitesse maximale qu'il pouvait atteindre sous cette forme pour rejoindre les siens.

— *Simon, reviens. Nous avons un risque de conflit entre* terra indigene.

Simon gronda.

— C'est Henry, annonça-t-il quand Blair lui lança un regard en coin. *C'est à cause des Corbeaux ?* demanda-t-il au Grizzly.

— *C'est entre les Loups et les Sanguinati.*

Compte tenu de ce qui se tramait chez les humains, le moment était mal choisi pour une querelle entre deux des plus puissantes espèces de prédateurs.

— Ramène-nous à l'Enclos, ordonna-t-il à Blair d'un ton grave.

Il jeta un coup d'œil à Jenni, Starr et Julia par-dessus son épaule. Aucune d'elles n'avait repris forme humaine.

Lorsqu'ils empruntèrent l'accès de Main Street, Simon aperçut derrière la vitre du bureau de liaison John Wolfgard qui discutait avec Meg, appuyé au comptoir.

— *Pourquoi tu n'es pas à la librairie ?* demanda Simon à l'autre Loup.

— *Henry m'a dit de rester avec Meg.*

— *Où est Nathan ?*

Pas de réponse.

Blair gara la camionnette près de l'entrée de service des *Bouquins Hurlants*. Laissant sa sentinelle se charger de Julia, Starr et Jenni, Simon se précipita à l'intérieur de la boutique et gravit quatre à quatre les marches de l'escalier menant à la salle de réunion de l'association commerciale. Avec son vestibule et son vestiaire, celle-ci occupait la moitié du premier étage de la librairie et comportait une table ronde à rallonges autour de laquelle ils s'installaient pour discuter des affaires de l'Enclos. Elle était également équipée d'un secrétaire, de meubles de rangement et d'un ordinateur dont ils se servaient pour envoyer des e-mails ou passer commande auprès d'entreprises humaines.

Tous les *terra indigene* présents avaient adopté forme humaine. Ils avaient beau être moins nombreux que lors des réunions habituelles, tous se tenaient debout, de sorte que la pièce semblait bondée, d'autant qu'Erebus était là, flanqué de deux Sanguinati en plus de Nyx. Nathan était séparé des vampires par Tess, dont les cheveux étaient rouges et bouclés, signe qu'elle était en colère. Encore pire, Henry n'essayait pas de faire disparaître ses griffes de Grizzly.

Confiné derrière Henry et Tess, Nathan faisait les cent pas en haletant en dépit de son apparence humaine.

— Qu'est-ce qui se passe ? s'enquit Simon, contournant la table et les chaises jusqu'à se trouver plus proche d'Henry que d'Erebus.

— C'est ce que nous tâchons de découvrir, répondit Tess en observant les Sanguinati.

— Il a mordu le sang doux, déclara Erebus en pointant Nathan du doigt.

— Je n'ai pas mordu Meg ! affirma Nathan en tournant vers Simon un regard implorant. J'essayais juste de la tenir pendant qu'elle se battait avec Nyx, et mes crocs ont glissé.

Avant que Simon ait eu le temps de demander une explication à Nyx, Vlad arriva, suivi de Blair. Celui-ci se positionna aussitôt de manière à pouvoir défendre Simon et Nathan. Vlad, quant à lui, resta entre les deux groupes, affichant une prudente neutralité. Ce choix lui valut un regard glacial de la part d'Erebus, mais Simon se sentit soulagé. Non seulement Vlad travaillait avec lui à la librairie, mais c'était également son voisin au complexe Vert.

— Nyx ? demanda Vlad d'un ton calme. Tu aidais Nathan à veiller sur Meg dans le bureau de liaison. Est-ce qu'il l'a mordue ?

Après avoir longuement dévisagé Vlad, Nyx poussa un soupir et se tourna vers Erebus.

— Ce n'était pas la faute de Nathan. Au moment où je suis entrée dans la salle de tri, Meg s'est mise à crier. Pourtant, je ne voyais aucun signe de danger. Quand elle a sorti le rasoir de sa poche, je l'ai agrippée par le poignet pour l'empêcher de se couper. Mais elle s'est débattue en continuant de hurler…

— Et que disait-elle ? interrogea Blair.

— Ce n'est pas important pour l'instant, intervint Simon. N'est-ce pas, Nyx ?

— Non, ce n'est pas important pour l'instant. Mieux vaut attendre que… (Elle jeta un coup d'œil à Vlad avant de poursuivre.) Nathan a attrapé Meg par la cheville pour la retenir, et elle a retiré sa jambe. C'est à ce moment que les crocs de Nathan, ou du moins un croc, l'ont éraflée à travers sa chaussette. Nous n'avions rien remarqué jusqu'à ce qu'elle cesse de se débattre et qu'elle…

Nyx hésita.

— … qu'elle commence à sentir le sexe, compléta Nathan.

Simon gronda, et ses canines s'allongèrent tandis qu'il se tournait vers le Loup auquel il avait confié Meg.

— Je n'essayais pas de la sentir ! protesta Nathan.

— Elle s'est pétrifiée et s'est mise à répéter sans cesse les mêmes mots, ajouta Nyx. « Bocal ». « Brume ». « Cornichons ». « Main ».

Erebus émit un sifflement de colère. Son visage ridé était tordu en une expression de rage qui donnait la chair de poule. Vlad, se rappela Simon, avait à plusieurs reprises au fil des ans laissé entendre, de façon tout à fait amicale, qu'Erebus n'était pas uniquement le chef des Sanguinati de l'Enclos de Lakeside et que son autorité ne se limitait pas aux vampires de la région Nord-Est.

Pour ce que Simon en savait, il se pouvait très bien qu'Erebus commande tous les Sanguinati de Thaisia.

— C'est tout ce que Meg a vu ? demanda Vlad, visiblement perplexe.

— C'est assez, gronda Erebus.

— Attendez un peu, intervint Tess. Je l'ai lu. C'est une histoire d'horreur écrite par un *terra indigene*, je crois. Une nuit, un Sanguinati part chasser sous forme de brume. Au moment où il fond sur sa proie, l'humain balaie la fumée d'un geste, en enferme une partie dans un bocal et parvient à s'enfuir. Quand le Sanguinati reprend forme humaine, la brume dans le bocal se transforme en main. Et le vampire, lui, n'a plus la sienne.

— Une vérité et un avertissement dissimulés dans une histoire, déclara Erebus.

Tout le monde se figea.

— C'est possible ? s'exclama Simon en se tournant vers Vlad, qui avait l'air choqué.

Celui-ci déglutit avant de répondre :

— Un roman d'horreur publié le mois dernier, écrit par un humain, racontait une expérience similaire. Je n'ai parlé de ce livre à aucun de vous, car je ne pensais pas qu'une telle chose était possible.

— C'est possible, affirma Erebus, le regard fixé sur Vlad. Tu me communiqueras le nom de cet humain.

— Si cet humain venait à mourir de façon soudaine, ça donnerait encore plus de poids à cette histoire, objecta Simon.

— Tu me communiqueras le nom de cet humain, répéta Erebus.

Simon hocha la tête à l'intention de Vlad. Les humains représentaient un danger permanent pour les *terra indigene* qui vivaient dans les Enclos. Si cette technique permettait réellement de faire du mal à un Sanguinati, l'auteur de ce roman tenait ses informations de quelque part ou de quelqu'un. Et même s'il avait tout inventé, il y aurait forcément des humains assez stupides pour essayer d'emprisonner un vampire dans un bocal, juste pour savoir si c'était possible. Et si un seul d'entre eux y parvenait…

— Vlad et moi chercherons si d'autres livres décrivent des phénomènes similaires, assura Simon. Parmi les auteurs humains notamment.

— Pourquoi maintenant ? demanda Tess. Pourquoi des histoires sur la manière de piéger les Sanguinati paraissent-elles maintenant ?

— Ces histoires ont toujours existé, répondit Erebus. Nous nous en occuperons comme nous l'avons déjà fait par le passé.

— C'est-à-dire ? s'enquit Simon.

— En donnant aux humains une raison de raconter d'autres genres d'histoires, déclara Erebus avant de se tourner vers Nathan. Quant au Loup…

— La décision m'appartient, intervint Simon. Ainsi qu'à Meg. Si elle souhaite que Nathan continue à monter la garde, il restera.

Il soutint le regard d'Erebus, refusant de se plier à la volonté du vampire. Le patriarche avait beau être le chef des Sanguinati de cette partie de Thaisia, c'était lui qui dirigeait l'Enclos.

— Très bien, finit par céder Erebus. J'accepterai votre décision.

Celui-ci éprouvait pour Meg une prudente affection, aussi Simon se doutait-il qu'en vérité c'était sa décision à elle qu'accepterait Erebus.

— Dans ce cas, le lieutenant Montgomery arrivera d'un instant à l'autre pour interroger Jenni, Starr et Julia au sujet de ce qu'elles ont vu quand les humains ont écrasé les corbeaux de la rue piégée. Je parlerai à Meg. (Simon fit un pas en direction de la porte, puis s'arrêta.) Et j'invite chacun d'entre vous à se demander pourquoi Meg est devenue folle deux fois au cours de la même matinée.

— Elle n'est pas devenue folle, Simon, gronda Henry.

— Elle a sorti son rasoir alors qu'elle était déjà incontrôlable, rétorqua Simon. Comment est-ce que tu appelles ça ?

Sans attendre la réponse, il quitta la pièce et se dirigea à grandes foulées vers le bureau de liaison. John et Meg se trouvaient dans la salle de tri.

— Ce n'était pas la faute de Nathan, lança-t-elle dès qu'il arriva.

— Retourne au travail, ordonna-t-il à John.

Après le départ du Loup, Simon se posta de l'autre côté de la table de tri, en face de Meg. Ils mettaient souvent cette table entre eux quand ils avaient à débattre d'un problème, se rendit-il compte.

Combien de *terra indigene* faisaient la même chose de manière à ne pas risquer de lui abîmer la peau au cours d'une éventuelle dispute ?

— Montre-moi la plaie, intima-t-il une fois qu'il eut la certitude d'être seul avec elle.

— Ce n'est pas une plaie, tout juste une égratignure.

Meg parlait avec l'agressivité qu'adoptaient les créatures de petite taille lorsqu'elles se retrouvaient prises au piège et qu'elles tentaient de paraître menaçantes.

— Ça a saigné, rétorqua-t-il, exhibant des dents un peu trop longues pour un humain. Assez pour que tu énonces une prophétie, alors montre-moi cette plaie !

— De là où tu es, tu ne verras rien du tout.

Elle semblait en colère. Sur la défensive. Effrayée.

Pourquoi effrayée ? Il ne lui ferait aucun mal. D'accord, elle l'agaçait et le troublait tellement qu'il avait plus d'une fois menacé de la dévorer, mais c'était avant qu'elle frôle la mort en tentant de protéger Sam. De plus, il avait senti dès le début qu'elle n'était pas une proie, et par conséquent qu'elle n'était pas mangeable.

Tandis qu'il contournait la table, elle posa son pied droit sur le marchepied qu'elle utilisait pour atteindre les plus hauts casiers du mur du fond de la salle de tri et baissa sa chaussette.

Il s'accroupit pour examiner sa plaie. Elle s'était badigeonné le cou-de-pied avec cette pommade puante dont se servaient les humains lorsqu'ils se blessaient. Pour lui, cette odeur de médicament signifiait « plaie ». Mais l'égratignure qu'elle avait à la cheville ? Elle aurait pu se faire ça en se griffant sur une branche ou une pierre. On ne pouvait vraiment pas parler de morsure. C'était juste une dent qui avait entamé la couche supérieure de l'épiderme. À peine de quoi faire perler une goutte de sang.

Est-elle donc si fragile ? se demanda Simon en étudiant l'éraflure. *Lui en faut-il si peu ?* Cela dit, encore une fois, sa peau s'était fendue à cause de l'air froid et sec.

Comment pouvait-elle vivre parmi eux ? Comment pouvait-elle jouer avec Sam ? ou avec lui ? En dépit de toutes leurs précautions, il y aurait inévitablement des bosses, des égratignures, des coupures. Combien de temps survivrait-elle ? Il avait entendu dire que le corps d'une *cassandra sangue* tolérait mille coupures. Ce nombre concernait-il uniquement les entailles pratiquées au rasoir, ou incluait-il toutes les petites écorchures ?

Dès qu'il se redressa, elle remonta sa chaussette et s'écarta du marchepied.

— Ce n'était pas la faute de Nathan, répéta-t-elle. S'il faut blâmer quelqu'un, c'est moi. J'avais besoin de me couper. J'avais l'impression que j'allais exploser sinon. (Elle s'entoura de ses bras.) Est-ce qu'il est arrivé quelque chose à l'un des Sanguinati ?

— Non.

Mais cela aurait pu, songea Simon. Vlad était parti seul sans rien dire à personne, pas même la direction qu'il prenait. S'il n'avait pas été rappelé…

— Non. Tous les Sanguinati sont de retour dans l'Enclos. (Elle se raidit lorsqu'il avança d'un pas vers elle, et il s'arrêta aussitôt.) Meg, ce n'est pas bon pour toi. Deux fois en une journée ? On doit forcément pouvoir y faire quelque chose.

— Quoi ? Me mettre en cage ?

Il tressaillit.

— J'en ai assez, des cages.

Il avait gardé son neveu Sam enfermé dans une cage pendant deux ans après la disparition de Daphné. C'était le seul moyen d'assurer la sécurité du louveteau. Tous les Loups de l'Enclos l'avaient mal vécu. Simon ne recommencerait pas, même si cela signifiait que Meg mourrait prématurément.

— Si tu te coupes alors que tu ne te maîtrises plus, tu risques de te tuer.

Ce n'était pas parce que l'issue semblait inéluctable qu'il ne ferait pas son possible pour l'éviter.

— Je sais, admit-elle avec une hésitation. Je voudrais y réfléchir un moment.

Elle cherchait à se débarrasser de lui, pensa Simon. Il sentit une vague de ressentiment l'envahir.

— Pourquoi est-ce que tu me repousses ? cria-t-il.

Elle sursauta, affichant l'air surpris d'un lapin domestique. Puis ses yeux gris se mirent à briller de colère.

— C'est moi qui te repousse ? Je te dis que je ne suis pas prête à avoir des relations sexuelles, et toi, tu me traites comme une pestiférée !

— Quoi ?

Zut, putain, merde ! Les femmes ! s'insurgea-t-il en son for intérieur.

— Je croyais que nous avions réglé ce problème, reprit-il. Et je ne te traite pas du tout comme une pestiférée. C'est ridicule.

— Terredi, tu ne m'as pas invitée à ta promenade avec Sam. Et quand je suis venue regarder un film chez toi, tu es resté distant, comme si tu ne voulais plus rien avoir à faire avec moi.

Les yeux de Meg s'emplirent de larmes.

Ce n'est pas juste, Meg. Pas juste du tout !

— Je n'étais pas distant, j'essayais simplement de me montrer poli ! (Il fit les cent pas en marmonnant dans sa barbe.) Les humains n'en finissent jamais avec les règles. Mais là, je ne les connais pas, les règles, parce que je n'ai jamais eu d'ami humain. J'aime passer du temps avec toi et jouer avec toi. J'aime qu'on se blottisse tous les trois sur le canapé pour regarder un film. Tout cela est important pour moi.

— Pour moi aussi, c'est important, répliqua Meg en reniflant tout en essuyant une larme qui roulait sur sa joue.

— Alors, pourquoi est-ce qu'on ne peut pas continuer à le faire ? demanda-t-il, s'efforçant de ne pas geindre.

Elle détourna les yeux, le front plissé, comme si elle se livrait à d'intenses réflexions.

— Pourquoi est-ce que tu t'es transformé en humain pour venir au lit avec moi, l'autre jour ?

Ils en revenaient à ça ? Vraiment ?

— Pour parler avec toi ! Pour découvrir ce qui t'avait fait peur au point de m'éjecter du lit ! (Il grogna de frustration.) Moi, tout ce que je voulais, c'était ma part de couvertures.

— Mais tu as de la fourrure.

— Pas sous cette forme, précisa-t-il en balayant son corps de la main. Les humains deviennent nerveux quand ils voient des *terra indigene* entre deux formes, et tu étais déjà nerveuse. Moi, je m'efforce d'être poli, et toi, tu n'arrêtes pas de me coincer la queue dans la porte. Pas au sens propre, bien sûr, mais… tu sais.

Savait-elle ? Avec Meg, c'était difficile à dire.

Il poussa un soupir.

— Je voulais juste te parler.

Les humaines étaient censées aimer parler. Mais Meg n'avait pas été élevée comme les autres ; cette conversation lui paraissait peut-être aussi peu naturelle qu'à lui.

— Comme tu ne peux pas communiquer à la manière *terra indigene*, je ne pouvais pas te parler sous forme de Loup, poursuivit-il. C'est la seule raison pour laquelle je me suis transformé. Et je ne pensais pas que me serrer contre toi pour avoir chaud te poserait un problème alors que tu étais d'accord quand j'étais Loup.

Il attendit afin de lui laisser le temps d'assimiler ce qu'il venait de dire. C'était ainsi que Meg procédait. Elle absorbait des images, des sons, des expériences qui devenaient les références dont elle se servait pour transmettre ce qu'elle voyait dans les prophéties. Mais, plus que tout, à cet instant, il voulait qu'elle comprenne combien son amitié comptait pour lui.

— Un chef doit voir plus loin que sa propre espèce. Il a besoin de l'obéissance de tous les habitants de l'Enclos, car nous sommes cernés par l'ennemi.

— Qui est, lui, cerné par les autres *terra indigene*, ajouta Meg d'un air songeur.

Simon acquiesça d'un signe de tête.

— Notre rôle est d'observer les humains et d'acquérir les biens qui nous intéressent parmi ceux qu'ils produisent. Nous avons beau être tous des indigènes, nous ne sommes pas tous semblables. Et bien que nous nous unissions face à un ennemi commun, tous les Enclos ne sont pas des endroits… agréables. Quand un chef passe trop de temps avec sa propre espèce, il risque de perdre une partie de la confiance des autres *terra indigene* de son Enclos.

Meg garda le silence quelques instants, puis demanda :

— Tu te sens seul, c'est ça ? Mais tu as des amis ici, Simon.

— Je n'ai aucune envie de me blottir contre Henry. Ou Vlad.

Il lut sur son visage qu'elle assimilait cela. Chef. Seul. Mais il ne souffrait plus autant de la solitude depuis que Meg était arrivée dans l'Enclos.

— Tu veux que nous soyons de nouveau amis ? interrogea-t-elle en l'étudiant du regard.

— Une amitié n'est pas anodine, Meg.

— Non, ce n'est pas anodin, convint-elle avec un sourire timide. Mais nous devrions peut-être établir une règle entre amis pour éviter la confusion quand tu veux me parler.

Il n'avait ressenti aucune confusion jusqu'au jour où elle avait rêvé des Corbeaux et qu'elle avait réagi bizarrement quand il s'était transformé en humain.

— Très bien, céda-t-il cependant. Quoi, par exemple ?

Elle esquissa cette fois un sourire sincère.

— Je ne sais pas. J'y réfléchirai. (Elle se rembrunit.) Est-ce que Nathan peut revenir monter la garde ?

— C'est ce que tu veux ?

— Oui.

— Alors, je le lui dirai. Mais je veux aussi que nous établissions des règles sur l'usage de ton rasoir quand tu es trop perturbée pour raisonner normalement.

Elle hésita.

— C'est important pour moi d'avoir le rasoir, de choisir moi-même de m'en servir ou pas.

— Je sais.

Il n'avait pas oublié le jour où elle lui avait dit qu'elle pouvait utiliser n'importe quoi pour s'entailler. Il s'agissait alors d'une menace destinée à le forcer à lui rendre le rasoir portant son numéro de matricule, cs759, gravé sur le manche. À présent qu'il avait une idée de tout ce dont elle pouvait se servir pour profaner sa peau, il considérait le rasoir comme un mal nécessaire. Une lame fine, précise, si aiguisée qu'elle provoquait le moins de dégâts possible.

Mais chaque coupure rapprochait Meg de celle qui la tuerait.

— *Simon, le lieutenant Montgomery est arrivé*, annonça Vlad.

— Je dois y aller. La police souhaite parler à Jenni, Starr et Julia. Je t'enverrai Nathan.

Alors qu'il avait déjà fait demi-tour, Meg l'appela :

— Simon ? Nyx non plus n'avait pas l'intention de me faire du mal. Ne te fâche pas contre elle.

Quand il se retourna, elle retroussa ses manches. Les taches foncées de deux hématomes marquaient ses poignets. Les Sanguinati étaient forts. Tout comme les Loups. Mais Nyx n'aurait pas serré plus que nécessaire. Meg avait vraiment dû se débattre, pour être contusionnée ainsi.

— Réfléchis à la raison pour laquelle tu as perdu ton sang-froid aujourd'hui. Réfléchis bien.

Et je réfléchirai de mon côté.

Chapitre 7

— Vous souvenez-vous d'autre chose ? demanda Monty, les yeux rivés sur ses notes pour éviter de regarder les trois femmes assises de l'autre côté de la table de la salle de réunion de l'Enclos.

Ce qu'il avait tout d'abord pris pour des mèches bizarrement coiffées étaient en fait de petites plumes qui formaient une couronne sur leur front et se hérissaient ou s'abaissaient en réaction aux questions qu'il posait.

S'il fallait à quelqu'un une preuve démontrant que les Autres n'étaient pas humains, ce mélange de plumes et de cheveux suffirait. Et cela indiquait aussi à quel point les émotions affectaient la capacité des *terra indigene* à conserver forme humaine.

Les deux Corbeaux, Jenni et Starr, se tenaient les mains et se serraient l'une contre l'autre autant que le leur permettaient les chaises. Le Faucon, Julia, donnait l'impression d'avoir bien besoin de réconfort, mais pas de la part des personnes présentes dans cette pièce.

Simon Wolfgard, Blair Wolfgard, Vladimir Sanguinati et Henry Beargard assistaient à l'interrogatoire. Ainsi que l'équipier de Monty, l'agent Kowalski.

Ils venaient de passer en revue les déplacements des Corbeaux. Ajoutées aux déclarations des éboueurs et des résidents de la rue, ces informations formaient un tableau qui procura à Monty une sensation glacée au creux de l'estomac. Les Corbeaux avaient l'habitude de se rendre en ville le jour du ramassage des ordures et aimaient tout particulièrement le quartier huppé situé près du parc de Lakeside. Ne manquant pas de nourriture au sein de l'Enclos, ils ne s'intéressaient pas au gros conteneur en plastique réservé aux déchets organiques, même s'ils avertissaient généralement les corbeaux lorsqu'ils repéraient de quoi manger. Non, les Corbeaux étaient surtout attirés par les poubelles métalliques dépourvues de couvercle qui renfermaient toutes sortes de trésors potentiels, des objets dont les humains se débarrassaient au motif qu'ils étaient usés ou cassés. Si un Corbeau sur trois faisait une heureuse découverte, tous considéraient la « chasse » comme un succès.

Ce matin-là, plusieurs poubelles contenaient des babioles que les Corbeaux n'auraient pu manquer. Bien plus que d'habitude, selon Jenni, même pour cette rue. En fait, la récolte se révélait si abondante que Jenni et ses sœurs avaient appelé le reste des Crowgard pour les aider. Les corbeaux normaux avaient également afflué, attirés par la nourriture éparpillée autour des poubelles.

Jake Crowgard avait trouvé une part de pizza intacte entre les poubelles de l'une des maisons. Après en avoir avalé quelques bouchées, il avait repéré la boîte d'un jeu de construction qu'il aimait beaucoup et avait laissé la nourriture aux oiseaux ordinaires.

C'est alors que Meg Corbyn était devenue hystérique et que Simon avait menacé de bannir tous les Corbeaux de l'Enclos s'ils ne revenaient pas immédiatement. Ils avaient donc abandonné leurs trésors et prenaient le chemin du retour quand le camion poubelle était apparu au coin de la rue.

À l'approche du véhicule, les corbeaux qui picoraient la nourriture autour des poubelles avaient tenté de s'enfuir. Mais ils n'avaient fait que battre des ailes et tomber en avant, incapables de s'envoler. C'est à ce moment-là que Jenni et Starr, qui étaient restées pour observer, avaient pris conscience du danger. Soudain, deux voitures étaient passées en trombe. L'une d'elles avait percuté le chauffeur du camion avant de poursuivre son chemin, décrivant des zigzags afin d'écraser le plus de corbeaux possible. Et les oiseaux n'avaient même pas essayé de fuir.

— Ç'aurait pu être nous, déclara Jenni en tremblant. Si Meg ne nous avait pas avertis, ç'aurait été nous.

Oui, songea Monty avec gravité.

— Et Jake ? s'enquit-il. Comment va-t-il ?

— Il s'en sortira, répondit Simon.

Des reflets rouges dansaient dans les yeux de Simon Wolfgard, signe de colère.

— Les habitants de cette rue ne sont pas coupables, assura Monty. Quand nous les avons interrogés, ils nous ont dit avoir d'abord supposé que la nourriture dispersée sur le trottoir était le fait d'adolescents qui avaient voulu s'amuser. Mais lorsqu'ils ont vu les objets qui avaient été placés dans leurs poubelles pour attirer les Corbeaux, ils ont affirmé ne pas les avoir jetés.

— Il aurait été étonnant qu'ils prétendent le contraire, rétorqua Blair.

— Ils ont peur des représailles, je ne le nie pas, reconnut Monty. Et un certain nombre d'entre eux ont admis qu'ils laissaient souvent des objets dont l'état était encore jugé acceptable au-dessus des autres déchets en expliquant que des chineurs passaient la nuit à la recherche d'articles susceptibles d'être revendus au marché aux puces. Mais ceux qui avaient été disposés en guise d'appâts n'avaient pas assez de valeur pour que quelqu'un prenne la peine de les nettoyer et de les réparer.

Jenni renifla.

— Ils brillaient.

Réaction qui prouvait que celui qui avait planifié ce piège savait parfaitement comment attirer les Corbeaux et les retenir assez longtemps pour qu'ils goûtent à la nourriture si commodément disponible.

— Je crois que je n'ai pas d'autres questions à vous poser, mesdemoiselles, déclara Monty en fermant son carnet, qu'il glissa dans sa poche. En revanche, j'aimerais m'entretenir quelques instants avec vous, monsieur Wolfgard, si vous avez le temps.

— Très bien, accepta Simon. Moi aussi, j'aimerais discuter avec vous.

Henry Beargard adressa un hochement de tête à Simon. Puis le Grizzly conduisit les autres *terra indigene* hors de la pièce.

— Je vais faire chauffer la voiture, lança Kowalski quand Monty esquissa un geste discret dans sa direction.

Une fois seul avec le Loup, Monty se cala contre le dossier de sa chaise.

— Pourquoi quelqu'un voudrait-il s'en prendre aux Corbeaux ?

Simon inclina la tête, visiblement surpris par cette question.

— Comment ?

— Parmi toutes les espèces de *terra indigene*, pourquoi viser en particulier les Corbeaux ? À Jerzy, l'attaque s'est produite la nuit où les Corbeaux occupaient la maison que possédaient les Autres dans le village. À Walnut Grove, on a utilisé de la nourriture pour attirer les oiseaux avant de lâcher les chiens. La cible principale, c'étaient les Corbeaux. Et maintenant, une rue piégée. (Monty se pencha en avant.) Je vous pose donc la question : qu'est-ce qui, chez les Crowgard, pourrait inciter quelqu'un à vouloir s'en débarrasser ?

Il bénéficiait à présent de la pleine attention du Loup. Les *terra indigene* savaient certainement que des Corbeaux étaient morts lors de chacune de ces agressions, mais Monty se demandait si les plus puissants d'entre eux avaient envisagé que quelqu'un puisse chercher à éliminer les Crowgard.

— Ils sont curieux, répondit finalement Simon. Ils remarquent tout ce qui se passe sur leur territoire. Ils se souviennent des visages et identifient un étranger dès son arrivée. Ils nous avertissent aussitôt que quelque chose leur paraît anormal ou que quelqu'un se comporte de façon suspecte. Et ils communiquent avec les corbeaux ordinaires.

— Le reste d'entre vous ne peut pas faire ça ? l'interrompit Monty. Communiquer avec les animaux qui ont la même forme que vous ?

— Il vous arrive souvent de croiser des loups en ville ? demanda sèchement Simon. Ou des ours ?

— Un point pour vous.

— Mais les corbeaux sont partout, et ils tiennent les Crowgard au courant de ce qui se passe ailleurs en ville.

Simon se tut soudain.

Oui, songea Monty. *Vous venez de nous indiquer la raison pour laquelle quelqu'un cherche à les tuer.*

— Ils en voient trop, conclut-il d'un ton calme. Ils fouillent dans les ordures à la recherche d'objets qui, à leurs yeux, sont de petits trésors. Ce qui signifie qu'ils sont susceptibles de découvrir des choses que les humains qui achètent ou vendent des drogues comme « au-delà du loup » préféreraient garder secrètes.

— Ils remarqueraient une activité anormale, approuva Simon.

— Mais si les Corbeaux commencent à mourir en nombre, ils arrêteront d'explorer les poubelles. Et les secrets resteront bien gardés.

Comme Simon demeurait silencieux, Monty ajouta :

— Vous souhaitiez me parler ?

— Le docteur Lorenzo. Lui faites-vous confiance ?

La question prit Monty par surprise.

— Je crois que c'est quelqu'un de bien, répondit-il prudemment.

— Il veut étudier une *cassandra sangue*. Il veut étudier Meg. C'est la raison pour laquelle il a proposé d'ouvrir un cabinet dans l'Enclos.

— Je croyais que vous vouliez offrir des soins médicaux aux humains qui travaillent pour vous, objecta Monty.

Simon détourna le regard.

Le chef de l'Enclos qui détournait le regard ? Voilà qui n'augurait rien de bon.

— Il est arrivé quelque chose à Mlle Corbyn ?

— Une égratignure. Une toute petite égratignure qui n'a même pas vraiment saigné. Mais ça a suffi. (Simon reposa les yeux sur lui.) Si c'est tout ce qu'il faut pour provoquer une prophétie, pourquoi ressent-elle le besoin de se couper au risque de s'entailler trop profondément ?

— Je ne sais pas. (Mais il appellerait Dominick Lorenzo pour tâcher de découvrir la réponse, se dit-il.) Qu'a vu Meg ?

Une hésitation. Une réticence qui formait une barrière entre eux, Monty le sentait.

— Les humains qui ont abandonné la voiture accidentée. Vous savez où les trouver ?

Monty hocha la tête.

— Les policiers du district concerné mènent l'enquête. (Il examina le Loup.) Que devraient-ils chercher, monsieur Wolfgard ?

Une nouvelle hésitation, puis :

— Des bocaux. De la brume dans un bocal. Une main… ou autre chose.

Par les dieux d'en haut et d'en bas ! songea Monty.

— Quelqu'un de l'Enclos a disparu ?

— Non. Vlad se trouvait hors de l'Enclos quand Meg a… paniqué, avant même d'énoncer la prophétie. (Simon sortit de sa poche un morceau de papier qu'il lui tendit.) Ces histoires sont susceptibles de vous intéresser. Mais vous devriez faire attention à qui vous en parlez.

Les titres indiqués ne lui étaient pas familiers, mais il avait déjà lu des ouvrages de certains des auteurs mentionnés.

— Avez-vous certains de ces livres en stock ?

— Quelques-uns.

Les Autres n'avouaient jamais leurs faiblesses et évitaient soigneusement, d'ordinaire, de partager des informations qui pouvaient se retourner contre eux. Les révélations de Simon démontraient à quel point le Loup était inquiet.

— Est-ce que Lakeside survivra à ce qui nous attend ? demanda Monty.

— Je l'espère, répondit Simon. Mais si les humains déclarent la guerre aux Sanguinati…

— Tous les policiers de Lakeside ainsi que moi-même ferons tout notre possible pour empêcher ce genre de conflit.

Réprimant un frisson, Monty se leva et ajouta :

— Merci pour le temps que vous m'avez consacré. Je vais aller chercher ces livres en bas en partant.

Monty posa deux sacs de livres sur le siège arrière de la voiture de patrouille.

— Devoirs supplémentaires, annonça-t-il à Kowalski. Prenez la moitié des livres. Je prends le reste. Allons à l'hôpital de Lakeside. J'aimerais voir le docteur Lorenzo avant qu'il commence son service.

Kowalski lança un regard aux sacs de livres, puis démarra et sortit de l'Enclos.

— Si c'est urgent, Ruthie pourrait en lire une partie.

— Non. Il est inutile de lui cacher ces romans, mais je crois qu'il vaut mieux ne pas l'impliquer.

— Par les dieux d'en bas ! lieutenant, que recherche-t-on au juste ?

— Des passages racontant comment piéger ou tuer des Sanguinati.

Kowalski ne prononça plus un mot jusqu'à l'hôpital.

Monty trouva sans peine le docteur Lorenzo et constata que ce dernier ne semblait pas ravi de le voir.

— Je ne suis pas consultant pour la police de Lakeside, lança le médecin. Et ce n'est pas parce que j'envisage d'ouvrir un cabinet sur la place du Marché que je suis au service des Autres vingt-quatre heures sur vingt-quatre.

— Je comprends tout à fait, convint Monty avec sa courtoisie habituelle. Cependant, vous cherchez à exercer dans l'Enclos et à étudier une prophétesse du sang.

— Est-ce une menace, lieutenant ? se hérissa Lorenzo. Si je ne prends pas le temps de répondre à vos questions chaque fois que vous venez me voir, vous essaierez d'influencer Wolfgard pour m'empêcher d'ouvrir un cabinet dans l'Enclos ?

Monty secoua la tête.

— Les Autres, en particulier Simon Wolfgard, se demandent encore s'ils doivent vous faire confiance. Et à moins de ne pas avoir le choix, ils ne vous appelleront pas ici. Mais je crois qu'ils m'ont donné des informations afin que je vous les transmette.

Le médecin l'écoutait attentivement, à présent.

— Est-il arrivé quelque chose à Meg Corbyn ?

Monty répéta ce que Simon lui avait raconté au sujet de l'écorchure que Meg s'était faite à la cheville. Le trouble qui se peignit sur le visage de Lorenzo ne le rassura pas.

— Ont-ils des appareils photo dans l'Enclos ? ou la possibilité de fournir une image de cette plaie afin que je l'insère au dossier médical de Mlle Corbyn ?

— Ce n'est qu'une égratignure, protesta Monty.

— Pour vous et moi, oui. Mais vous m'avez dit qu'elle avait eu des visions, qu'elle avait énoncé une prophétie. Ce qui signifie que sa peau a été « usée ». Couper trop près d'une ancienne plaie, selon certaines hypothèses, pourrait provoquer des troubles mentaux ou émotionnels, voire la folie.

Ils se dévisagèrent mutuellement, se rappelant l'enchevêtrement de cicatrices que portait Meg Corbyn au bras gauche.

Lorenzo poussa un soupir.

— Si cette égratignure n'était pas assez profonde pour laisser de cicatrice, je veux – ce que Simon Wolfgard devrait également vouloir – conserver une trace de l'emplacement de la plaie. C'est important, en particulier si la zone à proximité est susceptible de recevoir une autre coupure à l'avenir. (Il hésita.) Avez-vous entendu le slogan « les humains avant tout » ?

— Docteur, si vous faites partie de ce mouvement, restez loin de l'Enclos. Pour notre sécurité à tous.

— Je n'en fais pas partie. Mais j'ai été abordé récemment lors d'une conférence par une personne qui cherchait à savoir s'il m'intéresserait de rejoindre les rangs des militants. Les gens parlent, lieutenant. Quand le bruit courra que j'apporte une assistance régulière à l'Enclos… je pourrais subir des répercussions.

— C'est possible, reconnut Monty. Surtout si les gens ne prennent pas conscience qu'aider les Autres peut permettre d'éviter que des conflits mineurs mènent à une véritable guerre. Si jamais vous recevez des appels anonymes ou des lettres de menaces, prévenez-moi.

Lorenzo acquiesça d'un signe de tête.

— Si vous avez terminé, je vais prendre mon service.

Quand Monty regagna le véhicule de patrouille, Kowalski lui décocha un regard étrange.

— Allumez votre portable, lieutenant. Les policiers chargés de l'enquête sur la voiture qui a renversé l'employé municipal souhaitent vous parler.

Monty entra dans le bureau du capitaine Burke et s'assit dans le fauteuil réservé aux visiteurs sans y avoir été invité.

Burke joignit les mains, les posa sur la table et se pencha en avant.

— Vous avez des nouvelles des policiers qui recherchaient les passagers de cette voiture ?

— Ils ont trouvé la maison… et deux étudiants qui subissaient encore les effets de ce qu'ils avaient consommé avant de piéger la rue et d'attendre les Corbeaux, répondit

Monty, combattant la nausée qui l'avait envahi après avoir reçu cet appel. En fouillant la maison, les policiers ont découvert une main dans un bocal, conservée dans une sorte de saumure. Une main de Sanguinati, apparemment. Ils ont également trouvé des yeux. L'étiquette indiquait qu'ils appartenaient à un Loup, mais ils n'étaient ni ambrés ni gris, c'est donc peu probable. Pendant qu'on les emmenait en garde à vue, les garçons n'ont cessé de crier « ce sera bientôt nous les Loups ».

— Où se sont-ils procuré cette main et ces yeux ? interrogea Burke.

— Dans une boutique ésotérique située près de l'université. La pièce principale contient le genre de produits tendance que l'on s'attend à trouver dans un endroit fréquenté par des jeunes. Mais l'arrière-salle… (Monty se racla la gorge.) Puisque j'ai obtenu la confirmation qu'aucun résident de l'Enclos n'a disparu, nous pouvons supposer que ce que les enquêteurs y ont découvert provient d'ailleurs. Sans doute de Toland.

La ville portuaire recevait de nombreux paquebots et cargos en provenance de l'Alliance des Nations Cel-Romano et d'autres parties humaines du monde. Il n'était pas difficile de dissimuler un produit illégal parmi la marchandise acheminée par train à Lakeside depuis Toland.

Burke s'appuya au dossier de son fauteuil.

— Ainsi, les yeux auraient été prélevés sur un humain ou un animal, mais pas sur l'un de nos *terra indigene*.

— C'est exact, confirma Monty.

— Et la main ? Pourrait-elle appartenir à un Sanguinati ?

— Pas à l'un de cet Enclos, répondit Monty avant de marquer une hésitation. Mlle Corbyn a eu une vision ce matin. À propos de bocaux, de mains… et de Sanguinati. Capitaine, si cette marchandise vient de Toland…

Il pensa à sa fille, Lizzy, qui vivait là-bas avec sa mère, et la peur lui donna soudain le vertige.

— Les Sanguinati sont les indigènes dominants de l'Enclos de Toland, secondés par les Loups et je ne sais quelles autres créatures. Si l'un d'eux a disparu… (Burke laissa échapper un soupir.) De mieux en mieux… Très bien, lieutenant. Suivez l'enquête qui se déroule à Lakeside. Je vais voir si je peux trouver un policier à Toland qui n'utilise pas son cerveau pour se torcher. (Il adressa à Monty un sourire féroce.) Je n'ai pas oublié que vous veniez de là-bas, mais vous n'êtes plus l'un des leurs.

— C'est bon à savoir.

Monty se leva de son siège. Puis il se figea.

— Devrais-je dire à Simon Wolfgard ce qui a été découvert dans la maison et la boutique ?

— Si des oiseaux rôdaient à proximité, il est certainement déjà au courant. Un appel de courtoisie serait sans doute prudent. (Burke parut soudain gêné.) Ce n'est probablement pas le meilleur moment, mais j'aimerais que vous m'organisiez une rencontre avec M. Wolfgard, quand cela lui conviendra le mieux.

— Pourquoi ?

Burke garda si longtemps le silence que Monty crut qu'il ne répondrait pas.

— Je voudrais lui demander une faveur.

Chapitre 8

Steve Batelier courut pour monter dans le bac avant le départ. Il ne devait pas travailler ce jour-là et n'avait rien prévu d'autre que de regarder un film, faire de la lessive et, plus tard, marcher jusqu'à la librairie de l'île pour s'offrir quelques nouveaux romans. Mais, lorsqu'il avait regardé par la fenêtre en se réveillant, il avait ressenti cette tension familière, pas toujours bienvenue, entre les omoplates, et avait eu le pressentiment qu'il devait prendre le premier ferry de la journée qui effectuerait la traversée entre Great Island et la partie riveraine de son village, Port-Batelier.

Plusieurs Corbeaux se pressaient les uns contre les autres sur le pont, gonflant leurs plumes noires pour lutter contre le froid.

— Vous voulez entrer dans la cabine ? demanda Steve. (Au bout d'un moment, l'un des Corbeaux secoua la tête.) Prévenez-moi si vous changez d'avis.

Un rapide coup d'œil dans la cabine passager lui confirma que celle-ci était déserte. Totalement, absolument, complètement déserte, sans la moindre trace indiquant que quelqu'un y avait mis les pieds avant lui. Ce qui signifiait que sa tante, Lucinda Poisson, n'avait pas l'intention d'ouvrir le petit bar du bateau et qu'il devrait donc se passer de sa dose matinale de caféine.

Avec un soupir, il monta dans la timonerie pour voir son frère cadet, Will, le capitaine du jour.

— Bonjour, Votre Honneur, lança ce dernier en tirant sur la mèche qui lui retombait sur le front. Je suis surpris de vous voir debout si tôt le jour où vous êtes censé fainéanter. Dites-moi, vous voyagez à titre personnel ou pour le compte du gouvernement ?

— Tais-toi, marmonna Steve.

Son frère et lui étaient physiquement aussi différents que le jour et la nuit. Steve avait hérité de leur père, Charles, ses cheveux et ses yeux noirs, ses traits anguleux ainsi que ses muscles noueux. Will, quant à lui, avait les cheveux blonds et les yeux bleus de leur mère, Rachel, ainsi que la gracieuse sveltesse commune à tous les membres du clan Poisson.

— En voilà une façon de parler à l'un de tes électeurs, le taquina Will.

— Tu n'as pas voté pour moi, rétorqua Steve. Et tu n'aurais de toute façon pas pu, vu que tu ne fais pas partie du conseil du village.

— Et je ne l'aurais pas fait même si j'avais pu, sachant à quel point tu avais envie de ce boulot, répliqua Will d'un ton enjoué. C'est-à-dire pas du tout.

« Quand il s'agit d'attribuer un travail ingrat, les absents ont toujours tort », aimait à dire son père.

Voilà comment Steve Batelier, en sortant pour soulager sa vessie, persuadé que le conseil allait parlementer encore un moment, s'était retrouvé élu maire de Port-Batelier à l'âge tendre de trente ans. Les membres du conseil avaient dû appeler au vote au moment où il fermait la porte des toilettes.

« Nous avions le pressentiment que le village avait besoin de toi », lui avaient-ils expliqué quand il avait essayé de refuser.

Quand quelqu'un avait un pressentiment à Port-Batelier, on l'écoutait. Si les Intuits avaient survécu et prospéré, c'était parce qu'ils ne négligeaient pas ce genre de choses.

Il ne voulait pas devenir maire, même si la tâche n'avait rien d'écrasant dans un petit village comme le sien. Il était passeur, comme son père avant lui, et préférait se trouver sur l'eau que n'importe où ailleurs. Mais, à présent, il présidait le gouvernement humain de l'île, pour le meilleur comme pour le pire.

— Heureusement que ce n'est pas toi qui tiens la barre aujourd'hui, déclara Will. Tu n'as rien entendu de ce que j'ai dit pendant les deux dernières minutes.

— Lâche-moi un peu, grommela Steve. J'ai à peine eu le temps de prendre une douche, et j'ai dû renoncer à mon café du matin pour arriver à temps.

Will le considéra d'un air inquisiteur.

— Et pour quelle raison avais-tu tant besoin de venir ?

— J'ai eu un pressentiment.

Will garda quelques instants le silence, puis déclara :

— Tante Lu a dû avoir un pressentiment, elle aussi. Tu ne faisais pas attention quand je t'ai dit qu'elle avait apporté une Thermos de café et que tu pouvais te servir.

Steve repéra la Thermos, et, rien qu'à cette vue, il sentit son cerveau se réveiller.

— Que la rivière bénisse tante Lu, déclama-t-il en remplissant une tasse. Tu en veux ?

— Oui.

Steve versa un autre café qu'il donna à son frère. Puis il poussa un soupir.

— Temps clair. Vent faible.

— Oui. Ça va être une belle journée. Pourquoi est-ce que tu as l'air déçu ?

— Je ne suis pas déçu. C'est juste que…

Cette tension entre les omoplates ne le quittait pas. C'était le signe que lui envoyait son corps pour lui indiquer qu'il devait prêter attention à quelque chose en particulier.

— J'ai l'impression qu'une tempête se prépare.

— Papa n'a rien dit, répliqua Will en étudiant le ciel, puis la rivière. Ni maman ni tante Lu.

— Les pressentiments sont parfois trompeurs.

— Les tiens, rarement.

En effet, l'avenir lui donnait souvent raison. Du moins en ce qui concernait la rivière et le temps. Les Intuits n'avaient pas des pressentiments sur tout, juste sur ce qui leur importait personnellement. Voilà pourquoi sa famille en savait beaucoup sur l'eau et la météo, tandis que les Cocher avaient plus de connaissances sur le transport de marchandises et les Bouvier sur l'élevage.

La traversée se déroula sans incident. Dès que le ferry atteignit le quai, les Corbeaux s'envolèrent dans différentes directions, dispersés en petits groupes. Ils passeraient la journée à observer tout et tout le monde à proximité, puis reviendraient à temps prendre le dernier bac qui retournerait sur l'île.

Après avoir aidé Will à amarrer le bateau, Steve s'éloigna vers la rue principale tandis que le camion de la poste descendait en direction du quai. Des sacs de courrier seraient déchargés du bac, remplacés par ceux contenant les lettres destinées aux résidents de l'île. Les passagers n'étaient guère nombreux, à cette période de l'année, et la taxe appliquée à la traversée contribuait à décourager les touristes.

Temps clair, vent faible. *Pas de quoi s'inquiéter*, songea Steve. Pourtant, il ne pouvait s'empêcher de se retourner pour regarder la rivière.

Que faisait-il dans la partie riveraine du village ? C'était son jour de congé. Il pouvait flâner dans la librairie pour tuer le temps jusqu'au prochain départ, mais celle de l'île proposait les mêmes titres. En fait, comme les Autres achetaient leurs livres sur l'île, on y trouvait même des romans d'auteurs *terra indigene* qui n'étaient pas disponibles dans les magasins du continent, fréquentés par les touristes.

Mais ce n'était certainement pas à cause d'un livre qu'il avait ressenti le besoin pressant de prendre le ferry.

C'est alors qu'il aperçut Jerry Cocher qui sortait de l'épicerie, un journal à la main.

— Jerry ! appela-t-il.

Celui-ci s'arrêta et le salua d'un geste.

— Qu'est-ce que tu fais ici aujourd'hui ?

Jerry, de dix ans son aîné, avait une femme et une fille adolescente ainsi que deux petits garçons. En dépit de leur différence d'âge et de situation familiale, ils étaient amis.

— Je ne sais pas vraiment, répondit Steve en jetant un coup d'œil à la rivière. J'ai simplement l'impression qu'une tempête se prépare.

Quand il se retourna, Jerry lui montra son journal et pointa du doigt un article du *Lakeside News*. Une histoire d'oiseaux écrasés et d'employé municipal renversé.

Pas n'importe quels oiseaux, comprit Steve en poursuivant sa lecture. Des Corbeaux. Quelqu'un avait disposé des appâts dans la rue et avait attendu les Crowgard, mais seuls des corbeaux ordinaires avaient été tués.

Jerry lui laissa le temps de lire, puis déclara :

— Maintenant que tu es maire, tu développes peut-être une sensibilité à différentes sortes de tempêtes.

Soldi en fin de matinée, M. Smith conduisit son premier client dans la salle où les attendait Violette. Contrairement à certains de ses associés, il préférait donner des noms à ses filles plutôt que de leur assigner d'austères désignations. Même s'il devait convenir que les matricules présentaient l'avantage de créer une certaine distance entre les filles et leurs responsables, et permettaient également de rappeler aux clients qu'elles n'étaient pas à proprement parler humaines, de sorte que ceux-ci étaient plus à l'aise au moment de les regarder saigner pour énoncer une prophétie.

Il préférait cependant une approche plus douce. De plus, les clients qui désiraient le service spécial – et très lucratif – qu'il proposait parfois ensuite aimaient avoir un nom à susurrer pour savourer au mieux cette expérience exotique. Les filles ne constituaient pas de bonnes partenaires de sexe. Elles étaient trop droguées par leur propre euphorie pour avoir conscience qu'un pénis entrait en elles. Cependant, coucher avec une prophétesse du sang permettait d'accéder à certains cercles sociaux très fermés. Mais, pour persuader quelqu'un comme M. Smith de présenter son offre particulière, l'argent ne suffisait pas. Il fallait posséder l'ambition et le potentiel nécessaires pour exercer une influence politique dans les plus hautes sphères.

Le client qui était sur le point de rencontrer Violette semblait, aux yeux de M. Smith, doté des qualités requises. En fonction de ce que révélerait la fille, il donnerait peut-être son accord à une session privée, puisque le client avait fait part de son désir de tenter l'expérience.

Après avoir invité ce dernier à s'installer dans le fauteuil placé en face de la fille, M. Smith s'assit légèrement sur le côté de façon à observer en même temps son client et sa prophétesse. La fille était drapée dans une couverture qui dissimulait son corps du cou aux genoux. Dessous, elle ne portait rien d'autre qu'un string en étoffe délicate qui ne cacherait rien de l'excitation provoquée par l'euphorie.

— Violette, commença calmement M. Smith. Cet homme se porte candidat à la mairie de sa ville. Il souhaite savoir si s'appuyer sur le mouvement Les Humains Avant Tout l'aidera à remporter la victoire. Que donnera l'élection ?

Il répéta sans discontinuer les mêmes mots pendant que le personnel ôtait la couverture. Il avait une idée assez précise de ce que demanderait son client et avait déjà choisi la zone à inciser. Le long du ventre, à gauche. Le sang qui coulerait attirerait le regard du client vers le string et renforcerait son désir d'accéder au service supplémentaire.

— Quels seront les résultats de l'élection ? interrogea-t-il alors que l'employé terminait l'entaille.

Violette fixa les yeux sur le client, son visage exprimant la souffrance qui précédait les premiers mots de la prophétie et l'euphorie addictive qui les accompagnait. Les *cassandra sangue* éprouvaient un tel besoin de connaître cette sensation que, M. Smith n'en doutait pas, elles se couperaient deux ou trois fois par jour en l'absence de supervision.

— Une tornade, déclara Violette, son regard rivé sur le client. Des immeubles aux fenêtres brisées. Des fleurs poussant dans les fissures du goudron. Des plantes qui grimpent aux murs. Son visage sur une feuille, en dessous de l'inscription « votez ». Le papier qui s'envole dans une rue déserte.

Fermant les yeux, elle émit un gémissement et haussa les hanches en un mouvement sensuel.

— Qu'est-ce que ça signifie ? s'emporta le client. En quoi ces images se rapportent-elles à l'élection et à mes chances de gagner ?

En rien, espérons-le, songea M. Smith.

— Il semblerait que Violette soit troublée et se trouve dans l'incapacité d'offrir une prédiction précise, répondit-il en se levant.

Posant une main ferme sur le bras de son client, il l'escorta hors de la pièce.

— Et ma prophétie ? protesta l'homme. J'ai payé…

— La séance d'aujourd'hui ne vous sera pas facturée, l'interrompit M. Smith. Nous vous donnerons rendez-vous la semaine prochaine avec une autre fille.

— La semaine prochaine ? Mais je dois prendre une décision avant !

M. Smith s'arrêta et regarda l'homme dans les yeux.

— Aucune de mes filles n'est disponible avant la semaine prochaine.

En d'autres termes, « revenez ou trouvez un autre établissement ». Pas si facile que cela en avait l'air. Tous ceux qui s'occupaient de prophétesses du sang et monnayaient les aptitudes des filles cultivaient la discrétion.

Après avoir confié son client à un employé qui le reconduirait à la sortie, M. Smith retourna dans la salle et étudia Violette. Elle avait toujours les yeux brillants, mais l'euphorie se dissipait et elle commençait à reprendre ses esprits.

— Est-ce que vous voulez que nous lui fassions faire de l'exercice ? demanda l'un des employés.

— Non. Donnez-lui de l'eau et de quoi manger, puis laissez-la dormir.

Une heure plus tard, M. Smith s'assit dans une autre salle avec le représentant d'une association d'agriculteurs approvisionnant plusieurs villes du Midwest. Le client et ses confrères souhaitaient falsifier les comptes afin de simuler une pénurie et de vendre discrètement des céréales à Cel-Romano.

M. Smith avait choisi Lilas pour cette coupure. Parmi toutes ses filles, c'était la plus réceptive pour les prophéties relatives à l'agriculture.

— Qu'est-ce qui poussera le mieux dans nos champs cette année ? demanda le représentant. Quelles céréales donneront de bons rendements ?

M. Smith répéta la question pendant que l'employé pratiquait une incision au-dessus de l'un des seins généreux de Lilas.

— Feu, souffla-t-elle. Le feu dévore et dévore. L'eau avale. Assiette propre. Plus de nourriture.

M. Smith gagna son bureau et referma la porte derrière lui. Puis, cédant à la peur qui s'était emparée de lui, il appuya son front contre le battant et ferma les yeux. Ses employés étaient des professionnels expérimentés qui connaissaient bien les filles. Il était possible qu'ils soient passés à côté de certains signes indiquant que Violette n'était pas en état de servir aujourd'hui. Mais Violette et Lilas énonçant toutes les deux des prophéties qui n'avaient aucun lien avec les interrogations des clients ?

Mes filles ne sont pas en cause, songea M. Smith. *Ce qui signifie que ce qu'elles ont vu répondait bel et bien aux questions posées.*

Une ville détruite à cause d'une élection. Une association d'agriculteurs du Midwest qui ne récolterait cette année que du feu et des inondations.

Les filles pouvaient se tromper. Une décision différente, un autre choix, et ce que Violette et Lilas avaient vu aujourd'hui ne se produirait pas.

Cependant, ceux qui étaient susceptibles d'amorcer ces changements ne faisaient probablement pas partie de sa clientèle. En dépit de son envie de croire qu'il recevait dans son établissement des hommes influents, ceux-ci n'étaient après tout que de gros poissons dans la petite mare que représentait le Midwest.

S'il voulait comprendre pourquoi les prophéties de ses filles contenaient tant d'images de destruction, il allait devoir demander conseil à quelqu'un dont la liste de clients était plus… onéreuse.

Il haïssait ce salopard, mais il ne savait pas qui d'autre contacter.

M. Smith se versa un verre d'alcool fort, puis s'assit à son bureau et composa le numéro de l'individu connu sous le nom de Contrôleur.

Chapitre 9

Meg se gara devant l'Écurie. Pas de Corbeaux, ni de Faucons ni de Chouettes à l'horizon susceptibles de rapporter sa visite. Et elle n'avait aucune raison de se trouver là. Elle n'avait pas de courrier ni de colis à livrer. En fait, elle avait terminé sa tournée, mais ne voulait pas encore rentrer chez elle.

D'habitude, le ventdi soir, elle participait au cours Esprit serein avec Merri Lee, Ruth et Heather. Mais tous les magasins devaient fermer à 17 heures à cause d'une réunion extraordinaire, et Simon lui avait demandé de ne pas retourner dans le quartier de la place du Marché une fois qu'elle aurait quitté le bureau. Bon, à présent qu'ils étaient redevenus amis, il avait fait l'effort d'essayer de le formuler comme une question et non comme un ordre, elle devait le reconnaître.

Bien entendu, les mots « s'il te plaît » ne sonnaient pas tout à fait de la même façon lorsqu'on les grondait. Mais c'était Simon, et les amis devaient s'accepter tels qu'ils étaient. Elle l'avait lu récemment dans un magazine.

De toute façon, question ou ordre, cela revenait au même : le quartier de la place du Marché était interdit à tout le monde sauf aux membres de l'association commerciale et aux éventuels invités à cette réunion. Même l'accès aux studios était impossible. De toute évidence, les Autres voulaient que cette rencontre reste privée.

Donc, pas de cours Esprit serein, pas d'amis, et personne au complexe Vert jusqu'à ce que cette réunion se termine et que les *terra indigene* regagnent leurs appartements.

Elle n'avait pas été seule dans la résidence depuis la nuit où des hommes s'étaient introduits dans l'Enclos pour tenter de les capturer, Sam et elle.

Images. Une maison vide avec une porte pendant sur ses gonds. Des vitres brisées. Des tessons de verre jonchant les coins des pièces.

Meg secoua la tête. Elle n'était pas abandonnée. Ce n'était pas parce qu'elle se retrouverait seule qu'il se produirait une attaque, si ?

Facile de connaître la réponse. Il lui suffirait d'une coupure pour avoir l'assurance que tout irait bien jusqu'au retour de Simon et des autres résidents. Une simple petite coupure.

Ses mains tremblaient sur le volant. Pendant son séjour à l'hôpital, le docteur Lorenzo avait parlé de stress post-traumatique, mais elle n'avait pas prêté attention à ses paroles et ne se rappelait plus ce qu'il avait dit.

Peu importait. Elle avait assez de bon sens pour ne pas se servir du rasoir alors que ses mains tremblaient et qu'il n'y avait personne pour l'aider en cas de problème.

Mais je ne peux pas rester ici à me demander quoi faire tout l'après-midi, songea-t-elle. Trop tard : Jester Coyotegard sortait de l'écurie. Il marcha jusqu'à la portière passager de la BAR.

— Je n'attendais pas de colis, déclara-t-il, humant discrètement l'air quand elle baissa sa vitre pour lui parler.

— Je n'en ai pas, admit Meg.

Jester marqua une pause.

— Il y a un souci avec la BAR ?

— Non.

Il savait forcément qu'elle n'avait pas de problème avec sa voiture. Sinon, elle serait sortie pour lui demander de l'aide.

— C'est gênant.

— Dans ce cas, dis-moi tout.

Il affichait une expression tellement ravie qu'elle ne put s'empêcher de rire. Mais son amusement se dissipa très vite.

— La résidence sera vide jusqu'à ce que cette réunion soit finie, et... je suis nerveuse à l'idée de rester seule au complexe Vert.

Ce maudit Coyote avait sans doute flairé son angoisse dès le départ, pensa-t-elle. Et il avait joué avec elle jusqu'à ce qu'elle lui avoue les raisons de son inquiétude.

Elle poursuivit :

— Je ne peux pas vraiment aller rendre visite à Sam au complexe Wolfgard, et je ne veux pas qu'il s'éloigne des Loups adultes si jamais il se passait quelque chose...

Jester la dévisageait. S'il connaissait le sujet de cette réunion, il n'avait manifestement pas l'intention de le lui révéler.

— Est-ce que tu as déjà visité une écurie ? demanda-t-il.

— J'ai déjà vu des photos.

Il ouvrit la portière de la BAR et releva la vitre.

— Viens voir en vrai.

Si elle restait avec Jester et les poneys, elle ne serait pas seule.

Elle éteignit la BAR et suivit le Coyote.

— Tu feras connaissance avec notre nouveau résident, s'il veut bien se montrer, déclara Jester tandis qu'ils atteignaient la porte de l'écurie. Il n'est encore jamais allé au bureau de liaison avec les autres poneys, tu n'as donc jamais dû le rencontrer. Il est rare que ceux de sa lignée soient assignés à la région des Grands Lacs, surtout si jeunes, mais les Élémentaires voulaient qu'il vienne, et je dois dire qu'il s'adapte remarquablement bien.

La nuit de l'attaque, des hommes avaient incendié l'Écurie et abattu le vieil Ouragan alors qu'il se trouvait sous forme de poney. Les *terra indigene* avaient réparé ce bâtiment avant tous les autres. Tandis que les résidents de Lakeside s'étaient battus contre le froid pour remettre en état leurs habitations et leurs commerces, la zone entourant l'Écurie avait bénéficié de la touche délicate de Printemps, ce qui avait facilité le travail.

Le hangar correspondait bien aux images qu'elle avait vues. En regardant autour d'elle, Meg assimila le décor et le rangea dans sa mémoire, plus comme une vidéo qu'une série de photographies isolées présentées dans l'ordre. La plupart des stalles étaient vides, les poneys s'étant rendus dans l'Enclos pour vaquer à leurs tâches de poneys, quelles qu'elles soient. Après avoir observé son content, elle s'assit sur une botte de foin et regarda Jester panser Brouillard. Elle l'aida ensuite à brosser Cyclone et prit autant de plaisir à cette expérience que semblait en prendre le poney.

Quand un poney blanc sortit de la dernière stalle, Meg sentit un courant électrique la parcourir de la plante des pieds au sommet de la tête. Cette sensation se dissipa vite. Presque trop vite, car il se tenait là, devant elle, tâchant sans grand succès d'arborer l'allure de barrique-velue-sur-pattes-potelées des autres poneys. Comme un Loup ne réussissant pas tout à fait à se faire passer pour un humain, cet étalon n'arrivait pas totalement à dissimuler le fait qu'il n'était pas vraiment un poney.

Aigue-marine, songea Meg en identifiant le vert bleuté de la crinière et de la queue du nouveau venu. Une couleur peu banale, pour un poney.

— Meg, intervint Jester. Je te présente Maelström.

Ventdi à 17 h 15, le capitaine Burke, au volant de sa berline noire, emprunta l'entrée principale de l'Enclos située sur Main Street.

— M. Wolfgard m'a conseillé de garer la voiture derrière le bureau de liaison, déclara Monty.

C'était lui qui avait appelé Simon et lui avait demandé ce rendez-vous, mais il ne s'était pas attendu à ce que le loup accepte, d'autant qu'il n'avait pu lui expliquer le motif pour lequel Burke souhaitait le rencontrer. Ce qui signifiait que le chef de l'Enclos de Lakeside avait ses propres raisons de vouloir s'entretenir avec un capitaine de police.

— Je croyais que nous devions nous retrouver au consulat, commenta Burke en se garant.

— C'est le cas.

— Ils préfèrent que la voiture ne soit pas visible ?

Burke ne cessait de scruter les bâtiments, en particulier les portes et les fenêtres.

— Je pense surtout qu'ils ne veulent pas qu'elle gêne. Mais je crois que l'association commerciale se sert du parking pour exprimer sa confiance.

— Est-ce que ça signifie qu'ils nous font confiance, lieutenant ?

— Oui, monsieur, je crois.

Jusqu'à un certain point, ajouta-t-il en son for intérieur.

Ils empruntèrent l'allée menant au consulat. En attendant que quelqu'un les reçoive, Monty examina le bureau de liaison. Il était fermé, et seule la lumière feutrée d'une veilleuse éclairait l'accueil. *Dommage que Meg Corbyn soit déjà partie*, pensa-t-il. Il aurait aimé la voir afin de s'assurer qu'elle s'était remise des prophéties de lunedi.

La porte du consulat s'ouvrit. Blair Wolfgard les dévisagea. Il portait un bleu de travail, ce qui était visiblement sa tenue préférée quand il adoptait forme humaine. Derrière lui se trouvait un homme à la chevelure clairsemée qui avait les yeux ambrés d'un Loup. Contrastant avec son collègue, il arborait un costume taillé sur mesure d'une coupe et d'une qualité qui clamait « argent ».

Elliot Wolfgard, se dit Monty. Il imaginait que ce devait être déstabilisant pour les membres du gouvernement de se rendre compte qu'un Loup comprenait les symboles de pouvoir humains et savait comment envoyer un message d'intimidation avant même que le premier mot soit prononcé.

— Vous pouvez suspendre vos vestes et laisser vos bottes ici, déclara Elliot en montrant le portemanteau et le tapis qui se trouvait dessous.

Une fois qu'ils se furent exécutés, le Loup les conduisit dans une salle de réunion qui ressemblait à la salle de conférences d'une grande entreprise, spacieuse, dotée d'une immense table et de deux imposantes fenêtres recouvertes de stores en bois.

Trois *terra indigene* se tenaient debout à côté de la table : Simon Wolfgard, Henry Beargard et Vladimir Sanguinati.

Elliot sortit en fermant la porte derrière lui. Monty se demanda si Tess avait choisi de ne pas assister à la réunion ou si elle n'y avait pas été conviée. Quoi qu'il en soit, songea-t-il, Burke avait désormais la confirmation de l'identité des personnes qui donnaient les ordres dans l'Enclos de Lakeside.

— Merci de me recevoir, déclara Burke.

Simon tira une chaise et s'assit, signalant que la réunion avait commencé.

— Avez-vous trouvé les individus qui ont essayé de tuer les Corbeaux ?

Après un instant d'hésitation, Burke s'installa en face de Simon. Monty prit place à côté de lui, en face de Vlad. La table qui les séparait n'ôtait rien au malaise que lui procurait la proximité du vampire. Il ne se rappelait que trop bien le picotement qu'il avait ressenti quand il lui avait serré la main. C'était ainsi qu'il avait découvert que les Sanguinati étaient capables de se nourrir en extrayant le sang d'une personne par les pores de la peau.

Henry Beargard avait pris place à côté de Simon. La manière dont il avait légèrement décalé sa chaise conduisit Monty à penser qu'il était là plus en tant qu'observateur que participant.

— Nous en avons trouvé deux, répondit Burke. Et nous avons découvert certaines choses dans leur maison quand nous l'avons fouillée.

— Des choses ? interrogea Vlad.

— Dans des bocaux ? questionna Simon, les yeux rivés sur Monty.

— Oui, dans des bocaux, confirma-t-il.

Il ne quitta pas Simon du regard, mais vit du coin de l'œil Vlad serrer le poing. Ce n'était pas le moment de demander si une main coupée pouvait se révéler dangereuse. Les romans que Kowalski et lui avaient parcourus les jours précédents insinuaient qu'une partie du corps d'un vampire pouvait survivre indépendamment de son propriétaire si celui-ci n'était pas mort, mais aucun moyen ne permettait de savoir si la fiction reposait sur des faits réels. De façon tout à fait compréhensible, les techniciens du laboratoire rechignaient à ouvrir les bocaux pour déterminer si la main et les yeux avaient appartenu à un humain ou à un *terra indigene* et préféraient attendre d'avoir des certitudes.

— Je ne crois pas que le capitaine soit venu parler de l'enquête, intervint Henry, un doux grondement dans la voix.

— Je ne suis pas venu parler de l'enquête, concéda Burke avant de joindre les mains et de les poser sur la table. Le fils d'un ami proche a été blessé à Jerzy le mois dernier. Roger était l'un des policiers qui ont répondu à l'appel à l'aide des Corbeaux. Les humains à l'origine de l'attaque lui ont tiré dessus, mais il a survécu.

Simon resta muet. Monty aurait préféré que Burke le prévienne du sujet qu'il comptait aborder.

— Roger est un bon policier et quelqu'un de bien, poursuivit le capitaine. Il sera bientôt prêt à reprendre le travail, mais on lui a fait comprendre qu'il serait sage de sa part de demander une mutation.

— Pourquoi ? questionna Simon en inclinant la tête.

Vlad décocha à Burke un sourire à donner la chair de poule.

— Les singes lui en veulent, n'est-ce pas ? Ils pensent qu'il aurait dû laisser les Corbeaux mourir dans cette maison.

Burke tressaillit, très légèrement, mais les Autres s'en étaient aperçus, Monty n'en doutait pas.

— Pas tous, mais un certain nombre des survivants de Jerzy jugent Roger responsable de la bataille qui a suivi, poursuivit Burke. Ils veulent un coupable. Pour le moment, Roger a besoin d'un endroit où les gens qu'il tente de protéger ne l'accusent pas de traîtrise.

— Que se serait-il passé, à votre avis, si ce Roger avait laissé les Corbeaux mourir ? demanda Henry.

Burke regarda le Grizzly dans les yeux.

— Je crois que, si lui et les autres policiers n'avaient pas répondu à cet appel à l'aide, il n'y aurait eu aucun survivant à Jerzy.

Henry pencha la tête, confirmant cette hypothèse.

— Oui. C'est grâce à lui que ces humains sont toujours en vie.

— Au moins encore pour une semaine ou deux, ajouta Vlad.

Monty se raidit.

— Que voulez-vous dire ?

Simon ne tint pas compte de la question et se concentra sur Burke :

— Vous souhaitez donc que le petit de votre ami soit muté à Lakeside ? (Il haussa les épaules.) Vous n'avez pas besoin de notre accord. C'est une affaire d'humains.

Burke paraissait à présent mal à l'aise.

— Roger préférerait vivre dans un village et travailler dans un petit poste de police.

Cette déclaration suscita des regards perplexes.

— Que nous demandez-vous au juste ? finit par interroger Simon.

— S'il vous serait possible de trouver une place pour Roger sur Great Island. Je sais que l'île est contrôlée par les *terra indigene*, mais une communauté Vie Simple est installée là-bas, ainsi que les humains qui gèrent le bac et les magasins de la pointe sud de l'île. J'ignore quels sont les arrangements qui existent à Great Island, mais je suppose qu'un nombre suffisant d'humains y habitent pour légitimer l'affectation d'un ou deux policiers.

Monty se tendit pendant que le silence emplissait la pièce.

— Il n'y a aucun policier à Great Island, répondit enfin Henry. La situation n'est pas comparable à celle de Lakeside. Les Intuits qui vivent à Port-Batelier sont des humains différents de ceux du mouvement Vie Simple. Ou de vous.

Burke étudia les trois *terra indigene*.

— Je n'ai jamais entendu parler d'un groupe d'humains appelés Intuits.

Henry, à son tour, dévisagea Burke.

— À Thaisia, c'est ainsi qu'ils se nomment. Ils portent sans doute d'autres noms ailleurs dans le monde. Ces humains possèdent une sensibilité qui manque au reste d'entre vous, une capacité à sentir ce qui les entoure et à reconnaître le danger avant qu'il devienne évident. Les autres humains les ont souvent massacrés au motif qu'ils jugeaient leur don diabolique. Même de nos jours, ils restent entre eux et se sentent plus en sécurité dans un village contrôlé par des *terra indigene* que dans une ville dirigée par ceux de votre espèce. (Il esquissa un sourire qui contenait une menace.) Mieux vaut pour vous oublier ce que vous venez d'entendre à leur sujet.

Au bout d'un moment, Burke hocha la tête afin d'indiquer qu'il avait compris.

— Ce n'est pas à moi de décider s'il faut autoriser ou non un autre humain à vivre à Great Island, déclara Simon. Je ne sais pas si les Intuits de Port-Batelier accepteront d'accueillir quelqu'un qui n'est pas des leurs. Mais je parlerai aux chefs du village du petit de votre ami, et ils se prononceront.

— Merci.

Et maintenant, un capitaine de police est redevable au chef d'un Enclos, songea Monty. *Car Simon s'assurera que Roger est autorisé à travailler à Great Island.*

Il espérait simplement que, le jour où Wolfgard collecterait sa dette, Burke ne s'étranglerait pas.

— Il vaut mieux que ce Roger quitte Jerzy, ajouta Simon d'un air un peu trop désinvolte. Dans peu de temps, ce ne sera plus un village humain.

Monty regarda Burke, qui se tenait parfaitement immobile. Puis il posa les yeux sur Simon.

Voilà pourquoi il a accepté de nous rencontrer. Pour délivrer ce message.

— Le bail concernant les terres de Jerzy expire à la fin du mois prochain, poursuivit Simon. Les chefs de la côte ouest ont décidé de ne pas le renouveler. Les terres reviendront aux *terra indigene.* Le contrat de location relatif au village arrive à échéance à la même date. Lui non plus ne sera pas renouvelé.

Burke prit une brusque inspiration, mais ne dit rien.

Combien d'humains vivent à Jerzy ? se demanda Monty. *Quelques centaines ? Plus ? Moins ?*

Abasourdi, il parla sans réfléchir :

— Vous allez expulser tous les humains d'une ville entière ? Du jour au lendemain ?

— Oui, lieutenant, répondit Simon. Du jour au lendemain. Si nous vous autorisons à construire sur nos terres et à utiliser ce qui en est issu, elles ne vous appartiennent pas. Et ne vous appartiendront jamais. Les humains ont abusé de la confiance des *terra indigene* qui surveillaient Jerzy. D'une manière ou d'une autre, ils doivent partir.

— Mais ces fermes produisent de la nourriture pour les habitants de la côte ouest. Comment feront-ils pour s'approvisionner ?

— Les humains peuvent produire de la nourriture sur les autres terres qu'ils ont en location, répliqua Simon avec un haussement d'épaules.

— Mais…

— Lieutenant, intervint Burke d'un ton calme, l'avertissant que contester une décision qui avait déjà été prise de l'autre côté du continent pourrait leur coûter cher, à eux comme à leur propre ville.

Quand Monty se ressaisit, il s'aperçut que Vlad l'observait.

— Comment survivront les plus forts ? lança le vampire avec un sourire.

Monty détourna le regard en tremblant, épouvanté au point qu'il en avait la nausée. Vlad lui avait un jour demandé si les humains les plus forts trouveraient légitime de dévorer les plus faibles en cas de pénurie de nourriture. Même s'ils n'en étaient pas encore là, Monty supposait qu'un bon nombre de citoyens de Thaisia cultiveraient un potager dans l'été. Il y avait déjà eu des périodes difficiles. Apparemment, il y en aurait d'autres. Encore à l'heure actuelle, il fallait des tickets de rationnement pour se procurer certaines denrées, comme le beurre et les œufs.

— Où sont censés aller les habitants de Jerzy ? s'enquit Burke d'un ton prudemment détaché. Comment feront-ils pour transporter le bétail ? Y seront-ils d'ailleurs autorisés ?

— Ils pourront emmener leurs animaux, assura Simon. Ils pourront emporter tout ce qui a été fabriqué par des humains. Mais ils feraient bien d'être vigilants durant leur migration. Si jamais des terres ou de l'eau étaient empoisonnées, si une station essence explosait ou si des maisons prenaient feu au départ de ses occupants…

— Je comprends, déclara Burke, dont les articulations avaient blanchi. Et si les gens refusent de partir ? Certaines familles vivent dans ces fermes, dans ce village, depuis plusieurs générations.

— Alors, ils auraient dû savoir ce qui se passerait quand ils ont attaqué les Corbeaux, gronda Simon.

— Où sont censés aller ces gens ? demanda Monty, faisant écho à la question de Burke.

— Les chefs *terra indigene* de la côte ouest et du Nord-Ouest sont furieux, intervint Henry. Ils se moquent de savoir où vont aller les humains de Jerzy.

— Des troubles éclatent dans différentes régions de Thaisia ainsi qu'ailleurs dans le monde, reprit Burke. Expulser la population d'un village entier donnera du grain à moudre au mouvement Les Humains Avant Tout.

Simon entrecroisa les doigts, posa ses mains jointes sur la table et se pencha en avant, en un reflet exact de la position de Burke.

— Namid ne vous a pas façonnés avec la terre et l'eau de Thaisia. Vous êtes arrivés ici d'Afrik, de Cel-Romano, de Tokhar-Chin, de Felidae et d'autres endroits d'où votre espèce est issue. Vous pouvez faire ce que vous voulez dans les parties du monde qui vous appartiennent, tant que ça ne nous affecte pas. Mais ici ? C'est nous qui choisissons quelle surface de Thaisia partager avec vous. Nous apprenons des autres prédateurs. Depuis toujours. Nous avons assez appris de vous pour ne plus avoir besoin de vous à Thaisia. Vous ne devriez pas l'oublier.

— Je ne suis pas venu dans l'intention de me battre, monsieur Wolfgard, déclara Burke, le visage blême, mais la voix posée.

Simon s'appuya au dossier de son siège et déplia les doigts.

— Moi non plus.

Monty examina les mains de Simon. Avait-il rêvé, ou paraissaient-elles plus humaines que l'instant d'avant ?

S'ensuivit un silence que Vlad finit par rompre :

— Saviez-vous que l'archipel comprenant les îles Tempête occidentales formait autrefois une bande de terre continue qui reliait Thaisia et Felidae ?

— Non, je ne le savais pas, répondit Monty. Que s'est-il passé ?

— Les humains qui vivaient là ont déclaré la guerre aux *terra indigene*. Nous leur avions donné une partie de ce territoire. Ils le voulaient en entier. Ils en ont moins qu'avant. Et, chaque année, les tempêtes qui balaient les îles leur rappellent pourquoi.

— Prévenez votre ami, conseilla Simon à Burke. Jerzy n'est pas le premier territoire revendiqué par les *terra indigene*. Ce ne sera pas le dernier. Si les humains de la côte ouest essaient de provoquer d'autres ennuis, votre ami ferait bien de partir vivre ailleurs. (Il hésita un instant.) Je ne peux rien faire pour la côte ouest. Mais j'aimerais que Lakeside survive à ce qui se prépare.

— Vous croyez qu'une guerre va éclater ? interrogea Burke.

— Pas vous ?

— Pas aujourd'hui, répondit le capitaine, repoussant sa chaise avant de se lever. Et pas ici. Merci de m'avoir consacré du temps.

Espérant que ses jambes le soutiendraient, Monty se leva à son tour. Les Autres firent de même.

— Dites à ce Roger de venir à Lakeside dès qu'il le pourra, ajouta Simon.

Burke hocha la tête et sortit de la pièce. Après une hésitation, Monty demanda :

— Mlle Corbyn s'est-elle remise de ce qui s'est passé lundi ?

Simon grogna. Vlad éclata de rire.

— Elle va bien, assura Henry. Demain, elle participera avec les autres filles au cours Esprit serein qui a été annulé ce soir.

— Comment quoi que ce soit pourrait-il être serein avec toutes ces femelles qui jacassent ? maugréa Simon.

Les Autres venaient de balayer la colère et la tension qui régnaient dans la salle comme des animaux qui se seraient ébroués pour chasser l'eau de leur pelage.

Ce n'est pas leur bataille, songea Monty. *Pas encore.* Les *terra indigene* n'oublieraient pas les hommes qui avaient tenté de tuer les Corbeaux. Ils avaient appris – ou Meg avait appris – l'existence des bocaux contenant des morceaux de corps, et cela non plus ils ne l'oublieraient pas.

Il souhaita aux Autres une bonne soirée, puis rejoignit Burke. Après avoir enfilé en hâte leurs bottes et leurs manteaux, ils se dépêchèrent de regagner la voiture. Soulagé de constater qu'il n'avait pas neigé, Monty s'installa à l'intérieur et attendit que Burke démarre. Mais le capitaine, après avoir inséré la clé de contact, se contenta de regarder par la fenêtre.

— Quelle est votre opinion, lieutenant ?

— Pardon ?

— Si le mot « Intuits » commençait soudain à circuler, pour une raison ou pour une autre, que se passerait-il, à votre avis ?

Monty réfléchit un moment, choisissant soigneusement ses paroles.

— Je crois que, peu après, une tornade surgirait de nulle part et détruirait le poste de police de Chestnut Street ainsi que tous ses occupants.

Burke démarra le moteur.

— Oui. C'est ce que je crois aussi.

Vlad quitta le consulat quelques minutes après le départ de Burke et Montgomery, annonçant qu'il retournait aux *Bouquins Hurlants* pour s'assurer que le magasin était bien fermé. Simon pensait plutôt que Vlad souhaitait emporter quelques-uns des nouveaux thrillers avant de les mettre en vente le lendemain.

Simon, lui, resta dans la salle. Il ressassait encore l'information qui leur était parvenue depuis la côte ouest juste avant la réunion.

— Pourquoi as-tu parlé des Intuits à la police ? demanda-t-il à Henry. Ils se cachent parmi les *terra indigene* pour échapper à la haine des humains.

Henry hocha la tête.

— Dans le temps, ils étaient haïs à cause de leurs capacités. Il serait bon de savoir si c'est toujours le cas.

Simon médita cette réponse.

— Les chefs de la côte ouest comptent offrir les terres de Jerzy aux Intuits ?

Henry confirma d'un signe.

— Il est bénéfique pour tout le monde que des humains vivent à Jerzy. Des Intuits de différentes colonies souhaitaient s'établir ailleurs, et les *terra indigene* ont accepté de leur donner la possibilité d'essayer de gérer les magasins ainsi que les relations avec les autres humains susceptibles de passer dans le village. Ils ne seront pas aussi bien cachés qu'au cœur des territoires sauvages, mais les Intuits de Great Island ont réussi à préserver leur anonymat au nez et à la barbe de tous pendant des générations.

Les Intuits avaient beau être humains, leurs instincts se rapprochaient, par certains aspects, de ceux des *terra indigene*. Et leurs facultés prémonitoires ? Étaient-elles comparables au don de prophétie de Meg ?

— Je me demande si les Intuits connaissent les *cassandra sangue*.

— Quand tu escorteras ce Roger à Great Island, tu devrais leur poser la question.

Chapitre 10

— Phileas Jones est arrivé.

Le Contrôleur rassembla les papiers dispersés sur son bureau et les rangea dans un dossier qu'il glissa dans le tiroir du bas avant de lancer :

— Faites-le entrer.

Phileas Jones était un homme de petite taille aux cheveux blonds tirant sur le roux, aux yeux d'un bleu délavé et au sourire onctueux. Il portait un costume à la coupe simple dont le gilet était un peu trop ajusté pour son ventre rebondi ainsi que l'un des nœuds papillon qu'il affectionnait. Il semblait tout droit sorti d'une photographie sépia datant d'une autre époque. Et c'était l'un de ses atouts majeurs : son charme suranné lui donnait l'air inoffensif. Grâce à ses talents d'hypnotiseur, il était devenu le fournisseur de prophétesses du sang le plus prospère de Thaisia.

Depuis plus de vingt ans, Jones persuadait des parents de renoncer à leur fille perturbée, dans l'intérêt de cette dernière. Quand ils comprenaient que les coordonnées qu'il leur avait communiquées étaient fausses et qu'ils n'avaient plus aucun moyen de savoir où se trouvait leur enfant, Jones s'était volatilisé. Et la fille atterrissait dans une institution d'une autre région de Thaisia.

Dans le cas où les parents refusaient d'abandonner l'enfant, Jones vendait leur adresse et les informations relatives à leurs habitudes, rendant un enlèvement beaucoup plus facile.

Le Contrôleur n'aimait pas Jones et ne lui faisait aucune confiance. Ils avaient néanmoins plusieurs fois fait affaire ensemble. Après tout, il pouvait s'avérer difficile de débusquer les familles de lignée *cassandra sangue* ; jusqu'à ce qu'une fille attire l'attention en commençant à s'infliger des coupures.

— Votre appel m'a surpris, déclara Jones en s'installant dans le fauteuil réservé aux visiteurs. J'ai cru comprendre que vous aviez réussi à mettre en place un plan de reproduction efficace. Je pensais que vous n'auriez plus besoin de mes services.

— Même le meilleur plan de reproduction tire profit d'un apport occasionnel de sang neuf, répliqua le Contrôleur.

— C'est cela que vous recherchez ? Du sang neuf ? ou souhaitez-vous réacquérir d'anciennes possessions ?

Ainsi, songea le Contrôleur, Jones avait entendu parler de l'évasion de cs759 et de l'échec de l'opération destinée à la récupérer.

— Du sang neuf. Pas forcément de première qualité.

— Eh bien, je ne m'attendais pas à cela. Vous n'êtes pas le seul à vouloir vous procurer de nouveaux éléments. Il semblerait qu'un certain nombre de filles connaissent de soudaines défaillances. Mais les hommes dont je vous parle recherchent le haut du panier.

— J'ai déjà le haut du panier. Ce que je recherche, c'est la variété.

Jones réfléchit un moment.

— Je pense explorer un peu l'est de Thaisia. Ça fait longtemps que je n'y suis pas allé. J'ai fait d'excellentes découvertes dans les petits villages paisibles de la région Sud-Est. (Le sourire mielleux qui lui était caractéristique flotta sur ses lèvres.) D'un autre côté, avec l'approche du printemps, le Nord-Est va bientôt s'épanouir. Et je me rappelle qu'il s'est produit un incident près du lac Etu l'été dernier. Vous n'avez pas entendu parler d'une fille qui s'est noyée dans une rivière ?

Il lança au Contrôleur un regard inquisiteur.

— Ça ne me dit rien.

— Ça ne mènera peut-être à rien. Les noyades accidentelles sont fréquentes.

Bien entendu, si ce n'était pas un accident, si la fille s'était jetée dans la rivière pour échapper à des visions qu'elle ne comprenait pas… Quand les familles abritant des prophétesses du sang ne vivaient pas seules dans la peur, cachées parmi les humains normaux, elles se regroupaient. Par conséquent, une *cassandra sangue* pouvait mener à d'autres filles comme elle.

— Bien, conclut le Contrôleur. Allez vers l'est. Voyez ce que vous pouvez trouver. Je suppose que vous répartissez vos frais entre tous les acheteurs potentiels ?

— En général, oui, répondit Jones. Cependant, les dépenses engagées pour obtenir une fille en particulier dans le cadre d'une acquisition privée sont couvertes par le client concerné.

— Bien sûr, déclara le Contrôleur avant de réfléchir un instant. La région du lac Etu risque de connaître une certaine agitation. Je vous conseille de faire attention lors de votre voyage.

— En remuant le contenu de la casserole, on fait remonter ce qui est caché au fond à la surface, commenta Jones avant de se lever, rajustant sa veste. Bien. Je dois m'en aller. Je vous appellerai dès que j'aurai une livraison en vue.

Le Contrôleur regarda le visiteur sortir de son bureau. Il avait envoyé des combattants expérimentés à l'Enclos de Lakeside pour récupérer Meg Corbyn. Ils avaient échoué. Plus qu'échoué. Peut-être que l'apparence inoffensive et les talents d'hypnotiseur de Phileas Jones réussiraient là où les armes et les explosifs s'étaient révélés inefficaces.

Jean extirpa l'aiguille cassée de la couture de sa pantoufle. Ce n'était pas l'instrument idéal, mais elle s'en était emparée quand les Noms-qui-marchent avaient été distraits par la crise d'hystérie d'une autre fille.

Il n'y avait pas d'eau dans leurs cellules. Rien qu'un bassin si elles ne pouvaient pas attendre leur tour d'être emmenées aux toilettes. Et comme les Noms-qui-marchent étaient préoccupés par ce qui était susceptible de se passer hors de l'institution, ils ne suivaient pas l'emploi du temps aussi scrupuleusement que d'habitude, surtout depuis que certaines filles avaient eu des visions si horribles que même l'euphorie n'avait pu estomper totalement leur sentiment de terreur.

Jean en connaissait un rayon, question horreur et terreur. Les plaies qu'on lui infligeait pour collecter son sang produisaient également des visions. Mais les hommes la bâillonnaient pour la voir souffrir, de sorte que rien ne la protégeait des images affreuses qui lui apparaissaient.

Elle ne savait pas si elle avait juste partiellement perdu la raison ou si elle était totalement folle à présent. Son esprit fonctionnait. Ce qu'elle entendait, elle le comprenait, et elle entendait bien des choses, car les Noms-qui-marchent ne prêtaient plus attention à elle et discutaient en sa présence des autres filles dont ils devaient s'occuper. Des filles dont la santé mentale s'effondrait à cause de ce qu'elles avaient vu.

Elles parlaient de villes en ruine, de champs en flammes, de gens s'entre-tuant pour les derniers paquets de nourriture d'un magasin, de cadavres obstruant une rivière qui fournissait l'eau potable d'un village. Elles parlaient de bocaux remplis de fumée et d'une piscine publique pleine de têtes coupées. Ces derniers jours, que les clients les interrogent sur les affaires, la politique ou le meilleur moment pour semer des céréales, le résultat était le même. Quelles que soient les questions, toutes les filles, sans exception, voyaient des choses trop terribles pour être oubliées.

Elle aussi, elle avait vu ces choses, mais les rues et les bâtiments de ses visions ne correspondaient à aucune des villes de Thaisia qu'on lui avait montrées en images, et les panneaux étaient écrits dans une langue qu'elle ne connaissait pas.

Le Contrôleur et les autres hommes comme lui avaient mis quelque chose en route. Ils croyaient que les prophéties les aideraient à dominer le monde et tout ce qui s'y trouvait. Ils n'avaient pas pensé qu'ils ne pourraient jamais maîtriser les sentiments des gens.

Les Autres avaient beau être bien différents des humains, ils éprouvaient des sentiments, eux aussi. Beaucoup de sentiments.

Jean humidifia un pan de l'ourlet de sa chemise de nuit, puis y frotta l'aiguille de manière à la nettoyer le mieux possible. Se piquer jusqu'au sang ne suffirait pas, mais une égratignure attirerait l'attention, car les Noms-qui-marchent sauraient qu'elle n'avait pas été provoquée par un rasoir ou par des coups.

Il y avait cependant un endroit où ils ne penseraient pas à regarder.

Écartant ses lèvres d'un doigt, elle glissa l'aiguille dans sa bouche et en passa la pointe le long de sa gencive du bas, du côté gauche. Tandis que le sang se mettait à couler, elle essuya l'aiguille et la dissimula de nouveau soigneusement dans sa pantoufle, luttant contre la douleur croissante et l'envie de parler. Tant qu'elle se tairait, elle se souviendrait de ses visions, de la prophétie. Mais, au lieu de l'euphorie, elle expérimenterait une souffrance terrible.

Les Noms-qui-marchent. Ceux qui m'ont touchée aujourd'hui. Que va-t-il leur arriver?

Elle avala le sang, la douleur… et vit les premières images de la prophétie.

Atroces. Insoutenables.

Elle saisit son oreiller et s'en couvrit le visage. Puis elle murmura, décrivant ce qu'elle voyait. L'extase la traversa, remplaçant la souffrance et brouillant les images.

Quand la prophétie se termina, Jean abaissa l'oreiller.

Ce qu'elle avait vu, c'était en chemin. Peut-être pas tout, mais suffisamment.

Tremblante, elle s'allongea sur son lit étroit et remonta les couvertures sur elle.

Elle essaya de ne pas penser à ce que deviendraient les Noms-qui-marchent. À la place, elle se concentra sur la dernière image qui lui était apparue. Elle avait alors cessé de parler à voix haute, si bien que sa mémoire en avait conservé un souvenir très clair.

Durant le reste de l'après-midi, elle réfléchit à ce que pouvait signifier la vision de sa propre main tenant un pot de miel.

Chapitre 11

Terredi matin, Monty quitta le temple universel et emprunta Market Street pour rentrer chez lui. Comme tous les terredis, il s'arrêta chez *Nadine*, une boulangerie faisant aussi salon de thé, et acheta assez de nourriture pour la journée. Kowalski l'avait invité pour le déjeuner. Il avait accepté, mais, si jamais un imprévu l'empêchait de s'y rendre, il voulait avoir des aliments frais à disposition à la maison.

D'autre part, passer chez *Nadine* lui permettait de fréquenter les gens de son quartier et d'écouter les potins qui s'échangeaient.

Ventdi soir, le capitaine Burke et lui étaient les seuls habitants de Lakeside à savoir que les humains de Jerzy allaient être expulsés. Thaisdi, les journaux télévisés de tout le pays rapportaient la décision des *terra indigene*. Feudi, les animateurs des radios de Lakeside s'indignaient que l'on puisse ainsi chasser des gens de leurs maisons et demandaient à Elliot Wolfgard s'il souhaitait faire un commentaire.

Ce dernier se contenta de répondre que, comme tout propriétaire, les *terra indigene* avaient le droit de refuser de renouveler un bail si les locataires ne leur convenaient pas. Ces propos avaient provoqué tant de réactions que le capitaine Burke avait réquisitionné tous ses hommes dans la crainte d'un mouvement de foule contre l'Enclos.

Ses précautions se révélèrent inutiles. Dès que le soleil se coucha feudi soir, une tempête balaya la ville. Les rafales et le grésil encouragèrent tout le monde à rester cloîtrés chez soi. La foudre frappa avec une telle précision qu'elle faillit mettre hors d'usage toutes les stations de radio et de télévision. Le jour suivant, les journaux télévisés ne mentionnèrent aucun incident, et toutes les émissions de radio furent remplacées par de la musique.

L'avertissement avait été entendu.

Ce jour-là, au temple et dans la rue, où Monty était devenu un visage familier, plusieurs personnes le dévisagèrent, sachant qu'il était policier, mais aucune ne l'aborda pour lui poser la question qui était présente dans tous les esprits : si on les provoquait, les Autres expulseraient-ils les deux cent mille habitants de Lakeside ?

Personne ne le lui avait demandé. Sans doute parce que tout le monde connaissait déjà la réponse et en avait peur.

Il sortit de *Chez Nadine* avec une tourte au bœuf, un récipient de soupe et un petit pain tressé. Le genre de nourriture qui, selon son ex-femme, Elayne, vous faisait prendre des kilos sur la balance. Il grossirait peut-être un peu, mais il éprouvait le besoin impérieux de se faire plaisir.

La décision des *terra indigene* de Jerzy était irrévocable ; le gouvernement humain de la côte ouest ne pouvait rien y changer. D'une manière ou d'une autre, les habitants de Jerzy seraient partis à la fin du mois.

Monty pénétra dans son appartement, ôta ses chaussures puis rangea ses provisions avant d'enlever son manteau. En attendant de se faire servir à la boulangerie, il avait entendu deux hommes dire que les prix à la location sur la côte ouest et dans le Nord-Ouest avaient doublé en l'espace de quelques jours. Ce qui confirmait la rumeur dont Burke avait eu vent de son côté.

Tandis qu'il suspendait son manteau, Monty se sentit soulagé d'occuper un studio disposant d'une salle de bains qu'il n'avait à partager avec personne.

Des projets de construction d'immeubles avaient été ajournés dans de nombreuses villes où les élus avaient soudain dû se demander s'il n'était pas plus sage d'utiliser les terres pour l'élevage et l'agriculture afin de nourrir la population déjà présente. Toutes les négociations visant à louer davantage de surface aux *terra indigene* pour bâtir des fermes ou des villes avaient échoué. Et, selon le capitaine Burke, les discussions relatives à l'exploitation de nouveaux gisements de pétrole et de gaz avaient brutalement été interrompues le lendemain de l'attaque de Jerzy. En bref, il était impossible de produire davantage de nourriture ou d'augmenter l'alimentation en énergie pour le chauffage domestique ou l'industrie.

Les petits groupements humains perdus dans les vastes étendues sauvages dominées par les Autres étaient très probablement des colonies d'Intuits. Si personne ne connaissait la particularité de leurs habitants, de nombreuses rumeurs couraient sur les villages eux-mêmes. On disait que, quoique moins arriérés que les communautés Vie Simple en matière de technologie, ce n'étaient pas des endroits civilisés en raison du contrôle total exercé par les *terra indigene*. Les populations, là-bas, disait-on, ne disposaient même pas d'un gouvernement pour faire office de porte-parole.

Le dernier village dominé par des humains avait été construit plus d'un siècle auparavant. Depuis lors, les Autres n'avaient pas cédé la moindre parcelle. Et à présent, Monty le redoutait, irrités par les événements de Jerzy et les drogues utilisées pour leur nuire, les *terra indigene* sauteraient sur tous les prétextes possibles pour débarrasser Thaisia des parasites à deux pattes. Malheureusement, les parties du monde qui se trouvaient sous contrôle humain et présentaient le même niveau technologique que les grandes villes de Thaisia parvenaient tout juste à subvenir aux besoins de leurs populations et n'avaient pas d'excédents à offrir.

Avec un soupir, Monty lut le *Lakeside News* en diagonale. La rubrique consacrée à la maison avait commencé une série d'articles sur la culture de légumes en bacs et jardinières. Voilà qui confirmait, se dit-il, qu'au moins pour l'été à venir la nourriture qui ne pourrait être produite dans le Nord-Est coûterait cher. Si elle était même disponible.

Je ne peux rien y faire aujourd'hui, songea-t-il en mettant le journal de côté avant de composer le numéro d'Elayne. S'il ne se trompait pas, à cette heure, Lizzy et elle devaient tout juste rentrer du temple.

Le téléphone sonna quatre fois avant que sa fille déclare :

— Résidence Borden. Qui est-ce ?

Il eut beau ressentir un pincement au cœur, il ne put s'empêcher de sourire.

— Tu parles vraiment comme une grande.

— Papa !

L'exclamation enthousiaste de Lizzy le rasséréna un peu, jusqu'à ce qu'il entende Elayne en fond sonore prononcer quelques mots auxquels répondit une voix indubitablement masculine.

— Est-ce que je peux venir te rendre visite, papa ? demanda Lizzy.

— Bien sûr, ma chérie.

— Donne-moi le téléphone, ordonna Elayne d'un ton brusque.

— Papa dit que je peux aller lui rendre visite, lança Lizzy, moins audible à présent.

Que distinguait-il dans la voix de sa fille ? Du chagrin ? ou une émotion plus proche du désespoir ? Pourquoi une petite fille aurait-elle à ce point envie de partir ?

— Qu'est-ce qui se passe ? demanda-t-il dès qu'Elayne se fut emparée du téléphone.

— Ne complique pas les choses, cracha Elayne. Elle fait déjà la difficile à propos de nos projets pour cet été, et ce n'est pas en l'incitant à croire qu'elle peut courir se réfugier chez toi dès qu'elle n'est pas contente que ça va s'arranger.

— Compliquer quelles choses ? quels projets ?

Il sentit une colère brûlante monter lentement dans sa poitrine.

— Ça ne te regarde pas, décréta-t-elle de ce ton méprisant qu'elle employait dès qu'il posait des questions au sujet de Lizzy.

— C'est ma fille, donc ça me regarde. Je ne peux pas envoyer les chèques de pension si je ne sais pas où est Lizzy.

— Tu les enverras ici, comme d'habitude, et ils seront réexpédiés.

— Non. Soit je les envoie là où habite ma fille, soit je ne les envoie pas du tout.

— Tu as envie que je te traîne au tribunal pour non-paiement de frais de pension ?

— S'il faut en arriver là pour obtenir une réponse, oui. Et alors, le juge, l'avocat et moi saurons tout de tes projets pour cet été.

S'ensuivit un silence stupéfait. Puis Elayne soupira :

— Ce n'est pas comme si je faisais quoi que ce soit d'inconvenant.

Monty ne dit rien. Il y eut un nouveau soupir. Teinté de gêne, peut-être ?

— J'ai rencontré quelqu'un. Et c'est sérieux entre nous.

C'est du rapide, songea Monty.

— Alors, il vit avec vous ? C'est ce que je dois comprendre par « sérieux » ?

— Tu ne fais plus partie de nos vies maint…

— Je ne fais plus partie de la tienne, mais je fais encore et ferai toujours partie de celle de Lizzy, l'interrompit Monty d'un ton sec. Qu'est-ce que tu me caches, Elayne ? Le mensonge par omission, c'est ta spécialité. Tu te débrouilles toujours pour obtenir l'accord des gens en taisant des détails qui t'auraient valu un refus.

Elayne marqua un nouveau silence.

— Mark est conférencier, et il exerce une grande influence au sein du mouvement HAT.

HAT ? Monty s'interrogea quelques instants sur la signification de ces lettres avant que le choc le pousse à agripper les bras de sa chaise.

— Les Humains Avant Tout ? Tu me mets dehors pour sortir avec un homme qui porte une cible sur le dos ? Tu as conscience des insanités que débitent ces gens ?

— Ces gens sont des visionnaires qui nous aideront à obtenir ce que nous méritons, répliqua-t-elle avec ferveur.

Lui avait-il traversé l'esprit que « ce que nous méritons » pouvait avoir plusieurs sens ? se demanda Monty.

— Mark est venu de l'Alliance des Nations Cel-Romano pour donner une série de conférences à Toland, poursuivit Elayne, qui avait repris sa froideur et sa dignité habituelles. Quand il retournera sur sa propriété familiale, Lizzy et moi partirons avec lui. Nous resterons là-bas au moins jusqu'à la fin de l'été.

— Comment s'appelle-t-il exactement ? s'enquit Monty.

Il y eut un étrange silence.

— Griff. Mark Griff. Bien entendu, il s'agit du pseudonyme qu'il utilise pour son travail. C'est une précaution qui s'impose, étant donné que sa famille est célèbre et que plusieurs de ses proches sont non seulement riches, mais aussi influents. Comme Mark.

La colère de Monty retomba. S'emporter ne le mènerait à rien avec elle ; il tenta donc d'en appeler à ses intérêts personnels.

— Est-ce que tu comprends ce qui se passe à Cel-Romano ? Les pénuries, le rationnement ? La situation est tendue, là-bas, Elayne.

— Ne sois pas ridicule. Mark ne nous aurait pas invitées, si c'était le cas. Tu essaies juste de me gâcher le plaisir, comme d'habitude.

Le rappel qu'Elayne ne bénéficiait pas d'une position sociale susceptible d'attirer un homme célèbre issu d'une famille influente conduisit Monty à réfléchir comme un policier et non plus comme un père. Une femme mourant d'envie de gravir l'échelle sociale apparaîtrait comme une cible idéale aux yeux de quelqu'un qui voulait éviter de payer l'hôtel pendant toute la durée de son séjour. Mark Griff était-il venu à Toland parce qu'il y avait été invité, ou avait-il traversé l'Atlantik dans l'espoir de gagner de l'argent ? Il était facile de se prétendre issu d'une famille riche si personne ne pouvait le vérifier.

— Très bien, conclut Monty. Si tu veux aller à Cel-Romano avec ce M. Griff, c'est ton problème. Lizzy pourra rester avec moi jusqu'à ton retour.

— Je ne laisserai pas ma fille dans un endroit comme Lakeside, se récria Elayne. Sans compter que tu travailleras tout le temps. Où ira-t-elle ?

— Je m'arrangerai, insista Monty.

Il y eut un nouveau silence, d'un genre différent cette fois.

— Il n'y a rien à arranger. Lizzy partira avec Mark et moi à Cel-Romano. Il se peut que nous ne revenions jamais à Toland, ni même à Thaisia. Je ne veux pas que ma fille vive dans une ville où des métamorphes ou des vampires peuvent l'observer à chaque coin de rue. Tant que nous n'aurons pas civilisé le monde, nous ne pourrons jamais vraiment apprécier la civilisation.

Sans doute un élément de la rhétorique HAT, songea Monty.

Il était inutile de continuer à discuter avec elle. Demain, il chercherait un avocat qui pourrait lui donner des conseils en vue d'obtenir la garde de sa fille. Ou, au moins, d'empêcher Elayne d'emmener Lizzy sur un autre continent.

— Sois prudente, pour le bien de Lizzy, déclara-t-il.

— Pourquoi dis-tu cela ?

— Parce que, si ton ami est vraiment en train d'essayer de répandre la propagande HAT à Toland, le moindre de ses mouvements, chacune de ses paroles seront suivis de très près par les métamorphes et les vampires.

— Tu dis ça juste pour me faire peur.

— Non, je le dis parce que c'est vrai.

Il sut qu'il l'avait perturbée quand elle laissa Lizzy lui parler pendant une minute avant qu'elle reprenne le combiné et raccroche sans prononcer un mot.

Il ignorait comment s'organiser avec Lizzy pendant l'été, mais il ne la laisserait certainement pas embarquer sur un bateau et traverser l'Atlantik sans se battre.

— Mais pourquoi je dois rester ici ? se plaignit Sam en montant dans les aigus.

Simon serra les dents sans cesser de marcher en direction du complexe Wolfgard.

Les geignements étaient bien plus agaçants venant d'un humain. Surtout les geignements de louveteau.

— Tu aimes être chez Elliot. Là-bas, tu peux jouer avec les autres louveteaux.

— Mais je veux vivre avec toi et Meg !

Surtout avec Meg, se dit Simon. Dormir pelotonné contre un tas de louveteaux ayant désormais perdu l'attrait de la nouveauté, Sam menait une campagne acharnée pour retourner habiter chez lui, dans le complexe Vert, à côté de chez Meg. Il voulait jouer avec sa compagne de cordée. Il voulait lui parler de l'école. Il voulait faire tout ce qu'il faisait avant que Simon prenne la mesure du danger que la maladresse et l'enthousiasme de Sam représentaient tant pour le louveteau que pour Meg.

N'était-ce pas la raison pour laquelle ils se promenaient tous deux sous forme humaine ? se dit Simon. Pour parler ? Pour qu'il puisse lui expliquer ?

— Sam.

Simon s'arrêta. Sa sœur, Daphné, avait les yeux gris, comme Elliot. Sam aussi, sauf que son regard rappelait plus à Simon celui de Meg que celui de Daphné.

— Ce n'est pas le bon moment pour que tu viennes chez moi.

Sam baissa le regard.

— Meg est encore malade ?

Il y avait une telle peur dans la voix du louveteau… Sam avait vu sa mère mourir. Elle avait reçu une balle et s'était vidée de son sang sous ses yeux. Il avait fallu la façon de penser inhabituelle de Meg pour faire revenir le louveteau traumatisé parmi eux.

Simon s'accroupit, passant du rôle du loup dominant à celui de l'oncle bienveillant.

— Meg va bien. Mais nous avons appris certaines choses sur elle. Sa peau…

Comment expliquer l'étrangeté et la fragilité de la peau de Meg ?

— Elle sent bon, proposa Sam.

Oui, songea Simon. Elle dégageait un parfum agréable, et curieux en même temps, car différent de l'odeur d'une proie.

— Oui, elle sent bon. Mais il est très facile de la blesser.

Sam recula d'un pas, indigné.

— Je ne ferais jamais de mal à Meg !

— Pas volontairement, non, concéda Simon. Mais même une petite égratignure est dangereuse pour elle.

— Ce n'était pas comme ça avant !

— Si. Simplement, nous ne le savions pas. Meg et moi essayons de définir exactement quels sont les risques. Et il se passe des choses graves. Je ne veux pas que tu restes seul. C'est pourquoi il faut que tu vives avec les autres Wolfgard.

Sam émit un gémissement différent. Étouffé. Triste. Un son qui donna à Simon l'impression que des dents lui enserraient le cœur.

— Écoute, reprit Simon. Ce n'est pas possible cette semaine, mais terredi prochain, que dirais-tu de choisir quelques films ? Je demanderai à Meg de se joindre à nous pour la soirée. D'accord ?

— D'accord, céda Sam avant de marquer une pause. Je pourrai avoir de nouveaux films ?

Simon leva deux doigts.

— Deux.

Le louveteau se serait contenté d'un seul, mais, quelques semaines plus tôt à peine, Sam avait tellement peur de tout qu'il n'osait pas sortir de sa cage. Un petit plaisir ne leur ferait pas de mal, se dit Simon.

Un hurlement retentit, auquel de nombreux autres firent bientôt chorus.

— Viens, lança Simon en accélérant le pas vers la résidence Wolfgard au point que Sam dut courir à côté de lui. Il est temps de rejoindre les autres pour la chasse.

Simon regagna le complexe Vert en trottinant. Les chasseurs avaient tué un chevreuil et, une fois rassasiés, avaient hurlé le Chant des Proies afin d'avertir les autres Wolfgard qu'il y avait de la viande fraîche à disposition. Sam s'était jeté sur la carcasse avec le même enthousiasme que les autres louveteaux, ce que tous les Loups avaient considéré comme un bon signe.

À présent qu'il avait suffisamment fréquenté ceux de son espèce, Simon se sentait nerveux. Il ne cessait de penser à Meg, qui avait passé la journée toute seule. Peut-être avait-elle besoin de solitude. Peut-être avait-elle fait avec sa meute humaine des projets qu'il ignorait. Tous ces peut-être ne changeaient rien au fait qu'il avait envie de passer plus de temps avec elle, maintenant qu'ils étaient redevenus amis. De plus, Jester lui avait dit que Meg était nerveuse à l'idée de rester seule. C'était très Loup de sa part, de ne pas aimer être seule trop longtemps. Il approuvait. Une fois devant le bâtiment, Simon marqua une pause et réfléchit. Humain ou Loup ? Quelle forme lui permettrait d'obtenir ce qu'il voulait ?

La réponse n'étant pas difficile à deviner, il gravit en quelques bonds l'escalier menant au porche de Meg et pressa sur la sonnette de telle manière qu'elle produisit le son d'un écureuil mécanique atteint de démence, puis il s'ébroua vigoureusement.

Meg ouvrit la porte. Il lui adressa un sourire de Loup. Comme elle ne l'invitait pas à entrer, il étudia son visage. S'il ne craignait pas qu'elle lui claque la porte à la truffe, il se serait approché davantage pour la renifler.

Elle paraissait gênée, mal à l'aise. Ne comprenant pas pourquoi, il la bouscula pour passer, puis s'arrêta pour ne pas répandre trop de neige dans son appartement.

— Simon ? demanda Meg en fermant la porte. Que fais-tu ici ?

Elle était son amie, et il avait envie d'être avec elle, répondit-il en son for intérieur. Elle ajouta :

— Tu as besoin de quelque chose ?

Une serviette pour s'essuyer les pattes, ça n'aurait pas été de refus.

Même si elle était incapable de communiquer à la manière *terra indigene*, elle dut comprendre pourquoi il attendait près de la porte, car elle disparut pendant un moment et revint avec une serviette qu'elle étendit par terre pour qu'il s'y frotte les pattes.

Elle l'avait sans doute prise dans le panier à linge sale, car l'étoffe était imprégnée de son odeur.

Il s'essuya encore un peu les pattes avant de monter sur le canapé et de s'y installer confortablement. D'accord, elle ne l'avait pas expressément invité à entrer et à se mettre à son aise, mais elle ne lui avait pas non plus crié après pour le faire sortir.

Meg demeura debout à côté du sofa au lieu de s'asseoir comme elle était censée le faire.

— Je sais que tu préfères rester Loup le terredi, mais tu pourrais peut-être te transformer pendant quelques minutes pour me dire ce que tu veux ?

Oh non ! Il était velu, pas stupide. La dernière fois qu'il s'était changé en humain pour lui parler, ça l'avait perturbée et elle avait commencé à se comporter bizarrement avec lui. Il ne retomberait pas dans le même piège deux fois de suite.

Aussi se contenta-t-il de la dévisager avec des yeux pleins d'espoir.

— Si tu me disais juste ce que tu veux… (Son visage s'empourpra légèrement tandis qu'elle se tournait vers la pendule, puis la table, et enfin la télévision.) C'est que… j'ai regardé un feuilleton terredi dernier, et la suite commence dans quelques minutes.

Il ne l'empêcherait pas d'allumer la télévision. En fait, cette idée lui plaisait beaucoup. Meg s'installerait à côté de lui et le caresserait.

Il remua la queue à plusieurs reprises pour lui indiquer son approbation.

Poussant un soupir, Meg mit la télévision en route et sélectionna la chaîne qu'elle désirait. Puis elle s'assit à l'autre bout du canapé, les joues rouges.

Le feuilleton commença. Simon s'apprêtait à changer de position pour poser sa tête sur la cuisse de Meg, comme il en avait l'habitude, quand elle ouvrit un flacon rempli d'une crème épaisse qui exhalait la même odeur que le savon et le shampoing vendus dans les boutiques *terra indigene*. Tout en regardant la télévision, elle mit un pied en appui sur son genou et y étala de la crème, insistant sur le contour des orteils. Puis elle enfila une grosse chaussette avant de répéter l'opération sur son autre pied.

Avec un frisson d'excitation, Simon songea : *oh, un nouveau jeu !*

La première fois que Simon lui donna un petit coup de patte sur la cuisse, Meg n'en tint pas compte car le feuilleton avait atteint un moment décisif. Elle ne réagit pas davantage la deuxième fois, qui survint une minute plus tard. Mais quand une grosse patte apparut soudain devant son visage, elle laissa échapper un cri.

— Quoi ? glapit-elle en reculant brusquement la tête.

Il regarda le pot de crème, puis leva de nouveau la patte.

Non, il ne voulait tout de même pas…

— Tu plaisantes.

L'héroïne du feuilleton hurla. Meg reporta son attention sur l'écran, mais ne vit pas ce qui se passait, car cette grosse patte se trouvait une nouvelle fois devant ses yeux.

— Bon, d'accord !

Elle préleva de la crème qu'elle étala sur les coussinets d'une patte avant, puis de l'autre. Captivée par l'histoire, elle massa plus longtemps qu'elle n'en avait l'intention.

Quand elle eut terminé, Simon posa la tête sur sa cuisse et ferma les yeux.

— Méchant Loup, maugréa-t-elle.

En enfonçant les doigts dans sa fourrure, elle ajouta :

— J'espère que tes pattes avant ne glisseront pas.

Pour toute réponse, il poussa un soupir d'aise.

Un jeu de course-poursuite en patinant sur le parquet de l'appartement aurait été amusant, pensa Simon, mais ça aussi c'était très agréable. Et il avait aimé la délicatesse avec laquelle elle lui avait caressé les coussinets.

Il avait suffisamment écouté le feuilleton pour déterminer que l'histoire ne l'intéressait pas. D'ailleurs, il doutait qu'elle puisse intéresser un mâle de quelque espèce que ce soit. S'il avait revêtu sa peau humaine, il aurait difficilement pu masquer son ennui. Et Meg aurait été contrariée. Mais un Loup pouvait lui tenir compagnie, piquer un petit somme et se pelotonner bien plus près d'elle qu'elle ne l'y aurait autorisé s'il avait eu un aspect humain. Un Loup velu était un ami. Un mâle humain était source de confusion.

Un sentiment de satisfaction l'envahit tandis qu'il respirait son odeur.

Il leva la tête pour lui donner quelques coups de langue sur la main. Gagné par une paisible sensation de bonheur, il se laissa de nouveau aller à somnoler.

Même avec la crème qu'elle s'était étalée sur la peau, elle avait vraiment bon goût.

CHAPITRE 12

Monty devina que des ennuis l'attendaient quand le capitaine Burke le convoqua dans son bureau à la première heure ventdi matin. En entrant, il eut juste le temps d'apercevoir un fax avant que le capitaine le cache de ses mains jointes et esquisse un sourire plus féroce qu'amical.

— Mark Griff, commença Burke. Qui est-il et pourquoi présente-t-il un intérêt pour la police ?

Repéré.

— Je ne suis pas sûr qu'il présente un intérêt pour la police à ce stade, déclara prudemment Monty.

— Reste la première question : qui est-il ?

Tandis qu'il réfléchissait à la réponse, il se souvint que Burke était capable de comprendre qu'il n'existait parfois qu'une ligne ténue entre le travail et la vie privée.

— C'est le nouveau petit ami d'Elayne Borden. Son identité n'a pu être confirmée. Et il vit dans le même appartement que ma fille, Lizzy.

— Asseyez-vous, lança Burke en désignant du menton le siège réservé aux visiteurs. (Monty obtempéra.) Ce fax n'en dit pas beaucoup sur lui. Avez-vous découvert autre chose ?

— Seulement que cet homme est plein de zones d'ombre. D'après Elayne, Griff vient de l'Alliance des Nations Cel-Romano, est issu d'une famille riche et influente, utilise un pseudonyme pour protéger les membres de ladite famille, et est venu à Toland afin de donner des conférences pour le mouvement Les Humains Avant Tout.

Monty serra les dents pour se retenir d'en dire davantage. Les deux jours qu'il avait passés à mener des recherches sur Mark Griff sans rien en retirer l'avaient laissé frustré et irrité.

— Avez-vous pu vérifier ces renseignements ? s'enquit Burke.

— Il est prévu que Griff prononce plusieurs discours à Toland.

Il n'avait pas été en mesure de le confirmer personnellement. Il ne disposait d'aucun allié au sein de la police de Toland pour la même raison qu'il avait été muté à Lakeside : il avait tué un humain pour sauver une jeune Louve. Aussi avait-il demandé à Kowalski de mener l'enquête.

— Soit personne n'en savait davantage sur lui, soit personne n'avait envie de partager ses connaissances.

— C'est compréhensible, s'il bénéficie de soutiens haut placés et qu'il se trouve vraiment ici pour grossir les rangs du mouvement HAT, avança Burke d'un air songeur. Mme Borden est la mère de Lizzy ?

— Oui.

— A-t-elle conscience de ce dans quoi Griff l'implique par association ?

Monty sourit avec amertume.

— Elle côtoie des personnalités importantes. Cette association lui convient parfaitement.

Burke ne lui ayant pas, du moins pas encore, reproché d'avoir dépensé du temps et des ressources à des fins personnelles, il baissa la garde et expliqua :

— Elle veut emmener Lizzy à Cel-Romano cet été. Elle dit ne pas être sûre de retourner à Toland, ou même à Thaisia. Je ne suis pas certain de pouvoir l'en empêcher.

— Nous ne sommes qu'au début du mois de viridus. Il reste encore une saison entière avant l'été. Concentrons-nous donc sur le problème immédiat, à savoir Griff. Je demanderai à mon cousin Loubard de se renseigner de son côté et de contacter d'autres membres de la famille en Brittanie. Ça ne donnera peut-être rien, mais ceux qui travaillent dans les forces de l'ordre surveillent de près ce qui se passe à Cel-Romano. Ils auront peut-être entendu quelques rumeurs.

— Merci, monsieur.

Monty se leva, puis se rappela l'e-mail qu'il avait reçu le matin même en provenance de l'Enclos et ajouta :

— Simon Wolfgard et Henry Beargard doivent se rendre à Great Island demain. Ils demanderont aux responsables de l'île si le fils de votre ami peut être muté là-bas.

— Merci.

N'ayant plus rien à dire, Monty salua son capitaine d'un hochement de tête et retourna à son bureau afin de continuer à chercher des informations sur l'homme qui était désormais mêlé à la vie de sa fille.

Tant que personne ne découvrait rien sur lui, Griff se réduisait à son patronyme, qui conservait secrète jusqu'à sa nation d'origine. S'efforçait-il de préserver son anonymat pour se cacher des Autres, ou avait-il également une raison de vouloir échapper à l'attention des humains ?

Chapitre 13

— Je vous remercie de m'avoir invité, déclara Burke après avoir roulé plusieurs minutes en compagnie de Simon Wolfgard vers le nord sur River Road. Ma présence à cette réunion n'était pas nécessaire.

Simon jeta un coup d'œil dans le rétroviseur, puis reporta son attention sur la route.

— Vous avez l'intention de rendre visite au petit de votre ami, s'il s'installe sur Great Island ?

— J'aimerais bien, oui.

— Alors, votre présence est nécessaire.

Monty regarda Burke à la dérobée. Le visage du capitaine ne laissa rien transparaître, mais la tension monta d'un cran dans le véhicule. Burke mettait un point d'honneur à se tenir au courant de tout ce qui se passait à Lakeside et savait qui appeler pour obtenir des informations sur sa ville ou les localités humaines voisines. Mais il avait fait chou blanc quand il avait essayé d'en découvrir plus sur Port-Batelier que ce qu'ils avaient appris lors de leur rendez-vous de la semaine précédente avec Simon Wolfgard.

La communauté Vie Simple était le seul groupe d'humains officiel à Great Island. Effectivement, d'autres tenaient les quelques magasins de l'île et s'occupaient du ferry, mais leur village, comme le reste de Great Island, appartenait aux *terra indigene*. Population : inconnue. Niveau de technologie : inconnu. À peu près tout : inconnu. Ce qui signifiait que les gouvernements humains de Lakeside et Talulah Falls, les villes

les plus proches sous domination humaine, ignoraient que Port-Batelier était un village d'Intuits.

Aussi Burke devait-il se demander dans quel pétrin il avait fourré le fils de son ami, pensa Monty.

Les bavardages n'étaient pas le fort de Simon et Henry. Les explications non plus. L'appel de Wolfgard ce matin-là avait pris Monty et Burke par surprise, tout comme sa proposition – ou son injonction ? – de les accompagner, Henry et lui, afin de discuter de la possibilité d'affecter Roger Czerneda à Great Island.

Monty ignorait si cette demande de dernière minute – juste de quoi laisser le temps à Simon Wolfgard de franchir la distance entre l'Enclos et le poste de police de Chestnut Street – démontrait un manque de courtoisie ou si les Autres avaient vraiment décidé au dernier moment d'emmener deux membres des forces de l'ordre de Lakeside afin de répondre aux éventuelles questions des résidents de Great Island. Toujours est-il que tous les efforts déployés par Burke pour savoir pourquoi on les avait invités tout en les traitant comme des hôtes indésirables s'étaient heurtés au silence.

Assis derrière Henry à droite de la camionnette, Monty ne distinguait pas grand-chose de la Talulah, aussi se concentra-t-il sur le paysage qui défilait de son côté. À partir du moment où ils dépassèrent la pancarte « Lakeside » barrée d'un trait, il ne vit plus rien d'autre que des champs nus et des arbres dépouillés. Viridus était le mois du renouveau, mais rien n'avait encore poussé. Soudain, il aperçut un complexe industriel qui paraissait abandonné ainsi que des maisons agglutinées sur le flanc de la colline qui s'élevait juste derrière. Il eut à peine le temps de cligner des yeux que le paysage avait de nouveau laissé place à la campagne grisâtre. Le contraste visuel était si frappant qu'il choquait ses sens.

— Quel genre d'entreprise abritait les bâtiments que nous venons de dépasser ? s'enquit-il.

— Cette entreprise a fermé, déclara Henry.

Ce qui ne répondait pas à sa question.

— Elle a fermé ? Pourquoi ?

— Les humains ont été avertis à deux reprises qu'ils rejetaient trop de déchets sur les terres et dans l'eau. Il leur a été demandé de trouver un autre moyen de fabriquer leurs produits. Ils n'ont pas écouté. Les Autres qui veillent sur cette partie de Namid ont dit : « c'est fini », et l'usine a dû déménager.

— Pour aller où ?

Henry haussa les épaules.

— Dans une ville où ils peuvent souiller la terre et l'eau qu'utilisent les humains, ou dans une autre région de Thaisia moins polluée. Quoi qu'il en soit, ils sont partis, et leur goût a disparu de la terre et de l'eau.

Burke posa la main sur le siège à côté de Monty et agita un doigt en guise d'avertissement, mais Monty ne put s'empêcher d'insister :

— Et les gens qui vivaient là ?

— Je crois que certains d'entre eux ont trouvé un autre travail et habitent encore dans les maisons, répondit Henry. La plupart ont déménagé.

Les humains n'auront pas droit à un hectare de plus, qu'importent la surpopulation et la dégradation des conditions de vie, songea Monty. *Et si la production de déchets dépasse le seuil autorisé, ils perdent le peu qui leur a été octroyé.*

Monty avait lu la version humaine de l'histoire de Thaisia. Il savait que des villes-champignons pouvaient se transformer en villes fantômes. Même les villages étaient menacés. Jerzy en était un exemple.

Certains habitants de Jerzy finiraient-ils dans ces maisons vides ? Les responsables de Great Island accepteraient-ils d'accueillir plus d'un nouveau résident ?

C'est alors que Monty aperçut une pancarte annonçant : « VERGERS BATELIER, PROCHAINE À DROITE ».

— Nous y sommes presque, déclara Simon.

Henry se retourna :

— Les Intuits se partagent ce territoire.

Une fugace expression de surprise se peignit sur les traits de Burke.

Aux champs succédèrent des prés clôturés. Des granges et des fermes. Des troupeaux de vaches, des chevaux. Quelques moutons. Un silo. Un écriteau délavé proposant de cueillir soi-même des fruits rouges. Un milieu rural, si Monty comprenait bien la signification de ce mot.

Puis le décor changea de nouveau, et ils traversèrent la rue principale d'un petit village rustique. Les fils électriques et les fenêtres éclairées indiquaient qu'il ne s'agissait pas d'une communauté Vie Simple. Les commerces, quoique basiques, étaient nombreux : une épicerie, un grand magasin, un bazar, une station-service, quelques restaurants, un centre médical, un cabinet de dentiste, un salon de coiffure, une librairie ainsi qu'un cinéma ayant deux films à l'affiche. Et, lorsqu'ils dépassèrent une intersection, Monty entraperçut les enseignes d'une banque et d'un bureau de poste.

Une zone commerciale assez comparable à celle de l'Enclos de Lakeside, pensa-t-il, *mais agencée selon le modèle humain.*

— Port-Batelier est divisé en deux par la rivière, expliqua Simon en se dirigeant vers le cours d'eau avant de bifurquer vers un parking. Nous nous trouvons sur la partie riveraine.

Il coupa le moteur et sortit de la camionnette, puis s'éloigna vers le quai, laissant les autres le rattraper.

— C'est une marina ? demanda Monty en remarquant qu'il était indiqué sur le bâtiment que l'on y réparait et stockait les bateaux.

— Oui, confirma Henry. Certains des bateaux amarrés ici appartiennent à des pêcheurs. D'autres accueillent des passagers pour des promenades au fil de l'eau. (Le Grizzly pointa une embarcation du doigt.) Et, comme vous le voyez, c'est d'ici que part le ferry.

Plutôt un ferry miniature, songea Monty. Ceux qu'il avait vus à Toland étaient trois fois plus gros que celui qu'il avait en face de lui.

Une pancarte dressée sur le quai indiquait les horaires des traversées. Une autre annonçait le tarif d'un aller et retour : 10 dollars par personne.

Un prix pas très attractif pour les visiteurs, se dit Monty. *Surtout pour les familles.*

Burke sortit son portefeuille et tendit à l'homme qui tenait le kiosque deux billets de vingt dollars. Ce dernier étudia Simon et Henry.

— On m'a averti de la venue du Wolfgard de Lakeside. Est-ce que c'est vous ?

Simon confirma d'un signe de tête.

L'homme plia l'un des billets et le rendit à Burke avec quatre tickets.

— Voici des passes journaliers, au cas où vous auriez besoin de traverser plus d'une fois au cours de votre visite.

Après un moment d'hésitation, Burke s'empara du billet de vingt et le glissa dans la poche de sa veste avant de distribuer les tickets.

Un seul tarif proposé, assez élevé pour décourager d'éventuels visiteurs, pensa Monty.

— Est-il possible d'amener une voiture sur l'île ? demanda-t-il lorsqu'ils eurent embarqué.

Simon les conduisit dans la cabine, ce dont il fut reconnaissant. En dépit du soleil qui brillait, on ne se sentait pas encore au printemps, surtout sur l'eau.

— Il faut attendre la barge pour faire traverser des voitures ou des camions, répondit Henry en s'asseyant. Pour transférer des marchandises d'un côté à l'autre de la rivière, il faut appeler

Batelier. Sur terre, on doit s'adresser aux Transports Cocher. C'est leur bâtiment, là-bas.

Monty regarda par la vitre et examina l'inscription peinte sur l'un des édifices.

— Ils utilisent des chevaux ?

Henry hocha la tête :

— Ils utilisent aussi des camions, mais ils ont encore des chevaux de trait.

Monty jeta un coup d'œil à Burke, se demandant si le capitaine avait toujours envie que le fils de son ami soit muté sur l'île. Un homme portant l'uniforme gris de la poste s'arrêta devant eux.

— Bonjour, les salua-t-il. J'ai vu des danseuses bleues hier.

— Des danseuses bleues ? répéta Burke.

— Des fleurs sauvages, précisa Henry. Quand on voit des danseuses bleues, on sait que Printemps est réveillée et qu'Hiver s'éclipse.

Un grand sourire étira les lèvres du facteur.

— Mais elle fait toujours en sorte de nous rappeler qui elle est une ou deux fois avant de s'éclipser.

Avec un geste de salut, il alla s'asseoir à l'avant de la cabine.

— Le personnel n'est pas au complet, aujourd'hui, déclara Simon en pointant du doigt ce qui ressemblait à un petit bar. D'habitude, quelqu'un vend du café et des sandwichs ici. En été, c'est des boissons fraîches et des crèmes glacées.

Ce doit être un voyage agréable en été, si on peut se l'offrir, se dit Monty. En un après-midi, il devait être possible de prendre le bac, visiter le village de l'autre côté et rentrer à la maison à temps pour dîner. Le ferry fonctionnait-il le terredi, s'il voulait emmener Lizzy, ou devrait-il demander une journée de congé ?

À supposer qu'il parvienne à faire en sorte que sa fille reste sur ce continent. Et à supposer que les étrangers soient tolérés dans le village. Voilà un renseignement qu'il pourrait rapporter à Kowalski. Ruth avait en effet exprimé l'envie de visiter la communauté Vie Simple de l'île, mais n'avait pu trouver aucune information sur les hébergements disponibles.

Un comité d'accueil les attendait sur le quai, composé de deux hommes et d'une femme. Monty détecta chez elle et l'un des deux hommes le côté sauvage des *terra indigene*, mais n'aurait su dire à quelle espèce ils appartenaient.

— Monsieur Batelier, salua Simon une fois qu'ils eurent rejoint le groupe.

— Monsieur Wolfgard. Vous avez amené des invités.

— Je vous présente le capitaine Burke et le lieutenant Montgomery. Leur présence à cette réunion est nécessaire. (Il se tourna vers Burke.) Steve Batelier est le maire de Port-Batelier.

— Ce qui m'apprendra à quitter la pièce alors que le conseil du village est sur le point de procéder au vote, commenta Steve avant de les gratifier d'un sourire chaleureux. Bienvenue à Great Island et Port-Batelier. Comme vous le devinez à mon nom, ma famille travaille sur l'eau depuis que mes ancêtres sont arrivés dans cette région des Grands Lacs. Je vous présente à mon tour Ming Beargard et Flash Foxgard. Deux des gardiens de la paix de l'île. Comme M. Wolfgard m'a indiqué au téléphone que vous désiriez parler d'une présence policière à Great Island, je leur ai demandé de se joindre à nous. J'ai réservé l'une des salles de la mairie pour notre réunion.

Steve agita la main. Quelques instants plus tard, une calèche tirée par un cheval arriva sur le quai.

— L'un de nos taxis, expliqua-t-il.

— Nous vous retrouverons là-bas, déclara Ming. Henry, tu as envie de te dégourdir les jambes ?

Henry acquiesça et s'éloigna d'un bon pas en compagnie des indigènes de Great Island.

Monty et Burke montèrent dans la calèche et s'installèrent sur la banquette orientée dans le sens de la marche. Simon et Steve s'assirent derrière le conducteur, que Steve présenta sous le nom de Jerry Cocher. Dès qu'ils eurent pris place, Jerry claqua la langue, et le cheval se mit en mouvement.

— Vous n'avez pas de voitures ? s'enquit Monty.

— Si, bien sûr. Mais nous ne les utilisons pas beaucoup dans le village, répondit Steve.

— Pour se déplacer dans le village, nous avons un taxi classique et un minibus, déclara Jerry par-dessus son épaule. Et un bus effectue plusieurs trajets tous les jours jusqu'à la communauté Vie Simple et les résidences *terra indigene*. Il dessert aussi la salle de sport et le centre social de l'île.

— Étant donné que le village ne s'étend que sur quelques centaines de mètres, ceux qui sont assez jeunes et en bonne santé se déplacent généralement à pied, ajouta Steve. Ou à bicyclette en été. Jerry vient de ranger les traîneaux qui nous servent l'hiver.

Cette partie de Port-Batelier, constata Monty, était presque identique à la zone commerciale qu'ils avaient vue de l'autre côté de la rivière, avec sensiblement les mêmes magasins. Il éprouva l'impression que le village était légèrement plus grand sur cette rive et proposait un peu plus de tout, ce qui le conduisit à se demander si les résidents de l'île étaient coupés de la terre ferme par les conditions météorologiques une partie de l'année.

— Nous voici à la mairie, annonça Steve quand Jerry s'arrêta devant un long bâtiment en pierre à un étage. D'un côté, ce qui fait office de police et de tribunal. Au milieu, le gouvernement. De l'autre côté, le bureau de poste.

— C'est pratique, commenta Burke poliment.

— Effectivement, approuva Steve. D'autant plus que c'est le bureau de poste qui reçoit le plus de visiteurs.

Ming, Flash et Henry les attendaient à l'intérieur. Ensemble, ils gravirent un escalier en direction d'une porte en bois munie d'un crochet sur lequel était suspendue une pancarte indiquant « RÉSERVÉ ». Steve la décrocha pour la remplacer par un écriteau « NE PAS DÉRANGER » qu'il prit sur un râtelier fixé au mur.

Quand ils eurent tous pris place autour de la table, Steve se tourna vers Simon et déclara :

— C'est votre réunion.

— Vous avez entendu parler de ce qui s'est passé à Jerzy ? demanda Simon.

— Tout le monde a entendu parler de ce qui s'est passé à Jerzy, gronda Ming. Nous avons reçu votre avertissement au sujet de la maladie et des signes à guetter si jamais elle arrivait sur l'île.

— Bien, répliqua Simon.

Quelque chose ne va pas entre eux, songea Monty en étudiant Simon et Steve.

— Un policier de Jerzy qui est venu en aide aux Corbeaux doit s'établir ailleurs, poursuivit Simon.

— Tous les habitants de Jerzy doivent s'établir ailleurs, intervint Steve. C'est du moins ce que nous avons entendu aux informations.

— Le capitaine Burke connaît ce policier. D'après lui, cet homme souhaiterait être affecté ici.

— Ce policier est-il l'un des nôtres ? demanda doucement Steve.

— Non, répondit Simon.

— Et lui, sait-il ce que nous sommes ? interrogea Batelier en indiquant Burke d'un mouvement de la tête.

— Il sait que vous êtes des Intuits. Je ne pense pas qu'il prenne vraiment la mesure de ce que cela signifie.

Steve dévisagea Burke, puis reporta le regard sur Simon.

— Peut-on lui faire confiance ?

— On peut leur faire confiance à tous les deux, assura Simon.

Monty se détendit, ne prenant conscience qu'à cet instant qu'il retenait son souffle.

Steve s'appuya au dossier de sa chaise et adressa à Burke un sourire acéré.

— Les humains comme vous nous ont persécutés, chassés des villages que nous avions contribué à construire, quand ils ne nous ont pas tout simplement massacrés. Il y a de cela de nombreuses générations, nous sous sommes réfugiés dans les territoires sauvages pour conclure nos propres accords avec les *terra indigene* et fonder nos communautés. Nous fréquentons vos écoles et vos universités, et prenons le risque de travailler pendant quelques années pour certaines de vos entreprises afin d'acquérir de l'expérience et des compétences que nous rapportons chez nous. Mais, dans l'ensemble, nous évitons vos semblables pour survivre. Une précaution qui est toujours d'actualité. Ainsi, voyez-vous, la présence d'un humain non intuit parmi nous serait… sans précédent.

— Une communauté Vie Simple est établie sur l'île, protesta Burke. En quoi est-ce différent d'avoir un humain dans le village ?

— Vie Simple est un choix de vie qui ne correspond pas à celui de vos villes mais qui cadre bien avec celui de nos petits villages, répondit Steve. Les gens de cette communauté tolèrent notre présence, et nous tolérons la leur. Et les *terra indigene* tolèrent notre présence à tous.

— Vous méritez votre place ici, intervint Ming.

Venant d'un Ours *terra indigene*, cette phrase sonna aux oreilles de Monty comme un grand compliment.

— En Brittanie, d'où viennent mes ancêtres, je crois que votre talent serait appelé « seconde vue », déclara Burke. Des connaissances qui ne peuvent être expliquées. Cela correspond-il à la réalité ?

— C'est assez proche, convint Steve.

— Avez-vous le don de prophétie ? demanda Monty.

— Non.

Cette vigoureuse dénégation surprit Monty. Mais elle sembla apporter une sorte de confirmation à Simon Wolfgard, qui se tendit subitement.

— Les Intuits n'ont pas de visions, nous ne voyons pas l'avenir, précisa Steve avec un peu trop d'insistance. Nous avons juste de bons ou de mauvais pressentiments quand quelque chose se passe autour de nous.

— Et maintenant ? demanda Simon. Que pressentez-vous ?

Loup et Intuit se dévisagèrent.

Puis Steve regarda Burke et Monty. Au bout d'un moment, il répondit :

— J'ai le pressentiment qu'une tempête se prépare, et il serait sans doute bon d'avoir un policier parmi nous, même s'il ne fait pas partie des nôtres. (Steve marqua une hésitation.) Nous utilisons la technologie, mais nous avons également opéré des choix nous permettant de vivre en harmonie avec les *terra indigene*. Ces choix ne conviendraient pas à la plupart des humains. Ce policier s'adapterait-il à notre mode de vie ? à nous ?

— Je crois qu'il en est capable, oui, répondit prudemment Burke.

Steve se cala de nouveau dans sa chaise.

— Ce Roger sait-il monter à cheval ?

— Je l'ignore. Est-ce nécessaire ?

— Ce serait pratique. Est-il sportif?

— Il jouait au hockey à l'école.

— Base-ball ? Volley-ball ? Des sports comme ça ?

— Je ne sais pas.

— Il est censé travailler comme agent de police, pas compléter vos équipes sportives, fit remarquer Henry.

— Rien ne l'empêche de faire les deux, rétorqua Steve. (Il échangea un regard avec Ming et Flash, puis hocha la tête.) Très bien. Nous ne sommes pas en mesure de lui offrir un gros salaire, mais nous lui donnerons une chance de se faire une place ici.

— Merci, déclara Burke. Si je peux vous aider en quoi que ce soit, faites-le-moi savoir.

— Si vous pouvez nous dire où il est possible de se procurer une voiture de patrouille, ce serait utile. Nous n'en avons pas.

Avec un sourire, Steve repoussa sa chaise.

Simon frappa trois fois sur la table.

Steve se rassit, reprenant un air grave.

— Et si vous alliez faire un tour dans le village ? M. Wolfgard et moi vous rejoindrons dans un moment.

Monty et Burke sortirent derrière Ming et Henry, suivis de Flash. Monty jeta un regard en arrière au moment où le Foxgard fermait la porte et se demanda pourquoi le fait de voir Steve et Simon penchés l'un vers l'autre le mettait mal à l'aise.

— Quand vous m'avez averti de votre venue, l'autre jour, je me suis demandé si vous vouliez vous éloigner de l'Enclos pendant quelques jours, déclara Steve. Ici, ce serait un bon choix pour vous. Great Island est proche de Lakeside, mais ne dépend pas de votre responsabilité. Et vous n'êtes pas opposé à notre mode de vie. On ne peut pas en dire autant de l'Enclos de Talulah Falls.

— Ce n'est pas pour ça que je vous ai appelé, assura Simon.

Il avait passé le trajet à réfléchir à ce qu'il voulait savoir et à la manière de poser les questions. Les Intuits avaient survécu grâce à une extrême prudence. Ils respectaient les accords conclus avec les *terra indigene*, raison pour laquelle ceux-ci les aidaient à intégrer les universités des villes humaines ou à acquérir certaines compétences de manière à comprendre les rouages de l'économie humaine. Ces connaissances leur permettaient d'assister les *terra indigene* qui désiraient négocier avec des humains, une loyauté que les Autres récompensaient généreusement en leur offrant terres et protection.

— Non, ce n'est pas pour ça que vous m'avez appelé, reconnut Steve. Vous avez amené des policiers de Lakeside qui souhaitaient nous demander d'accepter un étranger. Mais, vous, ce n'est pas pour ça que vous êtes venu.

— *Simon,* l'appela Henry, *nous sommes tous dehors. Ming, Flash et moi emmenons Burke et Montgomery visiter le village.*

— *Je vous retrouve dès que j'ai terminé.*

Il ignorait combien de temps il lui faudrait pour poser la bonne question et obtenir la réponse qu'il espérait, aussi alla-t-il droit au but.

— Vous avez dit au lieutenant Montgomery que vous n'aviez pas le don de prophétie, mais je crois que les Intuits connaissent l'existence des *cassandra sangue.*

Steve s'écarta de la table, l'air un peu effrayé.

— Ne parlez pas de ça.

Intéressant, pensa Simon. Et pas du tout ce qu'il attendait. Cependant, la réponse lui indiquait comment poursuivre cette traque.

— Je dois en parler. Meg est mon amie.

— Qui est Meg ?

— Notre agent de liaison. C'est une prophétesse du sang. Se retrouver dans le monde extérieur provoque chez elle quelques… réactions.

— Alors, rendez-la à ses tuteurs.

Sourd à la prière contenue dans la voix de Steve – et à l'étrange espoir qu'elle trahissait –, Simon gronda et laissa ses canines s'allonger de manière à bien montrer qu'il n'était pas humain.

— Des gens qui la gardent enfermée dans une cage. Elle m'a dit qu'elle préférait mourir plutôt que retourner là-bas, et elle ne plaisantait pas. (Il attendit un moment.) Que savez-vous ?

Steve se passa les mains sur le visage.

— C'est une période sombre de notre histoire dont les Intuits ont encore honte. (Il poussa un soupir.) Tout ce que je peux vous raconter, ce sont de vieilles anecdotes transmises de génération en génération. Mais je veux que vous me promettiez de ne rien dire de tout cela à Jerry Cocher ou à sa famille.

— Pourquoi ?

— Parce que sa nièce a commencé à se couper en atteignant l'âge de la puberté. Quand ils ont compris qu'elle s'entaillait volontairement et que ce n'était pas là son seul secret, elle avait déjà sombré dans la folie. C'est alors qu'ils ont pensé qu'elle pouvait être une *cassandra sangue*. Mais cela faisait six ou sept générations qu'aucune prophétesse du sang n'était née sur l'île. Personne ne savait comment l'aider. Ils ont évoqué la possibilité de la placer dans l'un de ces établissements accueillant les filles comme elle, mais Penny, la femme de Jerry, s'y est opposée. À cause de ce qui s'était passé avant. C'est l'historienne de l'île, et elle a étudié l'histoire intuit à Thaisia, elle sait de quoi elle parle.

— Où est la fille ? s'enquit Simon.

Meg apprenait à vivre hors de l'institution où on la gardait enfermée. Simon trouvait qu'elle s'en sortait bien, globalement, à l'exception de ces démangeaisons qui la tourmentaient sans cesse, comme si les prophéties étaient des moustiques qui tournoyaient autour d'elle et la piquaient en permanence. Elle serait néanmoins capable d'apporter certaines explications à une *cassandra sangue* qui ignorait tout du fonctionnement de ses visions.

— Elle est morte, répondit Steve avec tristesse. Elle s'est jetée dans la rivière l'été dernier et a été emportée vers la cascade avant que l'on ait pu tenter de la sauver.

— Je suis désolé.

La disparition d'une étrangère avait beau ne susciter en lui ni peine ni regret, il comprenait le chagrin provoqué par la perte de l'un des siens. Aussi savait-il quand il était bon de présenter ses condoléances.

— Depuis ce jour, Penny et sa sœur ne se parlent plus.

Des mots, des mots, des mots, maugréa Simon en son for intérieur. Et toujours rien qui puisse l'aider.

— Meg m'a dit que les filles étaient enfermées dans des cages. Des cellules avec des verrous. On les attachait et les coupait quand quelqu'un payait pour obtenir une prophétie. Son matricule était cs759.

Steve le dévisagea.

— Matricule ?

— On ne leur donnait pas de nom. Un objet n'en mérite pas.

Simon regarda la colère briller dans les yeux de Steve et se servit des mots pour progresser dans cette chasse aux informations.

— Meg possède un rasoir en argent. La largeur de la lame correspond précisément à la distance qui doit séparer deux cicatrices. Son matricule est gravé sur la poignée.

— Sept, cinq, neuf. Sept cent cinquante-neuf ? Sept cent cinquante-neuf filles ont vécu dans cet endroit ? (Steve se passa une main dans les cheveux.) Quand les humains ont rencontré pour la première fois les *terra indigene* dans d'autres parties du monde, ils n'ont pas tenu compte des frontières posées par Namid, ce qui a donné lieu à de grandes batailles. Voyant les hommes menacés d'extinction, Namid a fait don à certains d'entre eux de la connaissance que nous appelons intuition. Leur sang est ainsi devenu une fenêtre ouverte sur l'avenir. C'était plus qu'une simple connaissance. Mais un don pareil a toujours un prix. Les femmes, car les prophètes étaient toujours des femmes, perdaient la raison au bout de quelques années. Ensuite, on a découvert que le sang des *cassandra sangue* avait le pouvoir d'apaiser la colère, de calmer la douleur.

— De rendre quelqu'un assez passif pour ne pas riposter en cas d'attaque ?

Steve haussa les épaules.

— Les histoires ne le disent pas, mais plusieurs documents datant de l'époque où les premiers colons sont arrivés à Thaisia relatent comment la présence de ce que les *terra indigene* appelaient « sang doux » a permis de régler un conflit sans qu'il y ait eu de bataille. D'autres racontent aussi comment certains *terra indigene*, en lapant du sang, sont devenus fous. En lisant entre les lignes, et compte tenu du fait que le sang est mentionné dans les deux cas, j'aurais tendance à penser que ces deux incidents sont liés aux prophétesses.

Ainsi, ce n'est pas la première fois que ça se produit, songea Simon. Quelqu'un avait-il découvert ces références historiques ? Était-ce de là qu'était venue l'idée de fabriquer les drogues à l'origine de la maladie ?

— Quel est le rapport avec les Intuits ?

— Les *cassandra sangue* sont issues de notre peuple. Les filles spéciales. Les prophétesses. Mais quand on se cache dans un village humain, qu'on essaie d'éviter de se faire accuser de sorcellerie ou de détournement du pouvoir des dieux, avoir une fille qui a des visions et prédit des catastrophes chaque fois qu'elle se coupe expose tous les membres de la famille à la pendaison. Et c'est arrivé, monsieur Wolfgard. C'est arrivé. (Simon hocha la tête afin d'indiquer qu'il écoutait.) Il y a de cela plusieurs générations, des hommes ont commencé à apparaître dès que se répandaient des rumeurs au sujet d'une fille. Ils parlaient d'un établissement spécial, d'un endroit secret où les filles seraient à l'abri, où on les soignerait sans mettre en danger leur famille. La sécurité pour tout le monde. Les histoires transmises au sein des familles soulignent toujours le fait que les parents abandonnaient leurs filles pour les protéger et pour protéger leurs autres enfants.

— Peut-être était-ce en effet plus sûr, au début, avança Simon.

— Peut-être. Mais les chasseurs apprennent vite à traquer leur proie favorite, et bientôt les filles spéciales, les *cassandra sangue*, ont disparu des lignées intuits.

— Pas totalement, objecta Simon en pensant à l'amie de Meg, Jean, qui était née à l'extérieur de l'institution.

— Le potentiel n'a pas complètement disparu, c'est vrai, mais… (Steve serra le poing.) Ces hommes. Ils élèvent les filles, maintenant, non ? Comme du bétail. Ils sélectionnent les caractères qu'ils veulent transmettre à la descendance.

— Je crois. Meg n'en parle pas beaucoup, je n'ai aucune certitude. Mais je crois.

Aucun d'eux ne dit mot pendant quelques instants. Simon éprouvait un sentiment de déception. Rien de ce qu'il avait appris ne lui permettrait d'aider Meg.

— Je n'ai pas envie de remuer le couteau dans la plaie en posant trop de questions dans le village, reprit Steve. Y a-t-il quelque chose en particulier que vous aimeriez savoir au sujet des prophétesses du sang ?

Simon réfléchit un moment.

— Les démangeaisons. Le picotement que Meg ressent si souvent. Est-ce toujours ainsi pour les *cassandra sangue* qui ne sont pas enfermées ? Est-ce cette sensation qui les pousse à se couper ?

— Je ne sais pas. J'en parlerai à Penny, discrètement. Je crois que ça les aidera, elle et sa sœur, à se rendre compte que la rivière constituait peut-être la solution la plus douce. Je contacterai également d'autres villages intuits afin de me renseigner.

— Soyez prudent. Celui qui tenait Meg enfermée veut la récupérer. Il a envoyé des hommes à sa recherche. Ils ont tué plusieurs *terra indigene* de l'Enclos avant que nous les détruisions. Et ils ont failli tuer Meg.

— C'est ce qui a provoqué la tempête qui a coupé Lakeside du reste du monde ?

Simon acquiesça.

Posant les mains à plat sur la table, Steve se leva.

— Très bien. Je vais voir ce que je peux découvrir sur les prophétesses du sang, et nous ferons de notre mieux pour l'ami de votre policier. Comme je vous l'ai déjà dit, nous ne sommes pas en capacité de lui offrir un gros salaire, mais je peux lui promettre de la nourriture, des vêtements et un toit.

— Je pense que ce sera suffisant pour l'instant.

Simon se leva. Steve l'étudia un moment, puis lui adressa un étrange sourire.

— Vous l'avez qualifiée d'amie.

— Comment ?

— Votre Meg. Vous avez dit qu'elle était une amie. Se peut-il vraiment qu'un Loup se soit lié d'amitié avec une humaine ?

Il gronda. Ce fut plus fort que lui.

— Lakeside a une meute humaine, maintenant, à cause d'elle. Une meute entière de femelles pénibles et non mangeables.

Certes, elles n'étaient que quatre avec Meg, mais, quand elles se liguaient contre lui, elles paraissaient bien plus nombreuses.

Steve pinça les lèvres et cilla, comme s'il avait une poussière dans l'œil.

— Que se passe-t-il ?

Steve se frotta les yeux et poussa un soupir.

— Les Intuits, les communautés Vie Simple et les *terra indigene* jouent des rôles différents, mais nos fonctions et nos compétences se complètent et sont bénéfiques à chacun de nous. Et je crois que nous avons bien travaillé ensemble pendant de nombreuses années. Cela étant, je ne pense pas que Ming, Flash ou un autre *terra indigene* ici ait jamais considéré aucun Intult comme un ami. J'ai le pressentiment que personne ne se rend encore compte de la manière dont votre Meg a changé les relations entre votre espèce et la mienne.

Simon pencha la tête pour le dévisager.

— Vous avez un pressentiment ?

— Oui. Un pressentiment.

Un mot que les Intuits n'utilisaient pas à la légère.

— Je vous préviendrai quand Roger Czerneda sera prêt à venir sur l'île.

Steve se frotta le dos entre les épaules.

— Peut-être que ça en fait partie. Le picotement dont vous avez parlé. Les Intuits préfèrent vivre en petite communauté. On s'habitue à la place qu'occupe chacun dans le groupe, ce qui nous permet de repérer plus facilement un éventuel changement. C'est l'une des raisons pour lesquelles nous n'accueillons pas volontiers les touristes qui trouvent notre village en visitant Talulah Falls.

Après une pause, il ajouta :

— Chacun de nos choix influe sur l'avenir.

— Donc, chaque fois que je décide si je dois prendre ou pas un muffin au petit déjeuner, Meg ressent un picotement ?

— Non. Si c'était vrai, toutes ces filles deviendraient folles, même si elles ne côtoyaient que très peu de personnes. Puisque les *cassandra sangue* sont issues de notre lignée, une fois qu'une prophétesse s'est habituée à son environnement et aux gens qu'elle fréquente régulièrement, elle ne devrait plus être affectée par les choix quotidiens.

Steve paraissait enthousiaste. Mais il n'avait pas rencontré Meg. Simon ne partageait pas son excitation.

— Elle est avec nous depuis deux mois, maintenant. Si elle ressent toujours ce picotement plusieurs fois par jour…

Steve se rembrunit et afficha une expression lugubre.

— Dans ce cas, je crois que votre prophétesse sent que de gros ennuis vous attendent.

Oui. C'était bien ce qu'il redoutait.

— Je vous tiendrai au courant.

Steve hésita avant de demander :

— Verriez-vous une objection à ce que je visite l'Enclos de Lakeside ?

Simon médita cette question quelques instants, s'interrogeant sur les motivations de Batelier.

— Vous voulez voir Meg ?

— Oui, j'aimerais la rencontrer. Mais, surtout, j'aimerais qu'elle me voie.

Il réfléchit à cela aussi, et songea qu'égorger Steve représentait une réponse honnête, mais peu appropriée. Et avec tout le grain qu'il avait déjà à moudre, il n'avait pas l'intention de creuser le sujet et de se demander pourquoi c'était la première idée qui lui était venue à l'esprit.

Il sortit et retrouva Henry, Burke et Montgomery sur le quai, chargeant des pots de confiture et de miel sur le bac pour les rapporter dans l'Enclos.

Steve ne les rejoignit pas. Simon s'en sentit soulagé.

Alors qu'il pensait que Burke lui poserait des questions pendant le retour sur ce à quoi devait s'attendre le petit de son ami sur l'île, les deux policiers demeurèrent silencieux, et il suspectait Henry de concentrer toute son attention sur la confiture et le miel qu'ils transportaient.

Très bien. Il n'avait pas particulièrement envie qu'on lui jappe à la figure, de toute façon. Sa conversation avec Steve l'avait cependant amené à une décision : la prochaine fois que Meg ressentirait le besoin de se couper, il resterait avec elle afin de confirmer ou d'infirmer ses soupçons sur les créatures merveilleuses et terribles de Namid.

Chapitre 14

Le terredi suivant, comme il l'avait promis, Simon alla chercher Sam en fin d'après-midi en vue d'une soirée films avec Meg. En dépit du couloir commun qui facilitait la communication entre les deux appartements, Meg persistait à passer par la porte d'entrée lorsqu'elle était invitée, même si cela la contraignait à enfiler un manteau et des bottes.

Ce jour-là, cela convenait à Simon. Pendant qu'elle ôtait ses vêtements d'hiver – en évitant de marcher sur Sam, qui bondissait autour d'elle en babillant sur l'école, les nouveaux films, les autres louveteaux et tout ce qu'il avait le temps de dire avant de devoir reprendre son souffle –, il prépara du pop-corn et remplit deux verres d'eau à l'intention de Sam et de Meg. Et si le pop-corn contenait un peu plus de beurre et de sel que d'habitude et qu'il oubliait d'apporter des serviettes avant de se glisser hors du salon pour se déshabiller et se transformer, il devrait bien se montrer poli et aider Meg à se nettoyer les doigts, non ?

Meg et Sam avaient lancé le premier film et s'étaient servi une portion de pop-corn chacun quand il les rejoignit. Il grimpa sur le canapé et alla se pelotonner à côté de Meg.

Un film d'aventure. Destiné à un public de l'âge de Sam, certes, mais c'était toujours plus intéressant que les films que réclamait le louveteau deux mois auparavant. Il avait plus grandi, tant physiquement que mentalement, depuis que Meg l'avait incité à sortir de sa cage que durant les deux années pendant lesquelles il était resté pétrifié par la mort de sa mère.

Satisfait, Simon s'étira. Le film n'était pas mal, mais poser sa tête sur les genoux de Meg et piquer un petit somme l'attirait davantage.

Il n'eut que vaguement conscience de ce qui se passa ensuite. Il avait dû dormir plus profondément qu'il n'en avait l'intention, car, alors qu'il sentait les mains de Meg exercer une pression sur son pelage, l'instant d'après, il étouffait.

Totalement éveillé à présent, il se débattit, et les bras resserrèrent leur étreinte. Il montra les dents, prêt à mordre, mais ne flaira aucune autre odeur que celle de Meg.

— *Meg! lâche-moi, je ne peux pas respirer!*

Sauf qu'elle ne pouvait pas l'entendre, bien sûr. Il commença à tenter de glisser sa patte entre sa gorge et les bras de Meg, puis se rappela l'effet qu'une griffure pouvait produire sur elle.

— *Meg? MegMegMeg! Flûte!*

— Hé, Meg! lança Sam avec un gloussement. Tu étrangles oncle Simon.

— Oh! désolée.

Relâchant sa prise sur lui, elle lui donna quelques petites tapes amicales sur la tête et l'embrassa entre les deux oreilles.

Il aurait préféré moins de tapes et plus de baisers, mais au moins, à présent, il pouvait respirer. Lorsqu'elle recommença, il réussit à glisser une patte entre son cou et les bras de Meg avant qu'elle le presse contre elle.

— *Tu as l'air bizarre*, commenta Sam en lui décochant un coup d'œil en coin.

— *Mange ton pop-corn*, gronda-t-il.

Bien sûr qu'il avait l'air bizarre. Meg l'avait à moitié tiré sur ses genoux et se servait de lui comme d'un bouclier velu, regardant entre ses oreilles quand elle ne le serrait pas contre elle au point de l'étouffer pendant les passages effrayants. Le problème, c'était que Sam n'était d'aucune aide à Simon pour repérer ces scènes. Le louveteau bondissait, criait, hurlait et lançait des encouragements tandis que l'équipe de Loups accomplissait sa mission. Quelle qu'elle soit. La deuxième fois qu'il faillit se mettre la patte dans l'œil quand Meg le comprima, il décida de s'intéresser de plus près au film. Le souffle de Meg sur son pelage lui en révélait davantage que l'histoire elle-même, mais, au moins, il commençait à reconnaître les signes avant-coureurs et savait quand prendre une grande inspiration.

À la fin du premier film, Sam bondissait partout dans le salon et Simon avait un torticolis. Après avoir fait glisser son arrière-train jusqu'au sol, il réussit à s'extraire de l'étreinte de Meg.

On aurait dit qu'elle s'était badigeonné le visage de farine : toute trace de couleur en avait disparu.

— Vous avez vu comment les Loups ont égorgé les méchants ? lança Sam en agitant les bras. Ils ont retrouvé leur piste et…

— C'était terrifiant !

— Oui, c'était terrifiant quand les Loups ont failli se faire prendre. Mais ils ont retrouvé les méchants et…

— Sam.

Le louveteau cessa de sauter sur place et se tourna vers Meg.

Il l'aime, songea Simon en regardant Sam absorber la façon dont Meg avait réagi au film. *Pas comme il aimait Daphné, mais comme une sœur. Comme quelqu'un de la meute. Comme… quelqu'un de la famille.*

— Oui, bon, reprit Sam, c'était sans doute plus terrifiant pour toi parce que tu es une fille.

Selon Simon, la différence tenait plus au fait que Meg était humaine, mais il ne corrigea pas le louveteau.

— Je crois qu'un film suffira pour ce soir.

— Tu veux jouer aux cartes, Meg ? demanda Sam.

— D… d'accord. Laisse-moi ranger ça dans la cuisine et me laver les mains.

Déçu de cette occasion manquée de lui lécher les doigts, Simon s'empressa de gagner la cuisine pour se transformer.

Il avait mis son jean et enfilait son pull quand elle franchit le seuil. Elle se déplaçait d'une démarche peu assurée. Et ses mains tremblaient lorsqu'elle posa le saladier sur la table.

— Simon ?

— Meg ?

— Est-ce que je peux rester ici ce soir ?

Ce film l'a vraiment terrorisée.

— Bien sûr, mais… Sam avait l'intention de dormir avec moi ce soir. Est-ce que ça te va, si lui et moi restons sous forme de Loups ?

Elle hocha la tête. Puis baissa les yeux sur ses mains.

— Tu perds tes poils.

Il n'était pas sûr qu'il en perdait avant le début de la soirée. En fait, même sous cette forme, sa peau le tirait un peu. Il imaginait que les gens qui s'épilaient devaient ressentir ce genre de sensation.

Meg pouvait avoir des doigts nerveux, agités. Il devrait s'en souvenir.

— Si vous commenciez une partie sans moi ? suggéra-t-il. J'aimerais faire un petit tour autour du complexe.

— Pourquoi ? couina Meg. Quelque chose ne va pas ?

— Tout va bien. Je fais ça tous les soirs. Tu te rappelles ?

— Oh ! oui. C'est vrai.

Si Meg n'était pas un lapin, songea Simon, ce soir-là, elle avait vraiment besoin d'une grosse peluche de la taille d'un Loup. Ce qui, considérant ce qui lui avait fait peur, était plutôt ironique.

— Je ne serai pas long, assura Simon.

Il s'arrêta dans le salon pour flairer Sam, qui s'était caché derrière le canapé dans l'intention de bondir en grondant. Le louveteau avait déjà complètement oublié l'épouvante que le film avait inspirée à Meg. Après avoir rappelé à Sam que Meg n'aurait plus envie de regarder des films avec eux s'il s'amusait à la terroriser, le louveteau se calma et attendit patiemment sa partenaire d'aventures.

Simon sortit. Il déglutit à plusieurs reprises afin de s'assurer que sa gorge fonctionnait toujours, puis prit une grande bouffée d'air et s'étira le dos en grimaçant. Il avait bel et bien un torticolis. Les *terra indigene* avaient autorisé Elizabeth Bennefeld à ouvrir un cabinet sur la place du Marché, mais, à sa connaissance, aucun des Autres n'avait jamais essayé de se faire masser. Cependant, Meg et sa meute humaine aimaient ça et affirmaient que c'était efficace contre les douleurs musculaires. Peut-être prendrait-il rendez-vous. Si toutes les soirées films se passaient de la même façon, dorénavant, ses muscles auraient besoin d'aide.

Il fit le tour de la cour intérieure du complexe, notant les appartements illuminés et ceux qui étaient plongés dans la pénombre. Puis il aperçut Henry qui se tenait sous l'arche menant aux garages de la résidence.

— Vous avez déjà regardé les deux films ? s'étonna le Grizzly.

— Meg n'a pu en voir qu'un, répondit Simon.

Henry fronça les sourcils.

— Je croyais que vous deviez regarder un film choisi par Sam. Un film pour les enfants.

— C'est ce que nous avons fait. Mais c'était un film *terra indigene*.

Henry rit si fort et si longtemps que tous les résidents du complexe mirent le nez à la fenêtre ou ouvrirent leur porte.

— *Henry ? Simon ?* appela Vlad. *Qu'est-ce qui se passe ?*

Jester Coyotegard, Marie Hawkgard, Jenni Crowgard et Tess posèrent la même question.

Ce n'est pas moi qui vais leur dire quoi que ce soit, pensa Simon, sourd à ces interrogations, en regagnant d'un bon pas son appartement. Mais lorsqu'il secoua la tête sans répondre à Vlad et Jester avant de se ruer chez lui et de fermer la porte à clé, il savait que, le lendemain matin, tout l'Enclos aurait entendu parler de cette nouvelle anecdote concernant leur Meg.

Chapitre 15

Thaisdi, Simon ouvrit la librairie, puis se prépara à accueillir les clients. Même s'ils n'étaient guère nombreux. Les humains ne fréquentaient plus beaucoup *Aux Bouquins Hurlants* ni *Bon à Croquer*, depuis un certain temps. Encore moins depuis l'incident de la semaine précédente, quand deux filles avaient tenté de vandaliser la boutique en étalant de la crotte de chien sur les livres.

Le parfum des filles empestait tellement qu'il avait failli masquer l'odeur. Elles avaient réussi à dépasser la caisse, tenue ce jour-là par John, mais n'étaient pas allées plus loin que Blair et Nathan. Les deux sentinelles les avaient plaquées contre les étagères avant de hurler pour prévenir Simon et Vlad.

L'Enclos n'était pas assujetti aux lois humaines. Quelques mois auparavant, Blair et Nathan auraient tué ces filles pour avoir tenté d'endommager les livres. Mais, ce jour-là, Simon avait appelé le lieutenant Montgomery et exigé leur arrestation.

Quand deux voitures de patrouille étaient apparues, sirènes hurlantes et gyrophares allumés, les humaines avaient été abasourdies. Comment ? On allait les arrêter ? Elles auraient un casier judiciaire ? Elles devraient payer une amende ou aller en prison ? Mais elles n'avaient rien fait !

Là, Blair avait perdu le peu de patience qu'il avait pour les stupides singes geignards dans leur genre et avait grondé que les Loups avaient faim. Le bras de laquelle de ces deux vandales pourraient-ils bien arracher pour le déjeuner ?

Personne n'avait été surpris de voir les deux filles subitement enchantées à l'idée d'être arrêtées, et elles étaient sorties de la librairie escortées de deux policiers.

Comme elles n'avaient pas eu le temps d'endommager quoi que ce soit, rien ne prouvait la tentative de dégradation hormis les sachets de crotte de chien découverts dans leur sac à dos, et les policiers des séries télévisées râlaient toujours qu'il leur fallait des preuves. Aussi était-il peu probable que la loi humaine fasse davantage que donner un petit coup de dents aux coupables. Ce qui ne satisferait pas les *terra indigene* de l'Enclos. La plupart d'entre eux auraient préféré que Simon confie à Montgomery quelques-unes des possessions des filles, de quoi remplir un formulaire « Décédé(e), lieu inconnu ». Alors, Boone Hawkgard aurait pu afficher dans sa boucherie la pancarte annonçant un arrivage de viande spéciale.

Si les deux prévenues n'étaient pas en mesure d'apprécier à sa juste valeur la décision de Simon, ce n'était pas le cas de Montgomery. Le « merci » que le lieutenant avait murmuré tandis que Kowalski et deux autres policiers emmenaient les filles confirmait que l'humain avait identifié l'appel de Simon comme une tentative de maintenir la paix un peu plus longtemps. Cela signifiait également qu'il considérait l'initiative de Simon comme une reconnaissance des efforts fournis par la police pour respecter les accords conclus entre la ville de Lakeside et les *terra indigene*.

Quelques semaines seulement s'étaient écoulées depuis qu'Hiver avait enfermé la ville dans un blizzard de rage. Chaque jour, à la radio, les gens se plaignaient des difficultés qu'ils rencontraient pour se procurer les matériaux nécessaires à la réparation des dégâts provoqués par la tempête.

Les humains n'imaginaient pas à quel point ils étaient passés près de l'anéantissement. Si Meg était morte cette nuit-là, Hiver se serait montrée implacable, et Lakeside aurait été rayée de la carte, comme d'autres villes humaines avant elle.

Comme la tempête était encore récente et qu'il espérait que la chaleur de Printemps apaiserait les tensions dans la ville, il était prêt à accorder un peu de temps aux humains pour se servir de leurs cerveaux. Et à laisser à la police celui de gérer la situation à sa manière. D'ailleurs, il avait d'autres soucis en tête.

La semaine précédente, il s'était rendu à Great Island pour discuter avec Steve Batelier. À présent, c'était Batelier qui venait dans l'Enclos afin de rencontrer le capitaine Burke et Roger Czerneda. Il lui avait paru logique d'héberger la réunion ; Vlad et lui pourraient ainsi y assister et écouter ce qu'il s'y dirait. Néanmoins, cela posait deux problèmes, le premier étant Roger Czerneda, le second Steve Batelier. Les deux hommes étaient célibataires, et Batelier avait déjà manifesté son envie de renifler autour de sa Meg.

Pas ma Meg, songea Simon, se demandant pourquoi il avait ouvert le tiroir de la caisse enregistreuse. *Pas exactement.* Si les indigènes, sous leur forme humaine, pouvaient avoir des relations sexuelles avec les humains, ils ne s'appariaient pas avec eux.

Un Intuit, en revanche, pouvait se mettre en couple avec une *cassandra sangue*. Tout comme un humain normal.

Des poils surgirent soudain sur sa poitrine et ses épaules. Ses mains se transformèrent assez pour se couvrir de fourrure et se munir de griffes. Il ne prit conscience qu'il grondait et que ses crocs s'étaient allongés que lorsqu'il entendit un couinement surpris.

Heather, la seule employée humaine qui restait aux *Bouquins Hurlants*, le dévisageait.

— Est-ce que je devrais partir ? interrogea-t-elle.

Il fit un signe de dénégation. Mince ! il était devenu Loup au point de ne plus pouvoir parler. En pointant la caisse du doigt, il se demanda quel aspect il présentait au juste, mais se tapoter la tête pour savoir s'il ressemblait plutôt à un Loup ou à un humain ne lui semblait pas une très bonne idée à cet instant.

Ne pense pas aux mâles humains, aux femelles, aux couples ni rien. Monte au bureau avant de faire peur au lapin. À Heather. Zut, putain, merde !

Elle se raidit quand il bondit par-dessus le comptoir, mais il poursuivit son chemin en direction de la réserve et de l'escalier. Sauf qu'il ne supportait pas l'idée de se retrouver cloîtré dans le bureau. Il avait besoin de se défouler.

Il enleva ses vêtements et les abandonna par terre, à côté de la porte de service. Puis il sortit, se transforma en Loup et poussa un hurlement frustré.

— *Simon ?* appela Nathan.

— *Veille sur Meg*, ordonna-t-il avant de détaler.

Il s'éloigna de la zone commerciale de l'Enclos sans tenir compte d'Elliot et de Tess qui demandaient ce qui n'allait pas. Courir sur des routes dégagées n'étant pas assez exigeant physiquement, il coupa à travers champs et à travers bois, se frayant un chemin parmi les amas de neige résiduelle. Le règne officiel de Printemps avait beau avoir commencé, les traces de celui d'Hiver étaient encore bien visibles.

Il ne ralentit que lorsqu'il fut assez fatigué pour ne plus être obsédé par l'envie d'égorger Steve Batelier au simple motif que c'était un mâle. Pourquoi se mettait-il dans des états pareils ? Il ne comprenait pas ce qui lui arrivait.

Meg l'avait déstabilisé dès le jour où il l'avait engagée au poste d'agent de liaison. La réaction que lui inspirait Batelier n'était qu'un nouvel exemple de la confusion dans laquelle elle le plongeait.

Il ne fut pas surpris de voir Blair le rejoindre tandis qu'il regagnait au petit trot la zone commerciale.

— *Tout va bien ?* s'enquit l'autre Loup.

— *Oui*, grommela-t-il.

— *Tu réfléchis à la réunion ?*

— *Non, pas à la réunion.*

Ils trottinèrent en silence pendant quelques minutes. Puis Blair déclara :

— *Fais attention, Simon. Prends garde à ne pas devenir trop humain. On voit quelques-uns d'entre eux autrement, maintenant, mais il n'empêche que la plupart restent de la viande.*

— *Je sais.*

Pour un indigène, se faire passer pour un humain était une chose. Commencer à penser comme un humain en était une bien différente.

Blair le quitta pour se diriger vers le centre technique.

Devenir trop humain représentait un danger pour les *terra indigene* qui travaillaient dans les Enclos et surveillaient de près la viande intelligente. Il ferait bien de se retirer dans les territoires sauvages pendant quelques semaines en été, se dit-il. Là, il pourrait rester Loup pendant des jours et des jours et regagner la conscience de qui il était, de ce qu'il était.

Mais il savait déjà qu'il n'irait pas. Trop de troubles agitaient Thaisia, et Lakeside n'y échappait pas. Tant qu'ils n'avaient pas découvert qui fabriquait les drogues qui avaient atteint cette partie du monde, il y avait trop d'incertitudes.

Et il avait besoin d'être près de Meg.

Ses sentiments le désorientaient, et se sentir désorienté l'irritait.

Malheureusement pour le lapin à quatre pattes qui choisit ce moment pour sortir de sa cachette.

Quatre jeunes hommes se trouvaient en face de *Bon à Croquer*. Tess les regarda se presser autour de Merri Lee qui attendait que le feu passe au vert et la bousculer au point qu'elle faillit se faire renverser par une voiture. Quand elle traversa la rue et entra dans le café, les hommes restèrent de l'autre côté. Du côté humain. Si Tess n'avait pas entendu ce qu'ils avaient dit à Merri Lee, elle vit l'expression de son visage.

Une expression que la jeune femme s'empressa de dissimuler sous un masque enjoué.

Une heure plus tard, ils étaient toujours là, à observer. Et Merri Lee les observait, elle aussi, tout en travaillant.

Et Tess, l'une des prédatrices les plus féroces de Namid, savait différencier un chasseur aux aguets d'une proie aux aguets.

— Tu les connais ? s'enquit-elle en inclinant la tête en direction des hommes.

— Pas vraiment, déclara Merri Lee. Ils étudient à l'université de Lakeside. Je crois que j'en ai vu quelques-uns en cours.

Alors qu'elle essuyait les tables près des fenêtres, ils crièrent quelque chose.

— *Qu'est-ce qu'ils ont dit ?* demanda Tess aux Corbeaux perchés sur le toit.

Eux aussi observaient.

— *Ils disent que Merri Lee couche avec des Loups et qu'elle va recevoir ce qu'elle mérite,* répondit Jake. *Est-ce que Merri Lee couche avec un Loup ?*

— *Pas avec Simon*, affirma Jenni. *Simon aime notre Meg.* (Elle marqua une pause.) *Est-ce que Simon et Meg couchent ensemble après avoir joué ?*

— *Non*, assura Tess d'un ton ferme. (La relation de Simon avec Meg était bien trop complexe pour se résumer à quelque chose d'aussi simple que le sexe, songea-t-elle.) *Et ne pose pas la question à Meg, ça risquerait de la perturber.*

Aucune réponse des Corbeaux. Elle n'en attendait pas. Ils n'hésitaient pas à taquiner un Loup pour obtenir une réaction, mais ils n'oseraient pas dire quoi que ce soit susceptible de contrarier la prophétesse du sang qui leur avait sauvé la vie.

Tess reporta son attention sur Merri Lee.

— Ces hommes. Tu connais leurs noms ?

Merri Lee secoua la tête.

— Ce n'est rien.

Tess n'insista pas. Avec Meg, Merri Lee et Heather étaient les seules humaines qui travaillaient encore dans les magasins de l'Enclos ouverts au public. Lorne Kates tenait les *Trois P*, mais la papeterie n'était accessible qu'aux résidents de l'Enclos. Elizabeth Bennefeld, une masseuse, assurait une permanence dans son cabinet de la place du Marché deux jours par semaine. Et, en dépit des inquiétudes exprimées par quelques-uns des administrateurs de l'hôpital de Lakeside, Dominick Lorenzo nourrissait toujours le projet de proposer des soins aux résidents et aux employés de l'Enclos. Depuis quelques semaines, les autres salariés humains prétextaient souvent une maladie quelconque pour expliquer leurs absences, et certains avaient carrément cessé de donner des excuses. Même le consulat avait perdu ses employés humains.

Cette situation était la conséquence, peu surprenante, de la tempête du début du mois de febros. Mais cela ne faisait que prouver combien les humains avaient la mémoire courte. Ceux qui avaient démissionné avaient oublié que travailler dans l'Enclos était l'unique raison faisant d'eux des individus non mangeables.

— Si tu allais dans la réserve ? suggéra Tess à Merri Lee. Tu pourrais vérifier l'état des stocks.

Elle attendit que Merri Lee ait disparu dans l'arrière-boutique pour sortir. Seule la route la séparait de ces hommes. Une trop grande distance toutefois pour révéler sa véritable nature. D'autres personnes risquaient de poser les yeux sur elle. Si trop de gens tombaient malades en passant devant l'Enclos, on poserait des questions qu'elle préférait éviter, car elle n'avait pas l'intention de laisser survivre quiconque connaissant les réponses.

Du moins parmi les humains. Elle avait dévoilé sa vraie nature lorsqu'elle avait tué Asia Crane, la femme qui avait participé à la tentative d'enlèvement de Sam et Meg. Après cela, elle s'était demandé si Henry ou Simon nourrissaient des soupçons vis-à-vis d'elle, mais aucun d'eux n'avait dit quoi que ce soit. Elle était suffisamment reconnaissante de leur acceptation muette pour ne pas vouloir provoquer de remous dans l'Enclos sans une bonne raison.

— Tu vois quelque chose qui te plaît ? lança Nyx en la rejoignant.

Tess jeta un coup d'œil en direction du parking clients de l'Enclos. Combien de Sanguinati observaient, tapis dans l'ombre ?

— Je vois une meute de nuisibles à deux pattes.

— Ah ! Moi, je vois des plats à emporter.

Tess éclata de rire, ce qui sembla prodigieusement énerver les hommes. L'un d'eux sortit un petit récipient de la poche de son manteau et l'agita dans leur direction.

— Allez, viens ! cria-t-il. J'ai de quoi te mettre en bocal, salope !

Le sourire de Nyx ne changea pas, mais les cheveux de Tess virèrent au rouge et se strièrent de mèches noires. Noir. La couleur de la mort. Il était si tentant de laisser paraître sa véritable nature alors qu'elle sentait les efforts que déployait Nyx pour ne pas attaquer.

Mais les hommes n'étaient pas assez tentants. Pas encore. Elle retourna dans le café. Un moment plus tard, sans cesser de sourire aux humains, Nyx entra dans la librairie.

Il fallait rapidement prendre une décision, pensa Tess. Elle avait déjà vérifié la réserve et savait ce qu'elle devait commander. Ça ne demanderait pas plus de temps à Merri Lee.

Ce n'était pas le rôle des *terra indigene* de protéger les humains, du moins hors des limites de l'Enclos. Mais elle connaissait quelqu'un qui aurait à cœur de préserver Merri Lee du danger.

Elle composa le numéro du bureau des *Bouquins Hurlants*.

— Vlad ? Dis à Simon que je veux assister à la réunion avec la police.

— Vous n'en avez plus au bœuf ? Et au poulet, alors ?

Meg écouta les boniments du gérant du *Palais des Animaux* et dévoila ses dents dans un sourire. Elle avait lu un article dans un magazine l'autre jour affirmant que conserver une attitude positive permettait d'obtenir de meilleurs résultats face à quelqu'un qui oubliait le mot « service » de « service client ».

Malheureusement, les Loups étaient bien plus doués que les humains pour décrypter le langage corporel. Dès qu'elle montra les dents, Nathan se précipita vers elle, abattit ses pattes antérieures sur le comptoir et pointa les oreilles vers le téléphone afin d'écouter la conversation.

Étant donné qu'elle essayait de commander des boîtes de biscuits pour chiens, elle était étonnée qu'il n'ait pas montré sa truffe avant.

— Et les biscuits pour chiots ? interrogea Meg. Vous êtes également à court. Je vois. Quand espérez-vous… ? Oh ! on ne les fabrique plus ? Oui. Je suis sûre que vous êtes désolé.

— Ahouuuu ? s'enquit doucement Nathan.

Au moment où elle raccrochait, un peu trop brutalement, la porte s'ouvrit, et Nathan pivota pour voir qui entrait.

Harry de *Partout Livraisons* hésita sur le seuil. Puis il s'avança et posa ses paquets à l'extrémité du comptoir, le plus loin possible de Meg et de Nathan.

— Je crois qu'il est inutile de vous demander si ça va aujourd'hui, déclara-t-il.

— Ahouuu !

Poussant un soupir, Meg s'empara de son stylo et de son porte-bloc. Harry était un homme adorable qui lui parlait de sa femme et lui présentait des photos de ses petits-enfants. Ce n'était pas juste de se montrer grincheuse avec lui.

— Désolée, Harry. J'ai des difficultés à obtenir une commande.

Elle commença à noter les informations relatives aux colis qu'il avait apportés.

— Oh ? Quel genre de difficultés ? (Comme elle ne répondait pas, il se tourna vers Nathan.) Vous ne pouvez pas me le dire, peut-être ?

Le Loup bondit par-dessus le comptoir et fila dans la salle de tri.

— Si tu te transformes, habille-toi ! cria Meg quand elle entendit du remue-ménage dans la pièce voisine.

Nathan reparut avec une boîte de biscuits qu'il déposa sur le comptoir.

Harry observa le paquet, puis regarda Meg en haussant les sourcils.

Elle poussa un soupir.

— J'ai appelé le *Palais des Animaux* pour commander des biscuits. Le gérant m'a informée qu'ils étaient en rupture de stock sur toutes les gammes.

— Ça arrive, mademoiselle Meg, assura Henry. Si vous allez dans un magasin la veille d'un arrivage, vous trouverez quantité de rayons vides. Et quand un produit saisonnier n'est plus disponible, il est purement et simplement impossible de s'en procurer avant l'année suivante.

— Je comprends, affirma Meg. Mais ça n'explique pas pourquoi, quand j'ai appelé *Croustipizz* hier pour commander une pizza, ils m'ont dit qu'ils ne faisaient plus de livraisons, alors que j'ai vu passer leur camionnette quelques minutes plus tard !

Comme Nathan se pressait contre elle au point de lui marcher sur le pied, elle lui couvrit les oreilles de la main et murmura :

— Et Julia Hawkgard m'a raconté que, quand elle est allée au centre commercial avec le bus de l'Enclos feudi dernier, certains magasins avaient affiché à leur porte une pancarte annonçant « ENTRÉE RÉSERVÉE AUX HUMAINS ».

Elle lâcha Nathan pour glisser ses doigts entre les mailles de son pull et gratter son bras droit qui la démangeait subitement.

— Les imbéciles, marmonna Harry. (Il ramassa le paquet de biscuits pour chiens.) C'est ça que vous voulez ?

— Oui, mais…

— Je n'ai pas beaucoup d'argent sur moi, mais je peux passer à la boutique pendant ma pause-déjeuner et acheter une boîte ou deux. À moins qu'ils aient dit la vérité et qu'ils soient véritablement en rupture de stock.

— J'ai de l'argent, annonça Simon en arrivant derrière le comptoir.

Elle ne l'avait pas entendu entrer. Nathan se faufila derrière elle pour aller se poster de l'autre côté, de sorte qu'elle se retrouvait piégée entre un Loup sous forme animale et un Loup sous forme humaine. Ce qui lui fit brutalement prendre conscience qu'elle était une petite humaine ; et aussi que la sensation de picotement dans son bras disparaissait rapidement.

Simon mit deux billets de vingt dollars sur le comptoir.

— Les gens risquent de poser des questions si vous en achetez trop. Une boîte de chaque sorte, ce sera suffisant.

— Très bien, acquiesça Harry en empochant les billets. Je vais voir ce que je peux faire.

Il tapota du doigt la visière de sa casquette avant de sortir.

— Tiens l'accueil, ordonna Simon à Nathan avant de saisir Meg par le bras et de la traîner dans la salle de tri, fermant la porte privée derrière eux.

— Nathan ne peut pas réceptionner les colis à moins de se transformer, protesta Meg. Et les livreurs ne seront pas très à l'aise face à un homme nu.

— Ça ne prendra qu'une minute. Pourquoi est-ce que tu te grattes le bras ?

— Ça me démange. (Alors qu'elle portait de nouveau la main à son bras droit, il lui agrippa les deux poignets et les maintint écartés.) Simon !

— Ça ne t'a pas démangé de toute la semaine. Ni ici ni à la maison. Et tu n'as pas ressenti le besoin de te couper.

Comme il prenait garde à ne pas la blesser, elle ne se débattit pas. D'autant qu'elle se rendit compte qu'il avait raison au sujet des démangeaisons. Et sur le besoin de se couper aussi. Certains jours, elle avait envie de s'entailler, d'accéder à l'euphorie, mais elle n'en éprouvait pas vraiment le besoin. Si ses activités quotidiennes ne remplaçaient pas l'orgasme provoqué par les incisions, elles les rendaient moins nécessaires. Sans compter qu'avoir des voisins dotés d'un odorat aiguisé signifiait qu'il était impossible de dissimuler la moindre plaie.

— Je ne comprends pas.

— Quand je suis allé à cette réunion à Great Island, Steve Batelier m'a dit que les Intuits vivaient en petites communautés afin de s'accoutumer à l'endroit où ils habitaient et aux gens qui les entouraient.

— Je n'ai jamais entendu parler des Intuits.

Il parut soudain mal à l'aise.

— C'est une sorte intermédiaire d'humains.

— Intermédiaire ?

— Entre quelqu'un comme le lieutenant Montgomery et quelqu'un comme toi. La plupart des Intuits ne possèdent pas le don de prophétie, mais ils ont des pressentiments, bons ou mauvais.

— La plupart ? (Le cœur de Meg fit un bond dans sa poitrine.) Mais il y en a qui ont des visions ? qui énoncent des prophéties ?

De la fourrure jaillit sur les joues et les mains de Simon, puis disparut avant de reparaître. Quand les Autres se transformaient de façon involontaire, se rappela Meg, c'était le signe qu'ils étaient en proie à de violentes émotions.

— Les *cassandra sangue* sont issues des Intuits, admit Simon. C'est du moins ce qu'on m'a dit.

Il ne voulait pas me le dire, songea Meg. *Alors pourquoi le fait-il maintenant ?*

Mais quelle nouvelle ! Jean ne cessait d'affirmer que des filles comme elles pouvaient vivre dans le monde extérieur. Son amie avait grandi dans une famille, hors du contrôle d'individus qui s'enrichissaient chaque fois qu'elle acquérait une nouvelle cicatrice.

Jean.

Meg poussa un cri et essaya de s'agripper les bras, mais Simon lui immobilisait toujours les poignets.

— Meg !

Impossible de se couper maintenant. Pas avec Simon qui la tenait et Nathan qui hurlait à l'accueil en réaction à ce qu'il sentait. Et si Nathan ne se taisait pas, des Loups, des Ours et des Sanguinati n'allaient pas tarder à rappliquer pour savoir ce qui se passait.

— Ça va, hoqueta-t-elle. Ça va.

— Je le renverrai, gronda Simon. Je m'en moque qu'il veuille te rencontrer. Je ne l'autoriserai pas à entrer dans l'Enclos.

— Qui ? Quoi ?

Elle devait se ressaisir. Ne pas penser à Jean ni à l'institution. Se concentrer sur un sujet nouveau. Les Intuits. Pourraient-ils l'aider à comprendre comment vivre dans le monde extérieur ?

— Steve Batelier, cracha Simon. Il n'est pas encore là qu'il te perturbe déjà !

— Non, ce n'est pas lui. Je pensais à mon amie Jean. M. Batelier n'est responsable de rien. Et j'aimerais le rencontrer.

— Pourquoi ? Tu l'as déjà vu ?

Elle n'était même pas au courant de son existence avant que Simon lui en parle, alors où l'aurait-elle… ?

Bien sûr. Elle aurait pu voir cet homme dans l'une de ses visions, tout comme elle avait vu Simon la première fois.

Mais elle n'avait jamais vu Steve Batelier et ne savait rien de lui ni des humains que l'on appelait Intuits.

Et le Contrôleur, les connaissait-il ?

Concentre-toi sur Simon.

— Tu m'as dit que les Intuits vivaient en petites communautés. Si les prophétesses du sang sont issues des Intuits, c'est peut-être un détail important pour les gens comme moi.

La fourrure disparut des joues de Simon. Des griffes lui tenaient toujours lieu d'ongles, mais il prêtait attention à ne pas la blesser.

— Je me suis demandé si c'était pareil pour toi, reprit Simon. Peut-être que ça te démange de moins en moins parce que tu t'habitues à nous.

Elle pensa à sa routine quotidienne. Elle ouvrait le bureau de liaison puis Nathan, et parfois Jake Crowgard, venait somnoler à l'accueil entre deux livraisons. Les mêmes livreurs passaient plusieurs fois par semaine. Elle assistait au cours Esprit serein avec Merri Lee, Heather et Ruth Stuart. Au complexe Vert, elle côtoyait régulièrement Henry, Tess, Vlad, Julia Hawkgard, Jester Coyotegard, ainsi que Jenni Crowgard et ses sœurs. Et Simon.

Il lui arrivait de ressentir de légers fourmillements, comme le jour où Ruth ne retrouvait plus ses clés après le yoga, mais elle était en train d'apprendre que les petits problèmes pouvaient être facilement résolus, par exemple en demandant à vos amis de vous aider à chercher vos clés, si bien que les légers fourmillements n'avaient plus d'importance.

— Je devrai y réfléchir et faire plus attention, déclara-t-elle.

— Tu ne t'es pas grattée jusqu'à aujourd'hui.

— Est-ce qu'il se passe quelque chose de spécial aujourd'hui ? (Il gronda, et ses canines s'allongèrent.) Tu devrais peut-être aller faire un petit tour dehors.

— J'en viens.

Meg poussa un soupir. Quand elle tenta de libérer ses poignets, il la lâcha.

— Simon, va à cette réunion. Essaie de ne mordre personne. Et, après le travail, nous pourrions aller faire une promenade avec Sam.

— D'accord. Oui. Très bien.

Il paraissait contrarié. C'était lui qui avait organisé cette réunion, alors pourquoi était-il de mauvaise humeur ? À moins qu'elle y soit pour quelque chose ?

— Si ça te dérange vraiment, je ne suis pas obligée de rencontrer M. Batelier, suggéra-t-elle, tâchant de déchiffrer l'expression de son visage et son langage corporel.

— Tu devrais le rencontrer. Mais… ne l'apprécie pas trop. (Il tourna la tête vers l'accueil.) Nathan dit que la police est arrivée, ainsi qu'une autre voiture.

— Alors, tu devrais y aller.

Il hésita, puis lui donna un léger coup de langue sur la joue avant de disparaître dans l'arrière-salle et de sortir.

Meg demeura quelques instants immobile, s'efforçant de se remémorer les images de visages masculins montrant différentes expressions et émotions qu'elle avait vues en cours. Puis elle secoua la tête et ouvrit la porte privée afin de tranquilliser Nathan.

Quand elle aperçut le guide intitulé *La Drague pour les nuls* qu'elle avait laissé sur le comptoir, elle ferma les yeux et essaya d'imaginer une série d'images susceptibles de correspondre.

Simon faisant irruption dans le bureau, préoccupé par cette réunion et l'arrivée d'un étrange humain, Steve Batelier, dans l'Enclos. Simon voyant le livre qu'elle avait caché jusqu'à présent parce qu'elle n'avait pas envie d'expliquer qu'elle lisait un manuel sur la drague entre humains pour le comprendre, lui. Et Simon se posant des questions sur l'intérêt qu'elle portait à Steve Batelier et qu'il lui portait à elle. Et, enfin, cette étrange conversation.

Elle devait se méprendre sur l'interprétation de ce qui s'était passé pendant les quelques minutes qui venaient de s'écouler. Après tout, c'était Simon, un Loup *terra indigene*.

Mais s'il avait été humain, elle aurait dit qu'il était jaloux.

Simon s'arrêta devant la salle de réunion de l'association commerciale pour faire le point.

Mains ? Humaines. Oreilles ? Humaines et dépourvues de poils. Dents ? Il gronda. Ça ferait l'affaire. Et il entra.

Il s'attendait à voir Vlad et Henry, même si cette réunion ne concernait pas l'Enclos de Lakeside. Mais la présence de Tess, avec ses cheveux rouges et bouclés, représentait une désagréable surprise.

— *Qu'est-ce que tu fais ici ?* lui demanda-t-il.

— *Il y a une chose que la police doit savoir*, répondit-elle.

Steve Batelier était là, bien entendu. Il détenait peut-être des informations que Meg aimerait apprendre, mais cet humain ne nettoierait jamais aussi bien que lui le sel et le beurre des mains de Meg après les soirées films.

S'imaginer Steve Batelier en train de lécher les doigts de Meg lui arracha un grognement involontaire. En réaction, tout le monde se raidit, à l'exception de Steve Batelier, qui s'efforça de se faire plus petit qu'il n'était.

— *Simon ?* lui demanda, ou l'avertit, Henry.

Simon poussa un soupir et se tourna vers les autres humains présents. Un mâle qu'il ne connaissait pas était assis entre le capitaine Burke et le lieutenant Montgomery.

Roger Czerneda était un homme de taille moyenne aux cheveux blonds et aux yeux bleus. Son attitude ne dénotait ni agressivité ni provocation, ce qui réduirait les tensions lorsqu'il devrait traiter avec les Autres de Great Island. Et il ne s'était pas encore tout à fait remis de sa blessure à Jerzy. Si la meute chassait un troupeau d'humains dans lequel se trouvait Roger, les Loups tenteraient de l'isoler de ses congénères, sa vulnérabilité le désignant comme une proie facile.

Un invité n'est pas mangeable, se rappela Simon en s'asseyant. Le regard que lui décocha Henry le poussa à se passer la langue sur les dents afin de vérifier qu'elles avaient encore à peu près taille humaine.

— Nous vous remercions d'héberger cette réunion, commença le capitaine Burke, adressant cette remarque à Simon et aux trois autres *terra indigene* présents dans la pièce. Et nous remercions M. Batelier d'avoir fait le trajet jusqu'à Lakeside pour rencontrer Roger.

— Je suis heureux de cette occasion de visiter l'Enclos de Lakeside, déclara Batelier. Et l'agent Czerneda doit connaître certaines choses au sujet de Port-Batelier avant de prendre sa décision. (N'ayant plus besoin de démontrer au chef de l'Enclos qu'il ne tentait pas de le provoquer, il s'appuya au dossier de sa chaise et croisa les jambes.) Le fonctionnement de Great Island n'est pas unique à Thaisia, mais c'est l'une des communautés les plus visibles où *terra indigene*, Vie Simple et Intuits vivent de façon collective en se partageant les tâches. Personne n'a beaucoup d'argent ou de richesses matérielles, mais chacun en possède assez.

L'issue de cette réunion n'affectant en rien l'Enclos, Simon ne prêta guère attention à tout ce bla-bla sur la manière dont les différents groupes collaboraient. Port-Batelier n'était pas le seul village « humain » appartenant aux *terra indigene*. Il existait quelques communautés intuits et Vie Simple dans les monts Addirondak qui fabriquaient des produits pour les Autres en échange de l'usage des terres et des ressources naturelles. Un fonctionnement qui n'était pas très éloigné des autres villes humaines, excepté qu'un Enclos était entouré par une ville et les humains qui y vivaient, tandis que ce genre de petit village humain était entouré par les territoires sauvages et les *terra indigene* qui y vivaient. Ce qui signifiait que les Intuits n'oubliaient jamais que leur survie dépendait de ce que les Autres considéraient comme un échange équitable.

Et les Autres, là-bas, n'oubliaient pas que les humains n'étaient pas des *terra indigene*, de sorte qu'ils ne s'empêtraient pas dans des liens d'amitié avec eux.

— *Tu ferais bien d'écouter*, conseilla Vlad. *On dirait qu'ils terminent.*

— *Qu'est-ce que j'ai manqué ?*

— *Roger sera le policier officiel de Port-Batelier. Burke aidera Steve Batelier à se procurer une voiture de patrouille, puisque le village n'en possède pas. Flash Foxgard servira d'équipier à Roger le temps qu'il se familiarise avec l'île et apprenne à connaître les deux parties du village.*

— *Est-ce qu'on lui enseignera à fermer les yeux si un fermier se plaint qu'il manque des œufs dans son poulailler ?*

— *Je suis sûr que le Foxgard a une explication pour chaque œuf manquant.*

— Bien, lança Burke en s'agitant sur sa chaise. Je crois que ça conclut…

— Non, l'interrompit Tess. Il y a quelque chose que vous devez tous savoir. (Elle se tourna vers Vlad.) À moins que tu veuilles le leur dire ?

— Leur dire quoi ? répliqua Vlad, l'air confus.

Pendant que Tess parlait des hommes qui avaient observé Merri Lee, Simon étudia les réactions de Burke et de Montgomery, qui montrèrent respectivement colère et inquiétude. Burke ne fut pas surpris de l'accusation de coucher avec des Loups. La question était de savoir qui, de la police ou des *terra indigene*, étoufferait l'affaire avant qu'elle dégénère en véritable conflit. En voyant l'éclat qui brilla dans les yeux de Vlad quand Tess rapporta l'incident du bocal et le « salope » qui avait fusé, Simon se dit que la police n'aurait pas beaucoup de temps ; Erebus Sanguinati déciderait très vite de la façon dont les siens devaient réagir.

— J'aurai une discussion avec le capitaine du district de l'université, assura Burke.

— Ça ne se limite pas à Lakeside, intervint Batelier. Nous avons entendu des rumeurs selon lesquelles il y aurait du grabuge à Talulah Falls. Des manifestations aux abords de l'Enclos, des discours à l'université.

Il marqua une pause, puis ajouta :

— Et il s'est produit un incident chez nous il y a quelques jours. C'est la principale raison pour laquelle nous avons décidé d'un ajustement de notre budget afin d'engager un policier.

— Que s'est-il passé ? s'enquit Roger, le visage blême.

— Un bateau a accosté sur la pointe nord de l'île, là où se trouvent la plupart des fermes de la communauté Vie Simple. Quelqu'un a essayé de mettre le feu à une grange.

— « Essayé » ? répéta Simon.

— Une pluie torrentielle s'est soudain abattue. Elle a duré plusieurs heures et a éteint l'incendie avant que le fermier ait eu le temps de le signaler. Au moment où le déluge a commencé, un épais brouillard a recouvert la rivière. On n'y distinguait plus sa propre main.

Ah, songea Simon. *Eau devait monter Brouillard, cette nuit-là.* Même les *terra indigene* ignoraient comment les Élémentaires divisaient le monde en territoires ni combien elles étaient au juste. Il était cependant prêt à parier que c'étaient les demoiselles de l'Enclos de Lakeside qui parcouraient Great Island et Talulah Falls.

— La police a-t-elle découvert le responsable ? s'enquit Burke.

Batelier adressa un étrange sourire au capitaine.

— Le brouillard était épais, et la rivière agitée d'un fort courant menant droit aux chutes. Le matin suivant l'incendie, on a repêché un bateau brisé ainsi que deux corps.

— Étaient-ils vidés de leur sang ? demanda Vlad. Je sais que les Sanguinati de Great Island guettent le rivage depuis plusieurs jours. Un tel intérêt signifie en général que des humains ont l'intention de causer des ennuis aux résidents de l'île.

Batelier haussa les épaules.

— Ces hommes ont été emportés par la cascade. S'ils étaient déjà morts quand ils sont tombés, les Sanguinati leur ont fait une faveur.

— Rien d'autre ? demanda Simon.

Ne recevant pour toute réponse que des signes de dénégation, il se leva.

— Venez au village dès que vous êtes prêt et nous vous installerons, dit Batelier à Roger.

— Monsieur Wolfgard, appela Montgomery. Puis-je vous parler une minute ?

— Une minute, acquiesça Simon.

— J'attendrai dehors, déclara Batelier.

— Si j'emmenais nos hôtes visiter la place du Marché ? proposa Vlad.

Quand tout le monde eut quitté la pièce, Simon observa Montgomery. Il ne semblait pas malade, mais sa peau foncée paraissait plus terne que d'habitude.

— Quelque chose ne va pas ? s'enquit Simon.

— Je ne dors pas assez, ces derniers temps, répondit Montgomery avec un sourire.

Un Loup se roulerait en boule et ferait une sieste, mais les humains avaient rarement ce bon sens.

Le policier reprit :

— J'ai cru comprendre que quelques-uns de vos employés humains avaient démissionné, récemment.

— La plupart, en fait. Pourquoi ?

— La cousine de l'agent MacDonald cherche du travail. Ses compétences en secrétariat et commerce pourraient être utiles au docteur Lorenzo, s'il n'a pas déjà engagé quelqu'un pour son cabinet.

— Pourquoi voudrait-elle travailler dans l'Enclos ?

Montgomery parut gêné.

— Theral fréquentait un homme violent avec lequel elle a rompu il y a quelques mois. Depuis, elle a occupé deux postes desquels elle s'est fait renvoyer parce que son ex-compagnon est venu la menacer et provoquer des troubles sur son lieu de travail. Elle a déménagé à Lakeside pour se rapprocher de sa famille. Quand l'agent MacDonald m'a dit que Theral cherchait un emploi, je lui ai proposé d'aborder le sujet avec vous, au cas où vous voudriez recruter de nouveaux salariés. Si vous êtes intéressé, elle vous appellera pour fixer une date d'entretien.

Simon se gratta derrière l'oreille afin de se laisser le temps de comprendre ce que Montgomery tentait de lui dire.

— Vous croyez que cet homme la suivra jusqu'à Lakeside ?

— J'espère que non.

— Mais vous voulez qu'on le mange s'il se montre ?

— Non, non, pas du tout.

En dépit de ces dénégations, Simon soupçonnait que Montgomery ne serait sans doute pas trop fâché de remplir un formulaire DLI pour ce mâle qui menaçait la cousine de MacDonald.

— J'en parlerai aux autres membres de l'association commerciale.

— Merci.

Il sortit avec Montgomery, espérant que Batelier, qui attendait près du bureau de liaison, prétexterait un quelconque empêchement qui le contraindrait à rentrer chez lui sans avoir eu le temps de rencontrer Meg.

Une fois que les policiers furent partis, qu'Henry eut regagné son atelier, et que Vlad et Tess eurent rejoint leurs boutiques respectives, Batelier l'étudia un moment.

— Quand vous êtes arrivé à la réunion, j'ai eu le sentiment que vous ne vouliez pas de moi dans votre Enclos. Mais il ne s'agit pas de tout l'Enclos, n'est-ce pas ? Uniquement de ce bureau.

Simon ne répondit pas.

— Souhaitez-vous que je trouve une excuse et que je m'en aille ?

— Non.

C'était exactement ce qu'il souhaitait, mais il ne voyait pas comment il expliquerait le départ de Batelier à Meg. D'autre part, il était possible que cet homme puisse aider son amie.

— Est-ce que tous les *terra indigene* réagissent de cette manière en présence d'une *cassandra sangue* ? demanda Steve.

Simon se contenta d'ouvrir la porte de service et d'entrer. En entendant Nathan gronder, il se précipita dans la salle de tri, Batelier sur les talons.

— Rends-le-moi, menaça Meg en tirant de toutes ses forces sur le catalogue que Nathan tenait serré dans ses mâchoires. Rends… le… moi !

— Stop, intima Simon. *Qu'est-ce que tu fais ?*

— *Ça l'a mise en colère*, répondit Nathan, qui cessa de tirer sans pour autant lâcher le catalogue. *J'ai essayé de le lui enlever, mais Henry a dit de ne pas faire de gestes brusques avec le papier, car Meg pouvait se couper.*

Meg tourna la tête et s'aperçut de leur présence. Les joues rouges, elle abandonna le catalogue, que Nathan laissa tomber par terre.

— Un problème ? s'enquit Simon.

— J'ai voulu passer quelques commandes. Les magasins ont la marchandise jusqu'à ce qu'ils découvrent que j'appelle pour l'Enclos, et, soudain, ils sont en rupture de stock !

— C'est le problème du gouvernement, pas le tien. Dresse la liste de tous les magasins qui refusent de nous livrer et transmets-la à Elliot. N'oublie pas d'y inclure cette boutique pour animaux et *Croustipizz.*

— Pourquoi Elliot devrait-il s'en occuper ?

— Parce que ceux qui refusent de fournir l'Enclos s'exposent à des pénalités et qu'il est de la responsabilité du gouvernement de faire respecter les accords que nous avons conclus avec les humains.

— Des pénalités ? répéta Meg. Bien fait !

Vous voyez ? songea Simon en glissant un regard en coin à Batelier. *Elle n'est pas un mignon petit lapin inoffensif. Il y a du Loup en elle.*

— Meg, je te présente Steve Batelier, le maire de Port-Batelier. Et voici Meg Corbyn.

Batelier tendit la main pour la saluer, et c'est uniquement la crainte d'égratigner l'un des doigts de Meg qui retint Simon de le mordre.

Ils s'effleurèrent à peine avant de s'écarter. À sa décharge, Steve parut préoccupé quand Meg se mit à se gratter le bras. Mais il tourna les yeux vers la boîte posée sur la table de tri et demanda :

— Qu'est-ce que c'est ?

— Des biscuits pour chiens, dit Meg.

— Des biscuits pour Loups, répondit Simon en même temps.

— L'un des produits qui ne sont soudain plus disponibles pour les résidents de l'Enclos, ajouta Meg avec une aigreur qui surprit et inquiéta Simon.

D'autant plus qu'elle se triturait les bras. Si elle se grattait plus fort, même son pull ne suffirait pas à protéger sa peau.

Steve souleva la boîte et la secoua pour en faire sortir un biscuit. Après l'avoir examiné, il demanda :

— Est-ce qu'il faut qu'ils soient exactement comme ça ?

Meg cessa de se gratter.

— Comment ?

Steve leur montra un biscuit.

— Comme ça. Nous cherchons en permanence des moyens permettant de faire prospérer notre communauté de Great Island et de s'assurer que tout le monde, Intuits, Vie Simple ou *terra indigene*, a un travail. Je connais quelques femmes à qui cela plairait certainement de développer des biscuits similaires.

— Des biscuits artisanaux pour Loups ? lança Meg.

— Pourquoi pas ?

Simon s'écarta de Batelier. Meg s'intéressait un peu trop à cet homme, et il devenait de plus en plus difficile de se rappeler que Steve n'était pas mangeable.

— J'aimerais que vous jetiez un œil à quelque chose, déclara Meg.

Elle les conduisit jusqu'à l'accueil et pointa du doigt le panier pour Loup.

Après avoir cherché la permission de Simon d'un regard, Steve s'accroupit à côté de l'objet pour l'examiner.

— En avez-vous un exemplaire que je pourrais emporter ?

— Je crois qu'il en reste au supermarché, répondit Simon. Vous pouvez en prendre un.

— Merci.

Steve se leva et adressa un sourire à Meg. Puis il se rembrunit.

— Quand un Intuit a un pressentiment, c'est toujours accompagné d'une manifestation physique : un chatouillement dans le ventre ou une tension à un endroit précis. Mais c'est bien plus compliqué pour vous, je me trompe ?

Simon se rapprocha de Meg dans un mouvement protecteur.

— Connaissez-vous une prophétesse du sang ? questionna Meg. Est-ce qu'il y en a sur l'île ?

Steve secoua la tête.

— Nous n'avons pas réussi à l'aider à temps.

— Oh ! Je suis désolée.

— Moi aussi, répliqua Steve, qui paraissait à présent mal à l'aise. Je ferais mieux d'y aller.

— Je vous accompagne au supermarché, proposa Simon.

— Merci pour votre aide, monsieur Batelier, dit Meg.

— Appelez-moi Steve. Nous pouvons nous passer de formalités.

Elle sourit, et Simon ravala un grondement.

Ni Steve ni lui ne prononcèrent un seul mot tandis qu'ils se dirigeaient vers la place du Marché. En fait, Batelier garda le silence jusqu'à ce qu'il ait rangé le panier pour Loup dans le coffre de sa voiture. Ensuite seulement, il adressa la parole à Simon :

— Bien qu'il me plairait de la considérer comme une amie, je ne cours pas après votre Meg, monsieur Wolfgard.

— Elle ne m'appartient pas.

Meg faisait un excellent jouet qui couine ; pourquoi Batelier n'aurait-il pas envie de courir après elle alors que c'était tellement amusant ?

Steve esquissa un sourire.

— Elle est l'agent de liaison de l'Enclos et vous êtes le chef de l'Enclos. Dans un certain sens, elle vous appartient.

Il inclina la tête en signe d'approbation, et comprit que Steve ne viendrait pas renifler autour de Meg. Simon n'était pas un Intuit ni un prophète du sang, mais il possédait de bons instincts.

— Vous voulez tisser des liens avec Lakeside. C'est pourquoi vous êtes intéressé par l'idée de fabriquer les biscuits et les paniers. Comment vont réagir les *terra indigene* de Great Island ?

— Il y a quelque chose qui ne va pas à Talulah Falls. Nous le sentons. Les *terra indigene* qui vivent sur l'île le sentent aussi. Ming Beargard a essayé de parler aux Autres responsables de l'Enclos de Talulah Falls, mais ils ont refusé de l'écouter, car ils trouvent que les indigènes de l'île sont trop familiers avec les humains. Ils lui ont dit que les Autres étaient censés utiliser les biens fabriqués par les humains, pas les aider dans leur travail. Je ne pense pas qu'ils aient toujours eu cette attitude, mais les dirigeants actuels de l'Enclos de Talulah Falls souhaitent entretenir le moins de contacts possible avec les humains.

— Ainsi, Ming aussi aimerait tisser des liens avec l'Enclos de Lakeside ?

Steve hocha la tête.

— Nous avions l'habitude de vendre certains de nos produits dans les boutiques de Talulah Falls, des souvenirs qui plaisent aux touristes visitant les chutes d'eau. Quand nos représentants se sont rendus à Talulah Falls afin de prendre les commandes pour la prochaine saison touristique, aucun des commerçants n'a voulu acheter quoi que ce soit, et quelques-uns ont marmonné qu'ils ne se fourniraient pas auprès de gens qui négligeaient la place des humains. Notre équipe a ressenti une certaine hostilité chaque fois qu'un *terra indigene* rencontrait un humain. (Il marqua une pause, comme pour peser ses mots.) Quand la situation s'envenimera à Talulah Falls, et je crois qu'il ne s'agit que d'une question de temps, les Autres qui dirigent l'Enclos ne vont pas discuter avec la police ni donner au gouvernement une chance d'intervenir. Aussi, si c'est possible, je préférerais faire des affaires avec vous.

Simon n'était pas sûr de se montrer plus clément si les *terra indigene* de Lakeside devaient faire face à de graves ennuis, mais, pour l'instant, il n'avait aucune raison de refuser un accord commercial bénéficiant aux deux parties.

Quand Batelier partit, Meg avait fermé le bureau de liaison pour sa pause de midi et était sortie déjeuner avec Heather et Merri Lee. Il s'apprêtait à gronder après Meg pour avoir quitté l'Enclos en compagnie de deux femelles dépourvues de crocs, mais, lorsqu'il entra dans la librairie, John l'informa que les filles avaient prévu de manger à *L'Assiette Garnie* et que Vlad était allé chercher des pizzas à *Croustipizz* avec Henry. Ces deux restaurants se trouvaient dans le même centre commercial ; les filles ne risquaient rien. Les humains de *Croustipizz* n'avaient peut-être pas voulu livrer l'Enclos quand Meg le leur avait demandé, mais seul un imbécile refuserait de servir à manger à un Grizzly.

Les sujets de réflexion ne manquaient pas, songea Simon, au contraire, et il ne pouvait guère agir pour l'instant.

Si, il y avait une chose qu'il pouvait faire. Saisissant son téléphone, il appela le docteur Lorenzo pour lui parler de la cousine de l'agent MacDonald.

Chapitre 16

Vers la fin du mois de viridus, les Corbeaux de l'Enclos de Talulah Falls volèrent en direction du quartier où les touristes aimaient se promener, manger et acheter des souvenirs. Pendant trois jours, ils regardèrent les humains jeter dans les poubelles des jouets brillants légèrement cassés, ce qui, pour les Corbeaux, n'en diminuait en rien l'attrait. Ils regardèrent les humains jeter un demi-hamburger enveloppé de son emballage, de sorte qu'il ne serait pas souillé par les autres détritus. Ils regardèrent toutes sortes de petits trésors rejoindre les ordures, et les employés municipaux vider les poubelles avant d'emporter toute cette nourriture et ces trésors.

Et, non loin de là, des pièces que les gens avaient laissées tomber de leur poche reflétaient les rayons du soleil, scintillant de manière tentante.

Pendant trois jours, les Corbeaux résistèrent à l'envie de faire plus qu'observer. Mais le quatrième jour quelques juvéniles osèrent descendre de leur arbre pour s'emparer d'un objet brillant, d'un morceau de nourriture ou de l'un des jouets étincelants.

Et rien ne se produisit. Les humains, captivés par l'impressionnante cascade qui dévalait vers la rivière en contrebas, les remarquèrent à peine. Aussi, le cinquième jour, les Corbeaux furent plus nombreux à quitter leur perchoir pour se saisir de quelques miettes, d'une pièce chatoyante ou d'un petit trésor. Le sixième jour, ils étaient encore davantage à jouer à la chasse aux objets qui brillent.

Le septième jour, les poubelles contenant la nourriture la plus appétissante et les plus jolis trésors explosèrent, faisant des victimes parmi les Corbeaux comme parmi les touristes.

Cette nuit-là, l'un des Sanguinati qui traquaient les humains responsables du meurtre des Corbeaux ne retourna pas à l'Enclos de Talulah Falls.

Et tôt le matin suivant, à Lakeside, Meg Corbyn se réveilla en hurlant.

— Meg !

Dans leur couloir commun, Simon martela de coups de poing la porte de la cuisine de Meg, puis s'arrêta pour enfiler le jean qu'il avait attrapé quand il l'avait entendue crier.

— Meg !

Constatant que la porte ne s'ouvrait pas et que plus aucun bruit ne s'en échappait, il gronda.

Il glissa la main dans la poche de son pantalon et en retira la clé de l'appartement de Meg, qu'il inséra dans la serrure. Mais impossible d'entrer.

Pourquoi fallait-il qu'elle utilise le verrou coulissant ? Personne ne passait par la porte de la cuisine pour lui rendre visite. Excepté lui. Et Sam, à l'occasion. La porte extérieure commune était fermée à clé. Il la vérifiait tous les soirs avant d'aller se coucher afin que Meg n'ait pas à redouter qu'un éventuel intrus se faufile par-derrière. Il savait qu'elle était seule, puisqu'elle lui avait gentiment indiqué qu'elle n'avait pas envie de compagnie pour la nuit.

— Et c'est la dernière fois que tu me dis qui dort où, grommela-t-il en tambourinant de nouveau sur la porte. Bon sang ! Meg, qu'est-ce que tu fais et que tu ne veux pas que je sache ?

Songeant à la réponse à cette question, il gratta à la porte, oubliant qu'il se trouvait sous forme humaine.

— Meg !

Tandis que de la fourrure s'étendait sur ses épaules et sa poitrine, il se jeta de tout son poids contre la porte, brisant le battant et le verrou coulissant. Il se rua dans la chambre, mais l'odeur de sang frais le fit bifurquer vers la salle de bains. Meg cria lorsqu'il poussa brutalement la porte, aussi se faufila-t-il par l'entrebâillement afin d'éviter de lui heurter une nouvelle fois les jambes.

Elle était allongée par terre, en sang. Une coupure lui barrait la poitrine, juste sous les seins. Une coupure bien trop longue. Bien trop profonde. Qui saignait beaucoup trop.

— Meg.

L'espace exigu le contraignit à poser un pied de chaque côté de Meg pour s'accroupir.

— Simon, souffla-t-elle. Tu dois écouter.

— Oui. Bien sûr.

Son amie saignait. Peu importait qu'elle soit humaine. Son amie Meg saignait trop.

Il baissa la tête, puis réfléchit.

Ça le rendrait furieux. Comme la dernière fois, quand elle s'était coupé le menton en tombant dans la rivière et qu'il avait dû l'amener au marchecorps humain.

Je m'en fiche. Elle est l'une des nôtres, maintenant. Nettoie la plaie. Ne tiens pas compte de l'odeur du sang et oublie l'état de vulnérabilité de Meg.

Il lécha rapidement le sang qui ruisselait de la blessure, lécha et lécha pour l'empêcher de couler sur la serviette que Meg avait étalée au sol.

— Simon, gémit-elle. Simon. Je vois… C'est trop. Je dois parler. Tu dois écouter.

Pendant un bref moment, il avait été hors de lui, mais plus maintenant. En entendant la voix de Meg, quelque chose avait changé et il s'était calmé.

Lèche, lèche.

Elle avait toujours eu bon goût. Mais là, elle était vraiment excellente.

Lèche, lèche.

Il aimait le son de sa voix. Même quand elle lui criait après. Ce qu'elle ne faisait pas à cet instant. Là, elle…

Une odeur de désir, aussi appétissante que celle du sang.

Il s'assit sur les talons pour approcher son visage de ces effluves nouveaux et délicieux. Son corps humain y répondait avec un plaisir, un enthousiasme qu'il était difficile de juguler.

— Simon.

La voix de Meg trahissait quelque chose de moins plaisant, à présent. Quelque chose… qui devrait le déranger.

— Tu dois te rappeler, implora-t-elle.

Se rappeler ? Oui. *Lèche, lèche.* Le goût merveilleux de Meg. Mais il ne devait pas mordre. Il ne devait pas déchirer la chair, parce que… Pourquoi ? Ce serait si bon de goûter sa chair. Si agréable. Mais pas la chair de Meg. Il ne ferait pas de mal à Meg. Jamais.

Il était censé se rappeler quelque chose. En rapport avec ce que Meg disait quand il y avait une coupure et du sang.

— Je dois écrire, grommela-t-il.

— Oui. Dépêche-toi.

Il essaya de se lever, de quitter la salle de bains afin d'aller chercher du papier et un crayon pour écrire… des mots ! Pour écrire des mots. Elle sentait si bon. Et elle avait encore meilleur goût. Même ses cheveux, avec leurs étranges nuances d'orange et de rouge, n'empestaient plus la substance quelconque qu'elle avait utilisée pour les teindre.

Des mots. Il était important d'écrire les mots de Meg.

Se soutenant au lavabo, Simon lutta pour se remettre debout. Ses pieds. Il ne les sentait plus. Est-ce qu'il en avait toujours ?

— Écrire, gronda-t-il.

Il devrait être en colère. Pourquoi ne l'était-il pas ? Il n'était pas malade, mais ne se sentait pas très bien non plus.

La peur l'envahit, lui éclaircissant un moment les idées.

Une corbeille sur le comptoir remplie de petites brosses et de pots colorés. Des jouets de femelle. Il attrapa un crayon et nota les mots qui jaillissaient à présent de la bouche de Meg.

Quelque chose n'allait pas chez lui. Vraiment pas. Il écrivit néanmoins jusqu'à ce que Meg cesse de parler. Puis il lâcha le crayon et s'affala au sol.

— Meg ? (Il lapa le sang qui coulait toujours de sa plaie et poussa un geignement.) Meg ?

Elle avait les yeux brillants. Elle essaya de lever la main pour le toucher, mais n'y parvint pas.

— Tu as les oreilles velues, dit-elle.

Ils avaient besoin d'aide. Il… avait… besoin… d'aide.

— *Henry !*

— *Simon ? Qu'est-ce qui se passe ?*

— *Malade. Meg… blessée. Dépêche-toi.*

Meg saignait. Il devait faire quelque chose. C'était… im… por… tant.

Simon s'allongea sur Meg, son visage pressé contre ce ventre si doux qui exhalait tant de délicieux parfums.

Des odeurs familières l'entouraient, aucune toutefois ne correspondant à Meg.

Meg sentait bon. Et elle avait un goût exquis.

— Je crois qu'il revient enfin à lui.

Cette voix appartenait à Blair, la première sentinelle de l'Enclos.

Pourquoi la voix de Blair l'effrayait-elle ?

— Simon ?

C'était Vlad. Il avait l'air furieux. Pourquoi ? Vlad avait-il lui aussi léché…

— Meg !

Simon tenta de bouger, de s'asseoir, mais son corps paraissait tout emmêlé, et rien ne fonctionnait correctement.

Jusqu'à ce que Vlad l'agrippe par les bras et le redresse suffisamment pour qu'il ne voie plus rien d'autre que la colère qui enflammait les yeux sombres du Sanguinati.

— Qu'est-ce que tu as fait ? gronda Vlad, appuyant chaque syllabe.

Ce qu'il avait fait ? Il… s'en souvenait.

— Meg saignait, expliqua-t-il.

Sa voix n'était pas normale. Sa mâchoire n'effectuait pas les mouvements qu'il fallait pour parler comme un humain. Que… ?

Tess entra dans son champ de vision, à côté de Vlad. Les mèches qui encadraient son visage étaient noires, totalement noires, mais le reste de sa chevelure avait la couleur rouge de la colère. Et l'ensemble formait des boucles qui ondulaient d'une façon hypnotique… et terrifiante.

— On sait, pour Meg, déclara-t-elle. C'est pour toi qu'on pose la question.

Afin d'éviter les regards de Tess et de Vlad, il examina la pièce où il se trouvait. Le salon de son appartement. Comment était-il arrivé là ? Puis il baissa les yeux sur son corps dénudé. Le choc que lui inspira cette vision dissipa le brouillard qui lui embrumait encore l'esprit.

Une de ses jambes présentait un aspect humain, l'autre était une patte de Loup, de la moitié de la cuisse jusqu'au pied. À mesure qu'il analysait les odeurs dans la pièce, il se rendit compte du nombre de *terra indigene* qui le regardaient, et sa queue vint camoufler dans un mouvement protecteur ses parties génitales mâles. Son torse était en grande partie couvert de poils. Ses mains n'en étaient pas vraiment. Il n'était pas sûr d'avoir envie de savoir à quoi ressemblaient sa tête et son visage.

Entre-deux n'était ni humain ni Loup. La majorité des *terra indigene* qui vivaient dans les territoires sauvages ne pouvaient que grossièrement imiter l'apparence d'un humain, sans jamais vraiment dépasser l'entre-deux. L'homme-Loup des romans d'épouvante. Dans les Enclos, les Autres s'efforçaient de ne pas prendre un aspect intermédiaire à proximité des humains, ce qui ne les empêchait pas de se transformer partiellement lorsqu'ils avaient besoin d'une caractéristique de leur seconde forme. Comme des oreilles dotées d'une ouïe plus fine. Ou des griffes et des crocs. Il existait une symétrie dans ce genre de métamorphose, même s'il s'agissait plus d'instinct que d'un choix délibéré. Mais ça ? c'était un corps hors de contrôle.

Il leva les yeux sur Blair, qui l'observait avec une sympathie mêlée de colère.

Puis Henry se posta à côté de la sentinelle. Le regard du Grizzly, lui, n'exprimait aucune sympathie, juste de la rage.

Simon était cerné par un Sanguinati, un Loup, un Grizzly et Tess.

Je dois choisir une forme. Il brûlait d'envie de se transformer entièrement en Loup et de se rouler en boule quelque part pour se donner le temps de comprendre ce qui se passait. Mais il était le chef de l'Enclos, et le chef ne pouvait pas se cacher.

Reprendre une apparence humaine lui coûta de gros efforts, ce qui le surprit. Il éprouvait l'impression d'évoluer dans un fluide visqueux et collant qui ralentissait ses réflexes et entravait sa capacité à changer.

Il était si difficile de masquer sa peur. Et impossible de ne pas avoir peur.

Il avait dû réussir à peu près sa métamorphose, car Vlad le lâcha, et Tess jeta une couverture sur ses genoux.

— Où est Meg ? demanda-t-il.

Il avait besoin de boire. De manger. Mais, plus que tout, il voulait des réponses.

— Meg est chez moi, déclara Henry. Depuis ce matin. Elle regarde des films avec Nathan, Jester et Jake.

— Ce matin ?

Il ne parvenait pas à voir les fenêtres – trop de silhouettes obstruaient son champ de vision –, mais la luminosité ne paraissait guère différente de celle qui régnait quand il avait enfoncé la porte de la cuisine de Meg.

— Le soleil s'est couché, annonça Henry. Je t'ai trouvé avec Meg dans sa salle de bains ce matin. Tu te rappelles ?

— Je ne me rappelle pas t'avoir vu entrer, mais je t'ai demandé… (Il lutta pour faire remonter ses souvenirs.) Meg en sang. Une longue coupure. Trop profonde. Trop de sang. Des mots. Je devais écrire les mots.

— Quand Henry t'a trouvé, il nous a appelés, Blair et moi, poursuivit Vlad. Nous t'avons sorti de la salle de bains pour qu'Henry puisse s'occuper de Meg. (Il se courba de manière à planter les yeux dans les siens.) Tu étais conscient. Pendant des heures, tu es resté conscient, mais tu te moquais de tout. De tout. Nous aurions pu te couper les mains et les pieds, tu n'aurais pas tenté de nous arrêter. Même si tu l'avais voulu, tu en aurais été incapable. Nous aurions pu te découper en petits morceaux ou te trancher la gorge et te laisser te vider de ton sang, tu te serais contenté de nous regarder. La drogue avec laquelle les humains ont empoisonné la nourriture destinée à appâter les Corbeaux est entrée dans l'Enclos. En toi. Nous devons savoir comment c'est arrivé.

— Ce n'est pas la faute de Meg, dit-il sans détourner son regard de celui de Vlad. Je croyais que ça me mettrait en colère, comme la dernière fois. Je croyais que ça me rendrait plus fort et me permettrait de l'aider.

Vlad le dévisageait.

— Qu'est-ce qui n'est pas la faute de Meg ?

— Si les Sanguinati ne boivent pas le sang doux des *cassandra sangue*, ce n'est pas à cause des prophéties qui nagent dans leur sang. Erebus s'est trompé sur ce point. C'est parce que les prophétesses du sang sont des créations de Namid, à la fois merveilleuses et terribles.

Vlad se redressa et recula d'un pas.

— De quoi est-ce que tu parles ?

— La drogue. C'est le sang des *cassandra sangue.*

— Quelle drogue ? s'enquit Henry. Il en existe deux.

Simon déglutit. Il avait vraiment besoin de boire.

— Les deux.

En bifurquant vers le parking du centre commercial Bird Park, le capitaine Burke tourna la tête vers Monty et demanda :

— Le docteur Lorenzo vous a donné des nouvelles de l'état de santé de Meg Corbyn ?

— Non. Pas depuis ce matin.

Monty avait déjà rapporté à son supérieur la conversation qu'il avait échangée avec Dominick Lorenzo. Meg Corbyn présentait une coupure atypique, trop longue et trop profonde, mais rien n'indiquait qu'elle ne se l'était pas infligée elle-même. Après avoir refermé la plaie, Lorenzo avait recommandé du repos et une nourriture riche en fer afin d'aider à reconstituer le sang que Meg avait perdu.

— Il a prévu d'examiner Mlle Corbyn demain matin après son service à l'hôpital.

Burke émit un son situé à mi-chemin entre un grondement et un grognement tandis qu'il se garait.

— Alors, occupons-nous de ce problème-ci.

Monty sortit de la berline noire, soulagé que le centre commercial ne se trouve pas très loin du poste de police de Chestnut Street. Burke était un homme imposant, et se retrouver confiné avec lui dans un espace réduit alors que ses yeux bleus brillaient de rage contenue n'avait rien d'agréable.

Bien entendu, Burke avait de bonnes raisons d'être furieux. Au fil des informations qui parvenaient au compte-gouttes de Talulah Falls, le gouvernement de Lakeside et les forces de l'ordre avaient commencé à prendre conscience qu'ils affrontaient une situation où plus d'une ville humaine risquait d'être rayée de la carte si tout le monde ne se montrait pas extrêmement prudent.

Talulah Falls était la poudrière. La question n'était plus de savoir si les humains allaient perdre une autre partie de Thaisia, mais ce qu'ils perdraient en même temps.

Les habitants et les touristes pris au piège là-bas pourraient n'être qu'un début.

Et c'était la raison pour laquelle le capitaine Douglas Burke et le lieutenant Crispin James Montgomery se trouvaient sur le parking du centre commercial au coucher du soleil tandis qu'arrivaient les unes après les autres des voitures de patrouille.

Burke a dû convoquer tous les policiers sous ses ordres, songea Monty. Il aperçut Louis Gresh. Le commandant de la brigade de déminage avait-il été appelé, lui aussi, ou Gresh avait-il déduit de l'entrevue entre Burke et le commissaire qui avait eu lieu dans l'après-midi qu'il fallait que son équipe soit présente ?

— Messieurs, commença Burke quand les hommes se rassemblèrent autour de lui.

À cet instant, le portable de Michael Debany se mit à sonner.

— Pardon, capitaine, s'excusa Debany.

Au lieu d'éteindre son téléphone, il s'écarta et discuta avec son interlocuteur pendant quelques minutes. Lorsqu'il reprit sa place au côté de son équipier, Lawrence MacDonald, il était blanc comme un linge.

— Debany ? interrogea Monty.

— C'était Mlle Lee, qui travaille à *Bon à Croquer*.

Monty hocha la tête. Il n'avait pas besoin de cette précision, mais elle n'était sans doute pas superflue pour certains de ses collègues.

— Et ?

— Elle s'est fait agresser. Par des étudiants de l'université. Elle a réussi à regagner son appartement, mais elle ne s'y sent pas en sécurité.

— Vous savez où elle habite ? s'enquit Burke. (Quand Debany répondit par l'affirmative, Burke pointa MacDonald du doigt.) Accompagnez-le. Allez la chercher. Emmenez-la aux urgences de l'hôpital de Lakeside, là où travaille le docteur Lorenzo, à moins que la situation soit trop critique et que vous n'en ayez pas le temps.

Debany et MacDonald s'élancèrent en direction de leur véhicule.

— Quant à vous, reprit Burke, l'air encore plus féroce qu'avant, balayant le centre commercial d'un geste, je veux voir les gérants de tous ces magasins à *Croustipizz* dans cinq minutes. S'il y en a qui résistent, arrêtez-les et emmenez-les au poste.

Monty cilla.

— À quel motif, monsieur ?

— Au motif qu'ils me font chier, gronda Burke. Et à l'heure actuelle c'est suffisant pour un séjour en garde à vue.

Par les dieux d'en haut et d'en bas ! pensa Monty, *il ne plaisante pas.*

Les hommes se dirigèrent vers les magasins sans contester les ordres.

— Ça vous dérange si je reste avec vous ? demanda Gresh en s'approchant de Monty et Burke.

— Non, répondit le capitaine. Accordez-moi une minute.

Il sortit son téléphone portable et s'écarta de quelques pas.

— Des employés de l'Enclos qui se font agresser, ce n'est pas bon, déclara calmement Gresh en observant les clients marquer une hésitation devant le nombre de voitures de patrouille.

Quelques-uns remontèrent dans leur véhicule et partirent. La plupart vaquèrent à leurs affaires comme si de rien n'était.

— Les gens ont peur et sont en colère, objecta Monty. Dans ces cas-là, ils ne réfléchissent pas toujours de façon rationnelle.

Il était toutefois d'accord avec Louis. Les harcèlements et les agressions, ce n'était jamais bon, quel que soit le moment. Et, à cet instant, cela revenait à baisser son pantalon pour montrer ses fesses à des créatures qui voulaient déjà votre mort.

Sans compter que cela représentait une infraction aux lois humaines.

— Je ne sais pas comment c'était à Toland, mais ici la fontaine à eau et la machine à café sont de bons endroits pour apprendre toutes sortes de rumeurs, reprit Louis. La dernière en date prétend que le capitaine a un contact dans la police de Great Island.

Gresh lui adressa un regard inquisiteur.

Monty jeta un coup d'œil à Burke, qui parlait toujours au téléphone, puis hocha la tête. Le capitaine ne lui avait pas indiqué que la conversation avec Roger Czerneda devait rester confidentielle. D'ailleurs, la plupart des informations qui circulaient pouvaient être entendues dans les médias ou confirmées par toute personne assez inconsciente pour se rendre à Great Island.

— La rivière est recouverte d'un brouillard à couper au couteau, déclara Monty. Mais une petite partie est restée dégagée assez longtemps pour procéder à un rapide approvisionnement avec le ferry et la barge. Maintenant, l'île est totalement isolée. (Il marqua une hésitation.) Et il semblerait que dans ce brouillard se cache quelque chose qui pourchasse tous ceux qui sont assez désespérés ou suicidaires pour tenter de quitter Talulah Falls par bateau.

— Des Sanguinati ?

— Peut-être. À moins de tomber dessus par hasard, personne ne va retrouver aucun cadavre avant que le brouillard se lève.

Il ne s'agissait pas tout à fait d'un mensonge, mais une partie du rapport de Roger était bel et bien confidentielle : celle mentionnant ce que les Sanguinati avaient raconté à Steve Batelier et à l'agent Czerneda, à savoir qu'ils avaient cédé la rivière à un autre genre de prédateur, quelqu'un qui ne vivait pas sur l'île et que l'odeur du sang avait sans doute attiré à Talulah Falls.

Qu'est-ce qui pouvait bien effrayer les vampires ?

— Les explosifs placés dans les poubelles n'avaient rien de sophistiqué, déclara Louis au bout d'un moment. Ceux qui les ont mis là n'avaient aucune considération pour la vie humaine. Les salauds voulaient juste tuer quelques Corbeaux… et peut-être déclencher une guerre. (Il glissa un regard à Burke, qui semblait prêt à raccrocher.) Tu crois que c'est ce qui nous attend ? La guerre ?

Possible, songea Monty.

— J'espère que non.

Burke les rejoignit alors que des policiers emmenaient le premier groupe de commerçants en direction de *Croustipizz*.

— Mark Wheatley est le capitaine du poste de police du district de l'université, déclara Burke. Il envoie des hommes monter la garde devant l'appartement de Mlle Lee en attendant l'arrivée de Debany et MacDonald afin de prévenir tout problème. Bon, allons-y.

Il se dirigeait vers la pizzeria quand un jeune homme en sortit, les bras chargés de plusieurs sacs isothermes, marchant d'un pas pressé vers une voiture sur le toit de laquelle était fixée une pancarte clamant « *Croustipizz* vous livre à domicile ! »

— Vous, là ! lança Burke. Faites demi-tour et retournez à l'intérieur.

— Mais…

— Jeune homme, si vous montez dans cette voiture, vous écoperez d'une amende de cinq cents dollars et de cinq jours de prison. Votre patron est au courant.

Le livreur, qui paraissait à peine assez âgé pour conduire, dévisagea Burke, puis s'empressa de regagner *Croustipizz*.

Burke le suivit, sortant son insigne et écartant son manteau de manière à montrer son arme.

Étant donné l'expression qu'affichait le capitaine, Monty doutait que quiconque remarque le pistolet. Accompagné de Louis, il lui emboîta le pas. Le restaurant était bondé, plein de clients venus manger un morceau après le travail ou attendant les pizzas qu'ils comptaient rapporter chez eux pour le dîner.

— Votre attention, s'il vous plaît ! tonna la voix de Burke, couvrant le brouhaha. Et que quelqu'un fasse taire cette fichue musique !

Silence.

Il montra son insigne d'une main et, de l'autre, désigna les clients.

— Vous tous. Dehors. *Croustipizz* ferme pendant une heure. Ils emballeront vos plats pour que vous puissiez les emporter. Vous avez quatre minutes. Et vous (il pointait à présent son doigt sur le livreur), asseyez-vous.

Un homme, le responsable du restaurant, à en croire le badge ornant sa chemise, sortit de derrière le comptoir et protesta :

— Vous ne pouvez pas faire ça. Il a des livraisons à faire.

— J'ai entendu dire que *Croustipizz* ne livrait plus à domicile. Par conséquent, vous ne ferez aucune livraison. Trois minutes ! Avec ou sans vos plats.

Quelques personnes se ruèrent vers le comptoir pour prendre un carton. La plupart se contentèrent de filer.

Burke attendit que les clients soient partis et que tous les propriétaires ou gérants des autres boutiques du centre commercial Bird Park se soient regroupés entre les tables.

— Vous devez vous douter de la raison de votre présence ici, commença Burke. Je sais pertinemment que tous les magasins de ce centre commercial ont été avertis des amendes encourues par ceux qui refusent de vendre de la marchandise aux *terra indigene* ou d'effectuer des livraisons, si vous proposez effectivement ce service. On vous a indiqué d'enlever les pancartes « entrée réservée aux humains » et de vendre et livrer la marchandise conformément aux accords conclus entre la ville de Lakeside et les *terra indigene*. Un grand nombre d'entre vous violent à ce jour ces accords. À partir de maintenant, vous êtes tous tenus de rendre des comptes. Si vous obéissez à des ordres et n'enfreignez pas la loi de votre propre volonté, vous nous communiquerez le nom de votre supérieur. C'est lui qui s'exposera alors à une peine de prison et une lourde amende.

— Nous avons aussi des droits, protesta un homme vêtu d'un polo arborant le logo *Palais des Animaux* sur la poche. Nous avons le droit de refuser de fournir un service.

— L'un de vous a-t-il entendu parler de ce qui se passait à Talulah Falls ? demanda Burke en leur adressant à tous son sourire amical et féroce à la fois. J'ai été toute la journée en contact avec les policiers de là-bas ; je peux vous dire certaines choses que les journaux ne mentionnent pas.

Monty sentit son estomac se nouer. Il en avait déjà bien assez entendu au cours des heures précédentes et n'était pas sûr d'avoir envie d'écouter ce que Burke, grâce à ses diverses sources, avait pu découvrir.

— L'Enclos de Talulah Falls a été abandonné, expliqua Burke, sourd aux exclamations de joie provocatrices que cette déclaration suscita. Ce qui signifie que, contrairement à nous, le gouvernement et la police n'ont plus aucun interlocuteur, personne avec qui discuter pour essayer d'arranger la situation. Vous comprenez ce que ça veut dire ? La ville de Talulah Falls est coupée du reste du monde. Les routes sont barricadées ou détruites. Des centaines de véhicules ont engorgé les voies avant que les gens se rendent compte qu'ils ne pouvaient aller nulle part. Plus rien n'entre, plus rien ne sort. Ni charbon, ni bois, ni essence, ni nourriture, ni médicaments, ni marchandises d'aucune sorte. Tout ce dont disposent les habitants, c'est ce qu'il y avait en ville avant l'explosion d'hier matin.

— Et les touristes ? s'enquit l'un des commerçants. Même à cette période de l'année, il y en a.

— Ça, la ville en a à profusion. Des bouches supplémentaires à nourrir. (Murmures et signes d'agitation parcoururent l'assistance.) Vous croyez qu'il s'agit d'une coïncidence si le téléphone fonctionne toujours et que les stations de radio et de télévision émettent encore ? Vous captez le message ? Sinon, le voici : vous avez tué des *terra indigene*, et maintenant vous allez le payer.

— Tuer un vampire, c'est rendre service à tout le monde, lança un homme.

— Allez dire ça aux familles dont les proches ont disparu, rétorqua Burke avec froideur. Allez dire ça aux familles des quatre personnes, quatre humains, qui se sont fait découper par le fou furieux qui a réussi à tuer l'un des Sanguinati. Imaginez de vous retrouver coincés dans une ville où rôde un meurtrier qui a déchiqueté une femme de soixante ans et un petit garçon de onze ans et a mis leurs morceaux en conserve.

Une femme et deux hommes se frayèrent un chemin parmi la foule pour se précipiter vers les toilettes. Les autres semblaient éprouver des difficultés à retenir leur nausée.

— Vous en voulez encore ? demanda Burke. (Ils secouèrent tous la tête, ce qui ne l'empêcha pas de poursuivre.) Une tornade a balayé l'université de Talulah Falls cet après-midi pendant un rassemblement du mouvement Les Humains Avant Tout. La résidence étudiante n'a pas été endommagée. Tout le reste ? Une pile de gravats. L'université a pour ainsi dire disparu. Et plusieurs incendies ont ravagé l'autre faculté. Là aussi, les résidences en sont sorties intactes, mais le reste des bâtiments a complètement brûlé.

Burke les regarda tous tour à tour. Il avait soudain l'air las.

— Mesdames et messieurs, toutes les routes traversent des forêts. Ce qui se passe à Talulah Falls est une rude leçon. Nous devons la retenir. Des troubles agitent en ce moment de nombreuses villes de Thaisia, et ils conduisent les *terra indigene* à se demander s'ils ont encore envie de tolérer notre existence. Nos ancêtres ont troqué leurs techniques et leurs marchandises contre des terres et des ressources. Cet accord est toujours valable aujourd'hui. Aussi, si les commerçants cessent de fournir aux Autres les produits qui les intéressent, ne soyez pas surpris que les ressources dont nous avons besoin pour survivre se tarissent. (Des regards embarrassés s'échangèrent dans l'assistance.) Les magasins qui afficheront encore une pancarte « entrée réservée aux humains » demain écoperont d'une amende, et le propriétaire ira en prison. Si la pancarte est encore là le jour suivant, celle qui la remplacera indiquera « fermé définitivement », et le propriétaire sera embarqué à l'arrière d'une voiture de police pour un long voyage.

Monty lança un regard en coin à Louis, qui dévisageait Burke, une expression choquée sur le visage.

— Le gouvernement de Lakeside ne fera jamais ça, protesta le gérant du *Palais des Animaux* avec nervosité.

— Non, concéda Burke avec une effrayante amabilité.

Monty ressentit un soudain vertige. Les individus reconnus coupables de crimes violents étaient emmenés pour de longs voyages dans les territoires sauvages où on les abandonnait sans nourriture, ni eau, ni chaussures. C'était une condamnation à mort.

Tout en regardant Burke, Monty s'interrogea sur les premières années de carrière de son capitaine. Qu'est-ce qui l'avait rendu si déterminé à maintenir la paix au point d'être prêt à appliquer ses propres lois et de menacer d'emmener un commerçant pour un long voyage ? Qu'est-ce qui, chez Burke, incitait ses supérieurs à céder dès que les Autres étaient impliqués ?

— Nous en avons terminé, conclut Burke. Retournez dans vos magasins.

Les premiers pas furent hésitants, comme si les commerçants doutaient d'avoir vraiment le droit de partir. Puis ils se ruèrent vers la porte.

— Lieutenant.

Burke ouvrit son portefeuille et en sortit deux billets de cinquante.

— Capitaine ?

— Commandez quatre plaques de pizza pour l'Enclos. Kowalski et vous les apporterez là-bas. Je suis sûr qu'elles seront prêtes à temps pour votre réunion avec l'association commerciale.

— Bien sûr, s'empressa de dire le gérant de *Croustipizz*. Quelle garniture souhaiteriez-vous ?

Monty indiqua son choix.

— Peut-on reprendre nos livraisons ? s'enquit le gérant.

— Je ne sais pas, répondit Burke avec un sourire féroce. Qu'en pensez-vous ?

— Il n'y aura plus aucun problème de livraison à partir de maintenant.

— Je vous demande encore un moment, messieurs, lança Burke en invitant Monty et Louis à le suivre d'un geste.

Ils sortirent. Monty inspira une bouffée d'air qui, bien que sentant légèrement les gaz d'échappement, lui parut bien plus agréable que celui, chargé de peur, de l'intérieur de la pizzeria.

— Nous avons terminé, déclara Burke en hochant la tête à l'intention des policiers qui attendaient ses ordres.

Ceux-ci remontèrent dans leurs voitures de patrouille et s'éloignèrent. Monty aperçut Kowalski qui patientait à côté de leur véhicule.

— Vous vouliez nous dire autre chose, capitaine ? s'enquit Louis.

— Quatre personnes ainsi qu'un Sanguinati se sont fait découper en morceaux, annonça calmement Burke.

— La femme et le petit garçon, dit Monty.

— Et deux autres femmes, âgées d'une petite vingtaine d'années. En plus de la tornade et des incendies, il y a eu plusieurs tremblements de terre très localisés. Juste assez violents pour faire tomber des bocaux rangés sur les étagères d'un garde-manger.

Monty sentit son estomac se soulever.

— Le malade qui a fait ça venait d'entreprendre son travail avec les jeunes femmes. Je suppose qu'il s'est enfui quand ses bocaux ont commencé à se briser.

Un éclat curieux brillait à présent dans les yeux de Burke.

— Qui étaient ces femmes ? interrogea Monty.

— L'une d'elles habitait Talulah Falls et étudiait à l'université. L'autre était une *cassandra sangue*. L'un des enquêteurs m'a envoyé une photo d'elle par e-mail. Elle est dans ma voiture. Si l'occasion se présente, lieutenant, demandez à Mlle Corbyn si elle connaissait cette fille.

Meg mordit dans sa deuxième part de pizza et mâcha lentement, savourant les arômes et la texture. Elle n'avait plus vraiment faim, mais l'association de sauce, de fromage et de pâte épaisse comblait la sensation de vide dans son ventre bien plus efficacement que ne le faisaient les steaks et les salades d'épinards.

Même si elle avait apprécié la qualité de la viande qu'on avait cuisinée pour elle toute la journée ainsi que les salades qu'on lui avait préparées. Et elle était reconnaissante au docteur Lorenzo des vitamines qu'il lui avait données et du soin avec lequel il avait refermé sa longue coupure à l'aide de petits pansements adhésifs après avoir examiné la plaie et y avoir appliqué une pommade antiseptique.

Quand il avait commenté la propreté de la blessure en la regardant d'un air inquisiteur, elle avait affirmé ignorer pourquoi l'entaille était si nette.

Elle avait menti, et il le savait. Ils le savaient tous.

Le désespoir l'avait poussée à commettre une erreur. Elle aurait dû se douter qu'elle ne guérirait pas si facilement de son addiction à l'euphorie.

Il n'était pas étonnant que tant de filles meurent en se coupant sans supervision. Une prophétesse du sang n'avait pas simplement envie de s'entailler ; elle en avait besoin. Et si l'on négligeait cette vérité essentielle quant aux *cassandra sangue*, tôt ou tard, un incident transformait ce besoin en compulsion maladive, et c'était là que les filles se saisissaient de n'importe quel objet tranchant pour s'inciser la peau.

C'était là que les filles commettaient des erreurs fatales.

Elle aurait dû prévenir quelqu'un qui aurait pu la surveiller et noter ce qu'elle avait vu. Si elle avait fait cela…

Aucun des Autres ne voulait lui dire ce qui était arrivé à Simon. Est-ce qu'il allait bien ? Quelque chose avait dérapé. Elle avait pratiqué une entaille trop profonde et deux fois plus longue que nécessaire. Les prophéties bouillonnaient en elle comme le cours impétueux d'une rivière avant une cascade. Elle avait essayé de retenir ses visions, de se taire afin de s'en souvenir, puisque personne n'était là pour l'écouter. Mais elle avait entrevu des choses si affreuses et si terrifiantes qu'il avait fallu qu'elle parle, que l'euphorie voile ce qui lui était révélé.

Puis Simon était arrivé. Il avait poussé la porte de la salle de bains et avait heurté ses jambes assez fort pour y laisser des hématomes. Sur le coup, elle ne s'en était pas rendu compte, et, même dans le cas contraire, elle s'en serait moquée. Tout ce qui importait, c'était d'avoir quelqu'un pour l'écouter.

Mais il avait nettoyé la plaie, léché une partie du sang, et quelque chose s'était passé. Simon n'était plus vraiment Simon. Ce n'était plus le chef. Ce n'était plus le Loup intelligent et renfrogné qu'elle connaissait. Il était devenu… comme un bonbon au caramel. Mou et collant.

Mais la sensation de sa langue sur sa peau, la léchant comme si elle était la chose la plus merveilleuse au monde… Associée à l'euphorie qui accompagnait les paroles, sa langue la ravissait, lui procurait du plaisir et lui donnait envie de…

— Meg ? chuchota Jester à son oreille d'un ton pressant. Meg ? S'il te plaît, arrête de penser à ce que tu penses.

Clignant des yeux, elle revint à la réalité.

Le Coyote s'écarta tout en la reniflant. Quand Nathan émit un grondement d'avertissement, Jester s'éloigna autant qu'il le pouvait sans tomber du canapé.

Confuse, Meg considéra Nathan, qui rougit – étrange, pour un Loup – et poussa un geignement avant de détourner la tête. Il s'agita dans son fauteuil, comme s'il ne parvenait pas à trouver une position confortable.

Jake Crowgard, l'autre *terra indigene* présent dans le salon d'Henry, l'observait intensément, les yeux brillants.

Sa petite culotte était humide. Elle avait pensé à Simon, et, à présent, sa petite culotte était humide.

Et au moins deux des mâles de la pièce sentaient son désir et son excitation.

— Désolée, marmonna-t-elle.

— Ça ne fait rien, assura Jester en lui tapotant prudemment l'épaule. C'est juste… déroutant.

Son appétit envolé, Meg posa le reste de sa part de pizza sur son assiette et s'essuya les doigts sur une serviette. S'il avait été là sous sa forme de Loup, Simon les aurait léchés pour les nettoyer.

Ne pense pas à Simon.

Elle ne parvenait pas à penser à autre chose. Il allait bien quand il était entré dans la salle de bains. Ensuite, il n'allait plus bien. Ce n'était plus Simon. Simon aurait compris l'importance de se rappeler la prophétie. Simon l'aurait écoutée, ne se serait pas laissé distraire.

Elle avait vu des mots écrits sur le miroir au-dessus du lavabo quand Henry l'avait portée dehors. Était-ce tout ce qu'elle avait dit ? Avec une si longue coupure ? Ou ses paroles s'étaient-elles perdues ?

Tess, Henry et Vlad lui avaient affirmé que Simon allait bien, mais elle ne les croyait pas. Ils voulaient que Simon aille bien. Ce qui était différent.

— Jester ?

Elle choisit soigneusement ses questions. Si le Coyote se montrait souvent bienveillant, il ne se départissait jamais d'une certaine espièglerie.

— Où est Simon ?

— Il est en réunion avec le lieutenant Montgomery, répondit Jester en jetant un coup d'œil à Nathan. Ce sont les policiers qui ont apporté la pizza.

— Simon n'a assisté à aucune réunion aujourd'hui.

Et même si c'était le cas, pourquoi n'était-il pas passé voir comment elle allait ? Sam, qui n'était pourtant qu'un louveteau, avait appelé, lui, principalement pour se plaindre de devoir rester au complexe Wolfgard pour la soirée, alors qu'ils savaient tous qu'il adorait jouer avec les autres louveteaux et qu'il avait dormi avec les Loups tous les jours de la semaine.

— Tu me le dirais ? interrogea Meg en dévisageant le Coyote. S'il y avait un problème, tu me le dirais ?

Jester poussa un soupir.

— Oui, Meg. Si Simon avait un problème, je te le dirais.

Simon n'aimait pas éprouver de la peur. Il n'aimait pas non plus se sentir malade et tremblant. Et il aurait voulu que cette irrépressible envie qui le distrayait et lui donnait une sensation de vide s'en aille.

Car il savait ce qui comblerait ce vide.

Et il regrettait que le lieutenant Crispin James Montgomery se soit montré si serviable ces derniers mois, qu'il se soit préoccupé des problèmes des *terra indigene*, qu'il soit devenu davantage qu'un humain non mangeable.

Si Montgomery avait gardé ses distances, Simon ne se serait pas senti obligé de lui communiquer des informations.

Mais ils s'étaient rassemblés dans la salle de réunion de l'association commerciale car il fallait prendre des décisions. Et ces décisions ne concernaient pas uniquement les Autres. Cela étant, à son avis, le fait d'être le seul humain dans la pièce en compagnie de Vlad, Henry, Blair, Elliot, Tess et lui, ne devait pas mettre Montgomery très à l'aise.

Henry, Blair et Vlad avaient fermé l'Enclos dès qu'ils avaient compris qu'il lui était arrivé quelque chose. Henry avait appelé le docteur Lorenzo et l'avait escorté jusqu'au complexe Vert afin qu'il s'occupe de Meg. Vlad avait contacté Heather et Lorne pour les prévenir de la fermeture des magasins, mais tous deux avaient choisi de venir travailler tout de même. Elizabeth Bennefeld, qui ne devait pourtant pas se rendre à la place du Marché ce jour-là, avait appelé afin de savoir si quelqu'un avait besoin de massages. Merri Lee…

— Je vous remercie d'avoir mis temporairement le studio à la disposition de Mlle Lee, commença Montgomery.

Toujours aussi calme, toujours aussi courtois, songea Simon. Aucun défi ni jeu de dominance chez lui.

— Nous réservons l'un de ces appartements à nos employées féminines, répliqua Simon. Il n'y a aucune raison qu'elle n'en bénéficie pas.

Certes, si les Autres avaient pris la décision d'autoriser leurs salariés à utiliser les studios, c'était pour qu'ils puissent s'abriter en cas de mauvais temps. Mais quand Tess et Vlad avaient vu Merri Lee quitter les urgences avec l'agent Debany, ils étaient tombés d'accord sur le fait que, tant que la situation ne se serait pas calmée d'une façon ou d'une autre, Merri Lee ne se trouverait pas en sécurité dans son appartement situé à proximité de l'université. De plus, selon Debany, les jeunes femmes qui vivaient en colocation avec elle étaient soulagées de la voir partir, car elles n'avaient pas envie d'être prises pour cibles au motif qu'elles partageaient le logement d'une fille qui couchait avec des Loups.

— Voici ce que le capitaine Burke et moi savons des événements de Talulah Falls, déclara Montgomery.

Simon écouta, un peu surpris que la situation se soit envenimée si vite. Cela dit, quand Meg s'était blessée et que l'Enclos de Lakeside avait subi une attaque, les Élémentaires et leurs étalons avaient déclenché une tempête qui aurait dévasté la ville sans l'intervention d'humains comme Montgomery, Kowalski et Lorenzo.

S'il était étonné, ce n'était pas le cas des autres *terra indigene*, qui hochèrent la tête, indiquant qu'ils étaient déjà au courant de ce qui se passait à Talulah Falls, tout comme du fait que Great Island se trouvait coupée du reste du monde mais attendait patiemment que le brouillard se lève. Là-bas, tout allait bien entre humains et *terra indigene*.

Peut-être était-ce l'une des raisons pour lesquelles la tension était montée si vite à Talulah Falls. Les Autres de l'Enclos des Falls avaient exprimé une certaine désapprobation à l'égard de la coopération qui existait entre la communauté humaine de Great Island et les *terra indigene*. Et le fait que l'Enclos de Lakeside ait réussi à obtenir de l'aide de la part de quelques-uns au moins des humains avec qui ils traitaient n'avait fait qu'accroître leur ressentiment.

Si les humains ne respectaient plus les accords qui leur avaient permis de fonder leurs villes, les *terra indigene* ne voyaient plus aucune raison pour que celles-ci perdurent.

Comme les chefs de l'Enclos de Talulah Falls, Simon était d'avis qu'il fallait très vite, et, de façon radicale, écraser la croyance des humains selon laquelle tout ce qu'ils avaient acquis leur était dû. Cependant, il espérait sincèrement que ceux de Lakeside l'aideraient à ne pas avoir à prendre la même décision.

— M. Batelier m'a chargé de vous remercier pour l'avertissement de ce matin, déclara Montgomery, décochant à Simon un regard qui signifiait clairement « qu'est-ce qui ne tourne pas rond chez vous ? » Mais il n'était pas sûr de ce qu'il fallait garder confidentiel et m'a demandé de vous en parler, au cas où vous penseriez que certains éléments puissent concerner Lakeside.

Simon déplia la feuille et la plaça sur la petite table ronde située au centre du cercle de chaises.

— Vous êtes au courant que Meg s'est blessée ce matin ? questionna-t-il avant d'attendre la confirmation de Montgomery. Je crois qu'une partie de la prophétie a été perdue. Il est possible que toutes les visions n'aient pas été correctement notées. J'étais… (Il secoua la tête.) Voici ce que nous avons communiqué à M. Batelier.

Montgomery se pencha en avant pour lire les quelques mots qu'il avait écrits sur le miroir de la salle de bains.

« Fil »

« Requin qui sourit »

« Chute d'eau »

« Cacher les enfants »

« Fumée et bocaux brisés »

« Cicatrices »

« Cave qui tremble »

« Bocaux qui tombent »

« Requin »

« Cacher les enfants »

— Je suppose que ça explique les tremblements de terre, murmura Monty avant de froncer les sourcils. Mais… requin ? Il y a des requins dans la Talulah ?

— Non, répondit Simon. Les Sharkgard ne fréquentent ni les lacs d'eau douce ni les rivières.

— Ces mots sont peut-être des symboles désignant autre chose ?

— Pour le requin, certainement, acquiesça Henry. Mais la chute d'eau désigne Talulah Falls. Ça semble évident.

Montgomery étudia la liste.

— « Cacher les enfants ». Elle a mentionné ces mots, ainsi que « requin », à deux reprises.

— Ça signifie peut-être qu'un prédateur risque de menacer les enfants de Great Island, proposa Tess. Mais ça pourrait aussi se référer aux Falls ou à Lakeside. Nous pensons que les cicatrices représentent Meg elle-même.

— Je ne crois pas, objecta Montgomery en sortant d'une enveloppe une photographie couleur qu'il posa doucement sur la table. À mon avis, Mlle Corbyn faisait allusion à cette fille.

Simon ne voyait rien de remarquable au sujet de cette fille, hormis… N'étaient-ce pas des cicatrices régulièrement espacées, sur le côté gauche de son visage ?

— Les policiers des Falls ont trouvé les restes de quatre humains dans la cave où ils ont découvert le Sanguinati assassiné, révéla Montgomery. L'une des filles était une *cassandra sangue*.

Simon sentit ses canines s'allonger.

— Vous ne montrerez pas cette photo à Meg.

— Si elle connaissait cette fille…, commença Monty.

— Pas aujourd'hui, décréta Henry quand Simon et Blair se mirent à gronder. Meg a besoin de repos. Et Simon doit vous dire autre chose. Nous ne sommes pas sûrs que ça puisse améliorer la situation de Talulah Falls à ce stade, mais Lakeside est trop menacée à présent. Nous avons donc jugé que la police devait savoir.

Simon observait toujours la photo. Une prophétesse du sang comme Meg, morte.

Il était le chef. Il avait beau se sentir malade et effrayé, il était le chef de l'Enclos de Lakeside, et, quoi que puissent penser les policiers ou les autres *terra indigene*, Meg ne finirait jamais comme la fille de cette photo, il se le jurait.

— Monsieur Wolfgard ? appela Montgomery.

Le policier se montrait toujours aussi prudent, autant qu'après la tempête. Il avait soupçonné la vérité quand Meg s'était blessée et que Simon était devenu agressif, mais il avait eu l'intelligence de ne pas poser de questions directes.

— Quand j'ai trouvé Meg dans la salle de bains, elle saignait tellement que… j'ai léché la plaie pour la nettoyer.

Simon déglutit. Il avait soif. Et pas uniquement d'eau.

— J'ai pensé que ça me mettrait en colère et me permettrait de l'aider plus efficacement, de la protéger. (Il regarda Montgomery dans les yeux.) Comme la dernière fois.

Le policier hocha la tête en signe de compréhension.

— Mais ça ne vous a pas mis en colère ?

— Non. Enfin, si, pendant un moment, mais ensuite je me suis senti bien, si bien que je n'arrivais plus à me concentrer sur le fait qu'il fallait que j'aide Meg ni… Elle m'a demandé d'écrire ce qu'elle disait, et j'ai essayé. Mais tout ce que je voulais, c'était m'allonger et me sentir bien.

Il se souvenait de son érection, de la manifestation humaine de son désir, qui allait au-delà d'une envie de sexe. Hormis son état de béatitude, il ne se rappelait rien d'autre.

— Est-ce que ça va mieux, maintenant ?

Il y avait quelque chose dans la voix de Montgomery. Simon s'efforça de se concentrer.

— Non, pas vraiment.

— Ce que vous décrivez correspond aux effets provoqués par une drogue dénommée « septième ciel ». Votre réaction n'est donc pas surprenante. Cette substance a les mêmes propriétés addictives qu'un opiacé. (Montgomery marqua une pause pour considérer les Autres.) C'est addictif, et au moins un décès consécutif à une overdose a été signalé. La personne a tout simplement arrêté de faire l'effort de vivre.

Un silence pesant s'installa, qu'Henry finit par rompre :

— Simon est resté dans un état second toute la journée, passif, incapable de s'occuper de lui ou de se défendre.

— Je vois, commenta Montgomery avant de prendre une prudente inspiration. Vous êtes certain de ne pas avoir ingéré quoi que ce soit d'autre ?

— Je suis sûr que la drogue que vous appelez « au-delà du loup » est tirée du sang des *cassandra sangue*, affirma Simon. Et je suis sûr que l'autre, « septième ciel », est également issue des prophétesses du sang.

Addictive ? Ce sentiment de vide et cette faim disparaîtraient-ils, alors ? ou finirait-il par mordre Meg pour combler le manque ? Et comment deux substances aux effets si différents pouvaient-elles provenir de la même source ? Car sa réaction au sang de Meg avait changé presque en l'espace de deux coups de langue. Pourquoi ? Comment était-ce possible ?

Montgomery se renfonça dans sa chaise.

— J'aimerais en discuter en toute confidentialité avec le docteur Lorenzo.

— Si jamais ça s'ébruitait…, avertit Simon.

— Je suis conscient du danger, monsieur Wolfgard, je vous assure. Et je sais que le docteur Lorenzo a prévu d'examiner Mlle Corbyn demain matin. J'aimerais tous vous rencontrer à cette occasion.

— Pas Meg.

Simon sentit tous les regards rivés sur lui. Il ramassa la feuille sur laquelle étaient écrits les mots de la prophétie ainsi que la photo de l'autre *cassandra sangue*.

S'agissait-il de Jean, l'amie dont Meg lui avait souvent parlé ? Celle qui avait défié les gens qui contrôlaient les filles en affirmant qu'elle avait un nom, et pas un simple matricule ?

— Nous écouterons ce que le docteur Lorenzo et vous aurez à nous dire sur ces drogues, puis je m'entretiendrai avec Meg.

— Très bien, conclut Montgomery avant de se lever. À moins qu'il y ait autre chose, je vais retourner au poste.

— Non, il n'y a rien d'autre, déclara Simon.

Il attendit que Montgomery descende l'escalier, puis bondit sur ses pieds. Ou du moins essaya. Il se sentait encore faible, encore…

Il geignit en voyant la fourrure couvrir ses mains et ses doigts changer de forme en dépit de ses efforts pour leur faire garder une apparence humaine.

— C'est bon, assura Vlad d'une voix pleine de sympathie. Tu es resté humain jusqu'à ce qu'il quitte la pièce. Simon, tu as besoin de repos.

Il n'avait pas besoin de repos. Il avait besoin de Meg.

— Je rentre, lança-t-il avant de tendre la photo et la feuille à Vlad. Garde-les en lieu sûr. Je ne veux pas les voir au complexe Vert.

— Je te ramène, proposa Blair.

Il ne protesta pas. Son corps réclamait de se transformer en Loup, et il ne parviendrait certainement pas à rester humain assez longtemps pour conduire jusqu'à chez lui.

Vlad s'excusa et traversa le couloir en direction du bureau. Elliot annonça qu'il devait rentrer au consulat. Le maire lui avait probablement laissé plusieurs messages, déterminé à rester en contact et à éviter que sa ville connaisse le même destin que Talulah Falls.

Simon suivit Blair vers la sortie. Entendant un grognement de surprise, il se retourna… et se demanda ce que Tess pouvait bien vouloir à Henry.

Le véritable visage de Tess transparaissait juste assez pour lui faire perdre son apparence humaine. Et ses cheveux, à présent noirs striés de quelques mèches rouges, alors qu'ils étaient vert et rouge quelques instants auparavant, ondulaient et s'agitaient de telle manière qu'Henry croyait qu'ils s'enrouleraient autour de sa gorge à la première occasion.

— Je ne te veux pas de mal, Beargard, assura-t-elle d'une voix qui paraissait elle aussi plus rude, plus sauvage. Mais je ne suis pas la seule à avoir des difficultés à me contrôler aujourd'hui.

Henry hocha la tête.

— Simon.

— Toi, rétorqua-t-elle en désignant sa main.

Il tressaillit de surprise. Des griffes de Grizzly s'étendaient au bout de ses doigts forts d'humain. Quand s'était-il transformé ?

— Meg nous a apporté des ennuis, mais elle nous a aussi apporté du bon, poursuivit-elle. Elle a été bonne pour nous.

— Je suis d'accord. Nous l'avons protégée des humains qui voulaient lui faire du mal. Maintenant, nous devons faire de même pour la meute humaine.

À sa connaissance, aucun autre Enclos de Thaisia ne comptait de meute humaine. Les amies de Meg étaient considérées comme des membres à part entière de l'Enclos, à présent, et à ce titre avaient droit à la même protection que les *terra indigene* qui y vivaient.

Mais Merri Lee n'était pas Meg. Meg avait fui ceux qui la retenaient prisonnière et ne possédait aucun lien avec le monde humain en dehors de ceux qu'elle tissait en ce moment. Merri Lee avait des amis et une famille. Non ?

Il prit soudain conscience du peu qu'il savait sur les humains qui travaillaient pour eux.

— Qu'est-ce que tu suggères ? demanda-t-il.

— D'aller chez elle, répondit Tess. De prendre ses affaires. Je ne crois pas que Merri Lee possède beaucoup de choses. Elle doit accorder de la valeur au peu qu'elle a.

Une caractéristique que Merri Lee partageait avec les *terra indigene*. Et avec tous les membres de la meute humaine ? Il y réfléchirait un autre jour.

— Et ses études ?

— Chaque chose en son temps.

Les cheveux de Tess cessèrent d'onduler.

— Blair conduira l'une de nos camionnettes. Je prendrai l'autre.

— L'un des policiers devrait nous accompagner pour éviter les malentendus.

Henry acquiesça d'un signe.

— Je parlerai à l'agent Debany et à Merri Lee pendant que tu appelles Blair au sujet des camionnettes.

Quand Tess fit mine de partir, il leva la main pour la retenir, sans la toucher.

— Tu sais ce que je suis, déclara-t-elle en détournant le visage.

— J'ai grandi dans l'ouest, près de la frontière avec le Grand Nord. Je n'avais jamais fait le rapprochement avec les légendes que j'avais entendues jusqu'au jour où j'ai vu comment était morte cette Asia Crane. Alors, j'ai deviné.

— Et tu n'as rien dit.

— Tu avais éliminé un ennemi. Qu'y avait-il à dire ? (Il marqua une hésitation.) Mais avec ces rumeurs prétendant qu'un prédateur que même les Sanguinati tentent d'éviter rôde vers la rivière, je me suis demandé si un autre Moissonneur chassait aux alentours de Talulah Falls.

— Possible. Les proies vont abonder par là-bas pendant les prochains jours. De nombreux prédateurs de la région des lacs Etu et Tahki vont être attirés vers les Falls.

Il s'en était douté. À une autre époque, il en aurait fait partie.

Il se leva, dominant Tess comme il dominait tout le monde dans l'Enclos.

— Est-ce tout ce que nous ferons, Tess ? Récupérer les possessions de Merri Lee ?

Ses cheveux se remirent à onduler.

— C'est tout ce que, toi, tu feras.

Elle sortit de la pièce en gardant la tête baissée afin d'éviter que quiconque voie son visage ou la regarde dans les yeux.

Les Moissonneurs pouvaient ne prélever qu'une petite partie de l'énergie vitale de leur victime comme ils pouvaient en prendre la totalité. Ils étaient les prédateurs les plus féroces de Namid, son arme la plus efficace quand il fallait qu'une espèce soit décimée.

Ils étaient féroces et efficaces, oui. Et rares, heureusement. Mais peut-être les Moissonneurs n'étaient-ils pas les créatures les plus redoutables de Namid, après tout.

Chassant ces pensées, Henry marcha en direction des studios situés au-dessus de l'atelier de couture afin de parler à Merri Lee et à Michael Debany.

Simon frappa à la porte de la cuisine de Meg. Il savait qu'elle était là. Il avait écouté les jacasseries de Jake et les jappements qui servaient de rire à Jester pour suivre leur cheminement depuis l'appartement d'Henry, à l'autre bout du complexe Vert, jusqu'à la porte de chez Meg.

Elle était là, mais le laisserait-elle entrer ?

La porte s'ouvrit. Meg l'étudia.

— Je suis désolé d'avoir cassé ta porte.

Il n'était pas désolé du tout, mais c'était ce qu'un humain était censé dire.

— Entre, dit-elle en s'écartant.

Essayant de dissimuler son enthousiasme et le soulagement que ces paroles avaient provoqué en lui, il pénétra dans la cuisine.

— Est-ce que tu veux de la pizza ? demanda-t-elle. Je ne sais pas combien de personnes le lieutenant Montgomery s'imaginait qu'il y aurait à la soirée films, mais il y a plein de restes.

— Non, merci.

Rien que l'odeur de Meg le faisait trembler, éveillant un désir qu'il ne savait comment combler autrement qu'en accomplissant un acte impardonnable.

— Est-ce que tu comptes me dire ce qui ne va pas ? Parce que quelque chose clochait chez toi ce matin, Simon, et…

Elle se mit à se triturer le bras gauche. Sans doute pour soulager une démangeaison.

— … et tu n'as pas encore retrouvé ton état normal.

— Je n'ai pas envie d'en parler ce soir. D'accord ?

— Alors, qu'est-ce que tu veux ?

Les mots jaillirent de sa bouche, lui donnant l'air d'un louveteau effrayé et pleurnichard, ce qui était humiliant au possible :

— Est-ce que je peux rester avec toi ce soir ? Sam dort chez Elliot et je… je n'ai pas envie d'être tout seul ce soir.

— Tu veux dormir avec moi ? demanda-t-elle, sur ses gardes.

— Oui.

— Comme ça ? ajouta-t-elle avec un vague geste de la main.

— Non. En Loup. Je ne me transformerai pas en humain. Je te le promets.

Il n'était pas sûr de pouvoir tenir cette promesse, mais savait que, s'il la rompait, Meg ne le laisserait plus jamais se coucher à côté d'elle.

Il ignorait ce que trahissaient son visage, son regard. Sans doute pas l'attitude du Loup fort et dominant qui dirigeait l'Enclos. Il ne se sentait ni fort ni dominant à cet instant.

— Très bien, céda-t-elle avant d'agiter le doigt en signe d'avertissement. Mais si tu portes de la fourrure, ne me gronde pas après si je monopolise la couverture.

Il baissa les yeux.

— D'accord.

— Simon, je plaisantais.

Comme il ignorait comment réagir, il ferma au mieux la porte de la cuisine et suivit Meg jusque dans la chambre. Pendant qu'elle s'affairait dans la salle de bains, il enleva son jean, son pull et ses épaisses chaussettes avant de se transformer, soulagé de sentir son corps retrouver sa forme familière. Puis il s'étira, se roula par terre et fit tout ce qu'il pouvait pour confirmer qu'il s'était bien entièrement métamorphosé.

Enfin satisfait – et juste à temps, car Meg avait tiré la chasse et faisait couler de l'eau dans le lavabo, signe qu'elle n'allait pas tarder à revenir –, il bondit sur le lit et s'assura qu'il n'occupait pas plus de la moitié de la place. Il n'avait jamais eu l'intention de s'étaler. Il était simplement plus gros que Meg.

Elle se glissa dans le lit et remonta les draps sur elle, laissant ses bras sur les couvertures.

— Je suis censée dormir sur le dos à cause de la coupure. Comment est-ce que je pourrai m'en souvenir une fois que je dormirai ? Et je dois éviter de mouiller la plaie pendant un jour ou deux, ce qui veut dire que je suis obligée de faire ma toilette au gant et que je ne peux pas me laver les cheveux. Tout ça me rend vraiment de mauvaise humeur, et je ne sais pas pourquoi.

Lui non plus ne savait pas pourquoi, mais il geignit en signe de compassion.

Poussant un soupir, Meg enfonça les doigts dans sa fourrure.

— On a vraiment fait n'importe quoi, aujourd'hui, hein ?

Il ne pouvait pas la contredire sur ce point. Puisqu'il lui était impossible de réparer les erreurs qu'il avait commises, il tâcha d'éviter de se demander en quoi les pièces manquantes de la prophétie de Meg auraient pu changer le destin de Talulah Falls.

Il respira son odeur, et sentit l'envie qui le rongeait s'atténuer. Chaleur, confort et amitié. S'il cessait de commettre des erreurs avec Meg, il parviendrait à conserver tout cela.

Elle se détendit tandis qu'elle sombrait dans le sommeil, les doigts toujours glissés dans sa fourrure. Étirant le cou, il lui donna un petit coup de langue sur la joue.

Son goût l'apaisa, comme ç'avait été le cas à l'hôpital, alors qu'il était tellement en colère.

Il la lécha encore une fois, puis ferma les yeux et s'endormit.

Chapitre 17

Il courait sous la pleine lune, grisé par la vitesse et la sensation de puissance qui l'habitait tandis qu'il s'approchait de la chair la plus succulente qu'il avait jamais goûtée. Et qui serait bientôt sienne. Toute à lui.

Il la pourchassa jusqu'à ce qu'elle montre des signes de fatigue. Elle avait beau pousser sur ses jambes, tirer sur ses bras, elle ne se déplaçait pas assez rapidement pour échapper à un Loup.

Il la rattrapa, s'imprégna du rythme de ses foulées, referma les crocs sur son coude au moment où celui-ci s'élançait en arrière, et la mit à terre.

Ce sang exhalait une odeur vraiment enivrante. Et si cette viande se révélait si délicieuse, c'était parce que c'était…

—Meg!

Simon se réveilla en jappant et sauta du lit. Paniqué, haletant, il jeta un coup d'œil par-dessus le matelas. La pièce était baignée de la lumière grisâtre du petit matin, ce qui suffisait à la vision aiguisée d'un Loup. Il ne voyait pas Meg sur le lit, mais…

Il commença à se transformer puis, se rappelant sa promesse de garder sa forme de Loup, il glissa la tête sous les draps et renifla.

Du sang.

Rampant hors du lit, il poussa un hurlement dans lequel il laissa transparaître sa peur et son trouble.

—Simon?

Cet appel surpris émanait de Vlad, dont l'appartement était situé deux portes plus loin. Tess et Henry vivaient de l'autre côté du complexe, mais eux aussi exigeraient bientôt des réponses.

Des réponses, il n'en avait pas. Juste le souvenir de ses crocs…

Simon hurla de nouveau, et Meg apparut dans l'encadrement de la porte. Elle alluma le plafonnier, ce qui les aveugla momentanément tous les deux.

— Simon, qu'est-ce qui se passe ?

— *Meg!*

Il bondit vers elle, capta l'odeur du sang et s'écarta brusquement en gémissant. Elle dégageait toujours ce parfum délicieux, mais le goût qu'il avait dans la bouche n'était pas normal et le plongeait dans la confusion.

— Qu'est-ce qui ne va pas ? insista-t-elle, l'air éreintée. Tu es blessé ? malade ?

Ce n'était pas juste ! Elle lui avait fait promettre de ne pas se transformer, et maintenant elle lui posait des questions auxquelles il ne pouvait pas répondre car elle ne savait pas communiquer à la manière *terra indigene*.

Il secoua la tête. C'était le mieux qu'il pouvait faire en ces circonstances.

Meg s'appuya un instant contre le chambranle.

— D'accord. Puisque tu vas bien, je… je dois tirer la chasse et me laver les mains. Je croyais qu'il se passait quelque chose, et je n'ai pas terminé.

Elle s'empressa de retourner dans la salle de bains et referma la porte plus fermement que nécessaire.

La porte d'entrée de l'appartement s'ouvrit puis claqua.

— Meg ! cria Vlad.

Simon se transforma, attrapa le jean qu'il avait laissé au pied du lit et l'enfila juste avant que Vlad fasse son apparition sur le seuil de la chambre.

— Qu'est-ce qui se passe ? demanda le Sanguinati.

— Je ne sais pas vraiment.

— Tu es encore malade ?

— Non.

En fait, à présent qu'il était totalement réveillé, il se sentait bien. Confus, certes, mais reposé et plein d'énergie.

Meg sortit de la salle de bains et les dévisagea tous les deux.

— Qu'est-ce que vous avez tous, ce matin ?

— J'ai senti du sang, répondit Simon. C'était… perturbant.

Il examina sa poitrine, juste sous les seins. Sa plaie s'était-elle rouverte ? Si elle saignait de nouveau, Meg énoncerait-elle une autre prophétie ? ou s'était-elle infligé une nouvelle entaille ? Était-ce pour cette raison qu'elle s'était rendue dans la salle de bains ?

— Est-ce que je devrais écrire quelque chose ?

— Non, répondit Meg d'un ton sec. Ce n'est pas une coupure. Ce sang-là ne provoque ni visions ni prophéties.

Il inclina la tête.

— Il existe différentes sortes de sang ?

Vlad, qui se tenait plus près d'elle, observa son visage et recula d'un pas. Simon regrettait d'avoir mis un jean. Il aurait aimé faire pousser sa queue pour la glisser entre ses jambes.

— Je suis une fille ! cria-t-elle. Ça arrive ! (Simon jeta un coup d'œil à Vlad, qui paraissait aussi perplexe que lui.) Vous y pensez tout de suite dès qu'une fille n'est pas toute gentille et rayonnante mais, quand ça arrive vraiment, vous n'êtes pas capables de comprendre ?

Il valait sans doute mieux éviter de lui faire remarquer qu'elle vivait dans l'Enclos depuis trois mois à présent et que c'était la première fois que cet événement féminin survenait. Peut-être les prophétesses du sang n'étaient-elles en chaleur qu'une fois par saison ? Comment les Autres étaient-ils censés le savoir ? Les employées humaines prenaient généralement des congés pendant cette période afin de ne pas côtoyer des prédateurs susceptibles d'être excités par l'odeur du sang. C'était donc la première fois qu'il se trouvait en présence d'une femelle non *terra indigene* à qui cela arrivait, et la plupart des femelles *terra indigene* n'avaient qu'un ou deux cycles par an.

— Meg, dit finalement Vlad.

Elle le fusilla du regard.

— Puisque ma nuit est terminée, je vais faire chauffer de l'eau pour une infusion à la camomille.

Malgré sa petite taille et son faible poids, elle réussissait à marcher aussi pesamment qu'un bison.

Vlad se tourna vers lui.

— Qu'est-ce qui se passe ?

— Je crois que Meg est en chaleur. (Ce n'était pas le terme utilisé par les humains, mais il était perturbé et était incapable de se rappeler le mot exact.) Je rêvais. J'ai dû sentir le sang et…

Vlad rabattit les couvertures et les remit en place après avoir aperçu la tache brunâtre qui s'étendait sur le drap du dessous.

— Je n'ai pas envie que Meg me reproche d'avoir fouiné dans ses affaires privées, alors je vais faire comme si je n'avais rien vu, déclara le Sanguinati. (Il s'empara de l'un des oreillers et fronça les sourcils.) Pourquoi est-ce que le coin de cet oreiller est tout baveux et mâchouillé ?

Voilà qui explique le goût dans ma bouche, songea Simon. Au lieu de répondre, il ramassa son pull et l'enfila.

— Va voir Henry et Tess avant qu'ils rappliquent. Je m'occupe de Meg. (Il marqua une pause sur le seuil.) Les humaines… elles sont un peu folles, à cette période, non ?

— Si tu choisis de croire les histoires écrites par des hommes, oui, déclara Vlad.

Ils entendirent un bruit sourd dans la cuisine, suivi d'une exclamation de colère de Meg.

Simon poussa un soupir.

— S'ils le disent tous, c'est que ça doit être vrai.

« Voici les principales informations de ce matin. Dans la soirée d'hier, les stations de radio et de télévision de Talulah Falls ont

cessé d'émettre. Un peu après minuit, les lignes téléphoniques ont été coupées. Le porte-parole du cabinet du maire de Lakeside affirme que tout est mis en œuvre pour rétablir le contact. Plus localement, la terreur et la tragédie ont frappé la nuit dernière l'université de Lakeside, où deux cents étudiants vivant sur le campus ou à proximité ont contracté une mystérieuse maladie. Jusqu'à présent, quatre décès ont été signalés. La police et le personnel médical tentent d'identifier la maladie et de contrer ses effets. Lorsque nous avons demandé s'il s'agissait d'une épidémie, le personnel soignant a refusé de répondre. Tous les cours à l'université sont cependant suspendus jusqu'à nouvel ordre. C'était Ann Hergott sur WZAS. Retrouvez les prochaines informations dans une demi-heure. Et maintenant… »

L'homme qui était assis en face de Monty dans le bus de Whitetail Road éteignit sa radio portative et adressa un sourire gêné aux autres passagers.

— Désolé. J'espérais que les enquêteurs auraient découvert les causes de cette maladie.

Les enquêteurs en savent assez sur cette maladie pour ne pas en demander les causes, songea Monty, souriant distraitement à son voisin avant de se tourner vers la vitre. *Ils se souviendront des patients qui se sont plaints de symptômes similaires il y a quelques semaines. En autopsiant les étudiants décédés, ils feront le rapprochement avec une femme dénommée Asia Crane, tuée d'une façon qui a donné des cauchemars aux policiers et aux médecins les plus chevronnés.*

La cause de ces morts et de cette maladie vivait dans l'Enclos de Lakeside, et la police ne pouvait rien y faire.

— Le capitaine Burke vous cherche, annonça Kowalski dès que Monty eut atteint son bureau.

— Déjà ? Je suis venu plus tôt que d'habitude parce que j'ai rendez-vous avec le docteur Lorenzo et Simon Wolfgard ce matin.

— Je crois que le capitaine est ici depuis un moment, commenta Kowalski avant de marquer une hésitation. Debany m'a appelé quand il a entendu les informations à la radio. Il panique un peu.

Debany faisait partie des policiers qui avaient retrouvé Asia Crane, se rappela Monty.

— Ce n'est pas étonnant. Où est-il ?

— Aux studios de l'Enclos. Il ne voulait pas que Mlle Lee reste seule hier soir. Mais il arrivera pour son service.

Monty étudia son coéquipier.

— Est-ce que Ruthie va bien ?

Kowalski lui adressa un sourire las.

— Le directeur de l'école où elle enseigne lui a suggéré de prendre un congé sans solde.

— Pourquoi ? Parce que ses collègues ne veulent pas côtoyer quelqu'un qui fréquente des Loups ?

— Plus ou moins. Il ne reste que quelques semaines avant la fin de l'année scolaire. Ruthie aimerait travailler jusqu'au bout si c'est possible. Et, pour être franc, ce sera difficile de payer notre nouvel appartement sans nos deux revenus. (Kowalski désigna le bureau du capitaine d'un signe de tête.) Mieux vaut ne pas le faire attendre aujourd'hui.

Dès que Monty pénétra dans son bureau, Burke lança :

— Fermez la porte et asseyez-vous, lieutenant. Votre réunion avec l'association commerciale de l'Enclos est toujours d'actualité ?

— Oui, monsieur. Je dois y aller dans une demi-heure environ.

— Alors, je serai bref. Vous avez entendu parler de ce qui s'est passé à l'université ?

— Et des communications coupées à Talulah Falls.

— Nous ne pouvons rien faire pour les Falls. Contentons-nous d'essayer d'aider le capitaine Wheatley à gérer la situation à l'université.

— Oui, monsieur.

Qu'étaient-ils censés faire ? *Empêcher les humains d'aggraver les choses*, songea Monty. *Voilà ce que nous sommes censés faire.*

Burke fit glisser une feuille sur le bureau.

Monty s'en saisit et lut :

— « La prochaine fois que vous toucherez à ce qui nous appartient, vous subirez tous le même sort. » (Un vertige s'empara de lui.) Qu'est-ce que c'est ?

— Ce message a été découvert sur l'un des corps, dans un carnet que le jeune homme devait porter sur lui. Je crois qu'il est assez clair.

— Simon Wolfgard ne permettrait pas que ça arrive.

Monty espérait du moins que Wolfgard ne cautionnerait pas un massacre aveugle.

— Vous vous rappelez cette étrange maladie apparue il y a quelques semaines, au moment de la mort de Darrell Adams ? Nous avions soupçonné qu'il existait dans l'Enclos une créature capable de tuer d'un regard. S'il lui prend l'envie d'éradiquer toute la population étudiante de Lakeside, je ne pense pas que Simon Wolfgard se dressera en travers de son chemin. (Le sourire de Burke, féroce et amical à la fois, trahissait une certaine pitié.) Vous êtes un peu naïf, non, lieutenant ?

— Pardon ?

— Vous êtes né et avez grandi à Toland ?

— Oui. La famille de mon père a quitté l'Afrik pour Thaisia il y a quelques générations et s'est établie à Toland. Une grande partie de la famille de ma mère vit encore aux îles Tempête.

— Mais vous n'aviez jamais eu de réel contact avec les Autres avant de venir ici ?

Monty secoua la tête.

— Je ne savais même pas que les Sanguinati étaient des vampires ni qu'ils dirigeaient l'Enclos de Toland.

— Et c'est pourquoi vous êtes naïf. Les Sanguinati dirigent l'Enclos de Toland depuis plus de deux cents ans. (Burke poussa un soupir.) Par les dieux d'en haut et d'en bas ! combien de policiers là-bas ignorent une information aussi élémentaire ?

Vexé, Monty eut envie de riposter, mais fit de son mieux pour conserver un ton courtois :

— Nous étions chargés de maintenir la paix parmi notre propre espèce. La plupart des agents ne sont jamais entrés en contact avec les *terra indigene.* Ici, ce n'est guère différent. Les policiers de ce poste sont les seuls à traiter avec les Autres de manière régulière. Ce n'est pas comme si gérer les relations avec les bêtes à griffes et à crocs donnait droit à un statut particulier.

— Les bêtes à griffes et à crocs ? répéta Burke en posant ses mains jointes sur son ventre. Une telle expression équivaut à un éclat de colère, de votre part. Pourquoi mon petit doigt me dit-il que votre irritabilité n'a rien à voir avec Talulah Falls ni avec les étudiants de l'université ?

— Je dois me rendre à cette réunion.

Monty n'avait aucune envie d'admettre que son état de nervosité était dû à l'appel qu'il avait reçu d'Elayne la veille au soir. Elle articulait avec difficulté, comme si elle avait trop bu. Il aurait dû raccrocher, étant donné qu'à cette heure tardive il n'avait aucune chance de parler à Lizzy, mais il l'avait tout de même écoutée encenser son nouvel amant, lui expliquer comment Mark Griff allait changer sa vie et à quel point elle était impatiente de passer l'été avec lui dans la propriété que possédait sa famille à Cel-Romano.

Il prit soudain conscience qu'il avait réfléchi à haute voix.

— Avez-vous découvert quoi que ce soit sur M. Griff ou les projets qu'il compte entreprendre à Thaisia ? interrogea Burke.

Monty secoua la tête.

— Je me ferais taxer d'ex-petit ami jaloux si Elayne apprenait que j'essayais de me renseigner sur lui, et il est déjà très difficile de lui soutirer des nouvelles de ma fille.

— Je ne suis pas son ex-petit ami et, compte tenu de son activité professionnelle et des tensions actuelles qui règnent dans la région des Grands Lacs, j'ai une très bonne raison de vouloir en savoir davantage sur Mark Griff et ses conférences, surtout s'il envisage de se rendre à Lakeside dans un avenir proche. Et si je choisis de partager ces informations avec quelques-uns de mes agents, ça ne regarde que moi.

Monty sentit une vague de soulagement le submerger. Il était prêt à accepter toute l'aide qu'on voudrait bien lui fournir pour protéger sa petite fille.

Mais penser à Lizzy entraîna d'autres réflexions.

— Capitaine ? Pourquoi personne ne tente de porter secours aux gens de Talulah Falls ?

Burke le dévisagea.

— Faisons l'hypothèse que le gouverneur de la région Nord-Est impose à chaque ville, chaque village, d'envoyer une partie de ses forces de l'ordre aux Falls afin d'évacuer les citoyens qui y sont pris au piège. À supposer qu'ils ne soient pas tous morts. Comment ces troupes armées se rendraient-elles aux Falls ?

— En train, répondit Monty, éprouvant l'étrange sentiment qu'il allait encore une fois prouver sa naïveté. Ou en bus, en emportant des vivres et…

Subitement, il comprit. Pourquoi les villes de Thaisia contrôlées par les humains étaient si éloignées les unes des autres. Pourquoi les policiers constituaient les seules forces armées, entraînées à maintenir l'ordre parmi les humains et à les empêcher de pousser les Autres à commettre un massacre.

— Toutes les routes traversent des forêts, déclara doucement Burke. Dès que les *terra indigene* repéreraient des troupes armées en mouvement, ils réagiraient comme ils l'ont toujours fait à Thaisia, et dans les autres régions du monde, d'ailleurs. Ils écraseraient l'ennemi, lieutenant. Ils fracasseraient les routes et arracheraient les chemins de fer sans laisser aucun survivant. Et après ça quelles chances y aurait-il, à votre avis, pour que les Autres nous autorisent à réparer les voies de communication ?

— Aucune, répondit Monty en sentant un frisson le parcourir. Mais ça les dérangerait, eux aussi.

— Pas autant que nous, car je suis prêt à parier qu'ils ont construit des routes auxquelles nous n'avons pas accès, commenta Burke avec un soupir. Espérons que le gouvernement des Falls réussisse à négocier la survie de la ville et un échange de citoyens.

— Pardon ?

— J'étais petit la dernière fois que ça s'est produit, et je ne me rappelle même plus quelle était la région concernée. Mais un conflit avait explosé entre les humains et les Autres, à tel point que les *terra indigene* menaçaient d'exterminer la population. Les Autres n'avaient pas envie que la ville disparaisse totalement, mais ils ne voulaient pas non plus discuter avec les humains qui vivaient là. Alors, quelques villes ont organisé un échange. Quelques-uns de leurs habitants se sont installés dans la ville assiégée, et les citoyens existants ont été transférés ailleurs. Un nouveau départ pour tout le monde. Si mon père avait été plus jeune et célibataire, je crois qu'il aurait tenté l'aventure. Mais la situation avec les Autres était trop instable, et ma mère ne voulait pas prendre le risque d'emmener ses enfants dans un tel endroit.

— Vous pensez que ça arrivera aux Falls ?

— Je ne sais pas. Ce que je sais, en revanche, c'est que les agriculteurs de Jerzy ont discuté avec les *terra indigene* et ont été autorisés à regagner leurs fermes. Ils n'avaient pas pris part aux combats. Quand ils ont demandé à rester, ils en ont obtenu la permission. Aucun des habitants du village proprement dit n'en a eu le droit. Les derniers ont évacué les lieux sous escorte il y a quelques jours. (Burke s'empara d'un dossier qu'il posa sur son bureau.) Vous allez être en retard à votre réunion, lieutenant.

— J'y vais.

Monty repoussa sa chaise. Au moment de franchir le seuil, il se retourna.

— Vous croyez que les Autres ont peur de certains membres de leur propre espèce ?

Burke ouvrit le dossier sans lever les yeux.

— Je crois que certains ont peur, parfois. D'autres n'ont peur de rien, sauf de la fin du monde. Et encore.

— Je viens avec toi, affirma Meg.

Elle jeta son sac à main à l'arrière de la BAR et espéra que Simon n'avait pas remarqué sa grimace. Pourquoi cela tirait-il autant sur la plaie qu'elle avait à la poitrine dès qu'elle bougeait le bras ? Elle ne se rappelait pas avoir été à ce point gênée dans ses mouvements lorsqu'elle vivait à l'institution. D'un autre côté, les filles ne faisaient rien après une coupure à part rester tranquillement assises à écouter les leçons.

— Je sais, répliqua Simon en lui adressant un regard méfiant. Je t'emmène sur la place du Marché parce que tu veux rencontrer la femme qui va travailler pour le docteur Lorenzo. Et tu avais envie de jeter un coup d'œil aux livres qui sont arrivés à la librairie parce que tu dois encore te reposer pendant quelques jours.

— Oui, j'aimerais rencontrer Theral MacDonald et jeter un coup d'œil aux livres, mais je voudrais aussi passer voir Merri Lee pour prendre de ses nouvelles. Aucun de vous n'a pensé à me dire qu'on l'avait battue.

L'expression de Simon changea, et elle comprit que, si elle insistait encore, le mâle dominant aurait besoin d'affirmer son autorité.

— Je comptais te le dire, gronda-t-il. Hier, ce n'était pas le moment. Qui te l'a dit ?

— Tu as peut-être bien fait de ne pas me le dire hier.

Elle ne voyait aucune raison de lui avouer que Jenni Crowgard le lui avait révélé quelques minutes plus tôt alors que Simon était parti chercher la BAR dans le garage. Comme si une coupure à la poitrine empêchait de marcher. D'un autre côté, il était ridicule de s'en prendre à quelqu'un qui essayait de se montrer attentionné, se dit-elle, d'autant plus quand, pour ce quelqu'un en question, faire preuve de prévenance envers un humain représentait une nouveauté.

— Ce que je voulais dire, c'est que je t'accompagne à cette importante réunion avec le lieutenant Montgomery et le docteur Lorenzo.

Une information que lui avait aussi fournie Jenni, avant de marmonner que les Corbeaux n'étaient pas invités.

Les canines de Simon s'allongèrent, ses yeux d'ambre lancèrent ces étranges éclairs rouges indiquant qu'il était en colère, et de la fourrure jaillit sur ses joues.

— Cette réunion est liée à ce qui s'est passé hier, non ? insista Meg au mépris des conséquences. Ça concerne ce que j'ai vu dans la prophétie et ce qui t'est arrivé ensuite. Je devrais donc y assister aussi.

Il la dévisagea pendant que les poils disparaissaient de ses joues. Si on ne tenait pas compte des flammes rouges qui dansaient dans ses yeux et de ses dents, encore un peu trop longues, on aurait pu le prendre pour un humain. Cela dit, Meg le soupçonnait de ne pas se sentir très humain à cet instant, surtout quand il contourna le véhicule pour la plaquer contre la BAR sans la toucher.

— Donne-moi le rasoir, gronda-t-il.

Ils avaient déjà eu cette dispute.

— Il est à moi.

— Peut-être que ce serait bien que tu assistes à cette réunion, mais je ne veux pas t'y voir avec un rasoir dans la poche. Pas un jour où tu te comportes comme une femelle hystérique.

À cet instant, elle regretta amèrement de ne pas être aussi forte que les héroïnes des romans qu'elle avait lus récemment. Elle aurait vraiment aimé soulever la BAR et la lui balancer sur la tête.

Une femelle hystérique ! Comment osait-il ?

— Ce n'est pas moi qui hurlais à la mort ce matin ! cracha-t-elle. Et de quoi tu rêvais pour mâchonner mon oreiller ?

Il se pencha en avant, juste assez pour l'effleurer de son corps.

— Je rêvais que je te mordais.

D'accord, cela faisait longtemps qu'il n'avait pas menacé de la dévorer, ni même de la mordre. Mais, cette fois, il ne l'avait pas dit sur le même ton que d'habitude. Sa mise en garde paraissait plus sincère, plus sinistre.

Elle déglutit, et Simon suivit des yeux les mouvements de sa gorge. Distinguait-il son pouls ? Entendait-il les battements de son cœur ?

— On va être en retard, murmura-t-elle.

Il recula d'un pas, main tendue. Sans discuter, elle sortit le rasoir en argent de la poche de son jean et le lui donna. Il le fourra dans sa poche, puis alla s'installer derrière le volant.

Tremblante, Meg s'assit sur le siège passager et ferma sa portière. Si les autres *terra indigene* étaient aussi remontés que Simon, elle n'était plus très sûre d'avoir envie d'assister à cette réunion.

Monty se rembrunit quand Meg Corbyn pénétra dans la salle de réunion avec Simon. D'après lui, Dominick Lorenzo non plus ne devait pas être très content. Ils avaient tous deux espéré que les Autres auraient le temps de réfléchir aux idées de Lorenzo avant de voir leur agent de liaison.

Henry Beargard et Tess désignèrent deux chaises autour de la table basse, puis s'installèrent. Elliot et Blair Wolfgard étaient là également, mais ils restèrent debout. *Des observateurs plutôt que des participants ?* se demanda Monty.

—Ce n'est peut-être pas…, commença-t-il.

—Nous cherchons tous des réponses, l'interrompit Simon en grondant. Meg est concernée par toute cette histoire, et elle veut être présente. (Il se tourna vers Henry.) Où est Vlad ?

—En route, déclara le Grizzly. Il a dit qu'il fallait les attendre.

Simon se figea l'espace d'un instant, puis s'assit à côté de Meg, qui avait déjà Tess pour voisine.

Avant que quiconque ait eu le temps de s'impatienter, Vladimir Sanguinati entra, accompagné d'une femme séduisante vêtue d'une longue robe noire en velours démodée aux manches évasées. Comme Vlad, elle avait le teint hâlé, les cheveux noirs et les yeux foncés. Monty ressentit aussitôt une puissante attraction et se demanda combien parmi ceux qui cédaient au charme de cette femme survivaient.

Toutefois, ce fut l'homme qui se trouvait avec elle qui retint toute l'attention de Monty. Ses mains noueuses et sillonnées de veines saillantes étaient dotées d'ongles épais qui ressemblaient à des griffes. À l'instar de la robe de la jeune femme, ses vêtements paraissaient dater d'une autre époque, et l'étrange texture qu'ils présentaient aux ourlets conduisit Monty à se demander s'ils étaient vraiment composés de tissu.

—Monsieur Erebus ! s'exclama Meg d'un ton à la fois surpris et ravi.

—Comment va notre Meg, aujourd'hui ? lança-t-il avec un sourire qui lui donna l'air d'un innocent vieillard.

Une sensation glacée parcourut l'échine de Monty, plus primitive que la peur. Il était sûr que le léger accent du vieil homme n'était qu'un faux-semblant. Il lui rappelait bien trop la façon de parler des méchants des films qu'il regardait quand il était petit pour être crédible. Ce qui le poussa à se demander à quoi pouvait bien ressembler la voix d'Erebus Sanguinati au naturel.

— Je vais bien, assura-t-elle en souriant au patriarche.

— Il lui faut quelques jours de repos pour bien guérir, intervint Simon. Elle ne doit pas porter de sacs de courrier ni de colis trop lourds, c'est ça ?

Ses derniers mots étaient destinés au docteur Lorenzo.

— Je serai mieux à même d'en juger quand j'aurai examiné la plaie, mais il ne coûte rien de se montrer prudent, répondit le médecin.

— Grand-père, je te présente le lieutenant Crispin James Montgomery et le docteur Dominick Lorenzo, déclara Vlad. Messieurs, voici Erebus Sanguinati.

Seule Tess ne semblait pas troublée par la présence d'Erebus, même si ses cheveux, auparavant bruns et légèrement ondulés, formaient à présent de grosses boucles vertes striées de rouge.

Au moment où les Sanguinati s'installaient autour de la table, la porte s'ouvrit, et quatre femmes entrèrent.

Monty reconnut deux d'entre elles, celles qui avaient provoqué le blizzard qui aurait pu ensevelir Lakeside. Le simple fait qu'elles soient là lui indiquait que l'issue de cette réunion pouvait avoir de terribles répercussions.

Simon salua les quatre nouvelles venues d'un signe de tête, puis les présenta à Monty et au médecin :

— Voici Eau, Air, Printemps et Hiver.

Lorenzo glissa à Monty un regard surpris, comme pour demander « sérieusement ? »

Monty esquissa un infime hochement de tête. Oui, sérieusement. Les Élémentaires assisteraient à cette réunion. Ces convives supplémentaires mettaient-elles les métamorphes et les vampires aussi mal à l'aise qu'eux ? Après tout, le blizzard pouvait s'avérer aussi mortel pour des Loups que pour des humains.

— Tu as cette liste de la prophétie ? demanda Simon à Vlad.

Le Sanguinati tendit à Simon une enveloppe kraft.

— C'est dedans.

Simon en sortit une feuille qu'il posa sur la table devant Meg.

— C'est tout ce que j'ai noté. Je pense que tu en as dit davantage, mais…

Il s'interrompit pour la regarder.

— J'ai vu d'autres images…, chuchota Meg. Je m'en souviens presque.

Elle se frotta la cuisse d'un mouvement nerveux, enfonçant les doigts dans son jean, comme pour se griffer la peau à travers. Les ongles de sa main gauche étaient plantés dans son avant-bras droit. Quand elle porta la main droite à sa poitrine, les doigts crispés, Lorenzo émit une protestation muette.

— Non, Meg, lança Simon en lui saisissant le poignet.

Tess alla chercher un carnet et un crayon dans l'un des bureaux de la pièce, puis se pencha pour capter l'attention de Meg.

— Parle, prophétesse, et nous t'écouterons.

Un ordre et une promesse. Monty ignorait si Tess avait hypnotisé Meg ou si sa phrase avait simplement produit de l'effet, mais, après l'avoir regardée un long moment, Meg se concentra sur le papier et la liste de mots qui y était écrite.

Elle porta de nouveau la main gauche à son avant-bras droit. Simon la relâcha, paraissant toutefois prêt à bondir si jamais elle faisait mine de toucher sa plaie en voie de cicatrisation ou de se blesser.

Meg se pencha et fit glisser ses doigts sur la feuille entre les mots « fil » et « requin qui sourit ».

— Une carte avec le chiffre un, dit-elle d'un ton étrangement calme, les sourcils froncés sous l'effet de la concentration.

Pendant que Tess écrivait, Monty sortit un carnet et un crayon de sa poche, puis jeta un coup d'œil à Simon pour demander sa permission. Quand ce dernier lui adressa un brusque hochement de tête, il prit note, lui aussi.

— Voiture, poursuivit Meg. Lever de soleil. Voiture. Coucher de soleil. Oies et valises. (Ses doigts descendaient le long de la liste.) Brouillard. Eau. Cacher les enfants. Requin. (Elle cessa de se gratter le bras assez longtemps pour s'effleurer la joue gauche du bout des doigts.) Bocaux brisés. Fumée grumeleuse. Cicatrices.

Monty frissonna. Du coin de l'œil, il aperçut le léger tremblement qui agita les mains de Lorenzo. Ils avaient tous deux vu les photos de la scène de crime qu'on leur avait envoyées de Talulah Falls avant que toutes les communications soient coupées. Les mots de Meg décrivaient de façon vague, certes, mais juste, ce qui avait été découvert dans cette cave des Falls.

— Rien d'autre ? s'enquit Tess.

Meg observa la liste.

— Des biscuits en forme de bonhomme qui conduisent un bateau.

Ses mains se détendirent. Elle cligna des yeux à plusieurs reprises, puis afficha une expression désolée.

— C'est tout ce dont je me souviens. Je ne sais pas du tout ce que ça signifie.

— Deviner ce que ça signifie, c'est notre travail, pas le tien, affirma Tess d'un ton catégorique.

— De l'eau, dit Meg. J'ai soif.

— Je recommanderais également du jus de fruit, intervint le docteur Lorenzo en étudiant Meg.

— J'y vais, proposa Elliot. Est-ce que la porte de service de *Bon à Croquer* est ouverte ?

Tess hocha la tête sans détourner son attention de la liste.

— Une carte avec le chiffre un ?

— Un, as, répondit Blair. La plus forte.

— Mais les cartes à jouer, le fil et les requins n'ont pas grand-chose en commun, objecta Monty.

— Non.

Meg sembla se tasser sur elle-même et esquissa une grimace.

Simon décocha à Monty un regard noir qui signifiait clairement « ne la contrariez pas ».

Ce n'étaient pas les Loups qu'il devait redouter le plus à cet instant, comprit Monty en jetant un coup d'œil aux Élémentaires et aux Sanguinati qui se trouvaient sur le chemin de la sortie.

— L'important, ce sont les images, affirma Simon. Les images que tu vois peuvent prendre des sens différents selon la manière dont on les associe, non ?

Meg acquiesça.

— Cette fois, tu as mentionné des voitures, intervint Henry. Il se peut qu'il y ait un as ou un requin peints sur la carrosserie.

— Lever et coucher de soleil, déclara Blair. Est et ouest.

— Quelqu'un qui voyage ? proposa Tess. Qui vient de l'ouest et va vers l'est ? Meg, te rappelles-tu dans quelle direction volaient les oies ?

Meg ferma les yeux.

— Vers le nord.

— Quelque chose que tu vois comme un requin voyage vers l'est et le nord, conclut Simon.

— Mais un requin ne peut pas conduire une voiture ! protesta Meg avant d'interroger les autres du regard. Ce n'est pas possible, si ?

Henry haussa les épaules.

— Il est peu probable qu'un Sharkgard vienne dans cette région. On n'y trouve pas le type d'eau dont ils ont besoin pour quitter leur forme humaine. Mais si le requin que tu vois symbolise un prédateur qui se dirige vers nous et représente une menace pour les enfants…

Se demandant si c'était toujours ainsi que les prophéties étaient extraites des visions des *cassandra sangue*, Monty continua à prendre des notes. Il devrait essayer de les retravailler et d'y remettre de l'ordre tant que cette réunion resterait fraîche dans sa mémoire. Et il devrait obtenir du Wolfgard la permission de distribuer cette information, au cas où les Autres auraient correctement interprété la menace qui pesait sur les enfants.

— Le brouillard et l'eau cachent les enfants, déclara Tess en considérant les quatre femmes qui écoutaient, debout près de la porte.

— Brouillard doit se reposer un peu, répliqua Eau. Il a travaillé dur ces derniers jours.

Printemps se tourna vers Air et Hiver.

— Il existe d'autres moyens que Brouillard pour décourager les voyageurs.

Il émanait des Élémentaires quelque chose de trop dérangeant pour que leur aspect humain convainque totalement. Plus que leur visage et leur regard, c'était l'impression qu'elles n'entretenaient au mieux qu'un lien ténu avec leur forme tangible et que cela leur plaisait ainsi.

— C'est vrai, concéda Hiver. Laissons Brouillard se reposer un jour ou deux. Tonnerre et Éclair apprécieront de galoper un peu.

— Cyclone aussi, ajouta Eau. Et nous avons également Maelström, maintenant.

Monty frissonna. Lakeside se remettait encore de la dernière tempête. Il préférait ne pas penser aux dégâts qu'une seconde était susceptible de causer.

— Les fleurs ne mourront pas si vous provoquez une tempête ? demanda Meg d'un ton inquiet.

Les Élémentaires la dévisagèrent. Puis un sourire s'étira sur les lèvres de Printemps, et l'air de la pièce se réchauffa, soudain chargé d'arômes.

— Une fine couche de neige ne fera pas de mal à ce qui fleurit à ce moment de ma saison. Et le vent emporte le vieux pour faire de la place au neuf.

— Je garderai Cyclone et Maelström à la rivière, assura Eau.

— Nous pouvons voler avec la tempête la nuit et laisser les Corbeaux, les Faucons et les humains de Great Island guetter l'ennemi pendant le jour, suggéra Hiver.

— Ce serait bien, approuva Meg avec un sourire. Comme ça, les biscuits pourront traverser la… M. Batelier ! Il devait parler aux gens de son village de la possibilité de fabriquer des biscuits pour Loups.

— On dirait qu'un conteneur ou deux se dirigent vers nous, conclut Simon.

— Restent les cicatrices et la fumée, déclara Tess.

Des mèches noires teintèrent brusquement ses cheveux tandis qu'elle observait Erebus Sanguinati, qui soutint son regard.

— L'un des Sanguinati est mort, n'est-ce pas ? intervint Meg, des larmes dans les yeux. Je suis désolée, monsieur Erebus. Peut-être que si je m'étais coupée plus tôt, j'aurais pu…

— Non, répliqua Erebus d'un air gêné. Le sang doux est à la fois merveilleux et terrible. Il ne doit pas couler à la légère.

— Mais il doit couler, souffla Meg.

— C'est un problème dont vous devez discuter avec Simon, dit doucement Erebus.

Avec réticence, il ajouta :

— Et avec le marchecorps humain.

Lorenzo prit une brusque inspiration, indiquant par ce signe qu'il avait compris que les Sanguinati surveillaient Meg de très près.

Simon ramassa l'enveloppe. Il en sortit la photo et la posa sur la table. Quand Meg blêmit, il passa un bras autour de ses épaules.

— Son matricule était cs783, révéla-t-elle.

— Quel était son nom ? s'enquit Simon.

— Elle n'en avait pas. Elle n'en voulait pas. Elle… elle n'était pas comme Jean et moi. Elle avait envie qu'on s'occupe d'elle et voulait ressentir l'euphorie quand on la coupait. C'était tout. Elle aimait rester enfermée à l'institution. (Meg frissonna.) Pour elle, le monde se réduisait aux images qu'elle devait mémoriser pour décrire les visions.

— Donc, elle ne s'est pas enfuie ?

Meg secoua la tête.

Personne ne parla. Personne ne bougea. Les Autres attendaient avec une inquiétante patience.

— Le Contrôleur a dû la vendre, déclara finalement Meg. Ou l'envoyer ailleurs pour une raison ou pour une autre.

— Tu dois avoir une idée de ces raisons, suggéra Simon.

— Elle n'était pas… Les Noms-qui-marchent ne faisaient pas toujours attention à ce qu'ils disaient en notre présence. Je les ai entendus un jour pendant qu'ils évaluaient certaines filles. Ils prétendaient que les prophéties de cs783 étaient correctes, mais trop limitées. Elle n'était pas capable de voir les mêmes prophéties que Jean.

— Ou que toi ?

Wolfgard éludait le sujet dont ils étaient censés discuter, se dit Monty.

— Il est temps d'évoquer ce qui s'est passé hier matin, intervint Henry. Meg, de quoi te souviens-tu ?

— J'ai fait un cauchemar, un cauchemar horrible, et je me suis réveillée en criant tellement j'avais peur. J'étais terrifiée, mais je ne savais pas pourquoi. Il fallait que je me coupe pour voir le danger. J'aurais dû appeler quelqu'un avant… (Simon gronda.) Mais je n'ai pas pu attendre. J'avais l'impression que ma peau allait se fendre d'elle-même tant le besoin de m'entailler était grand. (Elle se toucha l'aile du nez.) Comme elle s'est fendue la nuit où j'ai rêvé de sang et de plumes noires dans la neige.

— Alors, tu as étendu une serviette sur le sol de la salle de bains, tu t'es allongée et coupée, avança Henry.

— Je ne me rappelle pas avoir mis une serviette, m'être allongée, ni avoir choisi l'endroit de l'incision. J'étais si désespérée que j'ai juste… coupé. Ensuite, j'ai essayé de ravaler les mots et la douleur, car c'est l'unique moyen de se souvenir d'une prophétie.

— La douleur ?

C'était la première fois que Lorenzo prenait la parole depuis le début de la réunion.

Quand Meg pâlit, apparemment incapable de répondre, Simon intervint :

— La prophétesse ressent une intense douleur jusqu'au moment de parler. Et elle n'éprouve rien d'autre à moins qu'elle parle. C'est ainsi que les filles sont punies : on les coupe et on les empêche de parler.

Monty dirigea son regard vers le bras gauche de Meg, se remémorant l'enchevêtrement de cicatrices qu'il avait vu quand elle avait été amenée à l'hôpital.

— Ça confirme en partie ce que je pensais, commenta Lorenzo.

— Quoi d'autre, Meg ? s'enquit Henry. Que s'est-il passé après la coupure ?

— Simon est arrivé, et il était Simon.

— Que pourrais-je être d'autre ? répliqua ce dernier, l'air mal à l'aise.

— Tu étais Simon, et soudain tu n'étais plus Simon. Tu es devenu mou et collant.

Il s'écarta brusquement d'elle.

— Non !

— Si ! Tu étais normal, puis tu as léché…

Erebus se leva d'un bond, une expression terrible sur le visage.

— On ne boit pas le sang doux !

Simon se leva à son tour. Ses canines s'allongeaient.

— Cette règle concerne ton espèce, pas la mienne.

— Tu as léché mon sang, poursuivit Meg d'une voix tremblante. Tu as léché mon sang, et ça t'a rendu malade.

— Je n'étais pas malade ! protesta Simon d'un ton cassant.

Meg se mit debout et considéra Monty.

— C'est la cause de tous ces problèmes, n'est-ce pas ? C'est ce qui a rendu les Corbeaux trop malades pour s'enfuir.

Il a peur pour elle, songea Monty en jetant un coup d'œil à Simon. *Il ne veut pas qu'elle dise aux autres ce qu'elle a compris.*

— Je n'étais pas malade ! cria Simon. Assieds-toi, Meg, et arrête de te comporter de façon stupide, sinon je te mords !

— Je ne me comporte pas de façon stupide, et tu ne peux pas me mordre !

— Je peux pincer très fort !

Avec une fascination mêlée d'horreur, Monty vit les jambes d'Erebus se transformer en fumée, chair et vêtements en même temps. Vlad et la femme vampire bondirent sur leurs pieds, puis Henry se redressa de toute sa hauteur, jusqu'à tous les dominer, ses mains puissantes à présent dotées de griffes acérées de Grizzly, tandis que les cheveux de Tess viraient au rouge et se teintaient de larges mèches noires. Pendant ce temps, Blair et Elliot poussaient les chaises pour s'interposer entre les Sanguinati et Simon, qui, lui, était totalement concentré sur Meg.

Seules les Élémentaires conservèrent leur calme, et Monty trouva leur curiosité détachée plus effrayante encore que la perspective de se retrouver au beau milieu d'une terrible bataille.

Puis Simon agrippa Meg par les bras sans tenir compte de son cri de douleur et la souleva, la hissant sur la pointe des pieds. Même alors, il dut se courber un peu pour la regarder dans les yeux.

— Je ne sais pas combien de temps dure cette humeur de femelle hystérique quand tu es en chaleur, mais tu ne feras rien de stupide tant que tu n'auras pas repris tes esprits ! hurla Simon. Et si, après, tu essaies encore de faire quelque chose de stupide, je te mordrai, quelles que soient les conséquences.

Elle planta les yeux dans ceux du Loup, qui rougeoyaient de rage. Puis elle l'empoigna par le pull. Vu la façon dont Simon grimaça, Monty imagina qu'elle avait dû tirer quelques poils en même temps que le tissu.

— Hachoir à viande, souffla-t-elle.

Son regard, son visage, sa voix, étaient étrangement dénués d'expression.

Dans la salle, tout le monde se pétrifia.

— Rêve de hachoir à viande, reprit-elle. Besoin de la douleur, de la peur, pour fabriquer la meilleure viande. Main dans le hachoir, avalée. Garder la viande en vie le temps de couper et de hacher. Il va me trouver ! Il… Simon !

Il la recueillit quand elle s'évanouit et s'assit, la tenant sur ses genoux pendant qu'il lui léchait la joue.

— Meg ? Meg !

— Laissez-moi l'examiner, lança Lorenzo en se précipitant vers elle.

Le médecin s'accroupit à côté de Meg, face à un homme en colère. L'instant d'après, un homme à tête de Loup grondait après lui.

— Laissez-moi l'aider, plaida Lorenzo. C'est pour ça que vous m'avez autorisé à ouvrir un cabinet dans l'Enclos, non ? Pour aider ?

Blair posa une main sur l'épaule de Simon.

— Il vous laissera faire.

Monty félicita intérieurement le médecin pour son courage. Il n'était pas sûr qu'il aurait eu le cran d'approcher ses mains aussi près des crocs d'un Loup.

— Elle a perdu connaissance, déclara Lorenzo. La stratégie de défense de son corps pour la protéger de ce qu'elle voyait. Ce qui explique certaines choses au sujet de l'euphorie qu'expérimentent ces filles. (Il recula.) Y a-t-il un endroit où elle peut se reposer à proximité ?

— Il y a un panier de Loup dans le bureau, répondit Vlad. Il suffit de traverser le couloir.

— Elle revient à elle, mais quelqu'un devrait lui tenir compagnie, suggéra Lorenzo.

— Je resterai avec notre Meg, proposa Hiver.

— Simon, dit Blair en exerçant une pression sur son épaule. Un avertissement.

Le Loup avait presque repris une apparence humaine quand Meg ouvrit les yeux.

— Tes oreilles sont velues, fit-elle remarquer.

Simon gémit.

— Allons l'installer, déclara Lorenzo en se redressant. Ensuite, j'aimerais vous faire part de quelques réflexions.

Simon souleva Meg dans ses bras. Vlad se dirigea vers le bureau, suivi de Simon, Lorenzo, Hiver et la femme vampire.

Monty s'affala sur sa chaise, épuisé par la tension des minutes précédentes. Même s'il prit garde à ne pas croiser leur regard, il sentit que les *terra indigene* s'efforçaient tous de reprendre le contrôle d'eux-mêmes. Erebus arborait de nouveau une forme totalement humaine, tout comme Henry. Le noir disparaissait peu à peu des cheveux de Tess, et Blair avait regagné sa place contre le mur auprès d'Elliot.

L'un d'eux a-t-il conscience que Simon Wolfgard est en train de tomber amoureux de Meg Corbyn ? se demanda Monty. *Wolfgard comprend-il lui-même les sentiments qu'elle lui inspire ? Et Meg ? Que ressent-elle ? Comment réagiraient les autres* terra indigene *si l'un des leurs tombait amoureux d'une humaine ?*

Encore une complication, mais ce que Meg avait décrit avant de s'évanouir était plus inquiétant, et sans doute plus pressant.

Simon, Vlad et Lorenzo reparurent et regagnèrent leurs places respectives.

— Qu'est-il arrivé à Meg ? interrogea Tess. Elle ne rêvait pas et ne s'était pas coupée. Pourquoi a-t-elle eu une vision ? Et pourquoi était-ce différent de celles qu'elle a eues avant ?

Tous les regards convergèrent vers le médecin.

— Je pense qu'elle a fait un faux mouvement et qu'une section de la plaie d'hier s'est assez rouverte pour saigner, répondit Lorenzo. Ce qui a provoqué une prophétie… ou lui a permis de se rappeler les détails d'un rêve.

— Mais Vladimir m'a dit que notre Meg était en chaleur et qu'il fallait poliment ignorer l'odeur de sang, objecta Erebus en considérant Vlad.

— Elle est en chaleur, et ça la rend de mauvaise humeur, approuva Simon.

En regardant tous les hommes présents dans la salle, Monty sut qu'il n'avait aucune envie de discuter du cycle reproductif des humaines avec eux ce jour-là. Ni un autre jour, d'ailleurs.

— Cette autre source de sang peut-elle expliquer les visions semblables à des rêves ? s'enquit-il.

— Non, répondit Simon. Meg dit parfois que les visions ressemblent à un extrait de film. (Il posa les yeux sur Lorenzo.) Si elle a vu une prophétie provoquée par une coupure et a parlé, pourquoi n'a-t-elle ressenti aucune euphorie ?

— Je l'ignore. Peut-être parce que ce n'était pas une nouvelle plaie ? (Lorenzo prit une profonde inspiration avant de se tourner vers Erebus Sanguinati.) Je n'exprime aucune opinion sur vos tabous ; je me contente de formuler des observations sur les métamorphes et le sang des *cassandra sangue*. (Il attendit qu'Erebus lui adresse un hochement de tête avant de poursuivre.) Je ne crois pas que le problème soit que M. Wolfgard ait consommé le sang de Mlle Corbyn. Je pense qu'il a souffert d'une overdose.

Il était troublant de voir une salle remplie de prédateurs se concentrer sur un homme, songea Monty.

Lorenzo reprit :

— Il n'existe que très peu d'informations disponibles sur les prophétesses du sang, ce qui n'est pas logique compte tenu des soins médicaux que requièrent ces filles. Mais c'est un autre sujet. Le problème, c'est que je n'ai aucune preuve pour étayer mes suppositions. Peut-être vos légendes contiennent-elles des éléments susceptibles de confirmer mes hypothèses.

— Quelles hypothèses ? interrogea Simon.

— Le corps humain est un condensé de produits chimiques. Certaines situations provoquent l'émission de substances spécifiques. La fuite, le combat, la peur, la colère, une attaque. (Lorenzo se tourna vers Simon.) Mlle Corbyn avait une entaille au menton quand vous l'avez amenée à l'hôpital. Vous étiez en colère et anormalement agressif ce soir-là.

Simon hocha la tête.

— J'avais léché le sang de la plaie pour essayer de la nettoyer.

— Mais, hier matin, elle a commencé à énoncer la prophétie peu après que vous l'avez trouvée et, dès qu'elle s'est mise à parler, son sang s'est chargé de toutes les substances chimiques qui créent l'euphorie. Quand vous avez léché ce sang, vous étiez ni plus ni moins en train d'avaler un puissant tranquillisant.

— Si je comprends bien, les Loups réagissent différemment au sang de Meg selon qu'elle est heureuse ou effrayée ? demanda Henry en étudiant Simon.

— Pas seulement les Loups, répondit Lorenzo. Ceux qui se servent de ces filles pour fabriquer les drogues connues sous le nom d'« au-delà du loup » et « septième ciel » ciblent aussi les humains. Je crois que le sang des prophétesses est, d'une certaine manière, une chance et une malédiction.

— La création de Namid est merveilleuse et terrible, commenta Erebus.

— Comme les grenouilles venimeuses, dit Monty en repensant à une émission qu'il avait vue avec Lizzy. Elles sont inoffensives tant qu'on les laisse tranquilles, mais le poison qui exsude de leur peau tue tout ce qui essaie de les dévorer.

Non que je trouve que Mlle Corbyn ressemble à une grenouille, s'empressa-t-il d'ajouter après un regard autour de la pièce.

—Mais la comparaison est juste, approuva Lorenzo. Si on attaque une prophétesse du sang, qu'on l'effraie ou qu'on la blesse, son corps se retourne contre l'agresseur. J'imagine que, si l'un d'entre vous consommait la quantité de sang que vous ingérez habituellement sur une proie, l'overdose vous pousserait à vous entre-tuer. La fille meurt, mais ses agresseurs aussi. Une bonne raison de rayer les *cassandra sangue* de la liste des proies comestibles. D'un autre côté, vous avez des marchecorps, qui ont pour rôle de soigner vos blessures. Nous utilisons des opiacés pour soulager la douleur dans nos hôpitaux. Au début de notre histoire mutuelle, quand les humains et les Autres se sont croisés pour la première fois, une fille dont le sang avait la capacité de rendre quelqu'un assez passif pour supporter qu'on lui remette un os en place ou qu'on suture une plaie devait représenter un atout précieux. Mais une trop grande quantité de ce même sang, comme une trop forte dose d'opiacé, peut s'avérer mortelle. Impossible de ne pas faire d'overdose si on se nourrit alors qu'elle expérimente l'euphorie.

—La prophétesse retrouvée dans la cave…, déclara Erebus. N'importe quel Sanguinati aurait su qu'elle n'était pas une proie et qu'il ne fallait pas y toucher.

—Nous avions tous senti que Meg n'était pas une proie, renchérit Simon.

—Que signifie tout cela ? interrogea Tess. Et que fait-on à propos de l'addiction aux coupures de Meg ?

Lorenzo poussa un soupir.

—Je ne sais pas. Comme je vous l'ai dit, il n'existe que très peu d'informations disponibles au sujet des prophétesses du sang. Peut-être serait-il possible de sevrer du rasoir une fille possédant des capacités moindres. Je ne suis pas sûr que Mlle Corbyn puisse s'arrêter de se couper, à ce stade. Si ce que j'ai vu là est typique, les entailles comme l'euphorie représentent sans doute l'unique valve de sécurité la préservant de la folie. Je crois que, si elle reste avec vous…

— Bien sûr qu'elle va rester avec nous, l'interrompit sèchement Simon.

— Alors, il faudrait que vous établissiez un programme ou que vous trouviez un accord avec elle. Elle ne doit pas être seule quand elle se coupe. Cette fois-ci, la plaie, même si elle était trop profonde, restait sans gravité. Si elle sectionne une artère ou une veine alors qu'elle est seule, vous n'arriverez peut-être pas à temps pour la sauver.

— Elle a passé sa vie en cage, objecta Henry. Nous ne la remettrons pas en prison. Pas même pour la sauver.

— Mais nous prendrons vos conseils en considération, ajouta Tess.

Une façon de les congédier. La réunion était terminée.

Monty poussa un soupir de soulagement quand Vladimir et Erebus quittèrent la salle avec les Élémentaires. Lorenzo traversa le couloir pour aller voir Meg. Blair, Elliot et Tess partirent une minute plus tard, laissant Monty en compagnie d'Henry et de Simon.

— Prévenez les vôtres au sujet du requin, déclara Simon d'un ton las. J'avertirai Steve Batelier.

— Je crois que le capitaine Burke aimerait partager cette nouvelle information avec l'officier Czerneda. La police de Lakeside peut établir des barrages routiers si nécessaire.

Simon approuva d'un signe.

— Les Intuits le sauront, si des ennuis se dirigent vers eux.

Se sentant épuisé, Monty s'excusa et descendit au rez-de-chaussée. En attendant Lorenzo, il appela Kowalski, qui se trouvait en compagnie de Debany et Merri Lee, et convint de le rejoindre cinq minutes plus tard.

Lorenzo reparut au bout de quatre minutes. Ils sortirent ensemble.

— Une sacrée réunion, commenta Monty.

— J'y ai appris bien plus que je ne m'y attendais, répliqua Lorenzo.

Décelant une note lugubre dans la voix du médecin, Monty s'arrêta.

— Après ce que vous avez vu aujourd'hui, quelles sont les chances de Meg Corbyn, à votre avis ?

Lorenzo détourna le regard, puis poussa un soupir.

— Compte tenu de sa sensibilité aux prophéties, je crois que Meg Corbyn était condamnée dès la première coupure.

Chapitre 18

Le matin suivant, Douglas Burke examina les notes que Monty avait prises lors de la vision de Meg Corbyn puis s'appuya au dossier de son siège et poussa un soupir.

— Un hachoir à viande. Par les dieux d'en haut et d'en bas ! Et il vous a semblé que Mlle Corbyn voyait une autre *cassandra sangue* se faire hacher vivante ?

— Oui, répondit Monty. C'était aussi l'impression du docteur Lorenzo.

— C'est un miracle que ces filles restent saines d'esprit aussi longtemps.

Burke n'était pas le seul à le penser. La veille au soir, Monty s'était planté devant la télévision sans rien retenir de ce qu'il regardait. Voir Meg subir les affres d'une prophétie l'avait conduit à se demander si les *cassandra sangue* n'avaient pas réellement besoin d'être placées sous supervision, dans des établissements spécialisés. Pas aussi immoraux que celui dont elle s'était enfuie, bien sûr, mais il devait exister un intermédiaire entre garder ces filles en prison et les laisser affronter seules leurs difficultés.

— Lorenzo doit passer dans l'Enclos ce matin, annonça Monty. Il m'a promis d'appeler pour nous donner des nouvelles.

— Vous ne comptez pas y aller ?

— Tant que *Bon à Croquer* et *Aux Bouquins Hurlants* sont fermés au public, les visites sont un peu plus compliquées. Je ne veux pas m'imposer.

Burke hocha la tête.

— Et Kowalski ? ou Debany ou MacDonald ? Ils ont des raisons personnelles de s'arrêter là-bas.

— Debany a appelé il y a quelques minutes. Des pancartes « Réservé aux résidents » sont affichées aux portes des magasins, mais le bureau de liaison est ouvert, ainsi que le consulat.

— Je doute que ce soit Simon Wolfgard qui ait décidé d'ouvrir le bureau de liaison.

Cette remarque arracha un sourire à Monty.

— Moi aussi, approuva-t-il avant de reprendre tout son sérieux. Debany m'a également dit que Wolfgard et Henry Beargard étaient partis hier soir avec l'une des camionnettes de l'Enclos. Ils sont rentrés juste avant que Debany m'appelle.

Burke médita cette information pendant un moment.

— Peut-être que nous découvrirons où ils sont allés et pourquoi, peut-être pas.

— Des nouvelles de Talulah Falls ?

— Non. Entre le brouillard sur la rivière, les barricades et les routes détruites, il n'existe aucun moyen de savoir ce qui se passe là-bas. Je continue toutefois d'espérer qu'il reste des survivants. (Burke repoussa son siège de son bureau.) Bon. J'ai rendez-vous avec le commissaire. Mieux vaut ne pas le faire attendre.

Après avoir pris congé du capitaine, Monty gagna son bureau afin de vérifier ses messages.

— Où va-t-on, lieutenant ? s'enquit Kowalski.

Où Simon Wolfgard s'était-il rendu la veille ? Existait-il un moyen de le découvrir ?

— Nulle part pour l'instant.

Simon gara la BAR dans le garage derrière le bureau de liaison, puis suivit Meg à l'intérieur.

— Tu es sûr que tu te sens assez bien ?

Il ouvrit son sac et en tira deux récipients remplis de nourriture qu'il rangea dans le réfrigérateur situé sous le comptoir.

— Ça ira, répliqua Meg d'un ton irrité.

Si elle voulait bien le laisser la renifler correctement, maugréa intérieurement Simon, il n'aurait pas besoin de poser la question.

Elle alluma les lumières et s'empara de la clé de la porte d'entrée avant de traverser la salle de tri. Quand elle revint, Simon sortit le rasoir pliable en argent de sa poche et le posa sur la table de tri qui se dressait entre eux, sans pour autant le lâcher.

— C'est à toi.

La veille au soir, elle n'avait plus insisté pour récupérer son rasoir. Peut-être avait-elle été aussi effrayée qu'eux par ce qui s'était passé. C'était sans doute pour cela qu'il se sentait obligé de le lui rendre.

— Meg…

Qu'était-il censé dire ?

— Jusqu'à ce que je sois punie, je n'avais pas compris combien l'euphorie protège les prophétesses du sang, déclara Meg en portant la main à l'enchevêtrement de cicatrices marquant son bras gauche. Peut-être que nous avons commencé à nous couper pour nous défendre contre nos visions, comme une façon de relâcher la pression, et qu'au fil des générations ça a évolué. (Il écouta sans rien dire, dans un silence attentif.) Je ne peux pas arrêter de me couper, Simon. Je ne suis pas sûre qu'aucune d'entre nous le puisse.

Meg se désigna elle-même afin d'indiquer qu'elle parlait de toutes les *cassandra sangue*.

— Je sais, mais… certaines d'entre vous vivent longtemps, Meg. Même si un millier de coupures représente vraiment la limite… (Il s'agita et gémit doucement.) La première fois que j'ai rencontré une femme comme toi, j'avais quinze ans.

En général, j'arrivais bien à me faire passer pour un humain, et, un jour, j'ai participé à une sortie avec un groupe de jeunes *terra indigene*. En fait, nous sommes partis visiter un village humain voisin du nôtre, donc ça ne comptait pas vraiment, mais nous devions pour la première fois essayer d'acheter de la nourriture à un stand ou un produit quelconque dans un magasin.

» Une vieille femme était assise au soleil. Ses bras nus étaient couverts de cicatrices qui paraissaient blanches sur sa peau brune. Elle portait un chapeau de paille et était installée à une petite table où elle proposait de lire l'avenir dans les cartes.

» Il y avait dans ce village un groupe d'humains sensiblement du même âge que nous. Je ne sais pas ce qu'ils faisaient là. Peut-être qu'ils étaient en visite, comme nous. Quand ils sont passés devant elle, ils se sont moqués d'elle et l'ont insultée à cause de ses cicatrices. Quelques Autres ont fait pareil, par imitation. Mais lorsqu'elle m'a regardé, je me suis arrêté. Elle a sorti un rasoir dont la lame reflétait les rayons du soleil et s'est coupé la joue. Là, elle m'a dit ce que je pourrais devenir.

Simon cligna des yeux. Il ôta sa main du rasoir et recula d'un pas.

Meg et lui se dévisagèrent sans parler.

— Est-ce que tu sais comment elle a fait ? demanda-t-elle finalement. Tu crois que quelqu'un se souviendrait d'elle et pourrait te dire comment elle a réussi à vieillir malgré les coupures ?

— Je ne sais pas. Je ne sais même pas si le village existe toujours, mais je peux essayer de me renseigner si tu veux.

— Oui, j'aimerais bien savoir. (Meg posa les mains sur la table sans chercher à s'emparer du rasoir.) Une entaille sur ma peau valait cher. C'est pourquoi j'ai beaucoup moins de cicatrices que les autres filles de l'institution.

— Tu n'as que vingt-quatre ans. Tu as beaucoup de cicatrices, pour ton âge.

Trop de cicatrices, songea Simon. La plupart des filles n'atteignaient pas vingt-cinq ans.

— Nous trouverons une réponse. Nous trouverons une solution qui te permettra de vivre longtemps.

Les yeux de Meg s'embuèrent de larmes. Elle les chassa d'un clignement de paupières.

— En attendant, monsieur Wolfgard, j'ai du travail, et vous aussi.

Il décela dans sa voix une note taquine, ainsi qu'un rappel de leurs territoires respectifs. Ce bureau lui appartenait.

— N'oublie pas ton rendez-vous avec le docteur Lorenzo, lança-t-il par-dessus son épaule en se dirigeant vers l'arrière-salle.

— Je n'oublierai pas.

— Et n'oublie pas de manger, ajouta-t-il en ouvrant la porte de service.

— Je n'oublierai pas ! Va travailler, Simon !

Il sortit, le sourire aux lèvres. Elle semblait en forme.

Il aurait bien aimé se changer en Loup et courir pendant quelques minutes, mais se rabattit sur une marche rapide autour de la place du Marché. Avec tout ce qui s'était passé récemment, il n'avait pas prêté attention aux magasins de l'Enclos et ignorait s'ils avaient été livrés. D'ailleurs, il ne savait pas si la librairie avait reçu de nouveaux ouvrages les jours précédents. Il devrait poser la question à Vlad.

En s'engageant sur la place du Marché, il aperçut une humaine qui, quoique familière, n'aurait pas dû se trouver là à cette heure de la journée.

— Ahouuuu !

Le hurlement était moins impressionnant, provenant d'une gorge humaine, mais la femme s'arrêta néanmoins pour l'attendre.

Ruthie Stuart. La compagne de l'agent Kowalski. C'était une femelle sensée, d'habitude. Elle aurait dû savoir que l'Enclos n'acceptait aucun humain à l'exception des employés. Cela dit, elle faisait partie de la meute humaine de Meg et avait très bien pu rendre visite à Merri Lee ou être allée chercher des affaires quelconques pour cette dernière.

Ce qui n'expliquait pas sa présence en cet endroit à cette heure de la journée.

Il ralentit le pas en voyant son visage. Elle paraissait contrariée et en colère. D'après son expérience, une femelle contrariée et en colère était une femelle dangereuse.

— Qu'est-ce que vous faites là ? demanda-t-il, guettant chez elle les signes d'une attaque imminente.

— J'avais besoin de faire quelques courses à l'épicerie. Je sais que l'Enclos est fermé, mais comme j'ai un passe, j'ai pensé que ça ne dérangerait personne.

Ce n'était pas un mensonge, mais pas l'entière vérité non plus.

— C'est le matin. Vous travaillez, le matin. Pourquoi êtes-vous ici ?

La réponse était la cause de sa contrariété et de sa colère, devina Simon.

— On m'a donné un congé sans solde.

Il inclina la tête.

— Pourquoi ?

Puis il pensa aux événements de Talulah Falls, à ceux de l'université de Lakeside et aux individus qui avaient agressé Merri Lee. Et il comprit.

— Ils ne veulent plus de vous parce que vous fréquentez l'Enclos ?

— Oui.

— Alors, pourquoi continuez-vous à venir ?

— Parce que je crois que ces gens sont bornés, répliqua-t-elle avec fougue. Ce n'est pas parce que nous sommes humains que nous avons le droit de prendre ce qui ne nous appartient pas. Et puis j'ai lu quelques-unes de vos histoires et les ai comparées aux nôtres.

Vraiment ? Peut-être aurait-il dû surveiller de plus près les livres que Ruthie avait commandés aux *Bouquins Hurlants*. À moins qu'elle les ait empruntés à la bibliothèque de la place du Marché ? C'était possible.

— D'après ce que j'ai compris, si des humains vous montrent un produit ou une invention qui vous apporte autant de bénéfices qu'à eux, vous consentez à mettre à leur disposition les ressources nécessaires à leur fabrication. Comme vous accordez plus de valeur au monde qu'au profit, vous restreignez systématiquement la quantité de matières premières utilisables, ce dont les humains vous garderont toujours rancune. Mais vous n'êtes pas responsables de leurs défauts.

Sa propre espèce l'avait expulsée de la même manière qu'elle avait conduit les Intuits à conclure des pactes avec les *terra indigene*, songea Simon. Comment pouvait-il tirer parti de cette situation de manière à servir les intérêts de l'Enclos en même temps que ceux de Ruthie ?

— Que faisiez-vous ? demanda-t-il.

— Je suis… j'étais… enseignante. Auprès de jeunes enfants.

— Qu'enseigniez-vous ?

— Les matières habituelles. Arithmétique, lecture, écriture en lettres capitales et cursives, histoire, littérature, les bases de l'informatique.

— Nous avons déjà des enseignants pour ça, déclara-t-il, plus pour lui que pour elle.

Sauf pour l'informatique, pensa-t-il. Personne n'était capable d'apprendre aux jeunes à se servir d'un ordinateur.

— À l'heure actuelle, je cherche simplement un travail alimentaire, s'empressa de dire Ruthie. Pas forcément dans l'enseignement.

Quelqu'un l'engagerait-il parmi les humains ? s'interrogea Simon en l'étudiant avec un intérêt accru. Probablement pas. Pas pour l'instant. Mais une personne qui comprenait les humains et ne risquait pas d'abuser de la confiance de *terra indigene* inexpérimentés pourrait s'avérer utile.

— Je vais réfléchir à ce que vous pourriez faire pour nous, déclara-t-il. (Il commença à se détourner, puis marqua une pause.) Pour aujourd'hui, allez voir Heather. Demandez-lui si elle a besoin d'aide pour préparer les commandes ou mettre les livres en rayon.

— Merci, monsieur Wolfgard.

Il regagna les *Bouquins Hurlants*, pensant à la réunion de la veille au soir et aux possibilités qu'était susceptible d'offrir l'embauche de Ruthie.

Les *terra indigene* des Enclos y restaient généralement quelques années avant de retourner à la vie sauvage, cédant leur place à un nouveau groupe qui apprenait à traiter avec les humains. La nuit précédente, les Autres qui avaient abandonné l'Enclos de Talulah Falls avaient annoncé qu'ils ne reviendraient pas. Ils en avaient assez des singes fourbes et menteurs et du gouvernement humain qui ne tenait pas ses promesses et autorisait les résidents de la ville à faire de même. Ce retournement de situation contre les humains aurait dû se produire plus tôt. Et laisser moins de survivants.

Même les Corbeaux, pourtant généralement enchantés de vivre parmi des humains et autour d'eux, ne voulaient pas rester à Talulah Falls. Tous avaient pris la direction des terres sauvages. Aucun d'eux ne côtoierait sans doute d'autres humains que des Intuits pendant le restant de leurs jours.

Il existait trop d'animosité envers les humains. Trop de ressentiment. Et, effectivement, les Autres de Talulah Falls avaient éprouvé une certaine jalousie à l'égard des indigènes de Great Island. Eux ne se battaient pas constamment avec les humains pour obtenir une part des cultures ou de la viande produites. Ils ne se faisaient pas léser et recevaient la marchandise à laquelle ils avaient droit.

Simon avait écouté la frustration trop longtemps contenue. N'avait-il pas ressenti les mêmes impressions quand il était arrivé à Lakeside pour devenir le chef de cet Enclos ? Combien d'humains l'association commerciale avait-elle engagés, et licenciés, au cours des dernières années ? Combien avaient démissionné lorsqu'ils avaient pris conscience que ce n'était pas parce que les *terra indigene* ignoraient certains aspects de la vie des humains qu'ils étaient stupides, crédules ou faciles à berner ?

Puis les nouveaux dirigeants de l'Enclos de Talulah Falls s'étaient joints à la réunion. Certains d'entre eux, ceux qui présentaient une apparence suffisamment humaine, seraient chargés des relations avec le gouvernement humain. La plupart avaient été choisis parce qu'ils étaient capables de massacrer les singes et n'hésiteraient pas à le faire dès l'instant où ces derniers ne respecteraient plus les règles ou les accords conclus.

Une grande partie des *terra indigene* qui venaient d'arriver à Talulah Falls avec eux ne possédaient que peu, ou pas, d'expérience de la vie dans un Enclos. Nombre d'entre eux n'avaient jamais, ou alors sur une période très brève, côtoyé des humains de façon quotidienne. Les dirigeants avaient fréquenté une université *terra indigene* afin d'acquérir des connaissances de base en économie et politique humaines. Ce qui ne suffisait pas forcément à se sentir à l'aise dans le monde humain.

Quelques-uns des Autres qui vivaient autour des lacs Etu et Tahki avaient récemment visité l'Enclos de Lakeside afin de voir des commerces et d'effectuer des achats sans la tension qui entachait souvent l'expérience. Ils avaient rencontré des humains polis et serviables, et souhaitaient revenir pour en apprendre davantage. Simon serait-il d'accord pour transformer la place du Marché en centre d'apprentissage ?

Simon n'y voyait pas d'objection et, quand il avait quitté la réunion avec Henry pour rentrer à Lakeside, ils avaient tous deux promis d'évoquer au sein de l'association commerciale l'idée de se servir de l'Enclos de Lakeside pour enseigner aux autres *terra indigene* à interagir avec les humains.

Peut-être cela vaut-il mieux que les clients humains aient cessé de venir aux Bouquins Hurlants *et à* Bon à Croquer, songea Simon en ouvrant la porte de service de la librairie. *Avec l'aide de Meg et de sa meute humaine, l'Enclos de Lakeside pourrait devenir un centre d'apprentissage pour les Autres. Des humains sûrs, dignes de confiance, enseignant à de jeunes indigènes. N'est-ce pas ainsi qu'ont débuté nos échanges ?*

Lorsqu'il croisa Heather dans la librairie, il lui demanda de trouver une tâche à confier à Ruthie si elle venait chercher du travail. Puis il monta dans son bureau et ferma la porte. Vlad pourrait se glisser par-dessous ou se faufiler par le trou de la serrure. Il ne s'inquiétait pas d'être entendu par le Sanguinati ; Vlad connaissait déjà les raisons des appels téléphoniques qu'il devait passer.

Une fois installé derrière son bureau, Simon ferma les yeux un moment. Il s'apprêtait à prendre de gros risques, d'autant plus qu'il comptait révéler aux chefs du Midwest l'origine des substances qui avaient provoqué tant de troubles dans cette partie de Thaisia. Mais il contrebalancerait la participation des Autres du Midwest par la présence de quelques *terra indigene* du Grand Nord-Est. Les drogues n'étaient pas encore arrivées là-haut.

Quoi qu'il se passe, quelles que soient les pertes à venir, il ne laisserait pas les *terra indigene* tuer Meg.

Le brouillard qui recouvrait la Talulah finit par se dissiper. Le bac et la barge qui reliaient les deux moitiés de Port-Batelier reprirent du service, même si l'équipage surveillait de près l'évolution du temps. Ils transportèrent les habitants qui étaient restés bloqués du mauvais côté de la rivière ainsi que les marchandises, colis et courrier qui s'étaient entassés.

Des Faucons et des Aigles planaient dans le ciel, et des Corbeaux étaient perchés ici et là sur les embarcations, vigiles à plumes noires veillant sur les passagers et l'équipage. Cependant, les bateaux de pêche demeurèrent à quai, et même les résidents de Port-Batelier ne prirent pas le risque de s'aventurer sur l'eau. Chaque fois qu'un bateau tentait de s'échapper de Talulah Falls, un tourbillon se formait et l'avalait. Chaque soir, au coucher du soleil, une tempête frappait, associant pluies de grésil et vents violents. Deux jours d'affilée, la perturbation arriva au crépuscule et cessa à l'aube pour laisser place à un ciel d'azur, douloureux rappel de ce que les humains pouvaient encore perdre s'ils essayaient de s'emparer de ce qui ne leur appartenait pas.

Terredi matin, James Gardner trouva devant sa grange un poney gris pommelé qui attendait visiblement qu'on le nourrisse. James lui donna donc à manger avant d'ouvrir la porte d'une stalle vide. L'animal s'y installa comme s'il y avait toujours vécu, allant et venant comme il lui plaisait, suivant Lorna Gardner dès qu'elle sortait. Elle finit par couper une pomme en quartiers afin que les enfants les offrent au poney, et celui-ci parut apprécier la friandise.

Le lendemain matin, James appela quelques membres de la communauté Vie Simple pour leur demander si quelqu'un avait perdu un poney gris. Quand il croisa Ming Beargard sur la route, il lui posa la même question. Beargard répondit :

— Brouillard n'est pas perdu. Il attend.

Sur le chemin du retour, James s'arrêta chez ses amis, et au sein de la communauté Vie Simple se répandit une rumeur affirmant que les Élémentaires n'en avaient pas encore terminé avec Great Island, la rivière et Talulah Falls.

Lorsque Roger Czerneda effectua sa patrouille dans l'île et passa voir les fermiers, James le lui dit aussi.

Quand la tempête qui s'était abattue sur Talulah Falls se calma lunedi soir, les policiers de différents quartiers de la ville découvrirent sur le trottoir des cuves scellées. Celle qui avait été abandonnée devant le bureau du maire contenait la tête et le portefeuille de celui-ci, l'identifiant comme le propriétaire de la maison où un Sanguinati et quatre humains avaient été découpés en morceaux.

Soldi matin, un homme contacta par CB le poste de police de Port-Batelier et supplia, en sanglots, de transmettre un message : les survivants de Talulah Falls voulaient négocier avec les *terra indigene*.

Chapitre 19

Ventdi matin, Steve Batelier et Jerry Cocher se retrouvèrent sur la rampe du ferry. Le ciel était bleu, la rivière paisible, et les résidents de Great Island étaient venus nombreux sur le quai pour transporter des colis jusqu'à la partie riveraine du village et chercher les livraisons qu'ils attendaient.

Lois Greene, le rédacteur en chef du *Great Island Reporter*, avait publié la veille une édition spéciale énonçant en première page les mesures d'urgence décidées par Steve ; de quoi s'assurer que tous les adultes de Port-Batelier en entendraient parler. Aussi Steve ne fut-il pas surpris de voir sur le quai une pile de sacs à dos et de valises prêts à être embarqués sur le ferry qui s'apprêtait à retourner sur l'île.

La dernière prophétie que lui avait transmise Simon Wolfgard par e-mail lui avait donné la chair de poule. Et lorsqu'il avait appris que l'un des étalons des Élémentaires, sous sa forme de poney rondelet, séjournait à la ferme des Gardner parce qu'il « attendait », il avait compris que l'île n'échapperait pas à ce qui se préparait.

— Ça ne te dérange pas de t'occuper de cette livraison ? demanda Steve tandis qu'ils s'éloignaient du ferry avec trois caisses en plastique.

— Pas du tout, répondit Jerry. J'aimerais juste avoir plus de marchandise pour justifier la dépense d'essence.

— Si la situation évolue comme je l'espère, le prochain transport pour Lakeside sera plus important. Et il y aura du travail cet été pour quelques-uns des adolescents qui cherchent à se faire de l'argent de poche, car les magasins du village auront besoin de main-d'œuvre.

Ils placèrent les boîtes dans la camionnette qui était garée dans la zone de chargement, sur le quai.

— Nous verrons bien, déclara Jerry en fermant les portes arrière du fourgon avant de s'installer derrière le volant. Je te ferai signe à mon retour.

Steve regarda Jerry s'éloigner, puis il se tourna vers le ferry, pensant aider son frère Will à embarquer tous ces bagages avant de courir jusqu'à la librairie pour acheter un exemplaire du *Lakeside News* qu'il lirait pendant le trajet. Soudain, il ressentit un vif élancement entre les omoplates.

Il observa le ciel, toujours bleu, puis la rivière, toujours paisible.

Quelque chose vient, songea-t-il en voyant Will se raidir subitement et lever la tête vers le ciel, puis examiner la rivière.

Avant qu'il ait rejoint son frère, son téléphone portable se mit à sonner.

— Comme je vous le disais, Ruthie va enseigner aux Autres de l'Enclos comment se comporter dans le monde humain, déclara Kowalski tandis qu'ils quittaient le parking du poste de Chestnut Street. Comme ce que nous avons fait l'autre jour à *Bon à Croquer*, mais en plus formel. Ce n'est pas aussi bien payé que son précédent poste, mais les crédits auxquels elle a droit dans les magasins de la place du Marché compensent la différence.

Percevant un malaise derrière le ton enjoué de son coéquipier, Monty le scruta avec attention.

— Ça vous pose un problème qu'elle travaille dans l'Enclos ?

— À moi ? Non. Mais nous avons dîné avec ma famille hier soir, et mon père a dit qu'à son travail les gens discutaient beaucoup entre eux et prétendaient que ceux qui aidaient les Autres étaient des traîtres. Mon frère étudie à l'institut d'enseignement technique, et il a entendu la même chose. (Kowalski marqua une hésitation.) Je crois toujours que c'est utile de collaborer avec les *terra indigene*, mais…

— … mais vous vous inquiétez pour Ruthie ?

— Oui. Surtout après ce qui est arrivé à Merri Lee. Et quelques-unes des amies de Ruthie, des filles qu'elle connaît depuis l'école primaire, ne veulent plus lui adresser la parole parce qu'elle fréquente l'Enclos et qu'elle aide les Autres. Et avec tout ce qui se passe à Talulah Falls… Dans toutes les émissions à la télévision, les gens s'indignent de voir des *terra indigene* s'immiscer dans la gestion d'un gouvernement humain.

— Ils en ont le droit parce que leur autre option est de détruire la ville, répliqua calmement Monty. Et d'après ce que j'ai compris, Talulah Falls n'est plus sous contrôle humain. Le gouvernement, du moins ce qui en fera office, aura pour unique fonction d'assurer les services publics et de jouer le rôle d'intermédiaire entre la population humaine et les Autres qui sont désormais responsables de l'Enclos.

— À mon avis, ce n'est pas très clair dans l'esprit des gens. Ils n'ont pas encore compris que les Falls sont à présent une colonie humaine en territoire *terra indigene* et que ce sont les Autres qui établissent les règles. Et qui décident des représailles quand elles ne sont pas respectées.

Les stations de radio ne diffusaient pas plus de deux chansons avant de répéter le flash d'informations spécial de la matinée : à la suite des négociations qui avaient eu lieu avec les *terra indigene*, les principaux élus de Talulah Falls devaient démissionner et quitter la région.

Les Autres n'avaient pas pour unique but de priver ces humains de leur statut et de leur pouvoir ; ils écartaient tous ceux qu'ils considéraient comme des adversaires. Et tous les dirigeants de l'Enclos étaient également partis pour laisser place à de nouveaux *terra indigene* qui n'étaient pas encore aigris par un contact prolongé avec les humains. Une remise des compteurs à zéro. Un nouveau départ. Une dernière chance pour Talulah Falls de demeurer un lieu de vie pour les humains, même s'ils ne pouvaient plus y faire ce qu'ils voulaient.

Les médias éludaient cette partie, tout comme ils restaient très vagues sur le nombre de morts et de personnes portées disparues aux Falls.

Si nous ne faisons pas attention, il y aura beaucoup plus de victimes, songea Monty.

— Dites-moi, Karl, combien de *terra indigene* parmi tous ceux qui vivent sur ce continent ont un contact avec les humains, à votre avis ? Essayez de me donner une estimation en prenant tout en compte : les villes, les villages, les hameaux et les petites colonies humaines disséminées sur les territoires sauvages.

Kowalski réfléchit pendant une minute.

— Cinq pour cent ? Peut-être moins.

— Il doit y avoir des millions d'indigènes à Thaisia, et des centaines de millions, voire des milliards, dans tout Namid. Seul un petit pourcentage d'entre eux a déjà vu un humain, et une plus petite proportion encore nous porte assez d'intérêt pour nous considérer autrement que comme de la viande. (Monty esquissa un sourire lugubre.) Nos ancêtres ont enseigné aux Autres à tisser, à bâtir des cabanes, à cultiver la terre, à construire des bateaux, à pêcher, à faire du feu. Ils ont appris tout ce dont ils avaient besoin il y a des siècles. Toute notre technologie, tous nos gadgets… Quel intérêt représentent-ils pour les *terra indigene* qui ne vivent pas à proximité directe des humains ?

— Aucun, vu comme ça, répondit Kowalski.

— Je n'arrête pas de penser à ce mouvement, Les Humains Avant Tout. Je me demande si un seul de ceux qui en font partie a prêté attention à l'histoire du monde, et à celle de Thaisia en particulier.

— C'est-à-dire ?

— Généralement, les Autres laissent les humains tranquilles. Jusqu'à ce que nos actions les forcent à s'intéresser à nous.

Il n'y a pas beaucoup de courrier, pensa Meg. *Et pas de livraisons non plus. Je n'ai pas grand-chose à faire, à part attendre.*

Elle tira un exemplaire de *Nature!* de la pile de magazines qu'elle était allée chercher aux *Bouquins Hurlants*. Plus personne ne lui fournissait des images susceptibles de l'aider à identifier ce qu'elle voyait dans les prophéties. Elle n'avait plus accès aux gros classeurs remplis d'illustrations. Mais elle pouvait commencer à créer les siens. Alors, ceux qui écouteraient ses prophéties pourraient s'y référer.

D'autre part, les photographies en couleurs de toutes ces créatures vivant aux quatre coins du monde la fascinaient. Elle devait simplement se souvenir de limiter le nombre d'images nouvelles à absorber chaque jour. Elle ne souffrait plus de ces troublants moments d'absence – dus à une surcharge d'information, selon Merri Lee – quand elle observait quelques images puis reprenait un magazine qu'elle avait déjà lu. C'était reposant, d'autant qu'elle assimilait sans cesse de nouvelles connaissances rien qu'en accomplissant ses tâches quotidiennes.

L'Enclos ne cessait de changer. La profusion de fleurs qui s'épanouissaient du jour au lendemain, les branches nues qui se chargeaient de bourgeons puis verdissaient à vue d'œil l'éblouissaient. Chaque jour, en roulant sur les routes qui lui étaient familières, elle éprouvait l'impression de découvrir un nouvel endroit. Ça l'enchantait et l'enthousiasmait, même si elle devait reconnaître que le soulagement de regagner l'environnement stable et connu de son appartement était certains soirs presque douloureux.

Les *cassandra sangue* n'étaient capables d'absorber qu'une quantité limitée de nouvelles informations avant que leur esprit se ferme. Est-ce que cela avait toujours été ainsi, ou, comme le besoin de se couper, s'agissait-il d'une caractéristique que l'on avait cultivée chez elles afin de s'assurer de leur soumission ?

Quoi qu'il en soit, elle devrait probablement confier cette récente découverte qu'elle avait faite sur elle-même à Simon… ou à Henry. Le Grizzly, lui, n'en ferait peut-être pas tout un plat.

Elle ignorait depuis combien de temps elle contemplait une photographie représentant de petites grenouilles aux couleurs vives quand Nathan gronda et que quelqu'un appela :

— Il y a quelqu'un ?

Ouvrant la porte privée, elle se glissa derrière le comptoir de l'accueil. Un homme à la carrure imposante se trouvait sur le seuil. Il portait trois caisses en plastique rectangulaires et une enveloppe kraft.

— Est-ce que vous êtes mademoiselle Corbyn ?

Nathan gronda plus fort à la mention de son nom. Elle ne voyait pas le Loup, ce qui signifiait qu'il était posté juste devant le comptoir et se tenait prêt à attaquer.

— Oui, c'est moi.

Elle ne reconnaissait ni l'homme ni sa camionnette et n'avait rien commandé les jours précédents. Et elle doutait que quiconque dans l'Enclos ait commandé quoi que ce soit. Le bus des *terra indigene* s'était rendu plusieurs fois au centre commercial, mais seuls quelques Autres étaient sortis faire des courses, dont Henry, Vlad et Nyx. Une manière de rappeler aux humains pourquoi ils devaient bien se tenir.

— Je suis Jerry Cocher, des Transports Cocher. J'ai une livraison pour vous, de la part de Steve Batelier de Great Island. Ça vous va si je pose ça sur le comptoir pour vous montrer les documents ?

— Oh ! Oui, bien sûr.

Comme Jerry ne bougeait pas, elle ajouta :

— Tout va bien, Nathan. J'attendais cette livraison.

Nathan s'écarta juste assez pour laisser Jerry accéder à l'extrémité du comptoir.

Celui-ci empila les boîtes puis, décochant à Meg un regard circonspect, il déplaça les deux du dessus et les rangea côte à côte de manière que les informations imprimées sur le couvercle soient visibles.

— Boulangerie *Eamer* ? lut Meg.

— Deux sœurs, Mary et Claire, tiennent la boutique et font la plupart des préparations, précisa Jerry. Il y a une autre boulangerie à Port-Batelier, mais plus spécialisée dans les pains, les viennoiseries et les choses comme ça. Leur pain est bon, mais, quand Steve a parlé de fabriquer des biscuits pour Loups, Mary et Claire ont tout de suite voulu faire un essai. Elles…

Meg abattit sa main sur le comptoir alors que Nathan s'apprêtait à bondir.

— Nathan ! le réprimanda-t-elle. Si tu essaies encore une fois d'attraper ces biscuits, tu n'en auras pas une miette !

Nathan s'écarta, la dévisagea un moment, puis hurla.

— Oh, au nom du ciel ! ne fais pas ton louveteau.

— Ahouuuu !

Un autre Loup répondit à Nathan. Puis un autre. Puis un autre.

Voyant la couleur quitter le visage de Jerry, Meg ôta le couvercle de l'une des boîtes et en sortit un biscuit.

— Là. Tiens. Prends un… Oh ! il est en forme de vache. Comme c'est mignon !

Elle prit un moment pour absorber cette image.

Nathan abattit ses pattes avant sur le comptoir. En dépit de sa vivacité, il retira le biscuit des mains de Meg avec d'infinies précautions.

— Les biscuits en forme de vache sont sûrement au bœuf, avança Jerry. Claire m'a dit qu'elles avaient essayé différents arômes. C'est expliqué dans les papiers.

Nathan se dirigea au trot vers le panier de Loup installé dans un coin du bureau. Meg nota que, en dépit de l'intérêt qu'il semblait porter à son biscuit, son attention restait fixée sur Jerry Cocher.

Elle n'avait pas eu le temps d'ouvrir l'enveloppe que la porte de service claqua.

— Meg ! cria Simon.

Il arriva si vite qu'il faillit la bousculer, totalement concentré sur le visiteur.

— Tout va bien, assura Meg.

— Cocher ? demanda Simon en même temps.

— Monsieur Wolfgard, le salua Jerry en portant le doigt à sa casquette. J'ai apporté une livraison.

Meg remarqua que la main de Jerry tremblait légèrement et qu'un fin voile de sueur luisait sur son visage. Elle nota également que trois Loups se pressaient devant la porte d'entrée. Même si elle ne l'avait jamais vu sous forme de Loup, elle était prête à parier que c'était Blair qui dévisageait le visiteur. Les deux autres semblaient plus jeunes et le quatrième, qui regardait Nathan manger son biscuit les pattes appuyées contre la vitre, était sans doute possible un louveteau.

— Ahouuu !

Aux vocalises du plus jeune se joignit bientôt un véritable concert.

Saisissant une poignée de biscuits en forme de vache, Meg poussa Simon pour ouvrir le portillon permettant d'accéder au reste de la pièce. Les Loups qui attendaient dehors reculèrent juste assez pour qu'elle puisse entrebâiller la porte.

— Tenez. Prenez un biscuit et arrêtez ce vacarme.

Les jeunes partirent au trot avec leur biscuit. Blair la contempla un long moment avant de ramasser le dernier et de s'en aller.

En retournant vers le comptoir, elle regarda Nathan en plissant les yeux.

« Scrountch. Scrountch. » Il croquait sa friandise avec une satisfaction teintée d'arrogance.

Simon ouvrit l'enveloppe, puis souleva le couvercle des autres boîtes et s'empara d'un biscuit.

— Un biscuit à l'humain ? s'exclama-t-il d'un ton ravi.

Nathan pointa les oreilles vers lui et lança :

— Ahouuu ?

Le peu de couleur qui était revenue sur les joues de Jerry disparut.

Meg parcourut les documents.

— Ceux en forme de bonhomme sont à la camomille. Ils sont apaisants.

— Apaisants ?

La voix de Simon contenait une note lugubre et menaçante.

— L'infusion à la camomille est apaisante, commenta Meg en lisant le reste des informations envoyées par la boulangerie. J'aime en boire, le soir.

Simon la dévisagea.

— Vraiment ?

— Oui. (Elle inspecta les boîtes.) D'accord, les biscuits en forme de vache sont au bœuf. Les rectangulaires sont au miel. Henry voudra sans doute en goûter un. Et ça… qu'est-ce que c'est ?

— Une dinde, répondirent en chœur Jerry et Simon.

— Alors, ce sont les biscuits au poulet. La boulangerie nous demande de donner notre avis sur le goût et la texture. (Meg parcourut encore une fois les documents, puis posa les yeux sur Jerry.) Je ne vois pas de facture.

— Ce sont des échantillons destinés à savoir si nous sommes capables de produire ce que vous recherchez, expliqua Jerry. Après, vous discuterez avec Mary et Claire des quantités, du prix et de tout le reste. (Il se tourna vers Simon.) Steve devra s'entretenir avec vous au sujet de l'augmentation des ressources allouées à l'île pour les ingrédients.

— Voyons ce que donnent ces biscuits, puis je lui parlerai, proposa Simon.

— Non.

Quand ils posèrent les yeux sur elle, Meg pointa le doigt vers la porte d'entrée. Les trois jeunes Loups étaient de retour, et le bruit de mastication avait cessé dans le bureau.

— On ne pourrait pas instaurer une règle interdisant l'usage du hurlement comme moyen de pression ? lança-t-elle.

Simon fixa le regard sur les jeunes Loups, qui se calmèrent immédiatement.

— S'ils t'embêtent, mords-leur le nez, conseilla-t-il ensuite à Meg.

Jerry toussa.

— Je ne crois pas que ce soit possible, soupira Meg.

Sortant son porte-bloc et son stylo, elle nota les informations relatives aux Transports Cocher et glissa sous une pince la carte de visite que lui donna Jerry.

— Vous avez une minute ? demanda Simon à Cocher.

— Bien sûr, déclara celui-ci avant d'effleurer de nouveau sa casquette du bout des doigts. J'ai été ravi de vous rencontrer, mademoiselle Corbyn.

— Merci, dit-elle avant de considérer Simon. Est-ce que j'ai le droit de porter des charges ?

— Non, décréta-t-il tandis que Nathan bondissait sur ses pattes.

Elle s'attendait à cette réponse.

— Alors, emporte les biscuits dans la salle de tri.

— Pourquoi ?

— Pour que je les trie.

Si elle ne mettait pas les boîtes à l'abri dans la pièce qui lui était presque exclusivement réservée, le sol de l'accueil serait très bientôt envahi de Loups et de miettes de biscuits. Mais elle ne comptait pas le dire au Loup dominant, surtout en présence d'un humain.

Il dut deviner les raisons de sa demande, car il marmonna :

— Je veux en goûter quelques-uns.

— Je préparerai de petits assortiments. Pour commander des biscuits, je dois savoir quels sont les parfums que les Loups préfèrent et quelle quantité commander de chaque sorte.

Il observa les boîtes.

— Combien de temps se conservent-ils ?

Meg haussa les épaules.

— Je crois avoir lu dans les documents qu'il était possible de les congeler. Ils s'abîmeront plus vite que les biscuits du *Palais des Animaux*, mais devraient au moins se conserver quelques jours. Pourquoi ?

Il poussa un petit gémissement.

— Il y aura un rassemblement ici dans quelques jours. J'aimerais garder des biscuits pour l'occasion.

Un rassemblement qui mettait Simon mal à l'aise ? N'était-ce pas lui qui avait lancé les invitations ?

— J'en mettrai de côté.

Il regagna l'accueil, où il bondit par-dessus le comptoir avant de sortir avec Jerry Cocher.

— Quel genre de réunion a-t-il organisée ? murmura-t-elle.

Elle ressentit soudain dans le dos une démangeaison qui lui indiquait qu'une prophétie répondrait à sa question. Serrant les dents, elle attendit que la sensation s'atténue. Puis elle appela quelques-uns des magasins de la place du Marché pour trouver les petits récipients dont elle avait besoin.

Steve regarda un autre bus rempli d'enfants arriver sur le quai.

Peu après le malaise qu'il avait éprouvé, les directeurs de l'école primaire, du collège et les gérants des deux crèches de la partie riveraine de Port-Batelier avaient appelé, car eux aussi avaient eu un mauvais pressentiment. Puis sa tante Lu avait téléphoné pour dire qu'elle préparait son bateau, au cas où il en aurait besoin. Ensuite, ses parents l'avaient prévenu qu'ils traverseraient avec la barge plus tôt que prévu. Après quoi Roger Czerneda était arrivé dans la nouvelle voiture de patrouille officielle noir et blanc de Great Island, gyrophares et sirènes allumés. Les autres véhicules qu'ils utilisaient dans le cadre des services de police étaient des voitures ordinaires équipées de simples Klaxon et de lampes qui se fixaient sur le toit. Curieusement, toutes sauf une se trouvaient de ce côté de la rivière ce matin-là.

Quelque chose se prépare, songea Steve en se massant la nuque. *Cacher les enfants.*

Le choix de l'endroit où les cacher n'avait donné lieu à aucun débat. Tout ce que Steve avait appris récemment indiquait que l'île constituait le seul abri possible. Et, par mesure de précaution, le ferry et la barge n'acceptaient aucun passager ne résidant pas au village.

Si une attaque devait se produire à Port-Batelier, elle ne toucherait que la moitié riveraine du village. Les Sanguinati veillaient sur les berges nord et est à proximité desquelles étaient établies les fermes Vie Simple. Les Beargard montaient la garde à l'ouest, à l'exception de Ming qui surveillait les quais. Les Faucons et les Aigles observaient depuis le ciel la rivière et les routes menant à Port-Batelier. Les Corbeaux s'étaient dispersés dans la partie riveraine du village, parés à donner l'alarme s'ils repéraient un étranger. Les Foxgard et Coyotegard s'étaient répartis autour de la partie insulaire de Port-Batelier. Même les Owlgard ouvraient l'œil.

Ils étaient tous aussi prêts que possible.

Steve leva la main pour saluer Jerry Cocher, qui venait de s'arrêter sur une place de parking non loin de là. Jerry n'était pas encore sorti de sa camionnette que Roger Czerneda bifurqua sur Main Street et se gara juste en face.

— Par les dieux d'en haut et d'en bas ! que se passe-t-il ? demanda Jerry en esquissant un geste en direction des bus jaunes sur la barge.

— Tu n'as rien vu d'inhabituel à Lakeside ? s'enquit Steve.

Talulah Falls étant toujours isolée du reste du monde, Port-Batelier n'était guère accessible que par quelques pistes dépourvues de signalisation coupant à travers la campagne. Si quelqu'un suivait la route qui longeait le rivage du lac Etu, il atteindrait d'abord Lakeside. Pourquoi ne pas s'arrêter là ? Un étranger passerait plus facilement inaperçu en ville.

Cela dit, la police de Lakeside se tenait sur le qui-vive en raison de la tension ambiante, sans compter qu'en ville les forces de l'ordre bénéficiaient d'outils de vérification des plaques d'immatriculation et des permis de conduire dont ne disposait pas un petit village comme Port-Batelier. Elles possédaient même sans doute quelques-unes de ces voitures de luxe équipées de caméras embarquées permettant de photographier un véhicule en vue de son identification. Avec son unique policier, qui plus est fraîchement arrivé, et ses quelques gardiens de la paix à temps partiel, Port-Batelier devait paraître une cible plus facile, par comparaison.

— Simon Wolfgard m'a posé la même question sur Great Island, déclara Jerry en regardant autour de lui. Bien entendu, à ce moment-là, je n'étais pas au courant de tout ça.

— Nous transférons les enfants sur l'île. Nous sommes trop nombreux à avoir eu un mauvais pressentiment, juste après ton départ.

Il n'avait eu le temps de rien faire d'autre que répondre aux questions, prendre des appels téléphoniques et aider Will à charger des marchandises sur le ferry. Dès que le dernier bus serait monté sur la barge, il contacterait Wolfgard. À sa connaissance, aucun des Intuits ne pressentait ce qui pouvait se passer au-delà de Great Island et leur propre village, mais, sans l'avertissement contenu dans la prophétie de Meg Corbyn, ils n'auraient pas compris la raison de leur malaise et n'auraient pas su quoi faire pour se protéger. Prévenir les Autres paraissait la moindre des choses.

— Pourquoi venir à Port-Batelier ? interrogea Jerry. Que peut-il y avoir ici que l'on ne trouve pas ailleurs dans le Nord-Est ?

Steve médita cette question puis répondit d'un air lugubre :

— Nous.

Meg resta un instant perplexe quand Blair Wolfgard, sous forme humaine, entra dans le bureau de liaison alors qu'elle venait de terminer sa pause-déjeuner. Il était accompagné d'un jeune Loup, l'un de ceux qui avaient répondu aux hurlements de Nathan le matin même.

Dès qu'il la vit, le jeune Loup bondit vers le comptoir. Ayant mal évalué la distance, il ne parvint pas à s'y hisser tout à fait et gratta le bois de ses pattes arrière pour tenter de se redresser.

Blair l'empoigna par la peau du cou et l'écarta.

— Tu as déjà eu un biscuit. Elle ne t'en donnera pas d'autre. C'est Bug. Les Wolfgard des monts Addirondak nous l'ont confié il y a quelques jours, et il vivra avec les Loups d'ici à partir de maintenant.

Dès que Blair le lâcha, Bug partit examiner l'objet de la pièce le plus attirant pour un Loup : le panier moelleux que Meg avait commandé au *Palais des Animaux* quand Nathan avait commencé à monter la garde au bureau. Bug bondit dessus, se roula dedans et se frotta contre le coussin. Marquant son territoire.

— Tu pisses dessus et je t'arrache la queue, gronda Blair. Ou Nathan le fera.

Bug, allongé sur le dos, les pattes en l'air, se contenta de regarder la sentinelle de l'Enclos en remuant sa queue intacte.

Il ne devait pas être loin de l'âge adulte, et pourtant il paraissait moins mature que Sam, qui était encore un louveteau.

Elle n'avait en mémoire aucune image de Loup à laquelle le comparer, mais il y avait quelque chose qu'elle ne comprenait pas.

Elle se pencha vers Blair :

— Il sait qu'il ne faut pas se transformer devant des humains ? Je n'ai pas envie d'expliquer à la police pourquoi un adolescent se promène tout nu autour de l'aire de livraison.

Jusqu'à présent, personne ne s'était plaint d'avoir vu Nathan sans vêtements ni fourrure, mais elle doutait d'avoir autant de chance avec Bug.

Une émotion étrange passa dans les yeux de Blair. De la pitié ? De la résignation ?

— C'est un buggy, déclara-t-il. Ils conservent toujours la forme qu'ils ont à la naissance.

— Donc il s'appelle Bug parce que…

— Parce qu'il est un buggy. Leur cerveau ne fonctionne pas tout à fait normalement, comme s'il avait des bugs, et ils n'assimilent pas tout ce qu'ils ont besoin d'apprendre. S'ils survivent jusqu'à l'âge adulte, ils se stabilisent et s'en sortent très bien. Mais, dans le monde sauvage, la plupart ne résistent pas assez longtemps pour que leur cerveau ait le temps de se développer. Un Enclos représente un environnement plus sécurisé, et ici, même si un buggy gêne le déroulement d'une chasse, les louveteaux de la meute ne mourront pas de faim.

Et les meneurs n'auraient pas à exclure l'un de leurs petits pour sauver les autres, songea Meg.

— Je n'ai aucun colis pour toi, annonça-t-elle.

— Je n'en attends aucun.

À défaut d'aimer la compagnie des humains, Blair adorait le bricolage, en particulier les machines capables de transformer la lumière du soleil et le vent en énergie électrique.

Meg soupçonnait que la tolérance qu'il montrait envers elle était proportionnelle au zèle avec lequel elle lui fournissait les pièces qu'il commandait.

— Tu es venu au bureau pour me présenter Bug ?

En sa qualité de sentinelle de l'Enclos, Blair irradiait une férocité plus marquée que Simon, et Meg n'était pas sûre qu'il soit vraiment convaincu par la règle « Meg n'est pas mangeable ».

— Bug va monter la garde ici pendant quelques après-midi, annonça Blair. Il est là pour apprendre.

Tiens donc. Elle s'en doutait : Bug avait besoin d'une nounou, et, comme tous les Loups de l'Enclos étaient occupés, on avait pensé à elle.

— Nathan ne viendra plus ? demanda-t-elle.

Les livreurs s'étaient habitués à Nathan, et le Loup les reconnaissait. Ce qui signifiait qu'il ne réagissait qu'aux inconnus, comme dans le cas de Jerry Cocher.

— Il sera là la plupart du temps, répondit Blair. Mais j'ai besoin de lui cet après-midi.

Les Loups avaient beau ne pas se montrer possessifs envers les objets, Meg doutait qu'une sentinelle telle que Nathan apprécie de partager son panier avec un jeune maladroit comme Bug.

— Est-ce que je devrais me renseigner pour savoir si le supermarché de l'Enclos a encore un de ces paniers, de sorte que Bug et Nathan n'aient pas à partager ?

L'expression ennuyée de Blair se mua en une moue résignée teintée de gêne quand Bug, qui avait toujours les pattes en l'air, hurla des trilles d'allégresse.

— Oui, approuva-t-il. Ce serait bien.

Quand Steve Batelier sortit de *Maous Burgers*, il se demanda si lui et les autres adultes qui avaient eu un mauvais pressentiment le matin même n'avaient pas commis une erreur. Des Corbeaux parcouraient encore le village, et des Faucons, ainsi que des Aigles, planaient toujours dans le ciel. Roger Czerneda avait patrouillé pendant des heures sur la partie riveraine du village pendant que Flash Foxgard et Ming Beargard montaient la garde sur les quais. Roger, qui venait de se garer, le rejoignit.

—Vous n'avez pas déjeuné ? s'enquit Steve.

Roger secoua la tête en lisant l'enseigne.

—*Maous Burgers ?*

—Vous n'y êtes encore jamais allé ?

—Jusqu'à présent, j'ai surtout fréquenté les magasins de la partie insulaire du village.

—On y mange les meilleurs hamburgers de la région du lac Etu, assura Steve. On ne peut pas s'en procurer sur l'autre rive, car Burt a la phobie de l'eau. Et des bateaux.

—Vous plaisantez.

—Non. Ils font aussi un très bon sandwich au rôti de bœuf.

—Dans ce cas, je crois que je vais ess…

« Crôa. Crôa. Crôa. »

—…ssayer.

Les deux hommes regardèrent une voiture remonter Main Street et se garer non loin d'eux. La plaque d'immatriculation indiquait que le véhicule provenait du Midwest, nota Steve. Il remarqua également que les Corbeaux prenaient position dans les arbres voisins.

L'homme qui ouvrit la portière marqua une hésitation en les voyant. Il venait de commencer à marcher vers eux quand le téléphone portable de Steve sonna.

Maman se manifeste toujours au bon moment, songea-t-il.

—Il se pourrait qu'on ait besoin d'aide, s'empressa-t-il de dire en se détournant de façon à faire croire à un appel personnel sans aucun lien avec l'étranger.

—Steve, je viens d'avoir un curieux pressentiment. (Sa mère marqua une pause.) Quel genre d'aide ?

— Tu as du papier et un stylo à proximité ?

— Oui.

Bien sûr, pensa Steve. Le contraire aurait été étonnant.

— Écris ceci. (Parlant à voix basse, Steve lui communiqua le numéro d'immatriculation, ainsi que le modèle et une description de la voiture.) Renseigne-toi. Je te rappelle.

Il raccrocha juste au moment où l'inconnu les rejoignit.

Petit. Élégant. Des cheveux clairs coupés si court qu'on les voyait à peine. Petites lunettes. Sourire mielleux.

Steve le détesta tout de suite, mais n'en arbora pas moins son expression impassible et attendit. Il éprouvait le sentiment que l'homme ne voulait pas lui parler et, surtout, qu'il n'avait pas envie d'attirer l'attention d'un policier. Raison supplémentaire de discuter avec lui.

— Vous êtes bien loin de chez vous, commenta Steve en désignant la voiture.

L'inconnu se tourna vers le véhicule, puis reporta les yeux sur Steve.

— Ah ! Oui, en effet. Je suis en voyage dans le Nord-Est pour affaires. J'avais l'intention de me rendre à Talulah Falls. J'ai tellement entendu parler des chutes d'eau. Mais apparemment il y a eu des problèmes et seuls les résidents sont autorisés à entrer ?

Une voix douce. À peine remarquable et pourtant bizarrement envoûtante. Une voix qui susurrait en sourdine « faites-moi confiance ».

— Les journaux télévisés du Midwest n'en ont pas parlé ? demanda Steve.

— Je n'ai pas vraiment fait attention. Parfois, les actualités détournent ce qui est important. J'espérais m'entretenir avec un représentant de l'autorité. Est-ce que l'un de vous pourrait me dire où je dois me rendre ?

— Inutile de vous déplacer. (Les muscles situés entre les omoplates de Steve le tiraillaient affreusement.) Je suis le maire de ce charmant village, et mon ami ici présent fait partie de la police. (Il attendit un instant.) À qui ai-je l'honneur de m'adresser ?

— Phileas Jones.

Regrettant de ne pas porter de gants qui lui auraient évité le contact direct avec la peau de cet étranger, Steve considéra un peu trop longtemps la main qui lui était tendue avant de la serrer.

— Dans quel secteur travaillez-vous, monsieur Jones ? s'enquit Roger.

— J'ai mentionné un voyage d'affaires, mais il serait plus juste de dire que je suis représentant pour des organisations philanthropiques.

— Et il n'y a pas assez de philanthropes dans le Midwest, pour que vous veniez jusqu'ici ? Ça fait beaucoup de kilomètres à parcourir et de coupons d'essence à utiliser pour de la prospection qui ne débouchera peut-être sur rien. (Roger se gratta la tête, puis repositionna son chapeau.) À moins que la perspective des gains à réaliser en vaille la peine, bien sûr.

Il y eut un lourd silence. Le sourire mielleux de Jones ne changea pas mais, étrangement, devint plus froid.

Dans le mille, Roger, songea Steve.

— Je suis spécialiste dans un domaine très particulier, déclara finalement Jones. Et s'il est vrai que j'avais l'intention de visiter les Falls pour voir de mes propres yeux ces merveilles de la nature, je suis venu à Port-Batelier, parce que… Eh bien, sans vouloir paraître indélicat, j'ai entendu dire qu'une jeune fille s'était donné la mort l'année dernière à cause d'une addiction qui la poussait à s'entailler la peau. Certains parents, convaincus que leur enfant finira par guérir, n'entreprennent pas les démarches nécessaires pour lui apporter l'aide professionnelle dont elle a besoin. Des études ont prouvé que, lorsqu'une fille montrait ce type de comportement, il en existait souvent d'autres dans sa communauté qui parvenaient à cacher leur addiction. Il arrive que les parents perçoivent certains symptômes sans en comprendre la signification. Jusqu'à ce qu'il soit trop tard.

Steve doutait que quoi que ce soit échappe à l'œil de Phileas Jones, mais espéra néanmoins qu'il ne s'était pas aperçu de son malaise.

— Je crains que l'incident n'ait pas été rapporté de façon correcte, déclara-t-il.

L'homme le gratifia d'un sourire froid et onctueux.

— Ah ? Comment cela ? Une jeune fille s'est jetée dans la rivière l'année dernière et s'est noyée. Que peut-il y avoir d'incorrect là-dedans ?

— Rien. Sauf qu'elle ne s'est pas jetée dans la rivière. Elle est tombée. À cet endroit, le courant est très fort. Il y a des rapides en amont. Même si la plupart des gens ici savent bien nager, la rivière fait une ou deux victimes par an. Et au moins un bateau saute la cascade tous les ans avant de s'écraser sur les rochers en contrebas. Vous avez sans doute entendu dire aux informations que quelques inconscients s'étaient aventurés sur l'eau il y a quelques jours alors que la visibilité était très mauvaise. Des sauveteurs et des volontaires sont encore en train de repêcher ce qui reste des bateaux et des corps. Ce genre de tragédie n'est malheureusement pas exceptionnel.

— Peut-être devrais-je parler aux administrateurs de vos écoles. Parfois, le personnel enseignant…

— Monsieur Jones, l'interrompit Steve d'un ton courtois, je crois que vous devriez remonter dans votre voiture et repartir. Peu importe ce que vous diront les autres. Moi, je vous dis que vous n'approcherez pas des enfants de Port-Batelier.

— Les philanthropes que je représente veulent simplement aider ces filles, protesta Jones. Pourquoi vous tenez-vous tant sur la défensive ? De quoi avez-vous peur ?

Faites-moi confiance. Combien de parents avaient regretté d'avoir écouté cette voix ?

— J'ai peur des Beargard qui dirigent le territoire qui nous entoure jusqu'à Lakeside, répondit Steve d'un ton de plus en plus coupant. J'ai peur qu'ils se mettent en colère de voir un étranger fourrer son nez là où il n'a rien à faire et qu'ils le poussent dans la rivière pour se distraire. Vous auriez dû prêter plus attention à ce qui se passait à Talulah Falls, monsieur Jones. Vous avez mal choisi votre moment pour chercher à faire des affaires autour des Grands Lacs. Est-ce que vous avez besoin d'aide pour trouver la sortie du village ?

Il y eut un nouveau silence pesant.

— Non, déclara Jones. Non. Je crois que j'ai toutes les informations qu'il me faut. Bonne journée, messieurs.

Ils l'observèrent tandis qu'il retournait vers sa voiture puis démarrait. Et Steve regarda les Corbeaux s'envoler pour suivre le véhicule de Jones aussi loin qu'ils le pourraient, relayés par les Faucons et les Aigles.

— Agent Czerneda ? lança finalement Steve.

— Monsieur Batelier ?

— Phileas Jones vous a-t-il fait l'effet d'un requin qui sourit ?

— Oui. Tout à fait.

Steve hocha la tête d'un air grave.

— Je ferais mieux de rappeler Simon Wolfgard.

Quand on frappa, Meg ouvrit la porte de service du bureau de liaison et découvrit Merri Lee.

Durant sa formation, elle avait visionné des vidéos de femmes subissant une agression, étudié des images de corps et de visages tuméfiés. Elle avait même vu l'une des filles de l'institution se faire battre, gifler et rouer de coups de pied ; une fille dont les prophéties ne valaient pas assez cher pour que le Contrôleur la garde. Celui-ci avait filmé la scène et la leur avait montrée si souvent que le fait de voir une fille mourir sous les coups avait fini par perdre une grande partie de son impact.

Une grande partie, mais pas tout.

Ces images prenaient une force particulière quand elles se superposaient au visage d'une amie.

— Tu te sens assez bien pour sortir ? s'enquit Meg en s'écartant.

— Le docteur Lorenzo m'a recommandé de me reposer pendant les premiers jours puis de rester raisonnable, répondit Merri Lee en pénétrant dans le vestiaire. Il s'est passé une semaine depuis… l'agression. Au début, j'ai traîné, j'ai lu des livres et regardé des films. Je me suis même offert quelques séances de massage. Maintenant, je ne tiens plus en place, et j'ai envie de me rendre utile. (Elle hésita.) Comme *Bon à Croquer* n'accepte que les résidents de l'Enclos, Tess n'a pas besoin de moi. J'ai proposé à Heather de l'aider à préparer les commandes de livres, mais elle est terrorisée par ce qui m'est arrivé, et je ne crois pas qu'elle se sentira à l'aise en ma compagnie tant que les bleus n'auront pas complètement disparu.

Meg comprenait la réaction d'Heather. Le visage de Merri Lee était encore contusionné ; son œil au beurre noir et ses hématomes devaient être vraiment impressionnants, au début. Heather vivait dans la partie humaine de la ville, et les blessures de Merri Lee rappelaient de façon cruelle ce qui pouvait arriver à quelqu'un qui fréquentait des Loups.

Contrairement à Heather, Meg n'avait aucune raison d'éviter Merri Lee, puisqu'elle n'était pas forcée de quitter l'Enclos et la protection qu'il représentait.

— Tu penses que Tess nous autoriserait à laver ces récipients à *Bon à Croquer* ? interrogea Meg en pointant du doigt six petites boîtes. Je suis censée préparer des assortiments de biscuits pour Loup mais, ici, je n'ai que le lavabo des toilettes.

— Je peux les emporter pour les laver là-bas, suggéra Merri Lee.

— Merci.

Un hurlement mêlé de trilles émana de l'accueil.

— Qu'est-ce que c'est que ça ? lança Merri Lee, surprise.

— Ça, soupira Meg, c'est Bug.

Aussitôt après le départ de son amie, Meg ouvrit les grandes caisses en plastique. Blair ne lui avait pas expressément interdit de donner un biscuit au jeune Loup. Elle s'empara d'une vache, puis réfléchit un moment avant de se saisir de l'un des biscuits en forme de bonhomme.

Elle traversa le bureau en direction de l'accueil puis, cachant le biscuit, elle donna des petites tapes sur le comptoir.

— Bug. Pattes avant, ici.

Il se rua vers elle et abattit ses pattes avant sur le comptoir, frémissant d'un enthousiasme juvénile.

Elle leva un doigt afin de retenir son attention.

— Doucement.

Puis elle lui montra le biscuit.

Il n'était pas assez grand pour sauter sur le comptoir ou passer par-dessus, et n'avait pas la capacité de se détacher assez longtemps du biscuit pour penser à prendre de l'élan. Après trois tentatives infructueuses pour s'emparer du gâteau, il finit par écouter les instructions de Meg. La quatrième fois qu'elle leva le biscuit, il réussit à le lui prendre avec délicatesse, même s'il s'emmêla ensuite les pattes tant il avait hâte de regagner son panier de Loup pour dévorer sa friandise.

Meg poussa un soupir et retourna attendre Merri Lee dans le vestiaire. Un biscuit à la camomille ne pouvait pas faire de mal à Bug. Et, franchement, si ça parvenait à le calmer, ça rendrait service à tout le monde, car si elle devait subir ces trilles une heure supplémentaire, elle assommerait Blair avec l'objet le plus lourd qu'elle pourrait soulever.

Si Bug lui avait mordu le doigt…

Sa main gauche la démangea soudain si vivement qu'elle éprouva une sensation de brûlure.

Bug… et des dents.

Quand Merri Lee reparut, Meg avait tout préparé dans les toilettes. Bug était si absorbé par son biscuit qu'il ne prêta pas la moindre attention à Meg lorsqu'elle ferma à clé la porte séparant la salle de tri de l'accueil. Peut-être valait-il mieux que Nathan ne soit pas le Loup de garde cet après-midi-là. Il aurait immédiatement compris ses intentions et lancé l'alerte.

— Pose ça, intima Meg aussitôt que Merri Lee pénétra dans le vestiaire. J'ai besoin de ton aide.

— Qu'est-ce que tu as à la main ? questionna Merri Lee en abandonnant les récipients propres sur la petite table ronde du coin-cuisine. Pourquoi est-ce que tu te frottes comme ça ?

— J'ai besoin de me couper. Il faut que tu écrives la prophétie.

Merri Lee recula d'un pas.

— Meg, ce n'est pas une bonne idée. Je ne sais pas comment…

— Il va se passer quelque chose ! cria Meg.

— Je vais prévenir Tess. Ou Henry.

— On n'a pas le temps ! haleta Meg, fournissant de gros efforts pour rester concentrée. Je ne peux pas t'expliquer comment ça fonctionne. Pas maintenant. Mais si je ne les avertis pas, quelqu'un sera blessé !

— Par les dieux d'en haut et d'en bas ! souffla Merri Lee. D'accord. Très bien. Qu'est-ce que je dois faire ?

— Tout est prêt. (Meg courut s'asseoir sur l'abattant fermé des toilettes et ouvrit son rasoir argenté.) Note tout ce que je dis. Au moment où je me couperai, dis « parle, prophétesse, et je t'écouterai ». Je ne me rappelle pas que le Contrôleur m'ait jamais dit ça, mais, quand Tess prononce cette phrase, ça m'aide à me concentrer.

— Par les dieux d'en haut et d'en bas ! murmura de nouveau Merri Lee.

Meg passa son rasoir au-dessus de sa main gauche, suivant la sensation de picotement jusqu'à ce qu'elle se transforme en une vibration centrée sur son petit doigt. Serrant les dents et luttant contre l'envie de s'entailler sans discernement, elle pratiqua une incision précise. La mâchoire toujours crispée, elle posa le rasoir sur le lavabo et ravala un hurlement tandis que l'intolérable douleur précédant la prophétie l'envahissait. Puis elle entendit les mots signifiant que le moment était venu de parler, et la souffrance laissa place à l'euphorie lorsqu'elle partagea les visions qui jaillissaient de son esprit au rythme de son sang qui gouttait dans le lavabo.

Lorsqu'elle revint à elle, Merri Lee la dévisageait.

—Waouh ! C'est fascinant à regarder, même si ça donne la chair de poule. (Meg détourna la tête.) Désolée. C'est juste que… Waouh ! (Merri Lee souffla.) Meg, il faut appeler quelqu'un. Je te pose un pansement d'abord ?

—Tu n'es pas obligée de rester. Donne simplement la prophétie à Henry. Il la transmettra à Simon.

Elle n'avait jamais imaginé qu'un humain puisse avoir la chair de poule en observant une *cassandra sangue* énoncer une prophétie. Peut-être que cela produisait le même effet sur tous les clients du Contrôleur. Ou était-ce différent quand on déboursait une grosse somme d'argent pour entendre des prédictions sur soi ?

—Bien sûr que je vais rester, protesta Merri Lee. (Elle ouvrit les robinets tour à tour et les ajusta jusqu'à obtenir la température qu'elle souhaitait.) Mets ta main sous l'eau.

Meg laissa son amie lui laver et lui sécher la main. Aucune d'elles ne prononça un mot pendant que Merri Lee appliquait un antiseptique et pansait soigneusement la plaie.

—Appelle Henry ou Tess, déclara Meg lorsqu'elles quittèrent la salle de bains. Simon ne va pas être content.

Elle nettoierait le rasoir plus tard, pensa-t-elle.

—Tu ne te rappelles rien de ce que tu as dit, n'est-ce pas ? questionna Merri Lee en la regardant d'un air étrange.

— Non. Pour s'en souvenir, il faut ravaler la prophétie. Ne pas parler, clarifia-t-elle.

— Et ça fait mal.

— Oui.

Merri Lee hocha la tête, une expression songeuse sur le visage.

— Je vais appeler Henry. (Elle s'arrêta avant de pénétrer dans la salle de tri.) Meg ? Je suis désolée d'avoir dit que ça donnait la chair de poule. C'est effrayant, dans un sens, mais j'aimerais mieux comprendre. Et j'aimerais t'aider. (Elle marqua une pause.) J'ai une idée. Je vais demander à Lorne s'il vend des fiches cartonnées aux *Trois P*.

Pendant que Merri Lee appelait Henry et Lorne dans la salle de tri, Meg nettoya son rasoir. Elle voulait le mettre hors de vue avant que les Autres fassent irruption dans le bureau.

Vlad entra dans le bureau des *Bouquins Hurlants*.

— Encore une réunion ?

— Les humains en ont tout le temps, rétorqua Simon sans bouger de son siège.

— Je sais. Comment arrivent-ils à travailler ?

Simon s'en fichait pas mal de savoir si les singes arrivaient à travailler ou non.

Tess, Henry et Blair apparurent.

— Fermez la porte, leur intima Simon.

— Mauvais signe, marmonna Blair en s'exécutant.

Simon alla droit au but :

— Steve Batelier m'a appelé aujourd'hui. Jerry Cocher venait de repartir après nous avoir livré les biscuits. De nombreux Intuits ont eu un mauvais pressentiment ce matin, alors ils ont transféré tous les enfants sur l'île.

— Voilà pourquoi tu voulais que Nathan surveille la zone de livraison au lieu du bureau, conclut Blair.

— Oui, confirma Simon. Batelier a rappelé il y a quelques minutes. Un homme dénommé Phileas Jones est passé à Port-Batelier.

— Fil, déclara Tess. As.

Simon hocha la tête.

— Batelier a trouvé qu'il avait un sourire de requin.

— Que voulait ce Phileas Jones ? s'enquit Vlad.

— Il ne l'a pas dit de façon explicite, mais Batelier pense qu'il cherche des prophétesses du sang, répondit Simon.

— Ce requin est-il toujours à Port-Batelier ? interrogea Tess.

— Non, déclara Simon. Batelier lui a dit de partir. Les Crowgard, Hawkgard et Eaglegard l'ont suivi jusqu'à Lakeside avant de perdre sa trace dans la circulation. On peut supposer qu'il va se cacher par ici.

— Est-ce qu'on appelle le lieutenant ? demanda Blair. Peut-il localiser ce Jones ?

— Peu probable, répondit Vlad. Jones est un nom fréquent, et Lakeside regorge d'hôtels, d'auberges et de chambres d'hôtes. Nous ne savons même pas à quoi ressemble cet homme, à part qu'il a un sourire de requin, ce qui, je le crains, ne sera guère utile à la police.

— Batelier m'a donné une description basique, et Czerneda et lui tentent d'établir un portrait-robot, ajouta Simon. Quand ils l'auront terminé, ils nous l'enverront, ainsi qu'au lieutenant Montgomery. Mais je ne pense pas que nous aurons à le chercher. Nous savons qu'il est là, et il n'y a qu'une seule prophétesse du sang à Lakeside. (Il se tourna vers Blair.) Tu as installé Bug au bureau de liaison ?

— Plus ou moins. Mais il ne fait pas un très bon Loup de garde.

— Nathan n'est pas loin. Dans deux jours, nous rencontrerons les chefs du Midwest, du Nord-Est et du Grand Nord-Est. Les magasins de l'Enclos resteront fermés aux humains, mais je veux tout de même que nos employés humains travaillent. Marie Hawkgard montera la garde aux *Bouquins Hurlants*. Nathan patrouillera autour de la place du Marché, du bureau de liaison et du consulat.

— Moi aussi, gronda Blair. Pour l'instant, le comportement d'attaque de Bug, c'est de marcher sur les pieds de quelqu'un pour voir s'il a quelque chose à manger.

On tambourina à la porte, puis John ouvrit et passa sa tête dans l'entrebâillement.

— Désolé de vous interrompre, mais Merri Lee vient d'appeler pour demander à Henry ou à Tess de se rendre tout de suite dans le bureau de liaison. Meg vient d'énoncer une prophétie.

Simon poussa tout le monde et bouscula John avant de descendre les marches de l'escalier quatre à quatre et d'ouvrir à la volée la porte de service des *Bouquins Hurlants*. Malgré tout, il fut moins rapide que Vlad, qui avait ouvert la fenêtre de l'étage et s'était laissé glisser le long du mur, puis du trottoir, sous forme de brume. Quand Simon le rattrapa, Vlad avait déjà repris forme humaine et ouvrait la porte de service du bureau de liaison.

Ils se ruèrent ensemble à l'intérieur, suivis d'Henry, Blair et Tess.

Merri Lee sursauta en poussant un cri de surprise. Elle considéra les Autres, puis se détourna vers la table et déclara :

— Tu ne plaisantais pas quand tu disais qu'ils ne le prendraient pas bien.

Simon darda aussitôt son regard vers la table. Meg était assise sur une chaise, le visage un peu trop pâle. Elle leva la main gauche pour montrer le pansement propre – et de taille très réduite – qu'elle portait à l'auriculaire.

Il avait envie d'arracher ce pansement, de voir la plaie et de la lécher pour la nettoyer. Il voulait…

Un grondement d'avertissement de la part d'Henry le dissuada de faire un deuxième pas en direction de la table.

— Tu prépares de l'infusion ? demanda Tess.

— Menthe pour moi et camomille pour Meg, acquiesça Merri Lee.

— Je vais terminer. Assieds-toi.

Comme Merri Lee ne bougeait pas, Simon recula autant qu'il le put sans se heurter à Blair ni à Henry qui se tenaient derrière lui.

— Tu vas bien, Meg ? s'enquit Vlad.

Elle hocha la tête, puis considéra Merri Lee en touchant du doigt le carnet et la pile de fiches cartonnées posés sur la table.

— Dis-leur.

Merri Lee s'assit sur l'autre chaise.

— Je ne savais pas comment il fallait procéder, alors j'ai pris des notes supplémentaires.

— Les mots d'abord, intima Henry.

Merri Lee examina sa liste.

— « Dents. Non ! Sandwich. Crâne et tibias entrecroisés. Balai. Grenouilles colorées. Bras. Requin. Bouilloire. »

Simon réprima son désir de grogner et de hurler pour exprimer son mécontentement et sa frustration. Ce n'étaient que des inepties incompréhensibles. À l'exception de deux éléments qui étaient déjà apparus dans de précédentes prophéties. Dont un au moins désignait un danger mortel.

Tess posa les tasses d'infusion sur la table. Elle regarda le carnet de notes, puis les fiches cartonnées.

— Que représentent ces petits dessins ?

— Des associations, répondit Merri Lee. Meg ne se contentait pas de prononcer des mots. Elle faisait des gestes qui semblaient liés à ce qu'elle disait. Ça m'a rappelé un jeu auquel je jouais quand j'étais petite. Il fallait essayer d'inventer une histoire à partir de plusieurs illustrations dessinées sur des cartes, et il était possible d'en changer l'ordre à trois reprises.

Tess étala les fiches afin de toutes les dévoiler. Puis elle s'empara du carnet de notes et l'apporta aux autres *terra indigene*.

Simon observa la première fiche et gronda en voyant la tête de Loup qui y était caricaturée, une sorte de symbole sur ses crocs exhibés. Il comprit à la façon dont Merri Lee se tassa sur elle-même que gronder n'arrangeait rien à cet instant, mais il ne pouvait pas s'en empêcher.

— Pas de dents ? avança Vlad.

— Interdiction de mordre, répondit Merri Lee. Le cercle barré d'un trait signifie « interdit de » ou « ne pas », et Meg, juste après le mot « dents », a crié « non ! » en mimant le geste de mordre.

— Vraiment ? lança Meg, l'air surpris.

— Tu m'as demandé d'écrire les mots, mais j'ai pensé que les gestes avaient aussi leur importance. J'ai eu l'impression que ça voulait dire « ne pas mordre ».

Merri Lee tapota du doigt la fiche cartonnée portant la tête de Loup avec le symbole d'interdiction sur le museau.

— Le crâne et les tibias entrecroisés signifient « poison », déclara Tess au moment où Merri Lee posa la fiche cartonnée correspondante au-dessus de celle du Loup. Nous l'avons déjà vu quand Meg a énoncé la prophétie qui a permis de sauver les poneys. (Elle inspecta la liste.) « Sandwich » ? Ça ne paraît pas menaçant. « Bras » non plus.

De la fourrure jaillit sur les épaules et le dos de Simon. Il devait rester humain. Garder le contrôle. Il devait écouter et ne pas crier après Meg pour ne pas l'avoir appelé, lui.

— Chaque fois qu'elle prononçait le mot « sandwich », Meg faisait comme si elle tartinait quelque chose sur son bras, annonça Merri Lee en posant les cartes « sandwich » et « bras » après celle du poison. Mais le sandwich ne se réfère pas forcément à de la nourriture. Ça peut vouloir dire « plusieurs couches », si les visions ne sont pas toujours à prendre au sens littéral.

— Je ne sais pas, avoua Meg quand tous les regards se tournèrent vers elle. Je n'ai jamais participé au déchiffrage des visions. Je ne sais pas comment ça fonctionne.

— « Grenouilles » ? lança Tess.

Merri Lee jeta un coup d'œil à Meg et poussa la carte correspondante sur la table.

— Quand je suis allée téléphoner à Henry dans la salle de tri, j'ai vu un magazine sur le comptoir. Il était ouvert à une page où figurait une photo de grenouilles.

Vlad disparut et revint avec le magazine en question. À mesure qu'il parcourait l'article, son visage se rembrunit.

— « Venimeuses ». « Mortelles ». « Un mécanisme de défense contre les prédateurs, car les dévorer entraîne la mort ». Montgomery a parlé de grenouilles venimeuses tuant leurs agresseurs.

Se penchant sur la table, Henry positionna la carte « grenouille » après le crâne et les tibias entrecroisés.

— On ne peut pas s'étaler du poison sur la peau, commenta Simon. On se tuerait en faisant ça, non ?

— Sandwich. (Tess tint ses mains l'une au-dessus de l'autre, ne laissant qu'un faible espace entre les deux.) Deux couches protectrices, avec du poison au milieu ?

Tous contemplèrent l'histoire que décrivaient les fiches cartonnées. Puis ils observèrent Meg.

— On attache les filles à un fauteuil pour les couper. Je n'ai donc jamais dû mimer quoi que ce soit avant, expliqua-t-elle. Je ne me rappelle pas l'avoir fait aujourd'hui. Mais les cartes… (Elle toucha une fiche.) Le Contrôleur aurait très bien pu faire ça, ordonner des dessins jusqu'à obtenir une séquence qui ait un sens pour le client.

— Peut-être que le requin risque de mordre et que le « non » est un avertissement ? proposa Merri Lee. Meg n'a pas mentionné de Loup, juste le requin et les grenouilles, et les grenouilles ne mordent pas. Du moins à ma connaissance.

Meg n'avait pas besoin de mentionner un Loup, songea Simon. *Elle sait qui est le plus susceptible de mordre un intrus. Tout comme Merri Lee.*

— Steve Batelier m'a appelé, annonça-t-il. Nous savons que le requin est un humain dénommé Phileas Jones.

— Ah bon ? s'exclama Meg.

Sans tenir compte de sa réaction, Simon disposa le dessin simplifié d'un ovale doté d'une nageoire et d'une queue à la suite des autres cartes.

— Et si nous mettions les fiches dans un ordre différent, pour voir si une autre histoire est possible ? suggéra Henry.

Il les classa autrement. Merri Lee tendit le bras, hésitante, et en changea quelques-unes de place.

Henry approuva d'un hochement de tête :

— C'est une histoire. Ne pas mordre le requin qui a un sandwich au poison sur le bras.

— Que viennent faire le balai et la bouilloire là-dedans ? demanda Simon.

Merri Lee secoua la tête et posa ces deux cartes à l'écart des autres.

— Aucune idée. Je ne sais pas pourquoi, mais j'ai l'impression qu'elles vont ensemble.

Simon ne remarqua que Blair avait quitté la pièce que lorsque la sentinelle reparut et fusilla Meg du regard, une moitié de biscuit à la main.

— Qu'est-ce que tu as donné à Bug ? lança-t-il.

— Je voulais le calmer, alors je lui ai donné un biscuit à la camomille, répondit Meg en plissant les yeux. C'était ça ou je te mordais pour avoir laissé ce Loup chantant ici.

N'importe qui d'autre se serait déjà fait mordre pour une telle arrogance, songea Simon.

— Qu'est-ce qui ne va pas ? demanda-t-il à Blair.

— Ce maudit Loup ronfle à l'accueil, gronda la sentinelle. Il ne s'est même pas rendu compte de notre présence. Ce qui n'est pas très rassurant, vu qu'il est censé monter la garde.

Cette dernière phrase était adressée à Meg.

— J'informerai la boulangerie que les biscuits à la camomille sont un peu trop forts, déclara-t-elle. Et trop gros. Je n'avais pas l'intention de l'endormir, juste de le calmer un peu.

Simon étudia les deux humaines. Meg et Merri Lee avaient bien géré cette prophétie ensemble, et l'idée des cartes pour partager les images que Meg avait vues était bien trouvée. Mais elles auraient dû le prévenir avant la coupure. Après tout, Meg était son amie. Il aurait dû être mis au courant. C'est pourquoi, au lieu de les féliciter, il gronda :

— Est-ce que vous pourriez essayer d'éviter les ennuis jusqu'à la fin de l'après-midi ?

— Oh ! Simon, maugréa Tess.

Soudain, la main d'Henry s'abattit sur son épaule, manquant de lui faire ployer les genoux.

— Notre Meg a réussi à ne pas s'attirer d'ennuis, déclara le Grizzly. Son amie était avec elle pour la surveiller et l'aider. Elles ont vu beaucoup de choses, et des vies seront épargnées grâce à ce que nous avons appris.

— Tu devrais rentrer chez toi pour te reposer, dit Simon à Meg.

S'il rentrait avec elle, ils pourraient se pelotonner l'un contre l'autre pendant un moment ou jouer. Ou alors, elle pourrait le caresser en regardant un film.

— Merri Lee m'aide à confectionner des assortiments de biscuits, répliqua Meg sur un ton qui laissait penser que l'unique jeu qu'elle avait en tête à cet instant consistait à frapper le Loup qui se tenait devant elle.

Un grondement menaçant s'éleva, signifiant qu'il fallait partir avant qu'Henry ne l'y incite de façon amicale. Et les incitations du Grizzly avaient tendance à faire mal.

Simon déchira les pages contenant la prophétie, laissa tomber le carnet de notes sur la table et sortit. Puis il attendit Vlad et les autres dehors.

—Très bien, grommela Blair. Ça ne me dérangerait pas d'avoir quelques-uns de ces biscuits à la camomille pour en donner aux louveteaux quand il est l'heure de dormir, mais un Loup de garde est censé rester éveillé, même si c'est un buggy.

—Demande à Nathan de revenir pour la dernière heure, recommanda Simon.

—Nathan est trop gentil pour surveiller ces deux femelles.

Autrement dit, Blair envisageait de rester posté dans le bureau pour le reste de la journée.

—Cette prophétie ne me dit rien qui vaille, commenta Henry. La venue de nombreux chefs *terra indigene* à Lakeside et l'apparition soudaine de ce requin sur notre territoire sont-elles liées ?

—S'il est ici à la recherche d'une prophétesse du sang, le lien, c'est Meg, répondit Vlad. C'est elle la raison pour laquelle Simon a organisé cette réunion. Je me demande si l'ennemi n'est pas lui aussi guidé par des prophéties. Pourquoi ne se servirait-il pas d'une *cassandra sangue* afin de connaître le meilleur moment pour nous attaquer ?

—Ce Phileas Jones viendra dans l'Enclos avec un système de défense qui nous tuera si nous réagissons comme d'habitude, déclara Simon.

—Alors, nous devons utiliser des armes humaines au lieu de nos crocs, rétorqua Henry. Quoi qu'il en soit, nous ferons en sorte que Jones ne reparte pas d'ici avec Meg.

Simon hocha la tête.

—Il ne l'aura pas.

—Allô ?

—Les Autres profitent gratuitement de ce qui vous appartient.

— Vous en êtes sûr ?

— Non seulement ils l'utilisent à leurs fins personnelles, mais ils fournissent aussi des échantillons à d'autres parties intéressées. J'avais une excellente piste qui aurait dû me permettre d'acquérir de la marchandise, mais on m'a coupé l'herbe sous le pied. On m'attendait.

— Où ça ? À Lakeside ?

— Non, dans un village appelé Port-Batelier. Je suis maintenant à Lakeside. Je vais attendre quelques jours que la situation se calme, puis je verrai ce que je peux faire pour récupérer votre bien.

Chapitre 20

— M. Smith au téléphone pour vous.

Le Contrôleur décrocha le combiné.

— Que se passe-t-il ?

— Les rebuts que je vous ai vendus. J'aimerais les récupérer.

— Nous étions convenus lors de la vente qu'il n'y aurait pas de retour possible.

— Oui, je sais, mais toutes mes meilleures filles souffrent de graves crises. Quelles que soient les questions qu'on leur pose, elles parlent d'un tueur, d'un destructeur, de sang, de feu et de mort. Comme ils n'obtiennent pas ce pour quoi ils ont payé, les clients exigent de se faire rembourser.

— Les prophéties relèvent de l'interprétation, monsieur Smith. C'est votre travail de décrypter ce que voient les prophétesses. Vous savez comme moi avec quelle clarté la vérité peut apparaître une fois que l'on dépasse le sens littéral des visions.

Il y eut une pause.

— Et si les filles racontent vraiment ce qu'elles voient pour mes clients ?

— C'est peu probable.

Un nouveau silence s'installa.

— Au sujet des filles…

— Les rebuts que vous m'avez vendus ont déjà servi et ne sont plus disponibles. Au revoir, monsieur Smith.

Le Contrôleur raccrocha et garda les yeux rivés sur le téléphone. Puis il pressa le bouton de l'interphone et attendit la réponse de son assistante.

— Monsieur ?

— Préparez cs747.

« À la une aujourd'hui : une ville du Midwest a été placée sous quarantaine après une explosion de violence. Des rumeurs affirment qu'une cargaison de bœuf haché empoisonné a causé une série de violentes attaques ayant entraîné plusieurs victimes. Les autorités croient à un incident isolé mais invitent à la prudence et recommandent aux citoyens qui auraient acheté du bœuf haché au cours des trois derniers jours de le jeter. »

Nauséeux et émotionnellement épuisé, Monty éteignit la radio, ferma son appartement à clé et se hâta de rejoindre l'arrêt de bus. Il devait entendre ce que Burke avait à dire à tous ses hommes ce matin-là ; et tout ce qu'il serait prêt à dire en privé.

Il doutait que d'autres humains à part lui, Dominick Lorenzo et le capitaine Burke sachent ce que Meg Corbyn avait révélé lorsqu'elle avait expérimenté cette étrange prophétie en rouvrant sa plaie. Par conséquent, ils étaient les seuls à avoir une idée assez précise de ce que découvriraient les policiers qui enquêtaient sur les faits de violence dans le Midwest.

Le bœuf avait été contaminé par de la chair humaine d'un genre particulier.

Le Contrôleur regarda les assistants serrer les sangles qui maintenaient la fille attachée au fauteuil et l'empêchaient de se débattre au moment de la coupure. En effet, une incision imparfaite gâchait à la fois la peau et la vision. Comme d'autres travaillant dans le même secteur que lui, il avait récemment perdu quelques clients importants. Des hommes qui, d'ordinaire, lui rendaient visite régulièrement et prétextaient à présent toutes sortes de raisons pour ne plus vouloir d'autre prophétie.

Ne plus vouloir d'autre prophétie ? Ses clients n'étaient pas du genre à livrer leur destin au hasard. Non, ils étaient partis dans des institutions de la côte ouest ou dans l'un de ces « foyers caritatifs » du Sud-Est et avaient payé pour une coupure sur une fille de qualité inférieure.

Si c'était là toute la loyauté qu'ils étaient capables de lui démontrer après tous les conseils qu'il leur avait prodigués, alors, qu'ils aillent tous se faire foutre. Les prophéties pouvaient se lire de nombreuses manières. Jusqu'à récemment, ses filles et ses interprétations surpassaient tout ce qui existait dans la profession.

Le moment était venu d'utiliser ses propres ressources pour découvrir ce qui se passait. Les ennuis avaient commencé quand cette garce de cs759 avait réussi à s'évader. S'il était impossible de la récupérer, il fallait la détruire.

Mais il ne se trouvait pas là pour Meg Corbyn. Juste pour lui-même.

Il claqua des doigts et attendit que cs747 concentre son attention sur lui.

— Parle-moi de mon avenir. Que vois-tu autour de moi ? Parle. Dis-moi ce que tu vois.

Il avait demandé une incision sur une peau de premier choix. Cette fille ne possédait plus une grande surface utilisable, mais la seule qui la surpassait question prophéties était cs759.

— Parle-moi de mon avenir. Dis-moi ce que tu vois, répéta-t-il quand on procéda à la coupure et que le sang se mit à couler.

Elle lutta. En dépit de l'atroce douleur qui la submergeait tant qu'elle n'avait pas prononcé les premiers mots, cette garce résistait toujours pendant quelques secondes, si bien qu'il n'était jamais certain qu'elle révélait tout ce qu'elle avait vu avant que l'euphorie brouille sa mémoire.

— Une carte, dit-elle d'un ton rêveur. Vous tenez une carte de Thaisia. Elle saigne. Toutes les villes saignent. Le sang coule sur le sol, goutte à goutte, éclaboussant vos chaussures. (Elle marqua une pause.) Ils connaissent votre nom.

Le Contrôleur retint son souffle. Personne ne connaissait son vrai nom.

— Comment m'appellent-ils ? demanda-t-il d'une voix brusque.

— Tueur. (Elle sourit et planta dans le sien un regard limpide.) Destructeur.

Puis elle éclata d'un rire hystérique.

Il se leva, furieux.

— Nettoyez-la et ramenez-la dans sa cellule.

La prochaine fois qu'il enverrait des rebuts au hachoir, cette garce serait du voyage.

Allongée sur son lit étroit, Jean flottait dans les dernières vapeurs de l'euphorie. Les Noms-qui-marchent qui l'avaient ramenée à sa cellule l'avaient-ils violée ? ou était-elle trop abîmée par les coupures et les coups pour qu'ils puissent prendre leur pied ?

Elle devait tenir, pour ces moments précédant celui où la douleur la forçait à parler. Elle pouvait résister plus longtemps, mais le Contrôleur risquerait de commencer à se poser des questions et d'ordonner aux Noms-qui-marchent de fouiller sa cellule de manière plus approfondie. Là, ils découvriraient peut-être ses petites incisions secrètes et se demanderaient ce qu'elle avait bien pu voir.

Elle en avait vu assez pour savoir qu'elle devait tenir un peu plus longtemps.

Toutes les villes en sang à cause du Contrôleur. Voilà l'avenir qui attendait les humains de Thaisia. Seule une personne était susceptible de changer le cours des événements, et ce n'était pas le Contrôleur. C'était Meg Corbyn.

— Meg, murmura Jean avec un sourire.

Tandis qu'elle sombrait dans le sommeil, elle se demanda pourquoi, dans chacune des visions qu'elle avait eues dernièrement, sa main zébrée de cicatrices tenait un pot de miel.

Au volant de la BAR, Meg se dirigea vers le complexe Wolfgard. Le complexe Vert, où elle vivait, était la seule résidence multiespèce, et donc la seule où les humains étaient tolérés. Les autres n'abritaient que des individus d'une même espèce, et, même quand elle effectuait des livraisons, elle s'appliquait à rester discrète, se cantonnant aux pièces destinées au courrier et aux colis.

Cependant, ce jour-là, elle voulait voir Sam avant de commencer sa journée de travail, aussi avait-elle pris la route du complexe Wolfgard avec ses boîtes de friandises, des biscuits qu'elle avait cassés en morceaux d'une taille adaptée à des louveteaux ainsi que quelques biscuits pour adultes.

Les louveteaux jouaient devant la résidence lorsqu'elle se gara. Tous restèrent concentrés sur le jeu et leurs compagnons, sauf un, qui s'élança vers elle dès qu'elle sortit de la BAR, poussant de toutes ses forces sur ses pattes qui paraissaient trop grosses pour son corps.

— Sam ! s'exclama-t-elle d'un ton joyeux en s'accroupissant, les bras ouverts.

Les autres louveteaux, en l'entendant crier et en voyant Sam courir vers elle, se joignirent à la chasse.

Alarmée, Meg se redressa aussitôt. Sam se rappellerait certainement qu'il devait faire preuve de délicatesse avec elle, mais ses petits camarades, eux, ignoraient qu'il ne fallait pas lui donner de coups de dent ni de griffe. Même s'ils n'avaient pas l'intention de lui faire du mal, un accident pourrait avoir de terribles répercussions pour tout le monde.

Un « ahouuuu » sévère s'éleva, et ils s'arrêtèrent net.

La femme qui s'approchait à grands pas avait beau avoir une apparence en grande partie humaine, sa véritable nature ne faisait aucun doute, ne serait-ce qu'en raison de ses oreilles de Loup et de la fourrure qui lui tenait lieu de cheveux.

— Bonjour, lança Meg.

Elle adressa un sourire à l'inconnue avant de s'accroupir pour serrer Sam contre elle. Il sautilla, lui donna des coups de langue et se mit à lui parler en Loup, accompagné par les vocalises des autres louveteaux.

Meg se leva en riant.

— Désolée, je ne parle pas le Loup.

— Pas de transformation dehors, décréta la femme d'un air austère. Il fait encore trop froid pour être à l'extérieur sous forme humaine sans vêtements.

Ça m'évitera de me retrouver face à une meute de petits garçons tout nus. Et de petites filles, peut-être ? songea Meg en ouvrant la portière passager. Elle ne se sentait pas prête à les examiner d'assez près pour déterminer leur sexe.

Dès qu'ils aperçurent les boîtes, les louveteaux se pressèrent autour d'elle, manquant de la faire tomber.

— Assez ! intima Meg avant que la femme ait eu le temps de réagir. Les louveteaux polis auront droit à une friandise. Ceux qui sont dissipés n'auront rien du tout.

Après quelques bousculades et mordillements, les louveteaux se mirent rapidement en rang derrière Sam et la regardèrent avec des yeux pleins d'espoir. La femme, quant à elle, se contentait d'observer.

Meg s'étonnait toujours d'obtenir des résultats lorsqu'elle exigeait la politesse. Sous leur forme de poneys, les étalons des Élémentaires distribuaient le courrier de l'Enclos et venaient au bureau remplir leurs corbeilles de lettres à rapporter à chaque résidence. Elle leur donnait des friandises chaque matin ; des carottes, des pommes, ou, le lunedi, des morceaux de sucre. Dès qu'ils commençaient à se bousculer pour prendre la tête de la file dans l'espoir d'être servis en premier, il lui suffisait généralement de leur rappeler que seuls les poneys polis avaient le droit de transporter le courrier et de recevoir des friandises pour qu'ils se calment. Étant donné qu'ils portaient des noms comme Tornade et Avalanche et qu'ils pouvaient facilement réduire en miettes les murs qui l'entouraient, son insistance pour les inciter à se comporter correctement relevait autant de la sécurité que des bonnes manières.

— Ce sont des biscuits frais, déclara Meg en ouvrant la boîte. Des friandises spéciales.

Elle tendit un morceau de biscuit.

Sam s'approcha et s'en empara avec une prudence exagérée, montrant l'exemple aux autres louveteaux. Dès que le dernier fut servi, tous partirent en courant pour croquer leurs petits gâteaux.

Meg reporta son attention sur la femme.

— Je suis Meg, l'agent de liaison.

Même si aucun *terra indigene* de l'Enclos n'ignorait qui elle était. Non seulement elle était l'une de leurs employés, mais elle représentait aussi une source de divertissement majeure.

Meg espérait que la curiosité de la femme lui laisserait le temps d'évoquer l'autre raison qui l'avait conduite au complexe.

— Vous n'êtes pas une femelle dominante, et pourtant ils vous ont obéi, déclara finalement la Louve.

— S'ils n'avaient pas été polis, ils n'auraient pas eu de biscuit.

La Louve secoua la tête.

— Ils sont encore jeunes, mais ils auraient pu vous voler les biscuits s'ils n'avaient pas jugé important de vous obéir. Vous n'êtes pas dominante, mais vous n'êtes pas une proie non plus. C'est intéressant. Je suis Jane, la marchecorps Wolfgard. (Elle effleura du doigt l'une de ses oreilles velues.) Ça ne vous effraie pas ?

Meg réfléchit à la question. Elle avait déjà vu Simon en partie Loup et humain. Cela arrivait d'ordinaire quand il était en proie à d'intenses émotions qui le poussaient à emprunter d'instinct ce dont il avait besoin à chacune des deux formes. Le connaissant totalement humain et totalement Loup, elle trouvait la forme intermédiaire plus dérangeante. Ou, à tout le moins, plus déstabilisante.

— Vous avez l'air équilibrée, répondit Meg avec honnêteté.

Elle ignorait si Jane était dans l'incapacité de se transformer complètement en humaine ou s'il s'agissait d'un choix personnel. Toujours est-il qu'elle comprenait désormais pourquoi *Aux Bouquins Hurlants* et *Bon à Croquer* étaient parfois réservés aux résidents de l'Enclos. La plupart du temps, les humains étaient mal à l'aise en présence des Autres. Se faire rappeler que ceux qui dirigeaient Thaisia, et presque toute la planète, n'avaient jamais été et ne seraient jamais humains ne pouvait qu'exacerber les crispations d'une relation déjà tendue.

— Je suis contente que vous soyez là. (Meg sortit la deuxième boîte de la BAR.) M. Wolfgard souhaitait garder la plus grande partie des biscuits de cette livraison pour sa réunion, mais je voulais que quelques Loups adultes les goûtent. S'ils en ont envie. J'aimerais savoir si ça vaut la peine que j'en commande à la boulangerie de Port-Batelier. (Elle ôta le couvercle et présenta la boîte à Jane.) Les biscuits en forme de vache sont au bœuf, ceux en forme de dinde sont à la volaille et…

Jane en souleva un.

— Ceux-ci sont à l'humain ?

Meg étouffa un soupir. Ce serait le premier commentaire qu'elle noterait sur la liste : ne pas confectionner de biscuits en forme de bonhomme. Les Loups s'y intéressaient beaucoup trop et, avec une logique dérangeante, sautaient tous à une conclusion erronée quant au goût.

— Non, ceux-ci sont à la camomille, répondit Meg. C'est une plante dont on se sert pour préparer des infusions calmantes. J'en ai donné un à Bug et… disons qu'il a dormi pendant plusieurs heures.

— J'en ai entendu parler.

Jane renifla le biscuit.

— Je crains que ce ne soit trop dur pour des dents humaines, s'empressa d'ajouter Meg quand Jane fit mine de mordre dedans.

Elle se demandait à quoi pouvait ressembler une bouche humaine remplie de crocs de Loup, puis se dit qu'elle préférait ne pas le savoir.

— Bref, j'ai pensé que ces biscuits à la camomille pourraient vous être utiles. J'ai lu dans les instructions qu'il était possible de les congeler.

— Oui, ils pourraient nous être utiles, affirma Jane d'un air songeur.

— Les autres ne sont que de simples friandises. Les rectangulaires sont au miel.

Jane esquissa une grimace, confirmant les soupçons de Meg : les biscuits au miel n'intéressaient pas les Loups. Cependant, Henry en avait pris quelques-uns, et Jenni Crowgard en avait emporté un pour le partager avec ses sœurs.

— Il vaudrait mieux que j'y aille, sinon je vais être en retard au bureau, déclara Meg en fermant la portière passager avant de contourner le véhicule. Faites-moi savoir ce que vous pensez des biscuits.

Lorsqu'elle monta dans la BAR, les louveteaux se ruèrent dans sa direction, jusqu'au moment où ils se rendirent compte que c'était Jane qui tenait à présent la boîte de gâteaux. Un seul la regarda partir, poussant un hurlement plaintif semblable à un grincement de porte.

Quand Monty atteignit les *Bouquins Hurlants*, il se retrouva face à un écriteau annonçant « RÉSERVÉ AUX RÉSIDENTS ». Il frappa néanmoins et ne s'arrêta que lorsque Simon débloqua le verrou et entrouvrit le battant.

— Le moment est mal choisi, lieutenant, déclara-t-il en lui barrant l'entrée de la boutique. L'Enclos reçoit des invités pendant quelques jours, et les magasins ne sont pas ouverts aux humains.

— J'ai quelques questions à poser, et il me faut des réponses. D'autre part, vous trouverez sans doute utile d'avoir quelques clients humains triés sur le volet.

Simon l'étudia, ses yeux d'ambre traversés de reflets rouges. Puis il s'écarta assez pour lui permettre d'entrer.

Après avoir verrouillé la porte, Simon retourna vers les rayonnages.

Monty le suivit et mit momentanément de côté ses interrogations lorsqu'il lut les noms des auteurs. Il se saisit d'un livre.

— Alan Wolfgard ? Je n'ai jamais entendu parler de lui. Quel genre de romans écrit-il ?

L'encre rouge étalée sur la couverture lui donnait un bon indice, mais il lui paraissait plus prudent de demander.

— Des thrillers et de l'horreur, répondit Simon avec un sourire carnassier. Comme vous avez dû le deviner d'après son nom, c'est un *terra indigene*, donc, à moins d'avoir emprunté quelques ouvrages de notre bibliothèque, il est peu probable que vous ayez entendu parler de lui. Posez la question à Ruthie. Je crois qu'elle a lu plusieurs livres d'Alan.

Dans ce cas, il ne se priverait pas d'interroger Ruthie. Et Kowalski.

— J'ai entendu dire que le bus de l'Enclos s'était rendu plusieurs fois à la gare aujourd'hui pour aller chercher des passagers.

— Notre droit à utiliser les trains fait partie des accords autorisant les humains à construire des voies ferrées entre les villes.

— Je ne contestais pas le droit qu'ont les Autres à utiliser le chemin de fer, monsieur Wolfgard. Mais vous m'avez dit que vous receviez des invités. Compte tenu de l'agitation qui règne ici et de l'avenir encore incertain de Talulah Falls, je suis inquiet.

Simon ne leva pas les yeux du présentoir.

— Les chefs *terra indigene* ont besoin de se voir pour discuter. Les dirigeants humains ne se réunissent-ils pas pour débattre de problèmes qui concernent leurs semblables ?

— Si, mais, quand nos dirigeants se réunissent, il est rare que des villes disparaissent.

Simon éclata d'un rire glacial.

— Attendez ici.

Il s'éloigna vers le fond du magasin.

Un rassemblement de chefs *terra indigene*, pensa Monty. Depuis combien de temps cet événement était-il prévu ? Quel en avait été le catalyseur ? Et pourquoi l'Enclos de Lakeside avait-il été choisi pour héberger cette réunion particulière ?

Simon revint et lui tendit un livre épais.

— Vous avez votre version de l'histoire de Thaisia depuis que les humains sont arrivés sur ce continent, et nous avons la nôtre. N'allez pas croire que vos dirigeants n'ont aucune part de responsabilité dans la disparition de ces villes. Maintenant, posez vos questions et partez.

Ai-je vraiment envie de savoir les choix que nous avons faits ? songea Monty. *Combien d'humains ont-ils eu l'occasion de voir cette version de l'histoire de Thaisia ? Pourquoi Wolfgard me parle-t-il de ça maintenant ?*

Le livre représentait un avertissement. Il comprenait au moins ça.

Ramenant ses pensées à son objectif initial, Monty demanda :

— Vous avez entendu parler de la ville du Midwest placée sous quarantaine ?

— J'ai entendu ce qu'en a dit la radio, répondit Simon avant de pencher la tête. Vous avez peur de poser la question.

— Oui. (Monty poussa une expiration.) Hachoir à viande. Chair encore vivante. La viande hachée a été mélangée à de la chair de *cassandra sangue*, n'est-ce pas ? C'est pourquoi les gens qui en ont consommé sont devenus violents.

— Ça paraît probable.

Alors que rien n'avait changé dans l'apparence physique de Simon Wolfgard, il n'avait plus du tout l'air humain.

— Les drogues fabriquées à partir de sang de *cassandra sangue* ne toucheront qu'un nombre limité d'individus, quels que soient les circuits de distribution des dealers. Mais de la viande hachée ? Des familles entières sont susceptibles de céder à une rage meurtrière sans aucun signe précurseur, rien qu'en mangeant leur dîner. Qui était la cible, Simon ? Quelqu'un essaie-t-il de s'attaquer à la fois aux humains et aux Autres ?

— Ce n'étaient pas les Autres qui étaient visés, répondit Simon d'un air songeur. Les prophétesses du sang ne sentent pas la proie. Ce n'est pas simplement qu'elles ne sont pas comestibles ; elles ne sont pas des proies. L'odeur et le goût de la viande hachée mélangée à leur chair ne nous paraîtraient pas normaux, quels que soient les efforts mis en œuvre. Je ne pense pas qu'un *terra indigene* en mangerait assez pour subir des effets notables. Bien entendu, si nous mordons une proie contaminée, il est possible que nous détections le problème trop tard. C'est ainsi que de nombreux Autres ont ingéré les drogues « au-delà du loup » et « septième ciel ».

— Donc, ce sont les humains la cible, conclut Monty.

— On dirait que quelqu'un tente de se servir de vous pour tuer des métamorphes et des Sanguinati.

— Pas seulement des métamorphes et des Sanguinati, à mon avis.

Simon lui décocha un regard étrange.

— Provoquer les Élémentaires serait une erreur à laquelle les humains ne survivraient pas.

Posté devant la porte de service des *Bouquins Hurlants*, Vlad regarda le pick-up passer derrière le bureau de liaison et se garer non loin du portail en bois menant au jardin d'Henry. Malgré la présence de deux des dirigeants de l'Enclos de Toland, les Sanguinati n'approuvaient pas cette réunion. Il arrivait aux *terra indigene* de se quereller – les différents prédateurs qu'ils avaient absorbés au fil des siècles rendaient les disputes inévitables, surtout quand leurs territoires se chevauchaient –, mais ils étaient toujours unis face à leur adversaire commun, à savoir les humains.

Simon avait fait un pari en partant de l'hypothèse que les dirigeants du Midwest n'étaient pas encore assez furieux et amers pour avoir déjà décidé de ce qu'il convenait de faire.

D'après ce que Vlad avait pu voir en étudiant les invités qui étaient arrivés dans la journée, la fureur et l'amertume abondaient chez les *terra indigene* du Midwest comme chez ceux de la région des Grands Lacs, où les humains jacassaient sur le mouvement Les Humains Avant Tout sans penser une seconde aux oreilles qui traînaient.

Si Simon avait pris un risque en organisant cette réunion à Lakeside, il avait eu l'intelligence de mettre certains atouts dans sa manche, comme le disaient les humains, en conviant trois *terra indigene* du Grand Nord-Est, une région de Thaisia encore épargnée par les troubles, dans l'espoir qu'ils tempéreraient les discussions.

Bobbie Beargard était une Ourse noire qui enseignait à l'une des rares universités *terra indigene* du continent. Elle avait une fois lancé à un professeur humain en visite qui débitait des inepties sur la supériorité de l'espèce humaine que, si elle voulait entendre de la merde, il lui suffisait de s'écouter chier. Même s'il ne s'était pas fait dévorer en rentrant chez lui, le professeur en question n'aurait pas été réinvité.

Il y avait également Alan Wolfgard, dont les thrillers jouissaient d'un immense succès auprès des *terra indigene*, en particulier parmi ceux qui n'avaient jamais vu d'humains. Le dernier arrivant du Grand Nord-Est salua Vlad de la main en sortant du pick-up. Mince et élancé, Charlie Crowgard avait un visage sympathique qui tendait à faire oublier l'intelligence acérée que dévoilaient ses yeux foncés. Comme de nombreux *terra indigene*, il ne parvenait pas à se transformer totalement en humain, mais, musicien de métier, il tournait cette lacune à son avantage en nouant ses cheveux noirs en une fine queue-de-cheval et en laissant pendre ses quelques plumes persistantes tels des ornements.

— Pourquoi n'avez-vous pas pris le train ? s'enquit Vlad.

— Impossible, répondit Charlie en pointant le pouce en direction de la benne du pick-up. Il ne me serait pas venu à l'idée d'essayer de porter ça.

Vlad s'approcha du véhicule.

— Qu'est-ce que c'est ?

— Du bois. Henry, donne-nous un coup de main, ajouta-t-il quand la porte du jardin du Grizzly s'ouvrit. Je crois que ce vieil arbre a une histoire à raconter. C'est pour ça que je te l'ai apporté.

Henry contempla le tronc et hocha la tête.

— Il est très beau.

Vlad grimpa dans la benne et aida Charlie à déplacer le bois jusqu'au hayon. Là, Henry le souleva avec un petit grognement puis le transporta vers son atelier.

— J'ai apporté ma guitare, déclara Charlie en sautant du pick-up avant de fermer le hayon. J'ai bien conscience que nous ne sommes pas venus pour nous amuser, mais… Qu'est-ce que c'est que ça ?

— Une humaine, répondit Vlad en observant Theral MacDonald, la nouvelle… il ne savait quoi de Dominick Lorenzo.

Assistante ? Préposée au téléphone ? Furie ?

Non, ça, c'était le terme sous lequel il avait lui-même pris l'habitude de désigner la meute humaine de Meg. Quelques mois auparavant, les humains qui travaillaient dans l'Enclos se contentaient d'accomplir leurs tâches discrètement. À présent, ils avaient des opinions.

— Ça, je le sais, rétorqua Charlie. Qu'est-ce qu'elle porte ? On dirait un étui à violon. Vous avez des humains qui jouent de la musique ?

Puisque la perspective de rencontrer un humain musicien semblait ravir Charlie, Vlad appela :

— Mademoiselle MacDonald ?

Tout récemment embauchée, Theral marchait tête baissée, le visage caché derrière ses cheveux dans l'espoir de passer inaperçue. Comme si elle s'imaginait que, puisqu'elle ne les voyait pas, eux ne la voyaient pas non plus. *La mentalité typique d'une proie*, songea Vlad. Mais cela changerait peut-être une fois qu'elle se serait habituée à l'Enclos. Elle s'arrêta et se dirigea vers eux avec réticence.

— Monsieur Sanguinati ?

— Qu'est-ce que vous portez ? interrogea Charlie. C'est un violon ?

— Oui, répondit Theral.

Charlie lui adressa un sourire avant de se tourner vers Vlad :

— Est-ce que vous vous rassemblez pour jouer sur la place du Marché ? Si j'en crois les souvenirs que j'ai gardés de ma dernière visite il y a quelques années, vous avez là-bas une estrade qui serait parfaite pour les spectacles.

— Mlle MacDonald vient de commencer à travailler pour nous. Je ne pense pas que quiconque ait eu le temps d'aborder avec elle la possibilité de jouer sur la place. Est-ce que vous restez dans l'Enclos ? demanda-t-il à Theral.

Celle-ci hocha la tête.

— Lawrence doit passer me chercher après son service. M. Wolfgard m'a autorisée à rester avec Merri Lee en attendant.

Elle s'empressa de gravir l'escalier menant aux studios et frappa à la porte extérieure qui s'ouvrit aussitôt, indiquant que Merri Lee devait l'attendre.

Vlad examina l'espace qui les entourait, délimité par les garages, le jardin d'Henry et les façades arrière des *Bouquins Hurlants*, de *Bon à Croquer* et du bureau de liaison. Il observa ensuite le pick-up, bien plus imposant que les BAR habituellement garées là.

— Comment tu comptes manœuvrer avec ce véhicule ?

Un large sourire s'épanouit sur les lèvres de Charlie.

— En faisant attention. (Ses traits se rembrunirent.) Et Simon aussi devrait faire attention.

— Je sais, répliqua Vlad.

Si les métamorphes veulent verser plus de sang que ne sont prêts à l'accepter les Sanguinati, Simon ne sera pas le seul à devoir faire attention, ajouta-t-il en silence.

Chapitre 21

— Puisque vous avez découvert d'où vient la maladie, éliminons-en la source, gronda de nouveau Joe Wolfgard.

— La source, ce sont des filles très spéciales, rétorqua Simon sur le même ton. Elles n'ont pas choisi d'être des drogues qui nous rendent agressifs ou passifs. On se sert d'elles. On leur entaille la peau pour les faire saigner. Elles ne sont responsables de rien.

— La source est humaine, lança Joe d'une voix cinglante. La solution devrait être simple.

— Vous avez eu quelques incidents dans le Nord-Est, intervint Jackson Wolfgard en pointant Simon du doigt. Et dans le Nord-Ouest il y a eu plusieurs cas d'humains devenus agressifs au point de perdre tout instinct de conservation. Mais les Enclos du Midwest n'ont pas cessé d'être attaqués par des humains contaminés par le sang de ces terribles créations de Namid. Si nous ne mettons pas rapidement un terme à ces offensives, les pertes ne se limiteront pas à une poignée d'humains.

Notant le regard d'avertissement que lui lançait Henry, Simon se renfonça dans sa chaise et laissa les autres chefs continuer à débattre. Les Wolfgard et Coyotegard du Midwest avaient été les plus sévèrement touchés. Et des Crowgard étaient morts partout où on avait découvert des traces des drogues « au-delà du loup » et « septième ciel ». Mais ils s'étaient tous tellement focalisés sur le côté terrible de la création de Namid qu'ils n'avaient pas voulu écouter ce qu'il avait tenté de leur expliquer au sujet des prophétesses du sang.

Cheryl, Patty et Vera Owlgard voulaient savoir comment ils pourraient s'y prendre pour différencier ces humains d'une race particulière de tous les autres. Simon avait quelques idées là-dessus, mais il ne comptait pas en faire part tant que l'ambiance resterait aussi explosive.

— *Les Loups et les Coyotes souhaitent un massacre*, déclara Simon à Henry.

— *On ne peut pas le leur reprocher*, répliqua le Grizzly. *Ce sont eux qui ont le plus souffert de ces drogues. Seuls les Corbeaux ont subi plus de pertes. Laissons-les parler. Ils finiront par se rendre compte qu'ils ne peuvent pas tuer la source sans s'empoisonner eux-mêmes.*

Mais s'en rendront-ils compte à temps ? se demanda Simon. Cela faisait une heure qu'ils se trouvaient dans la bibliothèque de l'Enclos et débattaient des façons d'éliminer le problème.

— *Je suis curieux de savoir pourquoi les Sanguinati de l'Enclos de Toland n'ont pas encore fait part de leur avis*, ajouta Henry.

Vlad non plus n'avait pas exprimé d'opinion, et son silence commençait à porter sur les nerfs de Simon.

Roy Panthergard devait partager son impression, car il demanda :

— Stavros ? Tolya ? Qu'avez-vous à dire ?

— Les Sanguinati ne feront pas de mal au sang doux, déclara Vlad avec calme.

Percevant l'avertissement – et la menace – contenus dans ces paroles, tout le monde se tut et se concentra sur les Sanguinati.

— Vous avez perdu l'un des vôtres à cause de ces drogues, objecta Jackson.

— Les Sanguinati ne boivent pas le sang doux, décréta Vlad. Nous ne faisons pas de mal au sang doux. Et, si nécessaire, nous nous dresserons contre les *terra indigene* qui tenteront de leur faire du mal.

Il n'était pas étonnant que Stavros et Tolya n'aient rien dit, songea Simon. Vlad servait de messager, mais c'était Erebus qui donnait les ordres. C'était lui qui menaçait de déclarer la guerre aux métamorphes s'ils essayaient d'éliminer les *cassandra sangue*.

Alan Wolfgard échangea un regard avec Bobbie Beargard et Charlie Crowgard, qui hochèrent tous deux la tête.

— Écoutez, intervint Alan. On se mord la queue, là. Nous aurons beau discuter jusqu'au prochain lever de soleil, nous n'aurons aucune réponse, car la réponse ne se trouve pas dans la bibliothèque. (Il se tourna vers Simon.) Tu nous as dit que vous en aviez une ici, à Lakeside. Il est temps que vous nous montriez la terrible création de Namid.

Simon escorta ses invités jusqu'au bureau de liaison et actionna la poignée à contrecœur. Il aurait voulu expliquer aux autres chefs *terra indigene* combien Meg, ainsi que le cœur qu'elle avait mis à l'ouvrage dans son travail d'agent de liaison et dans tout le reste, avait changé de choses au cours des derniers mois. Il aurait aimé qu'ils dépassent leurs préjugés et la voient telle qu'elle était. Mais ils avaient déjà décidé qu'elle et ses semblables étaient des créatures effroyables qu'il fallait détruire.

Soudain, Meg hurla. Son cri trahissait une telle terreur que Simon ouvrit la porte à la volée et courut jusqu'à la salle de tri, Vlad, Henry, Charlie et les autres *terra indigene* sur les talons. Là, ils s'arrêtèrent net, se bousculant les uns les autres, pour regarder Meg perchée sur la table de tri, des enveloppes et des catalogues éparpillés au sol autour d'elle. Et Bug, qui tenait une souris par la queue et ployait les pattes arrière, prêt à bondir sur la table.

— Bug! tonna Simon dans un grondement, à peine capable de prononcer des sons humains.

Le Loup et l'humaine se tournèrent vers lui. Quand Meg découvrit le public qui avait les yeux rivés sur elle, sa peau pâle prit une teinte écarlate qui aurait sans doute été jolie avec ses cheveux noirs mais n'en rendit sa coloration orange que plus étrange.

Bug, prenant conscience qu'il risquait d'avoir des ennuis, baissa la tête et fit mine de lâcher la souris.

— Ne la laisse pas partir ! piailla Meg.

Malgré son apparence humaine, Simon rabattit les oreilles en arrière. Il sentit un vide se former derrière lui tandis que tout le monde, à l'exception de Vlad et Henry, battait en retraite. Et il remarqua que la souris était encore vivante : dès qu'elle soupçonna qu'elle avait une chance de recouvrer la liberté, elle agita ses petites pattes avec frénésie.

— *Bug.*

N'étant pas sûr d'être en mesure de parler, Simon opta pour le mode de communication *terra indigene*.

Le jeune Loup lança à Simon un regard penaud.

— *Meg ne voulait pas jouer avec moi.*

Vlad parut s'étouffer.

Henry ouvrit la porte extérieure de la salle de tri et ordonna :

— Bug, emmène la souris dehors. Laisse-la dans l'herbe quand tu auras dépassé la place du Marché.

En tant que buggy, le jeune Loup éprouvait parfois des difficultés à comprendre mais, là, il saisit sur-le-champ. Prenant la souris dans la gueule, il détala.

Henry referma la porte. Charlie avança pour ramasser une partie du courrier qui jonchait le sol. Après un moment d'hésitation, les autres *terra indigene* l'imitèrent, posant les lettres sur la table avec précaution.

— Meg ? lança Henry en regardant autour de lui. Où est le marchepied ? Comment es-tu montée sur la table ?

— Je ne m'en souviens pas, répondit-elle en s'asseyant au bord. Bug me courait après avec cette… ce rongeur… et, l'instant d'après, j'étais sur la table.

Sans laisser à Simon le temps de s'approcher d'elle, Henry plaça ses grosses mains sous les aisselles de Meg, la souleva et la posa à terre.

L'air embarrassée, elle entrelaça ses doigts et s'efforça de sourire.

— Bonjour. Je suis Meg, l'agent de liaison de l'Enclos de Lakeside.

— Ravi de vous rencontrer, répliqua Charlie en lui rendant son sourire.

Tous les autres marmonnèrent quelques civilités avant de sortir par la porte de service, à l'exception du Grizzly.

— *Henry ?* appela Simon.

— *Je vais renifler un peu dans le bureau pour m'assurer que Bug n'a pas apporté d'autre jouet*, répondit celui-ci.

— *Nous avons déjà eu un nid de souris dans le bureau.*

— *Il vaut mieux que Meg croie que la souris vient de l'extérieur, tu ne penses pas ?*

Oh ! si, il était tout à fait d'accord. Si Meg s'imaginait que Bug avait trouvé la souris dans le bureau, Nathan devrait passer toutes les pièces au peigne fin tous les matins au détriment de sa véritable mission.

Mais, pour l'instant, Simon était entouré de chefs *terra indigene* venus discuter des troubles et de la mort qui avaient frappé Thaisia. Il comprenait la confusion qu'il lisait dans leurs yeux. Ils s'attendaient à rencontrer un dangereux prédateur, un adversaire à leur mesure, non pas une petite femelle avec des cheveux étranges qu'une souris suffisait à terrifier.

— Simon ? lança finalement Charlie. Ce n'était qu'une souris.

— Je sais.

— Une petite souris.

— Je sais, soupira-t-il.

— Alors c'est ça, la terrible création de Namid ? intervint Alan après une longue pause.

— Oui. C'est Meg.

Il y eut un nouveau silence. Puis Bobbie demanda :

— Pourquoi a-t-elle des poils de cette couleur bizarre ?

— C'était un déguisement.

Bobbie émit un petit rire incrédule.

— Que prétendait-elle être ? L'un de ces cônes que les humains mettent dans la rue quand ils font des travaux ?

Simon poussa un léger grognement, vexé pour Meg. Puis, remarquant les regards que les *terra indigene* échangeaient, il eut une idée.

— Et si vous demandiez aux autres résidents de l'Enclos ce qu'ils pensent de Meg ?

— Elle n'est pas connue que de l'association commerciale ? s'enquit Jackson Wolfgard, visiblement stupéfait.

Vlad éclata de rire.

— Je crois que chacun des habitants de l'Enclos de Lakeside peut vous raconter une anecdote au sujet de Meg.

— Nous nous retrouvons dans la bibliothèque dans deux heures ? suggéra Alan à l'intention de tout le groupe.

— Autant laisser nos vêtements ici, déclara Bobbie Beargard. Est-ce que nous pourrons manger quelque chose à notre retour ?

Simon hocha la tête :

— Tess m'a dit qu'elle préparait du café et des viennoiseries, et *Viande & Verdure* propose une grande variété de plats tout au long de la journée.

— Est-ce que nous aurons l'occasion d'observer les autres employés humains de l'Enclos ? interrogea Bobbie.

— Oui.

Tandis que les invités retournaient d'un pas tranquille vers la bibliothèque pour se dévêtir et se transformer, Simon resta avec Vlad derrière le bureau de liaison.

— Tu as déjà assez de soucis comme ça, déclara le Sanguinati. Tu devrais laisser Blair expliquer à Bug qu'il ne faut pas s'amuser avec des jouets vivants ici.

— Espérons qu'il n'ait pas trouvé ce jouet-là dans le bureau, maugréa Simon.

— Ça aurait pu être pire.

— Ah bon ? Et comment ?

Un grand sourire s'étira sur les lèvres de Vlad.

— Bug aurait pu trouver un rat.

Les invités revinrent à la bibliothèque deux heures plus tard. La plupart d'entre eux gratifièrent Simon et Vlad de regards méfiants. Alan affichait une expression intriguée, et Charlie, qui avait l'air de bien s'amuser, sembla encore plus ravi quand Joe et Jackson reparurent avec de la neige incrustée dans les poils et des morceaux de glace accrochés dans la queue.

Les Élémentaires ou les poneys ont dû entendre ces deux-là émettre une opinion désagréable sur Meg, songea Simon.

— Nous avons tous matière à réfléchir, déclara Cheryl Hawkgard avant de marquer une hésitation. Ces prophétesses du sang… elles ne ressemblent certainement pas toutes à votre Meg.

— Non, concéda Simon. Mais je ne pense pas que nous devrions leur reprocher de servir d'arme alors que personne ne leur laisse le choix.

Chapitre 22

Eaudi, Meg sortit le balai et la pelle pendant que Merri Lee entreprenait de nettoyer le coin-cuisine de l'arrière-salle du bureau.

— C'était un peu bizarre, ce matin, déclara Merri Lee. Tous ces *terra indigene* installés aux tables de *Bon à Croquer* pour regarder Ruth, Theral, Lawrence et Michael jouer le rôle de clients humains. Et Lorne qui est venu acheter un café et une viennoiserie à rapporter aux *Trois P*. Sans parler de Jenni Crowgard et de ses sœurs qui étaient toutes nerveuses et n'arrêtaient pas de glousser.

Meg cessa de balayer.

— Pourquoi Jenni était-elle nerveuse ? Elle est haut placée chez les Crowgard, ici, non ?

Un sourire illumina le visage de Merri Lee.

— J'ai cru comprendre que Charlie Crowgard était une célébrité chez les Corbeaux. Je pense que Jenni… Eh bien, c'est comme si j'étais assise près d'un acteur humain très connu sur qui je craquerais.

Meg hocha la tête. Elle ne saisissait pas tout à fait le sentiment que Merri Lee décrivait, mais transforma ses paroles en une image qu'elle pourrait se remémorer plus tard.

— Quoi qu'il en soit, j'ai été assez étonnée. Ces *terra indigene* sont censés faire partie de l'élite qui traite avec les humains, et il m'a semblé que la plupart d'entre eux n'étaient jamais entrés dans un café ni dans un restaurant comme *Viande & Verdure*.

Meg fronça les sourcils, sans pour autant cesser son balayage. Les paroles de Merri Lee avaient plusieurs sens. Elle aurait aimé se concentrer sur les mots, mais elle éprouvait l'impression que Merri Lee parlait pour comprendre et ne voulait surtout pas l'interrompre.

— Par exemple, ils étaient tous prêts à manger le miel à la cuillère au lieu de le verser sur les scones tout chauds que Tess leur avait servis.

Merri Lee alla rincer sa serpillière dans le lavabo des toilettes.

— Et c'est mal, de manger le miel à la cuillère ? demanda Meg en haussant la voix de manière à se faire entendre par-dessus le bruit de l'eau qui coulait.

Elle ressentit un picotement dans le bras gauche. Pourquoi l'évocation de pots de miel déclenchait-elle une démangeaison ?

Merri Lee reparut.

— Ce n'est pas mal en soi. (Elle ouvrit le micro-ondes et épongea l'intérieur.) Mais c'est un détail dont se serviraient des snobs pour affirmer que les Autres ne sont pas vraiment égaux aux humains. Après tout, ils ne savent même pas manger correctement du miel, singea-t-elle avec un ton condescendant avant d'interrompre son ménage pour se tourner vers Meg. J'ai trouvé ça étrange quand M. Wolfgard a engagé Ruth pour enseigner aux *terra indigene* à se comporter comme des humains, à accomplir des tâches toutes simples comme commander un plat dans un restaurant où déterminer quand utiliser une fourchette ou une cuillère. Mais nos parents nous apprennent tout ça, non ? Et si on ne le sait pas, on passe pour un attardé.

Vraiment ? se demanda Meg. *Me prennent-ils pour une attardée à cause de tout ce que je ne sais pas faire ?* Sans doute pas les filles qui travaillaient dans l'Enclos, pensa-t-elle, mais la remarque de Merri Lee révélait combien elle aurait été vulnérable si elle s'était retrouvée dans un autre endroit que l'Enclos.

— Je me suis rendu compte à quel point cet Enclos est progressiste comparé à tous les autres, poursuivit Merri Lee en ramenant ses cheveux en arrière avant de soulever la bouilloire électrique. Et je me suis demandé combien d'humains avaient pu dire « voilà comment on s'y prend » pour induire en erreur et ridiculiser les *terra indigene*. Je commence à comprendre comment la situation a pu dégénérer à Talulah Falls et ailleurs. Si les Autres ne peuvent pas se fier à nous quand il s'agit de leur expliquer quelque chose d'aussi simple que le moment où il faut utiliser une fourchette ou une cuillère, pourquoi nous croiraient-ils sur des sujets importants ? (Elle se tourna vers Meg.) Pourquoi est-ce que tu te frottes le bras ? Qu'est-ce qui ne va pas ? Tu veux que j'appelle Tess ?

— Quoi ? (Meg baissa les yeux et s'aperçut qu'elle se grattait l'avant-bras gauche.) Non. N'appelle pas Tess.

— Meg ?

Merri Lee paraissait affolée.

Meg considéra son amie. Elle avait une bouilloire à la main. Et elle-même tenait un balai.

— Bouilloire et balai, chuchota-t-elle.

Elle avait vu un balai et une bouilloire dans la prophétie où étaient apparus le requin et le poison.

— Par tous les dieux ! souffla Merri Lee. Les deux images que nous n'arrivions pas à placer.

— Je ne veux pas que Bug reste seul à l'accueil.

La sensation de démangeaison s'accrut. Elle posa le balai et passa dans la pièce voisine.

Bug s'amusait à courir après une balle. Vu que celle-ci laissait une marque humide chaque fois qu'elle rebondissait, il devait jouer depuis un bon moment, se dit Meg. Elle n'avait aucune envie de toucher un objet enrobé d'une telle quantité de salive.

— Bug, viens dans la salle de tri.

Meg retira le verrou coulissant du portillon afin que Bug puisse passer derrière le comptoir.

Le jeune Loup la dévisagea quelques instants avant de relancer la balle.

Elle ignorait s'il lui désobéissait délibérément ou si son cerveau avait eu l'un de ces ratés et qu'il avait déjà oublié ce qu'elle venait de lui dire.

— Tu veux un biscuit ?

Là, il comprit. Elle s'écarta pour éviter que Bug la renverse dans sa hâte à recevoir la friandise.

Une fois qu'il se trouva en sécurité dans la salle de tri, elle ferma le portillon et remit le verrou coulissant en place. Puis, serrant les dents tant son bras la démangeait, elle ferma les deux loquets qui étaient cachés.

Retournant dans le vestiaire, Bug dansant à côté d'elle, elle ouvrit la boîte contenant les biscuits qu'elle avait gardés pour lui. Elle fut tentée de lui en donner un à la camomille, mais sa main se mit à vibrer dès qu'elle essaya d'en saisir un. Elle se rabattit donc sur un biscuit au bœuf et regarda Bug s'installer par terre, près de la petite table du coin-cuisine.

Elle ne protesta pas quand Merri Lee la prit par le bras et la reconduisit dans la salle de tri.

— Qu'est-ce qui se passe ? s'enquit son amie. Le balai et la bouilloire étaient des indices. Que signifient-ils ?

— Ça me démange, répliqua Meg.

— C'est mauvais signe, non ? On ne devrait pas appeler quelqu'un ?

Meg tenta de respirer plus calmement.

— Ça s'atténue. En général, une démangeaison est le signe qu'il va se passer quelque chose de grave, mais si elle s'estompe, c'est que ça ne se produira pas, finalement.

Le picotement revint avec une telle férocité que Meg étouffa un cri. Quand Merri Lee se tourna vers le téléphone, Meg l'agrippa par le bras et souffla :

— Non. Reste près de la porte privée, mais ne te montre pas.

— Meg, tu me fais peur.

— Moi aussi, j'ai peur.

Elle se rendit néanmoins à l'accueil et venait de se poster derrière le comptoir quand un petit homme élégant ouvrit la porte.

Ce n'était pas un livreur. D'une part, il ne portait pas une tenue adaptée. D'autre part, il n'était chargé d'aucun colis.

Toutes les cicatrices que Meg avait sur le corps se mirent à la brûler tandis que l'étranger marchait vers elle. Toutes, sauf celles qui étaient postérieures à son arrivée dans l'Enclos.

— Est-ce que je peux vous aider ? demanda-t-elle.

— Oh ! ma chère, répliqua-t-il d'une voix sirupeuse. C'est moi qui peux vous aider.

Faites-moi confiance.

Elle n'entendit pas ces mots, et pourtant elle aurait juré qu'il les avait prononcés.

— Je n'ai pas besoin d'aide.

Il avait beau arborer un sourire affable, ses yeux, derrière les verres de ses lunettes, étaient étrangement dépourvus d'émotion.

— Vous avez besoin d'aide. Je le sens, je le vois. Le monde extérieur vous submerge et finira par vous engloutir. Mais je peux vous emmener dans un endroit sûr, un endroit où on prendra soin de vous. Ça ne vous plairait pas ?

Bien sûr que ça lui plairait. Qui n'aimerait pas se sentir en sécurité ? Et si ses cicatrices ne diffusaient pas une douleur si cuisante, elle mettrait sa main dans celle qu'il lui tendait et suivrait cette voix douce et envoûtante jusqu'à…

Merri Lee émit un sifflement à peine audible. Il suffit néanmoins à faire apparaître dans l'esprit de Meg l'image d'un serpent se glissant hors d'un panier, tête dressée, et d'un homme jouant d'un instrument. *Un charmeur de serpents*, se dit-elle.

— Comment vous appelez-vous ? demanda-t-elle, s'efforçant de rester sourde à l'attrait de sa voix.

Elle recula d'un pas afin de se mettre hors de sa portée.

— Mon nom est Phileas Jones. Je suis là pour vous aider.

Il contourna le comptoir jusqu'au portillon et ouvrit le verrou supérieur. Mais le battant, toujours maintenu en place par les loquets cachés, ne bougea pas.

Phileas Jones, songea Meg en entendant Merri Lee murmurer : « requin, requin, requin ». *Ne pas mordre.*

Heureusement que Nathan ne montait pas la garde ce matin-là, se dit-elle. Bug était trop absorbé par son biscuit pour remarquer la présence d'un étranger dans le bureau, mais Nathan, lui, même si elle avait tenté de l'avertir, n'aurait pas hésité à mordre la main tendue vers elle.

Elle recula jusqu'à se trouver dans l'encadrement de la porte privée.

— Le bureau ferme dans quelques minutes pour la pause-déjeuner. Si vous avez besoin d'aide, vous devriez appeler le consulat pour prendre rendez-vous.

Il fixa sur elle ses yeux inexpressifs.

— Vous devez venir avec moi. Je peux vous aider. J'ai la possibilité de faire cesser vos souffrances.

Malgré tout, elle avait envie de le croire. Elle ne pouvait s'en empêcher.

À cet instant, Merri Lee, positionnée derrière la porte de façon que l'homme ne pouvait la voir, l'agrippa par le pull, lui rappelant qu'elle bénéficiait déjà de l'aide de gens en qui elle pouvait avoir confiance.

— Vous devez partir, maintenant, décréta Meg, essayant de masquer le tremblement de sa voix par un ton ferme et professionnel. C'est fermé.

Il exerça une nouvelle poussée sur le portillon, puis baissa la main et tâtonna à la recherche des autres loquets.

S'il parvenait à passer, elle ne serait pas la seule en danger.

— C'est fermé ! cria-t-elle en reculant dans la salle de tri.

Elle ferma la porte privée à clé et s'empressa de vérifier que le portail de livraison extérieur était lui aussi verrouillé.

— Meg ? chuchota Merri Lee. Je crois qu'il essayait de t'hypnotiser. Tu sais ce que ça veut dire ?

— Charmeur de serpents, répondit-elle en courant vers le vestiaire.

La porte de service, elle, n'était pas fermée à clé. Les Autres passaient par là pour venir chercher le courrier de la place du Marché, des *Bouquins Hurlants* et de *Bon à Croquer*, et, sans l'avoir expressément formulé, ils redoutaient qu'elle se coupe et qu'ils soient incapables d'intervenir à temps si tous les accès étaient verrouillés.

Bug les regarda entrer, dressé sur ses quatre pattes. Meg ignorait s'il avait fini par sentir qu'il se passait quelque chose d'anormal ou s'il avait simplement terminé son biscuit et espérait en avoir un autre.

Toujours est-il que le jeune Loup se tenait entre elle et la porte de service quand Phileas Jones arriva.

— Allez-vous-en ! cria Merri Lee. J'appelle la police !

Meg ne savait pas si c'était le ton de Merri Lee, les mots qu'elle avait prononcés ou la peur qu'ils trahissaient qui déclenchèrent la réaction de Bug, mais il se jeta sur Jones, qui sortit avec précipitation.

— Ne mords pas ! hurla Meg tandis que le Loup pourchassait l'intrus.

Elle attrapa le balai et s'élança à l'extérieur.

Elle éprouva l'impression de regarder les images saccadées d'un film, sauf que c'était elle qu'elle voyait. Elle dans le bureau, qui saisissait le balai… Elle dehors, criant tandis que Phileas Jones levait le bras pour se protéger alors que Bug se préparait à bondir sur lui pour le mordre… Elle qui faisait tournoyer le balai et l'abattait si fort sur la tête de Bug qu'il roulait sur le côté… Des Corbeaux qui croassaient, des Loups qui hurlaient… Elle qui criait en frappant Phileas Jones avec son balai… Merri Lee qui joignait ses cris aux siens en donnant des coups de bouilloire à Jones… Des têtes et des corps humains sans l'être tout à fait qui les entouraient… Simon qui la soulevait, l'entraînait à l'écart et aboyait quelque chose à l'intention de Charlie Crowgard et…

Elles étaient dans le vestiaire. Merri Lee avait l'air aussi malade et nauséeuse qu'elle. Puis Charlie, qui leur barrait le chemin de la sortie, changea de position afin d'empêcher Merri Lee de s'approcher de la fenêtre et de voir ce qui se passait dehors.

Des cris. Des rugissements. Des croassements. Des hurlements.

Silence.

Puis Charlie, la mine lugubre, déclara :

— Simon veut que vous appeliez la police. Il a dit que vous sauriez à qui vous adresser.

Se soutenant mutuellement, Meg et Merri Lee avancèrent d'un pas chancelant dans la salle de tri en direction du téléphone qui était posé sur le comptoir. Les mains de Meg tremblaient tellement qu'elle peina à soulever le combiné.

— Je ne me rappelle pas le numéro du lieutenant Montgomery, souffla-t-elle.

— Prévenons Michael. Il contactera les autres.

Merri Lee composa le numéro, écrasant les touches d'un geste nerveux pendant que Meg tenait le combiné.

Juste au moment où Debany décrocha, Charlie apparut dans l'encadrement de la porte et lança :

— Dites à la police d'amener des humains capables de manipuler des substances dangereuses.

Après avoir délivré le message et assuré à Michael d'une voix tremblotante que ni Merri Lee ni elle n'étaient blessées, Meg retourna dans le vestiaire avec son amie.

— Je vais préparer du thé, proposa Merri Lee en se tournant vers la cuisine. Elle n'est plus là. La bouilloire électrique est…

Elle déglutit convulsivement à plusieurs reprises, puis courut vomir dans les toilettes.

— Meg ?

Une voix douce. Agréable, mais d'une manière totalement différente de celle de Phileas Jones. Une voix en laquelle elle pouvait vraiment avoir confiance.

Elle porta son attention sur Charlie, qui était accroupi à côté d'elle.

— Vous avez des plumes dans les sourcils, lui fit-elle remarquer.

Il parut gêné.

— Je n'arrive pas très bien à conserver une forme humaine.

Ils avaient tous ce problème. Les dents humaines s'avéraient moins utiles que des becs, des crocs et… Elle agrippa Charlie par le bras.

— Ne pas mordre. Grenouille venimeuse. Dites à Simon de ne pas mordre !

— Il le sait, assura Charlie en lui tapotant la main. Vous l'avez déjà prévenu. Vous nous avez tous prévenus. Vous ne vous rappelez pas ?

La terreur lui brouillait la mémoire. Soudain exténuée, elle s'allongea sur le sol, lâchant le bras de Charlie.

— Je suis simplement fatiguée, murmura-t-elle quand il bafouilla quelques sons inarticulés de détresse. Juste fatiguée. Dites à Simon que ça ne me démange plus.

Merri Lee posa une question, mais Meg sombra dans le sommeil avant d'avoir entendu la réponse de Charlie.

Monty essaya de ne pas penser à ce qu'ils découvriraient dans l'Enclos. L'important, c'était que Simon Wolfgard l'avait contacté. Enfin, pas Wolfgard personnellement, mais c'était lui qui en avait donné l'ordre.

Et le Loup avait requis la présence d'individus capables de manipuler des substances dangereuses. Ne sachant pas à quoi s'attendre, Monty avait appelé Louis Gresh, le commandant de la brigade de déminage. Simon et Vlad l'avaient déjà rencontré, et, quoi qu'ils aient à affronter, mieux valait un visage familier.

Par les dieux d'en haut et d'en bas ! faites que personne n'ait essayé d'assassiner les terra indigene *venus pour cette réunion*, songea Monty. Il préférait ne pas penser à ce qu'il adviendrait de Lakeside si quelqu'un avait eu la folie de tenter ce genre de chose.

Gyrophares allumés et sirènes hurlantes, tous les policiers du poste de Chestnut Street disponibles fonçaient vers l'Enclos. Y compris le capitaine Burke, qui roulait si près de leur pare-chocs que Monty se prit à espérer que Kowalski n'aurait pas à freiner brusquement.

Debany et MacDonald étaient déjà sur place, leur voiture de patrouille dépassant de la voie d'accès.

— Garez…

Monty ne se donna pas la peine de terminer sa phrase, car Kowalski s'était déjà arrêté devant l'entrée de l'Enclos, bloquant la zone de livraison.

Louis n'apprécierait pas d'être ainsi mis à l'écart. Cela dit, peut-être serait-il soulagé d'avoir une excuse pour ne pas amener ses hommes sur un territoire qui n'était pas assujetti aux lois humaines.

Mais ils nous ont appelés, pensa Monty en sortant de la voiture avant de courir vers MacDonald.

— Où est Debany ?

— Au consulat, répondit MacDonald. Mlle Corbyn s'est en quelque sorte évanouie, et Mlle Lee est très choquée. M. Sanguinati et M. Wolfgard ne voulaient pas que les filles voient… (Il parut soudain sur le point de vomir.) Elles sont dans le bureau d'Elliot Wolfgard. Michael les aide à s'installer. Il ne les a pas interrogées. Étant donné qu'il sort avec Mlle Lee, nous avons pensé qu'il valait mieux que ce soit vous qui le fassiez.

Sentant Burke s'approcher derrière lui, Monty se contenta d'un hochement de tête. Puis il remarqua de la fumée de part et d'autre de la porte du consulat.

— Il y a eu un incendie ?

— Non, chuchota MacDonald. Des Sanguinati montent la garde.

Il entendit le capitaine Burke prendre une brusque inspiration, mais personne ne prononça un mot jusqu'à ce que Simon Wolfgard sorte de l'allée. Au même moment, Louis Gresh les rejoignit.

— Venez d'abord seuls, déclara Simon en indiquant Monty, Burke et Louis. Ensuite, vous déciderez qui d'autre devrait venir voir. Nous voulons tous des réponses. Par conséquent, nous resterons tous avec vous pour écouter ce que vous avez à dire. Certains ont adopté la forme dans laquelle ils sont le plus à l'aise. D'autres sont restés humains. Du moins en grande partie.

Il s'éloigna, les laissant lui emboîter le pas.

— Préparez-vous, messieurs, recommanda Burke à voix basse.

Lorsqu'ils atteignirent le bout de l'allée et bifurquèrent vers l'arrière du bureau de liaison, Monty comprit la portée du conseil du capitaine. Rien, pas même avoir vu Simon Wolfgard sous la forme d'une espèce d'homme-Loup quand Meg Corbyn était à l'hôpital, ne l'avait préparé à cela.

Les Autres ressemblaient à des créatures de cauchemar. S'ils avaient été mal formés ou disproportionnés, ils auraient pu inspirer de la pitié. Mais ce mariage harmonieux d'humain et d'animal rappelait de façon terrible que les humains ne seraient jamais que de la viande.

Louis émit une sorte de gémissement étouffé, mais son visage conserva une impassibilité toute professionnelle tandis qu'ils suivaient leur capitaine en direction des *terra indigene* répartis en cercle autour de…

Les Autres s'écartèrent, révélant un humain, un balai et une bouilloire électrique.

— Qu'est-ce que c'est que ça ? lança Burke.

Jetant un regard à la dérobée à son supérieur, Monty prit conscience qu'il ne faisait allusion ni à l'humain ni aux objets. Il avait la tête tournée vers l'arrière de la librairie, d'où s'échappait un « ahouuuu » plaintif presque continu.

— C'est Bug, répondit Simon. Meg lui a sauvé la vie, mais, pour l'instant, tout ce qu'il a retenu, c'est qu'elle l'a frappé avec un balai.

Le Loup offensé était assis devant la porte de service des *Bouquins Hurlants*, sa patte arrière levée, comme si elle le faisait souffrir.

— Il est blessé ? s'enquit Monty.

Simon haussa les épaules.

— Il aura probablement un hématome. Il s'est enfui avant de recevoir un deuxième coup. Je doute qu'il ait la patte cassée.

— Et cet homme ?

— Phileas Jones.

Burke laissa échapper un soupir rageur.

— L'homme qui se trouvait à Ferryman's Landing il y a deux jours. Il sait se faire discret. Même avec la description que nous avions, nous n'avons pas réussi à le localiser. Vous savez pourquoi il est venu dans l'Enclos ?

Simon gronda, et ses canines s'allongèrent.

— Pour Meg. (Il prit le temps de se ressaisir, puis embrassa d'un geste tous les *terra indigene* présents.) Nous avions interrompu nos discussions pour faire une pause et venions de sortir quand nous avons entendu Meg et Merri Lee crier.

— Hurler, précisa un autre Loup.

— Un cri de bataille, ajouta d'un air approbateur une femme à la fourrure noire.

— Bref, poursuivit Simon, nous avons couru en direction du bruit et avons trouvé Meg et Merri Lee en train de frapper cet humain avec un balai et une bouilloire. Nous avons éloigné les filles, et Charlie les a emmenées à l'intérieur. Meg me criait de ne pas mordre. N'importe quel Beargard aurait pu l'assommer, mais, quand il s'est vu cerné, il a retroussé la manche de sa veste et s'est mordu le bras. Ensuite, il est mort, c'est pourquoi j'ai dit à Meg de vous demander d'amener des humains habilités à manipuler des substances dangereuses.

— À quelle sorte de substance pensez-vous ? interrogea Louis.

— À du poison, répondit Simon.

Voilà qui explique pourquoi Meg Corbyn a frappé le jeune Loup, songea Monty.

— D'accord, acquiesça Louis. Quel genre de poison ? Vous avez une idée ?

— Grenouille.

Burke se raidit, attirant l'attention de tous les *terra indigene.*

— Ne posez pas de question, commandant, conseilla le capitaine, interrompant Louis juste à temps. Cette information vient d'une source fiable.

Au bout d'un moment, Louis opina.

— Vous ne voyez pas d'objection à ce que nous emmenions le corps ? demanda Monty.

Simon secoua la tête :

— Mieux vaut ne pas garder de la viande empoisonnée sur notre territoire.

— Est-ce que vous pourriez vous éloigner pendant que nous travaillons ?

— Vous devriez faire attention au balai et à la bouilloire, ajouta le Loup inconnu. Quand nous avons écarté les femelles, j'ai remarqué que le bord de la bouilloire paraissait mouillé.

— Le bout de manche de chemise que je vois semble également mouillé, souligna Louis en s'accroupissant pour étudier le cadavre. S'il avait fixé une sorte de poche de poison à son bras, il est possible qu'une fuite soit survenue à la suite d'un coup. (Il posa les yeux sur Monty.) Ce qui lui aurait permis d'ingérer le poison plus facilement.

— Nous aurions pu mourir nombreux si nous avions mordu de la viande empoisonnée, commenta Henry Beargard.

Et vous l'auriez sans doute fait si Meg Corbyn ne vous avait pas avertis, pensa Monty.

Les Autres ne partirent pas. Ils se rassemblèrent en petits groupes devant les garages pendant que des Corbeaux, des Faucons et même quelques Chouettes allaient se percher sur les toits pour monter la garde.

— Je peux organiser le transport du corps et des armes, suggéra Louis.

— Je vais interroger Mlle Lee et Mlle Corbyn, si elles s'en sentent capables, déclara Monty.

— J'aimerais vous accompagner, intervint Burke.

Kowalski, Debany et MacDonald l'attendaient devant le bureau de liaison, observant du coin de l'œil Nyx Sanguinati, qui se tenait à côté de la porte du consulat.

— M. Wolfgard pense que l'homme qui est mort en avait après Meg Corbyn, expliqua Monty. Il a dû laisser un véhicule non loin d'ici, mais je doute qu'il s'agisse de la voiture dans laquelle il a été vu à Ferryman's Landing. Debany et MacDonald, jetez un œil aux véhicules garés dans le quartier, en particulier ceux qui sont en stationnement illégal de ce côté de la rue. Kowalski, prenez Hilborn avec vous et allez inspecter le parking situé à côté du *Cerf et Lièvre* et les voitures garées à proximité. Regardez de près celles qui portent l'autocollant d'une agence de location.

— Bien, monsieur.

Une fois leurs collègues partis, Monty et Burke traversèrent l'aire de livraison en direction du consulat.

— J'aimerais recueillir les dépositions de Mlles Lee et Corbyn, si elles sont en état de me recevoir, déclara Monty.

— Vlad dit qu'elles vous parleront, assura Nyx.

Au même moment, la porte s'ouvrit, et Elliot Wolfgard les inspecta du regard.

— Suivez-moi.

Monty n'était jamais entré dans le cabinet du maire, mais il était prêt à parier qu'il n'abritait pas de meubles aussi élégants que ceux qui ornaient le bureau d'Elliot. Et il était également certain que ceux qui pensaient qu'un Loup pouvait facilement se laisser berner recevaient une soudaine – et sans doute brève – révélation quand ils pénétraient dans cette pièce.

Meg et Merri Lee étaient assises sur un canapé en cuir, pâles et tremblantes. Monty remercia Vlad quand celui-ci lui apporta une chaise. Burke demeura debout, clairement en position d'observateur, assez près toutefois pour entendre la conversation.

L'entretien ne dura pas longtemps. Merri Lee avait pris des notes, et elle insista sur la façon dont Meg avait senti le danger et sur le caractère hypnotique de la voix de Jones. Meg, elle, raconta avoir éprouvé une sensation de démangeaison et ressenti le besoin de faire sortir Bug de l'accueil.

Une bonne décision, songea Monty en les écoutant. Elles avaient agi de manière rationnelle jusqu'au moment où Bug avait pourchassé Jones. Ensuite, un autre sens avait pris le dessus.

Un balai et une bouilloire, pensa Monty, saisi par une sorte de vertige. *Elles se sont lancées aux trousses d'un individu dangereux armées d'un simple balai et d'une bouilloire, pour sauver un Loup.* Burke et lui remercièrent les deux jeunes femmes, puis Elliot Wolfgard les escorta jusqu'à la porte du consulat.

— C'est autant un travail de diplomate que de policier, chuchota Burke tandis qu'ils marchaient en direction de la scène de crime.

— Vous pensez qu'il faut s'attendre à des protestations ou des actes de violence parce que Phileas Jones s'est suicidé au lieu de tuer des *terra indigene* ?

— C'est possible, mais je ne parlais pas des citoyens de Lakeside, lieutenant. Je parlais des Autres. Combien parmi ceux qui nous ont regardés travailler ont déjà adressé la parole à un humain en dehors d'un conflit ? L'un de leurs chefs a demandé de l'aide à des humains. Je doute que les autres l'aient jamais seulement envisagé.

— Je comprends, acquiesça Monty.

La moindre occasion de changer la dynamique entre les humains et les Autres devait être saisie, se dit-il.

Burke s'arrêta.

— Bon, je vais vous laiss…

Monty avait cessé de prêter attention au hurlement plaintif, mais remarqua brutalement son absence. Burke s'empressa de baisser les yeux et murmura :

— Par les dieux d'en haut et d'en bas !

Simon et Henry, qui se tenaient près de Louis et des techniciens préparant le corps en vue du transport, se déplacèrent afin de dissimuler la façade arrière des magasins à la vue des hommes. Et tous les *terra indigene*, sans exception, regardaient dans la direction opposée.

Se penchant sur le côté, Monty eut juste le temps d'entrapercevoir les boucles noires striées de rouge de Tess avant que Burke lui saisisse le bras.

— Ne regardez pas, souffla-t-il d'un ton brusque.

L'espace d'un instant, la vision de Monty se brouilla, et son cœur se mit à battre à un rythme irrégulier. Il cligna plusieurs fois des yeux, et tout parut redevenir normal.

— Capitaine ?

— Ils en ont peur, affirma Burke. Tous les Autres ont peur de la regarder.

— Mais c'est Tess. Elle...

Il pensa soudain à Asia Crane, morte la nuit où l'Enclos avait été attaqué, aux étudiants qui avaient agressé Merri Lee et étaient mystérieusement décédés, et à Burke qui lui avait dit, plusieurs semaines auparavant, qu'il existait dans l'Enclos une créature capable de tuer d'un regard. S'agissait-il de Tess ? S'il posait la question, quelqu'un lui répondrait-il ?

Et si quelqu'un lui répondait, Tess le laisserait-elle vivre ?

Une BAR arriva.

— Nathan, emmène Bug au complexe Wolfgard, ordonna Simon. Demande à Jane de l'examiner.

Tess les rejoignit à grands pas, et Monty prit conscience que Burke avait raison : les autres *terra indigene* prenaient bien garde à s'écarter de son chemin. Sauf Simon, qui alla à sa rencontre. Cette scène rappela à Monty les vieux films qu'il adorait regarder enfant, quand les bandits se retrouvaient dans la rue d'une petite ville poussiéreuse pour mettre fin à un désaccord.

— Tiens, déclara Tess en confiant à Nathan un objet enveloppé dans une serviette en papier, les yeux tournés sur le côté. Donne ça à Bug quand il sera monté dans la BAR, et dis à Jane qu'il a mangé l'un de ces biscuits à la camomille.

Lorsqu'elle s'approcha de Simon, ses cheveux noirs virèrent au rouge, et les mèches rouges devinrent vertes. Elle souleva l'un des sacs isothermes dont elle se servait au café pour livrer des plats autour de la place du Marché.

— Les filles devraient manger quelque chose, et j'ai pensé que tu ne voudrais pas qu'elles sortent tout de suite.

Simon Wolfgard la regarda dans les yeux, faisant ainsi savoir à tous les autres que Tess ne représentait plus un danger.

— Merci, dit-il en s'emparant du sac. Nous devrons décider ce qu'il conviendra de faire d'elles ce soir.

Tess éclata de rire.

— Des films à l'eau de rose et un tas de tablettes de chocolat devraient faire l'affaire. Et ne te plains pas si elles pleurent dans ta fourrure.

Louis se tourna pour contempler Simon et Tess. Burke s'étouffa. Et même si Monty ne vit aucune oreille changer de forme, il était sûr que les *terra indigene* ne perdaient pas une miette de la conversation.

— Les femelles, grommela Simon une fois que Tess fut hors de vue. (Il lança un regard en biais à Monty, comme pour le défier de se moquer de lui.) Je vais leur apporter la nourriture, et ensuite je serai à la librairie si vous avez besoin de quoi que ce soit.

Sans cesser de marmonner, il se dirigea vers le consulat.

Burke partit retrouver les policiers chargés de chercher le véhicule de Jones.

Ne voulant pas laisser Louis et les techniciens de scène de crime seuls, Monty resta avec eux. L'un des Loups et un Corbeau ayant quelques plumes plantées dans ses cheveux noirs approchaient avec circonspection. Ils hésitèrent jusqu'à ce que Vladimir Sanguinati rejoigne Monty. Puis leur curiosité sembla l'emporter sur leur méfiance.

— Est-ce que je peux vous poser une question ? demanda le Loup.

— Tu comptes te servir de cette histoire dans l'un de tes romans, Alan ? s'enquit Vlad.

Quand ce dernier haussa les épaules, Monty rompit le silence :

— Que vouliez-vous savoir ?

— Est-ce que c'est… normal… pour des humains ? questionna le Loup, l'air à la fois stupéfait et intrigué.

— Les furies n'ont rien de normal, maugréa Vlad, ce qui fit rire le Corbeau.

— J'ai interrogé quelques humains dans le cadre des recherches que j'ai menées pour mes romans, et ils m'ont tous dit que les humains se battaient avec des pistolets, des couteaux et des matraques.

— Une femme qui crie avec une bouilloire dans les mains, ça ne paraît pas très dangereux, renchérit le Corbeau.

— Et pourtant elle était dangereuse ! Elles l'étaient toutes les deux ! s'exclama Alan. Comment un humain se serait-il défendu contre elles ?

— Je ne sais pas comment réagiraient les autres, répondit Louis en se redressant, mais, moi, je n'essaierais pas de leur parler avant d'avoir mis une porte bien solide équipée d'un bon verrou entre elles et moi.

Monty étouffa un rire.

— Les gens prennent le premier objet qui leur tombe sous la main quand leur vie, ou celle de quelqu'un d'autre, est en jeu.

— Intéressant, médita Alan avant de se tourner vers Vlad. Est-ce que les autres humains qui travaillent ici sont aussi des furies ?

Vlad pointa le doigt en direction de la librairie.

— Elle s'appelle Heather. Elle ressemble davantage à un lapin, mais elle a le potentiel pour se transformer en furie. Dis-lui que je t'ai demandé de dédicacer tes romans.

Alan fronça les sourcils.

— Dédicacer ?

— C'est quand les auteurs signent leurs livres. Les humains aiment ça.

— Pourquoi ?

— Je ne sais pas. Mais ça me paraît un moyen assez sûr d'engager la conversation avec elle.

— Je viens avec toi, affirma le Corbeau. C'est amusant. Est-ce qu'il y a des armes dans une librairie ? ajouta-t-il à l'intention de Monty et de Louis.

— C'est un magasin rempli de livres, qui sont des objets susceptibles d'être lus ou jetés, répliqua Monty platement.

— Je n'imaginais pas que les humains vivaient si dangereusement, commenta le Corbeau avant de presser le pas pour rattraper le Loup tandis que Vlad s'éloignait vers la place du Marché.

Louis se racla la gorge.

— Bon. Nous sommes prêts à transporter le corps. Je vais envoyer la bouilloire et le balai au labo pour analyses. Je demanderai également à des experts en décontamination comment nettoyer les résidus de poison sur la chaussée. S'ils estiment préférable de s'en charger eux-mêmes, je te préviendrai. Oh ! et j'ai trouvé un flacon vide. Je ne sais pas si c'est important, mais je l'ai mis dans un sachet pour le faire examiner.

Un détail mentionné au passage, sur le ton de la conversation. Rien qui puisse donner à quiconque la moindre raison d'associer ce flacon à la dernière tentative d'empoisonnement qui avait eu lieu dans l'Enclos. Mieux valait cependant pour tous les humains de Lakeside éloigner ce récipient avant que de jeunes *terra indigene* curieux aient l'idée de le renifler et de le lécher, au risque de tomber raides morts.

— Merci, dit Monty.

Louis pivota légèrement de façon à se détourner des quelques Autres qui les observaient toujours.

— Maintenant, ils ont l'air humains. On pourrait les croiser dans la rue sans se douter de ce qu'ils sont.

Monty se prépara à partir. Les *terra indigene* avaient vu des policiers répondre à un appel à l'aide. Ils les avaient regardés travailler et mener l'enquête. Toutes les informations susceptibles d'être découvertes sur Phileas Jones leur seraient communiquées.

Malgré tout, Monty soupçonnait que ce que la plupart d'entre eux raconteraient en premier quand ils rentreraient chez eux, c'est l'histoire des furies qui avaient attaqué un dangereux humain armées d'une simple bouilloire et d'un balai pour sauver un Loup.

Chapitre 23

Après un repas rapide à *Viande & Verdure*, Simon, Vlad, Henry et les invités de l'Enclos se réunirent de nouveau dans la bibliothèque de la place du Marché. Quand Tess les rejoignit une minute plus tard, ses cheveux bouclaient et étaient complètement rouges. *Mauvais signe*, se dit Simon.

Ce qui n'augurait rien de bon non plus, c'était la façon dont les *terra indigene* s'étaient tendus dès qu'elle avait pénétré dans la pièce. Simon ne connaissait la véritable nature de Tess que depuis peu, mais il semblait qu'au moins quelques-uns de leurs hôtes avaient identifié le prédateur qui se trouvait parmi eux.

— Nous devons localiser un humain appelé « le Contrôleur », commença Simon, résistant à l'envie de se tortiller sur son siège quand Tess s'assit à côté de lui. Nous devons découvrir l'endroit où les humains fabriquent les drogues à partir de sang de *cassandra sangue*.

— Et nous devons inciter le gouvernement humain à surveiller de plus près les établissements où vivent les prophétesses du sang, ajouta Vlad. Nous devons bien leur faire comprendre que nous connaissons la composition des drogues et que nous les tiendrons responsables de tout ce qui se passera à cause de ces substances à partir de maintenant.

— Ils geindront et se tordront les mains en clamant leur impuissance, rétorqua Cheryl Hawkgard. Ils ne veulent pas que l'on découvre ces endroits.

— Ils nous aideront, affirma calmement Simon. Mais, tout d'abord, nous devons restreindre les recherches autant que possible. Et pour ça nous avons besoin de Meg.

— Non, siffla Tess alors que la moitié de ses cheveux frisés viraient au noir.

Simon aurait aimé s'éloigner de ces boucles mouvantes qui lui faisaient penser à des serpents en colère.

Tess reprit :

— Un millier de coupures. Vous savez combien elle en a déjà ? De quelle part de sa vie allez-vous la priver pour cette traque ?

Charlie Crowgard se pencha en avant. Il considéra Tess, puis Simon.

— Que veut-elle dire ?

— Chaque nouvelle entaille rapproche une *cassandra sangue* de celle qui la tuera ou la rendra folle, répondit Vlad en lançant à Simon un regard pénétrant. Mais ce n'est pas ce que tu avais en tête. Tu ne comptes pas demander à Meg de se couper.

Simon y avait réfléchi pendant la pause-déjeuner.

— Si, confirma-t-il. Une fois. Avant qu'elle utilise son rasoir, nous travaillerons tous de manière à lui fournir le plus d'informations possible. Elle en sait plus qu'elle ne l'imagine sur la façon dont elle est arrivée jusqu'ici. Elle a dû voir au moins une partie de son trajet jusqu'à Lakeside. Comme elle se représente le monde sous forme d'images, nous devons l'aider à en trouver qui correspondent à ce qu'elle a vu.

— Elle a su quel genre de poison Phileas Jones allait utiliser parce qu'elle avait vu une photo de grenouilles dans un magazine, expliqua Tess tandis que ses boucles se relâchaient.

— Ce sera comme un puzzle où il faut éliminer des pièces pour faire apparaître un motif, acquiesça Henry.

Alan Wolfgard et Charlie se penchaient tous deux en avant, à présent, intéressés et curieux. Les chefs du Midwest, quant à eux, arboraient une mine maussade. Simon les comprenait. Il n'aurait pas tenté de tourner en rond autour de la proie s'il avait été possible d'emprunter une ligne droite. Mais, à leurs yeux, Meg n'était qu'une humaine, et ils n'avaient pas pleinement conscience de la façon dont les Élémentaires réagiraient s'il lui arrivait malheur.

— Est-ce que vous aimez rester terrés dans une tanière toute sombre ? lança Bobbie Beargard. Sinon, exprimez-vous plus clairement.

— Comment se rend-on d'une ville humaine à une autre ? expliqua Simon. En prenant le train, le bus ou la voiture. Les humains ne vont même pas à pied dans le village voisin ; ils ne marcheraient pas pour se déplacer entre deux régions. Pour les trains, il existe des gares. Les bus voyagent selon des itinéraires précis, qu'ils restent dans le périmètre d'une ville ou qu'ils relient deux localités différentes.

— Et certains bus s'arrêtent aux gares, ajouta Alan avec un hochement de tête.

— Quand elle est arrivée dans l'Enclos, Meg ne portait pas des vêtements appropriés pour le Nord-Est, fit remarquer Tess.

— Elle aurait pu perdre son manteau ou l'avoir laissé quelque part, avança Vlad. À moins qu'elle l'ait taché et n'ait pas voulu prendre le risque d'attirer l'attention sur elle. Il a bien fallu qu'elle s'arrête pour teindre ses cheveux en roux.

Tous les hôtes inclinèrent la tête.

— Elle a les cheveux roux ? demanda finalement Charlie.

Vlad esquissa un vague geste de la main.

— En théorie.

— Des humains ont été autorisés à se rendre dans les territoires sauvages pour photographier les paysages et les animaux, poursuivit Simon. Il existe aussi des images des endroits humains. Il y a dans la bibliothèque et aux *Bouquins Hurlants* des livres qui contiennent des photos des terres sauvages et des villes de chaque région de Thaisia. Demain, nous essaierons tous de les ordonner de façon à aider Meg à nous dire où se cache notre ennemi.

— Si nous lui montrons les bonnes images, peut-être que Meg n'aura pas besoin de s'entailler, suggéra Henry avant de se lever et de s'étirer. Ça suffit. Il est temps de se reposer.

Il sortit de la bibliothèque.

Puisque c'était à lui de conclure la réunion, normalement, Simon lança :

— Il est temps de se reposer.

En une file mal ordonnée, les invités quittèrent la salle, laissant Simon seul avec Vlad et Tess.

— Une coupure, dit-il. J'en demanderai une à Meg.

— Et s'il nous faut davantage d'informations pour affiner les recherches ? objecta Vlad.

Simon lui décocha un sourire acéré.

— Une fois que Meg nous aura révélé ce qu'elle sait, nous mettrons à contribution nos amis policiers.

Assise dans son salon, Meg tournait et retournait le rasoir dans sa main. De jolies fleurs ornaient un côté de la poignée ; l'autre portait l'inscription cs759. Un matricule, pas un nom.

Y avait-il de jeunes prophétesses du sang à Lakeside ? Des filles qui commençaient tout juste à manifester une dérangeante propension à se couper ? Elles avaient un nom, une famille, une vie. La capacité de choisir. Ou les *cassandra sangue* étaient-elles nées avec cette addiction, ce besoin ?

Elle ouvrit le rasoir et contempla la lame. Un demi-centimètre de large. La distance parfaite entre deux incisions pour bien séparer les prophéties sans pour autant gaspiller la peau. Si elle s'entaillait à cet instant, ce serait pour aider quelqu'un d'autre. Un prétexte valable, non ?

Un lent suicide, une coupure à la fois, songea Meg. Sauf que ce n'était pas elle qui avait décidé de la majorité des cicatrices qu'elle portait sur le corps.

Elle se sentait soulagée par la disparition de Phileas Jones. Après être rentrée chez elle, elle avait passé une heure à se remémorer les façons de mourir qu'elle avait étudiées en images durant les leçons à l'institution. Pourquoi avait-il mordu la poche de poison sur son bras ? S'attendait-il à une mort rapide et indolore ? Se faire mettre en pièces par un Grizzly ou déchiqueter par une meute de Loups en rage ne devait certes pas être indolore, mais…

Il avait connaissance de certaines choses qu'il ne voulait pas révéler aux terra indigene. *Si son travail consistait à chercher des prophétesses, il savait comment trouver le Contrôleur ou d'autres hommes comme lui. Il a avalé le poison pour ne pas parler. J'aimerais bien parler. Mais j'ignore comment faire.*

Le hurlement qui retentit juste devant sa porte la surprit au point qu'elle faillit se couper le doigt avec le rasoir. Elle le referma et le glissa dans sa poche avant d'aller ouvrir.

Simon attendait sur le seuil, sous sa forme animale, tenant dans sa gueule l'une de ces cordes que les Loups utilisaient pour s'amuser. Il la regarda et remua la queue une fois.

— Oh non ! rétorqua-t-elle. Je connais ce jeu. Au début, c'est « allez, viens, on va se promener », puis c'est « tiens-moi la corde une minute », et ensuite tu me cours après, parce que le but du jeu est de poursuivre la personne qui a la corde.

Il inclina la tête, comme pour dire « Bien sûr. Qu'est-ce que tu attends ? Va chercher ton manteau ! »

— Attends-moi ici.

Elle laissa la porte ouverte le temps d'enfiler son manteau et de vérifier qu'elle avait ses clés. Simon n'apprécierait pas sa décision. Si elle jouait avec lui, peut-être grognerait-il un peu moins quand elle lui annoncerait qu'elle avait l'intention de se couper afin de trouver le Contrôleur.

Sa résolution prise, Meg ferma la porte et descendit l'escalier, Simon à son côté.

Simon marchait à côté de Meg en poussant des grondements étouffés. Quelle bourrique, cette femelle ! Ce n'était pas comme si elle ne connaissait pas ce jeu. Il lui avait présenté la corde une demi-douzaine de fois depuis qu'ils avaient commencé à marcher en direction de la bifurcation menant à l'Écurie, mais, elle, elle continuait d'avancer comme si de rien n'était, les mains dans les poches ! C'était un jeu, ça ?

Quand elle sortit enfin les mains de ses poches, il dressa les oreilles, plein d'espoir. Mais elle se contenta de se couvrir la bouche pour bâiller. Pff ! Il aimait se promener avec elle et prendre le temps de flairer ce qui se trouvait autour d'eux, mais il avait cru qu'elle avait accepté son invitation à jouer, et...

Elle saisit la corde si brusquement qu'il se campa sur ses pattes et se mit à tirer par réflexe. Laissant échapper un cri de joie, elle lâcha la corde et s'exclama :

— C'est toi !

Là, elle se jeta sur lui. Et lui, surpris, s'écarta d'un bond. Alors, elle le poursuivit !

— *Attends ! C'est moi qui suis censé te courir après !*

Bien sûr, comme elle ne parlait pas le langage *terra indigene*, elle continua à le pourchasser en tentant de l'attraper par la queue.

Les autres Loups, contrairement à Meg, l'avaient parfaitement entendu.

— *Simon ?* appela Blair. *Simon !*

Soudain, des Loups se ruèrent vers eux : Blair, Nathan, John, Elliot et Jane. Même Alan, Joe et Jackson étaient venus se dégourdir les pattes.

Joe et Alan se concentrèrent sur Meg, supposant sans doute qu'elle était devenue agressive. Simon comprenait que Joe puisse penser cela, avec tous les problèmes que les humains avaient causés aux *terra indigene* dans le Midwest. Et dans la plupart des romans d'Alan, c'étaient des humains à l'esprit dérangé qui tenaient le rôle des méchants ; il n'était donc guère étonnant qu'il réagisse comme si Meg était susceptible de l'attaquer.

Avant que Simon ait eu le temps de lancer un avertissement, Blair et Nathan donnèrent un coup d'épaule à Joe et Alan, les déviant de leur trajectoire, tandis que Jane et Elliot bloquaient le passage à Jackson.

C'est alors que Meg le pointa du doigt et cria :

— C'est Simon qui a la corde !

Tous les Loups reportèrent aussitôt leur attention sur lui.

Simon fit volte-face et détala en dépassant Meg, qui riait si fort qu'elle parvenait à peine à marcher. Ayant à présent bien compris à quel jeu ils jouaient, les Loups se lancèrent à ses trousses. Puisqu'il n'avait plus besoin de s'adapter à la mauvaise vision nocturne de Meg, il quitta la route et courut à perdre haleine, gravissant les talus et slalomant entre les arbres jusqu'à ce qu'il puisse retourner vers cette sournoise femelle.

Lorsqu'il atteignit de nouveau l'asphalte, les autres Loups claquant des mâchoires sur ses talons, Meg trottinait en direction du complexe Vert à côté de Nathan. Il ignorait si l'idée émanait de Blair ou de Nathan, mais il trouvait intelligent d'avoir posté un garde en sa compagnie alors qu'elle pouvait, par mégarde, être considérée comme une proie.

— *À toi*, décréta-t-il quand Blair parvint à sa hauteur.

Docile, Blair s'empara de la corde et déguerpit.

— *Vas-y*, ordonna Simon à Nathan. (Comme celui-ci hésitait, il fit mine de se jeter sur lui.) *C'est ma Meg !*

Avec un glapissement de surprise, Nathan s'écarta d'un bond et courut rejoindre les autres Loups qui jouaient à se pourchasser.

Non, ce n'est pas ma Meg, songea Simon avec une certaine gêne en calant son rythme sur celui de la jeune femme. « Ma Meg » évoquait plus qu'une amie, non ? Et penser ainsi pouvait s'avérer dangereux. Les Autres n'adoptaient la forme humaine que par commodité, parce que les humains semblaient incapables d'interagir avec une créature qui ne leur ressemblait pas. Mais si un *terra indigene* absorbait une trop grande part de la forme humaine, il risquait de s'éloigner de ses semblables et de finir seul, sans se sentir nulle part à sa place. Simon était un Loup et le serait toujours. Avoir une amie humaine n'y changeait rien. Et il n'était pas le seul dans ce cas. Henry, Vlad, Tess, Jenni, Jester, et même Hiver se targuaient d'avoir Meg pour amie. Est-ce que Nathan... ? *Ma Meg!* Bon, il était d'accord pour partager Meg le jouet qui couine avec un autre Loup, mais pas Meg l'amie ? Excepté avec Sam, bien entendu. Ce qui paraissait juste, étant donné que Sam s'était lié d'amitié avec Meg en premier. Et qu'il était encore un louveteau.

Ma Meg. Elle avait vraiment semé la confusion dans sa vie. Il devrait réfléchir à tout cela plus tard.

Hors d'haleine, Meg ralentit puis se remit à marcher. Peu après, elle avait repris son souffle, ce qui réjouit Simon. Elle devenait plus forte, plus résistante.

— Simon, il faut qu'on parle, déclara-t-elle alors qu'ils venaient de pénétrer dans la cour du complexe Vert et approchaient de l'appartement de Simon.

Elle ouvrit la porte de chez lui et le laissa entrer en premier.

Il poussa un soupir. Il devait aussi lui parler, mais cela signifiait qu'il devait prendre sa forme humaine, aussi monta-t-il dans sa chambre pour se transformer et enfiler un jean. Quand il redescendit, elle l'attendait dans le salon.

— Sam ne vit plus avec toi ?

La nostalgie qui perçait dans sa voix le frappa. Le louveteau lui manquait vraiment. Il savait qu'elle manquait à Sam.

— Pas tout le temps. Il est plus en sécurité pour l'instant avec les autres Wolfgard. Mais la prochaine fois qu'il viendra tu devrais passer la journée avec nous. Nous te laisserons même choisir un film, si tu veux.

Avant, il rappellerait à Sam qu'il existait des règles de politesse à respecter même quand on s'ennuyait à mourir devant un film que quelqu'un d'autre appréciait.

— Ça me ferait plaisir, approuva Meg avec un sourire.

Quand il arborait une apparence d'homme, elle prêtait attention à garder ses distances. Il le comprenait un peu, vu que sa forme humaine commençait à s'intéresser à elle d'une façon qui, il en était sûr, n'était pas très appropriée à un ami. En revanche, elle lui avait permis de se rouler en boule à côté d'elle sous forme de Loup pendant qu'ils regardaient un film. Elle acceptait de se laisser lécher par un animal velu, mais redoutait de se faire embrasser par un mâle glabre, ce qui n'avait aucun sens, puisque les deux n'étaient qu'une seule et même personne. Loup. Bref.

Peut-être cela venait-il tout bonnement de Meg, qui se comportait davantage comme un louveteau découvrant le monde que comme une femelle adulte. À l'odeur, elle ne paraissait pas intéressée par les baisers. Bien entendu, lui non plus, puisqu'ils étaient amis et que des baisers qui n'étaient pas de simples coups de langue ne feraient qu'accroître la confusion.

Il serait sans doute bon qu'il lise l'une de ces histoires romantiques mettant en scène des humains et des Loups. Cela lui permettrait peut-être de comprendre les incohérences du cerveau femelle.

— Simon, dit doucement Meg.

Son ton lui rappela pourquoi ils devaient parler. Et pourquoi il voulait éviter cette conversation.

— Meg ?

— Utiliser le sang des prophétesses pour fabriquer des drogues qui provoquent des conflits entre humains et *terra indigene*. Passer une fille au hachoir pour contaminer de la viande afin de faire temporairement perdre la raison à ceux qui vont la consommer. Vous devez mettre un terme à tout ça, sinon ça continuera, et, chaque fois, ce sera pire. Plus de colère, plus de haine. (Meg leva le menton.) Il vous faut une prophétie pour vous aider à trouver le Contrôleur. Je vais me couper encore une fois.

Elle avait dit exactement ce dont il avait besoin. Mais cela signifiait qu'elle allait se faire du mal, aussi gronda-t-il en montrant les dents.

— Je ne te demande pas de te sacrifier pour nous sauver.

— Non, je sais. Mais si un membre de ta meute décidait de le faire, tu respecterais son choix.

Son grondement se mua en gémissement. Cela avait beau ne pas lui plaire, elle disait la vérité. D'ailleurs, Meg semblait toujours dire la vérité.

— Je me couperai demain matin.

— Non. D'abord, nous tâcherons de découvrir tout ce dont tu peux te souvenir de ton trajet jusqu'à Lakeside. Ainsi, tu ne gaspilleras pas ta peau inutilement.

— Très bien, concéda-t-elle en se levant. Je vais rentrer, maintenant. Je dois me reposer.

Il avait envie de l'accompagner, de dormir avec elle, roulé en boule à son côté. Puis il entendit les Loups hurler, lui rappelant que l'Enclos accueillait des visiteurs susceptibles de voir d'un mauvais œil un Loup se comporter de façon trop amicale envers une humaine, en particulier si cette dernière était l'une des terribles créations de Namid.

Chapitre 24

Même si terredi était habituellement un jour de repos pour les humains comme pour les *terra indigene*, les invités de l'Enclos se pressaient dans la librairie. Henry et Vlad se tenaient derrière le comptoir tandis que Tolya et Stavros flottaient près du plafond sous forme de brume et que Tess s'appuyait au chambranle de la porte séparant *Aux Bouquins Hurlants* de *Bon à Croquer*. Simon attendait que Merri Lee, Heather, Ruthie et Theral les rejoignent.

Les filles hésitèrent sur le seuil de la réserve quand elles virent la foule de *terra indigene* qui les attendait, mais s'approchèrent lorsqu'il les invita à avancer d'un signe. Il les avait appelées la veille au soir pour leur demander de venir travailler et leur avait expliqué qu'il donnerait davantage de détails en début de journée lors d'une réunion.

Il n'avait pas encore prononcé un mot qu'elles avaient toutes sorti des carnets et des stylos des sacs à main qui ne semblaient jamais les quitter. Meg en portait un quand elle se rendait au bureau ou à la place du Marché, mais il était de taille modeste et ne contenait rien de bien intéressant. Il le savait, car il avait déjà regardé. Ceux des autres filles, en revanche, étaient assez gros pour renfermer tout un tas de choses, et il aurait aimé fourrer son nez à l'intérieur pour découvrir ce qui pouvait s'y dissimuler.

—Aujourd'hui, nous participons tous à une mission spéciale, commença Simon.

Les quatre filles ouvrirent leur carnet à une page vierge, notèrent la date, puis reportèrent leur attention sur lui, dans l'expectative.

Du coin de l'œil, il vit Bobbie Beargard rentrer la tête dans les épaules et adopter une position d'attaque. De nombreux autres *terra indigene* s'étaient également raidis.

Si une seule des filles avait sorti un calepin, personne n'aurait réagi. Mais toutes les quatre ? S'agissait-il d'une convention en usage lors des réunions ? Tout le monde possédait-il un carnet et un crayon, ou uniquement les femelles ? Était-ce un signal secret employé par les humains, une subtile indication destinée à faire comprendre que l'interlocuteur avec qui ils étaient sur le point de conclure un accord ou de procéder à une transaction n'était pas véritablement humain ? Si les enseignants que les *terra indigene* rémunéraient – généreusement – afin d'apprendre comment interagir avec les humains omettaient délibérément certains faits, quels autres mensonges avaient-ils pu leur servir ?

Et, plus important, à qui pouvaient-ils poser des questions sans risquer de se faire berner ?

Simon jeta un coup d'œil à Ruthie et pensa détenir la réponse.

— Monsieur Wolfgard ? intervint Merri Lee en coulant un regard aux *terra indigene.* Vous étiez sur le point de nous expliquer cette mission spéciale ?

— L'homme qui est venu hier était…

Simon hésita. Il ne savait pas très bien comment poursuivre, car il n'avait aucune envie de révéler ce qui se passerait quand les Autres auraient trouvé leur proie.

— Quelqu'un l'a engagé pour se procurer des prophétesses du sang, compléta Merri Lee d'une voix rageuse au son de laquelle tous les *terra indigene* se mirent en position défensive. Il a essayé d'hypnotiser Meg et de la convaincre qu'elle devait partir avec lui. (Son regard, hanté, contrastait avec la véhémence de son ton.) C'était quelqu'un de mauvais.

— Oui, acquiesça Henry, le guide spirituel de l'Enclos, avec une autorité tranquille. C'était quelqu'un de très mauvais qui aurait causé le malheur de nombreuses autres filles ainsi que de leurs familles. En avertissant qu'il fallait cacher les enfants, Meg l'a empêché d'enlever qui que ce soit à Port-Batelier.

Ni Merri Lee ni Meg n'avaient tué Phileas Jones. Cependant, leur attaque lui avait rendu la fuite impossible, et le fait de se voir cerné l'avait poussé à se suicider. Simon doutait qu'elles acceptent aussi facilement que les Autres d'avoir contribué à la mort d'un humain.

— Nous devons retrouver un individu appelé le Contrôleur, reprit-il. Il dirige l'institution où Meg était enfermée et y garde de nombreuses autres filles qu'il traite comme des objets. C'est lui qui a baptisé Meg cs759, car, pour lui, ses possessions ne méritent pas de nom. Nous le croyons responsable de la fabrication des drogues « au-delà du loup » et « septième ciel », ainsi que de la contamination de la viande qui a provoqué tant de violence et de morts dans une ville du Midwest. C'est pourquoi nous allons tous aujourd'hui aider Meg à se rappeler comment elle est arrivée jusqu'à l'Enclos de Lakeside.

En les observant assimiler ces paroles, il comprit certains aspects de la personnalité de ses employées. Heather était bel et bien un lapin, et, même si elle travaillait bien, elle ne resterait sans doute plus très longtemps dans l'Enclos. Theral était parmi eux depuis tellement peu de temps qu'il ne parvenait pas à déterminer si le malaise qu'elle trahissait provenait du fait qu'elle n'appréhendait pas encore très bien l'Enclos ou si elle peinait à saisir les tenants et aboutissants de cette mission particulière. Mais Merri Lee et Ruthie ? Il décelait un peu de Loup en elles, comme il en voyait parfois en Meg. Elles avaient bien compris que les *terra indigene* tueraient le Contrôleur aussitôt qu'ils l'auraient retrouvé.

Peut-être Merri Lee n'éprouvait-elle pas tant de difficultés que cela à accepter la mort de Phileas Jones, après tout.

Alors qu'il était sur le point d'expliquer en quoi allait consister leur travail, Merri Lee lança :

— Des images. Meg a besoin de photos, de dessins, de cartes, de noms de villes. Tout ce qui pourra l'aider à se rappeler son voyage jusqu'à Lakeside. (Elle se tourna vers Ruthie.) Elle ne voit pas toujours de manière directe. Parfois, elle fonctionne par association d'idées.

— Alors, mieux vaut commencer large et affiner au fur et à mesure, en déduisit Ruthie.

L'instant d'après, Merri Lee et Ruthie griffonnaient des notes sur qui se chargeait de quoi et répartissaient les tâches, n'hésitant pas à en confier aux Autres.

— *Ce n'est pas toi qui es censé donner les ordres ?* demanda Vlad, amusé.

— *La ferme*, gronda Simon.

Les *terra indigene* se concentreraient sur tout ce qui avait trait aux éléments naturels – les plantes, les animaux, les cours d'eau, les caractères distinctifs de chaque région – tandis que les filles s'occuperaient des villes humaines.

— Que pouvons-nous utiliser comme références ? s'enquit Ruthie.

— Tous les livres de la librairie et de la bibliothèque, répondit Simon. Trouvez juste un moyen d'indiquer quels ouvrages vous prenez dans la boutique, pour que nous puissions les remettre en rayons plus tard. Vous pouvez vous installer sur les grandes tables de la bibliothèque ou travailler avec Meg dans la salle de tri du bureau de liaison.

— Je vais chercher une carte de Lakeside pour discuter avec Meg, suggéra Merri Lee.

— Est-ce que je peux utiliser l'ordinateur de la bibliothèque ? questionna Ruthie avant d'enchaîner, sans attendre l'accord de Simon. Je voudrais vérifier les horaires des trains et des bus desservant Lakeside ainsi que leur provenance. Mais, d'abord, j'aimerais demander à Meg si elle se rappelle un nom de ville.

— Il arrive que plusieurs villes portent le même nom, intervint Theral.

— C'est vrai, concéda Ruthie. Mais toutes n'ont pas des liaisons avec Lakeside par bus ou par train. Pas des liaisons directes, en tout cas.

Les filles se tournèrent vers le présentoir de cartes qui se dressait en face de la caisse. Habituellement bien visible, il était à présent dissimulé derrière une foule de *terra indigene*.

De la brume descendit du plafond en direction du rayonnage. Un bras et une main en émergèrent, ainsi qu'une portion de visage, permettant à Simon d'identifier Stavros. Le Sanguinati sélectionna plusieurs cartes qu'il tendit à Alan Wolfgard, qui les donna à Charlie Crowgard, qui les passa à Simon, qui les transmit à Ruthie.

Après avoir murmuré des remerciements, Merri Lee et Ruthie se dirigèrent vers l'arrière-boutique, suivies par Theral. Heather jeta un furtif regard aux Autres par-dessus son épaule avant de se dépêcher de rejoindre les autres femelles.

Les autres humaines.

— *Elle ne restera pas*, déclara Vlad d'un ton plein de regret.

— *Je sais*, répliqua Simon. *Nous nous en occuperons à la manière humaine le moment venu. Nous tirerons à pile ou face pour savoir qui devra remplir les papiers.*

Il collecta un exemplaire de tous les magazines que la librairie avait en réserve, c'est-à-dire assez peu, car les *terra indigene* ne s'y intéressaient pas vraiment et les clients humains n'aimaient pas payer la taxe de non-recyclage comprise dans le prix de vente. Peut-être ces revues fourniraient-elles à Meg des références utiles ? Il devrait lui en parler.

Devrait-il aller chercher un carnet aux *Trois P* afin de noter ses idées ? Pourquoi les écrire alors qu'il lui suffisait de s'en souvenir ?

Maudits humains ! Il en arrivait à douter de lui-même et à se demander s'il avait vraiment réussi à se faire passer pour un humain durant toutes ces années.

Et pourquoi cela lui semblait-il important à présent ?

La plupart des invités de l'Enclos emportèrent les magazines qu'il leur avait distribués à *Bon à Croquer* dans l'intention de travailler en buvant un verre.

Alan examina les livres pour enfants et en sélectionna quelques-uns avant de rejoindre Joe et Jackson au café. Vlad monta s'occuper de documents administratifs. Henry et Bobbie se dirigèrent vers les boutiques de la place du Marché afin de voir ce qui pourrait leur être utile.

De sorte que Simon resta seul avec Charlie.

Passant derrière le comptoir, Simon s'empara de la pile de commandes émanant des villages *terra indigene*. Si Heather comptait démissionner, il devait commencer à s'atteler à la tâche.

— J'ai eu vent de rumeurs venues de l'autre côté de l'océan, déclara Charlie d'un ton calme.

Simon entreprit de trier les commandes selon le camion indigène dans lequel les livres devraient être chargés.

— Quel genre de rumeurs ?

— Des rumeurs de guerre.

Il leva les yeux, accordant à Charlie toute son attention. La guerre était à prendre au sérieux, car elle remodelait le monde.

— Tu crois que les humains seraient assez fous pour ça ?

— Il y en a suffisamment qui le sont.

— Si une guerre se déclenche là-bas, tu crois qu'elle se propagera jusqu'ici ?

— Elle nous touchera, mais avec moins de férocité, je l'espère, que dans la région de Cel-Romano.

— Comment en as-tu entendu parler ?

Un sourire se dessina sur les lèvres de Charlie.

— Les Crowgard vivent un peu partout dans le monde, pas uniquement à Thaisia. Nous partageons ce que nous savons. Mais les Corbeaux sont incapables de dire si les humains se battent pour se voler mutuellement leurs territoires, comme ils le font souvent, ou s'ils cherchent à s'emparer des nôtres.

— J'imagine que les *terra indigene* de là-bas le découvriront rapidement et agiront en conséquence, répliqua Simon.

Il fronça les sourcils en lisant les titres des romans requis par les Autres. Apparemment, avec la fin de l'hiver faiblissait l'attrait pour les thrillers du style survivre-au-blizzard-et-aux-humains-diaboliques, et tout le monde était passé à des histoires traitant de la survie à d'autres sortes de tempêtes. Même les humains diaboliques finissaient par lasser.

Charlie appuya ses avant-bras sur le comptoir.

— Simon, ce Contrôleur est votre ennemi, et les chefs du Midwest sont disposés à vous aider à le pourchasser. Mais il n'est sans doute pas le seul à fabriquer les drogues. Il n'est peut-être pas responsable de la viande contaminée.

— Possible, concéda Simon. Ça fait partie des questions que nous devrons poser à Meg.

— Meg ? demanda Ruthie tandis que Merri Lee dépliait les cartes de la région de Lakeside et du Nord-Est sur la table de tri. Est-ce que je peux te poser une question ?

— Ce n'est pas ce que vous êtes censés faire aujourd'hui ? répliqua Meg en mettant de côté le *Lakeside News*. Poser des questions afin d'obtenir des réponses ?

Ruthie leva son calepin.

— Pourquoi les *terra indigene* seraient-ils mécontents de nous voir prendre des notes ? S'il s'agit d'un souci de sécurité, nous pouvons laisser nos carnets ici.

— Tous les membres de l'association commerciale sont au courant que Ruthie et Karl vont se marier cet été et que je sors avec Michael, objecta Merri Lee. Simon et Vlad au moins doivent bien se douter que la police va comprendre qu'il se passe quelque chose, étant donné que Ruthie et moi avons été réquisitionnées un terredi.

—Alors, pourquoi nos carnets les ont-ils mis en colère ? renchérit Ruthie. Parce que nous l'avons senti toutes les quatre. Même s'ils n'ont rien dit, les Autres, aux *Bouquins Hurlants*, étaient sur les nerfs. Je sais que ça a mis Theral et Heather mal à l'aise.

Meg ferma les yeux et se remémora les images de carnets qu'elle avait vues lors de ses leçons. Des carnets de rendez-vous ? Non, elle était quasiment sûre que Simon et Vlad utilisaient ce type de calepins pour organiser le planning à la librairie, et Elliot devait en posséder un pour consigner ses réunions avec le maire, entre autres. Des journaux intimes ? Non. Les Autres ne se seraient pas préoccupés de ce genre de chose. En outre, Ruthie et les autres filles n'auraient jamais apporté leur journal intime au travail. Alors, qu'est-ce qui avait pu poser un problème aux *terra indigene* ?

Des filles et des garçons qui portaient des livres, allaient à l'école et s'asseyaient à un bureau pour prendre des notes pendant qu'un enseignant pointait ce qu'il avait écrit sur un tableau noir. Elle considéra ensuite ce qu'elle savait de l'école de l'Enclos, de ce que les louveteaux comme Sam et ses petits camarades apprenaient avant de partir pour des établissements qui leur prodigueraient la formation technique et l'éducation censées correspondre à celles dont bénéficiaient les humains. Selon les accords conclus à Thaisia, les Autres devaient avoir accès à toutes les connaissances que les humains étaient susceptibles d'acquérir.

Et s'il existait des moyens subtils de contourner ces accords ?

Elle rouvrit les yeux et les posa sur ses amies.

—Quel âge aviez-vous quand vous avez appris à prendre des notes ?

— Quel âge ? répéta Merri Lee en fronçant les sourcils. Avant le lycée. En tout cas, avant d'aller à l'université.

Ruthie confirma d'un hochement de tête.

— Pas les premières années d'école, mais avant le lycée, c'est sûr. Et j'ai toujours aimé noter mes idées ou établir la liste des tâches que j'ai à accomplir. Je porte en permanence un carnet sur moi depuis que je sais lire et écrire. C'est une sorte de pense-bête. Après, je le garde pour m'y référer.

D'autres images. Un garçon au fond de la salle de classe, livres fermés, qui affichait un sourire méprisant devant son enseignant. Ou un air plein de ressentiment. Ou qui cachait sa confusion en affectant l'ennui ?

— Et si un élève ne prenait pas de notes ? questionna Meg. Que penserait le professeur ?

— Que le cours ne l'intéresse pas, répondit Merri Lee. Qu'il ou elle croit déjà tout savoir.

— Et si personne ne vous avait jamais expliqué comment prendre des notes ? demanda doucement Meg, songeant à la façon dont Simon et les *terra indigene* qu'elle considérait comme des amis avaient réagi au carnet qu'elle utilisait comme un objet intime. Ce qu'il était. Il représentait son moyen à elle de se construire, de bâtir un pont entre les images qu'elle avait absorbées à l'institution et la vie réelle. Les Autres avaient manifesté de la curiosité en la voyant prendre des notes, mais ils avaient supposé que cela faisait partie de sa nature de prophétesse du sang. Jusqu'à ce que quatre humaines sortent leur carnet et leur stylo, montrant aux *terra indigene* que cette habitude n'était pas propre aux *cassandra sangue*.

— Et si vous n'aviez pas appris à prendre des notes quand vous étiez petit et qu'à l'école le professeur humain croyait que vous vous moquiez de lui et lui faisiez perdre son temps ? Et si vous aviez envie d'apprendre mais pensiez que le professeur…

S'emparant du *Lakeside News*, Meg l'ouvrit à la page des bandes dessinées et en pointa une du doigt.

— Celle-ci circule depuis des années, déclara Merri Lee. Quand j'étais petite, je la trouvais amusante, mais elle ne me paraît plus si drôle, maintenant.

Sur les dessins, certains personnages portaient des chapeaux élaborés, symboles de l'autorité, tandis que d'autres, en costume-cravate, jouaient des tours aux primitifs « incapables de comprendre la civilisation ».

— Les Autres n'ont jamais appris à prendre des notes sur ce qu'on leur enseignait en classe ? s'étonna Ruthie avant de pincer les lèvres. Dans ce cas, les professeurs doivent penser qu'ils n'assistent au cours que parce qu'ils en ont le droit, pas par intérêt. Et ils ne doivent pas se donner la peine d'essayer de découvrir pourquoi les *terra indigene* ne font pas ce qui leur permettrait de tirer parti des leçons. Et les Autres se rendent compte qu'ils ne reçoivent pas ce qui leur était promis, même s'ils ne savent pas exactement ce qui manque, et ils en veulent aux humains qu'ils voient comme des intrus alors que nous cohabitons sur ce continent depuis des siècles.

— Ils expriment leur ressentiment en restreignant l'accès aux ressources dont nous avons besoin pour vivre et fabriquer des objets, car, après tout, pourquoi nous feraient-ils plaisir en mettant à notre disposition ce qui leur appartient ? ajouta Merri Lee. Nous sommes tous insatisfaits. Les rancœurs ne cessent de croître, et si jamais les humains franchissent la limite…

— J'ai récupéré un vieux livre chez des gens qui vidaient leur maison de famille, déclara Ruthie. À l'intérieur, sur un bout de papier, j'ai trouvé une liste de villes qui n'existent plus. Au début, je n'ai pas pris conscience de ce que c'était. Pour moi, c'était juste une suite de noms et de dates. C'est quand j'ai situé ces villes sur la carte… ou du moins quand j'ai essayé, que j'ai compris qu'elles avaient été détruites, rendues à la nature. (La tristesse s'imprima sur son visage.) Combien d'entre elles ont disparu rien que parce que quelqu'un n'a pas pris la peine d'expliquer quelque chose d'aussi simple que prendre des notes ?

Ruthie ouvrit son carnet à une page blanche.

— Qu'est-ce que tu fais ? s'enquit Meg.

— M. Wolfgard m'a engagée pour que j'enseigne aux Autres à se comporter comme des humains, et c'est ce que je compte faire. Mais je ne vais pas me limiter à la façon de commander un menu, à l'ustensile qu'il faut utiliser dans un restaurant ou à la réalisation d'achats dans un magasin. Karl croit que la manière dont nous interagissons avec les Autres dans l'Enclos peut tout changer pour l'humanité, et j'en suis moi aussi persuadée. Je vais donc apprendre aux *terra indigene* de l'Enclos comment se comporter en société et comment réagir dans une école qui emploie des professeurs humains. Je prends juste une minute pour le noter.

Merri Lee hocha la tête.

— Pendant ce temps, je vais commencer à travailler sur la carte de la région de Lakeside avec Meg pour essayer de déterminer comment elle est arrivée jusqu'ici.

Une tâche qui s'avéra plus complexe qu'elle ne le paraissait. Meg ne s'était pas rendu compte du peu qu'elle avait retenu de son voyage. Ou, plus précisément, elle ne parvenait pas à savoir si ce dont elle se souvenait correspondait à des scènes vécues ou à des documents visionnés en cours. Elle s'était concentrée sur les images qui avaient guidé son évasion et n'avait vu aucun élément susceptible de semer le doute ou la confusion dans son esprit. Ces éléments mêmes qui les auraient à présent aidées à reconstituer son trajet.

Il y avait eu un train. Elle se rappelait avoir été trop effrayée pour dormir et trop épuisée pour rester éveillée. Au milieu de ce brouillard mental, les images qui l'avaient aiguillée étaient nettes mais dépourvues de contexte. Elle avait acheté un billet pour le dernier train en partance ce soir-là, mais ne savait plus du tout comment elle était arrivée à la gare. Elle avait dû quitter l'institution à bord d'un véhicule, mais… Elle se rappelait avoir passé un long moment dans le train et avoir vu quelque chose qui l'avait poussée à descendre avant l'arrêt mentionné sur son billet. Dans quelle ville ? Elle l'ignorait. Elle avait également pris plusieurs bus, du genre de ceux qui assuraient les liaisons entre les villes. Et encore un train ? Possible, mais, encore une fois, elle avait suivi ses visions et ne conservait qu'un vague souvenir de ce qu'elle avait vu en chemin.

Avant que la frustration s'installe, on leur apporta une première série d'images.

Les photos d'alligators, de panthères et de serpents fascinèrent Meg. Elle n'avait abordé ces animaux en cours que sous la forme de schémas qui n'avaient rien d'effrayant. Là, elle avait sous les yeux de véritables prédateurs. Peut-être même des *terra indigene*. Les arbres et les fleurs ne ressemblaient à rien de ce qu'elle avait pu voir jusque-là, y compris lors des leçons.

— D'accord, conclut Merri Lee en prenant des notes. Tu n'as reconnu aucune de ces bestioles ou de ces plantes. Je dirais donc que tu ne vivais pas dans le Sud-Est et que tu n'as pas traversé cette région pendant ta fuite.

— Il a fait nuit une grande partie du temps, objecta Meg.

Ou était-ce la façon dont son esprit s'était protégé pour éviter de se faire submerger par les images quand le train avait pris de la vitesse ? Il avait fait jour un moment, mais la luminosité était restée faible. Soleil d'hiver et ciel gris.

— Tu portais un jean, un tee-shirt, une veste en jean et des tennis, commenta Ruthie en prenant également des notes. Tu n'avais pas de manteau, c'est donc que tu venais d'un endroit plus chaud qu'ici.

Meg fronça les sourcils.

— Non. La veste en jean faisait partie du déguisement. La Nom-qui-marche a gardé son manteau. (Elles la dévisagèrent.) Ils enlevaient leur tenue normale pour enfiler une blouse blanche. Elle a mis son manteau pour aller dehors et n'a pas bien refermé son casier. C'est ce qui m'a permis de prendre ses vêtements et son argent dans son portefeuille.

— Il faisait froid, quand tu es sortie? questionna Merri Lee.

Meg hocha la tête.

— Très froid. Mais j'étais terrorisée. Peut-être que je tremblais parce que j'avais peur de ce que me ferait le Contrôleur si je me faisais capturer. Jean... Jean et moi devions nous enfuir ensemble. C'était avant que j'aie les visions qui m'ont aidée à m'échapper. Ce n'étaient que des paroles en l'air, des rêves d'une autre vie. Mais un Nom-qui-marche nous a entendues, et le Contrôleur ne me croyait pas capable de fuir seule, alors il... il a cassé le pied de Jean. Je voulais que l'on parte tout de même toutes les deux, mais elle m'a dit que, si elle venait avec moi, nous nous ferions prendre et que, seule, je réussirais à m'évader. Et c'était vrai. (Meg ne se rendit compte qu'elle pleurait qu'au moment où Merri Lee lui tendit un mouchoir en papier.) Mais Jean est toujours là-bas. (Elle s'essuya les yeux avant de se moucher.) Je ne suis jamais allée dans le Sud-Est. Ça, j'en suis sûre.

Elles éliminèrent ensuite le Grand Nord. Theral, qui vérifiait certains détails pour elles sur l'ordinateur de la bibliothèque, leur confirma que la tempête qui avait touché Lakeside le soir où Meg était arrivée avait interrompu la circulation des trains et des bus du Grand Nord-Est pendant toute la journée.

Tess leur apporta du café, des sandwichs et des cookies aux pépites de chocolat tout juste sortis du four en même temps qu'une nouvelle série d'images.

Tout en buvant et mangeant, Meg, Merri Lee et Ruthie rayèrent la côte ouest de la liste.

Au milieu de l'après-midi, Heather parut, les bras chargés de magazines et les yeux bouffis.

— Je ne pense pas continuer, souffla-t-elle en posant les revues sur la table de tri. Avant, ils faisaient des efforts pour paraître humains, et maintenant, beaucoup moins. Tu as remarqué ? (Heather s'adressait à Merri Lee, qui travaillait à *Bon à Croquer* depuis plus d'un an.) Et comme la plupart des clients étaient humains, ça allait. Sans compter qu'avec la somme utilisable dans les magasins de la place du Marché je gagnais autant en travaillant à temps partiel que si j'avais travaillé à plein-temps dans une autre librairie en ville.

— Alors, pourquoi est-ce que tu ne veux pas continuer ? questionna Merri Lee.

— Hier soir, mon père m'a interdit de remettre les pieds chez lui tant que je travaillerais dans l'Enclos. Il m'a dit qu'il était déjà assez difficile comme ça de trouver du travail à Lakeside, et qu'avoir la réputation de copiner avec les Loups était le premier pas vers le licenciement, puis qu'on finissait SDF à mendier dans les rues, et que toute la famille était traînée dans la boue. Et pendant qu'il parlait, ma mère est restée assise sans me regarder. Elle ne m'a pas adressé la parole jusqu'au moment où je me suis levée pour partir. Là, elle m'a arrêtée à la porte et m'a prévenue que, s'il arrivait quoi que ce soit à mon petit frère ou à ma petite sœur parce que je jouais la putain pour les Autres, elle me tiendrait pour responsable.

— C'est affreux, se récria Ruthie. Ils n'avaient aucun droit de te dire ça !

— Ta famille ne t'a pas dit la même chose ? (Ruthie recula d'un pas.) Tu as perdu ton emploi à cause de l'Enclos. Et toi, tu t'es fait agresser et tu ne peux pas retourner à l'université, ajouta-t-elle à l'intention de Merri Lee.

— Ce ne sont pas les Autres qui ont pris ces décisions, rétorqua cette dernière. Ce sont les humains.

— À cause des Autres ! Et maintenant, ils nous demandent de... Vous avez une idée de ce qu'ils vont faire des informations que nous allons leur fournir ? Et si nous les aidions à commettre un crime horrible ? Qu'est-ce qui va nous arriver si on nous accuse d'avoir trahi les humains ?

— Je ne crois pas que travailler avec les Autres soit tout noir ou tout blanc, répondit prudemment Ruthie. Peut-être que la situation est aussi simple que cela à Cel-Romano ou à Tokhar-Chin, où les humains contrôlent une grosse partie du territoire et ne croisent les Autres qu'aux frontières avec les terres sauvages. Mais nos ancêtres se sont installés sur un continent qui n'appartenait pas aux humains. C'est donc différent pour nous. Si nous ne réussissons pas à travailler avec les Autres, ils se retourneront contre nous.

— Ce qui n'enlève rien au fait qu'Heather se trouve confrontée à un choix : renoncer à son travail ou à sa famille, objecta Merri Lee.

Qu'arrivera-t-il à Heather si elle prend la mauvaise décision ? se demanda Meg. Alors qu'elle cherchait à s'emparer d'une revue, sa main heurta le rebord de la table de tri. Elle retint un cri et sentit la douleur se muer en atroce souffrance tandis que, trop surprise pour parler, elle voyait la couverture d'un magazine se modifier pour en former une nouvelle. Par morceaux, comme des fragments de différentes images. Puis, alors qu'elle se concentrait sur sa vision, elle vit une date. Et du sang qui s'étalait sur le papier.

Quand elle reprit ses esprits, elle se rendit compte que personne n'avait rien remarqué. Ruthie et Merri Lee discutaient toujours, s'efforçant de montrer à Heather des marques de sympathie et d'encouragement. Mais leur amie n'avait besoin ni de sympathie ni d'encouragements. Elle avait besoin de…

— Heather, tu dois partir, déclara Meg d'un ton calme.

Elles se turent aussitôt pour la dévisager.

— Je préférerais rester ici pour travailler avec vous, répliqua-t-elle. Il y a trop de crocs et de fourrure à mon goût dans la bibliothèque.

— Non. (Meg s'approcha du comptoir, s'empara du téléphone et composa un numéro.) Tu dois donner ta démission et t'en aller.

— Meg ? s'étonna Merri Lee. Qu'est-ce qui se passe ?

C'est Vlad qui répondit aux *Bouquins Hurlants*.

— Vlad ? Peux-tu venir au bureau ? Nous devons te parler. Non, rien que toi.

Elle raccrocha avant de considérer ses amies, les cartes et les carnets de notes. Elle n'eut pas d'autre vision et ne ressentit aucune démangeaison.

— Meg !

Vlad fit irruption dans la salle de tri.

— Heather doit partir, déclara Meg. Elle ne peut plus travailler dans l'Enclos.

— Je n'ai pas décidé ! protesta Heather. (Visiblement effrayée, elle se tourna vers Merri Lee et Ruthie en quête de soutien.) Je n'ai pas dit ça.

— Elle n'a pas dit ça, confirma Merri Lee.

Vlad posa sur Heather un regard inquisiteur, mais ne paraissait pas surpris par cette nouvelle. Puis il huma l'air et contourna la table, s'approchant de Meg.

— Montre-moi tes mains, ordonna-t-il doucement.

— Comment ?

— Tes mains, répéta-t-il.

— Meg ? lança Merri Lee.

Elle tendit les mains. La pulpe de son index droit portait une plaie minuscule, à peine de la taille d'une tête d'épingle, mais la peau était juste assez écorchée pour avoir laissé perler une goutte de sang.

— Comment est-ce que tu t'es fait ça ? s'enquit Vlad.

— Je me suis cognée contre la table en voulant prendre un magazine. J'ai dû m'érafler.

— Et tu as vu… ?

Merri Lee se hâta de saisir son carnet et son stylo. Cela la déconcentra. Une autre image. Qui ne répondait pas à la question de Vlad.

— J'ai vu la couverture d'un magazine. (Elle essaya de pointer du doigt, mais, comme Vlad lui tenait toujours les mains, elle inclina la tête vers la pile de revues posée sur la table.) Une autre couverture que celles-là. Et j'ai vu du sang. Toutes les pages étaient imbibées de sang.

— Qu'est-ce que ça a à voir avec Heather ?

— Sa famille veut qu'elle arrête de travailler pour l'Enclos. Au moment où j'ai tendu la main vers les magazines, je me demandais ce qui lui arriverait si elle prenait la mauvaise décision, puis j'ai eu mal… et j'ai vu… (Elle posa les yeux sur Vlad.) Elle doit partir.

— Oui, acquiesça Vlad en lui pressant doucement les mains avant de les lâcher. Je vais m'en occuper. Rassemble tes affaires personnelles et retrouve-moi dans le bureau de la librairie, ajouta-t-il à l'intention d'Heather. Je te donnerai ta paie.

Heather quitta la pièce d'un pas chancelant. Quand elle fut sortie, Vlad précisa :

— Je lui donnerai de quoi couvrir le montant de ses factures pendant deux mois. Ça lui laissera le temps de trouver un autre travail. Et je vais demander à Blair de passer pour chercher l'endroit où tu t'es blessée sur la table afin qu'il s'assure que ça n'arrivera plus.

— Mais je ne sais même pas comment je me suis fait ça ! protesta Meg. Comment pourrait-il trouver l'endroit exact ?

Un sourire s'étira sur les lèvres de Vlad.

— C'est un Loup doté d'un excellent odorat. Il trouvera. (Reprenant tout son sérieux, il désigna d'un geste Merri Lee et Ruth.) Et le reste de ta meute humaine ?

Aucune démangeaison en réponse à cette question. Pas d'autre vision.

— Elles peuvent rester, assura Meg.

Elles seront plus en sécurité ici, ajouta-t-elle en son for intérieur.

Même si rien ne le lui garantissait, elle en était persuadée.

— Très bien, conclut Vlad. Je dois raconter ce qui s'est passé à Simon. Soigne cette blessure avant qu'il arrive en hurlant.

Quand Vlad eut quitté le bâtiment, Ruthie se tourna vers Meg, les yeux écarquillés.

— Bon, c'était vraiment bizarre. C'était quoi, ça ?

— Ça, répondit Meg, c'était une prophétie.

Simon fut mécontent d'apprendre que Meg avait appelé Vlad au lieu de le prévenir, lui, mais, après s'être isolé quelques instants pour grogner, il essaya de considérer la situation selon la logique humaine. Puisque c'était lui qui avait convoqué les chefs *terra indigene* à Lakeside, il était chargé du déroulement des réunions, ce qui laissait à Vlad la responsabilité des *Bouquins Hurlants*. Et la démission d'Heather, comme le versement de sa paie, concernait la librairie.

Lorsqu'il se rendit compte que Vlad devrait se coltiner tous les documents relatifs au départ d'Heather, Simon se sentit aussitôt de bien meilleure humeur. Il détestait la paperasse.

Cela dit, trouver de nouveaux employés humains n'aurait rien d'une promenade dans les bois.

Nous ferons avec, pensa-t-il en étudiant la liste des images qu'il était censé chercher. *La plupart des Enclos n'ont pas de salariés humains hormis l'agent de liaison. Même à Lakeside, aucun humain ne travaillait de manière régulière pour nous jusqu'à ce que je devienne le chef et que j'ouvre quelques magasins aux clients humains. Rares sont les Enclos qui embauchent des humains comme Lorne pour tenir une boutique réservée aux* terra indigene.

La plupart de ces humains étaient partis, à présent. Les Autres qui ne parvenaient pas totalement à adopter une apparence humaine se sentiraient-ils désormais plus à l'aise lorsqu'ils feraient leurs courses sur la place du Marché ?

Comment les humains restants réagiraient-ils face à des *terra indigene* qui ne leur ressemblaient pas ?

Il était inutile de ronger un os imaginaire, aussi se concentra-t-il sur sa tâche immédiate.

Il avait trouvé la moitié des images de sa liste lorsqu'il rassembla les livres et les magazines et se mit en route pour le bureau de liaison. Il avait simplement envie de voir Meg et de s'assurer qu'elle allait bien. Il méritait une récompense pour avoir poliment appelé le bureau au lieu de s'y précipiter dès que Vlad lui avait parlé de la vision de Meg. Le Sanguinati n'aurait pas amoindri la gravité de la blessure, c'était donc qu'il n'y avait vraiment pas de quoi hurler. Il s'agissait juste d'une éraflure si minuscule que Meg n'avait pas compris pourquoi elle avait eu une vision avant que Vlad flaire le sang et inspecte ses mains.

Il serait probablement considéré comme mal élevé de la renifler pour s'assurer que le Sanguinati n'était pas passé à côté d'autres plaies, surtout en présence des autres filles.

Il ne comprenait pas plus que Vlad en quoi cette prophétie signifiait qu'Heather devait quitter l'Enclos le jour même, mais aucun d'eux ne comptait mettre en doute les déclarations de Meg, ne serait-ce que parce qu'aucun des autres chefs n'avait encore vu de *cassandra sangue* énoncer une prophétie et que Simon ne voulait pas qu'ils puissent nourrir le moindre soupçon sur l'exactitude de ce qui était annoncé.

L'interprétation, c'était différent. En la matière, Meg n'avait pas toujours raison. Elle avait cru qu'elle allait mourir dans l'Enclos à cause de la vision qu'elle avait eue à propos d'elle-même. Et elle avait bien failli mourir. Mais elle avait survécu, ce qui prouvait qu'elle s'était trompée.

Non qu'il ait l'intention de le mentionner.

Charlie le rattrapa au moment où il sortait de la bibliothèque pour se diriger vers le bureau de liaison.

— Tess la Terrifiante dit que les filles devraient faire une pause pour manger et prendre l'air, déclara Charlie.

— C'est une bonne idée.

Dommage qu'ils ne puissent pas jouer à la chasse, songea Simon. Meg faisait un jouet qui couine très amusant quand elle prétendait être une proie, mais le risque qu'un Loup oublie qu'elle n'en était pas réellement une et la blesse était trop grand. D'autre part, voir une humaine se faire pourchasser pourrait effrayer les autres filles et les pousser à la démission. Une fois que tous les invités seraient rentrés chez eux et que chacun aurait repris ses habitudes, ils auraient le temps de jouer.

— Et ne donne pas de surnom à Tess.

Personne ne se trouvait dans les parages, et pourtant Charlie baissa la voix :

— Des légendes sur son espèce circulent partout de par le monde, des légendes très anciennes. (Il dévisagea Simon.) Tu sais ce qu'elle est ?

— J'ai mon idée. Henry le sait.

Il avait trouvé et lu certaines de ces vieilles histoires, mais n'avait encore parlé à personne de ce qu'il savait sur Tess et ses semblables. Pas même à Henry. C'était plus sûr pour tout le monde.

— Et tu lui as tout de même permis de rester.

— C'est mon choix, rétorqua Simon d'un ton qui aurait convaincu n'importe qui d'autre que Charlie que la conversation était terminée.

— Est-ce que tu sais qu'on les appelle Fléau des dieux dans certaines parties du monde ? poursuivit Charlie.

Il le savait. Par contraste, leur surnom de Moissonneurs les faisait paraître bien inoffensifs. Tant qu'on ignorait ce dont ils étaient capables.

— Mieux vaut que tu gardes cette information pour toi, conseilla Simon. Au moins pendant ton séjour ici.

Il y eut un moment de silence.

— Je n'avais pas l'intention d'en parler à quelqu'un d'autre que toi.

Ils entrèrent dans le bureau. Les filles avaient fixé aux murs des cartes sur lesquelles elles avaient épinglé des notes. La table était tapissée de photos de trains, de bus et de pancartes que Theral avait dû imprimer, proclamant « BIENVENUE À… » une ville ou une autre.

En voyant ces images, Charlie esquissa un grand sourire puis lança d'une voix de stentor :

— Tous à bord ! Prochain arrêt, Wheatfield !

Meg pivota si vite qu'elle percuta la table de tri.

— Qu'est-ce que vous venez de dire ?

Charlie recula légèrement.

— Je ne sais pas. J'étais simplement…

Merri Lee bondit sur Charlie et lui tendit une liste.

— Dites les noms de ces villes, juste comme vous venez de le faire.

Quand Charlie l'interrogea du regard, Simon se contenta de hausser les épaules, trop occupé à empêcher ses oreilles de se transformer. Ses oreilles humaines n'avaient pas capté ce qui avait éveillé l'intérêt de Meg et Merri Lee, mais son ouïe de Loup n'y changerait rien, car c'était le ton qui était important. Les oreilles humaines suffisaient amplement. Cela dit, si son cerveau le comprenait, son instinct n'était pas convaincu.

Charlie s'exécuta, prononçant les noms des villes à la manière d'un conducteur de train. Meg secouait ou hochait la tête, et Merri Lee écrivait dans son fichu carnet pendant que Ruthie ajoutait des notes sur la carte. Lorsque Charlie eut annoncé le dernier nom, les filles poussèrent un soupir de soulagement, et Simon se rendit compte que Tess avait raison : elles avaient besoin de repos.

— Voilà, déclara Merri Lee.

— Voilà quoi ? s'enquit Simon.

— C'est ce dont je me souviens de mon voyage jusqu'à Lakeside, précisa Meg d'un ton extrêmement las. C'est discontinu, et il existe bien trop de possibilités quant à la façon dont j'ai pu rejoindre la première ville dont j'ai entendu le nom. Je suis désolée, Simon. Je ne crois pas pouvoir faire mieux.

Il étudia la carte.

— Il n'y a pas de quoi être désolée. Nous avons commencé ce matin avec tout le continent. Tu as réussi à restreindre les recherches à une seule région.

— Ce qui fait encore de nombreuses villes, commenta Ruthie, visiblement mal à l'aise.

— C'est bien.

Il tenta de sourire. Voyant Ruthie et Merri Lee blêmir, il se passa la langue sur les canines. Mince. Elles n'avaient vraiment plus rien d'humain.

— Nous devrions faire une pause, suggéra Meg. Prendre l'air. Et un autre sandwich ne me ferait pas de mal.

Il y avait quelque chose d'un peu trop étudié dans la façon dont les filles posèrent leurs carnets sur la table de tri avant de sortir.

— Est-ce que nous pouvons y jeter un coup d'œil ? demanda Charlie en tendant la main vers celui de Merri Lee.

— Je ne suis pas sûr, répondit Simon, qui regrettait de ne pas en savoir plus, ou moins, sur les humaines. *Henry ? Rassemble nos invités et amène-les dans le bureau de liaison.*

En les attendant, Simon examina la carte. Soit Meg était morte de peur, soit elle avait tenté de semer d'éventuels poursuivants. Elle avait eu raison de soupçonner le Contrôleur d'avoir envoyé des hommes à ses trousses, mais Simon avait déjà vu des lièvres talonnés par un Loup détaler en effectuant moins de zigzags qu'elle. Et puisque les deux gares, routière et ferroviaire, se trouvaient au centre-ville de Lakeside, soit au sud de l'Enclos, comment se faisait-il qu'elle soit entrée dans l'Enclos par le nord avant d'arriver au bureau de liaison et aux *Bouquins Hurlants* la nuit où elle avait demandé un travail ?

S'il était vrai qu'elle s'était comportée comme une femelle sans cervelle en sortant en pleine tempête cette nuit-là et qu'elle était sans doute arrivée par le dernier bus ou le dernier train desservant Lakeside, elle avait néanmoins réussi à s'assurer assez d'avance pour se réfugier chez les *terra indigene*.

D'habitude, la pièce paraissait spacieuse, mais, avec tous les Autres qui se pressaient autour de la carte, Simon était soulagé de ne pas avoir à cet instant de queue susceptible d'être piétinée.

— L'ennemi se trouve donc dans le Midwest, conclut Joe Wolfgard. Cette confirmation nous suffit. Nous savons ce que nous avons à faire.

— Gardons cette option comme dernier recours, proposa Simon. Tout d'abord, essayons de localiser plus précisément la proie.

Les chefs du Midwest auraient voulu agir immédiatement, Simon le lut dans leurs yeux. Les humains causaient trop de problèmes. Il était grand temps d'éclaircir leurs rangs. Si Simon n'était pas opposé à cette solution, celle-ci supposait de renoncer à tout ce que fabriquaient les humains dans cette partie de Thaisia ou de demander aux *terra indigene* de prendre le relais, ce qui leur imposerait de rester sous forme humaine pendant plusieurs heures chaque jour afin d'accomplir le travail nécessaire.

Peut-être les chefs du Midwest mesuraient-ils l'ampleur du sacrifice à exiger de leurs congénères, car Cheryl Hawkgard finit par demander :

— Comment peut-on s'y prendre pour affiner les recherches ?

Simon exhiba ses dents dans un sourire.

— C'est le moment de solliciter l'aide de la police.

Chapitre 25

Quand Simon franchit le seuil de *Bon à Croquer* le matin suivant, il découvrit Meg, Merri Lee, Ruthie et Theral assises à une table, griffonnant dans des carnets et parlant à voix si basse qu'il aurait dû adopter ses oreilles de Loup pour entendre ce qu'elles disaient.

Mais ce fut Tess qui retint son attention. Elle avait le visage auréolé de boucles sauvages rouge vif, signe qu'elle était d'une humeur massacrante, mais pas encore meurtrière.

— Quelque chose ne va pas ? s'enquit-il en la rejoignant derrière le comptoir.

— Le camion de la boulangerie ne nous a pas livrés ce matin, et quand j'ai appelé pour savoir pourquoi…

Tess s'interrompit. Des mèches noires apparurent dans ses cheveux.

Simon résista à l'envie de reculer d'un pas. En tant que chef, il ne pouvait pas se le permettre. En tant que Loup sensé qui savait désormais à quel genre de prédateur il avait affaire, il aurait préféré un obstacle plus tangible que de l'air entre elle et lui.

— Appelle cette boulangerie de Port-Batelier, suggéra-t-il. Vois ce qu'elle peut fournir.

— Avoir des viennoiseries à vendre ici n'est pas l'essentiel, et tu le sais, rétorqua Tess d'un ton cinglant, assez discrètement toutefois pour ne pas attirer l'attention des filles. Si les humains ne comptent pas respecter leur part du contrat, ils ne devraient pas être autorisés à vivre à Lakeside.

Ce que tu veux vraiment dire, c'est qu'ils ne devraient pas être autorisés à vivre tout court, pensa Simon.

C'était un sentiment qu'il avait entendu à de bien trop nombreuses reprises la veille à mesure que les chefs d'autres régions évoquaient leurs échanges de plus en plus difficiles avec les humains. Namid avait-elle envoyé le lieutenant Montgomery à Lakeside pour maintenir l'équilibre ? Sans les efforts déployés par le policier pour travailler avec lui et garder les relations entre les humains et l'Enclos aussi cordiales que possible, aurait-il manifesté la même hostilité que les autres dirigeants *terra indigene* envers les entreprises qui refusaient de leur fournir des biens et des services ? Probablement.

Contrairement à ses confrères, il connaissait des humains comme Montgomery qui avaient conscience de la place que leur espèce occupait dans le monde. Et il avait des employés comme Merri Lee, Lorne et Ruthie. Même Heather ne lui avait donné aucune raison de grogner. Tous, en fait, lui avaient fait ressentir l'obligation de les protéger comme des membres de son propre clan.

Et puis il y avait Meg, avec sa peau étrange et sa douceur qui l'excluaient de la catégorie des proies.

Pouvait-il suffire de quelques humains pour éviter le pire alors que tous les autres souhaitaient déclencher une guerre qui aboutirait inéluctablement à la mort d'un grand nombre d'entre eux ? ou ces humains ordinaires qui voulaient vivre en harmonie avec les *terra indigene* deviendraient-ils le prochain groupe persécuté par leur propre espèce ? Ceux que l'on accusait de copiner avec les Loups finiraient-ils, comme les Intuits, par s'isoler en petites communautés pour survivre ?

Ces humains pétris de préjugés avaient-ils conscience de ce qui se passerait s'ils rejetaient les seules personnes qui rendaient leur présence tolérable ?

Il n'y a rien à faire pour les autres villes, mais, avec l'aide de notre meute humaine, peut-être Lakeside pourra-t-elle s'en sortir.

—Je leur laisse encore une chance, reprit Tess avec réticence. J'appellerai la boulangerie pour repasser commande et leur dirai que, s'ils ne me livrent pas, ou s'ils livrent des produits de mauvaise qualité, je m'adresserai ailleurs. Et que, si je dois m'adresser ailleurs, j'enverrai une lettre aux autorités de Lakeside afin de les informer du non-respect du contrat signé entre la ville et l'Enclos.

—Ce sera moins satisfaisant que de mordre la jambe – ou le cul – des boulangers, mais ce genre de lettre leur fera tout aussi peur, approuva Simon.

Tess étouffa un rire. La moitié de ses cheveux virèrent au vert.

—Tu gagnes, Loup. Tu n'avais pas rendez-vous avec la police ?

—Montgomery et le capitaine Burke ne vont pas tarder. Ainsi que le docteur Lorenzo.

—Alors, va-t'en, que je puisse recommencer à écouter les conversations.

Simon jeta un coup d'œil aux filles.

—Je pensais qu'elles avaient terminé hier.

—Elles essaient de déterminer à quoi ressemble l'institution où Meg était enfermée, déclara Tess en regardant par-dessus son épaule. Je crois qu'elles ne sont arrivées à rien d'autre qu'à s'énerver, mais elles finiront peut-être par trouver quelque chose d'utile.

Les filles l'avaient remarqué ; il était temps de partir. Il les salua d'un geste de la main. Meg lui adressa un sourire, tandis que Ruthie et Merri Lee l'observaient d'un air méfiant. Et légèrement coupable ? Cela ne lui posait pas de problème si elles avaient parlé de leur travail de la veille aux agents Kowalski et Debany. Il espérait même que les policiers étaient au courant et en avaient informé Montgomery. Cela faciliterait cette réunion, d'autant plus que quelques-uns des chefs du Midwest devaient y assister, en plus d'Alan Wolfgard et de

Charlie Crowgard. En tant qu'écrivain, Alan maniait mieux que les autres *terra indigene* la langue humaine et comprenait plus aisément leurs expressions étranges. Charlie, quant à lui, avait le don de se faire passer pour quelqu'un d'excentrique et d'inoffensif. Excentrique, Charlie l'était toujours. En revanche, étant un Corbeau, il n'avait rien d'inoffensif.

Au moment où Simon sortait du café par la porte de derrière, une berline noire descendit l'allée en direction du parking réservé aux employés.

— *Deux humains*, annonça Jake, perché sur le mur de briques séparant l'aire de livraison du jardin d'Henry. *Nous connaissons leurs visages. Le Montgomery et le Burke.*

— *Bien*, répliqua Simon.

— *Le marchecorps humain est là*, rapporta ensuite Nathan.

— *Laisse-le passer. Dis-lui de se garer sur le parking des employés.*

Une voiture blanche passa devant Simon, puis il alla attendre les trois hommes devant la porte de service du bureau de liaison.

Avant que Meg ne travaille pour eux, aucun autre humain que l'agent de liaison n'était autorisé à accéder à la salle de tri. Mais Meg faisait preuve d'une telle efficacité dans la livraison du courrier et des colis que rien dans cette pièce n'aurait pu intéresser un individu cherchant à espionner l'Enclos. D'autre part, en accord avec les autres membres de l'association commerciale, Simon avait assoupli la norme « aucun autre humain » pour que la meute de Meg puisse lui rendre visite sans risquer de sanction. Si bien qu'en fin de compte permettre à la police et au médecin d'entrer dans la salle de tri ne constituait pas à proprement parler une infraction aux règles.

En revanche, il pressentait que les filles lui arracheraient des touffes de poils s'il avait le malheur de déplacer leurs cartes ou de faire tomber leurs notes.

Une fois à l'intérieur, Simon invita Burke, Montgomery et Lorenzo à rester debout près de la carte de Thaisia qui avait été fixée par-dessus les casiers occupant la moitié du mur du fond. Pendant que les trois hommes examinaient la carte, les sourcils froncés, les *terra indigene* arrivèrent les uns après les autres, se répartissant de sorte à bloquer chacune des issues.

Simon n'était pas certain que Lorenzo ait remarqué que les humains étaient pris au piège, mais Montgomery et Burke, eux, s'en étaient rendu compte.

— Un homme appelé le Contrôleur dirige une institution où il enferme des *cassandra sangue,* expliqua Simon. Il vend les coupures qu'il leur inflige à des clients désireux de connaître leur avenir. Nous le croyons à l'origine des drogues dénommées « au-delà du loup » et « septième ciel » ainsi que de la viande contaminée qui a provoqué tant de ravages dans l'une de vos villes du Midwest. Nous sommes également convaincus que cet homme est l'instigateur de la plupart, sinon de tous les incidents du Midwest au cours desquels des *terra indigene* sont morts, ainsi que de l'attaque de Jerzy.

Si le visage de Burke ne révélait aucune émotion, il émanait de lui à présent des effluves de peur qu'il n'exhalait pas au moment où il avait pénétré dans la pièce. Lorenzo paraissait perplexe, mais il venait de terminer son service à l'hôpital ; peut-être était-il trop épuisé pour réfléchir. Montgomery, en revanche, peinait à masquer sa panique.

— Les *terra indigene* ont désigné cet individu comme notre ennemi, déclara Simon en regardant chacun des visiteurs dans les yeux. Nous allons l'éliminer.

Une expression humaine qui voulait dire « se débarrasser d'un individu indésirable ».

Il les observa. Écouta l'accélération du rythme de la respiration de Lorenzo. Vit Monty tressaillir, signe que le policier devinait ce qui allait suivre. Seul Burke ne manifesta aucune réaction.

Simon pointa la carte du doigt.

— Comme vous pouvez le constater, nous nous sommes efforcés de localiser ce Contrôleur. Nous avons restreint le périmètre des recherches au Midwest. Maintenant, à vous de nous aider à le trouver.

— Pourquoi ferions-nous cela ? balbutia Lorenzo.

Joe Wolfgard avança d'un pas, captant l'attention des humains.

— Parce que, s'il le faut, nous détruirons chaque ville humaine, chaque village, chaque hameau du Midwest pour le trouver. Si nous devons en arriver là, nous considérerons tous les humains de ces endroits comme des ennemis, et, par conséquent, comme des proies. Même si nous devons les sortir de leurs terriers pour les tuer.

Choqués, les trois hommes détournèrent les yeux vers la carte.

— Le Midwest compte plusieurs dizaines de villes, déclara finalement Burke.

— Et des milliers d'humains, ajouta Simon. Aujourd'hui, tout du moins. Demain ? (Il haussa les épaules.) Tout dépend de vous. Les *terra indigene* vont traquer cet homme. Si vous ne voulez pas que nous attaquions toutes ces villes une par une pour le trouver, localisez-le.

La peau sombre de Montgomery avait perdu assez de couleur pour lui donner l'air malade. Lorenzo aussi paraissait souffrant. Seul Burke demeurait impassible.

— Nous apprécions votre franchise, monsieur Wolfgard, déclara le capitaine. Comme vous devez vous en douter, contacter nos collègues et les avertir de l'existence d'un si redoutable ennemi prendra du temps. De quel délai disposons-nous, à votre avis, avant que les *terra indigene* passent à l'action ?

Simon se tourna vers Cheryl Hawkgard et Joe Wolfgard.

— La prochaine fois que les humains tenteront de se servir de l'une de ces drogues contre nous sera la dernière, annonça Cheryl.

— L'heure tourne, souffla Montgomery si doucement que Simon était sûr que ses paroles n'étaient pas destinées à être entendues.

Il escorta les humains à l'extérieur, mais ne prit pas la peine de les regarder regagner leurs véhicules. C'était inutile : Jenni Crowgard et ses sœurs surveillaient l'arrière du bureau de liaison ainsi que le parking.

— *Meg et les autres filles commencent à s'impatienter*, l'avertit Tess. *Meg veut se mettre au travail et attend que vous ayez libéré la salle. Les autres souhaitent se servir des ordinateurs de la bibliothèque pour chercher des photos de bâtiments.*

— *Nous avons terminé*, annonça Simon. *Donne-nous quelques minutes pour quitter les lieux. Ensuite, je serai à la librairie.*

— *Bien. Apparemment, Nyx envisage de travailler aux* Bouquins Hurlants *et se demandait si vous comptiez rouvrir aux clients humains. Tu devrais en parler avec Vlad.*

Il n'avait pas envie de cette conversation pour l'instant. Cela dit, il préférait évoquer les interactions de Nyx avec les humains plutôt qu'affronter la discussion qui attendait Burke et Montgomery.

— Ce n'est pas du tout ce pour quoi je me suis engagé, protesta Dominick Lorenzo d'un ton effrayé et rageur à la fois, sur le parking. J'ai accepté de proposer des soins médicaux dans l'Enclos, pas d'aider les Autres à commettre un massacre. Il n'y aura pas qu'un seul mort. Vous le savez.

— Parlez moins fort, conseilla Monty, prétendant ne pas avoir repéré les Corbeaux rassemblés sur les toits surplombant le parking.

— Vous ne vous êtes peut-être pas engagé à aider les Autres à traquer un homme, intervint Burke, mais, si vous refusez, ils ne l'oublieront pas.

— Et vous arriverez à vivre avec ça sur la conscience ? se récria Lorenzo.

— Bien plus facilement que si je restais les bras croisés à regarder les *terra indigene* détruire toutes les villes du Midwest, rétorqua Burke. Mais je crois que vous oubliez l'autre facette du problème, docteur.

— C'est-à-dire ?

— Quelqu'un a haché une fille vivante pour provoquer le chaos dans une ville. Cet homme, ce meurtrier, mérite-t-il de bénéficier de la propriété tutélaire d'un nombre inconnu de filles dont il détourne l'addiction à son profit ? (Burke examina les Corbeaux quelques instants, puis reporta son attention sur Lorenzo.) Ce n'est pas à vous de trouver cet homme. Mais vous devez décider si vous voulez aider les filles qui ont été victimes de ses abus ou non.

Toujours blême, Lorenzo monta dans sa voiture et partit.

Sans échanger un mot, Monty et Burke s'installèrent dans la berline. Ce n'est qu'une fois qu'ils roulèrent en direction du poste de Chestnut Street que le capitaine brisa le silence :

— Lieutenant, les Autres sont sur le point de traquer un individu qui a assez de pouvoir pour influencer des gouverneurs et lancer une chasse à l'homme sur la moitié de Thaisia afin de retrouver une *cassandra sangue* ayant échappé à son contrôle. Il a envoyé une équipe de mercenaires expérimentés à Lakeside. On peut supposer qu'un certain nombre de personnalités haut placées préféreraient qu'on ne le trouve pas. (Burke afficha un air lugubre.) Avant que je commence à avertir tous les postes de police du Midwest, j'aimerais savoir exactement à quoi pourrait ressembler le pire. Vous savez à qui vous adresser.

— Oui, monsieur. Mais je crois que j'aurai plus de chance de parler en tête à tête avec Mlle Corbyn si j'attends cet après-midi.

Monty ne retourna à l'Enclos qu'en fin d'après-midi.

— Est-ce qu'on acceptera de vous servir un café à *Bon à Croquer*, à votre avis ? demanda-t-il à Kowalski.

— Si quiconque y voit des objections, Tess me donnera le café en précisant que c'est à emporter. Est-ce que je dois faire quelque chose de spécial là-bas, s'ils m'autorisent à m'asseoir ?

— Ouvrez l'œil et les oreilles.

Pendant que Kowalski poursuivait son chemin jusqu'au parking réservé aux employés, Monty entra dans le bureau de liaison. Il reconnut le Loup de garde, qui bondit de l'un des paniers et lui barra le passage, l'empêchant d'accéder au comptoir.

— Bonjour, lança-t-il, haussant juste assez la voix pour être entendu de la pièce voisine. J'aimerais parler à Mlle Corbyn si elle est disponible.

Meg sortit de la salle de tri, se massant la main gauche.

— M. Wolfgard pensait que vous reviendriez. Venez.

Elle ouvrit le portillon.

Quand Monty avança d'un pas, le Loup se mit à gronder.

— Nathan, je sais que Simon t'a dit que le lieutenant Montgomery était là ce matin et qu'il était autorisé à entrer dans la salle de tri, protesta Meg. (Nathan émit un autre grondement, plus profond, plus guttural.) Nathan !

Il s'écarta sans cesser de gronder, les yeux toujours rivés sur Monty. Quand celui-ci se glissa derrière le comptoir, Meg pointa un index menaçant sur le Loup :

— Si tu commences à hurler pour exciter les autres Loups, je vais oublier où j'ai mis la commande de biscuits.

— Ahouuuu !

Monty remarqua que Meg n'avait pas verrouillé le portillon ni totalement fermé la porte privée.

— Je ne voudrais pas vous causer d'ennuis, déclara-t-il.

— Ne vous inquiétez pas. Nathan se montre juste…

— … consciencieux ?

— Oui, approuva Meg avec un sourire que Monty lui rendit.

— On ne peut pas reprocher à un garde de vouloir bien faire son travail.

— Ahouuuu !

— Je crains que notre conversation ne soit pas totalement privée, soupira Meg.

Jetant un coup d'œil à la porte, il considéra la question qu'il était venu poser. Il aurait souhaité davantage d'intimité. Si Simon Wolfgard avait donné son accord pour qu'on le laisse seul dans une pièce avec Meg, le chaperon à crocs qui se trouvait à côté entendrait tout ce qui se dirait. Et le rapporterait.

Après tout, n'était-ce pas exactement la raison pour laquelle il avait demandé à Kowalski de prendre un café à *Bon à Croquer* ? Pour écouter et rapporter ce qu'il entendrait ? À cet instant, la confiance était une denrée rare.

Il lui apparut soudain que ce n'était pas lui que Wolfgard faisait surveiller, mais Meg.

— J'ai une question.

— Simon s'en doutait.

Meg l'observa avec un regard plus mature que celui qu'elle avait lorsqu'il l'avait rencontrée pour la première fois quelques mois plus tôt. Avant, quelqu'un prenait toutes les décisions pour elle. À présent, plus rien ne la protégeait des résultats des prophéties qu'elle énonçait, et le poids de ce savoir se lisait dans ses yeux.

— J'ai dit à Simon que je pratiquerais une coupure pour les aider à trouver le Contrôleur, mais, après tout le temps que nous avons passé à essayer de déterminer où j'étais enfermée, les *terra indigene* ne pensent pas que je sois en mesure de leur fournir d'autres informations utiles. Simon, Tess, Henry, Vlad et moi en avons parlé et avons convenu que, si la police avait besoin de cette entaille pour faciliter les recherches, j'accepterais.

Ce qui me rend responsable de la prochaine cicatrice. Monty n'avait aucune envie d'assumer cette responsabilité. Qui le voudrait ? Il fallait pourtant que quelqu'un le fasse, et, cette fois, c'était son tour.

— Nous avons besoin d'une réponse.

— Attendez un instant.

Elle se rendit dans le vestiaire. Quand elle revint, elle disposa plusieurs serviettes en papier sur la table, pliées de manière à former une pile épaisse, puis en posa une autre sur le côté. Elle sortit ensuite un rasoir pliable de la poche de son jean et le plaça sur la table.

— Vous avez un problème à la main gauche ? s'enquit Monty.

— Elle me démange depuis que vous êtes arrivé, répondit-elle en la frottant. La sensation n'a cessé de s'intensifier. Je devrai bientôt me couper, alors posez votre question, lieutenant.

Levant la main pour l'interrompre, elle poussa la porte privée et considéra Nathan qui, les pattes avant sur le comptoir, se penchait autant qu'il le pouvait vers la salle de tri.

— Sors, intima-t-elle. Dis à Tess de venir dans quelques minutes. Elle comprendra.

Monty ne pensait pas que le Loup obéirait, mais, apparemment, la crainte de se trouver à proximité d'une *cassandra sangue* au moment où elle s'entaillait la peau constituait une motivation suffisante. À moins que Meg n'ait fait que confirmer un ordre déjà donné par Simon.

— Pourquoi lui demander de partir ?

— Nathan voudrait lécher la plaie, et ça ne serait pas bon pour lui. Ni pour vous.

Monty hocha la tête. Que le Loup devienne trop agressif ou trop passif, les Autres ne réagiraient pas bien à la présence d'un humain.

— Posez votre question, répéta Meg une fois que Nathan fut sorti par la porte de l'accueil.

— Les *terra indigene* ont demandé à la police de les aider à trouver le Contrôleur. Nous craignons que les Autres éradiquent une ville entière pour éliminer un seul individu. Ma question est celle-ci : que se passera-t-il si la police n'aide pas les *terra indigene* à retrouver cet homme ?

Meg s'empara du rasoir et l'ouvrit.

— Vous vous souvenez des mots que Tess a prononcés lors de la réunion ? Ce n'est pas ceux qui étaient employés à l'institution, mais, la première fois que Tess les a utilisés quand je me suis coupée, ça m'a aidée à me concentrer.

— Je m'en souviens.

— Alors, posez votre question et prononcez les mots.

Elle mit sa main gauche sur la table avant d'appliquer la lame du rasoir à plat sur sa peau.

Monty déglutit. En la voyant avec ce rasoir, il n'avait qu'une envie : lui dire de tout oublier et sortir avant qu'elle s'incise la peau. Mais elle était la seule en mesure de lui révéler à quoi pourrait ressembler l'avenir.

— Que se passera-t-il si la police n'aide pas les *terra indigene* à trouver le Contrôleur ? Parlez, prophétesse, et j'écouterai.

Meg fit pivoter le rasoir de manière à placer le fil de la lame contre sa peau et entailla le côté de sa main gauche. Monty lui prit le rasoir des mains et le mit de côté, perturbé par la souffrance qu'il lisait sur son visage. Bientôt, celle-ci fut remplacée par une sensualité encore plus troublante.

Elle posa les yeux sur la table et remua sa main droite comme si elle déroulait quelque chose.

— Carte de Thaisia. (Sa main allait de haut en bas et de bas en haut.) Midwest.

— Que voyez-vous ? chuchota-t-il, sans être certain qu'elle puisse l'entendre.

— Du vent. Du feu. Des bâtiments en ruine. Des cendres. (Sa main effectua de nouveau des mouvements verticaux.) Des os.

Monty frissonna.

— Est-ce que vous voyez des gens ? Où sont les gens ?

— Des cendres et des os.

Meg inspira profondément, puis laissa échapper un soupir d'extase. Elle cligna des yeux avant de reporter son regard sur lui.

— Est-ce que vous avez votre réponse ?

Elle n'a aucune idée de ce qu'elle vient de dire, comprit-il. *Aucune idée de l'érotisme qu'elle dégage. Quand elle énonce une prophétie, sa personnalité disparaît et elle devient un instrument. De là à la considérer comme un objet dont on peut légitimement se servir, il n'y a qu'un pas.*

— Lieutenant ?

Soudain, elle était de nouveau Meg Corbyn, avec cette candeur enfantine qui lui était propre.

— Oui. Oui, merci.

Troublé par ses pensées, Monty concentra son attention sur la main de Meg, posée sur les serviettes en papier à présent tachées de rouge.

— Est-ce que vous voulez que je vous aide à panser la plaie ?

Une porte s'ouvrit. Tess entra dans la salle de tri par le vestiaire.

— Je m'en occupe, lieutenant, déclara-t-elle d'un ton plus brusque que coléreux.

Ses cheveux étaient verts et formaient des boucles lâches. Il nota mentalement la couleur et le degré d'ondulation. La première fois qu'il l'avait rencontrée, elle avait des cheveux bruns et raides. D'après les renseignements qu'il avait glanés en écoutant les observations de Debany et Kowalski, brun et raide signifiait qu'elle était détendue ou, du moins, qu'elle n'avait aucun sujet d'inquiétude particulier. Le vert marquait les premiers signes d'agacement. Le rouge indiquait la colère. Et personne, personne n'évoquait jamais le noir.

Pour avoir examiné les photos des cadavres des quatre étudiants de l'université de Lakeside morts après l'agression de Merri Lee, Monty avait une bonne idée de ce qui se produisait quand les cheveux de Tess devenaient noirs.

Il la salua d'un signe de tête, puis se tourna vers Meg.

— Merci de votre aide, mademoiselle Corbyn.

Elle lui adressa un pâle sourire.

— L'agent Kowalski parle avec Alan Wolfgard aux *Bouquins Hurlants*, annonça Tess. Ils discutent de l'histoire d'une fillette avalée par un loup puis sauvée par un chasseur. Apparemment, selon si on a de la fourrure ou pas, on peut la comprendre comme un conte exaltant l'amour, le courage et le dépassement de soi ou comme une histoire d'horreur dépeignant la perfidie des humains.

— Ah !

Monty prit congé et s'empressa de gagner la librairie. Il avait beau faire confiance à Karl pour aborder ce genre de conversation avec prudence, il estimait préférable de ne pas trop insister sur la perfidie des humains pendant quelque temps.

Après avoir retrouvé son coéquipier, il retourna au poste de Chestnut Street, où il rapporta la prophétie à son supérieur.

— Pete ? C'est Douglas Burke.

Silence. Puis, avec un enthousiasme un peu trop marqué :

— Doug ! Ça faisait longtemps.

— En effet. Je ne t'ai pas vu depuis le jour où on a fait cette longue virée dans les terres sauvages.

— Tu cherches un avocat ? Je travaille avec des clients d'ici, d'habitude, mais…

— Je n'ai pas besoin d'un avocat. Pas vraiment.

Un nouveau silence.

— Je suppose que je vais devoir honorer ma dette. (Il y eut un soupir.) La justice de Burke n'est pas gratuite, mais elle est capable de sauver la vie d'un homme. De quoi as-tu besoin ?

— D'informations sur un homme appelé le Contrôleur. Il dirige une institution où sont enfermées des *cassandra sangue*. Je sais qu'il se trouve dans le Midwest.

— C'est grand, le Midwest.

— C'est pourquoi j'ai besoin de l'aide de personnes qui vivent dans cette région.

— « Où sont enfermées des *cassandra sangue* » ? On dirait que tu parles d'une prison.

— En prison, il existe des règles régissant la manière dont sont traités les détenus. Personne ne sait ce qui arrive à ces filles.

S'ensuivit un silence gêné.

— Écoute, Doug, je n'ai jamais fréquenté ce genre d'endroits. Par tous les dieux ! j'ai une femme et deux enfants, un crédit sur la voiture, et j'espère acheter une maison. Mes finances ne me le permettraient pas. Cela dit, le moment est peut-être mal choisi pour investir ton argent dans une prophétie.

— Pourquoi ?

— Un de mes clients. Il n'est pas coupable de tous les chefs d'accusation qui pèsent contre lui, mais il n'est pas innocent non plus. Comme je n'étais pas capable – et ne voulais pas – lui garantir qu'il échapperait à la prison, il a rendu visite à un certain M. Smith, qui a les moyens de prédire ce genre de choses. Mais, quand je l'ai revu après son entrevue plus que coûteuse, mon client s'est plaint qu'il avait été berné, que la fille ne lui avait rien révélé sur lui ni sur son sujet d'inquiétude et qu'elle n'avait fait que crier des inepties sur du vent et du feu. M. Smith a essayé de transformer ça en une métaphore de débats enflammés au tribunal, mais, quand mon client a menacé de faire un scandale, il lui a remboursé la moitié de la somme. En ce moment circulent des rumeurs comme quoi ces histoires de prophéties ne seraient que des escroqueries.

— Personne ne s'est dit que ces filles voyaient vraiment l'avenir ? Que le vent et le feu faisaient partie de la prophétie ?

— Oh ! ça, c'est… Doug, qu'est-ce que tu veux dire ?

— Je veux dire que, si l'homme qui se fait appeler le Contrôleur n'est pas retrouvé très rapidement, ces prophéties se réaliseront. Le Midwest brûlera, Pete, et les Autres ne comptent pas laisser de survivants.

Un hoquet horrifié.

— Pourquoi ?

— Tu as entendu parler des récents incidents ? Des drogues appelées « au-delà du loup » et « septième ciel » ? De cette ville qui a sombré dans la folie à cause de bœuf haché contaminé ?

— Bien sûr que… La police le soupçonne, lui ? Il y a des preuves ?

— Les lois humaines ne s'appliquent pas à ce cas particulier. Les *terra indigene* le considèrent comme un ennemi, et ils vont le traquer. Ce qui restera du Midwest dépendra de la rapidité avec laquelle ils le trouveront. Aide-moi à le localiser, Pete.

— Je… De combien de temps dispose-t-on ?

— Quand est prévu le procès de ton client ?

— Dans deux semaines.

— Alors, nous avons moins de temps que ça.

Un nouveau silence.

— Tu n'appelles que moi, ou tu comptes te faire rembourser d'autres dettes ?

— Je compte me les faire toutes rembourser.

Chapitre 26

Soldi matin, les hôtes de l'Enclos de Lakeside se rassemblèrent derrière le bureau de liaison pour attendre le bus qui les amènerait à la gare, où ils emprunteraient le train pour rentrer chez eux.

Peu après que Blair fut arrivé et eut ouvert la porte du bus, Meg sortit du bureau.

Quelque chose ne va pas, pensa Simon en se précipitant vers elle. Ce n'était pas très grave ; elle n'avait pas lancé l'alerte. Cependant, elle semblait préoccupée.

Henry et Charlie la remarquèrent quelques instants après, et, bientôt, tous les chefs *terra indigene* observaient Meg.

Elle tremblait, mais c'est d'une voix calme qu'elle s'adressa aux Autres :

— On nous enseignait beaucoup de choses à l'institution pour que nous fournissions des prophéties précises et compréhensibles pour les clients du Contrôleur. En revanche, on ne nous apprenait rien sur nous-mêmes, et je crois que la majeure partie de ce qu'on nous a raconté était un mensonge. Mais les Noms-qui-marchent ne prêtaient pas toujours attention à ce qu'ils disaient devant nous. C'est pourquoi je sais qu'une entaille sur ma peau vaut très cher.

Simon posa les yeux sur le bandage qu'elle portait à la main gauche. Ce n'étaient pas les Autres qui avaient demandé cette coupure, mais la police. Il ignorait ce qu'elle avait révélé au lieutenant Montgomery, toujours est-il que, depuis cette prophétie, les policiers travaillaient d'arrache-pied pour localiser le Contrôleur.

— *Nous allons manquer le train*, avertit Blair.

Simon fit la sourde oreille.

Joe Wolfgard considéra les autres chefs avant de se tourner vers Meg.

— Nous possédons de l'argent humain. Nous pouvons en obtenir davantage en récoltant des objets convoités par les humains.

Meg secoua la tête.

— Je ne veux ni argent ni objets précieux. (Elle marqua une pause.) On nous a dit que nous ne pouvions pas avoir une vie normale. Que nous ne pouvions pas survivre hors de l'institution. Sans mon amie Jean, j'aurais cru les Noms-qui-marchent. Mais Jean n'était pas née dans une institution. Elle venait de dehors. Elle avait une mère, un père et un petit frère. Quelqu'un comme Phileas Jones l'a enlevée à sa famille et a tenté de faire d'elle un objet. Mais elle n'a jamais oublié et ne les a jamais laissés oublier qu'elle avait un nom autrefois, et une famille, comme eux. C'était ma seule amie. C'est elle qui m'a parlé de l'extérieur. Et elle s'est coupée pour m'aider à m'échapper. Alors, voilà ce que je veux. Vous allez trouver le Contrôleur, d'une manière ou d'une autre. Ce n'est pas une prophétie, c'est juste… une certitude. Vous allez trouver l'institution. Quand vous serez là-bas, je veux que vous sauviez Jean, si c'est possible. Je veux que vous lui trouviez un endroit où elle sera en sécurité et pourra mener sa propre vie.

— Tu veux qu'elle vienne ici ? s'enquit Simon.

N'était-ce pas ce dont Meg avait envie ? De faire venir son amie à Lakeside ? Après tout, Meg y était en sécurité ; elle y avait une vie.

— Seulement si Lakeside est le bon endroit pour elle, répondit Meg après un instant de réflexion. C'est le bon endroit pour moi, mais ça ne le sera peut-être pas pour elle.

Les *terra indigene* dévisagèrent cette humaine qui ne voulait pas d'or ni d'argent ni de pierres précieuses.

Finalement, Cheryl Hawkgard déclara :

— Nous essaierons de sauver votre amie.

— Merci, dit Meg avant de retourner dans le bureau et de refermer doucement la porte.

Les Autres s'empressèrent de charger leurs bagages dans le bus. Blair se mit en route dès qu'il fut en mesure de fermer la porte. Après une brève discussion, Alan Wolfgard et Bobbie Beargard décidèrent de regagner le Grand Nord-Est avec Charlie et placèrent leurs affaires à l'arrière du pick-up. Bobbie accompagna Alan, qui souhaitait faire un dernier tour aux *Bouquins Hurlants*, laissant Simon seul avec Charlie.

— N'absorbe pas ce qui est humain au point d'oublier qui tu es, conseilla le Corbeau avec un sourire amical. Mais si tu le dois, fais-le pour toi plutôt que pour le reste d'entre nous. (Il jeta un regard alentour.) Cet endroit me plaît. Est-ce que je pourrai revenir vous rendre visite ?

— Tu seras le bienvenu, répondit Simon.

Alan reparut avec un sac rempli de romans. Même Bobbie en avait rapporté quelques-uns, qu'elle fourra dans son sac avant qu'il ait eu le temps de voir les titres.

Après leur départ, Simon regagna la librairie et examina la boutique. Tous les invités avaient profité de cette occasion d'acheter des livres – et d'interagir avec des humains qui discutaient avec eux et recommandaient des ouvrages –, si bien qu'il y avait de nombreux espaces vides sur les étagères. Vlad et lui auraient du travail pour les compléter. Peut-être devrait-il aller chercher un chiffon et nettoyer les rayons tant qu'ils étaient libres.

Était-ce trop humain ?

Il comprenait l'avertissement de Charlie, mais il était un Loup et le serait toujours.

Mais serait-ce si grave d'être un peu plus humain ? Un tout petit peu ?

Ne prends pas trop tes aises dans cette peau, songea-t-il en allant chercher un chariot dans la réserve. *D'autant plus que rien ne garantit que tu la voudras encore dans dix ans.*

Monty se hâta de fermer le dossier qu'il consultait quand Louis Gresh s'avança vers son bureau.

Les deux hommes se dévisagèrent. Puis Louis déclara :

— Hier, tu es allé avec le capitaine Burke à une réunion dans l'Enclos. Depuis, il passe son temps au téléphone et, toi, tu travailles à ton bureau au lieu de patrouiller. Burke n'est pas toujours facile à déchiffrer, mais tu as l'air d'un homme qui sait qu'une bombe risque d'exploser et qui essaie de la trouver avant la fin du compte à rebours. (Monty demeura silencieux.) Ce n'est pas tout. Tu gardes ton coéquipier en dehors de l'affaire avec la bénédiction du capitaine, ce qui signifie qu'il sait à quel point la situation peut déraper.

— Tu veux quelque chose, Louis ?

— Laisse-moi vous aider, discrètement.

— Est-ce que Burke a donné son accord ?

— Donné son accord pour quoi ? demanda Louis avec un sourire.

Monty hésita. Moins il y avait de gens au courant de l'ultimatum donné par les Autres, moins il y avait de risques que quelqu'un parle à la mauvaise personne. Le Contrôleur exerçait une certaine influence dans le monde politique comme dans celui des affaires. Et si quelqu'un l'avertissait dans l'espoir d'un retour d'ascenseur ? Que deviendrait le Midwest – et le reste de Thaisia – si l'homme parvenait à prendre la fuite et à se cacher ailleurs ?

Cela étant, ils ne réussiraient pas à localiser la cible sans tenter le hasard. Pas dans la fenêtre de temps dont Burke pensait disposer avant que les *terra indigene* commencent à dévaster le Midwest.

Il inscrivit les noms d'une dizaine de villes et de villages sur un morceau de papier qu'il tendit à Louis.

— Nous cherchons des écoles privées, des institutions ou tout autre endroit où des prophétesses du sang sont susceptibles d'être enfermées.

Louis balaya le papier d'un petit geste de la main.

— Ces endroits se trouvent dans la région des Grands Lacs ?

— Sud Midwest.

Louis le considéra un long moment.

— Si cette bombe explose avant que vous l'ayez trouvée, quelle part de Thaisia perdrons-nous ?

— Toute la région Midwest.

— Par les dieux d'en haut et d'en bas !

Louis plia soigneusement la feuille et la glissa dans une poche. Le Midwest ne faisait pas partie de leur juridiction. Les membres du gouvernement auraient dû être informés de la menace, et, normalement, c'était au gouverneur du Midwest qu'aurait dû incomber la responsabilité de localiser le Contrôleur et de mettre un terme aux actions qui attisaient les tensions entre humains et Autres.

À supposer que le gouverneur du Midwest ne figure pas parmi les clients de l'homme que les *terra indigene* voulaient éliminer. Une hypothèse sur laquelle les humains qui risquaient de se faire emporter par une vague de destruction ne pouvaient se permettre de se reposer. Une hypothèse sur laquelle Monty ne pouvait se permettre de se reposer.

L'heure tourne, pensa-t-il. Il espérait que Dominick Lorenzo ne tarderait pas à lui apporter la liste des hôpitaux privés et des établissements médicaux susceptibles d'abriter l'institution correspondant à la description de Meg. Il espérait que leurs efforts leur offriraient à tous la chance d'accéder à un avenir meilleur.

Et il espérait obtenir des réponses avant que la bombe de vent et de feu dévaste le Midwest.

Chapitre 27

Feudi matin, en attendant le bus, Monty écouta les discussions qui se déroulaient autour de lui.

— Des Corbeaux qui se rassemblent autour des écoles et des hôpitaux du Midwest… Pourquoi feraient-ils ça ?

— Pour espionner. C'est ce que j'ai entendu dire.

— Espionner quoi ? À mon avis, c'est plutôt pour essayer de chiper de la nourriture aux enfants ou de fouiller dans les poubelles.

— Tous ces gens arrêtés pour avoir tiré sur des oiseaux, ce n'est pas normal.

Peu désireux de s'immiscer dans la conversation en précisant que tuer des corbeaux était contraire à la loi, Monty se sentit soulagé quand le bus arriva.

Par les dieux d'en haut et d'en bas ! tirer sur des corbeaux. Ces villes du Midwest pourraient tout aussi bien peindre une cible sur la place principale et demander au gouvernement de se tenir au centre et de crier « on a quelque chose à cacher ! »

Le bouche-à-oreille entre forces de l'ordre s'avérait parfois efficace. Malheureusement, dans ce cas précis, certaines personnes qui ne l'auraient pas dû avaient eu vent de la chasse. La police de Lakeside avait toutefois découvert grâce à ce téléphone arabe qu'elle disposait d'alliés inattendus dans d'autres régions. Burke ne recevait pour la plupart que des soupçons ou des rumeurs sur des foyers accueillant des filles souffrant d'addictions, mais il paraissait de plus en plus clair que de nombreux commissariats de Thaisia s'intéressaient à Lakeside et se demandaient si le poste de Chestnut Street pouvait devenir un nouveau modèle de travail avec les *terra indigene*. Après tout, Lakeside s'était sortie du récent conflit avec les Autres avec un minimum de victimes et de dégâts matériels.

Ça ne signifiera plus rien si l'est et l'ouest de Thaisia se retrouvent séparés par un trou calciné à la place du Midwest, pensa Monty. *Nous devons poursuivre nos efforts. L'heure tourne. Il faut continuer.*

— Bon sang ! Doug, dans quel pétrin est-ce que tu m'as fourré ?

— Un problème, Pete ?

— Putain oui, qu'il y a un problème ! Quelqu'un m'a envoyé par e-mail l'itinéraire de ma femme pour me montrer qu'il est possible de la localiser à n'importe quel moment de la journée, ainsi qu'une photo de l'école de mes enfants avec un zoom sur mes gamins dans la cour de récréation, barrés d'un grand X noir ! Quelqu'un ne veut pas que je pose des questions.

— Tu veux te désengager ?

— Il aurait fallu me désengager quand tu as appelé. Mais je n'ai pas envie de rentrer à la maison un jour pour découvrir que ma femme et mes enfants ont été… (Il y eut un sanglot étouffé, puis une expiration indiquant que Pete cherchait à se ressaisir.) Je suis presque sûr d'avoir localisé l'institution de M. Smith. Ce n'est pas ici. C'est dans la ville voisine, qui se trouve sur la voie principale de chemin de fer.

— On s'intéresse de près aux villes disposant de liaisons ferroviaires.

— Je t'ai envoyé un e-mail contenant toutes les informations que j'ai pu réunir sur M. Smith et son entreprise. Ici, il existe un établissement spécialisé dans l'accueil de personnes « en incapacité de vivre seules ». Tout paraît réglo, sauf que le directeur s'est soudain déclaré très occupé quand j'ai commencé à poser des questions sur les prophétesses du sang. Dans l'un des hameaux agricoles voisins, il y a un orphelinat géré par le gouvernement. Une petite unité médicale y est annexée. C'est là que vont les jeunes filles qui se retrouvent enceintes pour accoucher avant d'abandonner leur bébé.

— L'endroit idéal pour expérimenter un programme de reproduction sur les *cassandra sangue*.

Un silence abasourdi.

— Qu'est-ce que tu viens de dire ?

— Tu n'as rien entendu. (Burke marqua une longue pause.) Pete, il te reste combien de bons d'essence ?

Une hésitation.

— Eve et moi économisons le carburant depuis ton appel en début de semaine. Je peux prendre quelques litres d'essence sur le budget familial si tu as besoin que j'aille faire une petite reconnaissance en voiture.

— Non, je veux que toi et ta famille prépariez vos valises et que vous veniez à Lakeside. Maintenant.

— Tu disais que nous avions le temps. Doug, on peut attendre que…

— Que tu trouves quelqu'un en rentrant chez toi ?

— Je… je dois annuler la livraison des journaux, prévenir la poste, transférer mes dossiers ou au moins contacter…

— Quelqu'un qui révélera aux gens qui t'ont envoyé l'itinéraire de ta femme et les photos de tes enfants dans la cour de récréation que tu comptes disparaître ?

— Par tous les dieux ! souffla Pete, la respiration saccadée. Est-ce que… est-ce que nous pourrons rentrer chez nous ?

— Avec un peu de chance, je serai capable de te répondre quand tu arriveras ici. Et, Pete ? ouvre l'œil. Si tu penses être suivi, enfonce-toi dans les territoires sauvages et fais assez de boucan pour attirer l'attention de ce qui vit là-bas. Pour le moment, ta femme et tes enfants courent moins de risques avec les Autres qu'avec les gens qui savent que tu as posé des questions.

— Je te préviendrai quand j'arriverai à Lakeside.

— Appelle-moi pendant le trajet. Et avant de partir envoie-moi un e-mail avec le modèle et le numéro d'immatriculation de ta voiture.

— Très bien. (Pete marqua une pause.) Doug, tu crois que ça en vaut la peine ?

— Je crois que nous connaîtrons la réponse dans quelques jours, quelle qu'elle soit.

Chapitre 28

Le ventdi matin suivant, Monty entra dans le bureau de Burke et ferma la porte.

— Je crois que nous avons trouvé l'institution dirigée par le Contrôleur.

Burke lui adressa un regard pénétrant.

— Appelez le docteur Lorenzo. Dites-lui que le moment est arrivé d'apporter la contribution qu'il est prêt à fournir. Et envoyez une voiture à Simon Wolfgard. Cette fois, c'est à lui de venir nous voir.

Monty retourna dans son bureau, téléphona à Dominick Lorenzo et chargea Kowalski d'aller chercher le Loup. Puis il se renversa contre le dossier de son siège, accablé de fatigue en dépit de l'heure matinale.

Voilà des jours que Louis Gresh, Burke et lui tournaient au café fort, ne se contentant que de repas pris sur le pouce et de quelques heures de sommeil tandis qu'ils tentaient de déterminer les endroits où pouvait être localisé l'établissement du Contrôleur. Ils avaient aménagé au commissariat une salle des opérations qu'ils gardaient fermée à clé. Non que ce soit utile. Le panonceau indiquant « RÉSERVÉ À DOUGLAS BURKE » suffisait à dissuader les autres agents de s'aventurer dans ce couloir.

Tout le monde au poste savait qu'il se passait quelque chose et que ça concernait une affaire grave, dangereuse, que Louis et lui étaient impliqués mais que leurs équipes respectives, elles, ne l'étaient pas, et que toute cette histoire était liée d'une manière ou d'une autre aux *terra indigene.*

Tous se doutaient qu'une catastrophe se préparait, mais même le commissaire n'avait pas osé demander d'explications à Burke, surtout depuis qu'il avait appris que les amis du capitaine s'étaient fait sortir de la route alors qu'ils étaient en route pour Lakeside. Les deux adultes et leurs deux enfants souffraient de blessures légères et se trouvaient à présent dans un endroit tenu secret. Leurs agresseurs, en revanche, avaient succombé quand l'asphalte s'était soudain transformé en sables mouvants et les avait engloutis jusqu'à la poitrine avant de durcir de nouveau.

À ce qu'il semblait, la faune sauvage locale n'avait découvert ce festin inattendu qu'après que les amis de Burke eurent été transférés ailleurs.

Louis s'assit au coin du bureau de Monty et se pencha vers lui.

— Tu crois que nous avons désamorcé la bombe ?

— Pas complètement, répondit Monty en se frottant les yeux. Mais ce que nous avons fait réduira la puissance de la déflagration.

En entendant un léger bruit de pas, Meg s'écarta vivement du comptoir et se précipita dans la salle de tri, espérant que Simon lui apportait enfin des nouvelles. Mais elle découvrit Jane, la marchecorps Wolfgard, qui se tenait de manière à ne pas être vue si quelqu'un entrait dans le bureau.

— Bonjour, Jane. Est-ce que je peux faire quelque chose pour vous ? (Puis elle réfléchit à la raison qui aurait pu conduire la Louve à lui rendre visite.) Sam ! Il est malade ? blessé ?

Jane fit un signe de dénégation.

— Sam va bien. Est-ce que vous avez… senti une démangeaison ?

Meg s'affala contre la table.

— Non. C'est la première idée qui m'est passée par la tête quand je vous ai vue.

— Des pensées « chiens de prairie ». Ces animaux vous surprennent toujours en surgissant juste sous votre nez.

Cette image fit sourire Meg.

Elle éprouvait l'impression de ne pas avoir souri depuis des jours, de n'avoir fait qu'attendre des nouvelles, des réponses… n'importe quoi. Les *terra indigene*, eux, avaient travaillé, joué et chassé comme si de rien n'était. Certes, davantage de Loups patrouillaient le long des limites de l'Enclos, les Corbeaux étaient plus nombreux à surveiller les alentours et plus de Faucons que d'habitude planaient dans le ciel, mais les Autres ne patientaient pas de la même façon que les humains. Ils étaient prêts. Jusqu'au moment d'agir, ils continueraient à vivre, tout simplement.

— Je venais au sujet des biscuits pour Loups, déclara Jane.

— Vous en vouliez une sorte en particulier ? Tess va envoyer la commande par e-mail aujourd'hui à la boulangerie *Eamer*. J'ai demandé des biscuits plus petits pour les louveteaux. Ce sont ceux au bœuf qui ont eu le plus de succès, et…

— Les biscuits en forme de bonhomme.

— Oh ! lâcha Meg avant de marquer une hésitation. Je ne crois pas que les biscuits en forme de bonhomme soient une bonne idée.

Jane parut déçue.

— Ils étaient utiles.

— Il est toujours possible de fabriquer des biscuits à la camomille d'une autre forme.

— Des petits ? J'en ai donné un peu à Bug tous les matins, et ça le calme juste assez pour permettre à son cerveau de fonctionner correctement. Nous avons tous remarqué la différence.

— Je vais transmettre la demande.

— Merci. (Jane se dandina d'un pied sur l'autre.) Est-ce qu'il y a des humains à la librairie, aujourd'hui ?

— Je ne sais pas. Mais Merri Lee travaille à *Bon à Croquer*. Vous vouliez lui parler ?

— Non, affirma-t-elle un peu trop rapidement avant de pousser un petit gémissement. Non, je me disais juste que, puisque j'étais là…

Merri Lee, Ruthie et Theral avaient regardé des films d'horreur mettant en scène des loups-garous dans leur jeunesse, et toutes s'accordaient à dire que la réalité était bien plus terrifiante. Cependant, elles convenaient également que les Autres ne devaient pas hésiter à faire leurs courses sur leur propre place du Marché pour la simple raison que quelques humains y travaillaient, en particulier les *terra indigene* qui ne pouvaient vraiment pas fréquenter les boutiques humaines parce qu'ils étaient incapables de se transformer totalement et risquaient de provoquer un mouvement de panique.

Si Jane Wolfgard, une marchecorps respectée, allait acheter un livre aux *Bouquins Hurlants* alors que Merri Lee ou Ruthie tenait la caisse ou qu'elle s'asseyait à *Bon à Croquer* pour boire un verre et grignoter un morceau, cela contribuerait à encourager les autres *terra indigene* à faire de même.

Et tout ce qui était susceptible d'aider chaque espèce à accepter l'autre ne pouvait que s'avérer bénéfique. Surtout à l'heure actuelle.

Meg se toucha le côté de la tête.

— Des oreilles velues ne dérangeront personne.

Jane l'étudia, puis acquiesça et sortit par la porte de service.

Lorsque des croassements retentirent, Meg alla se poster derrière le comptoir, juste à temps pour voir une voiture de patrouille s'engager dans l'allée. Puis elle entendit quelqu'un entrer par la porte de derrière et se retourna, pensant que Jane avait besoin qu'on la rassure encore un peu.

Ce ne fut pas Jane, mais Simon, qui apparut.

— Ils ont trouvé l'ennemi, annonça-t-il. Je vais au poste de Chestnut Street pour parler à Montgomery et aux autres policiers.

— Très bien. (Soudain glacée, Meg s'entoura de ses bras.) Est-ce que tu me diras…

Simon inclina la tête.

— Te dire quoi ?

— Je ne sais pas.

Il attendit un moment, puis lança :

— Je dois y aller.

L'instant d'après, il avait disparu.

Elle regarda la voiture de patrouille quitter la zone de livraison et tourner à droite sur Main Street, prenant la direction de Chestnut Street.

Elle tendit les mains, observa ses bras, et se demanda si elle devait se sentir soulagée ou inquiète de ne pas éprouver le moindre picotement.

Dormant d'un sommeil agité, Jean grimaça, et une plaie se rouvrit sur sa lèvre inférieure, transformant son rêve en une prophétie aussi fluide qu'un film.

Le sol tremblait. Le vent rugissait. Les Noms-qui-marchent criaient, imploraient, hurlaient. Les murs étaient éclaboussés de sang, et des membres arrachés jonchaient les couloirs.

Les filles, enfermées dans leurs cellules, sanglotaient, secouées de frissons.

Soudain, sa porte s'ouvrit à la volée, et elle vit…

Jean ouvrit les yeux, un sourire aux lèvres.

Dominick Lorenzo affichait un air hagard lorsqu'il pénétra dans la salle des opérations du poste de Chestnut Street. Il observa Monty, Louis et Burke avant de s'affaler sur une chaise.

— Vous vous rendez compte de ce que nous avons déclenché ? Vous savez combien de personnalités influentes ont appelé les administrateurs de l'hôpital pour mettre en doute ma capacité à pratiquer la médecine ?

Burke s'assit en face de Lorenzo et lui adressa un sourire amical teinté de férocité.

— Oh ! à votre place, je ne m'inquiéterais pas trop, docteur. Le commissaire de Lakeside a dû gérer des appels similaires sur moi et mes collègues. Je crois que ceux qui se plaignent de vous aujourd'hui chanteront très bientôt une chanson bien différente.

— Pourquoi ?

Le sourire de Burke se fit plus féroce.

— Propriété tutélaire.

— Un mal nécessaire.

— Et les fermes d'élevage ? Des lieux où on élève des filles en vue d'accroître leur don de prophétie ? où on les sélectionne jusqu'à les rendre si sensibles qu'elles ne peuvent survivre sans tuteur ?

Lorenzo dévisagea Burke.

— C'est monstrueux.

Monty examina le médecin.

— Mais ça confirme vos soupçons, n'est-ce pas ?

Lorenzo ouvrit sa serviette en silence et en sortit une épaisse liasse de papier.

— Les gens qui fréquentent ces établissements et achètent des prophéties ne laisseront pas ce genre d'informations s'ébruiter, déclara-t-il enfin. Des fermes d'élevage pour des filles ? Aucun d'eux ne survivrait à un tel scandale.

— C'est pourquoi je n'ai pas l'intention de livrer cette information aux humains, intervint Burke. Je vais la confier aux *terra indigene*.

— Vous allez confier quoi aux *terra indigene* ? demanda Simon Wolfgard, qui entrait en compagnie de Vlad Sanguinati.

— Nous allons y venir, assura Burke. Lieutenant ?

— Nous sommes presque certains d'avoir localisé la ville où sont situées l'institution et la propriété du Contrôleur, répondit Monty en s'approchant de la carte fixée sur l'un des tableaux de la pièce.

Impossible de les confondre avec des humains aujourd'hui, pensa-t-il en jetant un coup d'œil à Simon et Vlad. *Aucun des deux. Leur nature de prédateurs est bien trop visible.*

— Et vous ? lança Simon en se tournant vers Lorenzo.

Après une hésitation, le médecin sortit sa propre carte et la déplia.

— Après avoir interrogé des collègues, des connaissances et des directeurs de clinique, j'ai marqué les endroits où des prophétesses du sang avaient reçu des soins médicaux. Je tiens à préciser que la plupart des établissements qui ont fait hospitaliser ces filles sont connus et fonctionnent de façon tout à fait officielle.

Simon et Vlad comparèrent les cartes sans prononcer un mot. Simon en déplia une autre qu'il posa sur la table à côté de celle de Lorenzo.

— Qu'avez-vous marqué ? s'enquit Monty, notant que les mêmes villes étaient signalées sur chaque carte.

— Les corbeaux parlent aux Crowgard, répondit Vlad. Quand on leur a demandé de surveiller certains lieux humains, ils ont accepté. Nous avons repéré les endroits où des gens ont tenté de les abattre.

— Les villes où les corbeaux se sont fait tirer dessus sont les mêmes que celles où nous soupçonnons qu'il existe des établissements abritant des *cassandra sangue*, commenta Monty.

— Vos cartes confirment les conclusions auxquelles sont parvenus les *terra indigene* du Midwest, acquiesça Simon.

— Et maintenant ? questionna Burke.

— Le lieutenant Montgomery, le docteur Lorenzo et moi allons monter à bord du train qui part vers l'ouest à 14 h 30 cet après-midi pour rencontrer les *terra indigene* qui vont décider du sort de notre ennemi, répondit Simon.

Lorenzo se leva d'un bond.

—Je n'irai nulle part!

Simon et Vlad sourirent, dévoilant leurs canines.

—Vous viendrez avec nous car vous êtes un marchecorps humain qui s'intéresse aux prophétesses du sang et que vous voudrez aider celles qui survivront, déclara Simon.

—Celles qui...

—Et le lieutenant nous accompagnera car les policiers préféreront discuter avec l'un des leurs plutôt qu'avec des indigènes, poursuivit Simon.

—Et vous? interrogea Monty. Pourquoi partez-vous?

—Pour tenir une promesse.

Lorenzo secoua la tête:

—Non. Ça a déjà été bien assez difficile de rassembler ces informations, sachant ce que...

—Est-ce que vous avez entendu parler de la nouvelle cargaison de viande contaminée? l'interrompit Vlad d'un ton amical que démentait son regard glacial. Deux camions pleins. L'un a été victime d'un étrange accident et s'est renversé de telle façon que le conducteur n'a pas été blessé mais que la porte arrière s'est ouverte. Le chauffeur est monté dans l'autre camion, qui s'est empressé de quitter les lieux, abandonnant toute cette viande appétissante sur la route. Ce qui est curieux, chez les Sanguinati–chez tous les *terra indigene*, en fait, mais particulièrement chez les miens–, c'est que les prophétesses du sang ne nous apparaissent pas comme des proies. Les *cassandra sangue* sont les créations de Namid, à la fois terribles et merveilleuses. Nous ne buvons pas leur sang. Les autres indigènes ne consomment pas leur chair. Et nous la reconnaissons même hachée et discrètement mélangée à du bœuf.

Louis grogna. Lorenzo se rassit lourdement. Monty s'arc-bouta sur la table, le cœur au bord des lèvres. Burke dévisageait Simon et Vlad.

— Vous êtes sûrs que d'autres filles ont servi à fabriquer cette viande ? s'enquit le capitaine.

— Sûrs et certains, affirma Vlad.

Il plia la carte que Simon avait apportée et la glissa sous son bras.

— Le train part à 14 h 30, déclara Simon. Si vous voulez que les humains aient leur mot à dire sur ce qui va suivre, ne soyez pas en retard.

Il sortit, suivi de Vlad.

Un silence s'installa. Puis Burke prit la parole :

— Lieutenant ? le docteur Lorenzo et vous devriez rentrer préparer vos affaires. Docteur, le commandant Gresh vous ramènera chez vous et vous conduira à la gare. Lieutenant, demandez à Kowalski de vous emmener. Je vais débarrasser un peu cette pièce.

Au bout d'un moment, il ajouta :

— Que Mikhos veille sur nous.

Mikhos était le gardien spirituel des policiers, des pompiers et du personnel soignant. Monty soupçonnait que son nom serait invoqué à de nombreuses reprises au cours des jours à venir.

Simon tendit la main vers son sac, puis interrompit son geste.

Il n'avait pas envie de partir. C'était important et nécessaire, et, quelques mois auparavant, il aurait quitté l'Enclos pour le Midwest en abandonnant Meg et Sam sans aucun remords. À présent, il redoutait de ne pas entendre sa voix pendant des jours, de ne pas sentir son odeur. Elle allait lui manquer.

Il se saisit du sac, sortit de son appartement, monta dans la camionnette et se tourna vers Vlad, qui devait le conduire à la gare.

— Tu seras vigilant ?

— Tout ira bien pour elle, assura Vlad. Il n'arrivera aucun mal à Meg en ton absence.

Simon poussa un soupir.

— Comment en sommes-nous arrivés là ?

— Ce n'est pas la première fois, et ce ne sera pas la dernière. Si les métamorphes et les Sanguinati qui ont l'habitude de côtoyer les humains ne parviennent pas à trouver une solution, les *terra indigene* les plus anciens et les Élémentaires en trouveront une. Comme toujours. (Vlad se gara près de la porte de service du bureau de liaison.) Va lui dire au revoir. Prends-la dans tes bras.

Simon hésita.

— Ce ne serait pas trop humain ?

— Non, répondit Vlad. C'est ce que font les amis, quelle que soit leur espèce.

Il pénétra à l'intérieur. Meg feuilletait le *Lakeside News* dans la salle de tri. Elle ne semblait cependant absorber aucune image, car, lorsqu'elle leva la tête vers lui, elle affichait une mine préoccupée et effrayée.

— C'est risqué de prendre le train maintenant, déclara-t-elle.

— Tu sens quelque chose ?

— Rien. Peut-être que j'ai bu trop d'infusion à la camomille. Jane m'a dit que les biscuits à la camomille avaient aidé le cerveau de Bug à fonctionner correctement. Il est possible que l'infusion ait bloqué ma capacité à sentir.

— À moins qu'il n'y ait rien à sentir.

Il devait se dépêcher, aussi ajouta-t-il :

— Meg, tu veux que je te prenne dans mes bras ? C'est ce que font les amis quand l'un d'eux s'en va.

Quand elle hocha la tête, il enroula ses bras autour d'elle, l'attirant contre lui. Elle l'enlaça fermement.

Il respira son odeur jusqu'à ce que Vlad l'appelle :

— *Simon ? Il est temps d'y aller.*

Il la libéra et plongea le regard dans ses yeux gris.

— Ne cause pas trop d'ennuis à Vlad et Henry.

— Je ne cause jamais d'ennuis ! s'indigna-t-elle.

Sa repartie le fit rire. Lorsqu'il sortit, elle tempêtait toujours. Et ses vêtements à lui étaient imprégnés d'un parfum réconfortant.

Le téléphone de Monty sonna.

Il hésita à laisser le répondeur se déclencher, mais l'habitude le poussa à décrocher.

— Allô ?

— Tu l'as fait exprès, n'est-ce pas ? lança la voix d'Elayne, stridente et brouillée par les larmes.

— Fait quoi ?

— Tu as saboté les conférences de Mark à Talulah Falls et à Lakeside, voilà ce que tu as fait !

Monty était abasourdi. Il avait dû mal entendre.

— Elayne, tu as prêté attention à ce qui s'est passé dernièrement à Talulah Falls ? Personne ne peut entrer dans cette ville ni en sortir. Compte tenu des ennuis que se sont déjà attirés les membres du mouvement Les Humains Avant Tout et les problèmes qu'ils ont causés à Lakeside, il n'est pas étonnant que les conférences de ton petit ami aient été annulées.

— Parce que tu ne voulais pas apparaître comme le type insignifiant et jaloux que tu es !

— Est-ce que Lizzy est là ?

Il n'avait pas le temps d'écouter les inepties d'Elayne, mais il aurait aimé entendre la voix de sa fille.

— Non, elle n'est pas là !

Elayne parlait sur un ton de plus en plus aigu, ce qui conduisit Monty à se demander si elle trouvait toujours Mark Griff aussi merveilleux qu'au début.

— Elayne, je dois partir.

— En essayant de détruire Mark, tu détruis aussi les chances de Lizzy d'avoir une vie meilleure. Tu en as conscience, au moins ?

Il ressentit un pincement au cœur, même s'il ne croyait pas un instant que Griff était capable d'offrir à Lizzy un meilleur foyer que lui.

— Je dois partir, répéta-t-il.

Avant qu'il raccroche, Elayne cria :

— Que peut-il y avoir de si important pour que tu n'aies pas le temps de me consacrer une minute pour parler de ta fille ?

Sa main resta suspendue au-dessus du combiné. Ils n'auraient pas parlé de Lizzy. Quand Elayne prétendait qu'elle voulait discuter de leur fille, elle ne tardait pas à dévier la conversation pour établir la liste de ce que Monty l'empêchait d'obtenir.

— Qu'y a-t-il de si important ? murmura-t-il, les yeux rivés sur le téléphone. Je dois aider les Autres à massacrer une ville.

Chapitre 29

Les Élémentaires traversaient le Midwest en direction de la ville qui abritait la tanière de l'ennemi.

Air jouait avec Terre, la chatouillait et la taquinait, tant et si bien que cette dernière finit par être agitée de mouvements saccadés qui laissèrent les humains tremblants dans leurs maisons insignifiantes.

Dans les villes où des corbeaux avaient été abattus, Feu étreignit les poteaux sur son passage, coupant les liaisons électriques et téléphoniques juste avant l'arrivée d'Eau, qui délivra en guise de châtiment une pluie diluvienne.

Des tornades pourchassaient les voitures et les camions, les happant parfois avant de les soulever haut dans les airs ou les laissant partir en se contentant de les frôler à titre d'avertissement.

La foudre frappa avec une précision redoutable, et Feu et Air dansèrent dans les maisons des hommes qui possédaient des fusils avant de s'éloigner au galop sur des étalons qui faisaient voler la route en éclats sous leurs sabots.

Enfin, les Élémentaires atteignirent l'endroit où se terrait l'ennemi. Une fois la ville encerclée, elles cessèrent de jouer.

Et le monde retint son souffle tandis que les Élémentaires et leurs étalons attendaient l'arrivée des autres *terra indigene.*

— La voiture de la classe affaires n'est pas occupée pour le moment, déclara le contrôleur qui escortait Monty, Dominick Lorenzo et Simon. Nous avons pensé que vous apprécieriez un peu de tranquillité.

En d'autres termes, la compagnie ferroviaire préférait éviter qu'un trop grand nombre de passagers humains se rendent compte qu'un Loup se trouvait à bord alors que la situation était explosive et que le moindre conflit pouvait dégénérer.

Monty observa les sièges en cuir et les tables équipées de banquettes capitonnées.

— C'est très joli. Qui utilise cette voiture, habituellement ?

Le contrôleur jeta un regard nerveux à Simon, qui explorait l'arrière du wagon.

— Des hommes qui voyagent beaucoup et profitent des trajets pour travailler. Dans le petit coin-cuisine, vous trouverez des sandwichs ainsi que d'autres en-cas et des boissons. Vous avez également un bar.

— Chacun paie ce qu'il a consommé ? s'enquit Monty.

— Oh ! non. La nourriture et la boisson sont incluses dans le prix du billet.

Monty remercia le contrôleur et se dirigea vers l'arrière de la voiture afin de découvrir ce qui intriguait tant Simon.

— Des toilettes et un lavabo, déclara le Loup en pointant une porte du doigt avant d'ouvrir celle qui se trouvait en face. Et ça, qu'est-ce que c'est ?

Il désignait quelque chose qui ressemblait à un demi-tonneau en porcelaine équipé d'un siège. Des robinets ainsi qu'un pommeau de douche étaient fixés au mur, au-dessus.

— C'est une petite cabine de douche, expliqua Dominick en les rejoignant.

Monty regagna l'avant du wagon. Nourriture, boissons, sièges confortables et tables de travail. Et même un cabinet de toilette permettant à un homme qui aurait voyagé toute la nuit d'arriver frais et dispos à une réunion matinale. Sans compter l'intimité.

— Combien coûte une place dans cette voiture, à votre avis ?

— Plus que ce que vous et moi serions prêts à payer, répliqua Lorenzo quand Simon et lui le rejoignirent. Mieux vaut nous installer. Je crois que le train démarre.

Après avoir hissé leurs sacs sur les porte-bagages, ils s'assirent.

— Quel genre d'humains voyagent dans une voiture comme celle-ci ? demanda Simon, songeur, une fois que le train fut sorti de Lakeside.

— Le contrôleur a dit que c'étaient des hommes qui travaillaient en voyageant. J'imagine donc qu'il s'agit surtout d'hommes d'affaires et de personnalités politiques, répondit Monty.

— Des hommes d'affaires et des personnalités politiques, acquiesça Simon. Et des humains qui préfèrent que les autres ne sachent pas où ils vont ?

— Pourquoi se soucier que les autres sachent…

Dominick dévisagea ses compagnons sans terminer sa question.

— Vous pensez que quelqu'un qui peut s'offrir un billet dans cette voiture peut également s'offrir une prophétie ? demanda Monty à Simon.

— Ce n'est pas parce que quelqu'un voyage en classe affaires qu'il ou elle se rend dans un établissement où on vend des prophéties, protesta Dominick.

— Non, mais j'imagine que les clients de ces établissements préfèrent cacher leur destination, rétorqua Monty. Si tous ceux qui voyagent en classe affaires n'achètent pas des prophéties, il est fort probable que la plupart de ceux qui achètent des prophéties voyagent en classe affaires. (Il se tourna vers Simon.) Qu'en pensez-vous ?

Simon se leva.

— Je pense que j'ai faim et que j'aimerais goûter ces sandwichs. Et je pense que la compagnie de chemins de fer ne gaspillerait pas de l'énergie à tracter une voiture vide. Je me demande où comptaient aller les humains qui avaient acheté des billets pour ce train.

Les sandwichs n'étaient sans doute pas meilleurs que ceux qu'il était possible de se procurer dans le wagon-restaurant, songea Simon, mais peut-être était-ce l'avantage de ne pas avoir à faire la queue qui rendait la nourriture spéciale.

À moins que le personnel ait remplacé les petits plats élaborés qui se trouvaient dans la voiture en ne voyant pas arriver les humains qui avaient réservé une place. Peu importait. Montgomery et Lorenzo avaient déclaré préférer les sandwichs au poulet, lui laissant ceux qui étaient au bœuf, et ils étaient tous rassasiés, à présent.

Non, peu lui importait qu'il existe une voiture aussi luxueuse que celle-ci, mais quelqu'un allait subir les foudres d'Elliot – et sentir la pointe de ses crocs – quand le consul de Lakeside découvrirait qu'il avait été relégué dans les wagons classiques nauséabonds alors que les membres du gouvernement humain voyageaient normalement dans cette voiture spéciale qui fleurait bon le cuir et où l'on pouvait manger à volonté.

Pour Simon, l'intérêt de ce wagon privé résidait dans le fait que les *terra indigene* n'auraient aucun mal à pister les passagers qui l'empruntaient même si ceux-ci tentaient de cacher leur visage ou de dissimuler leur véritable identité. Il était possible de mentir à certains indigènes, mais cela ne faisait qu'éveiller l'attention des autres.

Il ne pouvait pas sans cesse demander aux Corbeaux de monter la garde. Ils étaient aisément repérables et trop vulnérables, sans compter qu'ils se laissaient facilement distraire par tout ce qui brillait. Les Sanguinati ? Possible. Après tout, les gares représentaient de bons terrains de chasse pour les congénères de Vlad.

Après le repas, tous trois sortirent un livre de leur sac. Simon remarqua que Monty lisait un roman d'Alan Wolfgard.

Considérant l'endroit où ils se rendaient, il n'était pas sûr que ce soit la lecture la plus appropriée pour un humain, mais il garda son opinion pour lui. Les humains avaient la mémoire courte. Chaque fois que les *terra indigene* détruisaient une ville et revendiquaient les terres, les humains pleurnichaient en clamant qu'ils ne comprenaient pas. Comment pouvaient-ils ne pas comprendre quelque chose d'aussi simple ? Si on ne respectait pas les accords conclus avec les *terra indigene*, les *terra indigene* frappaient, et fort. Quand les humains prendraient-ils conscience que c'étaient eux la cause des conflits qui faisaient tant de victimes parmi eux ?

Il coula un regard vers les deux hommes installés de l'autre côté de l'allée. Eux ne paraissaient pas avoir la mémoire courte. Il était sans doute bon qu'ils voient ce dont les Autres étaient capables. Peut-être était-il judicieux de leur montrer exactement les adversaires qu'ils auraient à affronter si leurs semblables déclenchaient une guerre.

Meg fixa les yeux sur le rasoir en argent qu'elle avait posé sur la table de tri. Cs759. Un matricule désignant un objet jetable. Sauf que les *cassandra sangue* n'étaient pas des objets et n'étaient pas jetables.

— Meg ?

Elle leva la tête quand Merri Lee pénétra dans la salle de tri.

— Tous ces problèmes ont commencé parce que je ne voulais pas retourner à l'institution, parce que je voulais être plus qu'un objet.

— Quoi, tu penses être la seule à avoir fait des choix ? Tu sais que ce n'est pas vrai. (Merri Lee montra le rasoir.) Quel choix t'apprêtes-tu à faire maintenant ?

— Je ne sais pas. Je veux aider Simon.

— Tu as besoin de te couper ? Est-ce que tu sens arriver une prophétie à son sujet ?

— Non, mais…

Simon ne voudrait pas qu'elle se coupe sans une bonne raison. S'inquiéter pour son ami constituait-il un motif suffisant ?

Merri Lee se dirigea vers le téléphone et souleva le combiné.

— Tu connais son numéro de portable ?

— Oui.

— Appelle-le, Meg. Laisse un message sur son répondeur. Ensuite, viens chez moi. Je te montrerai comment cuisiner des spaghettis. Ça nous changera les idées à toutes les deux. Theral et Ruth apporteront de la crème glacée et du chocolat, et nous regarderons toutes ensemble des films qui nous donneront une bonne excuse pour pleurer.

Meg s'empara du téléphone.

— Qu'est-ce que je dis ?

— Dis-lui que tu appelles parce que tu penses à lui. Je crois que ça lui plaira. (Merri Lee esquissa un sourire.) Je t'attends dehors.

Lorsqu'elle entendit la porte de service se fermer, Meg composa le numéro de Simon. Elle sut qu'elle avait accédé à son répondeur quand la voix de Simon gronda de laisser un message.

Ce qu'elle fit avant de fermer le bureau et de rejoindre Merri Lee pour une soirée de détente.

Lorenzo dormait sur l'une des banquettes capitonnées qui se dépliaient pour former un lit. Simon avait passé les dernières heures à regarder par la fenêtre et à faire semblant de lire de temps à autre. Et Monty, parvenu au milieu de la lecture du thriller d'Alan Wolfgard, se demandait combien d'humains avaient lu des livres *terra indigene*. Il pouvait au moins dire que l'histoire, avec ses vils humains sournois et meurtriers, donnait une idée de la façon dont les Autres les percevaient. Après avoir rencontré les humains qui travaillaient dans l'Enclos, Alan mettrait-il en scène des personnages différents dans ses romans ? Combien de fois une humaine chasserait-elle un assaillant à l'aide d'un balai et d'une bouilloire ?

Lors d'un arrêt en gare, environ une heure après avoir franchi la frontière du Midwest, un homme entra dans leur voiture. Costume trois-pièces et serviette. Légèrement corpulent et très soigné. Il se figea en voyant Monty et Simon.

— Je crois que vous vous êtes trompés de wagon, déclara-t-il.

Son ton pompeux arracha un grondement à Simon. Au lieu de l'intimider, cette menace sembla pousser l'homme à ajouter :

— C'est un wagon privé.

— Oui, monsieur, nous en sommes conscients, répliqua poliment Monty. Et nous nous trouvons dans le bon wagon.

— Ah oui ? Vraiment ? Montrez-moi vos billets.

Monty se leva, s'avança jusque dans l'allée, sortit son insigne et l'ouvrit. L'homme pâlit.

— Maintenant, monsieur, j'aimerais voir votre billet.

— Le mien ? bafouilla l'homme. Pourquoi devrais-je vous montrer le mien ?

— Parce que je suis policier et que je vous l'ai demandé. Si vous refusez, je peux également exiger l'arrêt de ce train le temps de procéder à des interrogatoires à la gare et de confirmer que vous avez bel et bien le droit de vous installer dans cette voiture.

— Vous ne pouvez pas faire ça !

— Si lui ne le peut pas, moi, je le peux, gronda Simon.

Monty n'eut pas besoin de regarder pour savoir que le Loup n'avait plus une apparence tout à fait humaine. La peur qu'il lut dans les yeux de l'homme le lui indiqua.

Celui-ci sortit un billet qu'il agita sous le nez de Monty et s'empressa de ranger avant que quiconque ait pu l'examiner.

Monty n'insista pas pour revoir le titre de transport et ne demanda pas non plus à l'homme de lui fournir son nom et son adresse. Tout cela n'avait pas une grande importance à cet instant, selon lui.

Glissant de nouveau son insigne dans sa poche, il s'assit, laissant l'inconnu hisser sa serviette sur le porte-bagages puis prendre place.

Simon n'aimait pas l'humain qui avait fait intrusion dans leur voiture. Son aspect, sa présence, son odeur l'incommodaient. Il n'arrivait pas à mettre la patte sur la raison précise pour laquelle l'idée de laisser cet humain en vie le dérangeait autant, mais, si un tel individu s'approchait de l'une des membres de la meute humaine de Lakeside, en particulier de Meg, il n'hésiterait pas à l'égorger et à lui arracher le foie avant que son cœur ait émis son dernier battement.

— *Crôa ! Message pour le Wolfgard de Lakeside.*

Il regarda par la fenêtre, mais n'aperçut pas le moindre Corbeau.

— *Je suis le Wolfgard.*

— *Le train s'arrêtera bientôt. Des Loups vous attendront et vous accompagneront, vous et vos humains, pour le restant du trajet.*

— *Les voies sont coupées ?* s'enquit-il.

— *Pas si le train s'arrête et fait demi-tour. Air veille sur le dos de Tornade.*

Il ne s'agirait pas uniquement de ce train et de cette gare. Les *terra indigene* bloqueraient tous les accès permettant de sortir du Midwest jusqu'à ce que l'ennemi ait été localisé et détruit. À leur manière, ils protégeaient les humains qui risqueraient autrement de se faire tuer.

Le contrôleur apparut dans la voiture quelques minutes plus tard.

— Terminus, messieurs. Préparez-vous à descendre, s'il vous plaît.

— Terminus ? répéta l'homme d'affaires en se penchant dans l'allée. Que voulez-vous dire par terminus ? J'ai un billet pour…

Il s'interrompit, comme s'il préférait éviter qu'un Loup et un policier entendent le nom de sa destination.

— Des conditions météorologiques incertaines rendent la poursuite du voyage trop périlleuse, expliqua le contrôleur.

Vous ou votre entreprise serez remboursé de la partie du trajet non accomplie.

— C'est une décision de la compagnie de chemins de fer ? tempêta l'homme. Que se passera-t-il si le train continue sa route comme prévu ?

— Les vautours festoieront pendant des jours, répondit Simon.

Le contrôleur quitta la voiture d'une démarche prudente. L'homme d'affaires, lui, empestait la peur.

Le premier s'était comporté de manière sensée en se déplaçant lentement de manière à ne pas exciter un prédateur. La frayeur du second à l'idée d'être transformé en charogne représentait une réaction compréhensible, et également plaisante, pour Simon.

Le train s'arrêta. Simon se tourna vers Monty et secoua la tête, le poussant à se rasseoir.

— *Corbeaux ?*

— *Oui.*

— *Un humain va sortir de mon wagon.*

— *De nombreux humains sont en train de descendre.*

— *Mais un seul quittera cette voiture. Surveillez-le.*

— *Nous ne pourrons pas le suivre très loin. Nous demanderons de l'aide à d'autres* terra indigene.

— *Bien. Et parlez de lui à vos chefs. Dites à tous les Corbeaux qu'il faut se méfier de lui.*

— *Nous le leur dirons.*

Satisfait, Simon tira son sac du porte-bagages dès que l'homme d'affaires fut descendu de voiture.

— À moins que j'aie mal lu la carte, nous sommes encore loin de notre destination, fit remarquer Monty. Il nous reste plusieurs heures de voyage.

— Oui, confirma Simon. Mais ce train ne va pas plus loin. Venez. On nous attend.

Aussitôt qu'ils sortirent du train, ils entendirent des croassements. Les Corbeaux ne fournissaient aucun effort pour masquer l'intérêt qu'ils portaient à l'homme d'affaires, attirant sur lui l'attention des autres humains. Nerveux, l'homme se précipita à l'intérieur de la gare, où les Corbeaux ne pouvaient pas le suivre. Cependant, sur le seuil, un nuage de poussière et de débris tournoya brusquement dans les airs avant de retomber.

Simon, Monty et Lorenzo se joignirent au flux de passagers se dirigeant vers la gare. Simon conduisit immédiatement les deux hommes vers le parking, de l'autre côté. Si la camionnette qui les attendait n'avait rien de remarquable, les deux individus de sexe masculin qui se tenaient à côté paraissaient trop dangereux pour des humains, en dépit des efforts évidents qu'ils avaient déployés pour garder cette forme.

Simon salua les Loups d'un hochement de tête.

— *Nous n'avons pas besoin de connaître vos humains*, décrétèrent-ils.

Montgomery et Lorenzo, eux, auraient sans doute aimé connaître les noms de leurs nouveaux compagnons de voyage, songea-t-il. Cependant, puisque les Loups n'avaient pas envie de se montrer sociables, il n'émit aucun commentaire.

— On dirait que l'homme d'affaires a réussi à semer les Corbeaux, déclara Lorenzo, restant un moment à l'extérieur avant de monter dans la camionnette.

Simon ignorait si c'était de l'inquiétude ou du soulagement qu'il avait décelé dans la voix du médecin. Les humains comprenaient si peu de choses.

— Peu importe que les Corbeaux aient perdu sa trace, répliqua-t-il à Lorenzo. Tant qu'il respirera, il ne pourra pas échapper à Air.

Chapitre 30

Ils roulèrent pendant plusieurs heures avant de bifurquer sur une route qui n'était pas empruntée par les humains. Peu après, les bâtiments de l'institution se dessinèrent, et la camionnette s'arrêta devant Joe Wolfgard.

Les Loups qui leur avaient servi de chauffeurs et d'escorte rejoignirent leur chef.

— Restez ici, ordonna Simon à Montgomery et Lorenzo.

Puis il sortit du véhicule et s'approcha de Joe.

— Ce n'est pas ton territoire, déclara ce dernier. Nous apprécions l'aide que tu nous as apportée pour localiser l'ennemi, mais ce n'est pas ta bataille.

— Ce n'est ni mon territoire ni ma bataille, concéda Simon. Mais c'est notre ennemi commun.

— C'est vrai, reconnut Joe avant de marquer une hésitation, comme pour peser ses mots. Je faisais partie des chefs qui ont fait une promesse à ta Meg.

— Moi aussi, j'ai fait une promesse.

Joe hocha la tête.

— Quand l'ennemi sera mort, tu pourras venir chercher cette promesse. Est-ce que ta Meg sera satisfaite ?

Tout dépendra de l'issue, pensa Simon.

— Elle sera satisfaite, assura-t-il néanmoins.

Éprouvant le besoin de savoir ce qui se passait, Monty descendit de la camionnette. Les Loups avaient laissé les phares allumés. Sans doute pas à l'intention des Autres, qui bénéficiaient tous d'une excellente vision nocturne. Il trouvait délicat de leur part de leur avoir laissé de la lumière. Lorsqu'il les vit, il regretta leur prévenance.

Trois des *terra indigene* avaient ôté veste et chemise, et leur torse se transformait, prenant une forme velue et musclée sous une tête de Loup. Ils se tournèrent vers Monty et grondèrent. Puis ils s'élancèrent vers les bâtiments.

— Par les dieux d'en haut et d'en bas ! souffla Lorenzo.

— Je ne suis pas sûr que les dieux nous écoutent aujourd'hui, commenta Monty tandis que Simon renversait la tête en arrière pour hurler.

Terre, chevauchant Tourbillon, enfonça une partie du mur de l'institution, et les Loups s'engouffrèrent dans la brèche, massacrant tout le monde sur leur passage. Sur le dos de Brouillard, Eau suivit, aveuglant les humains qui gardaient les portes de la tanière de l'ennemi et les rendant vulnérables aux Corbeaux, Faucons et Chouettes. Air secoua les bâtiments et fit trembler toutes les fenêtres, s'infiltrant dans les interstices les plus infimes. Les Sanguinati, sous forme de brume, se glissèrent derrière elle. Ils entourèrent les gardes armés et leur prélevèrent assez de sang pour les plonger dans l'inconscience. Prenant forme humaine, ils ouvrirent les portes aux Loups.

Ensuite, ce fut le chaos.

Le sol tremblait. Le vent rugissait.

Jean s'assit dans son lit. Sa cellule avait beau être située à l'écart des couloirs principaux, elle entendait les Noms-qui-marchent crier, implorer et hurler.

Elle tendit la main vers le mur pour appuyer sur l'interrupteur. Quand ses yeux se furent accoutumés à la lumière, elle examina la commode.

La plupart des tiroirs contenaient des vêtements ou des produits de toilette, mais l'un d'eux était équipé d'un cadenas dont les Noms-qui-marchent gardaient la clé. Une autre façon de tourmenter les filles.

Elle se leva, puis attendit que son pied blessé accepte son poids. D'un pas traînant, elle franchit la distance séparant son lit de la commode. Sourde aux hurlements qui résonnaient hors de sa cellule, elle ouvrit le tiroir. Puis elle s'empara de son rasoir pliant.

D'un côté de la poignée, des fleurs délicates. Un mensonge.

De l'autre, l'inscription cs747, dénuée de fioritures. La vérité.

Le sol qui tremblait, le vent qui rugissait, les cris et le tiroir qui aurait dû être verrouillé mais ne l'était pas. Elle savait ce que tout cela signifiait.

— C'est la fin, murmura-t-elle.

Le rasoir dans les mains, Jean retourna s'asseoir sur son lit et attendit.

Le Contrôleur avala une dose supplémentaire d'« au-delà du loup », inséra dans son pistolet un nouveau chargeur, puis s'élança dans un couloir rempli de créatures de cauchemar qui feraient la joie des dieux maléfiques.

Un Loup se tourna vers lui. Sans cesser de courir, il lui tira dans la gueule et retint à grand-peine un hurlement de triomphe quand son ennemi s'écroula.

Il devait gagner la pièce spéciale. Là-bas, d'autres armes l'attendaient. Ainsi que la victoire. Il avait fallu pas moins de trois incisions sur cette garce de cs747 pour obtenir assez d'images afin d'assurer son évasion. Il n'avait pas informé son personnel de l'attaque ; le chaos et le massacre étaient nécessaires à sa propre survie. Les employés, tout comme les prophétesses, étaient remplaçables. En revanche, les connaissances et les compétences qu'il avait la possibilité d'offrir au mouvement Les Humains Avant Tout, elles, ne l'étaient pas.

Il tira encore et encore, blessant ses hommes autant que les Autres. Quelle importance ? Il était éblouissant, invincible. Il était la réponse qu'attendaient les humains.

Il s'élança dans la pièce contenant la clé de sa liberté. En trébuchant sur un corps fumant, il aperçut le fusil automatique. Des douilles jonchaient le sol. L'arme sur laquelle il comptait était inutilisable.

Il perçut un mouvement en périphérie de son champ de vision. Faisant volte-face, il fit feu sur les flammes qui entouraient soudain son torse. Devant son visage glissa une nappe de brume dans laquelle apparurent des crocs qui plongèrent dans son cou. Lorsque Feu relâcha son étreinte, le Contrôleur trébucha avant d'être brusquement projeté vers l'arrière par une créature à tête de panthère qui lui ouvrit le ventre d'un coup de griffe. Au moment où il s'écroula, un Loup lui mordit le poignet jusqu'à l'os, déchirant les chairs, tandis que la Panthère lui déchiquetait l'autre bras.

Puis le vampire, le Loup et la Panthère se ruèrent hors de la pièce en poussant des cris de rage, galvanisés par une double dose d'« au-delà du loup », abandonnant le Contrôleur qui gisait sur le sol, brûlé, sanglant, brisé. Agonisant.

Il comprenait tout.

Cette garce de cs747. Elle s'était débrouillée pour ne lui révéler qu'une partie de ce qu'elle avait vu. Au lieu de lui montrer comment s'échapper, elle l'avait attiré dans un piège en ne lui dévoilant que certaines images.

Cette garce… elle… avait… menti.

Monty ne distinguait pas grand-chose de l'endroit où il se tenait avec Lorenzo et Simon Wolfgard. Mais il en entendait bien assez.

Des coups de feu, très vite interrompus.

Des cris, prolongés et terribles.

Le tout trop rapide pour laisser le moindre espoir à un humain.

Soudain, les Loups hurlèrent, et le brouillard se dissipa d'un seul coup.

— Il est temps d'entrer, déclara Simon en se dirigeant vers l'institution.

Des sirènes se rapprochaient, et des cavaliers avançaient vers les grilles déformées de l'institution.

— Devrais-je attendre aux portes et parler à la police ? questionna Monty.

— Les Élémentaires vont s'en charger, répliqua Simon. Les *terra indigene* du Midwest veulent que nous allions tous les trois là-bas.

Il désignait l'un des bâtiments.

Dominick Lorenzo, en tant que médecin urgentiste, avait dû vivre des scènes difficiles, songea Monty. Il en avait lui-même rencontré son lot durant sa carrière de policier. Cependant, aucun d'eux n'avait jamais rien vu de comparable à ce que les *terra indigene* étaient capables d'infliger à des humains qu'ils haïssaient.

Des murs éclaboussés de sang. Des sols transformés en champ de carnage. Trop hébété pour bouger, il regarda un homme-Loup arracher la manche d'un employé en blouse blanche, emportant la chemise qu'il portait dessous ainsi que son bras, dans lequel il mordit à pleines dents pendant qu'un autre Loup…

— Il mange le foie de cet homme, commenta Lorenzo avec le calme de quelqu'un trop choqué pour manifester des sentiments.

L'un des Loups reprit une tête à peu près humaine et se leva. Lorsqu'il entreprit de lécher ses pattes sanguinolentes, Monty reconnut Joe Wolfgard.

— C'est de la bonne viande, lança celui-ci avant de poser les yeux sur Simon. Tu les entends ?

— Je les entends.

Monty se rendit brusquement compte que Simon avait des oreilles velues de la forme de celles d'un Loup. Ce changement lui parut presque comique comparé à la scène de massacre qui les entourait.

— Qu'entendez-vous ? s'enquit-il.

— Les filles.

— *Laissez ces humains emmener quelques-unes des filles*, déclara Simon.

— *Pourquoi ?* protesta Joe. *Nous prenons ces armes aux humains. Pourquoi leur en rendre une partie ?*

— *Les humains appelleraient cela une démonstration de bonne volonté. Nous ne pouvons pas laisser ces filles en liberté. Nous allons avoir besoin d'aide. Donnez à ces humains une raison d'aider. Je m'assurerai que personne n'utilise ces filles contre nous, même si ça signifie que je dois les tuer.*

— *Beaucoup de choses vont changer à Thaisia à cause de ça. Nous exigerons de l'aide en retour.*

— *Oui*, acquiesça Simon. *Lakeside aidera.*

Il aurait tout le temps d'expliquer au lieutenant Montgomery et au docteur Lorenzo qu'il avait inclus la police et les médecins dans cette promesse. C'était l'unique façon de récompenser les deux hommes pour avoir assisté à la destruction de l'ennemi connu sous le nom de Contrôleur.

Sous les yeux de Monty, les pattes de Joe se modifièrent pour ressembler peu ou prou à des mains. Le Loup leva deux doigts.

— Vous pouvez chacun emmener deux filles.

— Six ? lança Monty. Il n'y a que six filles dans l'établissement ?

Encore en vie ? ajouta-t-il en silence.

— Vous pouvez en emmener six, répéta Joe.

— Et les autres ? intervint Lorenzo. Elles auront besoin de…

— C'est ça ou rien, gronda Joe. C'est cinq de plus que ce que nous avons promis au Wolfgard de Lakeside.

— Nous en emmènerons six, assura Simon.

Il se détourna et s'éloigna, les oreilles pointées vers un son imperceptible pour les humains.

Monty hésita, puis Lorenzo et lui dépassèrent en hâte les Loups qui dévoraient l'un des cadavres pour rattraper Simon. Ce dernier avait sans doute autant envie de se nourrir que les autres *terra indigene*, mais lui, au moins, ne considérait pas Monty et Lorenzo uniquement comme de la viande ; il était plus prudent de rester près de lui.

Ils descendirent un escalier permettant d'accéder à de nouveaux couloirs. Simon s'arrêta. Des reflets rouges dansaient dans ses yeux d'ambre, et Monty se demanda combien de temps encore il garderait le contrôle de lui-même.

— Je n'en veux qu'une seule, décréta Simon. Le lieutenant peut en choisir trois.

— Qu'arrivera-t-il aux autres ? s'enquit Monty.

— C'est aux *terra indigene* du Midwest d'en décider.

— Ils pensent que ces filles sont du poison, protesta Lorenzo.

— Si vous essayez d'en emmener plus que cinq, les *terra indigene* les tueront toutes, rétorqua Simon.

Il s'écarta et lança un hurlement. Puis, les oreilles dressées, il avança à grands pas, glissant de temps à autre dans le sang. Il disparut derrière un angle, laissant Monty et Lorenzo dans un couloir tapissé de portes verrouillées.

— Par les dieux d'en haut et d'en bas ! comment choisir ? demanda Lorenzo.

Monty ramassa un trousseau de clés à côté d'un cadavre et ouvrit la porte la plus proche. La fille qui tentait de se cacher dans un coin de la pièce avait peut-être un an ou deux de plus que Lizzy.

Il pensa à Meg Corbyn, qui luttait contre une addiction aux coupures à cause de laquelle elle mourrait sans doute prématurément. Se serait-elle sentie contrainte de s'entailler si elle avait vécu entourée de gens qui la soutenaient, dans un endroit où sa peau n'était pas à vendre ?

— Prenons les plus jeunes, suggéra-t-il en se tournant vers Lorenzo. Celles qui auront le plus de chances d'apprendre à vivre dans le monde extérieur.

Donnant les clés à Lorenzo, il pénétra dans la cellule et s'accroupit devant la jeune fille.

— Bonjour. Je suis le lieutenant Montgomery. Je peux t'aider à quitter cet endroit. Est-ce que ça te plairait ?

Il tendit la main et attendit.

Elle l'observa pendant un long moment. Puis elle glissa sa main dans la sienne… et lui brisa le cœur.

Simon enfonça la porte, puis se figea.

Ils auraient fait la même chose à Meg, pensa-t-il, dévoilant les dents dans un grondement.

Au lieu d'avoir l'air effrayée, ce qui aurait paru logique, étant donné qu'il venait de forcer sa porte et montrait les crocs, la femelle sourit et lança :

— Vous êtes le Loup de Meg.

Couverte de contusions et de cicatrices, elle était calmement assise sur un lit exigu, les mains sur les genoux. L'un de ses pieds ne semblait pas normal, et Simon se demanda si elle était capable de marcher seule. Elle dégageait une odeur nauséabonde, comme si les humains avaient cessé de s'occuper d'elle et ne lui avaient même pas permis de le faire elle-même.

— Jean ?

Il espérait qu'elle dirait non. Comment pourrait-il ramener cette créature à Lakeside ?

— Oui, je suis Jean. Comment va Meg ?

— Elle va bien.

À contrecœur, il entra dans la cellule et répéta :

— Elle va bien.

— Je l'ai aidée à s'échapper.

— Je sais.

— J'aimerais vous demander une faveur. (Il inclina la tête pour indiquer qu'il écoutait.) Ne me tuez pas dans cette pièce. Emmenez-moi loin de ces murs que je hais depuis aussi longtemps que je me souvienne. Loin de l'institution. Et utilisez ceci. (Elle ouvrit les mains, révélant un rasoir en argent.) Ils l'enfermaient dans un tiroir, tout proche et en même temps inaccessible, pour nous faire souffrir. Mais je savais qu'un jour les Noms-qui-marchent oublieraient de fermer le tiroir et que, le lendemain, le Loup de Meg viendrait. (Elle passa un doigt sur le rasoir.) Il est de nouveau à moi. Vous devriez vous en servir pour me tuer. Si vous me mordez, ça vous rendra malade.

Il avança encore d'un pas, puis se mit à genoux.

— Je ne suis pas venu pour vous tuer. Meg m'a demandé de vous emmener loin d'ici, de vous sauver. (Comme elle ne réagissait pas, il prononça les mots que Meg aurait sans doute souhaité qu'il dise.) Elle vit avec nous dans l'Enclos de Lakeside. Vous pouvez venir av…

— Non, s'empressa-t-elle de répliquer.

Il s'interrogea quelques instants sur cette réponse, confus.

— Vous ne voulez pas voir Meg ?

Lui, en tout cas, avait envie de la voir.

— La voir, oui, mais pas vivre au même endroit, déclara Jean en se penchant vers lui. Meg est une sorte de pionnière. Vous connaissez ce mot, Loup ?

Il hocha la tête.

— Les premiers humains à avoir envahi notre territoire. Les premiers dont nous avons goûté la chair. (Il montra les dents.) Meg n'est pas une pionnière.

Le regard de Jean se perdit dans le vide. Meg affichait une expression similaire quand elle se remémorait des images.

— Une novatrice, reprit Jean. Une éclaireuse. Quelqu'un qui part en tête, qui ouvre un chemin que les autres pourront suivre. Ces mots vous semblent-ils plus adaptés ?

— Oui, concéda-t-il.

Au moins ces termes ne désignaient-ils pas un humain mangeable.

— Meg doit oublier le passé. (Jean balaya son corps d'un geste.) Je le lui rappellerais trop, et elle se croirait responsable de ce qui m'est arrivé.

— L'est-elle ?

— En partie, mais ce serait arrivé de toute manière. Elle a suffisamment de rappels du passé quand elle se regarde dans un miroir. Elle n'a pas besoin de plus.

— Alors, que voulez-vous ?

Cette femelle était étrange, songea Simon. Folle ? Non, pas vraiment. Les yeux qui étaient posés sur lui ne trahissaient pas la démence.

— Je ne sais pas. Les images n'ont aucun sens. Une cascade. De la brume. Un rugissement qui n'en est pas un. Un pot de miel.

— C'est là que vous êtes censée aller ?

— Oui. Si je ne dois pas mourir maintenant, c'est l'avenir que j'ai vu pour moi.

— Alors, ces images ont un sens, affirma Simon avant de se lever et de tendre la main. Je connais cet endroit. Les gens qui habitent là-bas sont appelés des Intuits. Ils seront en mesure de vous aider. Et je crois que, vous aussi, vous pourrez les aider.

Elle lui tendit son rasoir.

— Prenez-le.

Il s'en empara et le fourra dans sa poche sans demander pourquoi elle le lui confiait alors qu'elle venait d'en regagner la possession. Meg devenait nerveuse quand on la privait de son rasoir.

Meg l'Éclaireuse. Celle qui leur montrerait le chemin vers le nouvel avenir de Thaisia ? Un fardeau bien lourd pour une si petite femelle, mais il l'aiderait. D'une manière ou d'une autre. Il espérait simplement que, si Meg devait constituer un exemple, toutes les prophétesses du sang n'essaieraient pas de trafiquer leurs cheveux.

— Il est temps d'y aller, déclara-t-il.

Jean se leva péniblement. Elle pouvait marcher, mais n'aurait jamais pu s'enfuir. Simon ressentit un élan de pitié pour elle. Avait-elle vu ce qui lui arriverait si elle aidait Meg à s'échapper ? Probablement. Et pourtant elle n'avait rien dit pour que Meg parte sans regarder en arrière.

Il la laissa s'appuyer sur son bras pour marcher, puis s'arrêta sur le seuil.

— Ce n'est pas très joli à voir. Vous feriez peut-être mieux de fermer les yeux.

— Loup, répliqua-t-elle calmement, j'ai déjà vu tout ça.

Chapitre 31

Deux Faucons les ramenèrent à la gare. Les Loups et les Sanguinati étaient désormais accaparés par d'autres tâches qui étaient prioritaires. C'est l'explication que Monty et Lorenzo entendirent quand ils firent monter les cinq filles terrorisées dans la camionnette, suivis par Simon et la femme meurtrie qu'il avait libérée.

Monty éprouvait l'impression que Simon savait exactement ce qui avait retenu les Loups et les Sanguinati du Midwest, mais il n'offrit aucun commentaire, et Monty ne posa pas de question. Il n'était pas sûr d'avoir envie d'en apprendre davantage et avait malheureusement la certitude qu'il n'était pas encore au bout de ses peines.

Ils montèrent à bord du train qu'ils avaient pris à l'aller, bloqué à la frontière du Midwest avant d'être autorisé à retourner à Lakeside. Le contrôleur les escorta dans la voiture privée et leur assura à plusieurs reprises que personne, absolument personne, ne serait admis dans leur wagon pendant ce trajet.

L'œuvre de Simon Wolfgard. Obnubilé par la sélection des cinq *cassandra sangue* qu'ils pouvaient emmener et par l'urgence d'éloigner les filles de l'institution et du massacre qui y avait eu lieu, Monty n'avait pas réfléchi à la suite. Dominick Lorenzo non plus. Seul le Loup s'était rendu compte que l'intimité s'avérerait vitale pour le retour à Lakeside.

Et quand le train quitta la gare et que les filles se mirent à crier, c'est Simon qui eut le réflexe de baisser les rideaux de manière à limiter le nombre d'expériences nouvelles pour elles.

« Simon, c'est Meg. Je m'apprête à fermer le bureau et… Ce n'est pas la première fois que tu t'absentes, mais cette fois c'est… différent. Vide. Je ne sais pas. Je veux que mon ami revienne. Je vais chez Merri Lee pour regarder des films qui font pleurer, mais je préférerais me cacher derrière toi pendant un film d'horreur. Quand tu es là, je ne vois plus trop ce qui est effrayant. Bon, à bientôt. »

Simon glissa de nouveau son téléphone dans sa poche et sortit des toilettes. Il avait trouvé les messages en arrivant à la gare : un de Vlad, lui assurant que tout allait bien dans l'Enclos, et celui de Meg. Le son de sa voix. Ce n'était pas aussi agréable que de se blottir contre elle et recevoir ses caresses, mais presque. Et son commentaire sur les films d'horreur l'avait aidé à avoir la bonne réaction quand les filles avaient commencé à crier. Comme il lui était impossible de les mettre à l'abri – elles étaient trop nombreuses pour cela –, il avait baissé les rideaux pour leur cacher ce qui leur faisait peur.

En retournant dans la voiture, il jeta un coup d'œil à Monty et Lorenzo. Ces humains pataugeaient comme des cerfs dans de la neige profonde, ce qui l'étonnait et le contrariait. Il était le seul à posséder des dents dignes de ce nom dans ce wagon, c'était donc à lui de monter la garde, et à eux de s'occuper des petites prophétesses. Mais ils semblaient ne pas savoir comment se rendre utiles.

Avaient-ils vu trop de sang et de cadavres à demi dévorés dans l'institution ? Lorenzo s'était plaint de ne pas être autorisé à emmener plus de filles. Quand ils étaient arrivés à la gare, il avait cessé de grommeler. Il paraissait malade et effrayé. Comme Montgomery.

Simon les observa tandis qu'ils gagnaient l'arrière de la voiture. Peut-être s'inquiétaient-ils encore pour les *cassandra sangue* qu'ils avaient abandonnées et se demandaient ce qu'il adviendrait d'elles. Joe Wolfgard et les autres chefs du Midwest avaient manifesté une certaine réticence à leur permettre d'emmener quelques-unes des terribles créations de Namid. Après avoir vu les horreurs que les humains avaient infligées à certaines prophétesses, ils répugnaient à les laisser partir. Simon leur avait assuré que Montgomery et Lorenzo étaient dignes de confiance et presque aussi attentionnés que les Loups avec les petits.

Il n'en était plus si sûr, à présent. Enfin, peu importait. En voyant les deux hommes perdre contenance, il avait pris ses propres décisions au sujet des filles et avait passé le trajet à tout organiser. Lorsqu'ils atteindraient Lakeside, Montgomery et Lorenzo n'auraient plus vraiment à intervenir.

Il pouvait cependant encore faire une chose susceptible d'aider Montgomery plus tard.

Se glissant hors de son siège, il s'approcha de la table où Jean s'efforçait d'écrire une lettre.

— Est-ce que je peux vous emprunter une feuille et une enveloppe ? demanda-t-il.

Elle les lui tendit, ainsi qu'un stylo.

Il s'en saisit et s'éloigna. La proximité de Jean le perturbait. Quand il posait les yeux sur elle, il voyait à quoi aurait ressemblé l'avenir de Meg si elle n'avait pas eu le courage de fuir. Et si Jean n'avait pas eu le courage de rester.

Debout à l'arrière de la voiture avec Lorenzo, Monty regarda Simon prendre une feuille et un stylo à Jean avant de s'installer au comptoir du coin-cuisine.

Il avait déçu le Loup et en éprouvait de la peine. Mais ce qu'il avait vu à l'institution l'avait tellement choqué qu'il ne parvenait plus à réfléchir normalement. À présent que la fin du voyage approchait, il se rendait compte qu'il avait laissé Simon s'occuper seul des six *cassandra sangue*.

Ce n'était pas vraiment la scène de carnage qui le dérangeait, même s'il ne l'oublierait jamais. C'étaient les filles. Toutes ces filles. Les plus jeunes, éduquées mais encore intactes.

Les adolescentes dont certaines parties du corps étaient déjà couvertes de cicatrices. La jeune fille de quatorze ans qui avait tendu le bras pour lui montrer sa première cicatrice avec une expression qui semblait indiquer qu'elle ne savait pas si elle devait en éprouver de la fierté ou de la honte.

L'abandonner l'avait anéanti, mais, au bout du compte, Lorenzo et lui avaient choisi cinq filles âgées de huit à onze ans qui n'avaient encore subi aucune coupure.

— Qu'allons-nous faire d'elles ? s'enquit Lorenzo à voix basse. Je n'avais pas réfléchi plus loin que les sortir de cet endroit, mais…

— Moi non plus je n'avais pas réfléchi, répliqua Monty.

— Nous ne pouvons pas les placer en famille d'accueil. Ni dans un foyer. Si le bruit se répandait – et vous savez comme moi que ça arrivera – que des *cassandra sangue* vivaient là, elles se feraient enlever avant que ceux qui s'occupent d'elles aient eu le temps de réagir. Il est impossible de faire surveiller des familles d'accueil vingt-quatre heures sur vingt-quatre. Et faudrait-il leur envoyer des chèques toutes les semaines afin de s'assurer que personne ne coupe les filles pour de l'argent ?

Monty regarda Simon, qui venait de lécher l'enveloppe et trouvait de toute évidence le goût de la colle déplaisant. Le Loup était sorti téléphoner à chaque arrêt en gare. Entre-temps, il observait les filles, et notamment Jean, qui écrivait à présent sur le papier qu'il était allé acheter dans un kiosque. À l'arrêt suivant, il avait couru chercher des livres de coloriages et des crayons de couleur.

Monty ressentit un pincement au cœur en constatant que les filles tournaient les pages de leurs cahiers pour absorber les images et étudiaient les couleurs des crayons sans comprendre comment s'en servir. Lorenzo, pour sa part, s'inquiétait de l'état catatonique dans lequel elles entraient de manière intermittente, leurs sens surchargés en dépit des rideaux limitant l'afflux d'informations visuelles.

Monty et Lorenzo avaient tous deux pris conscience de ce qu'auraient à gérer les personnes qui s'occuperaient des filles. Et cela leur donnait une idée de ce que Meg Corbyn avait affronté quand elle s'était enfuie de l'institution et de ce qu'elle affrontait encore quotidiennement, exposée aux stimulations d'un endroit tel que l'Enclos.

— Un service spécialisé dans un hôpital ne serait guère mieux que ce qu'elles ont connu, commenta Lorenzo d'un ton amer.

— Vous pensez que ça en arrivera là ?

— Je ne vois pas vraiment d'alternative, et vous ?

— Non.

Monty examina Simon un moment avant d'ajouter :

— Mais je crois que lui, si.

À la gare de Lakeside, le minibus de l'Enclos les attendait. Monty appela le capitaine Burke pour le prévenir de leur retour.

Alors qu'il pensait que le bus regagnerait l'Enclos, où Lorenzo et lui devraient décider que faire des filles, Blair Wolfgard s'engagea sur River Road en direction du nord.

— Monsieur Wolfgard ? questionna Monty. Où allons-nous ?

Simon, assis à l'avant à côté de Blair, se contenta de le dévisager un long moment puis se détourna.

Mal à l'aise, Monty s'appuya de nouveau au dossier de son siège. Il ignorait ce qu'il pouvait faire si le Loup avait perdu confiance en lui. Les filles paraissaient pétrifiées. Même Jean, qui avait réussi à se comporter à peu près normalement pendant le voyage, semblait avoir atteint son quota de nouvelles expériences. Et il ne pensait pas que Lorenzo ou lui-même aient le pouvoir d'interférer dans la décision des Autres.

Quand ils arrivèrent à Port-Batelier, Monty comprit soudain les intentions de Simon. La barge les attendait, et ils embarquèrent pour Great Island dès que le bus fut solidement arrimé sur le pont.

Une fois à quai, ils roulèrent jusqu'à une auberge. Là, Simon montra le bâtiment aux filles.

— Regardez. Est-ce que vous pensez pouvoir rester ici un moment ? Vous vous trouvez dans le monde extérieur, ce qui veut dire que vous devrez écouter les adultes qui s'occuperont de vous, sinon vous risqueriez de vous blesser.

Après quelques instants d'hésitation, les filles s'approchèrent des vitres pour mieux voir l'auberge. Elles se frottaient les bras de la même façon que Meg quand une prophétie la démangeait. Mais, au bout d'une minute, elles se tournèrent vers Simon et hochèrent la tête.

— Jean ? s'enquit Simon.

Elle enroula ses bras autour d'elle, secoua la tête et ferma les yeux.

— C'est trop, chuchota-t-elle.

Acquiesçant comme si ce n'était pas une surprise, Simon fit descendre les filles du bus. Elles furent accueillies par Steve Batelier, qui leur présenta Margaret Seely et Lara Herrera, les propriétaires de l'auberge.

Lorenzo fit une tentative pour reprendre le contrôle des opérations, mais un regard de Steve le réduisit au silence, et Monty avait bien remarqué les Corbeaux qui se rassemblaient dans les arbres autour de l'auberge ainsi que Blair Wolfgard, debout devant la porte du bus, aux aguets. Aussi, en fin de compte, les deux femmes et Simon furent les seuls à escorter les jeunes *cassandra sangue* dans le bâtiment.

D'un geste, Steve invita Monty et Lorenzo à le suivre avant de traverser le parking.

— Cette solution vous pose-t-elle un problème ? demanda-t-il. Parce que je peux vous assurer que ces filles ne quitteront pas cette île. Pas maintenant, en tout cas.

— Vous n'êtes pas aptes à vous occuper de *cassandra sangue*, fit remarquer Lorenzo.

— Parce que, vous, vous l'êtes ? rétorqua Steve.

— Non, reconnut Monty sans laisser à Lorenzo le temps de protester. Mais je ne pense pas que vous vous rendiez compte des difficultés que vous rencontrerez.

— La création de Namid, à la fois merveilleuse et terrible, murmura Steve. On peut dire que les prophétesses du sang sont issues des Intuits. Et, non, nous ne sommes pas plus aptes que vous à nous occuper d'elles. Sinon, nous n'aurions pas perdu l'une des nôtres l'an dernier. Mais nous devrons tous réfléchir afin de déterminer ce qu'il est possible de faire pour elles.

— Je ne suis pas tranquille à l'idée d'abandonner ces filles, commenta Lorenzo, agitant un doigt entre Monty et lui. Nous les avons fait sortir de l'institution. Nous avons dû en laisser des dizaines d'autres qui… (Il secoua la tête.) Nous leur trouverons un endroit.

Steve les considéra d'un air étrange.

— Vous ne comprenez pas la façon dont fonctionnent les *terra indigene*, n'est-ce pas ? Il ne vous appartient plus de prendre des décisions, et je ne parle pas uniquement des filles que vous avez ramenées à Lakeside. Maintenant qu'ils savent quoi chercher, vous pouvez parier que les Autres vont fouiller sans relâche tous les villages humains pour traquer les *cassandra sangue*.

Nous leur avons montré tous les endroits où des prophétesses sont susceptibles d'être enfermées, songea Monty, glacé à l'idée de la quantité de sang sur le point d'être versée.

— Toutes ces enfants, assassinées.

Steve lui jeta un regard étrange.

— Il est possible que ceux qui gèrent ce genre d'établissement préfèrent tuer les filles plutôt que laisser quelqu'un d'autre s'en emparer. Mais ce n'est pas ce que vous vouliez dire, si ?

Il n'avait pas pensé à cela. En tant que policier, il aurait dû.

— Non, ce n'est pas ce que je voulais dire.

Steve garda le silence une minute.

— Je m'attends à ce que de nombreuses personnes meurent dans les semaines qui viennent à cause de tout ça. Et je crains que toutes les filles ne survivent pas à la liberté. Mais les Intuits cohabitent avec les Autres depuis le jour où des humains ont mis le pied sur ce continent, et je peux vous assurer qu'à notre connaissance aucun d'eux n'a jamais fait de mal à un enfant.

Simon sortit de l'auberge, seul.

— Alors, il faut les laisser partir, conclut Monty.

— Les Autres ne comptent pas laisser de telles armes à votre disposition, alors, oui, en effet, vous devez les laisser partir.

Jean garda les yeux fermés, déjà submergée par les sons étouffés des Loups et des hommes qui regagnaient le bus. Un moteur qui démarrait. Du mouvement. Où allaient-ils à présent ? Cela avait-il de l'importance ? Est-ce que quelqu'un d'autre dans ce bus avait conscience de ce qui allait se passer ?

Les *terra indigene* frapperaient vite et fort, et Thaisia ne serait plus jamais la même. Quant aux *cassandra sangue* qui se retrouveraient emportées par les tourbillons d'images de ces combats…

Sang. Désespoir. Terreur. L'éclat du rasoir comme moyen d'étouffer la peur de l'avenir, tout cela pour voir la vérité dans une prophétie trop tardive.

Pas pour moi, songea Jean. *Je n'ai plus beaucoup de peau à utiliser.*

Elle avait mené cette vie confinée trop longtemps. Elle rêvait du monde extérieur depuis le jour où on l'avait retirée à ses parents, petite fille qui se raccrochait à ses souvenirs pour se prouver qu'il existait autre chose que les cellules, les leçons, les hommes et les femmes qui ne voyaient en les regardant que la valeur de leur peau.

C'était fini, à présent. Mais le monde extérieur était trop vaste, trop tout. Elle avait envoyé Meg dehors en se reposant sur ses seuls souvenirs d'enfance pour affirmer que les *cassandra sangue* pouvaient survivre. Et pourtant Meg avait survécu et changerait leurs vies à tous, pour le meilleur.

Elle dut s'assoupir, car, quand Simon Wolfgard dit « on y est », elle ouvrit les yeux et s'aperçut que le bus s'était arrêté.

Avec l'aide de Simon et du lieutenant Montgomery, elle descendit lentement les marches, suivie du docteur Lorenzo et de Steve Batelier. Un homme et une femme les attendaient devant une jolie petite maison. D'autres bâtiments se dressaient à proximité : une grange, un… poulailler, et une autre construction, plus petite, qui ressemblait à la résidence principale. Une cabane ? Une dépendance ? Aucune image dans ses souvenirs ne correspondait tout à fait à ce qu'elle voyait.

— Je vous présente James et Lorna Gardner, déclara Steve Batelier. Ce sont des membres de la communauté Vie Simple. Ils ne rejettent pas totalement la technologie, mais préfèrent vivre sobrement.

— La maison des invités est libre, annonça James. L'une de nos cousines y a habité un moment, mais elle a rencontré quelqu'un lors de notre dernier rassemblement et est partie vivre dans la communauté de son compagnon. M. Batelier nous a dit que vous auriez sans doute besoin de calme. Vous êtes la bienvenue, si l'endroit vous convient.

Jean observa la petite maison, le paysage, et les deux personnes qui attendaient sa réponse.

C'est alors que Lorna s'avança, un bocal à la main :

— Vous pouvez prendre vos repas avec nous, bien entendu, mais c'est notre cadeau de bienvenue traditionnel.

Jean baissa les yeux sur sa propre main zébrée de cicatrices tenant le pot de miel.

— Est-ce que vous pensez pouvoir rester ici un moment, Jean ? questionna Simon.

Elle retint ses larmes et sourit.
— Oui, j'aimerais rester.

Monty s'assit sur le siège réservé aux visiteurs devant le bureau du capitaine Burke et attendit.

— Il n'est jamais facile de choisir le moindre de deux maux, lieutenant, déclara Burke avec calme. Si nous ne les avions pas aidés à localiser cet établissement, les *terra indigene* auraient dévasté le Midwest. Ne l'oubliez pas. Et les Autres tiennent les gouvernements humains de Thaisia par les couilles avec un ultimatum : si on ne leur révèle pas les endroits abritant des *cassandra sangue*, ils prendront possession de tous les villages, de toutes les villes où ils trouveront une fille que quelqu'un aura tenté de cacher.

— Et au sujet des hommes politiques, des hommes d'affaires et des autres clients qui ont acheté des prophéties ? s'enquit Monty.

— D'après ce que j'ai compris, les *terra indigene* ne comptent interdire à personne d'acheter une prophétie. Du moins pas immédiatement. Je crois que de nouveaux employés seront engagés dans les institutions pour s'occuper des *cassandra sangue* et que les Autres géreront les questions de sécurité. Ils connaîtront donc tous ceux qui entreront et sortiront de ces établissements. Si quelqu'un tente de faire du trafic de sang ou d'enlever une fille, ils le sauront. Que les dieux fassent que personne n'ait la bêtise d'essayer.

— Si je comprends bien, la mise au jour des institutions n'a rien changé pour les filles.

— Tout va changer, lieutenant. Les fermes d'élevage seront fermées. Les filles qui vont vivre dans les institutions ne seront pas forcées de quitter leurs familles. Ces établissements seront davantage gérés comme des logements médicalisés. Et si elles ont envie de partir, rien ne les en empêchera. Les prophétesses du sang feront leurs propres choix, mèneront leur propre vie. Ce qui inclut de décider si elles veulent se couper pour quelqu'un qui désire une prophétie.

— Sachant que les *terra indigene* veillent et qu'ils connaîtront tous ceux qui achèteront des prophéties. (Monty soupira.) Les hommes influents verront là une nouvelle raison de soutenir le mouvement Les Humains Avant Tout.

— Probablement, concéda Burke. Un problème après l'autre.

— Capitaine, comment savez-vous tout cela ?

Il n'était pas surpris que Burke soit au courant. Il se demandait simplement comment le capitaine l'avait découvert avant tout le monde.

— Je suis passé dans l'Enclos dans l'intention de vous ramener chez vous et d'entendre votre rapport. Mais vous étiez parti pour Port-Batelier, si bien que j'ai eu une brève conversation avec Elliot Wolfgard. Je crois qu'il s'est montré si communicatif parce qu'il voulait voir comment des humains réagiraient à ces nouvelles. Les semaines à venir s'annoncent intéressantes.

Ça ne me dérangerait pas qu'elles le soient moins, pensa Monty en repoussant son siège.

— Je ne suis pas sûr que le docteur Lorenzo poursuive l'idée de fonder un cabinet sur la place du Marché. Savoir que les Autres ne vous laissent pas le choix de comment et quand vous les aidez… Je crains qu'il ne se remette pas de ce qu'il a vu dans cette institution.

— Et vous ? s'enquit Burke.

Comme il ignorait la réponse, il déclara :

— Bonne soirée, monsieur.

— Demandez à quelqu'un de vous ramener chez vous, lieutenant.

— Vous avez raison.

Monty appela MacDonald et Debany, les agents de service. En les attendant, il s'assit à son bureau et examina le livre sur l'histoire de Thaisia que Simon lui avait donné, se demandant en quoi la version que les Autres livreraient des récents événements différerait de celle des humains. Puis il extirpa une enveloppe de sa poche et l'ouvrit. Simon la lui avait confiée quand ils étaient descendus du train.

Elle comportait une seule phrase : « Contrairement aux humains, les *terra indigene* ne font pas de mal au sang doux. »

Il comprit soudain la tâche entreprise par les Loups du Midwest et les Sanguinati. Ils ne laisseraient pas les filles dans cette institution. Pas celle-là. Non, ils les répartiraient dans les petits villages humains placés sous leur contrôle, probablement parmi les Intuits. Les Autres donneraient à ces filles une chance de vivre, ou leur permettraient de mourir si leur esprit et leur cœur étaient trop blessés pour survivre. Toutes n'auraient sans doute pas la force et la volonté de vivre de Meg Corbyn, mais un certain nombre, oui, il l'espérait.

Monty plia la feuille et l'inséra de nouveau dans l'enveloppe, qu'il glissa dans le tiroir de son bureau. Puis il ouvrit le livre d'histoire et commença à lire en attendant Debany et MacDonald.

Il était impossible de revenir en arrière une fois que l'on s'était mêlé des affaires des Autres. Il espérait simplement que les humains retireraient quelque chose du carnage qui allait se produire.

Simon regarda par les fenêtres de son appartement vide et sombre, et eut envie de hurler tant il se sentait seul. Il voulait de la compagnie, de l'amitié, mais pas être avec des Loups. Enfin, si, bien sûr, mais la proximité de ses semblables n'atténuerait pas ce sentiment de solitude particulier.

Il voulait son amie. Sa Meg. Son message téléphonique signifiait quelque chose, non ?

Il avait découvert sa cellule à l'institution, l'endroit où les humains l'avaient séquestrée pendant toutes ces années.

La pièce était toujours imprégnée de son odeur et paraissait ne pas avoir été touchée, comme si les humains attendaient de l'y enfermer de nouveau. Cela avait fait naître en lui un sentiment d'horreur que n'avait pas réussi à susciter le massacre des adultes de l'institution.

Même avec l'aide des Sanguinati qui leur avaient ouvert les portes de l'intérieur, les Autres n'avaient pu sauver toutes les filles. Le Contrôleur et son personnel y avaient veillé. Mais ni le lieutenant Montgomery ni le docteur Lorenzo n'avaient besoin de le savoir. Avoir vu ce dont les *terra indigene* étaient capables leur suffisait amplement. À présent, Simon attendait de connaître leur réaction.

— Si tu restes là, tu ne trouveras jamais le petit mot que je t'ai laissé.

La voix de Meg jaillit de l'obscurité, une lumière qui chassa les ombres de sa solitude.

Il s'approcha de l'escalier menant à son porche.

— Quel petit mot ?

— Celui qui te disait de poser ton sac et de venir dîner.

— Oh ! (Il gravit les marches, emportant son sac avec lui.) Tu as de quoi manger ?

Elle lui adressa un sourire, une manifestation de joie qui invitait au jeu.

— J'ai fait des spaghettis.

Ce nom lui paraissait étrange, mais il avait capté des effluves agréables, aussi la suivit-il dans la cuisine, abandonnant son sac près de la porte.

— Merri Lee m'a appris, expliqua Meg en soulevant le couvercle d'une casserole avant d'en remuer le contenu avec précaution. C'est une sauce au bœuf et aux légumes. Boone Hawkgard a consciencieusement reniflé la viande avant de la hacher devant moi, donc on ne risque rien. Et les pâtes sont presque prêtes.

Il éprouvait l'impression que ses jambes flageolaient et qu'il ne pouvait plus bouger. Les arômes de nourriture étaient si puissants qu'il était incapable de dire si elle s'était coupée récemment.

— Comment est-ce que tu as su quand… ?

Il s'interrompit, certain qu'il gâcherait tout s'il posait la question.

Elle tourna vers lui un regard gris limpide, mi-agacé, mi-amusé.

— Blair m'avait promis de m'appeler quand il te déposerait pour que je sache quand mettre les pâtes à cuire, et il l'a fait.

— Oh !

Il poussa un glapissement de surprise quand le minuteur sonna, ce qui la fit rire.

— Voilà. (Elle éteignit le gaz et lui tendit deux maniques.) Verse les pâtes dans la passoire qui se trouve dans l'évier. Fais attention. L'eau est bouillante, et la casserole est lourde.

C'était lourd et bouillant, en effet, et il comprit qu'elle lui avait confié cette tâche pour épargner sa peau. Pendant qu'il suivait ses instructions et transférait les spaghettis dans une assiette, Meg plongea une louche dans la casserole de sauce.

— Normalement, ça se mange avec du pain, de la salade et d'autres choses, reprit Meg. C'est du moins comme ça qu'ils le servent à l'*Assiette Garnie*, mais c'est tout ce que j'ai pu faire aujourd'hui.

— C'est déjà beaucoup, répliqua-t-il avec sincérité.

Le voyage en train avec cinq jeunes filles qui ne supportaient pas la moindre expérience nouvelle et Jean, qui était sérieusement meurtrie, lui avait montré ce qu'il en coûtait d'efforts à Meg pour accomplir des tâches simples sans se faire submerger par les images et la stimulation qui y étaient associées.

Il avait beau être mort de faim et brûler d'envie d'engloutir la nourriture, il mangea lentement, savourant le goût du plat et le mal que Meg s'était donné pour lui. Et…

Il était certain à présent qu'elle ne s'était pas coupée, et pourtant quelques fragrances de son parfum se mêlaient aux autres arômes. La nourriture avait conservé une trace de son contact. Il n'en apprécia que davantage le contenu de son assiette.

Une fois rassasiés, ils rangèrent les restes et firent la vaisselle ensemble. Il s'inquiéta un moment de se comporter de façon trop humaine, mais il aimait cette proximité, cette intimité, la compagnie de Meg.

Ce n'est que lorsqu'ils furent assis sur le canapé du salon qu'elle lui posa des questions sur les filles, Jean et l'institution. Il lui donna alors la lettre que Jean avait écrite dans le train.

— Tu l'as fait sortir, déclara Meg en tournant et retournant l'enveloppe dans sa main. Tu l'as sauvée.

Il n'en était pas sûr. Quelqu'un d'aussi marqué et usé pouvait-il être sauvé ?

— Elle vit à Great Island. Tu pourras lui rendre visite. Mais pas maintenant. Elle est… abîmée, Meg, et elle préfère ne pas te voir avant un moment. C'est pourquoi elle m'a donné cette lettre.

— Elle a besoin d'établir une routine avant de pouvoir gérer davantage de nouveauté, commenta Meg, ne cessant de faire tourner la lettre dans ses mains. Mais je pourrais lui écrire. Je pourrais acheter du papier à lettres aux *Trois P* et lui raconter ma vie dans l'Enclos. Recevoir une lettre pourrait faire partie de sa routine.

— Oui, sans aucun doute. Meg, j'aimerais vraiment quitter cette peau.

— D'accord. J'ai choisi un film pour ce soir. Tu peux le regarder avec moi, si tu veux. C'est un film à l'eau de rose. Merri Lee m'a expliqué que ça voulait dire que c'était pour les filles et que ça n'avait rien à voir avec les fleurs.

Voir un film avec des fleurs ne l'attirant pas le moins du monde, il n'avait aucune objection à regarder un film sans fleurs. Pendant que Meg insérait le disque dans le lecteur, il alla se déshabiller et se transformer dans la chambre. Il s'ébroua vigoureusement, puis se demanda s'il devrait proposer à Meg de passer l'aspirateur.

Peut-être demain matin, se dit-il.

Il retourna dans le salon et s'installa sur le sofa à côté d'elle.

Soit l'intrigue ne l'intéressait pas, soit les jours précédents l'avaient épuisée, car elle s'endormit au milieu du film.

Il ne savait pas vraiment comment elle s'était retrouvée à moitié allongée sur lui, mais ça ne le dérangeait pas d'être enveloppé par l'odeur rassurante de sa peau, de sentir son poids sur lui ou son souffle lui caresser la fourrure. Ça ne le dérangeait pas du tout.

Achevé d'imprimer en septembre 2015
Par CPI Brodard & Taupin - La Flèche (France)
N° d'impression : 3013082
Dépôt légal : octobre 2015
Imprimé en France
81121583-1